UN AMOUR SECRET

Titre original : *A Secret Love*

Cette publication est publiée en accord avec HarperCollins Publishers, New York, NY

Traduit de l'anglais par Lynda Leith

Pour la présente édition :
© Diva Romance, une marque des éditions Leduc.s, 2018
29 boulevard Raspail
75007 Paris – France
www.editionsdivaromance.fr

ISBN : 978-2-36812-306-5
Maquette : Patrick Leleux PAO

Pour suivre notre actualité, rejoignez-nous sur
Facebook (EditionsDivaRomance),
sur Twitter (@EditionsDiva)
et sur Instagram (@EditionsDivaRomance) !

Stephanie Laurens

UN AMOUR SECRET

Cynster
Tome 5

Traduit de l'anglais
par Lynda Leith

Roman

DIVA ROMANCE

L'arbre généalogique de la famille Cynster

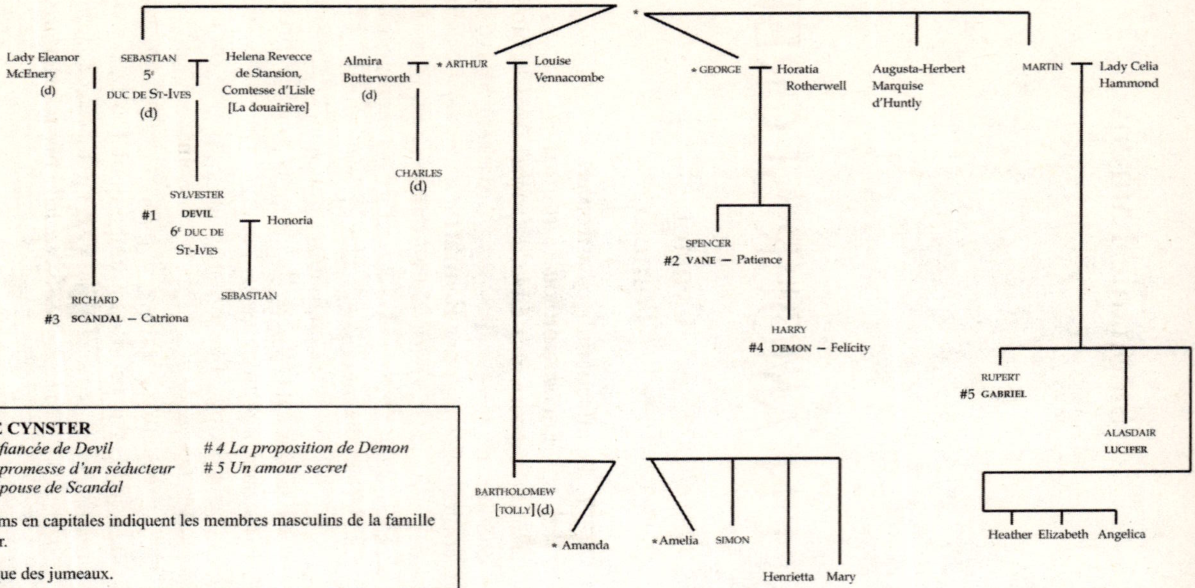

SÉRIE CYNSTER

 # 1 La fiancée de Devil
 # 2 La promesse d'un séducteur
 # 3 L'épouse de Scandal
 # 4 La proposition de Demon
 # 5 Un amour secret

Les noms en capitales indiquent les membres masculins de la famille Cynster.

* Indique des jumeaux.

PROLOGUE

17 avril 1820
Morwellan Park, Somerset

Elle affrontait la catastrophe.

Encore une fois.

Assise à sa table de travail dans la bibliothèque de Morwellan Park, Alathea Morwellan contemplait la lettre qu'elle tenait, voyant à peine l'écriture précise de l'agent d'affaires de sa famille. Le contenu de la missive était gravé dans son cerveau. Son dernier paragraphe se lisait ainsi :

« J'ai bien peur, ma chère, que mes impressions s'accordent aux vôtres. Je ne vois aucune preuve indiquant que nous avons commis une erreur. »

Pas d'erreur. Elle s'était doutée que ce serait le cas, elle s'y était attendue, néanmoins...

En expirant, Alathea déposa la lettre. Sa main tremblait. Un cri d'encouragement juvénile arriva jusqu'à elle, porté par la brise flottant tout doucement par les longues fenêtres. Elle hésita avant de se lever, puis elle s'avança sans bruit jusqu'aux fenêtres françaises ouvertes sur la pelouse sud.

Sur la grande étendue séparant la terrasse du lac ornemental, ses demi-frères et ses demi-sœurs jouaient une partie exubérante de ballon. La lumière du soleil brilla sur une des têtes blondes – le demi-frère le plus âgé d'Alathea, Charlie, bondit très haut et attrapa le ballon dans les airs, court-circuitant Jeremy qui n'avait que dix ans, mais qui était toujours prêt à jouer. Malgré son élégance naissante, Charlie, dix-neuf ans, était plongé avec bonhomie dans le jeu, faisant plaisir à ses cadets, Jeremy et Augusta, six ans seulement. Leurs sœurs plus âgées, Mary, dix-huit ans et Alice, dix-sept ans, s'étaient également jointes à la partie.

Toute la maisonnée était au beau milieu des préparatifs de départ pour Londres afin que Mary et Alice puissent être présentées à la société. Néanmoins, les deux filles s'étaient lancées dans la partie, leurs bouclettes encadrant des visages innocemment heureux, l'affaire sérieuse de leur entrée dans le monde n'atténuant aucunement la joie qu'elles éprouvaient pour les plaisirs simples.

Un cri de joie poussé par Charlie annonça un lancer incroyable – le ballon vola par-dessus les trois filles et bondit vers la maison. Il frappa les pavés du sentier et rebondit encore plus haut, passant au-dessus des marches peu élevées pour atterrir sur la terrasse.

Deux autres rebonds moins énergiques, et il culbuta sur le seuil de la bibliothèque et roula sur les lattes cirées. Levant sa jupe, Alathea posa un pied sur le ballon pour l'immobiliser. Elle le contempla, puis elle regarda dehors pour voir Mary et Alice courir, riant et haletant, vers la terrasse. S'abaissant, Alathea ramassa le ballon ; le tenant en équilibre dans une paume, elle avança lentement sur la terrasse.

Mary et Alice s'arrêtèrent dans un glissement devant les marches, riant et souriant largement.

— Moi, Allie, *moi !*

— Non ! Al-a-the-a ! *Douce* Allie : moi !

Alathea attendit comme si elle réfléchissait à son choix en attendant que la petite Augusta, laissée loin derrière, les rejoigne en soufflant. Elle s'arrêta à quelques mètres derrière les filles plus âgées et elle leva son visage angélique vers Alathea.

Avec un grand sourire, Alathea lança le ballon en haut par-dessus la tête de ses aînées. Bouche ouverte, elles le regardèrent voler. Avec un gloussement, Augusta bondit, attrapa le ballon et s'enfuit en courant en bas de la pente.

Échangeant un sourire complice avec Alathea, Mary cria après Augusta, Alice l'encouragea et elles se lancèrent toutes les deux à sa poursuite.

Alathea resta sur la terrasse, la chaleur imprégnant son corps ne devant rien au soleil vif. Un mouvement sous un immense chêne attira son regard. Sa belle-mère, Serena, et son père, le comte, agitaient la main sur le banc où ils étaient assis pour regarder leurs enfants d'un œil indulgent.

Souriant, Alathea répondit à leur salut. Reportant son regard sur sa fratrie, se dirigeant à présent dans un grand désordre vers le lac, elle prit une longue inspiration, puis, ses lèvres se raffermissant, elle s'en retourna vers la bibliothèque.

Traversant la pièce jusqu'à la table de travail, elle laissa son regard s'attarder sur les tapisseries ornant les murs, les peintures dans leurs cadres dorés, les épines incrustées de dorure des livres reliés en cuir s'alignant sur les étagères. La longue bibliothèque était l'un des attraits de Morwellan Park, siège principal des comtes de Meredith. Les Morwellan occupaient le parc depuis des générations, bien avant la création du comté au quatorzième siècle. L'actuelle demeure gracieuse avait été construite par son arrière-grand-père, ses terres paysagées avec expertise sous l'œil exigeant de son grand-père.

Reprenant sa place à la grande table de travail sculptée, la sienne depuis onze ans, Alathea regarda la lettre attendant sur le buvard. Tout risque qu'elle s'effondre face à l'adversité que présageait la lettre était passé. Rien – *personne* – n'allait dérober la paix simple qu'elle avait assurée à sa famille en sacrifiant les onze dernières années de sa vie.

En contemplant la lettre de Wiggs, elle réfléchit à l'énormité qu'elle devait affronter, l'esprit trop pratique pour ne pas reconnaître les difficultés et les dangers. Cependant, ce n'était pas la première fois qu'elle se tenait au bord de l'abysse et regardait la ruine – financière et sociale – droit dans les yeux.

Prenant la lettre, elle s'assit et la relut. Elle était arrivée en réponse à une missive urgente dépêchée par elle à Londres trois jours plus tôt. Trois jours plus tôt, quand son univers avait, pour la seconde fois dans sa vie, été ébranlé à sa base même.

Pendant qu'elle époussetait la chambre de son père, une domestique avait découvert un document juridique enfoncé dans un vase. Heureusement, la fille avait eu le bon sens d'apporter le papier à la gouvernante et cuisinière, madame Figgs, qui s'était immédiatement rendue d'un pas affairé dans la bibliothèque et l'avait déposé devant elle.

Satisfaite de n'avoir rien raté dans la réponse de Wiggs, Alathea mit sa lettre de côté. Son regard vagabonda vers le tiroir gauche de la table où se trouvait le maudit document au cœur de cette affaire. Un billet à ordre. Elle n'avait pas besoin de le relire : chaque détail était gravé dans son cerveau. Le billet engageait le comte de Meredith à payer sur demande une somme qui excédait la valeur totale actuelle du comté. En retour, le comte recevrait un coquet pourcentage des profits réalisés par la Société aurifère de l'Afrique centrale et orientale.

Il n'y avait, évidemment, aucune garantie que de tels profits se réalisent et ni elle ni Wiggs, ni aucun de ses pairs n'avaient même entendu parler de la Société aurifère de l'Afrique centrale et orientale.

S'il y avait eu quelque chose de positif à gagner en brûlant le billet, elle aurait joyeusement bâti un feu de joie sur le tapis d'Aubusson, mais ce n'était qu'une copie. Son cher et distrait père, irrémédiablement incapable, avait officiellement renoncé, totalement sans le comprendre, à l'avenir de sa famille. Wiggs avait confirmé que le billet était légalement solide et exécutable, de sorte que si la demande était faite pour le montant stipulé, la famille ferait banqueroute. Ils perdraient non seulement les propriétés secondaires et la résidence Morwellan à Londres, toutes encore hypothéquées au maximum, mais aussi Morwellan Park et tout ce qui venait avec.

Si elle souhaitait s'assurer que les Morwellan demeurent à Morwellan Park, que Charlie et ses fils reçoivent en héritage la demeure ancestrale intacte, que ses demi-sœurs profitent de leur entrée dans le monde pour avoir une chance de faire le mariage qu'elles méritent, elle allait devoir trouver une façon de se sortir de là.

Exactement comme elle l'avait déjà fait.

Tapotant distraitement le buvard avec son crayon, Alathea contempla sans le voir le portrait de son arrière-grand-père la regardant d'en haut en face d'elle sur le côté long de la pièce.

Ce n'était pas la première fois que son père avait amené le comté au bord de la faillite ; elle avait déjà affronté la possibilité de la pauvreté abjecte. Pour une femme de bonne famille élevée dans le cercle d'élite de la haute société, la perspective avait été – et elle l'était toujours – effrayante, encore plus parce que cela dépassait quelque peu son entendement. De la pauvreté abjecte, elle n'avait qu'une vague idée – elle ne se souhaitait pas à elle-même et encore moins à son innocente fratrie de faire la connaissance plus intime de cet état.

Du moins, cette fois, elle était plus mature, plus expérimentée en la matière – mieux capable de gérer la menace. La première fois…

Ses pensées revinrent à cet après-midi onze ans auparavant quand, au moment où elle s'apprêtait à faire son entrée dans le monde, le destin l'avait obligée à s'arrêter, à respirer et à changer de direction. Depuis ce jour, elle portait le fardeau de la gestion des finances de la famille, travaillant sans relâche pour rétablir la fortune familiale tout en maintenant l'apparence de l'aisance. Elle avait insisté pour que les garçons étudient à Eton et ensuite à Oxford ; Charlie s'y rendrait pour la session d'automne en septembre. Elle avait grappillé et économisé pour amener Mary et Alice en ville pour leur entrée dans le monde et avoir suffisamment de fonds pour les présenter avec élégance.

La maisonnée attendait avec impatience de partir pour Londres dans quelques jours seulement. En ce qui la concernait, elle anticipait le goût de sa victoire subtile sur le destin quand ses demi-sœurs auraient effectué leurs révérences devant la société.

Pendant de longs moments, Alathea regarda fixement au fond de la pièce en réfléchissant, en évaluant – en rejetant. Cette fois, la frugalité ne servirait pas sa cause – aucune somme grappillée ne pourrait totaliser le montant nécessaire pour satisfaire à l'obligation stipulée dans le billet. Se retournant, elle ouvrit le tiroir de gauche. Récupérant le billet, elle le relut attentivement en l'évaluant avec soin. En tenant compte de la très réelle possibilité que la Société aurifère de l'Afrique centrale et orientale puisse être une affaire de fraude.

La compagnie donnait cette impression ; aucune entreprise légitime n'aurait dupé son père, manifestement aucunement versé dans les transactions d'affaires, pour qu'il engage une somme si énorme dans un projet spéculatif, certainement pas sans une certaine évaluation discrète pour savoir s'il pouvait satisfaire à son obligation. Plus elle réfléchissait, plus elle était convaincue que ni elle ni Wiggs n'avaient commis d'erreur : la Société aurifère de l'Afrique centrale et orientale était une escroquerie.

Elle n'était pas du tout encline à renoncer humblement à tout ce pour quoi elle s'était battue, à tout ce à quoi elle avait consacré ses onze dernières années – assurer l'avenir de sa famille – pour enrichir une bande de sales fripouilles.

Il devait y avoir un moyen de s'en sortir – il lui incombait de le découvrir.

CHAPITRE 1

6 mai 1820
Londres

Des filets de brume entouraient les épaules de Gabriel Cynster alors qu'il rôdait autour du porche de l'église St-Georges, juste à côté de Hanover Square. L'air était frais, l'obscurité sous le porche tachée ici et là de faibles rayons de lumière jetés par les réverbères.

Il était trois heures ; le Tout-Londres chic dormait. Les fiacres transportant les fêtards de fin de soirée avaient cessé de gronder – un calme intense, mais vigilant régnait sur la ville.

Atteignant le bout du porche, Gabriel pivota. Yeux plissés, il scruta le tunnel de pierre formé par l'entrée de l'église et les hautes colonnes soutenant sa façade. La brume tourbillonnait et tournoyait, obscurcissant sa vision. Il s'était tenu à ce même endroit une semaine auparavant, observant Demon, l'un de ses cousins, partir en voiture avec sa nouvelle épouse. Il avait eu un frisson inattendu – une prémonition, un pressentiment ; c'était peut-être en prévision de ce soir.

Trois heures sous le porche de St-Georges – c'était ce que mentionnait la note. Il avait été tenté de ne pas s'en occuper, sûrement une blague idiote, mais quelque chose dans les mots l'avait poussé à venir, une envie plus puissante que la curiosité. La note avait été écrite par désespoir, bien que, malgré une analyse approfondie, il ne voyait pas pourquoi il en était si sûr. La mystérieuse comtesse, qui qu'elle soit, lui avait écrit simplement et franchement en sollicitant cette rencontre afin de lui expliquer pourquoi elle avait besoin de son aide.

Il était donc ici – où était-elle ?

Sur cette pensée, les cloches de la ville retentirent, les échos dérangeant le lourd manteau de la nuit. Les cloches de la tour ne sonnaient pas tous les tours de garde de nuit ; elles étaient suffisantes pour établir un rythme étrange, une série de sons répétés sur différentes tonalités. Les notes étouffées s'estompèrent, puis moururent. Le silence redescendit encore une fois sur la ville.

Gabriel remua. Impatient, il parcourut encore la longueur du porche d'un pas lent et nonchalant.

Et elle apparut, sortant des ombres profondes autour du porche de l'église. La brume s'accrocha à ses jupes quand elle tourna, lentement, majestueusement pour le regarder en face. Elle était vêtue d'une cape et voilée, aussi impénétrable, secrète et mystérieuse que la nuit.

Gabriel plissa les yeux. Était-elle là depuis le début ? L'avait-il dépassée sans la voir ni sentir sa présence ? Sans ralentir, il continua vers elle. Elle leva la tête quand il approcha, mais seulement un peu.

Elle était très grande. Stoppant à seulement trente centimètres d'elle, Gabriel découvrit qu'il ne pouvait pas voir par-dessus sa tête, ce qui était stupéfiant. Il mesurait bien plus d'un mètre quatre-vingts ; la comtesse devait elle-même faire environ la même taille. Malgré la lourde cape, un regard avait suffi à lui assurer que sa taille était parfaitement proportionnée.

— Bonjour, monsieur Cynster. Merci d'être venu.

Il inclina la tête, abandonnant toute pensée folle qu'il s'agissait d'un tour idiot – d'un jeune habillé en femme. Les quelques pas qu'elle avait effectués, la façon dont elle s'était retournée – ses sens expérimentés repéraient ses mouvements comme étant ceux d'une femme. Une femme mature : elle n'était certainement pas jeune.

— Dans votre note, vous mentionniez avoir besoin de mon concours.

— C'est vrai.

Après un moment, elle hocha la tête.

— Ma famille en a besoin.

— Votre famille ?

Dans la pénombre, son voile était impénétrable ; il ne pouvait même pas voir un soupçon de son menton ou de ses lèvres.

— Ma belle-famille, devrais-je dire.

Son parfum flotta jusqu'à lui, exotique, attirant.

— Vous feriez peut-être mieux d'expliquer votre problème et la raison pour laquelle vous croyez que je peux vous venir en aide.

— Vous pouvez m'aider. Je n'aurais jamais demandé à vous rencontrer – je n'aurais jamais révélé ce que je suis sur le point de vous confier – si je ne savais pas que vous pouviez m'aider.

Elle marqua une pause, puis elle inspira.

— Mon problème concerne un billet à ordre signé par mon défunt mari.

— Votre défunt mari ?

Elle inclina la tête.

— Je suis veuve.

— Depuis quand votre mari est-il mort ?

— Il y a plus d'un an.

— Donc, son domaine a été homologué par le tribunal des successions ?

— Oui. Le titre et la propriété en question appartiennent à présent à mon beau-fils, Charles.

— Beau-fils ?

— J'étais la deuxième épouse de mon mari. Nous nous sommes mariés il y a quelques années – pour lui, c'était un second mariage très tardif. Il a été malade quelque temps avant sa mort. Tous ses enfants sont nés de sa première femme.

Il hésita, puis il demanda :

— Dois-je comprendre que vous avez pris les enfants de votre défunt mari sous votre aile ?

— Oui. Je considère leur bien-être comme ma responsabilité. C'est à cause de cela – à cause d'eux – que je cherche votre secours.

Gabriel observa son attitude voilée, sachant qu'elle étudiait la sienne.

— Vous avez parlé d'un billet à ordre.

— Je devrais expliquer que mon mari avait une faiblesse pour les projets spéculatifs. Au cours de ses dernières années de vie, l'agent d'affaires de la famille et moi-même nous sommes efforcés de maintenir ses investissements hors de telles combines, et nous avons très bien réussi. Cependant, il y a trois semaines, une domestique est tombée par hasard sur un document juridique, rangé et clairement oublié. C'était un billet à ordre.

— Au nom de quelle compagnie ?

— La Société aurifère de l'Afrique centrale et orientale. En avez-vous entendu parler ?

Il secoua la tête.

— Pas un mot.

— Notre agent non plus, et aucun de ses pairs.

— L'adresse de la compagnie devrait se trouver sur le billet.

— Elle n'y est pas ; il n'y a que le nom de la firme d'avocats qui a rédigé le document.

Gabriel jongla avec les pièces du puzzle qu'elle lui tendait, conscient que chaque morceau avait d'abord été vérifié avec soin.

— Ce billet, l'avez-vous ?

De sous sa cape, elle sortit le parchemin roulé.

Le prenant, Gabriel réprima un haussement de sourcils – elle était certainement venue préparée. Malgré de gros efforts pour voir, il n'eut aucun aperçu de la robe sous la volumineuse cape. Ses mains étaient également couvertes, enveloppées dans des gants de cuir assez longs pour rejoindre les poignets de ses manches. Déroulant le parchemin, il se tourna afin que la lumière des réverbères tombe sur l'unique feuille. Le nom du signataire – la première chose qu'il regarda – était caché par un épais morceau de papier fixé en place avec de la cire à sceller. Il regarda la comtesse.

Calmement, elle déclara :

— Il n'est pas nécessaire que vous connaissiez le nom de la famille.

— Pourquoi pas ?

— Cela deviendra évident lorsque vous lirez le billet.

Plissant les paupières sous la faible lumière, il s'exécuta.

— Cela semble légal.

Il le relut, puis il leva la tête.

— L'investissement est certainement important et, comme il est de nature spéculative, il constitue par conséquent un très grand risque. Si l'on n'a pas enquêté sur la compagnie et que personne ne s'est porté garant pour elle, alors l'investissement n'est pas sage. Je ne vois pas, par contre, votre problème.

— Le problème repose dans le fait que le montant promis est considérablement plus élevé que la valeur totale actuelle du comté.

Gabriel regarda encore une fois la somme écrite sur le billet et refit un calcul rapide, mais il n'avait pas mal lu.

— Si cette somme vide les coffres du comté, alors…

— Exactement, dit la comtesse avec une finalité qui lui semblait caractéristique. J'ai mentionné que mon mari aimait la spéculation. La famille survit depuis plus d'une décennie au bord de la ruine financière, depuis avant mon arrivée comme épouse. Après notre mariage, j'ai découvert la vérité. Après cela, j'ai supervisé toutes les affaires financières.

À deux, l'agent d'affaires de mon mari et moi, nous avons été capables de maintenir la situation et de garder la tête de la famille hors de l'eau.

Sa voix se durcit dans une vaine tentative de cacher sa vulnérabilité.

— Ce billet, par contre, sonnerait la fin. Notre problème en bref est que ce billet semble en effet légal, auquel cas, s'il est exécuté et que l'argent est exigé, la famille fera banqueroute.

— Ce qui explique pourquoi vous ne désirez pas que je connaisse votre nom.

— Vous connaissez la haute société : nous évoluons dans les mêmes cercles. Si le moindre indice de nos déboires financiers venait à être un fait connu, même en mettant de côté la menace du billet, la famille serait ruinée d'un point de vue social. Les enfants ne pourraient jamais prendre leurs places légitimes dans notre monde.

— Les enfants. Vous avez mentionné Charles, le jeune comte. Quels autres ?

Elle hésita, puis elle dit :

— Il y a deux filles, Maria et Alicia – nous sommes en ville parce qu'elles doivent être présentées. J'ai économisé pendant des années afin qu'elles fassent leur entrée dans le monde…

Sa voix s'estompa. Après un moment, elle continua.

— Et il y en a deux autres encore en classe, et une cousine plus âgée, Seraphina ; elle fait partie de la famille aussi.

Gabriel écouta davantage son ton de voix que ses mots. Son dévouement résonnait clairement – l'amour, l'engagement. L'angoisse. Peu importe ce que la comtesse dissimulait encore, elle ne pouvait pas cacher cela.

Levant le billet, il examina la signature du président de la compagnie. Composée de traits gras et durs, la signature était illisible et certainement pas une qu'il connaissait.

— Vous n'avez pas dit pourquoi vous croyez que je peux vous aider.

Son ton était vague – il avait déjà deviné la réponse. Elle redressa les épaules.

— Nous – notre agent et moi – croyons que la compagnie est une affaire frauduleuse, une entreprise créée uniquement pour soutirer des fonds à des investisseurs crédules. Le billet lui-même est douteux en ce sens qu'il ne présente ni l'adresse de la compagnie ni ses principaux actionnaires, et il y a également le fait qu'une entreprise de spéculation légitime acceptant un billet à ordre pour une telle somme chercherait à effectuer quelques vérifications pour s'assurer que la somme pourrait bien être payée.

— Aucune vérification n'a été réalisée ?

— Elle aurait été signalée à notre agent d'affaires. Comme vous pouvez l'imaginer, notre banque est en communication étroite avec lui depuis des années. Nous avons vérifié autant que nous l'avons pu sans éveiller les soupçons et nous n'avons rien trouvé pour changer d'avis. La Société aurifère de l'Afrique centrale et orientale ressemble à une escroquerie. Et, si c'est le cas et que nous sommes capables de réunir assez de preuves pour les présenter à la chancellerie, le billet à ordre pourrait être déclaré invalide. Cependant, nous devons réussir avant que le billet soit réclamé, et il a été signé il y a un an déjà.

Gabriel la contempla en roulant le billet ; malgré le voile et la cape, il avait l'impression de connaître beaucoup de choses sur elle.

— Pourquoi moi ?

Il lui tendit le billet ; elle le prit, le glissant une fois de plus sous sa cape.

— Vous vous êtes bâti un genre de réputation pour mettre au jour les combines frauduleuses et – levant la tête, elle l'étudia – vous êtes un Cynster.

Il rit presque.

— Pourquoi cela importe-t-il ?

— Parce que les Cynster aiment les défis.

Il regarda son visage voilé.

— Vrai, dit-il d'une voix qui ronronnait.

Le menton de la femme se releva d'un cran.

— Et parce que je sais que je peux confier le secret de ma famille à un Cynster.

Il haussa un sourcil, l'invitant à s'expliquer.

Elle hésita, puis elle déclara :

— Si vous acceptez de nous aider, je devrai vous demander de jurer que vous ne chercherez jamais à nous identifier, ma famille et moi.

Elle s'arrêta, puis elle poursuivit.

— Et si vous n'acceptez pas de nous aider, je sais que je peux être certaine que vous ne parlerez pas de cette rencontre ni de vos déductions à qui que ce soit.

Gabriel haussa les deux sourcils ; il la contempla avec un amusement voilé et un certain respect. Elle avait une audace rarement présente chez les femmes – cela seul pouvait expliquer cette mascarade, bien pensée, bien exécutée. La comtesse avait toute sa raison ; elle avait étudié sa cible et elle avait bien établi ses plans – développer ses attraits.

Elle lui offrait délibérément un défi.

S'était-elle imaginé, se demanda-t-il, qu'il se concentrerait uniquement sur la compagnie ? L'autre défi qu'elle lui présentait sous le nez était-il intentionnel ou…

Était-ce important ?

— Si j'accepte de vous aider, par quoi commencerions-nous, selon vous ?

La question fusa avant qu'il réfléchisse – une fois qu'il l'eut fait, il haussa mentalement les sourcils devant le « nous ».

— Les avocats de la compagnie. Du moins, ceux qui ont rédigé le billet : Thurlow et Brown. Leurs noms sont sur le document.

— Mais pas leur adresse.

— Non ; mais s'il s'agit d'une firme légitime – et elle doit l'être, ne croyez-vous pas ? – alors, elle sera facile à retrouver. J'aurais pu m'en charger moi-même, mais…

— Mais vous ne pensiez pas que votre agent d'affaires approuverait ce que vous aviez en tête une fois que vous aurez découvert l'adresse, alors vous ne vouliez pas le lui demander ?

Malgré son voile, il pouvait imaginer le regard qu'elle lui lança, le plissement de ses yeux, le raffermissement de ses lèvres. Elle hocha la tête, encore une fois cette affirmation assurée.

— Exactement. J'imagine qu'une certaine forme de recherche sera nécessaire. Je doute qu'une firme d'avocats légitime offre volontairement des informations sur un de ses clients.

Gabriel n'en était pas aussi certain – il le saurait une fois qu'il aurait trouvé Thurlow et Brown.

— Nous allons devoir découvrir qui sont les principaux actionnaires de la compagnie et nous informer ensuite en détail sur les affaires de l'entreprise.

— Les affaires potentielles.

Il lui décocha un regard en souhaitant pouvoir voir à travers son voile.

— Vous comprenez que toute enquête risque d'alerter les actionnaires de la compagnie ? Si elle est l'escroquerie que vous pensez, alors toute indication d'un intérêt trop vif d'une personne, particulièrement moi, précipitera la réclamation des fonds promis. C'est ainsi que les escrocs réagiront : ils s'empareront de ce qu'ils peuvent et ils disparaîtront avant qu'on en apprenne trop.

Ils étaient debout depuis plus d'une demi-heure sous le porche semblable à un mausolée. La température baissait à mesure que l'aube approchait ; le froid de la brume s'intensifiait. Gabriel en était conscient, mais sous sa cape, il n'avait pas froid. Sous la sienne, la comtesse était tendue, presque frissonnante.

Serrant les lèvres, il réprima son envie de l'attirer près de lui ; il déclara impitoyablement, avec acharnement :

— En menant une enquête sur la compagnie, vous risquez que le billet soit réclamé et que votre famille fasse banqueroute.

Si elle était décidée à braver le feu, elle devait comprendre qu'elle pouvait se brûler. Elle leva la tête ; son échine se raidit.

— Si je ne mène pas une enquête sur la compagnie pour prouver qu'il s'agit d'une escroquerie, ma famille fera assurément banqueroute.

Il l'écouta, mais il ne décela aucune trace d'hésitation ; rien d'autre qu'une détermination avisée, mais inébranlable. Il hocha la tête.

— Très bien. Si vous avez pris la décision d'enquêter sur la compagnie, alors oui, je vous aiderai.

S'il s'était attendu à des remerciements exubérants, il aurait été déçu : heureusement, il n'avait pas cette espérance. Elle se tenait immobile en l'étudiant.

— Et vous allez jurer…

Réprimant un soupir, il leva la main droite.

— Devant Dieu, je jure…

— Sur votre nom en tant que Cynster.

Il la regarda en cillant, puis il continua.

— Sur mon nom en tant que Cynster que je ne chercherai pas à vous identifier, ni votre famille. Ça va ?

Son soupir tomba comme de la soie sur la nuit.

— Oui.

Elle se détendit, perdant une bonne partie de sa raideur. Celle de Gabriel augmenta en proportion.

— Quand des gentlemen concluent une entente, ils se serrent habituellement la main.

Elle hésita, puis elle en tendit une.

Il l'empoigna, puis il modifia sa prise, ses doigts glissant autour de ceux de la dame jusqu'à ce que son pouce repose sur sa paume.

Il entendit sa brusque inspiration, il sentit l'accélération de son pouls, il sentit le choc qui lui fit l'effet d'une brûlure. Avec son autre main, il releva son menton, positionnant ses lèvres en angle avec les siennes.

— Je pensais que nous allions nous serrer la main.

Ses mots étaient prononcés dans un murmure essoufflé.

— Vous n'êtes pas un gentleman.

Il étudia son visage ; l'éclat de ses yeux était tout ce qu'il pouvait voir à travers le fin voile noir, mais sa tête étant relevée, il pouvait distinguer le contour de ses lèvres.

— Quand un gentleman et une dame scellent un pacte, ils le font comme ceci.

Abaissant la tête, il frôla ses lèvres avec les siennes. Sous la soie, elles étaient douces, élastiques et délicieuses – une pure tentation.

Elles bougèrent à peine sous les siennes, néanmoins, leur promesse inhérente était facile à deviner, très facile à comprendre pour lui. Ce baiser aurait dû se classer comme le plus chaste de sa carrière – par contre, c'était comme approcher une étincelle d'une mèche d'amadou, le prélude à l'incendie. Cette conviction – ferme et définitive – le secoua. Il leva la tête, il baissa les yeux sur son visage voilé et il se demanda si elle le savait.

Ses doigts, toujours enfermés dans les siens, tremblaient. Par l'entremise de ses doigts sous son menton, il sentit la tension fragile qui s'était emparée d'elle. Le regard sur son visage, il leva sa main et il effleura ses doigts gantés d'un baiser, puis il la libéra à contrecœur.

— Je vais découvrir où Thurlow et Brown suspendent leur plaque et voir ce que je peux découvrir.

Je présume que vous désirez être tenue informée. Comment vous contacterai-je ?

Elle recula d'un pas.

— C'est moi qui communiquerai avec vous.

Il sentit son regard parcourir son visage, puis, toujours tendue de manière instable, elle reprit son calme et inclina la tête.

— Merci. Bonne nuit.

La brume s'écarta d'elle avant de se reformer derrière elle pendant qu'elle descendait les marches du porche. Puis, elle disparut, le laissant seul dans l'ombre.

Gabriel prit une profonde inspiration. La brume transportait les sons de son départ jusqu'à ses oreilles. Ses chaussures martelèrent la chaussée, puis un harnais claqua. Des pieds plus lourds avancèrent et un loquet cliqueta, puis, après une pause, il cliqueta de nouveau. Cela fut suivi quelques secondes plus tard par un claquement de rênes sur la croupe d'un cheval, puis du bruit de ferraille des roues d'un carrosse qui se mettait en route et disparaissait dans la nuit.

Il était trois heures et demie, et il était complètement réveillé.

Ses lèvres se courbant d'une manière pleine de dérision, Gabriel descendit du porche. Resserrant sa cape autour de lui, il partit à pied pour parcourir la courte distance jusqu'à sa maison.

Il se sentait gonflé d'énergie, prêt à affronter le monde. Le matin précédent, avant l'arrivée de la note de la comtesse, il était assis, l'air morose en buvant son café et en se demandant comment s'extraire du bourbier d'ennui mécontent dans lequel il était plongé. Il avait contemplé toutes les entreprises, tous les projets, tous les divertissements – aucun n'avait suscité la moindre étincelle d'intérêt.

Le mot de la comtesse avait aiguisé non seulement son intérêt, mais aussi sa curiosité et entraîné des suppositions. Sa curiosité était largement satisfaite ; ses suppositions, par contre…

Voilà une veuve courageuse prête à relever fermement les défis pour défendre sa famille – sa belle-famille, rien de moins – contre la certitude de devenir des parents pauvres, sinon des parias. Ses ennemis étaient les commanditaires financiers nébuleux d'une compagnie que l'on soupçonnait d'escroquerie. La situation exigeait une action décisive tempérée par la prudence, les enquêtes et les recherches devant rester secrètes et clandestines. Cette partie, elle lui en avait fait part.

Donc, que savait-il ?

Elle était Anglaise, indéniablement élevée dans la bonne société – son accent, son maintien et son calme en déclarant qu'ils évoluaient dans les mêmes cercles avaient réglé la question. Et elle connaissait bien les Cynster. Non seulement elle l'avait déclaré, toute sa présentation avait été conçue avec expertise pour faire appel à ses instincts de Cynster.

Gabriel tourna dans Brook Street. Une chose que la comtesse ignorait était qu'il réagissait rarement de manière impulsive ces temps-ci. Il avait appris à rappeler ses instincts à l'ordre – ses transactions d'affaires l'exigeaient. Il détestait également être manipulé – dans n'importe quel domaine. Dans ce cas-ci, par contre, il avait décidé de jouer le jeu.

Après tout, la comtesse était un défi intrigant en soi. L'ensemble de son mètre quatre-vingts. Et une bonne partie de son mètre quatre-vingts était des jambes ; une considération sûre de retenir son intérêt de séducteur. Quant à ses lèvres et aux délices qu'elles promettaient… il avait déjà décidé qu'elles seraient à lui.

À l'occasion, des liaisons se nouaient ainsi ; un regard, un toucher et il savait. Il était toutefois incapable de se rappeler avoir déjà ressenti un effet aussi puissant ni de s'être engagé si fermement et assurément dans la chasse. Et dans son ultime conséquence.

Encore une fois, il eut une poussée d'énergie. Ceci – la comtesse et son problème – était exactement ce dont il avait besoin pour remplir le vide actuel dans sa vie : un défi jumelé à une conquête.

Arrivant chez lui, il monta les marches et entra par lui-même. Il ferma et verrouilla la porte, puis il jeta un coup d'œil vers le salon. Dans la bibliothèque près du foyer se trouvait un exemplaire de *Burke's Peerage.*

Ses lèvres tressaillant de plaisir, il avança à grands pas vers l'escalier. S'il n'avait pas promis de ne pas chercher à connaître son identité, il se serait rendu directement à la bibliothèque et il aurait vérifié, malgré l'heure, quel comte était mort récemment pour se voir succéder par un fils appelé Charles. Ils ne seraient pas très nombreux. Au lieu de cela, se sentant résolument vertueux, une chose qui ne se produisait pas souvent, il prit la direction de son lit, toutes sortes de plans lui tournant dans la tête.

Il lui avait promis de ne pas chercher à connaître son identité – il n'avait pas promis de ne pas la persuader de tout lui révéler.

Son nom. Son visage. Ses longues jambes. Et plus.

— *Alors ?* Comment cela s'est-il passé ?

Relevant son voile, Alathea fixa le groupe de visages avides rassemblé au bas des marches. Elle venait tout juste de passer le seuil de Morwellan House dans Mount Street ; derrière elle, Crisp, le majordome, fit glisser les verrous en place et il pivota, désireux de ne rien rater de son récit. La question avait été posée par Nellie, la femme de chambre d'Alathea, actuellement enveloppée d'un vieux peignoir à dessin cachemire. Entourant Nellie dans différents vêtements d'intérieur, se tenaient d'autres membres de sa bande de fidèles – les domestiques de rang supérieur de la maisonnée.

— Allez, milady, ne nous faites pas languir.

Cela venait de Figgs, la cuisinière et gouvernante. Les autres hochèrent la tête – Folwell, le valet d'Alathea, son toupet oscillant, et Crisp, qui se joignit à eux, portant le billet à ordre roulé qu'elle lui avait remis afin qu'il le garde en lieu sûr.

Alathea soupira en silence. Dans quel autre établissement mondain la dame de la maison, revenant d'un rendez-vous illicite à quatre heures, serait-elle accueillie ainsi ?

Calmant ses nerfs agités, se disant en elle-même que le fait qu'il l'ait embrassée n'était pas visible, elle repoussa son voile en arrière.

— Il a accepté.

— Bon ; et voilà !

Mince comme un fil, mademoiselle Helm, la gouvernante des enfants, serra nerveusement son châle rose.

— Je suis certaine que monsieur Cynster s'occupera de tout et qu'il dévoilera le jeu de ces affreux hommes.

— Béni soit-il, entonna Connor, le sévère habilleur de Serena.

— En effet.

Alathea avança sous la lumière jetée par les bougies que Nellie, Figgs et mademoiselle Helm tenaient.

— Cependant, vous devriez tous être au lit. Il a accepté de nous aider ; il n'y a rien de plus à entendre.

Elle attira le regard de Nellie.

Nellie renifla, mais elle garda le silence.

Alathea chassa les autres, puis elle monta l'escalier avec Nellie sur ses talons pour lui éclairer la voie.

— Alors, que s'est-il passé ? siffla Nellie quand elles atteignirent la galerie.

— Chut !

Alathea gesticula pour désigner le fond du couloir. Nellie grommela, mais elle tint sa langue quand elles passèrent devant la chambre des parents d'Alathea, puis de celle de Mary et d'Alice pour enfin rejoindre la sienne, au bout du couloir.

Nellie ferma la porte derrière elles. Alathea dénoua sa cape, puis elle la laissa tomber – Nellie l'attrapa alors qu'elle s'écartait.

— Allons donc, ma jolie demoiselle : vous n'allez pas me dire qu'il n'a pas percé à jour votre déguisement ?

— Bien sûr qu'il n'a rien vu ; je t'ai dit que ce serait le cas.

Il ne l'aurait pas embrassée, le cas échéant. Se laissant choir sur le tabouret de sa coiffeuse, Alathea retira les épingles dans sa chevelure, libérant l'épaisse masse de son chignon inhabituel. Elle portait normalement ses cheveux noués sur le dessus de sa tête avec des mèches folles et gonflées autour de son visage, formant un cadre vivant. C'était un style ancien, mais il lui allait bien. Le chignon derrière la tête lui allait bien aussi, mais le style inhabituel avait tiré ses cheveux dans toutes les directions – son crâne la faisait souffrir.

Nellie vint l'aider, fronçant les sourcils alors qu'elle cherchait les épingles dans la douce masse soyeuse.

— Je ne peux pas croire qu'après toutes ces années passées ensemble à vagabonder dans les champs, il ne vous ait pas reconnue tout de suite simplement en vous regardant, avec ou sans la voile et la cape.

— Tu oublies que malgré les années que nous avons passées « à vagabonder dans les champs », Rupert m'a à peine vue depuis une décennie. Seulement une rencontre occasionnelle ici et là.

— Il n'a pas reconnu votre voix ?

— Non. Mon timbre de voix était très différent.

Elle avait parlé comme si elle s'adressait à Augusta, d'une voix basse et chaleureuse, et non acide et irritée comme lorsqu'elle lui parlait normalement. À l'exception de ces quelques moments où elle avait manqué de souffle..., mais elle ne pensait pas qu'il ne l'ait jamais entendue quand elle était essoufflée. Elle ne se rappelait pas s'être sentie aussi nerveuse et agitée auparavant. Avec un soupir, elle laissa sa tête s'incliner vers l'arrière quand sa chevelure fut enfin libérée de sa coiffure.

— Tu ne m'accordes pas assez de mérite. Après tout, je suis une excellente actrice.

Nellie grommela, mais elle ne discuta pas. Elle commença à brosser les longs cheveux d'Alathea. Fermant les yeux, cette dernière se détendit. Elle excellait dans les petites comédies ; elle pouvait très bien se mettre dans un rôle, tant qu'elle comprenait le personnage. Dans ce cas-ci, c'était facile.

— Je suis restée fidèle à la vérité autant que possible ; il pense réellement que je suis une comtesse.

Nellie s'indigna.

— Je ne vois toujours pas pourquoi vous ne pouviez pas simplement lui écrire une gentille lettre pour lui demander de vérifier cette compagnie pour vous.

— Parce que j'aurais dû la signer « Alathea Morwellan ».

— Il l'aurait fait, j'en suis convaincue.

— Oh, il n'aurait pas *refusé*, mais ce qu'il aurait fait aurait été de me diriger vers son agent d'affaires, ce monsieur Montague. Sans dire à Rupert *pourquoi* il fallait absolument prouver que cette compagnie est une escroquerie, cela n'aurait pas semblé une situation suffisamment importante pour le pousser personnellement à l'action.

— Je ne vois pas pourquoi vous ne pouviez pas simplement lui dire…

— Non !

Ouvrant les yeux, Alathea se redressa. Pendant un instant, les limites entre la maîtresse et la femme de chambre furent claires – dans l'éclat matriarcal des yeux d'Alathea, dans son expression sévère et dans l'air tout à coup circonspect du visage de Nellie.

Alathea laissa son expression se détendre ; elle hésita, mais Nellie était la seule avec qui elle osait discuter de ses plans, la seule qui les connaissait bien. La seule à qui elle faisait confiance, même si elle se doutait que cela signifiait faire confiance à tous les autres au rez-de-chaussée. Comme ils n'en feraient jamais mention, elle pouvait vivre tranquille avec cela. En inspirant, elle s'installa sur son tabouret.

— Crois-le ou non, Nellie, j'ai encore ma fierté.

Elle ferma les yeux quand Nellie recommença le brossage.

— Parfois, je pense que c'est tout ce qu'il me reste vraiment. Je ne la mettrai pas en danger en disant tout, même à lui. Personne ne sait comme nous sommes passés près de la ruine – la profondeur de la catastrophe que nous affrontons aujourd'hui.

— Il serait compatissant, je pense. Il ne répandrait pas le bruit partout.

— Ce n'est pas l'important. Pas avec lui. Je ne pense pas que tu puisses imaginer, Nellie, à quel point les Cynster sont riches. Moi-même, j'ai de la difficulté à appréhender les sommes qu'il gère régulièrement.

— J'vois pas c'que ça pourrait faire, de mon point d'vue. Alathea sentit les tiraillements habituels quand Nellie commença à tresser ses cheveux.

— Disons seulement que bien que je puisse me battre contre des entreprises frauduleuses et le désastre imminent, la seule chose que je pense vraiment ne pas pouvoir affronter, c'est la pitié.

Sa pitié.

Nellie soupira.

— Ah, eh bien, si c'est ainsi que cela doit être…

Alathea sentit son haussement d'épaules fataliste. Après un moment, Nellie lui demanda :

— Mais comment avez-vous réussi à le convaincre d'accepter si vous ne lui avez pas parlé de la famille qui sera ruinée si cette maudite compagnie demande son argent ?

— *Cela* – Alathea ouvrit les yeux – était le but principal de mon déguisement. Je le lui ai dit. Tout. Je ne pouvais pas vraiment m'attendre à ce qu'il nous aide sans connaître les détails, et il n'aurait certainement pas offert son concours s'il n'y avait pas eu une vraie famille et une vraie menace. Il n'a jamais été facile à pousser à l'action, mais c'est un Cynster, et ils réagissent toujours à certaines incitations. Il devait être convaincu qu'il y avait une famille et une menace, mais la manière dont je lui ai raconté, c'est la famille de la comtesse. J'ai donné le rôle de mon défunt mari à mon père, avec moi comme comtesse, sa seconde femme et tous les enfants comme mes beaux-enfants au lieu de mes demi-frères et demi-sœurs. J'ai changé Serena en cousine.

Elle marqua une pause en évoquant ce souvenir.

— Que s'est-il passé ?

Alathea leva la tête pour voir Nellie la contempler avec inquiétude.

— Il est inutile de me dire que rien n'a mal tourné : je le vois toujours lorsque vous avez cet air-là.

— Rien ne s'est *mal* passé.

Elle n'avait aucune intention de parler du baiser à Nellie.

— Seulement, je n'avais pas pensé à des noms pour tous les enfants. Je me suis servie de Charles pour Charlie – après tout, c'est un prénom assez commun –, mais je ne m'étais pas attendue à ce que Rupert s'informe des autres. Quand il l'a fait… eh bien, j'étais si bien plongée dans mon rôle de comtesse que je ne pouvais pas vraiment réfléchir. Je les ai évoqués dans mon esprit et j'ai dû leur attribuer des noms instantanément sinon il serait devenu soupçonneux.

Lâchant la tresse terminée, Nellie la dévisagea.

— Vous ne les avez pas appelés par leurs véritables prénoms ?

Se levant, Alathea s'écarta de la coiffeuse.

— Pas tout à fait.

Nellie commença à délacer sa robe.

— Alors, comment les avez-vous appelés ?

— Maria, Alicia et Seraphina. J'ai omis les autres.

— Alors, que se passera-t-il la première fois qu'il se retrouvera dans une pièce avec un de ses livres qui énumère votre famille ? Tout ce qu'il aura à faire sera de chercher les comtes – comme vous êtes une comtesse – et cela lui sautera aux yeux. Et alors, il saura aussi qui vous êtes.

Se redressant, Nellie l'aida à retirer sa robe.

— Je ne voudrais pas être à votre place à ce moment-là, mademoiselle – pas quand il le découvrira. Il ne sera pas content.

— Je sais.

Alathea frissonna et elle pria pour que Nellie croie que c'était parce qu'elle avait froid. Elle savait exactement ce qui se passerait si elle jouait de malchance et que Rupert Melrose Cynster découvrait qu'*elle* était sa mystérieuse comtesse – qu'elle était la femme qu'il avait embrassée sous le porche de St-Georges.

Ce serait une pagaille monstre.

Il n'avait pas un tempérament sanguin, pas plus qu'elle. En fait, cela voulait dire qu'il ne semblait pas en avoir un, jusqu'à ce qu'il se mette en colère.

— C'est pourquoi, continua-t-elle, la tête émergeant de la chemise de nuit que Nellie avait jetée sur elle, je lui ai fait jurer de ne pas tenter de m'identifier. Selon mon plan, il n'aura jamais à savoir la vérité.

Elle savait qu'il n'aimerait pas qu'on l'ait berné. Il avait une profonde et très réelle aversion pour toute forme de tromperie. Cela, elle s'en doutait, était ce qui alimentait sa réputation grandissante d'homme qui démasquait les affaires frauduleuses.

— Pour l'instant, tout est parfait : il a rencontré la comtesse, il a entendu son histoire et il a accepté de lui venir en aide. En fait, il désire aider ; il veut démasquer ces hommes et leurs compagnies. C'est important.

Si elle tentait de rassurer Nellie ou elle-même, elle ne le savait pas trop ; son estomac ne s'était pas apaisé depuis qu'il l'avait embrassée.

— Lady Celia se plaint toujours qu'il est trop indolent, trop ennuyé par la vie. Le problème de la comtesse l'occupera avec quelque chose qui devrait l'intéresser.

Nellie s'étrangla de rire.

— Ensuite, vous direz qu'avoir été dupé aura été bon pour lui.

Alathea eut la grâce de rougir.

— Cela ne lui fera pas de mal. Et je vais être prudente, de sorte qu'il n'y a pas de raison de croire qu'il découvrira un jour qu'il a été dupé, comme tu le dis. Je vais m'assurer qu'il ne rencontre jamais la comtesse en plein jour ni sous un éclairage adéquat. Je porterai toujours un voile. Et des talons pour me faire paraître encore plus grande – elle indiqua de la main les chaussures à talons hauts qu'elle avait abandonnées près de la coiffeuse – et ce parfum – un autre geste montra le flacon en verre vénitien devant sa glace – qui ne ressemble à rien de ce qu'Alathea Morwellan a déjà porté, je ne vois vraiment pas de risque qu'il me reconnaisse.

Alathea s'avança en silence jusqu'au lit ; Nellie s'activa devant, retournant les couvertures et retirant la bassine en cuivre. Se glissant entre les draps, Alathea soupira.

— Donc, tout va bien. Et lorsque la compagnie sera démasquée et sa famille sauvée, la comtesse – elle agita gracieusement la main – disparaîtra dans un banc de brouillard, tout simplement.

Nellie grommela. Elle se déplaça dans la chambre, rangeant des choses, suspendant les vêtements d'Alathea. Depuis le placard, elle regarda Alathea derrière elle.

— Je ne vois toujours pas pourquoi vous ne pouviez pas aller le voir et lui dire en face de quoi il retourne. La fierté, c'est bien beau, mais c'est une affaire sérieuse.

— Ce n'est pas seulement de la fierté.

S'allongeant sur le dos, Alathea contempla le ciel de lit.

— Je ne le lui ai pas demandé franchement parce qu'il ne m'aurait très probablement pas aidée, pas personnellement. Il m'aurait dirigée vers Montague aussi vite que la politesse le lui aurait permis, et cela ne me va pas du tout. J'ai – nous avons – besoin de son aide et non de l'assistance de son homme de main. J'ai besoin d'un chevalier sur son cheval de bataille et non de son écuyer.

— Je ne vois pas cela : il aurait aidé ; pourquoi pas ? Ce n'est pas comme si vous n'aviez pas une histoire commune depuis toujours. Il vous connaît depuis le berceau. Vous jouiez ensemble lorsque vous étiez des bébés et tout au long des années jusqu'à ce que vous atteigniez vos quinze ans et que vous soyez prête à devenir une femme.

Son rangement terminé, bougie en main, Nellie s'approcha du grand lit.

— Si vous alliez seulement le trouver pour tout lui expliquer, je suis certaine qu'il aiderait.

— Crois-moi, Nellie, cela ne fonctionnerait pas. Bien qu'il aille se démener pour aider la mystérieuse comtesse, il ne ferait jamais la même chose pour moi.

Se tournant sur le flanc, Alathea ferma les yeux et ignora le reniflement incrédule de Nellie.

— Bonne nuit.

Après un moment, un « bonne nuit » grommelé à voix basse lui parvint. La lumière de la bougie dansant sur ses paupières s'estompa, puis la porte se ferma avec un clic quand Nellie sortit.

Alathea soupira, s'enfonçant plus profondément dans le matelas, essayant de détendre les muscles qui s'étaient raidis quand il l'avait embrassée. C'était l'unique événement qu'elle n'avait pas prévu, mais il était loin d'être sérieux, étant vraisemblablement le genre de badinage sophistiqué qu'il pratiquait avec toutes les femmes aimables. Si elle pouvait recommencer son numéro, elle y penserait à deux fois avant de se poser en veuve, une femme ayant déjà quitté le deuil, mais c'était fait – la mascarade avait commencé. Et bien qu'elle soit incapable de l'expliquer pleinement à Nellie, son numéro était absolument essentiel.

Rupert Melrose Cynster, son camarade de jeu dans l'enfance, était l'unique chevalier parfaitement armé qu'elle avait dû gagner à sa cause. Elle savait de quoi il était véritablement fait – ce qu'il pouvait accomplir, ce qu'il accomplirait une fois qu'il serait entièrement engagé dans une cause. Avec lui comme champion, ils auraient une vraie chance de triompher de la Société aurifère de l'Afrique centrale et orientale. Sans son assistance, cet exploit semblait presque impossible.

Le connaissant depuis toujours – si bien, si profondément – elle avait su que pour se garantir son engagement, elle allait devoir retenir son intérêt souvent inconstant. Elle avait besoin qu'il se concentre sur son problème en offrant volontiers ses talents considérables en soutien. Elle avait donc inventé la comtesse et, enveloppée d'un séduisant mystère, elle avait entrepris de le recruter, corps et âme, pour sa cause.

Elle avait gagné la première bataille : il était prêt à se battre pour elle. Pour la première fois depuis que Figgs avait posé le damné billet à ordre devant elle, elle se permit de croire à la victoire finale.

Aux yeux de la société mondaine, les Morwellan étaient en ville comme prévu pour permettre aux plus jeunes filles de s'incliner devant la bonne société et à Charlie de faire sa révérence. Elle, la fille aînée, une vieille fille à présent, se tiendrait dans l'ombre, aidant à l'entrée de ses demi-sœurs dans le monde, revêtant dans ses temps libres la cape et le voile pour se faire passer pour la comtesse et éliminer l'épée qui menaçait en ce moment l'avenir de sa famille.

Elle sourit à ces pensées si mélodramatiques. Elles lui venaient facilement en tête – elle savait précisément ce qu'elle faisait. Elle savait aussi précisément pourquoi Rupert ne l'aurait pas aidée comme il allait assister la comtesse, bien que cela ne soit pas une chose qu'elle soit pressée d'expliquer, même à Nellie.

Ils détestaient se trouver dans la même pièce et encore plus s'ils étaient à moins de deux mètres l'un de l'autre. Une plus grande proximité était comme de porter une chemise en haire. Ils étaient affligés de cette bizarrerie depuis qu'ils avaient respectivement onze et douze ans ; depuis ce temps-là, c'était une constante dans leur vie. Ce qui l'avait causée demeurait un mystère. Lorsqu'ils étaient plus jeunes, ils avaient tenté de l'ignorer, de faire semblant que cela n'existait pas, mais le soulagement qu'ils avaient ressenti tous les deux devant sa condition imminente de dame qui avait clairement mis fin à leur association quasi quotidienne avait été trop réel pour l'ignorer.

Évidemment, ils n'en avaient jamais discuté, mais la réaction de Rupert était présente dans le brun noisette de son regard, dans la tension soudaine de ses muscles, dans la difficulté qu'il avait à rester près d'elle plus de quelques minutes. Inconfortable n'était pas une description adéquate – l'affliction était bien pire que cela.

Elle n'avait jamais été capable de discerner si elle réagissait face à lui comme il réagissait face à elle ou si son trouble était né en réaction au sien. Quelle que soit la vérité, leur affliction mutuelle était une chose avec laquelle ils avaient appris à vivre, à dissimuler et ultimement, à éviter. Ni l'un ni l'autre ne provoquerait sans nécessité une rencontre prolongée.

C'était pourquoi, malgré le fait d'avoir grandi ensemble, bien que leurs familles fussent de si proches voisins, Rupert et elle n'avaient jamais valsé ensemble.

Ils avaient dansé – une contredanse. Même cela l'avait laissée essoufflée, irritable et complètement furieuse. Comme lui, elle n'était pas encline aux démonstrations de colère – le seul qui était capable de la provoquer, presque instantanément, c'était lui.

Et cela – tout cela – expliquait pourquoi la comtesse s'était rendue sous le porche de St-Georges. Bien qu'elle ne puisse pas, avec certitude, connaître son opinion et être ainsi sûre qu'il ne l'aurait pas aidée personnellement, elle imaginait que son instinct l'aurait poussé à l'aider, mais que sa réaction envers elle l'aurait incité à ne pas le faire. S'occuper de cette affaire pour elle signifiait la voir fréquemment, souvent seule, ce qui aggravait habituellement leur affliction. Ils s'étaient brièvement rencontrés seulement quelques mois plus tôt – leur affliction était plus forte que jamais. Ils avaient chacun provoqué chez l'autre une rage tremblante, en moins de trois minutes. Elle ne pouvait pas croire que si elle lui demandait son assistance, il romprait avec des années d'habitude et accepterait volontiers de passer des heures en sa compagnie – ou bien, s'il le faisait, ils se rendraient mutuellement fous.

Plus pertinemment, elle n'avait pas eu la force de courir le risque de le découvrir. Si elle lui avait présenté son problème pour qu'il se contente ensuite de l'envoyer consulter Montague, elle n'aurait pas pu ensuite apparaître sous les traits de la comtesse.

Elle n'avait pas eu le choix.

Il ne lui pardonnerait jamais, s'il le découvrait un jour – s'il apprenait qu'elle était la comtesse. Il ferait probablement pire que cela. Cependant, elle n'avait pas eu le choix – sa conscience ne la troublait pas, pas vraiment. S'il y avait eu un autre moyen sûr de l'amener à l'aider sans le tromper, elle l'aurait adopté, mais…

Elle était à moitié endormie, sombrant doucement dans le brouillard, son esprit repensant à des petits moments de leur rendez-vous, tournant de plus en plus autour de ce baiser dérangeant quand elle se réveilla en sursaut.

Clignant des paupières sur des yeux ronds, elle fixa le ciel de lit – et elle réfléchit au fait que leur affliction vieille d'une décennie ne s'était pas manifestée cette nuit.

CHAPITRE 2

— Ala-the-aaa. Holà ! Allie ! Peux-tu me passer le beurre, je te prie ?

Alathea se concentra : Alice pointait l'autre bout de la table du déjeuner. Elle jeta un coup d'œil perplexe dans cette direction, et son cerveau revint à la réalité avec un moment de retard ; soulevant le beurrier, elle le lui passa.

— Tu es dans la lune aujourd'hui.

Serena était assise à côté d'elle, au bout de la table. Alathea agita la main pour rejeter cette idée.

— Je n'ai pas très bien dormi hier.

Elle était tellement remontée, préparée à jouer la comtesse, voulant désespérément s'assurer l'assistance de Rupert qu'elle ne s'était pas du tout reposée avant son rendez-vous de trois heures. Et après… après sa réussite, après ce baiser, après s'être aperçue… elle chassa cette pensée troublante.

— Je ne suis pas encore habituée à tous les sons de la rue.

— Tu devrais peut-être emménager dans une autre chambre ?

Regardant le doux visage de Serena, ses sourcils froncés par l'inquiétude, Alathea pressa la main de sa belle-mère.

— Ne vous faites pas de soucis. Je suis parfaitement heureuse de ma chambre. Elle est face aux jardins, en fait.

Le visage de Serena s'apaisa.

— Eh bien… si tu es sûre. Mais, à présent qu'Alice t'a réveillée – ses yeux pétillèrent –, je voulais vérifier ce que nous avons les moyens de dépenser pour les robes de présentation des filles.

Alathea accorda volontiers son attention à Serena. Petite et potelée, avec un air de lady chic, Serena était douce et réservée ; néanmoins, en ce qui concernait l'affaire des débuts de ses filles dans le monde, elle s'était révélée astucieuse et à la hauteur. Avec un véritable soulagement, Alathea avait confié tous les détails de leur vie sociale, y compris leurs garde-robes, à Serena, plus satisfaite de jouer un second rôle dans ce domaine. Ils étaient en ville depuis un peu plus d'une semaine seulement et tout était en place pour une saison mondaine agréable dans l'ensemble.

Tout ce qu'elle avait à faire était de prouver que la Société aurifère de l'Afrique centrale et orientale était une escroquerie, et tout irait bien.

Cette pensée la ramena à sa préoccupation – et à l'homme qu'elle avait recruté la nuit précédente. Elle survola la table du regard, voyant sa famille comme à travers les yeux de Rupert. Elle et Serena discutaient de tissus, d'ornements et de bonnets avec

Mary et Alice suspendues à leurs lèvres. À l'autre bout de la table, son père, Charlie et Jeremy discutaient de divertissements plus masculins qui leur étaient offerts. Alathea entendit son père s'attarder sur les attractions du Gentleman Jackson's Boxing Saloon, une perspective sûre de divertir autant Charlie que son jeune frère précoce.

Laissant Serena, Mary et Alice débattre des couleurs, Alathea se tourna vers la plus jeune de la famille, assise en silence à côté d'elle, une grande poupée sur les genoux.

— Et comment allez-vous, toi et Rose, aujourd'hui, ma puce ?

Lady Augusta Morwellan leva d'immenses yeux bruns vers le visage d'Alathea et elle sourit avec confiance.

— J'ai passé un beau moment dans le jardin ce matin, mais Rose ici – elle tourna la poupée afin qu'Alathea puisse l'examiner – était grognon. Mademoiselle Helm et moi pensons que nous devrions l'emmener en promenade cet après-midi.

— Une promenade ? Oh, oui ! C'est une merveilleuse idée ; exactement ce dont nous avons besoin.

Ayant établi ses exigences vestimentaires, Mary, toute en bouclettes brunes dansantes et yeux brillants, était prête pour l'amusement suivant.

— Je commence à me sentir oppressée avec toutes ces maisons et ces rues.

Avec ses cheveux blonds et ses yeux de biche, Alice était plus sérieuse et plus repliée sur elle-même. Elle sourit à Augusta.

— Et Augusta ne veut pas que nous dérangions Rose avec notre bavardage.

— Non. Rose a besoin de calme.

Trop jeune pour partager l'excitation qui avait touché le reste de la famille, Augusta était satisfaite de marcher lentement sur la place, sa main dans celle de mademoiselle Helm et de fixer avec de grands yeux toutes les nouvelles et différentes vues.

— Y a-t-il un autre endroit où nous pouvons aller, autre que le parc, je veux dire ?

Alice regarda Alathea, puis Serena.

— Nous n'aurons pas nos nouvelles robes avant la semaine prochaine, de sorte qu'il vaut peut-être mieux ne pas y aller trop souvent.

— Je préférerais que vous ne hantiez pas le parc de toute façon, dit Serena. Il vaut mieux s'y montrer quelques fois par semaine seulement et nous y étions hier.

— Donc, où devrions-nous aller ? Il faut que ce soit un endroit avec des arbres et des pelouses.

Mary fixa son regard brillant sur le visage d'Alathea.

— En fait…

Alathea réfléchit ; le fait d'avoir réussi à recruter son chevalier ne signifiait pas qu'elle devait rester à ne rien faire et le laisser mener toutes les enquêtes. Elle ramena son attention sur le visage de ses demi-sœurs.

— Il y a un parc en particulier que je connais, calme et agréable, coupé de tout ce bruit. Il ressemble beaucoup à la campagne – on peut presque en oublier qu'on est à Londres.

— Cela me semble parfait, déclara Alice. Allons-y.

— Nous allons dans Bond Street !

Jeremy repoussa sa chaise.

Charlie et le comte l'imitèrent. Le comte sourit à ses femmes.

— Je vais sortir ces deux-là pour l'après-midi.

— Je vais apprendre à boxer !

Jeremy dansa autour de la table, lançant ses poings en l'air, s'occupant sommairement d'adversaires invisibles. En riant, Charlie attrapa les poings de Jeremy, puis il le sortit de la pièce en valsant et en luttant à moitié avec lui. Les protestations flûtées de Jeremy et les moqueries amusées au son plus grave de Charlie s'estompèrent alors qu'ils progressaient en direction de la porte d'entrée.

Mary et Alice se levèrent pour les suivre.

— Nous allons chercher nos bonnets. Dois-je prendre le tien ? demanda Mary en regardant Alathea.

— S'il te plaît.

Alathea se leva aussi.

Le comte s'arrêta à côté d'elle, ses doigts posés avec légèreté sur le bras de sa fille.

— Est-ce que tout va bien ? demanda-t-il à voix basse.

Alathea leva la tête. Malgré son âge et les ennuis qui pesaient lourdement sur ses épaules, son père, plus grand qu'elle de cinq centimètres, demeurait un homme d'une beauté saisissante. Apercevant des traces de douleur et de regret dans ses yeux, elle sourit d'une manière rassurante ; elle saisit sa main et la pressa.

— Tout va bien.

Il avait été dévasté quand il avait été mis au courant du billet à ordre. Il avait cru que la somme promise était beaucoup plus petite – la rédaction du billet était telle qu'il fallait user d'arithmétique pour établir le montant total. Son intention avait seulement été d'obtenir quelques guinées supplémentaires pour les mariages des filles. Elle avait passé quelque temps à le réconforter, à lui assurer que même si la situation était grave, ce n'était pas la fin.

Cela avait été difficile pour lui de continuer comme si de rien n'était afin que les enfants ne se doutent de rien. Ils étaient seulement trois – lui, elle et Serena – à connaître cette dernière menace ou, en fait, l'état précaire des finances du comté. Depuis le début, ils s'étaient mis d'accord pour que les enfants n'apprennent jamais que leur avenir était suspendu à un fil aussi mince.

Malgré le fait qu'elle avait passé toute sa vie adulte à régler les problèmes que son père avait créés, Alathea n'avait jamais été capable de lui en vouloir. Il était le plus adorable et aimant des hommes – il était simplement incompétent en matière d'argent.

Il souriait maintenant, triste et mélancolique.

— Puis-je faire quelque chose ?

Elle lui étreignit le bras.

— Continuez simplement ce que vous faites déjà, papa : divertissez Jeremy et assurez-vous qu'il ne fasse pas de bêtises.

Elle recula.

— Vous êtes tellement bon avec eux ; ils vous font vraiment honneur tous les deux.

— En effet, acquiesça Serena. Et si Alathea dit qu'on ne doit pas s'inquiéter, alors il ne rime à rien de se faire du souci. Elle nous tiendra au courant ; vous savez qu'elle le fait toujours.

Le comte sembla sur le point de parler, puis des cris étouffés et des bruits de coups de poing leur parvinrent du vestibule. Les lèvres du comte tressaillirent de plaisir.

— Je ferais mieux d'y aller avant que Crisp nous remette sa démission.

Il frôla la tempe d'Alathea de ses lèvres, il se pencha pour embrasser la joue de Serena, puis il se rendit à grands pas dans le vestibule, redressant les épaules et levant la tête en passant le seuil.

Avec Serena, Alathea le suivit plus lentement. Depuis l'embrasure de la porte de la salle à manger, elles regardèrent se calmer la mêlée dans le vestibule sous la direction du comte.

— C'est vraiment un père merveilleux, dit Serena alors que le comte faisait sortir ses fils par la porte d'entrée.

— Je sais.

Alathea sourit derrière son dos alors qu'il s'en allait.

— Je suis vraiment très impressionnée par Charlie.

Elle regarda brièvement Serena.

— Le prochain comte de Morwellan est l'égal de tous ceux qui ont un bel avenir. C'est un étonnant amalgame de vous deux.

Ravie, Serena inclina la tête.

— Mais il possède également une très bonne dose de ton bon sens. Grâce à toi, ma chère, le prochain comte de Morwellan saura comment gérer ses avoirs !

Elles rirent toutes les deux ; néanmoins, c'était vrai. Non seulement Charlie était-il beau, d'un naturel facile à vivre imperturbable, jamais hautain et toujours partant pour une bonne aventure, mais il était, largement grâce à Serena, gentil, prévenant et ouvertement affectueux. Grâce à l'influence du comte, il était gentleman jusqu'au bout des orteils et, comme il passait au moins une séance par semaine avec Alathea dans le cabinet de travail du domaine, et ce depuis quelques années, à dix-neuf ans il était sur la bonne voie pour comprendre comment gérer avec succès le domaine. Bien qu'il ne sache pas encore à quel point les coffres du comté s'étaient vidés, Charlie connaissait maintenant au moins les bases pour continuer à les remplir.

— Il fera un excellent comte.

Alathea leva la tête quand Mary et Alice descendirent bruyamment l'escalier, coiffées de leurs bonnets avec les rubans pendants, son propre bonnet se balançant dans la main de Mary. Augusta était sortie plus tôt ; Alathea aperçut sa plus jeune demi-sœur se dirigeant vers le jardin, sa main dans celle de mademoiselle Helm.

Charlie, Jeremy, Mary, Alice et Augusta – ils étaient la raison principale de la création de la comtesse. Même s'il découvrait sa ruse, Alathea ne pouvait pas croire que son chevalier désapprouverait ses motifs.

— Viens !

Alice agita son ombrelle vers la porte.

— L'après-midi avance ; nous avons déjà fait appeler le fiacre.

Acceptant son bonnet, Alathea se tourna vers la glace pour le placer sur son chignon au sommet de sa tête. Jetant un regard critique sur ses filles,

Serena redressa un ruban ici, ajusta une bouclette là.

— Où avez-vous l'intention d'aller ?

Alathea se détourna de la glace quand le claquement des sabots annonça le fiacre.

— J'avais pensé aller à Lincoln's Inn Fields. Les arbres sont grands, l'herbe est verte et bien entretenue et ce n'est jamais bondé.

Serena hocha la tête.

— Oui, tu as raison ; mais que c'est étrange de penser à cet endroit !

Alathea se contenta de sourire et elle suivit Mary et Alice en bas des marches.

Gabriel découvrit la plaque de bronze identifiant le cabinet de Thurlow et Brown sur la façade sud du Lincoln's Inn. Entourant une cour intérieure rectangulaire et pavée, le Lincoln's Inn abritait uniquement des firmes juridiques. Ses murs intérieurs étaient ponctués d'arcades ouvertes à intervalle régulier, chacune donnant accès à un escalier ombragé. Sur le mur à côté de chaque arcade, des plaques de bronze témoignaient des firmes juridiques installées après l'escalier intérieur.

Après avoir consulté une liste des avocats des écoles de droit, Montague avait dirigé Gabriel vers Lincoln's Inn, décrivant la firme comme étant petite, ancienne, mais sans distinction, sans aucune association connue avec des affaires illégales, même de loin. Pendant qu'il grimpait les marches, Gabriel se dit que, s'il était derrière le genre d'escroquerie comme cela semblait être le cas de la Société aurifère de l'Afrique centrale et orientale, son premier soin pour endormir des investisseurs crédules serait de retenir les services d'une firme comme Thurlow et Brown. Une firme d'une correction abrutissante et presque moribonde, qui ne pouvait vraisemblablement pas se targuer des talents ni des relations qui pourraient autrement donner lieu à des questions auxquelles on ne pouvait pas répondre.

Le cabinet de Thurlow et Brown se trouvait au deuxième étage à l'arrière du bâtiment. Gabriel tendit la main vers la poignée de la lourde porte en chêne, remarquant l'imposant verrou. Entrant d'un pas nonchalant, il promena son regard sur la petite aire de réception. Au-delà d'une rampe basse, un vieux clerc travaillait derrière un bureau surélevé, gardant l'accès d'un petit corridor menant à la pièce du fond et à une deuxième pièce à côté de la réception.

— Oui ? Puis-je vous être utile ?

Le clerc serra le bord en angle du bureau. Fronçant les sourcils, il feuilleta un agenda.

— Vous n'avez pas de rendez-vous.

Il donnait l'impression que c'était une offense.

Avec une expression d'ennui affable, Gabriel ferma la porte, remarquant qu'il n'y avait pas de verrous ou de loquets supplémentaires, seulement le premier verrou encombrant.

— Thurlow, murmura-t-il en se retournant vers le clerc. Il y avait un Thurlow à Eton quand j'y étais. Je me demande si c'est le même.

— Impossible. Son héritier – le clerc agita une main tachée d'encre vers la porte à moitié ouverte donnant sur la réception – est assez âgé pour être votre père.

— Vraiment ?

Gabriel semblait déçu. Clairement, « son héritier » était absent.

— Ah, bon. En réalité, je suis venu voir monsieur Brown.

Encore une fois, le clerc fronça les sourcils ; encore une fois, il vérifia son agenda.

— Vous n'êtes pas noté pour cet après-midi…

— Non ? Comme c'est étrange. Je suis certain que le paternel a dit quatorze heures.

Le clerc secoua la tête.

— Monsieur Brown est sorti. Je ne l'attends pas avant un bon moment.

Laissant l'agacement paraître brièvement sur ses traits, Gabriel donna un petit coup sur la rampe de la réception avec sa canne.

— Comme cela ressemble bien à Theo Browne ! Il n'a jamais été capable de respecter correctement ses engagements !

— Theo Browne ?

Gabriel regarda le clerc.

— Oui : monsieur Browne.

— Mais ce n'est pas notre monsieur Brown.

— Non ?

Gabriel dévisagea le clerc.

— Est-ce que votre Browne épelle son nom avec un e ?

Le clerc secoua la tête.

— Bon sang !

Gabriel pivota vivement.

— J'étais certain qu'il s'agissait de Thurlow et Browne.

Il fronça les sourcils.

— Il s'agit peut-être de Thirston et Browne. Thrapston et Browne. Quelque chose comme ça.

Il jeta un regard interrogateur au clerc.

Qui secoua la tête.

— Je suis désolé de ne pas pouvoir vous aider, monsieur. Je ne connais aucune firme avec des noms semblables. Remarquez, il y a Browne, Browne et Tillson dans l'autre cour ; pourrait-elle être celle que vous cherchez ?

— Browne, Browne et Tillson.

Gabriel répéta le nom deux fois avec des inflexions différentes, puis il haussa les épaules.

— Qui sait. C'est possible.

Il se tourna vers la porte.

— L'autre cour, dites-vous ?

— Oui, monsieur – de l'autre côté de la voie carrossable, dans Lincoln's Inn.

Agitant sa canne en guise d'au revoir, Gabriel sortit en refermant la porte derrière lui. Puis, il sourit largement et il descendit lentement les marches.

Revenant sous le soleil, il traversa à grands pas les pavés. Il en avait assez vu pour confirmer le statut de Thurlow et Brown – exactement ce qu'en avait dit Montague, d'un ennui désapprobateur et étouffant. Il avait appris quelle pièce était à qui et il avait vu à travers les portes ouvertes les boîtes cadenassées des clients bordant les murs de chacun des cabinets de travail des partenaires. Ils n'enfermaient pas les boîtes ailleurs. Elles étaient là, d'accès facile ; le seul verrou entre le palier et les boîtes était le vieux tord-poignet sur la porte principale.

Il n'y avait pas non plus de trace d'un employé de bureau. Il n'y avait qu'un bureau et peu d'espace en dehors des pièces des partenaires – aucun endroit où un clerc ou un garçon de bureau pouvait passer la nuit.

Entièrement satisfait de son après-midi de travail, Gabriel salua le gardien à l'entrée avec sa canne et il passa le deuxième portail secondaire menant aux terrains adjacents.

Devant lui, une petite armée de vieux arbres, comme d'anciennes sentinelles, étendait ses branches d'une manière protectrice sur les sentiers de gravier et les carrés de pelouse. Le soleil rayonnait. La brise faisait trembler les feuilles, jetant des ombres mouvantes sur les tapis verts sur lesquels des gentlemen et des dames se promenaient en attendant d'autres personnes qui consultaient dans les firmes juridiques environnantes.

Gabriel s'arrêta dans l'avant-cour pavée au-delà de la grille d'entrée en contemplant les arbres sans les voir.

La comtesse serait-elle assez impatiente pour le contacter ce soir ? La possibilité le faisait saliver, encore plus quand il comprit que l'impatience de la dame ne pouvait pas égaler la sienne. Quand il était avec elle, il avait eu l'impression de la connaître, de savoir quel genre de femme elle était ; loin d'elle, il avait réalisé le peu qu'il connaissait de la véritable femme sous le voile. En apprendre davantage rapidement lui semblait impératif : il avait particulièrement besoin de découvrir comment mettre la main sur une femme qui avait jusqu'ici été un fantôme dans la nuit.

Malheureusement, il ne pouvait pas en apprendre davantage avant qu'elle le contacte – maintenant, au moins, quand elle le ferait, il aurait quelque chose à lui rapporter.

Chassant cette pensée distrayante, il se décida pour Aldwych comme sa meilleure chance d'avoir un cheval de selle et il se mit en route pour le côté sud de Lincoln's Inn Fields. À moitié chemin, il s'entendit interpeller.

— *Gabriel !*

— Ici !

Les voix venant de Lincoln's Inn Fields étaient assurément féminines et tout aussi sûrement jeunes.

En stoppant, Gabriel parcourut des yeux les pelouses ombragées ; deux jeunes et gentilles petites, leurs ombrelles inclinées dans des angles bizarres, sautillaient et agitaient vivement la main. Plissant les yeux devant le soleil, il reconnut Mary et Alice Morwellan. Levant sa canne en guise de réponse, il attendit qu'un carrosse noir de douairière roule discrètement devant lui, puis il s'avança pour traverser l'étroite rue.

Alathea le vit approcher et elle dut combattre l'envie pressante de crier après ses sœurs – qu'est-ce qu'elles avaient fait ! Elle l'avait vu passer les grilles de Lincoln's Inn et s'arrêter. Son attention fixée sur lui, elle s'était rassurée en se disant qu'il ne la remarquerait pas dans les ombres, qu'il n'y avait aucune raison pour son cœur de battre la chamade, pour ses nerfs de tressaillir.

Il était demeuré dans l'ignorance salutaire de sa présence – elle était étonnée qu'il ait agi aussi promptement au nom de la comtesse. C'était, présumait-elle, la raison de sa présence ici – si elle avait su, elle n'aurait jamais couru le risque de venir. Le voir la trouver n'importe où à proximité d'un lieu qu'il associerait avec la comtesse ne faisait pas partie de ses plans minutieux. Elle devait garder ses deux personnages complètement distincts, particulièrement près de lui.

Pendant qu'il marchait dans la rue en balançant sa canne, les épaules carrées, le soleil avait brillé sur ses cheveux châtains, dorant les mèches bouclant légèrement. Ses pensées avaient ralenti, puis stoppé – elle avait complètement oublié que Mary et Alice l'accompagnaient.

Elles l'avaient vu et elles l'avaient hélé ; il n'y avait plus d'échappatoire. Pendant qu'il traversait la pelouse en venant vers elles, elle inspira, releva le menton et serra les poings autour de la poignée de son ombrelle – et elle tenta d'étouffer sa panique.

Il ne pouvait pas reconnaître des lèvres qu'il avait embrassées, mais pas vues, n'est-ce pas ?

Souriant avec décontraction, Gabriel s'avança dans les ombres des arbres. Alors qu'il approchait, Mary et Alice cessèrent de gigoter et se contentèrent de sourires éclatants ; ce ne fut qu'à ce moment-là, avec ses yeux qui s'ajustaient et qu'il n'y avait plus leurs ombrelles pour le distraire, qu'il vit la dame debout derrière elles.

Alathea.

Son pas se fit presque hésitant.

Elle se tenait droite comme un I, dans un silence réservé, son ombrelle tenue exactement dans le bon angle pour protéger sa peau délicate du soleil. Sans, bien sûr, agiter la main dans sa direction.

Dissimulant sa réaction – le puissant choc qui le secouait chaque fois qu'il la voyait inopinément et la sensation de picotement qui suivait – il continua sa progression. Elle le regardait avec son calme habituel et son air de défi coutumier – une attention hautaine qui ne manquait jamais de lui taper sur les nerfs. Obligeant son regard à se détourner d'elle, il sourit et salua Mary et Alice, de véritables visions en mousseline blanchie de la plus fine qualité. Il les fit rire en se penchant avec extravagance sur leurs mains.

— Nous étions absolument étonnées de vous voir ! dit Mary.

— Nous avons fait le tour du parc deux fois, lui confia Alice, mais c'était plus tôt. Vous n'étiez probablement pas dans les alentours.

Se retenant de répondre qu'il fréquentait rarement le parc, pas, du moins, durant les heures à la mode, il s'efforça de garder les yeux sur elles.

— Je savais que vous veniez en ville, mais je n'avais pas pensé que vous étiez déjà là.

Il les avait vues pour la dernière fois en janvier, à une fête organisée par sa mère dans la demeure familiale, le manoir Quiverstone, dans le Somerset. Morwellan Park et son manoir partageaient la longue frontière entre les deux domaines ; les terres combinées et Quantock Hills à côté avaient été son terrain de jeu d'enfance – le sien, celui de son frère Lucifer et celui d'Alathea.

Avec une familiarité charmante, il complimenta les deux filles, répondant à leurs questions, déployant sa personnalité suave de Londres pour leur plaisir évident. Pourtant, alors même qu'il les distrayait avec des bagatelles, son attention restait rivée sur la présence calme à un mètre de là. Pourquoi en était-il ainsi, le mystère demeurait entier. Mary et

Alice étaient un délice d'effervescence. Alathea par contraste était froide, posée, immobile – d'une manière un peu étrange, un aimant pour ses sens. Les filles ressemblaient à des ruisseaux bouillonnants et actifs, alors qu'Alathea était un profond étang de paix, de calme et de quelque chose qu'il n'avait jamais réussi à définir. Il était intensément sensible à elle, comme elle à lui ; il était extrêmement conscient qu'ils n'avaient pas échangé de salutations.

Ils ne le faisaient jamais. Pas vraiment.

S'armant de courage, il leva son regard des visages de Mary et d'Alice, et il regarda Alathea. Ses cheveux. Mais elle portait un bonnet – il ne pouvait pas dire si elle portait aussi l'une de ses ridicules coiffes ou l'un de ces idiots morceaux de dentelles qu'elle avait commencé à placer sur son chignon au sommet de sa tête. Elle dissimulait probablement l'une de ses sottes frivolités, mais il ne pouvait pas commenter à moins de la regarder.

Ses lèvres formant un trait mince, il baissa les yeux jusqu'à ce qu'ils rencontrent les siens.

— Je n'avais pas pensé que vous étiez à Londres.

Il s'adressait directement à elle, précisément à elle, son ton très différent de celui qu'il avait utilisé avec les filles.

Ses cils papillonnèrent ; sa prise se resserra sur son ombrelle.

— Bon après-midi, Rupert. C'est une belle journée. Nous sommes arrivés en ville il y a une semaine.

Il se raidit.

Alathea le sentit. Son estomac se noua sous la panique ; elle regarda Mary et Alice, et elle s'obligea à sourire sereinement.

— Les filles feront leurs débuts dans le monde sous peu.

Après une infime hésitation, il suivit son exemple.

— Vraiment ?

Se retournant vers Mary et Alice, il les questionna sur leurs plans.

Alathea essaya de respirer régulièrement, elle tenta de tenir à distance son étourdissement soudain. Elle refusait de laisser son regard glisser de son côté. Elle connaissait son visage aussi bien que le sien – les grands yeux aux paupières lourdes, les lèvres mobiles enclines à l'ironie, les lignes classiques du nez et du front, le menton carrément intransigeant. Il était assez grand pour voir par-dessus sa tête – un des rares qui le pouvaient. Il était assez fort pour la soumettre s'il le désirait et assez impitoyable pour le faire. Il n'y avait rien physiquement chez lui qu'elle ne connaissait pas déjà ; rien pour aiguiser sa tension habituelle.

Rien au-delà du fait qu'elle l'avait vu la veille sous le porche de St-Georges alors que lui ne l'avait pas vue.

Le souvenir de ses lèvres couvrant les siennes, du contact envoûtant de ses doigts sous son menton comprima ses poumons, tendit ses nerfs et fit bondir ses sens. Ses lèvres picotèrent.

— Notre bal aura lieu dans trois semaines, lui dit Mary. Vous serez invité, bien sûr.

— Viendrez-vous ? demanda Alice.

— Je ne le raterais pour rien au monde.

Son regard passa fugitivement sur le visage d'Alathea, puis il le reporta sur les filles.

Gabriel savait exactement comment un chat que l'on caressait à rebrousse-poil se sentait : exactement comme il se sentait près d'Alathea. Comment s'y prenait-elle, il l'ignorait ; il ne savait même pas si elle faisait quoi que ce soit – cela semblait simplement sa réaction inévitable à elle. Il réagissait, et elle répliquait sèchement. L'air entre eux crépitait. Cela avait commencé quand ils étaient enfants, et la situation s'était aggravée avec les années. Il garda les yeux sur les filles, réprimant impitoyablement l'envie pressante de se tourner vers Alathea.

— Mais que faites-vous ici ?

— C'était l'idée d'Allie.

Avec insouciance, elles se tournèrent vers elle ; serrant les dents, il dut les imiter. Froidement, elle haussa les épaules.

— J'avais entendu dire que c'était un endroit calme pour se promener : un lieu où des dames avaient peu de chances de rencontrer certains individus séducteurs.

Comme lui.

Elle avait choisi de vivre à l'écart à la campagne – pourquoi croyait-elle que cela lui donnait le droit de désapprouver son mode de vie, il l'ignorait ; il savait seulement qu'elle le prenait.

— Vraiment ?

Il songea à insister – autant pour connaître le véritable motif de sa présence ici à Lincoln's Inn Fields que pour débattre de son impertinence à le désapprouver. Même en présence des filles attentives aux yeux brillants devant eux, il pouvait facilement élever la conversation à un niveau qu'elles ne comprendraient pas.

Il s'agissait, toutefois, d'Alathea. Elle était d'un entêtement intraitable – il ne découvrirait rien qu'elle ne désirait pas lui apprendre. Elle possédait aussi un esprit vif tout à fait égal au sien ; la dernière fois qu'ils avaient verbalement croisé le fer – en janvier, à propos de la stupide coiffe alexandrine qu'elle portait à la fête de la mère de Rupert –, ils avaient saigné tous les deux.

Si, les yeux lançant des éclairs, les joues rougies de colère, elle n'avait pas levé le nez et ne l'avait pas quitté – d'un pas raide –, il l'aurait très probablement étranglée.

Lèvres pressées, il lui décocha un regard – elle le soutint sans crainte. Elle l'observait, attendait, aussi consciente de la direction de ses pensées que lui. Elle était déjà préparée et prête à s'engager dans l'un de leurs habituels duels.

Un véritable gentleman ne décevait jamais une dame.

— Je comprends que vous allez accompagner Mary et Alice dans leur tournée en ville ?

Elle s'apprêta à hocher la tête avant de se raviser, et elle leva la tête avec morgue.

— Évidemment.

— Dans ce cas – il offrit un sourire désarmant à Mary et à Alice –, je vais devoir chercher quels amusements je peux placer sur votre route.

— Il est inutile de vous déranger : au contraire de certaines que je pourrais nommer, je n'ai pas besoin d'être constamment amusée.

— Je pense que vous allez découvrir qu'à moins qu'une personne soit constamment amusée, la vie au sein de la bonne société peut-être ennuyeuse en diable. Qu'est-ce qui pourrait bien vous avoir amenée ici, à part l'ennui ?

— Un désir d'éviter les gentlemen impertinents.

— Comme nous avons de la chance, alors, que je sois tombé sur vous par hasard. Si d'éviter les gentlemen impertinents est votre objectif, une dame de bonne société ne peut jamais se montrer trop prudente. Il est impossible de savoir avec précision quand et où elle rencontrera l'impertinence la plus choquante.

Mary et Alice lui sourirent avec confiance ; tout ce qu'elles entendaient était sa voix traînante comme la mode l'exigeait. Alathea, il savait, détectait la dureté sous-jacente ; il pouvait sentir sa tension grandissante.

— Vous oubliez : je suis parfaitement capable de me débrouiller avec l'impertinence outrageuse, peu importe à quel point je peux trouver de telles rencontres tout à fait inintéressantes.

— C'est étrange à dire, la plupart des dames ne trouvent pas du tout de telles rencontres inintéressantes.

— Je ne suis pas « la plupart des dames ». Je ne trouve pas du tout amusantes les distractions particulières auxquelles vous vous consacrez.

— C'est parce que vous ne les avez pas encore expérimentées. D'ailleurs, ajouta-t-il aisément, vous êtes habituée à monter à cheval tous les jours. Vous aurez besoin d'une activité pour… maintenir la forme.

Il leva des yeux remplis d'innocence limpide sur les siens, s'attendant à croiser un regard aux yeux plissés débordant d'irritation. Au lieu, ses yeux étaient ronds et pas choqués, mais… il lui fallut un moment pour comprendre leur expression.

Défensive. Il l'avait mise sur la défensive.

La culpabilité naquit en lui.

Diable ! Même quand il gagnait un round contre elle, il perdait encore.

Étouffant un soupir, en réaction à quoi, il l'ignorait, il détourna les yeux, essayant d'aplatir ce qu'il considérait comme ses poils redressés, cette bizarre agression qu'elle provoquait toujours pour agir normalement. Raisonnablement.

Il haussa légèrement les épaules.

— Je dois partir.

— J'imagine.

À son soulagement, elle se contenta de cette petite pique. Elle l'observa pendant qu'il s'inclinait devant les filles, les faisant rire de nouveau. Puis, il se redressa et il attira délibérément son regard. C'était comme se regarder dans une glace : ils avaient tous les deux des yeux noisette. Quand il plongeait dans ses yeux, il y voyait habituellement ses propres pensées et émotions, réfléchies encore et encore jusqu'à l'infini.

Pas aujourd'hui. Aujourd'hui, tout ce qu'il voyait était une expression assurément défensive – un bouclier la coupant de lui. La protégeant de lui.

Il cilla, rompant le contact. Sur un bref hochement de tête, qu'elle lui rendit, il tourna les talons et partit lentement.

Ralentissant au bord de la pelouse, il se demanda ce qu'il aurait fait si elle lui avait tendu la main. Cette question impossible à répondre le mena à penser à la dernière fois où il l'avait touchée d'une manière ou d'une autre. Il ne s'en souvenait pas, mais ce n'était certainement pas au cours des dix dernières années.

Il traversa la rue en remuant ses épaules alors que son étrange tension s'épuisait ; il qualifia cela de soulagement de ne plus être en sa présence, mais ce n'était pas cela. C'était la réaction – celle qu'il n'avait jamais comprise, mais qu'elle provoquait avec autant de force –, qui se calmait encore une fois.

Jusqu'à leur prochaine rencontre.

Alathea le regarda partir ; ce ne fut que lorsque ses bottes frappèrent les pavés qu'elle respira à nouveau librement. Ses nerfs s'apaisant, elle regarda autour d'elle. À côté d'elle, Mary et Alice bavardaient gaiement, sereinement insouciantes. Cela l'étonnait de constater sans cesse que les êtres les plus proches et les plus chers à son cœur ne voyaient jamais rien de bizarre dans leurs rencontres tendues – à part eux-mêmes, seul Lucifer le voyait, vraisemblablement parce qu'il avait grandi côte à côte avec eux et qu'il les connaissait si bien.

Pendant que son pouls ralentissait, l'allégresse éclata en elle.

Il ne l'avait pas reconnue.

En effet, après l'absence totale de sa réaction typique à elle quand il avait rencontré la comtesse la nuit dernière, jumelée à la forte réapparition de celle-ci au cours de la dernière heure, elle doutait qu'il établisse un jour le lien.

Ce matin, elle s'était réveillée avec la conviction absolue que ce n'était pas sa présence physique qu'il trouvait si provocante. S'il ignorait qu'elle était Alathea Morwellan, rien ne se produisait. Il n'y avait pas d'agacement étouffé, d'étincelles ni d'affrontements.

Une bienheureuse absence de tout. Vêtue d'une cape et voilée, elle n'était qu'une femme parmi d'autres.

Elle ne voulait pas s'attarder sur la raison qui la rendait si heureuse de cela, comme si un poids avait soudainement été enlevé de son cœur. C'était clairement son identité qui causait le problème de Rupert – et c'était, elle le savait maintenant, son problème, quelque chose qui naissait d'abord en lui et à quoi elle réagissait.

Le savoir ne rendait pas la conséquence plus facile à supporter, mais…

Elle se concentra sur les grilles en fer forgé par lesquelles il était apparu. Elles étaient ouvertes pour laisser passer les carrosses dans la cour intérieure de Lincoln's Inn. Elle pouvait voir ses arcades et le scintillement des plaques de bronze – il n'était pas difficile de deviner l'utilité de ces plaques.

Il avait semblé satisfait et confiant quand il s'était lentement éloigné des grilles.

Prenant une inspiration décidée et complètement normale, Alathea sourit à Mary et à Alice.

— Venez, les filles. Allons nous promener dans Lincoln's Inn.

Le soir arriva et avec lui, une étrange agitation.

Gabriel arpentait le salon de sa demeure de Brook Street. Il avait dîné et il était habillé pour sortir, pour embellir la salle de bal mondaine de l'hôtesse qu'il choisirait d'honorer de sa présence. Il y avait quatre invitations parmi lesquelles choisir ; aucune, par contre, ne le tentait.

Il se demanda où la comtesse passerait la soirée. Il se demanda où Alathea passerait la sienne.

La porte s'ouvrit ; il cessa de marcher de long en large. Son valet de chambre, Chance, impeccablement vêtu du noir obligatoire, ses cheveux pâles brillants, entra avec la carafe de brandy regarnie et des verres propres sur un plateau.

— Verse-m'en une dose, veux-tu ?

Gabriel pivota vivement quand Chance, petit et menu, se dirigea vers le buffet. Il se sentait particulièrement confus ; il espérait qu'un brandy fort lui éclaircirait les idées.

Il avait quitté Lincoln's Inn fort de son petit succès, concentré sur la comtesse et le jeu sensuel qui se déployait entre eux. Puis, il avait rencontré Alathea. Dix minutes en sa compagnie lui avaient laissé l'impression que la terre avait bougée sous ses pieds.

Elle faisait partie de sa vie au plus loin de ses souvenirs ; jamais auparavant ne l'avait-elle exclu de ses pensées. Jamais auparavant ne s'était-elle montrée autrement que libre de ses opinions, même lorsqu'il souhaitait le contraire. Quand ils s'étaient rencontrés en janvier, elle était comme d'habitude : franche et la langue acérée. Cet après-midi, elle l'avait exclu, elle l'avait gardé à distance.

Quelque chose avait changé. Il ne pouvait pas croire que ses commentaires l'avaient mise sur la défensive ; ce devait être autre chose. Lui était-il arrivé quelque chose dont il n'avait pas entendu parler ?

La perspective le troublait. Il voulait se concentrer sur la comtesse, mais ses pensées revenaient sans cesse à Alathea.

Atteignant le fond de la pièce, il pivota et faucha presque Chance. Ce dernier recula en vacillant – Gabriel lui attrapa le bras, rescapant simultanément le verre rempli à ras bord du plateau fortement incliné.

— Hou !

Chance agita le plateau devant son visage peu engageant.

— C'était juste.

Gabriel attira son regard, il marqua une pause, puis il dit :

— Ce sera tout.

— À vos ordres, monsieur !

Avec une joyeuse insouciance, Chance se dirigea vers la porte. Gabriel soupira.

— Pas « à vos ordres » : un simple « oui, monsieur » fera l'affaire.

S'arrêtant à la porte, Chance répliqua :

— Oh. Très bien, alors. ce sera « Oui, monsieur » !

Il ouvrit la porte et il vit Lucifer sur le point d'entrer ; Chance recula en s'inclinant et en agitant la main.

— Entrez donc, monsieur. Je partais justement.

— Merci, Chance.

En souriant largement, Lucifer entra lentement. Avec une sérénité intacte, Chance sortit d'un pas bondissant – puis, la mémoire lui revint et il se retourna pour fermer la porte.

Fermant les yeux, Gabriel prit une longue gorgée de brandy.

Lucifer rigola.

— Je t'ai dit que ce n'était pas seulement une question de costume.

— Je m'en fous.

Ouvrant les yeux, Gabriel contempla la quantité excessive de brandy dans le verre, puis il soupira, il se tourna et se laissa choir dans un fauteuil bien rembourré d'un côté de l'âtre.

— Il deviendra quelqu'un d'employable, même si cela doit le tuer.

— À en juger par ses progrès jusqu'à maintenant, cela pourrait bien te tuer d'abord.

— Très possiblement. Je vais courir le risque, répliqua Gabriel en prenant une seconde gorgée fortifiante.

Debout devant le manteau de la cheminée, passant en revue sa propre pile d'invitations, Lucifer lui décocha un regard.

— Je pensais que tu allais dire que tu courrais la « chance ».

— Ce serait redondant : je donne bien une « chance ». C'est précisément pourquoi je l'ai prénommé ainsi.

Chance n'était pas le vrai nom de Chance : personne, y compris Chance, ne le connaissait. Quant à son âge, ils s'étaient décidés pour vingt-cinq ans. Chance était un produit des quartiers pauvres de Londres ; sa montée en grade dans la maison de Brook Street s'était produite grâce à son propre mérite. Coincé dans une bagarre stupide alors qu'il aidait un ami, Gabriel ne s'en serait peut-être pas sorti sans l'aide de Chance, accordée non pas contre un engagement ou une récompense, mais simplement pour faire pencher la balance lourdement et injustement en défaveur d'un autre homme. Chance avait, d'une certaine façon, secouru Gabriel ; en retour, Gabriel avait secouru Chance.

— Lequel as-tu choisi ?

Lucifer regarda ses invitations, puis les quatre alignées d'un côté du manteau de la cheminée de Gabriel.

— Aucun. Les bals me semblent tous similairement ennuyeux.

— Ennuyeux ? dit Lucifer en lui jetant un coup d'œil. Tu veux être prudent avec l'utilisation de ce mot, et encore plus quand il s'agit de te laisser aller à ce sentiment. Regarde seulement où cela a mené Richard. Et Devil. Et Vane aussi, quand on y pense.

— Mais pas Demon : il ne s'ennuyait pas.

— Il courait, et cela ne fonctionnait pas non plus. Et, de toute façon, je suis certain qu'il s'ennuie maintenant. Il n'est même pas certain qu'ils viendront en ville pour la saison mondaine, ajouta-t-il après un moment.

Son ton qualifiait un tel comportement de tout à fait incompréhensible.

— Donne-lui du temps : ils sont mariés depuis seulement une semaine.

Une semaine plus tôt, Demon Harry Cynster, leur cousin et un membre du clan populairement connu sous le nom de Cynster composé de six d'entre eux, avait prononcé les mots fatals et prit pour épouse, une femme qui partageait son intérêt pour les courses de chevaux. Demon et Felicity effectuaient en ce moment un tour prolongé des champs de courses les plus importants.

En sirotant son brandy, Gabriel dit d'un ton méditatif :

– Après quelques semaines ou mois, j'imagine que la nouveauté s'estompera.

Lucifer lui décocha un regard cynique. Ils étaient bien conscients tous les deux que la nouveauté, aussi étrange que cela puisse paraître, ne s'estompait pas. Tout à fait le contraire. Pour eux deux, c'était une énigme inexplicable ; cependant, en tant que derniers membres célibataires du clan, ils se méfiaient beaucoup de l'expication.

Comment diable des hommes comme eux – comme Devil, Vane, Richard et Demon – pouvaient-ils soudainement tourner le dos à tous les délices féminins si librement offerts au sein de la bonne société et se contenter joyeusement – et selon toute apparence, avec bonheur – du bienheureux mariage et des charmes d'une seule femme, cela constituait un mystère qui confondait leurs esprits masculins et défiait leur imagination.

Les deux espéraient sincèrement que cela ne leur arrive jamais.

Replaçant sa cape, Lucifer choisit un carton aux bords dorés dans sa pile.

— Je vais chez Molly Hardwick. Viens-tu ? ajouta-t-il en jetant un coup d'œil à Gabriel.

Gabriel examina le visage de son frère ; l'anticipation brillait dans ses yeux bleu foncé.

— Qui sera au bal de Molly Hardwick ?

Le sourire rapide de Lucifer brilla.

— Une certaine jeune femme mariée dont le mari trouve les lois proposées devant le Parlement plus alléchantes qu'elle.

C'était la spécialité de Lucifer : convaincre les dames ne recevant pas suffisamment d'attention charnelle que lui permettre de les obliger était dans leur intérêt supérieur. Contemplant la longue et mince silhouette de son frère, ses mèches noires échevelées avec désinvolture, Gabriel haussa un sourcil.

— Quelles sont les chances de la dame ?

Lucifer s'avança lentement vers la porte.

— Nulles. Elle s'abandonnera ; pas ce soir, mais bientôt.

S'arrêtant à la porte, il désigna le verre de brandy d'un coup de tête.

— Je comprends que tu vas boire la fin de ce verre, auquel cas je te laisse en sa compagnie.

Sur un signe de la main, il ouvrit la porte ; un instant plus tard, elle cliqueta dans son dos.

Gabriel examina les panneaux foncés, puis il leva son verre et but une nouvelle gorgée. Transférant son regard sur le feu brûlant dans l'âtre, il allongea ses jambes, croisa les chevilles et s'installa pour la soirée.

C'était, pensait-il, un fait révélateur qu'il aime mieux regarder les heures s'écouler jusqu'à minuit ici, en sûreté et confortablement installé devant son propre foyer, plutôt que risquer sa liberté dans une salle de bal mondaine, peu importe à quel point les dames qui l'occupaient étaient tentantes. Depuis l'annonce des fiançailles de Demon un mois plus tôt, chaque mère avec une fille un tant soit peu convenable l'avait eu dans sa mire, comme si le mariage était un calice empoisonné que les Cynster se passaient à tour de rôle, d'un membre à l'autre, et qu'il était le prochain.

Elles pouvaient vivre d'espoir, mais il n'était pas sur le point de boire.

Tournant la tête, il examina le tas de revues empilées sur une petite table. La dernière édition du *Gentlemen's Magazine* y était, néanmoins… il aimait mieux méditer sur la comtesse – sur l'ensemble de son mètre quatre-vingts. Il était rare de rencontrer une femme aussi grande…

Alathea était presque aussi grande.

Trois minutes plus tard, il chassa les pensées qui, spontanément, avaient envahi son esprit. Des pensées troublantes, des pensées dérangeantes, des pensées qui le laissaient plus mentalement confus que jamais auparavant dans ses souvenirs. S'éclaircissant les idées, il se concentra sur la comtesse.

Il aimait aider les gens – pas dans le sens général, mais en particulier. Des personnes individuelles. Comme Chance. Comme la comtesse.

La comtesse avait besoin de son assistance – plus encore, elle la lui avait demandée. Alathea ne le faisait pas et ne l'avait pas fait. Étant donné ce qu'il ressentait, c'était probablement aussi bien. Le regard fixé sur les flammes, il garda l'esprit sur la comtesse – à comploter la prochaine étape de leur enquête et à planifier la prochaine phase de sa séduction.

CHAPITRE 3

Vingt minutes après minuit, Gabriel se tenait devant la porte en chêne gardant le cabinet de Thurlow et Brown et il examinait la vieille serrure. Il n'avait vu personne en traversant la cour intérieure silencieuse. De la lumière brillait à quelques fenêtres où des clercs travaillaient vraisemblablement toute la nuit ; les pièces directement en dessous étaient occupées, mais personne ne l'avait entendu se faufiler dans l'escalier.

Il tâta sa poche pour trouver le crochet qu'il avait apporté, un outil capable de venir à bout d'une serrure aussi grosse. Simultanément, sans réfléchir, il essaya la porte en tournant la poignée…

Elle s'ouvrit facilement.

Gabriel fixa la porte, la serrure qui avait été déverrouillée, et il tenta d'imaginer le vieux clerc en train de ranger ses affaires pour rentrer à la maison en oubliant de fermer.

Ce scénario n'était pas convaincant.

Il ne voyait aucune lumière par l'ouverture entre la porte et le montant. Il la poussa doucement vers l'intérieur. Comme plus tôt ce jour-là, elle s'ouvrit sans bruit. L'aire de réception et la pièce ouvrant sur elle étaient plongées dans le noir. Cependant, dans la pièce au bout du corridor, une faible lumière luisait.

Fermant la porte, Gabriel replaça doucement le loquet. Abandonnant sa canne à côté de la porte, il s'arrêta un instant pour permettre à ses yeux de s'adapter à la pénombre, remarquant encore une fois la position de la porte en bois dans la rampe de l'aire de réception à travers laquelle les clients étaient admis dans les pièces au-delà. Elle aussi s'ouvrit sans bruit.

Le son de ses pas étouffé par le long tapis, il se fraya silencieusement un chemin dans le corridor et il se demanda s'il était possible que monsieur Brown sans e travaille tard. La lumière clignotant occasionnellement venait probablement d'une lampe tamisée ; la lampe était également partiellement cachée, la lumière dirigée dans la pièce, loin des fenêtres, sûrement vers le bureau de monsieur Brown. S'arrêtant sur le seuil, Gabriel écouta – et il entendit le bruit régulier des pages que l'on tournait. Puis, le bruit sourd et faible d'un livre que l'on refermait, suivi de papiers que l'on déplaçait. Puis, un son différent lui parvint – il le reconnut enfin comme celui de papiers et de livres que l'on plaçait dans une boîte en fer-blanc avant de la refermer. Une autre boîte s'ouvrit. Une seconde plus tard, il entendit encore feuilleter des pages avec régularité, calme et détermination.

Cela ne donnait pas l'impression d'être monsieur Brown.

Plus que curieux, Gabriel passa le seuil et entra dans l'espace ombragé créé par la porte à moitié ouverte et il se pencha dessus pour regarder au-delà.

Une grande silhouette vêtue d'une cape et d'un capuchon se tenait devant le grand bureau, parcourant les papiers qu'elle avait sortis d'une des boîtes empilées sur le dessus. Ses mains gantées la dénoncèrent, tout comme la courbe de sa mâchoire, fugitivement dévoilée quand elle inclina la tête, penchant un document afin que la lumière tombe plus nettement dessus. La lampe était posée sur le bureau à sa gauche, un grand registre relevé autour pour servir d'écran. Sensible à la tension quittant ses muscles sans avoir eu préalablement conscience qu'il s'était raidi, Gabriel s'appuya sur les bibliothèques et il réfléchit.

Il attendit qu'elle ait méthodiquement fouillé le contenu de la boîte actuellement ouverte et empilé de nouveau les papiers. Puis, il tendit la main et il poussa la porte.

Elle grinça.

La femme sursauta. Des papiers s'éparpillèrent. Avec une violente effervescence, elle baissa son voile d'un coup de poignet et elle pivota vivement, si rapidement que même s'il l'observait attentivement, il ne réussit pas même à entrevoir son visage. Une main sur son sein, l'autre agrippant le bord du bureau contre lequel elle avait reculé, la comtesse le dévisagea, incognito comme elle l'avait été dans Hanover Square.

— Oh !

Sa voix vacilla comme si elle hésitait sur le registre, puis, avec un effort évident, elle retint son souffle et elle dit du même ton bas qu'il se souvenait :

— C'est vous.

Il exécuta une révérence.

— Comme vous le voyez.

Elle continua de le dévisager.

— Vous… vous m'avez fait sursauter.

— Je m'en excuserais, mais – il s'écarta d'un geste des bibliothèques et s'avança vers elle – je ne m'attendais pas à vous trouver ici.

Stoppant devant elle, il étudia la lueur des yeux derrière son voile et il souhaita que le voile fût plus mince.

— Je pensais que c'était moi qui devais localiser messieurs Thurlow et Brown. Comment saviez-vous qu'ils étaient ici ?

Elle respirait rapidement, le regard fixé sur son visage ; elle détourna la tête. Avec un pas de côté, elle échappa au piège qui la retenait entre lui et le bureau, se tournant en douceur afin d'être de nouveau en face du bureau.

— Je suis tombée sur eux par hasard.

Sa voix était très basse ; elle se renforçait à mesure qu'elle continuait, tout en ramassant les papiers éparpillés.

— Je devais voir notre avocat familial sur Chancery Lane et sur un coup de tête, j'ai marché jusqu'à Lincoln's Inn. J'ai vu les plaques, alors je me suis aventurée autour – et je les ai trouvés.

— Vous auriez dû me laisser cela. Envoyer une note et rester en sécurité chez vous pendant que je m'en occupais.

Pourquoi était-il si agacé, il n'aurait su le dire. Elle était, après tout, libre de ses actes – sauf qu'elle lui avait demandé son assistance.

Elle haussa les épaules.

— J'ai pensé, comme je les avais trouvés, aller voir ce que je pourrais découvrir. Plus vite nous localisons la compagnie, mieux c'est. Il nous faut seulement leur adresse.

Gabriel s'interrogea intérieurement. Son baiser lui avait-il donné à regretter de l'avoir approché ? Si oui, trop tard – elle l'avait fait. Sa fébrilité essoufflée l'atteignait clairement, mais il connaissait trop bien les femmes pour confondre la résistance avec le rejet. Si elle n'était pas sérieusement tentée, elle ne serait pas nerveuse.

— Comment êtes-vous entrée ? La porte était déverrouillée…

Ce ne fut qu'à ce moment-là qu'il remarqua que les boîtes qu'elle fouillait étaient cadenassées. Une seule était ouverte actuellement, mais…

— Vous êtes capable de crocheter des serrures.

Elle changea de position.

— Eh bien… oui. C'est un petit talent que je possède, ajouta-t-elle en gesticulant brièvement.

Il se demanda quels autres talents elle dissimulait.

— Il se trouve que c'est un talent que je partage.

Il tendit la main vers l'une des boîtes qu'elle n'avait pas encore fouillée. Toutes étaient identifiées uniquement par un nom de famille. Celle qu'il tenait portait l'inscription « Mitcham ». Il regarda le petit cadenas.

— Tenez.

Il leva les yeux. Une main délicate, gantée du plus beau cuir Cordovan, lui offrait une épingle à cheveux.

— C'est exactement la bonne grandeur.

Sa main entoura la sienne quand il la cueillit sur ses doigts. Il avait ouvert la boîte en un rien de temps ; repoussant le couvercle, il prit la masse de papiers à l'intérieur.

— Êtes-vous tombée sur des détails jusqu'à maintenant, des noms ou d'autres mentions sur la compagnie ?

— Non. Rien. Il n'y a pas de boîte ici ni dans l'autre pièce où apparaît le nom de la compagnie. Mais il doit bien y en avoir une, n'est-ce pas ? Si ce sont des clients, ils auraient une boîte, ne croyez-vous pas ?

— C'est ce que l'on pourrait imaginer.

Gabriel balaya brièvement la pièce du regard. Elle confirma son impression des personnes en place dans la firme.

— Messieurs Thurlow et Brown me semblent résolument conservateurs ; si la compagnie est une cliente, ils auront une boîte pour elle.

Côte à côte, ils fouillèrent rapidement, mais minutieusement. Une heure s'écoula. Enfin, la comtesse soupira. Rangeant les papiers dans la dernière boîte, elle la referma et la poussa vers Gabriel afin qu'il la cadenasse.

— Rien.

— Il nous reste encore le cabinet de Thurlow. Ceci ne constituait que la moitié du cabinet.

Replaçant la boîte cadenassée sur le haut de la dernière étagère, Gabriel se retourna, il prit la lampe et il lui fit signe de passer.

Elle avait déjà fermé et rangé le registre dont elle s'était servi pour faire écran ; maintenant, elle jetait un dernier regard global sur le bureau, vérifiant que tout était comme avant, puis elle le précéda à la porte.

— Était-elle entrouverte ?

— Oui.

Elle regarda brièvement en arrière et elle approuva de la tête la position qu'il donna à la porte.

— Comme ça.

Dans le cabinet de Thurlow, ils organisèrent leur espace de travail – le bureau dégagé, la lampe installée et cachée comme avant – puis ils se mirent à l'ouvrage. C'était un travail lent et exigeant que de scruter les documents un à un, cherchant une mention sur la Société aurifère de l'Afrique centrale et orientale. Le cabinet de Thurlow contenait plus de boîtes que celui de Brown ; les bibliothèques étaient plus hautes.

Gabriel avait consulté la moitié d'une boîte de plus quand il entendit un cri étranglé. Il leva la tête – juste à temps pour lâcher les papiers qu'il tenait, traverser la pièce en deux enjambées et attraper la pile de boîtes chancelant au-dessus de la tête de la comtesse.

Elle était assez grande pour atteindre le haut de la bibliothèque, mais, dans cette pièce, elle n'avait pas été capable de saisir les boîtes, seulement de les toucher. Étirée au maximum, elle avait lentement approché une pile de boîtes au bord de la tablette ; elles s'étaient inclinées, puis elles avaient commencé à glisser…

Il tendit les bras au-dessus de sa tête et les attrapa, ses bras de chaque côté d'elle, ses épaules l'entourant. Ils se figèrent tous les deux, s'accrochant aux boîtes en fer-blanc, cherchant désespérément à ne pas les laisser tomber au sol avec fracas.

Moins de trois centimètres les séparaient.

Son parfum flotta vers lui, enveloppant ses sens ; sa chaleur féminine, recouverte d'une douce chair sensuelle, les taquinait. L'envie de combler ce petit vide, de la sentir s'appuyer contre lui crut fortement.

Il sentit l'accélération du pouls de la comtesse, le trouble soudain qui l'envahit. Il l'entendit inspirer brusquement, il sentit son hésitation…

Inclinant la tête, il effleura sa tempe voilée de ses lèvres. Elle s'immobilisa ; la tension physique qui l'avait saisie se transforma en un éclair et devint sensuelle ; s'accrochant au début à une pose physique, elle chancelait maintenant au bord d'un précipice sensuel. Il changea de position, comblant le vide entre eux jusqu'à ce qu'elle se tienne étirée contre lui, le touchant, mais sans insistance. Faisant glisser ses lèvres sur sa tempe, il caressa la ligne exposée par ses cheveux tirés en arrière, il pencha la tête et il suivit la volute de son oreille, puis il glissa ses lèvres plus bas pour taquiner et émoustiller le point sensible sous son lobe.

Avec expertise, il l'incita à détendre ses muscles contractés et à s'appuyer contre lui. La soie du voile bougea sous ses lèvres, une caresse secondaire. Elle cessa de respirer sur un sanglot tremblant et elle retint son souffle ; il pencha la tête et dessina la longue ligne de sa gorge jusqu'à ce qu'enfin, elle expire. Avec hésitation, prête à s'enfuir au moindre signe, elle laissa ses épaules se détendre contre le haut du torse de Gabriel.

Souriant de triomphe en son for intérieur, il inclina la tête vers le haut, déposant de doux baisers dans le creux de sa gorge, l'encourageant à lever le menton jusqu'à ce qu'enfin, sa tête se penche sur son épaule. Les courbes chaudes de son dos s'enfoncèrent plus carrément contre lui.

Il voulait beaucoup plus, mais leurs mains étaient collées sur les boîtes toujours retenues en l'air et il n'osait pas rompre le charme. Elle était agréablement réceptive, mais tellement nerveuse, comme une jument qu'une main d'homme n'avait jamais amadouée. Donc, chacune de ses caresses demeura simple, directe, inoffensive et à chaque moment qui passait, elle s'affaissait plus sûrement contre lui. La chaleur subtile de la femme affluait sur sa dureté ; il était excité, mais il tenait la douleur à distance. Il songea qu'elle était un château qu'il avait l'intention de prendre d'assaut ; sa victoire actuelle donnait l'impression de voir son pont-levis s'abaisser.

Enfin, elle s'appuya entièrement contre lui. Une délicate tension la tenait encore, mais elle découlait davantage de l'anticipation fascinée que de la résistance. Il déposa un baiser plus ferme dans le creux sous son oreille et il entendit sa respiration tremblante. Un frisson la secoua, suivit d'un halètement tremblotant.

— Je vais laisser tomber ces boîtes.

Il leva la tête et regarda, puis il réprima un soupir. Les bras de la dame tremblaient. Il se redressa – elle l'imita aussitôt. Elle inspira profondément et elle retint son souffle. Il recula doucement. Avec beaucoup de précautions, elle déplaça ses mains et elle saisit les deux boîtes sous la pile, lui permettant de soulever les trois du dessus.

Abaissant les bras, elle fit un pas de côté, puis elle pivota et, droite comme un I, la détermination manifeste dans chaque ligne de son corps, elle transporta les boîtes jusqu'au bureau.

L'abandonnant avec trois boîtes en fer-blanc et une douleur très réelle.

Contractant la mâchoire, Gabriel emporta les boîtes jusqu'au bureau et il les empila sur les siennes. Elle avait déjà ouvert une boîte. Sans le regarder, elle souleva les papiers à l'intérieur et commença à les feuilleter. Plissant les yeux, il songea à la prendre dans ses bras, tout simplement ; la manière raide et brusque avec laquelle elle tournait les pages soutenait qu'il ne le fallait pas.

Serrant les dents, il prit la pile de papiers qu'il était en train de vérifier. Il lui décocha un regard acéré. Si elle le vit, elle n'en montra rien.

Ils continuèrent leur fouille en silence.

Juste au moment où il se demandait s'il avait fait erreur et que la Société aurifère de l'Afrique centrale et orientale n'avait pas mérité sa propre boîte, la comtesse se redressa.

— La voici.

Gabriel baissa les yeux sur la boîte ; elle était étiquetée « Swales ».

Levant une pile de papiers sous la lumière de la lampe, la comtesse étudia rapidement chaque feuille à son tour. Il se déplaça pour se tenir derrière elle afin de pouvoir lire par-dessus son épaule.

— Ce sont des documents dont aurait besoin la compagnie pour s'enregistrer afin de faire des affaires dans la ville de Londres. Et la compagnie est une cliente officielle de Thurlow et Brown, ajouta-t-il en scrutant le papier qu'elle tenait.

— Parce que toutes ces feuilles indiquent Thurlow et Brown comme contact ?

— Oui. La firme a dû être engagée quand la compagnie est arrivée dans la ville. Cela signifie qu'il existera très peu de documents légaux listant l'adresse de la compagnie.

— Il doit sûrement y en avoir un.

Elle le regarda par-dessus son épaule ; ses lèvres étaient découpées par son voile. Le regard de Gabriel se fixa sur elles, et la dame se figea. Elle détourna la tête et demanda, avec le souffle court :

— Devrons-nous fouiller certains bureaux gouvernementaux pour la trouver ?

Elle ne vit pas le sourire subtil qui recourba les lèvres de Gabriel.

— Il devrait y avoir au moins deux documents indiquant l'adresse de la compagnie. L'un est l'enregistrement principal de la compagnie, mais il se trouve selon toutes probabilités aux mains de la compagnie. L'autre, cependant, est un document que tous les avocats préparent, mais qui demeure inconnu de la plupart des clients.

Tendant la main, il tira sur la dernière feuille de la pile ; elle le laissa faire. Il la leva et il sourit.

— Nous y voilà : les instructions internes de la firme sur la façon de communiquer avec le client.

— Monsieur Joshua Swales, lut-elle. Agent d'affaires de la Société aurifère de l'Afrique centrale et orientale, aux soins de monsieur Henry Feaggins, 142, Fulham Road.

Ils relurent les noms et l'adresse, puis Gabriel rangea la feuille dans la boîte. Prenant la pile dans les mains de la comtesse, il la feuilleta.

— Que cherchez-vous ?

— Je me demandais si nous aurions assez de chance pour trouver une liste d'investisseurs… ou une liste de billets à ordre préparée par la firme… mais non.

Fronçant les sourcils, il remit les papiers en pile.

— Les gens derrière cette compagnie, quels qu'ils soient, sont certainement très prudents.

Elle tint la boîte pendant qu'il replaçait les papiers à l'intérieur, puis il la ferma et la cadenassa. Transportant les autres boîtes, elle le suivit jusqu'à l'étagère. Il empila les boîtes dans le bon ordre, puis il se tourna pour découvrir qu'elle était déjà retournée devant le bureau, remettant tout à sa place, redressant le buvard, réalignant l'encrier.

Complétant un dernier balayage visuel de la pièce, il leva la lampe.

— Où était-elle ?

— Sur la petite table ici.

Elle montra le chemin. Gabriel déposa la lampe sur le petit meuble qu'elle lui indiqua, puis il attendit qu'elle passât la porte dans la rampe avant d'abaisser la mèche. La lumière mourut.

— Espérons, murmura-t-il en contournant le bureau du clerc jusqu'à la porte, que le clerc n'est pas du genre à avoir l'œil sur le niveau d'huile dans sa lampe.

Elle ne commenta pas, mais elle attendit près de la porte d'entrée.

Récupérant sa canne, il ouvrit la porte. Elle passa. Il suivit en refermant la porte, puis en s'accroupissant pour tourner les lourdes gorges de la serrure. Ce n'était pas une mince tâche. Elles tombèrent enfin en place.

— Comment diable vous en êtes-vous sortie ? demanda-t-il en se redressant.

— Avec difficulté.

Certainement pas avec une épingle à cheveux. Réprimant sa curiosité, il la suivit en bas de l'escalier. Les talons de la comtesse cliquetaient sur la pierre. Traverser les pavés en silence serait impossible. En bas des marches, il lui prit la main et il la posa sur sa manche. Elle leva les yeux vers lui – d'étonnement, supposa-t-il.

— Je présume que votre carrosse vous attend ?

— Au coin le plus éloigné de Lincoln's Inn Fields.

— Je vais vous accompagner jusque-là.

Dans les circonstances, elle pouvait difficilement discuter, néanmoins, il savait qu'elle y avait songé. Si elle avait essayé, il l'aurait informée que, grâce à cinq boîtes en fer-blanc, elle avait maintenant plus de chance de voler jusqu'à son carrosse que de le renvoyer sans rien de plus que des mots.

Il y avait des règles à tout engagement, en séduction comme à la guerre ; il les connaissait toutes et il était passé maître dans l'art de les exploiter pour son propre bien. Après les premiers affrontements, toutes les dames à qui il s'était intéressé avaient décidé que c'était pour leur propre bien à elles également. Ultimement, la comtesse ne se plaindrait pas.

Ils se mirent en route, traversant ouvertement la cour intérieure. Il sentit ses doigts papillonner nerveusement sur sa manche, puis se calmer. Il jeta un coup d'œil à son visage voilé, puis il laissa son regard descendre sur sa silhouette habillée d'une cape.

— Vous ressemblez à une veuve récemment endeuillée qui pourrait par conséquent avoir une bonne raison de visiter Lincoln's Inn tard le soir.

Elle le regarda brièvement, puis elle hocha légèrement la tête avant de la relever.

Approuvant l'inclinaison impérieuse de son menton, Gabriel regarda devant lui. Elle n'était pas mauvaise actrice – il n'y avait aucune trace d'inquiétude visible. S'il devait avoir une partenaire féminine, il était content que ce soit elle. Elle pouvait réfléchir, crocheter des serrures et bien s'en sortir avec une mascarade – l'ensemble ne comprenait que des points positifs. Malgré son agacement quand il l'avait trouvée ici, il se sentait à présent considérablement bien enclin envers son rôle.

Il allait, bien sûr, mettre le holà à ses actions et s'assurer qu'elle ne se lancerait plus dans des fouilles nocturnes, mais cela allait devoir attendre après leur passage devant le portier dodelinant de la tête dans son guichet près de la grille. La comtesse passa devant lui la tête droite, l'échine raide, comme si le portier n'existait pas. L'homme mit respectueusement les doigts sur sa casquette, puis il bâilla et s'affala de nouveau sur son tabouret.

Ils continuèrent à marcher. Dans les ombres jetées par les immenses arbres dans Lincoln's Inn

Fields, un petit carrosse noir attendait, la tête des chevaux pendante. Alors qu'ils s'approchaient, le cocher regarda dans son dos, puis il se recroquevilla sur ses rênes.

S'arrêtant devant le carrosse, Gabriel en ouvrit la portière.

La comtesse tendit la main.

— Merci…

— Dans un moment.

Prenant sa main, il la poussa à entrer dans le véhicule. Il sentit son regard intrigué alors qu'elle s'exécutait. Pendant qu'elle s'installait sur la banquette, il regarda son cocher.

— Brook Street, juste après South Molton.

Sur ce, il suivit la comtesse dans le carrosse et il ferma la portière.

Elle le dévisagea, puis elle se glissa rapidement plus loin alors qu'il se tournait et s'asseyait à côté d'elle. Le carrosse oscilla en partant.

Après un moment de silence tendu, elle dit :

— Je n'avais pas conscience de vous avoir offert de vous raccompagner.

Gabriel contempla son visage voilé.

— Vous l'auriez fait, sans aucun doute : j'ai pensé vous faciliter la tâche.

Il entendit un petit éclat de rire, instantanément étouffé. Ses lèvres se courbant, il regarda devant lui.

— Après tout, nous devons réfléchir à notre prochaine action.

Il en avait déjà planifié plusieurs ; elles pouvaient toutes être tentées dans un carrosse fermé roulant dans la nuit.

— En effet.

Le ton de la comtesse était égal.

— Mais d'abord, un point que j'aurais dû clarifier dès le début. Vous m'avez demandé mon assistance et je vous l'ai accordé. Vous avez aussi demandé ma promesse de ne pas chercher à découvrir votre identité.

Elle se raidit.

— L'avez-vous fait ?

Sa gaîté se dissipa.

— J'ai promis. Alors, non. Je ne l'ai pas fait.

Chaque mot était articulé sèchement, chaque phrase ferme.

— Mais si vous voulez que je continue à jouer votre jeu – si nous devons continuer notre alliance et sauver votre belle-famille de la ruine –, vous allez devoir promettre de respecter mes règles.

Son silence dura pendant un bon cinquante mètres. Elle dit ensuite :

— Vos règles ?

Il pouvait sentir son regard sur le côté de son visage ; il continua à regarder devant lui.

— Et quelles sont vos règles ?

— Règle numéro un : vous devez promettre de ne plus agir sans me tenir au courant.

Elle remua légèrement.

— Vous tenir au courant !

Gabriel dissimula un sourire cynique ; il traitait depuis assez longtemps avec les femmes pour ne pas avoir utilisé le mot « permission ».

— Si vous et moi agissons indépendamment, particulièrement dans une affaire aussi délicate, nous avons de bonnes chances de nous croiser et de provoquer un effet désastreux. Si cela se produit et que nous dévoilons trop tôt notre intérêt pour la compagnie, alors tout ce pour quoi vous avez travaillé tombera à zéro. Et vous n'êtes pas suffisamment au fait de la façon dont on fait des affaires dans la Cité pour comprendre toutes les ramifications de ce que nous pourrions découvrir, ce qui, après tout, est la raison pour laquelle vous avez cherché mon concours en premier lieu.

Elle n'avait pas la méfiance habituelle de son sexe pour le silence ; encore une fois, elle s'en prévalut pour calculer, pour réfléchir. Alors qu'ils tournaient un coin en oscillant, elle demanda :

— Ces règles ; quelles sont les autres ?

— Il n'y en a que deux ; vous en connaissez une.

— Et la seconde ?

Il tourna la tête et la regarda.

— Pour chaque information que nous rassemblons, j'ai le droit de réclamer une récompense.

— Une récompense ?

La méfiance s'infiltra dans son ton.

Il réprima un sourire vorace.

— Une récompense : un gage de reconnaissance habituel donné en échange de services rendus.

Elle savait exactement ce qu'il voulait dire, ce fait évident se sentit dans la légère tension qui l'envahit. Après un moment, elle s'éclaircit la gorge.

— Quelle récompense désirez-vous ?

— Pour avoir localisé Thurlow et Brown : un baiser.

Elle s'immobilisa – elle resta si immobile qu'il se demanda s'il l'avait choquée. Cependant, elle pouvait difficilement être surprise – elle savait très bien qui il était et ce qu'il était. Derrière son voile, elle le dévisagea, mais si elle était nerveuse, les signes étaient absents – ses mains, croisées sur ses cuisses, ne bougèrent pas.

— Un baiser ?

— Hum.

Cette fois, il ne put empêcher ses lèvres de se courber, il ne put retenir le ronronnement séducteur dans sa voix.

— Sans le voile. Retirez-le.

— Non.

Calme ; ferme.

Avec arrogance, il haussa les sourcils.

Elle changea de position sur la banquette.

— Non. Le voile… je…

Il soupira avec résignation.

— Très bien.

Avant qu'elle puisse trouver un prétexte pour refuser complètement le baiser, il encadra son visage d'une main, son pouce sous le bord de son voile, le soulevant de sur ses lèvres qu'il couvrit des siennes.

Les lèvres de la comtesse s'entrouvrirent en raison d'une exclamation de surprise – quand il les toucha, elle s'immobilisa. Elle ne se figea pas et ne paniqua pas – elle resta simplement assise, chaude et vivante, et elle le laissa modeler ses lèvres sur les siennes. Il inclina légèrement le menton de sa compagne ; son visage bougea facilement – elle n'était pas rigide. Cependant, elle ne réagissait pas pendant qu'il lui imposait sa caresse.

Il n'allait pas accepter cela, mais il savait quand se montrer patient.

Il l'embrassa légèrement, déplaçant doucement ses lèvres sur les siennes, badinant avec expertise, attendant...

Son premier signe d'abandon fut un frisson – d'une douceur aiguë, une onde de sensation pure. Il sentit un trouble dans sa respiration, la tension croissante dans sa colonne vertébrale.

Puis, les lèvres de la comtesse bougèrent, se raffermissant sous les siennes, sans donner encore, mais vivantes. C'était comme si elle était une statue s'animant, du marbre frais se réchauffant lentement, une carapace de pierre fondante, cédant la place à la chair, au sang et à la vie.

Il tint fermement son visage et il augmenta la pression de son baiser. Extrêmement centré sur elle, il le sut quand elle leva une main gantée de sur ses cuisses, la levant à l'endroit où sa main encadrait son visage. Ses doigts restèrent suspendus à deux centimètres seulement de sa main, puis, très délicatement, presque comme si elle n'était pas certaine qu'il – que sa main – était réel, elle frôla du bout des doigts le revers de sa main.

Le contact hésitant le secoua violemment – il contenait une innocence inquisitrice qui le captiva et le retint. Ses doigts enveloppés de cuir descendirent lentement, dessinant le revers de sa main ; ils hésitèrent pendant un instant tremblant, puis ils se posèrent.

Comme un papillon sur le dos de sa main.

Ses doigts n'agrippèrent pas, ne tirèrent pas – ils touchèrent, tout simplement. Il inspira – il respira profondément son parfum – et il approfondit sa caresse. Demandant – n'exigeant pas pour une fois dans sa vie.

Et elle donna. De son propre chef, elle inclina davantage le visage, balançant vers lui alors qu'elle offrait ses lèvres.

Il plongea comme un conquérant et il prit, il réclama –, mais il freina aussitôt ses ardeurs quand il sentit sa soudaine nervosité. Elle n'était pas habituée à être embrassée. Aussi étrange que cela paraisse, il en était convaincu – il ne médita pas sur la cause, mais il se mit en devoir de l'apaiser, de la taquiner, de l'encourager.

Elle apprenait vite – sous peu, elle l'embrassait à son tour, doucement, mais sans réserve. Il mourait d'envie de la prendre dans ses bras, mais l'expérience le prévenait contre ce geste. Sa nervosité était à présent expliquée – pour une raison inconnue, elle n'était pas habituée à cela. Ses lèvres sur les siennes, sa main autour de son visage, cela semblait, en ce moment, tout ce qu'elle pouvait assimiler, alors il décida de travailler avec cela.

Il entreprit de la cajoler, de la taquiner, de l'amener à céder davantage, à chercher plus. Quand elle écarta les lèvres avec hésitation, il sentit qu'il avait gagné un siège, mais il était trop prudent, cette fois, pour en tirer profit trop rapidement… ainsi, il savoura chaque doux moment de son abandon, le tout offert comme un collier de précieuses perles de sensations individuelles.

Quand elle toucha sa langue de la sienne avec hésitation, puis lentement, avec des mouvements sinueux, qu'elle le caressa en retour, Gabriel en eut presque la tête qui tournait.

Elle était comme un bon vin : meilleur à savourer lentement.

Il recula enfin quand le carrosse tourna un coin en grondant. Le torse se gonflant, il observa les lèvres de la comtesse, brièvement illuminées par un réverbère. Elles étaient pleines, d'un rose profond, légèrement enflées.

— Maintenant, pour avoir découvert l'adresse de Swales…

Ses lèvres s'entrouvrirent – pour protester ou pour l'inviter, il n'attendit pas de le découvrir. Il les couvrit encore une fois ; elles se moulèrent facilement aux siennes cette fois et elles s'ouvrirent complètement à l'instant où il les toucha de sa langue.

Brook Street ne pouvait pas être bien loin encore. La pensée le poussa à se délecter plus ardemment, à prendre tout ce qu'elle offrait – puis, à explorer, à fouiller et à la tenter davantage.

Elle donna – pas tant facilement que volontiers, avançant à pas hésitants sur un sentier qu'elle n'avait jamais emprunté, il le savait d'instinct. Jamais avant l'avait-on embrassée passionnément ; jamais avant l'avait-on éveillée de cette façon. Il devait s'interroger sur son défunt mari et se demander si les sens de la comtesse n'avaient jamais été éveillés. Il la tint fermement, l'incitant à continuer, ses propres lèvres impitoyables, à un cheveu de la dureté. Il l'aurait amenée plus loin, beaucoup plus loin, mais ce soir, ils manquaient de temps.

Le carrosse ralentit, puis il s'arrêta en oscillant.

À contrecœur, il libéra ses lèvres. Pendant un instant, alors que leurs souffles s'entremêlaient, il fut tenté…, puis il retira sa main et il laissa retomber son voile. Elle se révélerait à lui de son propre chef. C'était le moment qu'il avait l'intention de pleinement savourer.

Il se redressa. Elle s'affala sur la banquette. Elle tenta de parler, mais elle faillit s'étouffer ; s'éclaircissant la gorge, elle fit une nouvelle tentative.

— Monsieur Cynster…

— Je m'appelle Gabriel.

Malgré son voile, leurs regards se fixèrent l'un sur l'autre. Elle le dévisagea, ses seins montant et retombant sous sa cape.

— Je pensais que vous deviez réfléchir à notre prochaine action.

Le regard de Gabriel ne vacilla pas.

— Croyez-moi, je le fais.

Il patienta ; devant son absence de réponse, mais son regard insistant, il inclina la tête.

— À notre prochaine rencontre, dit-il en tendant la main vers la portière. En passant, quand aura-t-elle lieu ?

Après un moment, elle réussit à répondre.

— Je communiquerai avec vous dans un jour ou deux. Elle était encore à bout de souffle ; il dissimula un sourire triomphant.

— Très bien.

Délibérément, il laissa son regard se durcir, la clouant sur place sur son siège.

— Cependant, vous vous souviendrez de ce que j'ai dit. Laissez-moi Swales.

Bien qu'il ne s'agisse pas d'une question, il attendit. Enfin, elle hocha la tête – l'un de ses habituels signes brefs.

— Oui. D'accord.

Satisfait, il ouvrit la portière et descendit sur la chaussée. Refermant la portière, il fit signe au cocher. Les rênes claquèrent, le carrosse partit dans un grondement.

Il le regarda rouler, puis il se retourna et grimpa les marches, éprouvant bien plus qu'une simple satisfaction à l'égard des réussites de la nuit.

CHAPITRE 4

Elle ne s'était jamais sentie aussi *essoufflée* de sa vie.

Un coude appuyé sur la table de la salle à manger, Alathea jouait avec son toast et s'efforçait de mettre un peu d'ordre dans le chaos de ses pensées. Ce n'était pas une mince tâche avec ses sens encore en effervescence.

Comme elle avait été naïve d'ignorer ce premier présage, ce premier baiser tellement innocent. Scellant un pacte, en effet ! Cela ne lui était pas venu à l'esprit que, sans réaction irritée pour le retenir, il l'aurait certainement embrassée encore. Elle en était donc là, subissant une agitation totalement inattendue et jamais avant expérimentée. Le simple souvenir du baiser de la veille – de la série de baisers – suffisait à lui embrouiller le cerveau. Une conclusion, cependant, était effroyablement claire. Son chevalier errant croyait qu'elle était une femme mariée – une femme mariée expérimentée – avec qui il pouvait badiner amoureusement en toute liberté. Mais, elle ne l'était pas. Jusqu'ici, il n'avait pas soupçonné ce fait, mais jusqu'où pouvait-elle aller sur la route de ses récompenses sans se trahir ?

Sans avoir à se donner ?

Tout cela était déjà assez grave, mais pour couronner le tout, il lui avait chipé les rênes. Dieu seul savait quelle direction ses plans soigneusement établis prendraient maintenant.

Elle aurait dû prévoir son geste pour prendre le dessus ; il avait toujours été le chef de leurs jeux d'enfance. Toutefois, ils n'étaient plus des enfants et elle s'était accoutumée à commander au cours des dix dernières années ; se voir sommairement reléguée au rang de soldat était un peu difficile à accepter.

Autour d'elle, le reste de la famille bavardait, mangeait, riait ; plongée dans ses pensées, elle les entendait à peine. Prenant son toast, elle le croqua et décida qu'elle devrait au moins faire semblant qu'il était le chef. Sa personnalité de Cynster ne se contenterait de rien de moins ; il était inutile de se cogner la tête contre ce mur. Cela ne signifiait pas qu'elle devait humblement le laisser prendre toutes les décisions, seulement lui faire croire que c'était ainsi. Ce qui menait à la question de la manière dont elle pourrait s'assurer qu'il ne poursuivrait pas son entreprise en la laissant dans l'ignorance.

Elle allait devoir le rencontrer régulièrement, une perspective qui la rendait anxieuse. Organiser leur prochaine rencontre était sa prochaine étape logique, mais il lui fallait encore se remettre de la dernière. Elle avait misé sur son profond esprit de chevalerie pour l'inciter par la ruse à lui porter secours – dans ses rêves les plus fous, elle n'avait jamais imaginé qu'il extrapolerait si diaboliquement, au point de réclamer une récompense.

Ce mot même était à présent altéré pour toujours dans son esprit. Aujourd'hui, il évoquait instantanément quelque chose d'illicite. Quelque chose d'excitant, de palpitant, de tentant…

De séduisant.

Ses pensées tourbillonnèrent ; ses poumons cessèrent de fonctionner. Le simple souvenir de ce moment dans le carrosse où, avec une autorité typique, il avait posé les lèvres sur les siennes lui donnait le tournis. Se rappeler ce qui avait suivi faisait vivement monter la couleur à ses joues.

Instantanément, elle bannit les visions mentales ainsi que les sensations remémorées. Ces dernières étaient plus difficiles à chasser. Levant sa tasse de thé, elle but et pria pour que personne ne remarque sa rougeur. Elle n'avait pas rougi depuis cinq ans, probablement dix ans. Si elle commençait tout à coup à rougir pour un rien, on poserait des questions – on émettrait des hypothèses. Tout à fait la dernière chose dont elle avait besoin.

Enfouissant impitoyablement tous les souvenirs du trajet jusque chez lui, elle se dit qu'elle n'avait aucune raison de se morigéner ; elle n'aurait pas pu l'éviter – rien éviter – sans éveiller ses soupçons. Il était vain de méditer là-dessus plus avant, sauf pour remercier son ange gardien : elle avait presque lâché son nom quand il l'avait libérée. « Rupert » était sur le bord de ses lèvres ; elle avait tout juste réussi à ravaler le prénom. Le prononcer aurait sonné immédiatement le glas de sa mascarade ; elle était la seule femme plus jeune que sa mère à insister pour continuer à l'appeler par son prénom officiel. Il le lui avait dit lui-même.

Pourquoi se montrait-elle aussi entêtée à ce sujet, elle l'ignorait – c'était comme se raccrocher à un temps plus simple depuis longtemps disparu. Elle avait toujours pensé à lui comme à Rupert.

« Je m'appelle Gabriel. »

Ses mots résonnaient dans son cerveau. Contemplant les fenêtres, elle réfléchit ; il avait raison – il était Gabriel maintenant et non Rupert. Gabriel contenait le garçon, l'adolescent et l'homme qu'elle avait connus sous le nom de Rupert, mais il englobait bien plus encore. Une profondeur plus grande, un spectre plus large d'expériences – une plus grande réserve.

Après un moment, elle se secoua mentalement et elle termina son thé. En tant que comtesse, elle devrait se souvenir de l'appeler Gabriel, alors qu'Alathea le surnommait encore Rupert.

Et elle allait devoir trouver un moyen de limiter les récompenses que Gabriel, sans aucun doute, tenterait de réclamer.

— Je pense que nous devrions rendre visite à lady Hertford ce matin.

Vérifiant les invitations du jour, Serena contempla Mary et Alice.

— Elle donne une réception chez elle, et je crois que, si vous portez ces robes qui ont été livrées hier, ce serait un événement propice où être vues.

— Oh, oui ! s'exclama Mary. Commençons à nous montrer.

— Y aura-t-il d'autres jeunes dames présentes ? demanda Alice.

— Naturellement. Et tu dois venir aussi, ma chère, sinon je devrai passer tout mon temps à expliquer ton absence, ajouta Serena en se tournant vers Alathea.

Cela fut dit avec un sourire doux, mais décidé ; Alathea sourit en réponse.

— Bien sûr, je viendrai, ne serait-ce que pour apporter mon soutien.

Mary et Alice s'égayèrent encore plus. Au milieu d'une discussion sérieuse sur les rubans, les bonnets et les réticules, elles se retirèrent toutes à l'étage pour se préparer en vue de l'excursion projetée.

En effet, c'était comme une sortie militaire. Une heure plus tard, debout sur un côté du salon de lady Hertford, Alathea dissimulait un grand sourire. Serena avait mené la charge métaphorique dans l'arène de Sa Seigneurie, positionnant ses troupes d'un œil vif et avec un jugement astucieux. Mary et Alice étaient occupées avec un groupe de jeunes demoiselles similairement sans expérience, bavardant avec animation, toute timidité initiale oubliée. Serena était maintenant assise avec lady Chelmsford et la duchesse de Lewes, toutes les deux ayant aussi sous leur responsabilité de jeunes dames faisant leurs débuts. Alathea aurait parié une jolie somme que la conversation s'était déjà tournée vers les gentlemen que l'on pouvait s'attendre à voir laisser tomber des mouchoirs au cours de cette saison mondaine.

Quant à elle, elle se tenait tranquillement d'un côté du salon, tout en sachant que sa présence avait été notée par tout le monde. Comme Serena l'avait fait remarquer, ses allées et venues auraient suscité des questions ; mais, à présent que toutes les matrones sur place avaient confirmé que la fille aînée du comte – célibataire, ce qui était un mystère, mais une vieille fille accomplie maintenant – ne sortait pas du tout de l'ordinaire et qu'elle était tout à fait à l'aise avec ses demi-sœurs et sa belle-mère – bien, sans blé à moudre dans leur moulin à potins collectif, elle avait été chassée de leur conscience collective.

Cela lui convenait très bien.

Terminant son thé, elle chercha une table à proximité sur laquelle déposer sa tasse. En repérant une table derrière la méridienne sur laquelle son hôtesse était assise en train de bavarder avec l'une de ses proches amies, Alathea marcha silencieusement près du mur, passant derrière la méridienne pour déposer sa tasse. Elle était sur le point de s'en aller quand les mots « Société aurifère de l'Afrique centrale et orientale » la clouèrent sur place.

Elle fixa le dos de la tête rousse et frisottée de lady Hertford.

— Un retour sur investissement absolument garanti, m'a dit mon cousin, alors naturellement, j'en ai parlé à Geoffrey. Je lui ai donné le nom du responsable, mais Geoffrey bafouille et se traîne les pieds.

Se penchant plus près de son amie, lady Hertford baissa la voix.

— Vous pouvez être certaine que je lui ai fait remarquer qu'avec les coûts inattendus que son héritier a engagés à Oxford, il devrait être impatient d'améliorer son statut actuel ; je lui ai dit sans ambages que cette année, Jane n'aurait pas seulement besoin de plus belles robes, mais aussi plus à sa taille. Mais a-t-il été ému ?

Lady Hertford était assise droite comme un I, la désapprobation envers son mari égaré visible sur chaque trait.

— Je suis convaincue, siffla-t-elle, que ce n'est que parce que cela a été suggéré par mon cousin Ernest et que Geoffrey n'a jamais aimé Ernest.

Son amie murmura avec sympathie, puis elle entraîna la conversation sur leurs enfants respectifs. Alathea s'éloigna. Clairement, lord Hertford partageait sa réaction à l'égard de la Société aurifère de l'Afrique centrale et orientale – dans son cas, si l'on devait en croire Sa Seigneurie, c'était à cause du « responsable ».

De l'autre côté de la pièce, une douairière enturbannée lui fit signe de venir la voir ; Alathea obéit à la convocation. Avec un sourire serein fermement en place, elle supporta une inquisition intensive sur son obsession avec la campagne et sur son état de vieille fille. Non, évidemment, que les mots « recluse sans chic » ou « mari » entrèrent dans la conversation.

Une sérénité invincible et un refus catégorique d'être entraînée aux confidences lui valurent enfin d'être libérée par lady Merricks, qui renifla et la chassa de la main.

— Déraisonnable, voilà ce que c'est, mademoiselle ! Votre grand-mère aurait été la première à le dire.

Avec cette remarque résonnant dans ses oreilles, Alathea gravita vers sa place initiale sur un côté du salon et elle se demanda si elle oserait aborder le sujet de la Société aurifère de l'Afrique centrale et orientale avec son hôtesse. Un regard à l'allure ronde et rougeaude de lady Hertford mit un frein à cette idée. Il était improbable que Sa Seigneurie ait des informations au-delà de ce qu'elle avait déjà divulgué. Plus pertinemment, elle serait étonnée de la question d'Alathea. Les dames de son rang, jeunes ou non, ne devaient pas avoir d'intérêt pour de telles affaires – les dames de son rang n'étaient pas censées savoir que de telles affaires existaient.

Ce qui était un obstacle certain, car elle ne pouvait pas, pour la même raison, confronter son mari non plus.

Alathea jeta un coup d'œil à la porte. Oserait-elle se glisser hors du salon et fouiller le cabinet de travail de lord Hertford ? Elle débattit des possibilités d'y trouver quelque chose d'utile ; si d'apprendre le nom de l'homme derrière la compagnie avait suffi à refroidir l'intérêt de Sa Seigneurie, il semblait peu probable qu'il ait eu à le noter.

Le retour sur investissement potentiel ne paraissait pas valoir le risque de se faire prendre à fouiller le cabinet de travail de lord Hertford. Elle pouvait juste imaginer le scandale que cela provoquerait, particulièrement si ses raisons pour fouiller ne menaient à rien.

Et si Gabriel en entendait parler ?

Non. Elle allait devoir se montrer patiente. Le mot en soi l'irritait – elle le répéta d'une manière incisive. Dans l'affaire de la Société aurifère de l'Afrique centrale et orientale, elle était la comtesse, et la comtesse avait placé sa confiance en Gabriel.

La patience et la confiance, c'était très bien, mais de telles vertus ne faisaient rien pour apaiser sa curiosité ni pour calmer sa conviction que, si elle laissait Gabriel trop à ses propres moyens, il résoudrait toute l'affaire et il se présenterait ensuite devant elle en s'attendant à réclamer une impossible récompense ou bien, il s'embourberait dans un détail troublant et il perdrait totalement le fil. Les deux étaient possibles. S'il avait toujours été le chef, elle avait toujours été son éminence grise. Il était temps de réclamer cette position.

Ils assistaient à une fête en soirée à la résidence Osbaldestone. Debout à côté de la méridienne sur laquelle Serena conversait avec lady Chadwick, Alathea fouilla du regard la foule rassemblée pour célébrer le soixantième anniversaire de lady Osbaldestone. Pour son objectif, le cadre était parfait.

Deux jours s'étaient écoulés depuis leur rencontre imprévue à Lincoln's Inn, deux jours pendant lesquels Gabriel avait dû mener une enquête sur l'agent de la compagnie et son lieu d'affaires. Il était temps pour la comtesse de demander un rapport.

Devant elle, l'élite mondaine frayait ensemble et se rencontrait. Il n'y avait pas de danse, seulement un quatuor à cordes installé dans une alcôve, s'efforçant vainement d'être entendu dans le vacarme. Des conversations – des potins et des réparties brillantes – constituaient l'occupation principale de la soirée, une activité dans laquelle excellait l'invitée d'honneur.

Lady Osbaldestone était assise sur une méridienne faisant face au centre de la pièce.

Alathea lui jeta un regard. La vieille dame tapota sa canne sur le plancher, puis elle la pointa sur Vane Cynster, debout devant elle. Vane recula comme s'il se réfugiait derrière la silhouette élancée de sa femme. Alathea avait rencontré Patience Cynster dans le parc quelques jours auparavant. Patience fit une petite révérence devant Sa Seigneurie avec un calme imperturbable.

Alathea aurait aimé avoir un peu plus de patience – ses yeux s'égarèrent vers l'horloge pour la troisième fois en dix minutes. Il n'était pas encore vingt-deux heures ; la fête commençait à peine. Les invités continuaient d'arriver. Gabriel était déjà ici, mais il était trop tôt pour que la comtesse se matérialise.

Les Cynster étaient ici en masse, lady Osbaldestone étant une de leurs parentes. Alathea observait deux beautés tenant actuellement leur cour sous l'œil étrangement non impressionné de Gabriel quand de longs doigts s'enroulèrent autour de son coude.

— Bienvenue en ville, ma chère.

Les doigts glissèrent en bas pour s'entremêler aux siens et les presser brièvement. Alathea se tourna, un sourire illuminant son visage.

— Je me demandais où vous étiez.

Elle balaya d'un regard appréciateur la grande silhouette aux cheveux foncés, vêtue de noir à côté d'elle.

— Bon, comment suis-je censée vous appeler : Alasdair ?

Ou Lucifer ?

Son sourire étincela, le pirate sous la façade chic apparaissant brièvement.

— L'un et l'autre feront l'affaire.

Alathea haussa un sourcil.

— Les deux sont exacts ?

— Je fais de mon mieux, hélas.

— J'en suis certaine.

Elle regarda de l'autre côté de la salle.

— Mais que fait-il ?

Lucifer suivit son regard jusqu'à son frère.

— Il est de garde. Nous nous relayons.

Alathea examina les filles et surprit la ressemblance.

— Ce sont vos cousines ?

— Hum. Elles n'ont pas de frère plus âgé pour les surveiller, alors nous nous en chargeons. Devil est le responsable, évidemment, mais il n'est pas souvent en ville ces jours-ci. Il est très occupé à soigner les acres ducales, la bourse ducale et la succession ducale.

Le regard d'Alathea passa à la grande et éblouissante silhouette du duc de St-Ives.

— Je vois.

Devil était étonnamment très attentif à une dame hautainement autoritaire debout à côté de lui.

— La dame avec lui ?

— Honoria, sa duchesse.

— Ah !

Alathea hocha la tête ; le regard intense de Devil s'expliquait. Elle avait à l'occasion rencontré tous les cousins de Gabriel et de Lucifer au fil des ans ; elle n'avait aucune difficulté à les distinguer dans une foule. La ressemblance familiale était absolue, leur beauté générale un slogan, bien qu'ils soient tous distinctement identifiables, à commencer par l'allure éblouissante de pirate de Devil, jusqu'à la grâce calme de Vane en passant par les traits classiques de Gabriel et la beauté sombre de Lucifer.

— Je ne vois pas les deux autres.

Elle balaya encore une fois la foule du regard.

— Ils ne sont pas ici. Richard et sa sorcière résident en permanence en Écosse.

— Sa sorcière ?

— Eh bien, sa femme ; mais elle est vraiment un genre de sorcière. Elle est connue comme la dame du val dans cette région.

— Vraiment ?

— Hum. Et Demon est occupé à escorter sa nouvelle épouse pour une tournée prolongée des champs de courses.

— Les champs de courses ?

— Ils partagent un intérêt pour faire courir des pur-sang.

— Oh.

Alathea vérifia sa liste mentale.

— Vous êtes les deux derniers célibataires.

Lucifer plissa les yeux devant elle.

— *Tu quoque mi fili.*

Alathea sourit.

— Une simple observation.

— C'est aussi bien, sinon j'aurais été tenté de dire qu'il n'est pas bon pour ceux qui vivent dans des maisons de verre de jeter des pierres.

Le sourire d'Alathea ne vacilla pas.

— Vous savez que j'ai décidé que le mariage n'est pas pour moi.

— Je sais que vous me l'avez dit ; ce que je n'ai jamais compris, c'est la raison.

Secouant la tête, elle regarda ailleurs.

— Oubliez ça.

Son regard revint sur les deux beautés blondes qui bavardaient joyeusement en ignorant soigneusement la présence délibérément intimidante de Gabriel, qui se prélassait à moins de quelques mètres.

— Vos jeunes cousines sont-elles jumelles ?

— Oui. C'est leur deuxième saison mondaine, mais elles ont seulement dix-huit ans.

— Dix-huit ans ?

Alathea jeta un coup d'œil à Lucifer, puis aux filles, confirmant les robes à la mode légèrement plus élégantes qu'il était permis pour une fille au cours de sa première saison, les coiffures plus sophistiquées, l'assurance dans les gestes. Contemplant Gabriel qui les surveillait comme un ange potentiellement mortel et vengeur, Alathea secoua la tête.

— Que diable croit-il faire ; que croyez-vous faire ? Si elles ont dix-huit ans… eh bien – elle pivota pour regarder Mary et Alice parlant à un groupe à proximité –, Alice a seulement dix-sept ans.

— Vraiment ?

Lucifer se tourna pour fixer Mary et Alice.

— Doux Jésus : je n'avais pas remarqué leur présence ici.

Il fronça les sourcils, puis il décocha un regard à ses cousines de l'autre côté de la pièce.

— Si vous voulez bien m'excuser ?

Sans attendre la réponse, il fondit sur Mary et Alice. Avec un charme facile, il les écarta de leur cercle. Une fille à chaque bras, il les conduisit à travers la pièce. Alathea l'observa, son interrogation sur le but qu'il poursuivait s'effaçant de son esprit alors que la réponse se présentait d'elle-même. Il présenta les sœurs d'Alathea à ses cousines – un moment plus tard, il s'éloigna doucement du cercle élargi accueillant maintenant les quatre jeunes dames entourées d'une bande de jeunes gentlemen excessivement inoffensifs et prudents.

L'air très satisfait de lui-même qu'arborait le visage de Lucifer alors qu'il se glissait dans la foule amena Alathea à secouer la tête, pas tant d'émerveillement que de résignation. Elle avait été la bénéficiaire du côté protecteur des mâles Cynster assez souvent pour reconnaître l'impulsion. Sachant qu'elle était censée approuver, quoiqu'elle ne soit pas du tout certaine que ce fût le cas, elle sourit en réponse au regard interrogateur de Lucifer.

Ce dernier se dirigea vers Gabriel. Avec aisance, Alathea se joignit au cercle autour de la méridienne de Serena. Du coin de l'œil, elle regarda Lucifer expliquer son nouvel arrangement ; Gabriel hocha la tête et passa son tour de garde à son frère. Lucifer fit la grimace, mais il acquiesça, prenant la place de Gabriel près du mur.

Alathea jeta un coup d'œil rapide à l'horloge. Parfait. Les manœuvres de Lucifer allaient s'avérer inopinément utiles ; au cours de la prochaine heure, elle était certaine de pouvoir compter sur lui et ses blondes cousines pour garder Mary et Alice joyeusement occupées. Et à tout moment maintenant…

Majestueux, se fondant néanmoins dans le paysage scintillant, le majordome de lady Osbaldestone fendit la foule. Il s'arrêta devant Gabriel et lui présenta un plateau en argent. Gabriel souleva la note sur le plateau, congédiant le majordome d'un hochement de tête. Ouvrant le billet plié, il le lut, puis il le replia et le glissa dans sa poche.

La procédure complète n'avait pas pris plus d'une minute – à moins qu'une personne ait été en train de surveiller Gabriel en particulier, dans la cohue, on n'aurait rien vu. Pas une trace d'expression ne trahit ses pensées – sur rien.

Sûre de le voir respecter les instructions dans le billet, Alathea détourna les yeux, accordant son attention à Serena et à ses voisines jusqu'à ce qu'il soit temps pour elle d'agir.

Elle rejoignit le pavillon cinq minutes à l'avance, déjà un peu essoufflée. Elle se dit que c'était parce qu'elle n'avait pas cessé de regarder dans toutes les directions en même temps pour s'assurer que personne ne la voyait se glisser dehors en douce. L'étau qui serrait ses poumons ne devait rien au fait qu'elle devait bientôt rencontrer Gabriel – pas Rupert, mais son alter ego beaucoup plus dangereux – une fois de plus dans l'obscurité de la nuit.

Folwell attendait comme convenu dans les épais buissons bordant l'allée carrossable. Il avait apporté sa cape, son voile et ses chaussures à talons hauts, ainsi que son parfum spécial. Prenant une profonde inspiration – s'armant de courage, Alathea laissa l'odeur exotique envelopper son cerveau. Elle était la comtesse.

Sous son déguisement, elle se sentait vraiment une autre personne – pas lady Alathea Morwellan, vieille fille en chef. C'était comme si son anonymat et le parfum séducteur faisaient ressortir un autre côté d'elle – elle avait peu de difficulté à se glisser dans son rôle.

Le pavillon était situé à l'écart au bout des massifs – elle s'en était souvenue d'après une visite précédente des années auparavant. Il était suffisamment éloigné de la maison pour ne pas risquer que d'autres s'en approchent par hasard et surplombé d'arbres et d'arbustes envahissants, au point où elle n'avait pas à craindre les rayons de lumière égarés ; une considération pertinente, car elle n'avait pas pu changer de robe.

Dehors, le gravier crissa. Un frisson soudain la parcourut ; des picotements d'excitation coururent sur sa peau. Face au porche, elle se redressa, la tête droite, les mains serrées devant elle. L'anticipation se glissa, insidieusement irrésistible, dans ses veines. Réprimant impitoyablement un frisson en réaction, elle prit une inspiration tendue. Ce soir, elle était déterminée à tenir bon.

Il apparut, une silhouette noire remplissant l'embrasure de la porte, son chevalier dévoué venu faire son rapport. C'était une présence sombre, intensément masculine, douloureusement familière ; néanmoins, tellement troublante de mystère. Marquant une pause sur le seuil, il la repéra dans l'obscurité ; il hésita – elle sentit son regard la balayer, elle ressentit l'envie inexplicable de pivoter et de fuir. Au lieu de cela, elle resta immobile et silencieuse, un défi en soi.

Il s'avança lentement.

— Bonsoir, ma chère.

Elle était une créature de la nuit et des ombres, discernable seulement par la forme plus foncée dans l'obscurité à l'intérieur du pavillon. Sa taille, son voile et sa cape – Gabriel ne voyait rien au-delà de cela, mais ses sens s'étaient brusquement centrés ; il était certain qu'il s'agissait d'elle. S'arrêtant devant elle, il l'étudia, très conscient du parfum attirant qui s'élevait de sa chair.

— Vous n'avez pas signé votre note.

Malgré le fait de ne pas pouvoir le voir, il savait qu'elle avait haussé un sourcil hautain.

— Combien de dames vous envoient des messages demandant à vous rencontrer dans des pavillons obscurs ?

— Plus que vous aimeriez en compter.

Elle s'immobilisa.

— Vous attendiez-vous à quelqu'un d'autre ?

— Non.

Il marqua une pause avant de continuer.

— Je vous attendais.

Pas ici, à la résidence Osbaldestone, sous son propre nez, mais il ne s'était pas imaginé qu'elle resterait calmement assise dans son salon en patientant une semaine avant de communiquer avec lui de nouveau.

— Je suppose que vous aimeriez savoir ce que j'ai appris ?

Elle entendit le ronronnement dans sa voix et elle prit conscience de sa propre méfiance.

— En effet.

Elle leva le menton ; il sentait le défi dans son regard.

— Swales ne vit pas à cette adresse sur Fulham Road ; c'est un pub appelé Onslow Arms. Henry Feaggins en est le propriétaire. Il conserve le courrier pour Swales.

— Feaggins sait-il où habite Swales ?

— Non : Swales s'arrête simplement là tous les quelques jours. Il n'y avait pas de courrier à ramasser, j'ai donc expédié une lettre – une feuille blanche. Swales est passé ce matin et il l'a prise. Mon homme l'a suivi ; Swales s'est rendu dans un manoir à Egerton Gardens. Il semble qu'il y habite.

— À qui appartient le manoir ?

— À lord Archibald Douglas.

— Lord Douglas ?

Il la regarda vivement.

— Vous le connaissez ?

Elle secoua la tête.

— Lord Douglas pourrait-il être le président de la compagnie ?

Sa question répondit efficacement à celle de Gabriel.

— Peu probable ; Archie Douglas ne s'intéresse à rien sauf au vin, aux femmes et aux cartes. Son point fort est de dépenser de l'argent et non d'en faire. Cependant…

Il s'interrompit, réfléchissant à ce qu'il pouvait révéler. En regardant son visage voilé, relevé vers le sien, il admit intérieurement que c'était autant, sinon davantage son enquête à elle qu'à lui.

— Si Swales est l'agent de la compagnie et qu'il se sert de la maison d'Archie comme base, alors il y a une très bonne chance – plus sûre même que l'argent – qu'un bon ami d'Archie, qui se trouve aussi en résidence en ce moment, est la véritable forcc derrière la Société aurifère de l'Afrique centrale et orientale.

— Et qui est cet ami ?

— Monsieur Ranald Crowley.

Le nom resta entre eux, lourd d'animosité.

— Vous le connaissez.

Ce n'était pas une question.

— Nous ne nous sommes jamais rencontrés. Nous avons, par contre, croisé le fer – financièrement parlant – et j'en connais beaucoup sur sa réputation.

— Qui est ?

— Mauvaise. C'est une crapule au cœur noir. On croit qu'il était impliqué dans un certain nombre de transactions des plus douteuses, mais chaque fois que les autorités montrent un intérêt pour une affaire, le projet s'évapore, tout simplement. Il n'y a jamais eu de preuves contre lui, mais dans le… disons, milieu criminel des affaires, il est bien connu et très craint, précisa-t-il avec hésitation. On dit qu'il est rusé et dangereux – peu doutent qu'il regimbe devant le meurtre si le gain est suffisant.

Elle frissonna et enroula les bras autour d'elle.

— C'est donc une crapule intelligente au cœur noir. Un moment plus tard, elle ajouta :

— J'ai ouï dire que lord Hertford a décliné l'offre d'investir dans la compagnie uniquement en raison de l'homme qui en est responsable.

Centré sur elle, Gabriel agita une main dédaigneuse.

— Ne vous souciez pas de Crowley ; je vais faire les investigations.

Il tendit la main vers elle – elle se retrouva dans ses bras avant de s'en rendre compte. Étonnée de découvrir ses mains sur le torse de Gabriel, elle leva la tête.

— Que…

Il entendit le trouble dans sa voix, il sentit l'anticipation qui monta brusquement en elle. Il sourit en lui-même.

— Ma récompense pour avoir trouvé Swales.

Elle prit une rapide inspiration.

— Je n'ai jamais parlé de récompenses.

— Je sais.

Resserrant ses bras autour d'elle, il écarta délicatement son voile et il abaissa les lèvres vers les siennes, les touchant en s'attardant une fois, deux fois… elle trembla, puis elle s'abandonna. Il retint son souffle quand sa chaleur souple et féminine s'affaissa contre son corps beaucoup plus dur – une caresse hésitante, évocatrice. Ses lèvres à un poil des siennes, il murmura :

— Vous devrez tout de même payer.

Elle ne fit aucun effort pour se refuser à lui – il réclama son dû, ses lèvres se raffermissant, puis durcissant contre celles de la comtesse. Elle s'unit à lui, sans prendre l'initiative, mais prête à suivre son exemple, ses réactions comme une glace reflétant le besoin de Gabriel. Centimètre après centimètre, instinctivement, les mains de la comtesse remontèrent, glissant enfin par-dessus les épaules de son compagnon.

Elle pencha la tête d'un côté, l'invitant à approfondir le baiser. Il s'exécuta. Elle plongea dans son étreinte et il resserra ses bras, et son emprise, sur elle. Son parfum s'infiltra jusqu'à son cerveau.

Tout ce qu'il demanda, elle l'offrit, pas seulement volontiers, mais avec une générosité sincère qui était une invitation à l'exploration. Il explora donc, mais sans le sentiment de s'emparer de quoi que ce soit qui n'était pas librement accordé – sans hésiter, facilement, comme si elle se réjouissait de donner. Ce qui ne fit que susciter davantage le désir de Gabriel.

Il repoussa son voile ; avec sa tête relevée vers le ciel, il était inutile de le tenir. Faisant glisser une main vers le bas, il trouva l'ouverture de sa cape. Les bras de la comtesse étant sur ses épaules, il ne pouvait pas relever la cape et la faire passer sur ses épaules à elle.

Au lieu de cela, il l'écarta, glissant sa paume sur la soie de sa robe, continuant jusqu'à sa taille dans son dos. La soutenant ainsi, il transféra son autre main sous la lourde cape ; fermant les deux mains autour des hanches de la comtesse et il l'attira plus près.

Elle l'obligea sans un murmure de protestation. Elle était si grande qu'ils étaient presque hanche contre hanche, le creux de leur apex formant un nid pour son érection. Si elle en avait conscience, elle n'en montra rien, non qu'il lui laissa le temps de réfléchir. Ses lèvres restèrent sur les siennes, ordonnant aux sens de la comtesse pendant qu'il cherchait des plaisirs plus violents.

Quand il ferma la main sur son sein, il se demanda s'il n'était pas allé trop loin : le choc qui la transperça était très réel. Il l'apaisa instinctivement, la distrayant avec ses lèvres, sa langue, avec des baisers de plus en plus explicites, mais il ne retira pas sa main. Plusieurs moments plus tard, elle prit une inspiration tremblante. Sous sa main, ses seins se gonflèrent ; contre sa paume, il sentit son mamelon durcir.

Ce ne fut qu'à ce moment-là qu'il caressa la chair tendre, la sentant s'enflammer et se raffermir. Elle ne portait rien d'autre que deux couches de soie fine ; la tentation de s'en débarrasser, d'abaisser la tête et de poser sa bouche sur sa peau douce crût de seconde en seconde, avec chaque respiration partagée.

Il laissa son envie grandir, caressant, taquinant, provoquant, pétrissant jusqu'à ce qu'il sache ses seins douloureux, voulant plus. Là seulement, il fit glisser les minuscules boutons fermant son corsage pour l'ouvrir. Faisant glisser ses doigts sur son épaule soyeuse, il chercha et trouva les rubans de sa chemise. Elle savait ce qu'il faisait. Sa conscience, centrée, aiguisée, suivit les doigts de Gabriel ; la légère tension investissant les muscles souples le long de son échine et les raidit encore plus –, puis, les muscles se contractèrent quand il tira. La minuscule boucle se défit ; les rubans glissèrent librement. Il marqua une pause, interrompant intentionnellement et en douceur leur baiser, lui donnant la chance de l'arrêter si elle le voulait. Il savait très bien qu'elle n'en ferait rien. Il chercha, trouva et tira encore. Le souffle de la comtesse trembla contre les lèvres de Gabriel. Avec aisance, il descendit sa chemise, traînant délibérément la soie sur sa chair sensibilisée.

Puis, intentionnellement, il repoussa la soie plus lourde de son corsage et il ferma la main sur son sein, sa peau sur celle de la comtesse, douce comme un pétale.

La respiration de la comtesse cessa momentanément. Ses doigts se raffermirent, et elle haleta.

Il reprit ses lèvres, trop affamé, son besoin trop grand, alors même que ses sens se repaissaient.

La comtesse n'avait jamais été touchée comme il la touchait maintenant, la caressant jusqu'à ce qu'elle gémisse et qu'elle s'accroche à lui. Sa chair était chaude, ses mamelons comme des boutons durs alors qu'elle s'abandonnait à son contact. Elle était une innocente sensuelle, aussi généreuse avec son corps qu'elle l'avait été avec ses lèvres, le lui offrant tout aussi instinctivement. Les renflements chauds de ses seins étaient un délice sensuel beaucoup trop tentant pour les ignorer. Elle murmura des paroles incohérentes quand il retira ses lèvres des siennes, penchant légèrement la tête en arrière afin qu'il puisse suivre la ligne de sa gorge ; il se souvint juste à temps de ne pas marquer sa peau. La chair tendre remplissant sa main l'appelait ; il baissa la tête et il entendit son cri étouffé.

C'était un avertissement, du genre qu'il avait trop d'expérience pour ne pas en tenir compte. Il allait trop vite, la poussant sans pitié sur un sentier qu'elle n'avait jamais emprunté. Il ralentit donc, lui faisant connaître chaque sensation, la laissant assimiler la gloire de chacune avant de passer à la suivante. Ce ne fut que lorsqu'elle fut entièrement préparée qu'il attira un de ses sommets douloureux dans sa bouche. Les doigts de la comtesse s'en foncèrent dans ses épaules ; elle s'arqua dans ses bras, mais elle ne s'écarta pas. Elle était chaude et malléable sous ses mains, l'essence même de la femme sensuelle dans la nuit.

Elle était fascinante, une houri, une femme de tentations infinies – il se délecta de sa chaleur, il savoura son trésor, sûr de savoir qu'elle serait à lui un jour. Pas ce soir, mais bientôt. Très bientôt.

Quand, enfin, il leva la tête, elle se pressa contre lui, son corps en feu, impuissant devant son besoin. Il prit les lèvres qu'elle lui offrait, se glorifiant de son enthousiasme. Il laissa ses mains vagabonder sur ses hanches, sur les renflements lisses de son derrière, dessinant les hémisphères, puis caressant avec expertise jusqu'à ce qu'elle déplace ses hanches sensuellement contre les siennes en cherchant instinctivement l'apaisement.

Il ne lui en donna pas – pas ce soir. Elle pouvait bien être merveilleusement réceptive, glorieusement généreuse, mais ce soir, ce serait trop loin, trop vite. Elle était sensuellement naïve, assurément sans expérience, même si elle ne pouvait pas précisément être vierge. Ayant connu un mari beaucoup plus âgé qu'elle qui ne l'avait clairement pas appréciée, le cas était évident. Elle suivait aveuglément son exemple ; il le savait. Lui, par contre, savait précisément ce qu'ils faisaient, il savait très bien comment les choses se déroulaient, comment le jeu se terminerait. Et même s'il avait remanié le scénario et qu'il avait devancé les leçons de la comtesse au point où son ultime reddition était imminente, ce temps n'était pas arrivé.

Ainsi parlait l'esprit froidement calculateur d'un séducteur hautement expérimenté. Son corps, malheureusement, était loin d'être froid et il ne voulait pas écouter ; la majeure partie de son cerveau était similairement enchanté par la merveille dans ses bras.

Il lui fallut une volonté de fer et toute sa détermination pour même songer à la lâcher, à accepter que cet interlude rempli de sensualité bourgeonnante et d'une promesse aussi glorieusement enivrante dût se terminer. Le laisser sur sa faim. Même quand son esprit eut enfin remporté la partie, convaincre ses lèvres, sa langue, ses bras et ses mains de lui obéir constitua une bataille.

Il réussit finalement à lever la tête.

Prenant une énorme inspiration, sentant ses seins chauds et fermes contre son torse qui se levait et s'abaissait, il vola une dernière minute pour se délecter de la sensation de la comtesse contre lui, de la façon dont elle s'appuyait en poussant sur lui, du souffle doux de sa respiration sur sa mâchoire, de l'enivrante tentation de son parfum. D'elle.

Elle soupira – une expiration frissonnante lourde d'excitation qui caressa la joue de Gabriel. Ses bras, sur le point de se détendre, se resserrèrent plutôt ; il tourna la tête, ses lèvres cherchant les siennes, son texte oublié.

Elle l'arrêta d'une main sur sa joue.

— Assez.

Pendant un instant, il oscilla sur le bord du précipice, son ordre en décalage avec la façon dont elle se tenait, souple et attirante, entre ses bras.

Comme si elle sentait son combat entre la volonté et le désir, elle répéta :

— Vous avez été suffisamment récompensé.

Il lui attrapa la main, il la retint – incertain de ce qu'il allait faire ensuite, même dans son propre esprit. Puis, il inspira, il tourna sa main et il déposa un baiser dans sa paume.

— Pour l'instant.

Il se redressa, la replaçant sur ses deux pieds, la soutenant jusqu'à ce qu'elle soit stable. Son premier geste fut de lever la main et – faiblement – de descendre son voile. Il pouvait maintenant voir clairement les contours de son visage ; hébétée, elle baissa les yeux sur son corsage béant.

Il tendit la main vers elle.

— Attendez, laissez-moi faire.

Elle accepta. Il remonta sa chemise, il attacha lâchement les rubans, puis il ferma son corsage. Sa nervosité augmenta. Dès l'instant où le dernier bouton fut en place, elle redressa sa cape, puis elle jeta un coup d'œil autour d'elle.

— Ah…

À l'évidence, elle avait de la difficulté à reprendre ses esprits. Prenant une autre inspiration, elle agita la main – toujours faiblement – vers la maison.

— Retournez-y en premier.

Malgré le fait de l'avoir trouvée là au début, il n'avait pas l'intention de l'abandonner ici, seule dans l'obscurité.

— Je vais vous accompagner jusqu'au bord du massif ; ensuite, je vous précéderai.

Pendant un instant, il crut qu'elle allait discuter, mais ensuite, elle hocha la tête.

— Très bien.

Il lui offrit le bras et elle le prit ; marchant lentement, il la guida hors du pavillon.

Elle ne dit rien pendant qu'ils se promenaient dans les allées sinueuses, le laissant réfléchir sur le fait qu'il se sentait très bien en sa compagnie et que, malgré le tressaillement sensuel des nerfs de la comtesse, elle était assez sûre d'elle, assez rassurée pour ne pas faire appel à l'écran protecteur de la conversation. À présent qu'il y songeait, elle n'avait pas encore fait de remarque futile. Le baratin insignifiant n'était pas dans le style de la comtesse.

Ils atteignirent la dernière haie et elle s'arrêta. Il scruta son visage voilé, puis il inclina la tête.

— À la prochaine fois.

Se retournant, il traversa la pelouse à grandes enjambées.

Son pouls galopant encore, sa tête tournant encore, Alathea regarda son chevalier aux larges épaules se diriger vers la maison, elle vit sa silhouette découpée par les fenêtres brillamment éclairées. Il monta les marches de la terrasse et il entra par les portes ouvertes, sans regarder une seule fois en arrière.

Se recroquevillant de nouveau dans l'obscurité, elle attendit de longues minutes que sa peau enfiévrée s'apaise, que son pouls se calme, que l'ivresse qui s'était emparée d'elle – l'audace, l'envie irrésistible et ce désir terriblement sauvage et débridé – diminue. Elle essaya de réfléchir, en vain. Enfin, en restant dans les ombres, elle se fraya un chemin jusqu'à l'allée carrossable.

Folwell attendait ; elle lui tendit sa cape et son voile et elle changea de chaussures. Il s'éloigna discrètement, emportant son déguisement dans le carrosse. Une fois de plus elle-même – du moins en apparence – elle retourna dans la maison par une porte latérale, puis elle se rendit dans la salle de repos.

Heureusement, l'événement n'était pas un bal majeur ; la salle de repos était calme. S'asseyant devant une table munie d'une glace, elle commanda de l'eau chaude et une serviette et entreprit de se laver les poignets, les tempes et la gorge, éliminant toute trace de l'odeur exotique de la comtesse. Ensuite, elle demanda de l'eau froide, elle y trempa un coin de la serviette et lorsque aucune autre femme ne la regarda, elle mit la compresse froide sur ses lèvres gonflées. Elle n'osait pas regarder, mais elle était certaine qu'il lui avait fait une marque. Il l'avait brûlée ; du moins, c'est ce qu'elle avait senti. Dieu merci, rien ne paraissait au-dessus de son décolleté. La seule pensée de sa bouche sur ses seins provoqua une vague de chaleur en eux. Elle pouvait sentir ses mains la caresser – elle aurait aimé qu'elles soient encore là.

Dans la glace, elle croisa son propre regard. Elle regarda intensément ses yeux pendant de longues minutes, puis elle grimaça. Baissant la tête, elle trempa la serviette dans l'eau froide ; après un regard discret autour d'elle, elle appliqua de nouveau la compresse sur ses lèvres encore rosées.

Elle n'avait pas l'habitude de se tromper elle-même – il était inutile de faire semblant qu'elle ne savait pas qu'il allait réclamer une récompense s'il avait découvert des faits nouveaux et que la possibilité que ce soit le cas était élevée. Elle s'était rendue dans le pavillon en sachant que ses protestations seraient trop faibles pour l'empêcher de réclamer ce qu'il souhaitait.

Elle avait eu raison là-dessus, mais il était trop tard pour les regrets. En vérité, elle n'était pas sûre d'en avoir.

Cela, par contre, ne changeait pas le fait qu'elle était maintenant dans les ennuis jusqu'au cou.

Il pensait qu'ils jouaient un jeu – du genre où il était un expert accompli, mais qu'elle n'avait jamais joué. Elle connaissait certaines des règles, mais pas en nombre suffisant. Elle avait mis en œuvre ce jeu trompeur, mais il avait à présent pris la tête des opérations et il réécrivait le rôle de la comtesse pour qu'il convienne à ses propres besoins.

Pour satisfaire ses propres désirs.

Elle tenta d'évoquer un degré acceptable d'agacement ; la pensée qu'il la désirait ne permettait pas à l'agacement de pointer son nez. Le concept en soi l'intriguait, l'attirait. Aucun serpent n'avait jamais été si persuasif ; aucune pomme aussi tentante.

Aucun chevalier si invinciblement exigeant.

Cette dernière réflexion provoqua un soupir – changer de direction était impossible. Elle avait mis cette mascarade sur pied ; elle allait devoir jouer son rôle. Ses options étaient gravement limitées.

Elle examina son reflet, puis, avec sa mûre réflexion habituelle, elle décida ce qui suit : quand elle était seule avec lui, elle n'était pas lady Alathea Morwellan, mais sa mystérieuse comtesse. C'était la comtesse qu'il avait embrassée, et la comtesse qui avait réagi.

Pas elle.

Il n'y avait pas eu de mal ; il n'y en aurait pas.

Elle baissa la serviette. Il semblait trouver ses baisers – et le reste de sa personne – très satisfaisants comme récompense. Elle avait senti sa faim – son appétit ; elle était certaine que ce n'était pas une chose qu'il pouvait feindre. Leur interaction ne le blessait d'aucune manière, et bien qu'elle puisse être troublante – et même révélatrice –, elle ne la blessait pas non plus. Et le fait que ses baisers suffisent à satisfaire l'un des amants les plus exigeants de la haute société était un bon point pour elle, toute vieille fille qu'elle était – un statut qu'elle conserverait pour le reste de sa vie.

Reportant son attention sur la glace, elle passa sévèrement en revue son visage et ses lèvres. Presque normaux. Ses lèvres se tordirent ironiquement. Impossible de jouer les hypocrites et de faire semblant qu'elle n'avait pas éprouvé de plaisir – qu'elle n'avait pas ressenti un frisson, une excitation au-delà de tout ce qu'elle avait déjà connu. Pendant ces longues minutes où il l'avait tenue dans ses bras, la faisant sienne, elle s'était sentie femme à part entière, pour la première fois de sa vie.

En effet, il la faisait se sentir comme une autre femme – ou bien, il lui faisait simplement ressentir des choses qu'elle ne devrait pas, des envies qu'elle ignorait complètement pouvoir expérimenter. Elle avait vingt-neuf ans, elle était définitivement une vieille fille, une femme à l'écart. Dans ses bras, elle ne s'était pas sentie vieille du tout – elle s'était sentie vivante.

Poussée par la nécessité, elle avait mis de côté tout espoir de savoir un jour ce que c'était qu'être une femme avec un homme. Elle avait ses désirs, mais elle les avait enfermés à clé, se disant qu'ils ne pourraient jamais être comblés. Et ils ne le pourraient jamais – pas tous, pas maintenant. Cependant, si, en protégeant sa famille comme elle le faisait, l'occasion lui était offerte d'expérimenter juste un peu de ce à quoi elle avait renoncé, ne s'agissait-il pas seulement de justice ?

Et si elle savait qu'elle jouait avec le feu ? Tentant le destin par-delà les frontières de la raison ?

Déposant la serviette, elle fixa ses yeux, puis elle se leva et se tourna vers la porte.

Elle ne pouvait pas tourner le dos à sa famille, ce qui signifiait qu'elle ne pouvait pas s'éloigner de Gabriel.

Qu'elle le veuille ou non, elle était coincée dans sa mascarade.

CHAPITRE 5

Le cabinet de Heathcote Montague surplombait une petite cour intérieure discrètement installée derrière des bâtiments, à un jet de pierres de la Bank of England. Debout devant la fenêtre, Gabriel regardait les pavés en bas, l'esprit fixé sur la comtesse.

Qui était-elle ? Avait-elle été invitée à la résidence Osbaldestone, riant secrètement alors qu'elle passait rapidement devant lui ? Ou bien sachant que lui, ainsi que tous les Cynster, serait là, s'était-elle introduite sans être invitée, patientant dans le jardin jusqu'à leur rencontre, puis repartant discrètement dans les ombres ? Si oui, elle avait pris des risques considérables – qui sait qui elle aurait pu rencontrer par inadvertance. Il n'aimait pas qu'elle coure des risques – c'était un point qu'il avait pleinement l'intention de clarifier.

Mais, seulement après qu'il lui aurait fait l'amour – après qu'il aurait eu son ivresse de ses délices féminins et qu'il lui aurait donné du plaisir jusqu'à l'oubli.

Il se doutait fortement qu'elle ne savait même pas ce que c'était que de se perdre dans l'oubli à travers le sexe. Elle le ferait bien, cependant – dès qu'il la reverrait en privé. Après la soirée d'hier, cela était certain – il avait déjà subi sa part de nuits agitées.

— Hum. Rien ici.

Il mit un moment à revenir dans le présent, puis il pivota.

Heathcote Montague, toujours soigné, précis, mais effacé, déposa les trois notes qu'il venait de recevoir d'un côté de son bureau et il leva la tête.

— J'ai eu des nouvelles de presque tout le monde. Aucun de nous ni aucun de nos clients n'ont été approchés. Exactement ce à quoi l'on s'attendrait si la Société aurifère de l'Afrique centrale et orientale est une autre des combines malhonnêtes de Crowley.

« Nous » faisait référence à un groupe fermé « d'hommes d'affaires » qui géraient les affaires financières et les investissements des familles les plus riches d'Angleterre.

— Je pense – désertant la fenêtre, Gabriel commença à arpenter la pièce –, étant donné que Crowley est derrière cela et qu'il évite tout investisseur informé, que nous pouvons raisonnablement conclure que la combine est une escroquerie. De plus, si les montants impliqués sont comparables à celui du billet à ordre que j'ai vu, cette combine entraînera une détresse financière considérable si elle suit son cours.

— En effet, répliqua Montague en se calant dans son fauteuil. Cependant, vous connaissez le point de vue de la loi aussi bien que moi. Les autorités ne s'en mêleront pas, jusqu'à ce que la fraude soit évidente…

— Et à ce moment-là, c'est toujours trop tard, s'indigna Gabriel en regardant Montague en face. Je veux mettre fin à cette combine, rapidement et sans bavure.

— Cela va être difficile, avec des billets à ordre, dit Montague en soutenant son regard. Je présume que vous ne voulez pas que le billet à ordre que vous avez vu soit exécuté.

— Non.

Montague grimaça.

— Après la dernière fois, Crowley ne va pas vous expliquer ses plans.

— Non qu'il l'ait fait la dernière fois.

Gabriel se tourna vers la fenêtre. Lui et Ranald Crowley avaient un passé commun court, mais désagréable. L'un des premiers projets de Crowley, lancé dans la Cité, paraissait très bien, était très tentant. Il était positionné pour attirer un grand nombre de gens de la classe aisée, jusqu'à ce qu'on lui demande son opinion. Il avait considéré la proposition, posé quelques questions pertinentes, mais non évidentes pour lesquelles il n'y avait pas de bonnes réponses, et les pigeons s'étaient envolés. L'incident avait fermé plusieurs portes à Crowley.

— Vous êtes probablement, observa Montague, l'une des personnes qu'aime le moins Crowley.

— Ce qui signifie que je ne peux pas me montrer ni dévoiler mon jeu d'aucune façon dans cette affaire. Ni vous.

— La seule mention du nom Cynster suffira à lui hérisser le poil.

— Et à éveiller ses soupçons. S'il est aussi rusé que sa réputation le dépeint, il sait déjà tout ce qu'il faut sur moi maintenant.

— Vrai, mais il nous faudra les détails de la proposition précise faite aux investisseurs pour se garantir leurs billets à ordre afin de prouver la fraude.

— Donc, nous avons besoin d'un mouton digne de confiance.

Montague cilla.

— D'un mouton ?

Gabriel soutint son regard.

— Quelqu'un que nous pouvons mettre dans leur mire d'une manière crédible, prêt à être tondu.

— Serena !

En compagnie de Serena, assise à côté d'elle, Alathea se tourna pour voir lady Celia Cynster agitant la main dans sa calèche arrêtée à côté de la voie carrossable.

Agitant vivement la main en retour, Serena s'adressa à leur cocher.

— Ici, Jacobs, aussi près que vous le pouvez.

Le dos droit comme un I, Jacobs fit tourner leur carrosse sur le bas-côté trois véhicules derrière celui de Celia. Au moment où Alathea, Mary et Alice descendaient sur la pelouse, Celia et ses filles fondirent sur elles.

— Merveilleux !

Celia regarda ses filles.

Heather, seize ans et Eliza, quinze ans, saluèrent Mary et Alice. L'air se remplit aussitôt d'effervescence sous le bavardage et les questions innocentes. Les années de leur enfance partagée avaient lié les quatre filles d'une manière assez semblable à

Alathea, Lucifer et Gabriel. Celia désigna ses filles de la main.

— Elles insistent pour venir se promener en voiture, seulement pour découvrir qu'elles s'ennuient après cinq minutes.

— Elles doivent encore apprendre que le bavardage social est le... comment dit-on ? L'huile qui fait tourner les roues de la bonne société ?

— Le lubrifiant qui graisse les roues de la bonne société.

Celia se tourna vers son interlocutrice, une femme plus âgée d'une beauté éblouissante qui l'avait lentement suivie dans son sillage.

Alathea exécuta une profonde révérence.

— Votre Seigneurie.

Serena, encore assise dans le carrosse, s'inclina et fit écho à ses mots.

Souriant, Helena, duchesse douairière de St-Ives, tendit une main gantée pour relever légèrement le visage d'Alathea.

— Vous devenez plus séduisante avec les années, ma petite*.

En raison de ses fréquentes visites au manoir Quiverstone, la douairière était bien connue des Morwellan. Alathea sourit et se redressa ; les sourcils de la douairière se relevèrent aussi.

— Pas si petite.

Attirant le regard d'Alathea, elle haussa un sourcil encore plus haut.

— Ce qui épaissit encore le mystère de votre célibat, hein ?

---

*. N.d.T. : En français dans le texte original.

Les mots furent prononcés doucement ; Alathea sourit et refusa de se laisser entraîner sur ce sujet. Quoiqu'elle fût habituée à de telles questions, l'intelligence dans les yeux vert pâle de la douairière lui donnait toujours le sentiment inconfortable qu'il y avait là une personne qui soupçonnait la vérité.

Le carrosse oscilla quand Serena se leva avec l'intention claire de les rejoindre. Helena lui fit signe de rester là.

— Non, non. Je vais descendre, et nous pourrons bavarder à notre aise. Ces deux-là doivent se délier les jambes au nom de la bienséance, ajouta-t-elle en gesticulant vers Celia et Alathea.

Alathea et Celia regardèrent en direction du hochement de tête d'Helena ; les quatre filles, rassemblées, bras liés, se promenaient déjà sur la pelouse.

Celia soupira avec résignation.

— Au moins, nous pouvons marcher ensemble et converser.

Abandonnant Helena en train de s'installer à côté de Serena, Alathea et Celia suivirent les quatre filles, mais sans l'intention de se joindre à elles. Il leur suffisait de garder les filles en vue, ce qui les laissait libres de parler sans réserve.

Celia se prévalut immédiatement de cette liberté.

— Avez-vous parlé à Rupert depuis votre arrivée en ville ?

— Oui.

Alathea se hâta mentalement de se souvenir de cette rencontre ; celle avec Rupert et non Gabriel.

— Nous nous sommes brièvement croisés alors que les filles et moi étions en promenade.

— Bien, alors. Vous l'aurez noté. Que dois-je faire avec lui ?

Alathea ravala la remarque que personne n'avait jamais pu « faire » quoi que ce soit avec Rupert Melrose Cynster.

Il était aussi malléable que le granit et il était toujours vigilant pour se protéger de la manipulation. Quant à Gabriel…

— Je n'ai rien vu d'inhabituel. Qu'est-ce qui vous inquiète autant ?

— Lui ! *Lui !*, s'exclama Celia en serrant son ombrelle. Il est encore plus exaspérant que son père. Au moins, quand il avait cet âge, Martin avait eu le bon sens de m'épouser. Mais Rupert tournera-t-il son attention vers cette même tâche ?

— Il n'a que trente ans.

— Ce qui est bien assez vieux. Demon s'est marié et Richard aussi – Richard a à peine un an de plus que Rupert.

Une minute plus tard, Celia soupira.

— Ce n'est pas tant le mariage que son état d'esprit. Il ne regarde même pas les dames sérieusement, du moins dans le but d'un lien légitime. Et même cet autre genre de lien ; eh bien, les rapports sont loin d'être encourageants.

Alathea tenta de garder les lèvres fermées, mais…

— Encourageants ?

Devant, les quatre filles éclatèrent de rire ; en jetant un coup d'œil vers elles, Celia s'expliqua.

— Il est apparemment de notoriété publique que Rupert est froid ; même avec ses maîtresses, il reste distant et froid. – Il a toujours été…

Sur le point de dire « réservé », Alathea revint sur sa réflexion.

— Prudent.

C'était beaucoup plus près de la vérité.

— Il garde toujours ses émotions bien en main.

— La maîtrise de soi est une chose ; un véritable désintérêt en est une autre.

L'inquiétude assombrissait les yeux de Celia.

— S'il ne s'enflamme pas même dans ce domaine, quelle chance a une femme convenable de lui allumer sa mèche ?

Alathea lutta pour garder les lèvres droites. Leur conversation était excessivement incorrecte à tous points de vue, mais Celia et elle avaient l'habitude de discuter de ses fils – les compagnons d'enfance d'Alathea – depuis une décennie avec une franchise qui aurait fait rougir les oreilles de leurs sujets. Cependant, Rupert, froid ? Ce n'était pas un adjectif qu'elle avait déjà associé à son ami, pas au nom d'Alathea Morwellan et encore moins en celui de la comtesse.

— Êtes-vous certaine d'avoir le véritable portrait de la situation ? Peut-être n'entendez-vous parler que des dames avec qui il n'a pas… – elle gesticula – montré d'intérêt ?

— Si seulement c'était le cas. Toutefois, l'information m'est souvent parvenue de dames mécontentes pour qui il avait montré « un intérêt ». Toutes sans exception ont désespéré de faire une impression sur lui. Si la moitié des histoires que l'on me raconte sont véridiques, il se rappelle tout juste leurs noms !

Les sourcils d'Alathea se levèrent au ciel. Rupert se montrant vague sur un nom était un signe certain qu'il n'était pas attentif, ce qui signifiait qu'il n'était pas « intéressé » du tout.

— Il se peut, dit-elle en faisant dévier le sujet de la conservation, qu'Alasdair se marie en premier.

— Ha ! Ne vous laissez pas berner par tout ce charme nonchalant. Il est encore pire que Rupert. Oh, non qu'il soit froid : c'est tout le contraire. Toutefois, c'est un irresponsable libre et trop gâté. Il est occupé à s'amuser sans aucun lien à long terme ; il a développé la conviction profonde qu'il n'a pas besoin de menotter sa liberté.

Le bruit de gorge indigné de Celia était la définition même de la désapprobation.

— Tout ce que je peux faire est de prier qu'une femme ait ce qu'il faut pour le mettre à genoux.

Elle leva la tête, surveillant les filles marchant toujours devant.

— Toutefois, c'est vraiment Rupert qui m'inquiète. Il est si indifférent. Détaché.

Alathea fronça les sourcils. Gabriel n'avait pas traité la comtesse comme s'il était indifférent ou détaché ; loin de là. Toutefois, elle pouvait difficilement rassurer Celia avec cette nouvelle. Il semblait étrange que le portrait que peignait Celia soit si différent de l'homme qu'elle connaissait, encore plus de l'homme qu'elle découvrait, l'homme qui l'avait tenue dans ses bras la veille.

Celia soupira.

— Mettez cela sur le compte de l'inquiétude d'une mère pour son premier-né si vous voulez, mais je ne vois pas comment une femme sera en mesure de briser les défenses de Rupert.

C'était possible si cette femme le connaissait depuis des années et savait où se trouvaient les fissures. Néanmoins, Alathea admit en son for intérieur qu'elle pouvait facilement le voir fermement refuser de laisser une femme s'approcher de lui dans le sens émotionnel. Il n'aimait pas l'intimité – il n'aimait pas les émotions. Elle et lui avaient été émotionnellement proches toute leur vie et voyez comment il réagissait à cela. Si Celia avait raison, elle était la seule femme à qui il avait permis de percer sa garde…

Tout en elle s'immobilisa. Son expérience avec elle – d'elle – l'avait-elle durci contre toutes les femmes ?

Puis, elle se rappela la comtesse. Avec la comtesse, il était déterminé, attentif, certainement pas distant et froid. Peut-être qu'il devenait distant et froid après ? Après…

Se renfrognant mentalement, elle chassa ses pensées. Regardant devant elle, elle vit les quatre filles s'approchant d'un groupe de dandies en pleine croissance.

— Nous ferions peut-être mieux de les rejoindre.

Celia les dévisagea : son regard devint acéré.

— En effet.

Où, à Londres, allait-il trouver un mouton convenable ?

Laissant Lucifer et les amis avec qui ils avaient pris le déjeuner dans le fumoir chez White's, Gabriel promena son regard sur les occupants des pièces à travers lesquelles il passa. Aucun ne faisait l'affaire. Ce devait être une personne sans aucun lien apparent avec les Cynster, à qui il pouvait néanmoins faire confiance. Une personne assez intelligente pour jouer le jeu, mais paraître inepte. Une personne prête à accepter des ordres de lui. Une personne fiable.

Une personne avec de l'argent à investir et un certain espoir d'avoir l'air crédule.

Bien qu'il possédât des tas de contacts qui se qualifieraient sur tous les points, ce dernier critère les excluait tous. Où était-il censé trouver une telle personne ?

Marquant une pause sur les marches du White's, il réfléchit, puis il descendit et se rendit lentement dans Bond Street.

C'était le moment fort de la saison mondaine et le soleil brillait – comme il s'y était attendu, tous les membres de la bonne société et leurs parents se promenaient dans la rue huppée. La foule était considérable, le trafic était bloqué. Il déambula, scrutant les visages, remarquant ceux qu'il connaissait, évaluant, rejetant, réfléchissant à des alternatives – essayant d'ignorer la moitié féminine de la population. Il avait besoin d'un mouton et non d'une femme grande.

Même s'il voyait la comtesse, il doutait de la reconnaître. À part sa taille et son parfum, il connaissait peu de choses d'elle. S'il l'embrassait, il le saurait, mais il pouvait difficilement embrasser chaque dame accessible dans l'espoir ténu qu'elle était sa houri. D'ailleurs, il avait déjà décidé que la façon la plus rapide d'amener la comtesse exactement là où il la voulait était d'en apprendre davantage sur la compagnie – et cela nécessitait de trouver un mouton.

Il avait parcouru la moitié de la rue quand, juste devant lui, quatre dames sortirent de la boutique d'une modiste et se regroupèrent sur le trottoir. À l'instant où il reconnut les Morwellan, Alathea leva la tête et le regarda directement. Serena, Mary et Alice suivirent son regard – leurs visages s'éclairèrent de sourires instantanés.

Il n'y avait rien d'autre à faire que s'approcher aimablement. Se glissant dans son personnage à la mode, il serra la main de Serena, il échangea des hochements de tête avec Mary et Alice et enfin avec Alathea, avec plus de raideur. Alors que les quatre dames s'éloignaient de la foule près des vitrines des magasins, se rapprochant de la bordure du trottoir afin qu'ils puissent converser plus facilement, Alathea resta en arrière, puis elle adopta une position à un bon mètre de lui, de sorte qu'ils avaient tous les deux le dos à la voie carrossable congestionnée et regardaient en face Serena, Mary et Alice en file entre eux.

— Nous avons rencontré votre mère et vos sœurs ce matin seulement, l'informa Serena.

— Dans le parc, ajouta Mary. Nous nous sommes promenées ; c'était tellement amusant.

— Il y avait quelques gentlemen idiots, dit Alice. Ils portaient des cravates monstrueuses, rien qui ressemble à la vôtre ou à celle de Lucifer.

Il répondit avec décontraction, en vérité sans y penser. Même si Serena, Mary et Alice étaient en haut de sa liste des personnes à traiter avec gentillesse, avec Alathea qui se trouvait à un mètre, ses sens dérapaient comme toujours vers elle. Et picotaient et le démangeaient.

Même s'il lui avait à peine jeté un coup d'œil, il savait qu'elle portait une robe de promenade lavande et un chapeau de paille qui couvrait sa chevelure lumineuse. Sous le chapeau, il en était sûr, se tapissait l'un de ces bouts de dentelle qu'il trouvait si offensante. Il ne pouvait pas commenter, même de manière elliptique, pas alors que Serena se tenait devant lui… d'un autre côté, s'il attirait le regard d'Alathea, elle saurait à quoi il pensait. Avec cette idée en tête, il jeta un coup d'œil vers elle.

Le cheval du carrosse derrière elle rua en donnant des coups de pied sur les traces laissées avant lui sur la route…

Il attrapa Alathea et la tira vers lui en pivotant, la protégeant instinctivement. Un sabot siffla à côté de leur tête. Le cheval hennit, tira le carrosse, puis il tenta de ruer encore – le genou qui se levait le frappa dans le dos.

Il sursauta, mais il resta debout.

Une cohue s'ensuivit. Tout le monde criait. Des hommes arrivèrent de partout en courant pour apporter leur aide. D'autres hurlèrent des instructions. Une femme eut une crise de nerfs – une autre s'évanouit. En quelques secondes, ils furent entourés d'une foule bruyante ; le cocher du jeune cheval était le centre d'attention.

Gabriel resta debout sans bouger sur le bord du trottoir, Alathea enfermée dans ses bras. Ses sens partaient dans toutes les directions, tout comme sa raison. Loin au fond de sa conscience, il entendit Serena, Mary et Alice réprimander le cocher avec virulence – elles étaient furieuses, mais pas hystériques. Tout le monde autour d'eux observait la mêlée dans la rue, les ignorant temporairement, lui et Alathea.

Il tenta de reprendre son souffle et ne réussit pas. Une foule d'émotions se déversèrent en lui, le soulagement de constater qu'elle n'était pas blessée n'étant pas la moindre du lot. Il n'avait pas été doux – il l'avait attirée violemment contre lui, puis il l'avait retenue fermement ; elle était collée sur lui de l'épaule au genou. Elle avait haleté, puis haleté encore quand son corps à lui avait sursauté sous l'impact de la ruade du cheval.

Son regard était fixé par-dessus son épaule, mais d'après sa respiration irrégulière, il se doutait qu'elle ne voyait rien. Un léger parfum floral s'éleva de ses seins, écrasés contre son torse ; de douces spirales de cheveux pointaient de sous son chapeau, à quelques centimètres du visage de Gabriel.

Il sentit qu'elle reprenait son souffle ; elle fut parcourue d'un léger frisson. Elle reprit ses esprits – il pouvait sentir la force infuser les muscles délicats de son dos – puis, elle tourna la tête et regarda son visage. Leurs regards se rencontrèrent et se retinrent – des yeux noisette se noyant dans d'autres yeux noisette. Ceux d'Alathea étaient voilés, un si grand nombre d'émotions se faisant la chasse dans ses yeux qu'il ne pouvait pas les identifier. Puis, brusquement, les nuages s'éclaircirent et une émotion brilla.

Il la reconnut instantanément, même si cela faisait des années qu'il l'avait vue pour la dernière fois. L'inquiétude envahit ses yeux et le réchauffa – il avait oublié que cela avait toujours été ainsi.

— Est-ce que ça va ?

Ses mains, coincées entre eux, formèrent des poings sur le manteau de Gabriel.

— Le cheval vous a donné un coup de sabot.

Quand il ne répondit pas immédiatement, elle tenta de le secouer. Son corps se déplaça sur celui de Gabriel. Il retint son souffle.

— Oui, je vais bien, mais c'est faux , seul le genou m'a touché, pas le sabot.

Elle s'immobilisa entre ses bras, une inquiétude évidente pour lui imprégnant son visage.

— Cela doit faire mal.

Tout en lui faisait mal – il avait une telle érection qu'il était à l'agonie.

Il le sut dès qu'elle s'en rendit compte. Collée sur lui, elle ne pouvait pas faire autrement que le savoir. Son regard vacilla, puis ses cils s'abaissèrent – son regard tomba sur les lèvres de Gabriel, puis sur sa cravate. Un instant plus tard, elle inspira une petite bouffée d'air et se tortilla – juste un peu. C'était un signe de longue date entre eux ; elle ne tentait pas de se libérer – elle savait qu'elle ne le pouvait pas –, elle demandait à être lâchée.

Obliger ses bras à se desserrer, puis à l'écarter de lui fut le travail physique le plus difficile qu'il ait jamais exécuté. Elle s'activa immédiatement sur ses jupes et elle ne le regarda pas. Il se sentait nerveux, maladroit, gêné… il tourna les talons pour voir le désastre dans la rue, priant pour qu'elle n'ait pas remarqué la rougeur sur ses joues.

Alathea le sut dès que son regard la quitta. Elle ne pouvait pas respirer ; la tête lui tournait si follement qu'elle se sentait désorientée tout autant qu'étourdie. Se redressant, elle fit semblant de regarder pendant que l'on réglait l'accrochage, reconnaissante quand cela exigea l'intervention de Gabriel. Raide, elle patienta sur le trottoir, inclinant la tête brusquement quand l'homme qui était responsable du jeune cheval s'approcha en offrant des excuses à profusion.

Dans son esprit, elle répéta un unique refrain : Gabriel n'avait pas compris.

Pas encore.

La question de savoir s'il finirait soudainement par voir la lumière la garda droite comme un I.

Puis, Serena arriva en s'affairant, remplie d'inquiétude maternelle, autant pour elle que pour son protecteur.

— Êtes-vous certain de bien vous porter ?

Sans être retenue par l'âge ni l'élégance, Serena saisit le bras de Gabriel et le fit pivoter.

Alathea se permit un regard fugitif sur son visage pendant que Serena époussetait son manteau. Il fronça les sourcils et manqua juste de se tortiller.

— Il n'y a pas eu de mal.

Se libérant de la poigne de Serena, il rassembla Mary et Alice sous son regard.

— Il serait sage de reculer. Votre carrosse est-il à proximité ? demanda-t-il avec hésitation à Serena.

— Jacobs patiente juste au coin de la rue.

Serena agita la main vers le bout de la rue. Pour la première fois depuis qu'il l'avait lâchée, Gabriel regarda Alathea directement ; elle fit immédiatement signe à Mary et à Alice de passer devant elle, avant de se tourner en direction du carrosse. La dernière chose dont elle avait besoin était de se promener à son bras.

Il offrit le bras à Serena ; elle était volontiers prête à s'appuyer sur sa force. Elle combla la distance de retour jusqu'au carrosse avec des remerciements sincères et abondants pour sa réaction prompte et efficace. Alathea murmura son acquiescement, permettant aux louanges de sa belle-mère de prendre la place des siennes.

Elle était reconnaissante – elle savait qu'elle devrait le remercier. Cependant, elle n'était pas prête à trop se rapprocher de lui, alors qu'elle venait à peine de quitter ses bras. Elle ignorait complètement ce qui pouvait déclencher une convergence fatale de ses souvenirs ; la tête haute, elle marcha vers le carrosse, l'appréhension remontant lentement sa colonne vertébrale.

En allongeant le pas, elle atteignit le carrosse la première et monta dedans sans attendre son aide. Il lui jeta un regard dur, puis il assista les autres. Il recula et les salua ; Jacobs fit claquer les rênes.

Au tout dernier moment, Alathea tourna la tête – leurs regards se rencontrèrent, se retinrent… elle inclina la tête et regarda en avant.

Gabriel regarda le carrosse s'éloigner en cliquetant dans une rue secondaire, le regard fixé sur le chapeau de paille d'Alathea, sur ses épaules enveloppées de sergé lavande. Il l'observa jusqu'à ce que le carrosse tourne le coin, puis, l'air sombre, il revint dans Bond Street.

Rejoignant l'activité de la foule, il marcha, le regard fixé devant lui sans rien voir. Il se sentait encore sonné – scié, pour être exact. D'être si excité par Alathea. Il ne comprenait pas pourquoi, mais il pouvait difficilement faire comme si rien ne s'était produit : il en sentait encore les effets certains.

Il se sentait aussi secoué, déstabilisé et affreusement inconfortable. Il n'avait jamais ressenti cela avec elle – ils avaient toujours été des amis intimes, cette situation ne s'était jamais présentée.

Il continua à avancer ; graduellement, son esprit s'éclaircit.

Et la réponse évidente se présenta à lui, pour son soulagement le plus intense.

Pas Alathea – la comtesse. Il avait passé toute la nuit précédente à comploter sur la manière et l'endroit de sa séduction ultime, s'excitant lui-même avec les détails ; ce matin, il avait mis son plan en action. Puis, le destin sous le déguisement d'un cheval avait jeté Alathea dans ses bras. Évident.

Il était loin d'être étonnant que son corps ait confondu les deux femmes : les deux étaient grandes, bien que la comtesse soit assurément la plus grande. Elles étaient minces toutes les deux, élancées – avec une silhouette très semblable. Elles avaient toutes les deux des muscles souples et délicats dans le dos, mais l'on devait, présumait-il, s'attendre à cela chez les très grandes femmes sveltes – une nécessité architecturale.

L'aspect physiquement évident, cependant, constituait la limite de leur ressemblance. S'il osait embrasser Alathea, elle le mettrait verbalement en pièces – elle ne fonderait certainement pas dans ses bras avec cette générosité merveilleusement séduisante que la comtesse démontrait.

Cette pensée le fit sourire. Sa pensée suivante – ce qu'Alathea penserait de sa réaction une fois qu'elle aurait eu le temps d'y réfléchir – éradiqua tout penchant à la légèreté. Il se rappela ensuite son opinion de longue date sur lui et son mode de vie de séducteur ; une fois encore, il sourit. Elle mettrait sans aucun doute sa réaction sur le compte du désir débridé – et elle n'aurait pas tort. Cependant, c'est la comtesse qu'il désirait, sa houri de la nuit.

Il la voulait intensément. Quelque peu étonné, il constata que ce besoin allait au-delà de l'aspect physique. Il voulait vraiment la connaître – qui elle était, ce qu'elle aimait, ce qu'elle pensait, ce qui la faisait rire. Elle était mystérieuse et intrigante, néanmoins, étrangement, il se sentait très proche d'elle.

Elle était une énigme qu'il avait l'intention de résoudre – un casse-tête qu'il avait l'intention de démystifier, pièce par pièce.

Pour ce faire, il avait besoin de poursuivre son plan… Levant la tête, il recentra son attention sur son environnement. Il avait presque atteint la fin de Bond Street. Ayant traversé la rue, il repartit dans l'autre direction en parcourant encore la foule du regard. Il lui fallait encore un mouton. Il devait y avoir *quelqu'un*…

— Mon Dieu ! Mais qu'est-ce qui te prend ?

La question et la canne élevée vers son nombril le ramenèrent à la réalité.

— Te promener dans Bond Street le nez en l'air ! Bon sang, tu ne sais même pas devant qui tu passes.

Regardant une paire d'yeux brillants comme ceux d'un oiseau enchâssé dans un vieux et doux visage, Gabriel sourit.

— Minnie.

Repoussant délicatement sa canne, il déposa un rapide baiser sur sa joue.

— Hum.

Le ton de Minnie n'était pas apaisé, mais ses yeux pétillaient.

— Il faut que je raconte cela à Celia, Timms.

— En effet.

La grande dame à côté de Minnie perdit sa bataille pour garder les lèvres droites.

— C'est tout à fait insouciant de se promener ainsi dans Bond Street sans considération.

Gabriel exécuta une extravagante révérence.

— Suis-je pardonné ? demanda-t-il en se redressant.

— Nous allons y réfléchir, répondit Minnie en regardant autour d'elle. Ah ! Voici Gerrard.

Gabriel regarda le neveu de Minnie, Gerrard Debbington, le frère de Patience, la femme de Vane, traverser la rue, le sac de noix qu'on l'avait clairement envoyé chercher dans une main.

— Voici pour vous.

Remettant le sac à Minnie, Gerrard eut un sourire facile. Gabriel le lui rendit.

— Tenez-vous toujours les perles de Minnie à l'œil ?

— Plus de danger, grâce au ciel. Je réside avec Vane et Patience, mais je m'arrête pour faire une promenade avec Minnie de temps à autre.

Bien qu'âgé de dix-huit ans seulement, Gerrard paraissait plus vieux, son assurance en partie due à l'influence de son beau-frère ; c'était la main élégante de Vane que Gabriel décelait derrière la tenue de ville à la mode de Gerrard. Mesurant près d'un mètre quatre-vingts, Gerrard avait la taille et la carrure d'épaules pour porter la coupe austère. Le reste de son apparence, son comportement détendu, sa franchise et sa confiance en lui, pouvait être largement attribué à sa sœur ; Patience Cynster était l'incarnation même de la franchise.

Gabriel ouvrit la bouche, puis il la referma rapidement. Il avait besoin de réfléchir. Gerrard n'avait, après tout, que dix-huit ans et il y avait des risques dans l'affaire. Et il était le frère de Patience.

— Nous allons jeter un coup d'œil chez Asprey. Tu as peut-être besoin d'un petit quelque chose venant de là ? demanda Minnie en fixant sur lui un regard innocent.

Gabriel lui rendit son regard avec tout autant d'innocence.

— Pas pour le moment.

L'image de la comtesse lui traversa l'esprit. Peut-être, après qu'elle l'aurait récompensé, il la récompenserait à son tour. Des diamants auraient fière allure sur une femme aussi grande. Mettant l'idée de côté pour plus tard, il s'inclina.

— Je ne vous retiendrai pas.

Avec un petit bruit de gorge indigné adouci par un sourire, Minnie hocha la tête.

Timms lui prit le bras et elles continuèrent leur chemin. Avec un grand sourire et un signe de tête, Gerrard se tourna pour les suivre. Gabriel hésita, puis il l'appela.

— Gerrard ?

Gerrard se retourna.

— Oui ?

— Savez-vous où se trouve Vane en ce moment ?

— Si vous voulez le voir, essayez chez Manton. Je sais qu'il allait y rencontrer Devil au cours de l'après-midi.

Sur un salut rapide, Gabriel prit la direction de chez Manton.

— Ce devra être en août.

Devil allongea le bras et appuya sur la gâchette. Son tir perça la cible à deux centimètres du centre.

Vane plissa les yeux en regardant au fond de l'allée.

— Cela me semble terriblement proche. Richard en est-il sûr ?

— Comme j'ai compris la chose, c'est Catriona qui en est certaine. Richard, à ce stade, n'est sûr de rien.

Dépassant Devil pour positionner son tir, Vane grimaça.

— Je connais ce sentiment.

— De quoi s'agit-il ?

Se prélassant contre le mur de séparation, Gabriel les fixait avec un regard de désarroi feint.

— Une leçon pour les futurs pères ?

Devil se fendit d'un sourire.

— Viens-tu pour apprendre ?

— Non, merci.

Sombrement, Vane regarda à l'intérieur du long canon de son pistolet.

— Tu en viendras là aussi.

Gabriel grimaça.

— Un jour, peut-être ; mais épargnez mon innocence. Pas de détails, je vous en prie.

La duchesse de Devil, Honoria, était enceinte, tout comme Patience. Bien que Devil affiche le détachement d'une personne qui avait déjà subi cette épreuve, Vane était déjà sur les nerfs. Il appuya sur la gâchette. Quand la fumée se dissipa, ils virent que sa balle avait à peine entaillé la cible. Devil envoya le commis chercher un autre pistolet, puis il se tourna vers Gabriel.

— Je suppose que tu as entendu dire que nos mères sont décidées à tenir une réunion de famille spéciale pour accueillir Catriona dans la famille ?

— Elle vient assurément en ville, alors ?

Devil hocha la tête.

— Maman a reçu une lettre d'elle hier. Catriona a décrété qu'elle peut voyager jusqu'à la fin août. Avec Honoria qui doit accoucher au début de juillet et Patience plus tard le même mois, il faudra que leur fête se tienne en août.

Gabriel cilla, rejouant les mots de Devil dans sa tête.

— Ne me dis pas que Richard s'est joint à votre club ?

— Oui, il l'a fait, répondit Vane avec un sourire diabolique. Maintenant, tout ce qu'il faut est que Demon et Flick rentrent de leurs vagabondages et que Flick soit épanouie, pour ainsi dire ; pense seulement à la position où cela te placera en août.

Gabriel jura.

— Je ferais mieux de prévenir Lucifer. Maman va être impossible.

— Tu pourrais, bien sûr, la combler.

Le regard que Gabriel posa sur Devil était celui d'un homme trahi.

— C'est une pensée vraiment affreuse.

Devil rit.

— Étrange à dire, mais on s'habitue à cet état.

Un sourcil noir s'arqua d'une manière suggestive.

— Il y a des compensations.

— Il vaut mieux qu'il y en ait, marmonna Gabriel.

— Toutefois, si tu n'es pas venu discuter de notre paternité imminente, qu'est-ce qui t'amène ici ?

Vane, lui aussi, appuya les épaules sur le mur.

— Une escroquerie.

Brièvement, Gabriel décrivit la combine de Crowley en évitant toute mention de la comtesse.

— Crowley.

Devil arqua un sourcil en direction de Gabriel.

— N'était-ce pas lui qui proposait un investissement dans une mine de diamants ?

Gabriel acquiesça d'un signe de tête.

— Tu as éventé cette combine-là aussi, non ? demanda Vane.

Un autre signe de tête de Gabriel.

— Ce qui explique pourquoi j'ai besoin d'aide cette fois, et pas venant de l'un de vous ou des autres. J'ai besoin d'une personne dont le lien n'est pas si évident, ajouta-t-il en regardant Vane.

Vane sembla perplexe ; Gabriel lui expliqua rapidement la nécessité d'apprendre les détails précis de l'offre présentée aux investisseurs.

— Et ? dit Vane pour l'inciter à continuer.

— Que dirais-tu d'utiliser Gerrard Debbington ?

Vane cilla.

— Comme mouton ?

— On ne m'a pas vu avec lui, et s'il fournit l'adresse de Minnie au lieu de la tienne, il n'y aura donc aucune raison pour qu'une personne le relie immédiatement aux Cynster. Je sais que Crowley n'est pas au fait* de ce qui se passe dans la haute société ; il se sert d'Archie Douglas comme source dans ce domaine, et Archie ne connaîtrait pas Gerrard ni d'Ève ni d'Adam.

---

*. N.d.T. : En français dans le texte original.

— Et même si Archie posait des questions dans son entourage pour vérifier d'où vient Gerrard, tout ce qu'il entendra est que celui-ci est raisonnablement riche et qu'il possède un beau manoir dans le Derbyshire. Il ne songerait pas à s'informer sur les relations de Gerrard ni sur sa sœur.

— Ou sur les tuteurs de Gerrard.

— Précisément. Gerrard semble nettement plus âgé qu'il ne l'est.

Vane réfléchit.

— Je ne vois aucune raison pour que Gerrard ne développe pas un intérêt pour les mines d'or. À condition, bien sûr, que nous n'en parlions pas à Patience, ajouta-t-il en regardant Gabriel.

— Je n'avais pas imaginé le faire.

— Bien, alors.

Vane se redressa en se repoussant du mur alors que le commis revenait dans l'allée.

— Je vais expliquer l'affaire à Gerrard si tu veux pour voir ce qu'il en pense. S'il est d'accord, je vais te l'envoyer.

Gabriel hocha la tête.

— S'il te plaît.

Prenant le pistolet supplémentaire apporté par le commis, il le souleva.

— Alors, quel est le pointage ?

Ils tirèrent quatre salves chacun. Gabriel battit facilement les deux autres, un fait qui le fit froncer les sourcils.

— Le mariage, observa-t-il, a émoussé votre avantage respectif.

Vane haussa les épaules.

— Ce n'est qu'un jeu, loin d'être important. Le mariage a sa façon de revoir nos priorités.

Gabriel le dévisagea, puis il regarda Devil, qui se contenta de le regarder à son tour, sans faire aucune tentative pour rectifier l'étrange réflexion de Vane.

Lisant ses pensées dans ses yeux, Devil se fendit d'un sourire.

— Commence à y penser, car aussi sûr qu'août succède à juillet, ton heure viendra.

Les paroles figèrent Gabriel, exactement comme elles l'avaient fait le jour du mariage de Demon ; encore une fois, le chatouillement du pressentiment glissa le long de son échine. Il réussit à réprimer son frisson en réaction. Adoptant une expression décontractée et son comportement débonnaire habituel, il accompagna les deux autres dehors.

À dix-sept heures, Gabriel lisait distraitement le *Gentleman's Magazine* quand une personne frappa à sa porte. Écoutant, il entendit les pas presque dansants de Chance dans le vestibule ; en souriant, il retourna à son magazine.

Une minute plus tard, la porte du salon s'ouvrit. Chance se tint dans l'embrasure.

— Un monsieur Debbington pour vous voir, milord.

Gabriel soupira en son for intérieur.

— Merci, Chance, mais je ne suis pas un lord.

Le front de Chance se plissa.

— Je pensais que tous les gens de qualité étaient des lords.

— Non.

— Oh.

Apercevant Gerrard qui attendait près de son coude pour entrer, Chance s'écarta d'un pas et il se retint tout juste d'agiter la main pour faire signe à Gerrard de passer le seuil.

— Bien, voilà. Voulez-vous que je vous verse un peu de brandy ?

— Non. Ce sera tout.

— Très bien, monsieur.

Avec un aplomb louable, Chance sortit avec une révérence et il se souvint de fermer la porte.

Gerrard fixa la porte fermée, puis il jeta un regard interrogateur à Gabriel.

— Il est en formation.

Gabriel désigna une chaise à Gerrard.

— Aimeriez-vous un peu de brandy ?

Gerrard sourit largement.

— Non. Patience le remarquerait à coup sûr.

Une fois à son aise dans le fauteuil, Gerrard rencontra le regard de Gabriel.

— Vane m'a parlé de l'escroquerie que vous essayez de démasquer. Que voulez-vous que je fasse pour vous ?

Omettant toute mention de la comtesse, Gabriel décrivit son plan.

CHAPITRE 6

À midi, le lendemain, Gabriel descendit l'escalier de l'hôtel Burlington, très satisfait des dispositions qu'il avait prises. Son plan était en marche et il se déployait bien. Sous peu, la comtesse serait à lui.

Tournant dans Bond Street, il regarda devant lui. Son pas ralentit.

Alathea se tenait au coin de Bruton Street, en retrait près de la vitrine d'une boutique, le regard sur la foule entourant le vendeur de noix.

Elle avait toujours eu un faible pour les noix – et elle considérait clairement l'idée de se frayer un chemin dans la foule pour s'en procurer un sac. À cette heure, le groupe chahuteur autour de l'étal du vendeur était composé de jeunots et de jeunes coqs pleins d'entrain.

Serrant les lèvres, Gabriel avait traversé la rue avant de réfléchir à ce qu'il faisait – ou à ce qu'il allait faire. Le souvenir de sa dernière rencontre avec Alathea surgit dans son esprit – avec trop de chaleur. Sa mâchoire se contracta encore plus fermement. Un sac de noix servirait peut-être un peu à le réconcilier avec elle.

Il pouvait difficilement excuser sa réaction envers elle en lui expliquant qu'il l'avait confondue avec une autre dame.

Alathea considéra le cercle de jeunes coqs entre elle et la source de l'arôme merveilleux des noix grillées. Cette délicieuse odeur l'avait attirée par la porte de la boutique de la modiste où Serena, Mary et Alice étaient occupées à faire des retouches de dernière minute sur leurs robes de bal. Le salon manquait d'air et il était étroit ; elle était donc descendue dans la rue dans l'intention d'attendre. Cette odeur avait fait gronder son estomac. Se frayer un chemin dans la foule, par contre, l'exposerait très probablement à une série de remarques impertinentes. Tout de même… elle salivait. Décidant qu'elle ne pouvait pas exister une minute de plus sans un sac de noix, elle fit un pas en avant…

— Un instant.

Une main forte se ferma autour de son coude et la fit reculer – son cœur bondit presque hors de sa poitrine !

Sans croiser ses yeux, Gabriel la dépassa.

— Laissez-moi faire.

Elle accepta, pour la simple raison qu'elle n'osait pas bouger – ses jambes s'étaient transformées en guenilles. Sa plus récente stratégie de survie lui dictait de l'éviter à tout prix – elle avait eu l'intention de faire exactement cela. Elle faisait exactement cela – elle était dans Bruton Street à midi, pour l'amour du ciel ! Que faisait-il ici ? Elle n'aurait jamais quitté la sécurité du salon, si elle avait su qu'il se trouvait dans les parages.

Elle s'accrocha à son agacement – indubitablement plus sage que de s'abandonner à sa panique. Gabriel se retourna vers elle, un sac en papier brun dans la main.

— Tenez.

Elle prit le sac et s'occupa à l'ouvrir.

— Merci.

Elle lança une noix dans sa bouche, puis elle lui offrit le sac.

Il en prit une poignée, les yeux sur son visage.

— Que faites-vous ici ?

Elle rencontra fugitivement son regard.

— J'attends Serena et les filles, expliqua-t-elle en gesticulant en direction de l'extrémité de Bruton Street. Elles font un essayage.

Baissant les yeux, elle prit son temps pour choisir une noix. Si elle ne lui offrait absolument aucun encouragement, il s'en irait peut-être. Elle était extrêmement consciente que plus elle restait longtemps seule en sa compagnie dans son propre rôle, plus grand était le danger qu'il reconnaisse la comtesse.

Puis, sa conscience la poussa à agir – avec force. *Diable !* Elle ne le voulait pas, mais…

Levant la tête, elle fixa son regard sur son oreille droite.

— Je dois vous remercier pour hier. J'aurais reçu un coup de sabot si vous n'aviez pas…

S'il ne l'avait pas attrapée et retenue – s'il n'avait pas été excité par elle.

Elle termina rapidement sa phrase par un geste, mais sa sensibilité avait dû paraître dans ses yeux. À sa grande surprise, à travers ses cils, elle vit la couleur monter aux joues de Gabriel. Était-il gêné ?

Doux Jésus !

— Ce n'était rien.

Il y avait des notes de sécheresse dans sa voix. Après un moment, il ajouta à voix basse :

— J'aimerais mieux que vous oubliiez complètement l'incident d'hier.

Elle haussa les épaules et se tourna pour revenir lentement chez la modiste.

— Si vous le souhaitez.

Oserait-elle suggérer qu'il fasse de même ?

Il accorda son pas au sien ; il semblait inutile de le persuader de la laisser marcher seule dans la rue. Heureusement, le sac de noix lui fournissait une raison parfaite pour ne pas lui prendre le bras ; le toucher encore inviterait au désastre.

Comme c'était parti, elle pouvait marcher avec un peu plus d'un mètre de distance entre leurs corps – c'était relativement sûr. Elle lui présenta avec extravagance le sac de noix qu'elle laissa entre eux, l'invitant à se servir pendant qu'ils se promenaient. Cela lui donnait l'impression de nourrir de miettes un léopard potentiellement mortel pour le distraire pendant qu'elle se rendait lentement vers la sortie de la cage.

Heureusement, la porte de la modiste n'était pas loin. Elle s'arrêta à côté en songeant à lui remettre le sac presque vide au lieu de lui offrir sa main.

— Merci pour les noix.

Elle rencontra son regard et remarqua qu'il fronçait les sourcils.

Elle se figea – l'inquiétude la fit suffoquer. Avait-elle dit quelque chose ? Fait quelque chose ?

— Vous ne sauriez pas, par hasard…

Son ton était timide. Il regarda ailleurs.

— Avez-vous rencontré une comtesse, récemment endeuillée ?

Gabriel s'interrompit.

Que faisait-il ! Un regard sur le visage d'Alathea confirma qu'il en avait assez dit. Son expression était impassible, ses yeux vides.

— Non.

Il aurait voulu se donner des coups de pied. Elle le connaissait assez bien pour deviner le motif derrière sa question. Un sursaut de ressentiment fit surface ; elle avait toujours écarté toute référence aux conquêtes de Lucifer avec un regard amusé, mais elle n'avait jamais fait preuve de la même tolérance envers lui.

Il fronça les sourcils.

— Oubliez ma question.

Elle le regarda, toujours impassible.

— D'accord.

Sa voix était étrange.

Il était sur le point de reculer d'un pas, de présenter ses excuses et de partir quand le groupe tapageur venant de l'étal du vendeur de noix les dépassa à toute vitesse. L'un d'eux le bouscula à l'épaule. Il se tourna, s'approchant de la vitrine de la boutique, plus près d'Alathea, la protégeant instinctivement encore une fois. Le groupe passa en file devant eux, puis il disparut. Se retournant vers Alathea, ses adieux se figèrent sur sa langue.

— Qu'y a-t-il ?

Elle avait blêmi – elle respirait trop vite et elle s'appuyait contre le cadre de la porte. Ses yeux avaient été fermés – maintenant, ils s'ouvraient brusquement.

— Rien. Tenez !

Alathea poussa le sac de noix vers lui, puis elle pivota vivement et elle ouvrit la porte de la modiste.

— Serena va se demander où je suis passée.

Sur ce, elle s'enfuit – il n'y avait pas d'autre mot pour décrire cela. Elle se précipita dans le petit vestibule, elle attrapa ses jupes et elle vola en haut des marches jusqu'au salon. Elle ne se souciait pas de ce qu'il penserait de son départ – elle ne pouvait simplement pas supporter d'être près de lui – plus maintenant. Pas quand elle était Alathea Morwellan.

Deux jours plus tard, Alathea se tenait debout devant la fenêtre de son bureau, plongée dans ses pensées. Wiggs venait de partir. Étant donné son inquiétude au sujet du billet à ordre, elle s'était sentie obligée de lui révéler qu'elle avait demandé les services de Gabriel Cynster. Wiggs avait été impressionné – et immensément soulagé. Il s'était souvenu que les Cynster étaient des voisins dans le Somerset. Heureusement, elle s'était souvenue de suggérer que, étant donné le secret nécessaire entourant leurs investigations, Wiggs ne devait pas communiquer avec monsieur Cynster, sauf par son entremise à elle.

L'homme d'affaires rondelet était parti bien plus heureux qu'il ne l'était à son arrivée. Elle lui avait demandé de clarifier la procédure pour se présenter devant la chancellerie pour faire invalider le billet à ordre une fois qu'ils auraient la preuve de l'escroquerie. Elle espérait que l'affaire pouvait être réglée par une requête directe au juge en évitant toute mention du nom de famille devant une cour ouverte au public et la dépense additionnelle d'un avocat.

En ce qui concernait leurs investigations, tout se déroulait bien ; elle aurait aimé pouvoir se sentir aussi à l'aise avec la façon dont les choses se déroulaient entre elle et Gabriel. Au cours des deux jours précédents, elle avait fait tout ce qu'elle pouvait pour l'éviter. Ne pas le voir, par contre, n'apaisait pas la culpabilité qu'elle ressentait à propos de l'embarras que Gabriel avait subi. C'était sans doute irrationnel, mais le sentiment était présent.

Une arrière-pensée dans son esprit reconnaissait qu'il répondait toujours présent lorsqu'elle avait besoin de lui ; des incidents comme celui du cheval dans Bond Street, la foule autour du vendeur de noix – cela n'était pas inhabituel, ni pour lui ni pour elle. Malgré leur problème – malgré lui –, il l'aidait toujours chaque fois qu'il savait qu'elle avait besoin d'assistance. Il l'aidait aujourd'hui, même si, cette fois, il ne savait pas que c'était à elle qu'il apportait son concours.

Il méritait mieux de sa part que la tromperie, mais que pouvait-elle faire ?

Elle soupira et se concentra, s'obligeant à s'occuper du plus récent revirement dans sa mascarade. Pour commencer, elle ferait un effort pour rétablir leur ancienne relation et se comporter normalement avec lui afin qu'il oublie son embarras. Quant à elle, à part cet instant dans Bond Street, elle avait à peine touché sa manche depuis dix ans – elle pouvait certainement traverser les prochaines semaines sans le toucher plus que cela.

Et deuxièmement, en dépit de tout le reste, peu importe le combat, elle ne permettrait pas à cette susceptibilité qui l'avait envahie dans Bruton Street de refaire surface – elle ne le pouvait pas. S'il s'approchait, elle souffrirait dans un silence stoïque. Elle lui devait au moins cela.

Elle fronça les sourcils, réalisant qu'elle songeait à lui en utilisant son nom préféré. Puis, elle haussa les épaules. Mieux valait songer à lui comme à Gabriel – Gabriel était l'homme avec qui elle devait traiter, maintenant. Peut-être que si elle gardait cela en tête, les obstacles qu'elle n'arrêtait pas de rencontrer ne seraient pas tout à fait aussi surprenants.

Contemplant les arbres agités par le vent au-delà de la fenêtre, elle mit ses résolutions de côté et se tourna vers son problème suivant : comment découvrir les plans de Gabriel ? Qu'il ait des plans, elle n'en doutait pas. Il lui avait dit de le laisser s'occuper de Crowley ; c'était tentant d'obéir. Malheureusement, comme il ne connaissait pas l'identité de sa famille, cette avenue était trop risquée. Et elle devait avoir un certain contrôle sur sa capacité à réclamer des récompenses.

C'était là un autre obstacle. Bien qu'elle veuille désespérément organiser une autre rencontre pour lui demander ce qu'il avait appris, ce qu'il faisait, ce qu'il avait prévu, justifier l'indiscrétion probable n'était pas chose aisée. Il était parfaitement possible qu'il ait découvert quelque chose de nouveau, un fait important – quelle récompense réclamerait-il dans ce cas ?

Son expérience n'était pas suffisante pour lui fournir une réponse. Et elle n'était pas sûre de se faire confiance – pas quand elle se trouvait dans ses bras.

C'était la partie qu'elle comprenait le moins. Pendant qu'elle était avec lui sous les traits de la comtesse, elle semblait occuper une position par rapport à lui qui n'avait jamais été disponible lorsqu'elle était Alathea Morwellan, malgré le fait qu'elle le connaisse aussi bien. Ce n'était pas uniquement la nature illicite de leur interaction, mais un lien différent, plus profond, un partage intime. Un partage qu'elle convoitait, mais qu'elle savait ne pas pouvoir avoir.

Elle n'avait jamais été du genre à rouler dans le foin ; elle n'avait jamais été le moins du monde intrépide. Néanmoins, depuis qu'elle était la comtesse et qu'il la traitait comme une personne différente, elle commençait à avoir des pensées et des émotions différentes aussi.

Sa mascarade avait pris des dimensions nouvelles et dangereuses.

Un coup fut frappé à la porte. Elle se tourna. Folwell, son valet, regarda à l'intérieur. Il la salua respectueusement ; elle sourit et lui fit signe d'avancer en retournant à son bureau.

— Quelque chose à rapporter ?

— Rien aujourd'hui, milady – Folwell s'arrêta devant le bureau –, mais ce Chance… c'est tout un parleur, ça oui. Avec tout le respect que je vous dois, milady, j'ai dû le remettre à sa place, lui donner un conseil. Il parle beaucoup trop librement de monsieur Rupert. Ce n'est pas ainsi que l'on fait les choses, milady, comme vous le savez.

— En effet, mais dans ce cas, la loquacité de Chance a été utile.

— Oh, il papote encore avec moi et Dodswell, évidemment. Cependant, nous ne voulons pas qu'il papote avec qui que ce soit d'autre.

— Tout à fait.

Alathea réprima un sourire en apprenant que Folwell avait instruit le nouveau et étrange valet de chambre de Gabriel. Elle avait déjà reçu un rapport haut en couleur sur la façon dont Chance en était venu à occuper ce poste ; tout ce qu'elle avait entendu subséquemment l'avait rendue très impatiente de le rencontrer. L'excentricité qu'avait affichée Gabriel à propos de Chance lui était à la fois familière et attachante. Comme elle l'avait dit à Celia, Gabriel n'était pas froid, mais plutôt maître de lui. Elle était prête à gager que Celia ignorait tout de Chance.

— Monsieur Rupert n'a pas rencontré monsieur Debbington de nouveau ?

— Non, milady. Seulement cette unique rencontre que j'ai mentionnée. Monsieur Debbington n'est pas revenu.

— Aucune note ni lettre ?

— Il y a eu une note hier soir, milady, mais Chance ignorait de qui elle provenait. Monsieur Rupert l'a lue et il a semblé content, mais il n'a rien dit à Chance, évidemment.

— Hum.

Les plaintes de Celia s'infiltrèrent dans le cerveau d'Alathea ; elle contempla Folwell.

— Et qu'en est-il des dames ? Des femmes sont-elles venues le voir ? Ou bien est-il sorti ?

Elle était dos à la fenêtre, Folwell ne pouvait donc pas la voir rougir.

— Non, milady. Personne. Dodswell dit qu'il n'y a eu aucune femme depuis des lustres – des semaines, du moins. Il dit que monsieur Alasdair en pourchasse une nouvelle – ce fut au tour de Folwell de rougir –, mais monsieur Rupert reste tranquillement à la maison, sauf pour aller aux réunions de famille et pour rencontrer une mystérieuse personne. Il s'agirait de vous, milady.

— Oui. Merci, Folwell, acquiesça Alathea d'un hochement de tête. Continuez à passer tous les jours, mais essayez de ne pas vous faire remarquer par monsieur Rupert.

— C'est ce que je ferai, milady, répondit Folwell en baissant vivement la tête. Vous pouvez compter sur moi.

Après son départ, Alathea réfléchit au portrait qui se dégageait de la vie de Gabriel. Celia avait toujours donné l'impression absolue qu'il y avait un flot constant de dames défilant dans la maison de Brook Street. Il fallait reconnaître qu'ils étaient deux, Lucifer et Gabriel, mais il semblait vraiment qu'en ce moment, Gabriel ne contribuait pas à sa juste part. Du moins, dans ce domaine.

Tapant distraitement avec son crayon, elle médita sur ce fait.

* * *

Augusta, marquise de Huntly, tenait un grand bal deux soirs plus tard. Ce qui le distinguait des autres bals, Alathea n'aurait su le dire ; il était tout aussi bondé, tout aussi ennuyeux. Elle n'avait jamais eu beaucoup de temps pour les bals ; le bal Hunt et un ou deux autres dans l'année lui suffisaient amplement. Être obligée d'endurer un grand bal chaque soir devenait rapidement sa définition de la torture. Cependant, la marquise était la belle-sœur de la douairière, une Cynster de naissance ; il n'était pas question pour elle de décliner l'invitation.

Au moins, le bal lui fournissait l'occasion d'avoir son ennemi à l'œil ; il était possible que ses plans comprennent des rencontres dans des bals. D'un côté de la salle de bal, auquel elle s'accrochait avec ténacité, elle le regardait rôder. Elle était assez grande pour le voir facilement, mais elle faisait attention à ne pas le fixer du regard. Dans son esprit, elle se répétait sa dernière résolution ; elle l'éviterait si possible, mais s'ils devaient se rencontrer, elle se comporterait comme elle l'avait toujours fait, comme si elle n'avait jamais été enfermée dans ses bras dans Bond Street – ni nulle part ailleurs.

Heureusement, il se dirigeait dans la direction opposée à elle, ses larges épaules remuant sous un manteau brun-noir. La teinte brune dans l'étoffe dorait ses cheveux bruns ; la simplicité sévère de la coupe ne faisait que souligner sa stature et intensifier l'aura de prédateur qu'il exsudait.

Après un moment, elle dirigea son regard ailleurs sur la foule entre eux. Puis, elle jeta un coup d'œil aux murs. Leurs décorations en crêpe attirèrent son regard. Elle se mit à réfléchir sur la manière de réduire les coûts de décoration de l'immense salle de bal à la résidence Morwellan tout en atteignant un résultat satisfaisant. Le bal au cours duquel Mary et Alice offriraient leurs révérences officielles à la bonne société approchait beaucoup trop rapidement.

— Pourquoi diable ne pouvez-vous pas laisser ces damnées choses chez vous ? Ou mieux encore ; jetez-les au feu.

Alathea pivota vivement ; son cœur bondit dans sa poitrine. Elle était si absorbée, il avait été capable de marcher droit jusqu'à elle. Ses yeux scrutèrent les siens – il l'observait, attendait… sa résolution résonna dans ses oreilles.

— J'ai vingt-neuf ans, pour l'amour du ciel !

— Je sais exactement l'âge que vous avez.

Elle leva le menton.

— Les gens s'attendent à ce que je porte une coiffe.

— Il n'y a pas plus de dix personnes dans cette pièce qui peuvent même voir l'horrible chose.

— Elle n'est pas horrible, c'est à la toute dernière mode !

— Il y a une mode pour les horreurs ? Stupéfiant. Néanmoins, cela ne vous sied pas.

— Vraiment ? Et pourquoi cela ? demanda-t-elle, sentant la chaleur lui monter aux joues. Sa couleur, peut-être ?

La coiffe était de la même couleur que sa robe de soie vert pomme, une teinte excessivement chic qui lui convenait à la perfection. Les yeux plissés, elle le défiait de dire le contraire ; ils avaient repris leur rapport habituel, aucun doute là-dessus.

Son regard balaya son visage, puis il revint sur l'objet de son aversion.

— Elle pourrait être en or plein, et elle serait encore de mauvais goût.

— De mauvais goût ?

Jusque-là, leur conversation avait été menée à voix assourdie ; Alathea s'étouffa presque en essayant de conserver un calme apparent. Le regard sur son visage, elle prit une respiration, puis avec des accents de défi inébranlable, elle déclara :

— Comme c'est mon choix, je porterai une coiffe le reste de mes jours, et vous ne pouvez rien y faire. Je suggère donc que vous vous habituiez à ce fait ou, si c'est trop vous demander, que vous gardiez vos opinions pour vous.

Sa mâchoire se contracta ; son regard s'abaissa vivement pour se fixer sur celui d'Alathea. Les yeux durs, les lèvres pressées – presque nez à nez – ils se tenaient d'un côté de la salle de bal Huntly, chacun attendant que l'autre cède en premier.

— Oh, Allie !

Le ton angoissé les fit se retourner tous les deux. Alice se matérialisa en sortant de la foule.

— Regarde.

Abattue, elle leva sa jupe pour montrer le volant qui traînait.

— Ce stupide lord Melton a marché dessus pendant la dernière danse, et maintenant ma belle robe neuve est abîmée !

— Non, non.

Alathea mit un bras autour d'Alice et elle l'étreignit.

— Ce n'est pas un gros problème. J'ai des épingles dans mon réticule. Nous allons simplement aller dans la salle de repos et je vais l'épingler afin que tu ne rates pas les autres danses. Ensuite, Nellie pourra la repriser et la remettre à neuf lorsque nous rentrerons à la maison.

— Oh.

Alice regarda Gabriel, elle cligna des paupières et elle lui offrit un sourire larmoyant. Puis, elle regarda Alathea.

— Pouvons-nous y aller tout de suite ?

— Oui.

Alathea décocha un regard hautain pour congédier Gabriel.

— Nous avons terminé notre conversation.

Il y avait du feu dans les yeux de Gabriel quand ils croisèrent les siens, mais quand son regard atteignit Alice, son expression était affable.

— Les volants se déchirent tout le temps : demandez seulement aux jumelles. Elles en déchirent un lors d'un bal sur deux.

Alice sourit gentiment et jeta un regard d'attente vers Alathea.

— Viens. Le salon sera juste dans le corridor.

Alors qu'elle ouvrait la voie, Alathea pouvait sentir le regard de Gabriel dans son dos. Il critiquait ses coiffes depuis trois ans, depuis qu'elle avait commencé à les porter. Elle soupçonnait que la cause de son violent dégoût était un mystère pour lui autant que pour elle – et rien n'avait changé, Dieu merci.

Ils en étaient revenus à ce qui constituait la normalité pour eux.

Pendant qu'Alathea sortait de la salle de bal, Gabriel poussa un soupir mental de soulagement et se détournait. Bien ! Tout était revenu comme avant : l'inquiétude qui le turlupinait depuis quelques jours s'était littéralement envolée. Après sa bourde dans Bruton Street, le besoin de redresser les choses avec Alathea et de rétablir leur interaction habituelle l'avait distrait, cela avait même empiété sur sa concentration quant à ses plans pour la comtesse.

Cependant, tout était maintenant réglé. Alathea avait clairement nourri le même souhait – elle avait été prête à reprendre leur comportement habituel dès qu'il lui en avait offert l'occasion ; il avait vu cette considération briller dans ses yeux avant qu'elle lui réponde sèchement la première fois.

Le sentiment de libération qu'il ressentait était très réel – maintenant, il pouvait tourner son attention pleinement sur l'affaire qui, de plus en plus, appelait son âme de guerrier. La comtesse et sa conquête – maintenant, toutes ses énergies pouvaient être centrées là-dessus.

Le volant déchiré prit cinq minutes à épingler. N'étant pas pressée de revenir dans la salle, Alathea demanda un verre d'eau et le sirota ; l'échange avec Gabriel l'avait secouée plus qu'elle ne voulait l'admettre. Elle trouvait cela de plus en plus difficile de l'attaquer, de garder une voix tranchante et acariâtre et de ne pas la laisser s'adoucir pour adopter le ton de la comtesse – le ton qu'elle utilisait en privé avec ceux qu'elle aimait.

Encore une autre difficulté alors qu'elle en avait déjà suffisamment.

Dix minutes plus tard, elle revint dans la salle de bal dans le sillage d'Alice. Gabriel n'était nulle part en vue. Alice retourna à son cercle de très jeunes dames et de gentlemen tout aussi jeunes. Alathea se promena lentement ; survolant la foule du regard, elle repéra Gabriel. Discrètement, elle prit position sur le mur à l'opposé de lui, près d'un pilier protecteur cette fois. Non, semblait-il que quoi que ce soit puisse la protéger des attentions des Cynster – Lucifer s'avança presque immédiatement vers elle.

— Un volant déchiré ?

Alathea cilla.

— Oui. Comment le savez-vous ?

— Les jumelles tentent tout le temps le coup.

— Le coup ?

— Elles essaient de se servir de ce prétexte pour sortir en douce. Cela dit, le volant ou la ruche ou autre chose est habituellement déchiré, mais si l'on devait accepter que la pléthore d'accrocs que subissent leurs garde-robes était due à la maladresse de leurs partenaires, on s'attendrait à ce que la moitié de la haute société ait un pied bot.

Alathea ne sourit pas.

— Mais pourquoi les jumelles veulent-elles sortir en douce ?

— Parce qu'elles entretiennent le fantasme de rencontrer des gentlemen non convenables si seulement elles réussissaient à échapper à nos regards.

Alathea vérifia ; l'expression de Lucifer était parfaitement sérieuse. Il scruta la foule, puis il lui jeta un coup d'œil.

— Mais vous savez ce que c'est : je vous ai vue surveiller la jeune Alice.

— Je ne la surveillais pas : elle n'avait jamais déchiré un volant auparavant et elle n'avait pas d'épingles, et elle ne savait pas comment l'épingler. Je l'aidais, tout simplement.

— Peut-être bien ; mais vous connaissez les ficelles : vous la surveilliez aussi.

Alathea avait un trop-plein de Cynster pour la soirée. Prenant une inspiration, elle la retint un moment, puis elle se tourna vers son compagnon.

— Alasdair.

Cela attira son attention. Il la regarda, un sourcil arqué.

— Vous et votre frère tout aussi malavisé devez mettre fin à cette ridicule obsession. Les jumelles ont dix-huit ans. Je les ai rencontrées ; j'ai conversé avec elles. Ce sont de jeunes femmes raisonnables et intelligentes, parfaitement capables de gérer leurs propres vies, du moins en ce qui a trait à leurs interactions avec des gentlemen convenables et pour choisir leurs propres époux.

Lucifer fronça les sourcils. Il ouvrit la bouche…

— Non ! Taisez-vous et écoutez-moi. J'en ai plus qu'assez de me disputer avec des Cynster ce soir, et vous pouvez le dire à votre frère aussi ! s'exclama-t-elle en lui décochant un regard noir. Vous devez comprendre tous les deux que votre surveillance constante rend les jumelles folles. Si vous ne leur accordez pas l'espace qu'il faut pour qu'elles trouvent leur rythme, elles rueront dans les brancards, et vous en serez réduits à brandir un poing impuissant devant un beau gâchis. Comment vous sentiriez-vous si vous étiez restreint, infantilisé et confiné chaque fois que vous posiez le pied dans une salle de bal ?

— C'est différent. Nous pouvons nous défendre.

Lucifer scruta son visage, puis il soupira.

— J'avais oublié que vous ne passez pas beaucoup de temps à Londres.

Son sourire s'épanouit, l'essence même de la condescendance fraternelle.

— Il y a toutes sortes de malotrus errant dans la bonne société : nous ne pouvons absolument pas laisser les jumelles sans surveillance. Ce serait comme attacher deux agneaux et ensuite laisser les loups les dévorer. C'est pour cela que nous les surveillons. Et vous n'avez pas à vous inquiéter pour Mary et Alice : il est tout aussi facile d'en surveiller quatre que deux.

Il était sérieux. Alathea songea à pousser un gémissement sincère.

— Vous est-il déjà venu à l'esprit que les jumelles pouvaient être capables de s'occuper d'elles-mêmes ?

— Dans ce domaine ?

Jetant un coup d'œil sur les sujets de leur discussion, Lucifer secoua la tête.

— Comment le pourraient-elles ? Et vous devez admettre, quand il s'agit de charmer les femmes, nous sommes les experts en titre.

Alathea résista à l'envie de lever les yeux au ciel. Elle était décidée à crever, du moins à marquer, leur ego de Cynster. Survolant la salle de bal du regard, elle chercha l'inspiration.

Et elle vit Gerrard Debbington s'avancer lentement vers Gabriel, qui bavardait avec une connaissance. Gerrard le salua avec décontraction d'un signe de tête. Gabriel l'imita. Même à l'autre bout de la pièce, Alathea pouvait sentir qu'il se concentrait soudainement.

— Vous voyez, disait Lucifer en se rapprochant, prenez le cas de lord Chantry, reniflant en ce moment les jupes d'Amelia.

— Chantry ?

Le regard d'Alathea était fixé sur l'autre extrémité de la pièce. Le gentleman qui bavardait avec Gabriel s'en allait, le laissant seul avec Gerrard. Instantanément, la teneur de la discussion changea. Gerrard changea de position ; elle ne pouvait plus voir son visage.

— Hum. Il est censé posséder un joli petit domaine dans le Dorset et c'est un type des plus charmants, autant que puissent en juger les dames.

— Vraiment ?

Alathea pouvait voir d'après l'expression de Gabriel que ce que lui disait Gerrard était extrêmement important.

— Cependant, Chantry a une autre facette.

Elle devait se rapprocher pour entendre discrètement leur conversation ; à l'évidence, ils discutaient de quelque chose de vital.

— Il est endetté. Pratiquement ruiné.

Sur le point de bouger, Alathea centra son attention plus près d'elle – et elle se retrouva face à face avec Lucifer.

— Quoi ?

— Il va passer à la trappe et il cherche un mariage rapide avec un joli petit paquet d'argent attaché au bouquet.

— Qui ?

— Lord Chantry.

Lucifer la regarda avec les sourcils froncés.

— Je vous parlais de lui afin que vous compreniez pourquoi nous surveillons les jumelles. Ne m'écoutiez-vous pas ?

Alathea cligna des paupières. Repousser Lucifer puis traverser en hâte la salle de bal bondée et se rapprocher suffisamment de Gabriel pour saisir des bribes de ce qui se disait, était impossible.

D'autant plus que Lucifer la talonnerait.

— Hum… oui. Dites-m'en davantage.

Elle changea de position afin de pouvoir garder Gabriel dans sa mire.

Lucifer recula un peu.

— Donc, c'est Chantry. Et bien sûr, Amelia lui sourit gentiment depuis une semaine. Stupide fille. J'ai essayé de le lui dire, mais m'a-t-elle écouté ? Oh, non. Elle a levé le nez en l'air et elle a insisté pour dire que Chantry était amusant.

Alathea songea à lui dire qu'Amelia encourageait Chantry probablement pour les taquiner, lui et Gabriel, tout simplement.

Gabriel leva la tête. Comme s'il était convoqué, Devil, l'objet du regard de Gabriel, se détacha du cercle de Honoria et il se fraya un chemin pour se joindre à la conférence.

Ils planifiaient quelque chose d'important.

— Un autre exemple est un goujat appelé Hendricks – là – à la droite d'Amanda. Il est encore pire que Chantry.

Laissant le monologue de Lucifer lui passer par-dessus la tête, Alathea surveilla la rencontre se tenant de l'autre côté de la salle. Vane arriva comme s'il passait par hasard ; lui aussi se joignit à la discussion. Des idées – des arrangements ? – étaient débattues entre eux ; cela était clair d'après les regards mouvants, les gestes occasionnels. Enfin, une décision fut prise. Peu importe ce qu'elle était, elle requérait la participation de Gerrard Debbington. Gerrard et Gabriel. Devil et Vane semblaient être des conseillers, participant moins aux détails de ce qu'ils planifiaient. Elle devait découvrir ce plan.

— Donc, vous voyez, cela explique pourquoi nous les surveillons. Vous comprenez, maintenant ?

Elle reporta son attention sur Lucifer.

Quelle était la bonne réponse ? Oui ? Non ? Elle soupira.

— Oubliez cela.

Les jumelles allaient devoir mener leur propre combat. Posant une main sur son bras, elle le fit doucement reculer.

— Il y a une valse qui commence : venez danser. J'ai besoin de distraction.

— Je ne peux pas : je suis de garde.

— Gabriel est libre, faites-lui signe. Il peut prendre la relève.

Lucifer obéit et Gabriel s'exécuta, et elle obtint sa distraction.

Pour ce qu'elle en tira.

Quand elle fut de retour dans le carrosse, roulant vers la maison à travers des rues désertes, elle avait déjà accepté le fait qu'elle allait devoir rencontrer de nouveau son chevalier. Se creusant la tête, elle tenta de concevoir une façon pour la comtesse de le rencontrer en toute sécurité. Dans un lieu qui restreindrait d'autres réclamations de récompense.

Il avait été suffisamment récompensé.

Elle ne pouvait pas, en toute conscience, lui permettre de réclamer plus ; pas même s'il avait découvert des faits. Il avait déjà pris suffisamment de libertés.

Mais comment l'empêcher de prendre plus ?

CHAPITRE 7

— Bonjour, monsieur Cynster.

Gabriel s'arrêta et pivota ; la comtesse marchait vers lui.

Sur le trottoir de Brook Street, en plein jour.

Elle était, comme d'habitude, vêtue d'une cape et voilée.

Gabriel arqua un sourcil. Le chasseur en lui reconnut sa stratégie, mais si elle pensait le priver de toute récompense, elle devrait plutôt lui céder autre chose.

Aucun voile n'était impénétrable sous la lumière du soleil.

Puis, elle s'arrêta devant lui, le visage haut, et il vit le masque noir qu'elle portait sous son voile.

Il se demanda si elle jouait aux échecs.

— Bonjour…

Il laissa la salutation mourir sur ses lèvres devant l'absence de nom ou de titre précis ; alors qu'il se redressait après sa révérence, il rectifia :

— Madame.

Il sentit son sourire, dissimulé sous le masque, puis elle gesticula dans la direction où il se dirigeait plus tôt.

— Puis-je marcher avec vous ?

— Je vous en prie.

Il lui offrit le bras, et elle posa une main gantée sur sa manche. Alors qu'ils avançaient lentement en direction de Bond Street, il était intensément conscient de la taille de la comtesse. Il pouvait voir par-dessus la tête de la plupart des dames ; c'était par conséquent grandement facile de les ignorer, même lorsqu'elles étaient à son bras. Ignorer la comtesse était impossible ; elle empiétait sur sa conscience de bien nombreuses façons.

Il était un peu plus de midi, et la rue s'animait doucement, des gentlemen émergeant de leurs portes comme lui pour aller chercher refuge ou une compagnie agréable dans les clubs autour de St-James.

— Je suppose, lui dit sa compagne d'une voix douce et basse comme toujours, que vous poursuivez l'affaire de la Société aurifère de l'Afrique centrale et orientale ?

— En effet.

Réfléchissant rapidement, il continua.

— Afin de prouver la fraude, il est impératif pour nous d'avoir des témoins et des preuves des détails précis de la proposition que les représentants de la compagnie présentent aux investisseurs. Mon homme d'affaires a effectué quelques recherches discrètes, mais aucun des investisseurs les plus riches et les plus expérimentés ni leurs propres hommes d'affaires n'ont été approchés par la compagnie. Ceci étant, nous allons devoir envoyer un investisseur potentiel à la compagnie.

Elle baissa les yeux. Ils traversèrent South Molton Street avant qu'elle demande :

— Qui avez-vous en tête pour le rôle ?

— Un jeune ami du nom de Gerrard Debbington. Il a la prestance pour qu'on croie qu'il a vingt et un ans, bien qu'il soit en fait mineur. Cela, bien sûr, lui fournit une raison parfaitement valide pour ne pas signer lui-même un billet à ordre après la présentation de la compagnie.

— Ses tuteurs devraient signer.

— Tout à fait. Cependant, il ne parlera pas d'eux avant la fin de l'entrevue.

Elle leva la tête.

— Quelle entrevue ?

L'air impassible, Gabriel contempla l'éclat vif qui était tout ce qu'il pouvait voir de ses yeux. Il ne connaissait pas leur couleur, néanmoins il soupçonnait qu'ils étaient bleus. Bruns ? Verts ?

— Gerrard a passé les quelques derniers jours à déambuler dans tous les bons endroits, laissant vaguement entendre qu'il cherchait quelque chose de mieux à faire avec son argent qu'acheter de nouvelles terres.

— Et ?

— Hier, Archie Douglas est tombé sur lui par hasard.

— Et ?

Le mot répété contenait une note d'impatience ; Gabriel garda les lèvres droites.

— Archie a parlé de la Société aurifère de l'Afrique centrale et orientale. Quand Gerrard a montré un intérêt adéquat, une réunion avec les représentants de la compagnie a été soulevée.

— Quand ?

— Archie devait confirmer les détails avec ses amis, mais Gerrard, fidèle à ses instructions, a suggéré demain soir à l'hôtel Burlington.

— Pensez-vous que les représentants de la compagnie – c'est-à-dire Crowley, je suppose – accepteront ?

— Je suis tout à fait certain qu'ils accepteront. Archie n'aurait pas abordé Gerrard si Crowley n'avait pas déjà choisi sa cible.

— Mais…

Le mot était teinté d'angoisse.

— Je crois que Gerrard Debbington est un parent à vous. Des Cynster. Est-ce sage ?

Gabriel s'interrogea mentalement. Qui était-elle ?

— Il l'est, mais le lien n'est pas évident, du moins pas dans ce sens. Archie Douglas n'est pas hautement considéré par les hôtesses de la haute société ; il ne connaîtra pas la relation. L'examen approfondi de Crowley sera centré sur le milieu de Gerrard, qui indique qu'il est un jeune gentleman riche des comtés. Si la compagnie avait l'habitude d'effectuer des vérifications plus prudentes de leurs cibles, ils ne se seraient pas occupés de votre défunt mari.

— Hum.

Sa belle compagne semblait loin d'être convaincue.

— Voyez simplement ceci : si Crowley avait la moindre idée que Gerrard Debbington était d'une quelconque façon associé à moi, Gerrard n'aurait jamais été approché.

Elle leva la tête. Elle lui offrit l'un de ses hochements de tête distinctifs.

— Oui, c'est vrai. Donc… vous pensez que Gerrard Debbington peut se faire efficacement passer pour un investisseur crédule ?

— J'en suis convaincu. Je vais l'instruire dans ce qu'il doit savoir et lui donner des conseils – une préparation, si vous voulez – afin qu'il sache quelles sont les questions les plus utiles à poser, tout cela présenté dans le langage approprié pour un jeune homme se considérant comme le prochain Edward « Golden Ball » Hughes.

— Oui ; mais le croyez-vous capable de bien s'en tirer avec la – elle agita la main – personnification, comme il se doit ? S'il n'a que dix-huit ans…

— Il est très doué pour paraître moins intelligent qu'il ne l'est. Il se contente de fixer vaguement – bêtement – son interlocuteur. Il a un visage innocent avec de grands yeux et l'un de ces charmants sourires juvéniles. Il donne l'impression d'être un livre ouvert en tout temps : cela ne signifie pas nécessairement que ce soit le cas, spécifia Gabriel en jetant un regard à la comtesse. J'ignore si vous le savez, mais c'est un peintre en herbe, de sorte que même dans les environnements les plus mondains, il contemple habituellement la ligne du visage des gens, leurs vêtements, leurs teints et ainsi de suite, même alors qu'il est apparemment engagé dans une conversation.

La comtesse le regarda droit dans les yeux.

— Je vois.

Donc, elle jouait bien aux échecs, mais il était un maître.

— Donc, Gerrard rencontrera les représentants de la compagnie demain soir. J'ai choisi le Burlington, car c'est le genre d'endroit où irait s'établir une personne que Gerrard est censé être. Il aura une suite et pendant qu'il parlera à la personne qui viendra faire la présentation dans le salon, j'écouterai dans la chambre adjacente.

— Vous attendez-vous à ce que Crowley fasse une apparition ?

— C'est impossible d'en être sûr. Il n'a aucune raison de se montrer, mais, sur la base de son comportement passé, je me doute qu'il sera là. Il semble prendre plaisir à se gausser personnellement devant ceux qu'il arnaque.

— Je veux y assister, pour écouter cette réunion.
Gabriel fronça les sourcils.

— Vous n'avez pas besoin d'être présente.

— Néanmoins, j'aimerais entendre moi-même ce que la compagnie offre et, ultimement, cela signifie que nous aurons un témoin de plus de la présentation au besoin.

Gabriel fronça encore plus les sourcils.

— Qu'en est-il de Gerrard ? Si vous voulez préserver votre anonymat, vous ne voudrez certainement pas qu'il apprenne votre existence. Bien que je puisse respecter votre demande de ne pas chercher à découvrir votre identité, Gerrard n'a, après tout, que dix-huit ans, et il possède l'œil d'un artiste.

Elle s'arrêta.

— Il ignore que vous enquêtez sur cette compagnie sur mon commandement ?

— Comme j'ai mené des investigations sur d'autres compagnies uniquement par intérêt personnel, il n'y avait aucun besoin de fournir un motif pour mon penchant actuel pour la Société aurifère de l'Afrique centrale et orientale. Particulièrement pas alors que Crowley en est à la barre.

Elle se tut ; il pouvait presque entendre son cerveau s'activer. Puis, elle leva la tête.

— Monsieur Debbington séjournera-t-il vraiment au Burlington ?

— Non. Il arrivera environ une demi-heure avant le début prévu de la réunion.

— Très bien – j'arriverai avant lui. Je suppose que vous serez là ?

Gabriel serra les lèvres.

— Oui, mais…

— Il n'y aura aucun danger pour moi personnellement ni pour mon anonymat, si je me cache dans la chambre à coucher avant l'arrivée de monsieur Debbington, écoute la présentation et attends ensuite après son départ pour l'imiter.

Gabriel soutint son regard voilé.

— Je ne peux pas imaginer pourquoi vous êtes si déterminée à vous exposer ainsi inutilement…

— J'insiste.

Le menton tourné dans un angle impérieux, elle soutint son regard. Formant un trait mince avec ses lèvres, il laissa le moment s'éterniser, puis s'éterniser encore avant de céder à contrecœur.

— Très bien. Vous devrez arriver au Burlington au plus tard à vingt et une heures.

Il sentit qu'elle était envahie par un sentiment de victoire – elle croyait avoir remporté un round. Sous son masque, elle rayonnait sans doute. Il garda les lèvres pressées, son regard aux sourcils froncés sur son visage voilé.

— Je vais vous quitter à présent.

Retirant sa main, elle reporta son regard à l'autre bout de la rue.

Il regarda autour de lui et vit un petit carrosse noir, vraisemblablement celui qui l'avait reconduit chez lui depuis Lincoln's Inn, arrêté près du coin derrière eux.

— Je vais vous raccompagner à votre carrosse.

Avant qu'elle puisse cligner des paupières, il reprit sa main et la retint sur sa manche. Elle hésita, puis elle acquiesça, avec une légère raideur.

Gabriel balaya le véhicule du regard pendant qu'ils approchaient, mais il s'agissait d'un carrosse anonyme – petit, noir et sans ornement – identique au deuxième carrosse que la plupart des grandes maisons conservent dans la capitale. Habitués à transporter leurs propriétaires discrètement, de tels carrosses n'arborent aucun blason sur la porte et aucun détail identificateur n'était inséré dans la cabine. Il n'y avait là aucun indice sur l'identité de la comtesse.

Les chevaux étaient quelconques. Il regarda brièvement le cocher ; il était recroquevillé sur ses rênes, la tête rentrée dans les épaules. L'homme portait un manteau épais et un haut-de-chausse ordinaire – pas de livrée. La comtesse avait pensé à tout.

Il ouvrit la porte du carrosse et l'aida d'une main à monter. S'arrêtant sur la marche, elle tourna les yeux vers lui.

— À demain soir, vingt et une heures.

— En effet.

Il soutint son regard pendant un instant, puis il la laissa partir.

— Je laisserai un message au portier afin qu'il vous conduise à la suite.

Reculant, il ferma la portière, puis il resta debout à observer le carrosse s'en aller.

Quand il eut tourné le coin en grondant, il permit à son sourire victorieux d'apparaître.

Il attendait dans la meilleure suite du Burlington quand elle frappa à la porte à vingt et une heures cinq, le lendemain soir. Il l'ouvrit et recula, en faisant attention à ne pas sourire trop intensément alors qu'inévitablement voilée et vêtue d'une cape, elle passait devant lui en silence.

Refermant la porte, il l'observa pendant qu'elle jetait un regard circulaire sur la pièce, remarquant deux lampes sur de petites tables flanquant l'âtre, déversant leur lumière sur la scène. Deux fauteuils à oreilles et un sofa étaient avancés dans un arrangement confortable autour d'une table basse devant le foyer. De lourdes tentures faisaient écran aux fenêtres ; le feu dansant dans l'âtre donnait un air chaleureux au décor. Un cabinet à boissons bien approvisionné était placé à portée de main de l'un des fauteuils.

Quand elle se tourna pour le regarder en face, il eut la nette impression qu'elle approuvait sa mise en scène.

— Quand monsieur Debbington arrivera-t-il ?

Gabriel jeta un regard sur l'horloge sur le manteau de la cheminée.

— Bientôt, répondit-il en désignant la porte opposée à l'âtre d'un signe de tête. Vous aimeriez peut-être passer notre position privilégiée en revue ?

Ses jupes tournoyèrent quand elle se tourna ; il la suivit alors qu'elle traversait la pièce. Marquant une pause juste au-delà du seuil, elle regarda autour d'elle.

— Oh, oui. C'est parfait.

Gabriel le pensait aussi. Dans l'obscurité semblable à celle d'une caverne créée par les lourdes tentures, un immense lit à colonnes s'élevait dans toute sa majestueuse splendeur. Il possédait un bon nombre d'oreillers rebondis et le matelas était épais. Il avait déjà confirmé qu'il satisfaisait à ses normes ; la comtesse n'aurait aucune raison de contester. Elle, évidemment, ne portait aucune attention au lit ; son commentaire était occasionné par l'ouverture pratique entre la porte à moitié fermée et son montant, une ouverture qui fournissait à une personne debout derrière la porte une vue parfaite des sièges devant le foyer du salon.

Elle les regardait les yeux plissés quand un autre coup fut frappé à la porte.

Gabriel croisa son regard interrogateur.

— Gerrard. Je vais devoir répéter son texte avec lui ; il ne saura pas que vous êtes ici.

Il murmurait. Elle hocha la tête. La quittant, il se rendit à la porte.

Gerrard se tenait dans le corridor avec un air suavement débonnaire, sa jeunesse uniquement révélée par la lueur d'attente enthousiaste dans ses yeux.

— Tout est prêt ?

— J'étais sur le point de vous poser la même question.

En lui désignant les sièges près du feu, Gabriel ferma la porte.

— Nous devrions repasser vos leçons.

— Oh, oui.

Gerrard s'installa confortablement dans ce qui était clairement le fauteuil de l'hôte.

— Je n'avais pas calculé tout ce qu'il y avait à apprendre pour donner de l'argent aux gens.

— Plusieurs l'ignorent, ce qui est précisément le genre d'homme sur lequel compte Crowley.

Gabriel rejoignit l'autre fauteuil, puis il hésita. Ensuite, il marcha jusqu'au mur, il choisit une chaise à dossier droit et il la transporta pour être en face de Gerrard.

— Mieux vaut jouer de prudence…

En s'asseyant, il fixa sur Gerrard un regard pénétrant.

— Maintenant…

Il guida Gerrard à travers un catéchisme de termes et de conditions exprimés dans le langage creux populaire des investissements. Au bout de vingt minutes, il hocha la tête.

— Vous vous en sortirez, conclut-il en jetant un coup d'œil à l'horloge. Nous ferions mieux de chuchoter à partir de maintenant.

Gerrard hocha la tête. Son regard vagabonda jusqu'au cabinet de boissons ; il se leva et se versa une petite quantité de brandy, le faisant tournoyer dans son verre pour donner l'impression qu'il y en avait davantage à l'origine. Il rencontra le regard de Gabriel en se rasseyant, serrant le ballon entre ses doigts.

— Je vais leur offrir à boire, qu'en pensez-vous ?

— Bonne idée.

Gabriel hocha la tête en direction du verre dans la main de Gerrard.

Gerrard se fendit d'un sourire.

Un coup agressif fut frappé à la porte.

Se levant, Gabriel tendit une main pour immobiliser Gerrard, puis il leva sa chaise et la replaça silencieusement contre le mur. Après un dernier regard sur le décor, il se rendit dans la chambre à coucher obscure et passa derrière la porte.

Gerrard déposa son verre, puis il se leva, il redressa ses manches et marcha lentement jusqu'à la porte. L'ouvrant, il regarda dehors.

— Oui ?

— Je crois que vous nous attendez.

La grave voix retentissante parvint clairement aux deux personnes derrière la porte de la chambre à coucher.

— Nous représentons la Société aurifère de l'Afrique centrale et orientale.

Gabriel prit position derrière la comtesse.

Dans la chambre sombre, elle n'était qu'une ombre dense, son visage voilé éclairé par la faible lumière passant à travers la porte et le montant. Debout légèrement à côté d'elle, Gabriel regarda Gerrard accueillir ses visiteurs avec une affabilité sérieuse. Après leur avoir serré la main, Gerrard désigna le sofa aux deux hommes.

— Je vous en prie, asseyez-vous, messieurs.

Gabriel s'efforça de bloquer le parfum de la comtesse et de se concentrer ; c'était la première fois qu'il voyait Crowley.

Bien qu'il n'ait qu'entendu l'échange des noms, il ne doutait pas un instant de savoir lequel des deux il était. C'était un homme bâti comme un taureau ; comparant sa taille à celle de Gerrard,

Gabriel l'évalua à près d'un mètre quatre-vingts. Un mètre quatre-vingts de gros muscles ; Crowley aurait pu facilement fendre Gerrard en deux. De lourds sourcils noirs, épais et solides, lui barraient le visage, surplombant des yeux enchâssés. Son visage était rondelet, ses traits aussi rudes que sa chevelure noire qui bouclait généreusement sur sa grosse tête.

Cette tête semblait enfoncée directement dans ses imposantes épaules ; ses bras avaient des muscles fortement saillants, tout comme ses jambes. Il était large et il avait un torse puissant ; il semblait aussi fort qu'un bœuf, et il l'était sûrement. La seule faiblesse que put déceler Gabriel était qu'il se déplaçait avec lourdeur, sans souplesse dans le corps ; quand Gerrard leur offrit un verre juste au moment où Crowley était sur le point de s'asseoir, il dut tourner tout son corps vers Gerrard pour répondre, et non seulement la tête.

Il était un spécimen distinctement sans attrait, mais pas particulièrement laid. Ses lèvres épaisses étaient en ce moment courbées dans un sourire décontracté, adoucissant la ligne pugnace de sa mâchoire et donnant à son allure autrement peu engageante un certain charme. En effet, il y avait une énergie brute – un magnétisme animal – transmise par la brillance de son regard et par la pure force de ses mouvements.

Certaines femmes trouveraient cela séduisant.

Gabriel jeta un coup d'œil à la comtesse. Son attention était rivée sur la scène dans le salon. Il revint sur Crowley pour le voir se caler dans le sofa, l'air complètement à son aise maintenant qu'il avait vu Gerrard. L'expression sur son visage rappelait à

Gabriel celle d'un chat sur le point de jouer avec une souris – l'anticipation de la mise à mort suintait par tous les pores de la peau de Crowley.

Un son discret atteignit Gabriel. Il regarda la comtesse et remarqua qu'il avait entendu son inspiration brusque. Elle s'était raidie ; pendant qu'il l'observait, elle frissonna presque imperceptiblement.

Reportant ses yeux sur la scène se jouant devant eux, Gabriel put la comprendre. Donnant le meilleur de lui en jouant les hommes bêtes, Gerrard bavardait amicalement avec l'autre homme ; il ne regardait pas le visage de Crowley. Pourtant, Gerrard, sensible et observateur, ne serait pas indifférent – ne pouvait pas l'être – à la menace puissante se dégageant de Crowley. Le respect de Gabriel pour le jeune homme augmenta quand il se tourna vers Crowley en donnant tous les signes d'une innocence naturelle.

Pendant que Gerrard engageait Crowley dans des préliminaires banals, lui demandant la nature fondamentale des affaires de la compagnie, Gabriel étudia l'autre homme, Swales, l'agent de la compagnie.

C'était un homme moyen dans presque tous les aspects : taille moyenne, carrure moyenne, teint ordinaire. Ses traits étaient impossibles à différencier de nombreuses autres personnes, ses vêtements tout aussi anonymes. La seule chose qui distinguait Swales était que même si son visage à l'expression neutre ressemblait à un masque, ses yeux ne cessaient jamais de bouger. Même maintenant, bien qu'il n'y ait personne d'autre dans la pièce à l'exception de Gerrard et de Crowley, le regard de

Swales allait constamment d'un endroit à l'autre, un instant ici, l'autre là.

Crowley était le prédateur, Swales était le charognard.

— Je vois, dit Gerrard en hochant la tête. Et ces dépôts d'or sont situés dans le sud de l'Afrique, dites-vous ?

— Pas dans le sud, répondit Crowley en souriant avec condescendance. Ils sont situés dans la partie centrale du continent. C'est de là que vient le « centrale et orientale » dans le nom de la compagnie.

Le visage de Gerrard s'illumina.

— Oh ! Je vois maintenant, oui. Quel est le nom du pays ?

— Il y a plus d'un pays en jeu.

Gabriel écoutait, se raidissant à l'occasion quand Gerrard insistait habilement, mais le frère de Patience possédait un réel talent pour insister juste assez, puis retrouver une ignorance flagrante et inoffensive un mot avant que Crowley devienne tendu. Gerrard jouait son rôle à la perfection, et Crowley tout aussi bien.

La comtesse était elle aussi sur les nerfs et inquiète ; elle se raidissait exactement aux mêmes moments que lui, puis elle se détendait quand Gerrard recommençait à jouer selon le scénario de Crowley. Crowley était celui qui mordait à l'hameçon, était ramené à terre, et non le contraire.

À la fin de l'heure, quand Gerrard permit enfin à Swales de lui montrer le billet à ordre, ils avaient entendu tout ce qu'ils pouvaient espérer apprendre, et cela, des lèvres même de Crowley. Il avait nommé les sites de trois des concessions minières de la compagnie et cité également les villes où il disait que la compagnie avait du personnel et des bâtiments établis. Il avait laissé tomber un tas de noms de prétendus fonctionnaires africains soutenant la compagnie et d'élus africains de qui ils avaient reçu des autorisations. Sous l'influence d'une insistance subtile, il avait dévoilé des tas de chiffres, assez pour garder Montague occupé pendant une semaine. Il avait également mentionné deux fois que la compagnie se préparait à entreprendre bientôt la prochaine phase de son développement.

Ils avaient appris tout ce qu'il leur fallait, et Gabriel était épuisé par le flux et reflux constant de la tension impuissante dans son corps. La comtesse s'affaissait aussi. Gerrard, d'un autre côté, rayonnait carrément. Crowley et Swales voyaient cela comme de l'enthousiasme ; Gabriel savait que c'était l'excitation contenue devant son triomphe.

— Donc, vous voyez – Swales se pencha plus près de Gerrard en pointant la partie inférieure du billet à ordre, à présent déroulé sur les genoux de Gerrard – si vous voulez signer juste ici, l'affaire sera bel et bien réglée.

Gerrard commença à rouler le billet.

— Oh, oui. D'accord ! Je vais le faire signer bien vite et ensuite, tout le monde sera content, n'est-ce pas ?

Il sourit largement à Crowley et à Swales.

Il y eut un instant de silence, puis Crowley dit :

— Le faire signer ? Pourquoi ne pouvez-vous pas le signer tout de suite ?

Gerrard le regarda comme s'il avait admis être fou.

— Mais… mon cher homme, je ne peux pas signer. Je suis mineur.

Ayant lâché sa bombe, Gerrard regarda Crowley, puis Swales, puis encore Crowley.

— Ne le saviez-vous pas ?

Le visage de Crowley s'assombrit.

— Non. Nous ne le savions pas.

En s'avançant, il tendit la main pour prendre le billet. Gerrard sourit et s'y accrocha.

— Eh bien, il n'y a rien à craindre, vous savez. Ma sœur est ma tutrice principale et elle signera tout ce que je lui dirai de signer. Eh bien, pourquoi ne le ferait-elle pas ? Elle ne connaît rien aux affaires ; elle laisse cela entre mes mains.

Crowley hésita, le regard résolument fixé sur l'air innocent de Gerrard. Puis, il demanda :

— Qui est votre autre tuteur ? Doit-il signer aussi ?

— Eh bien, oui ; c'est ainsi que se font habituellement les choses quand il y a une femme dans l'affaire, ne le savez-vous pas ? Toutefois, mon autre tuteur est un vieux croûton – un vieux fou empoté, le vieux notaire de mon défunt père. Il vit enterré à la campagne. Une fois que ma sœur aura signé, il signera aussi et tout sera parfait.

Crowley jeta un regard à Swales, qui haussa les épaules. Crowley reporta ses yeux sur Gerrard, puis il hocha la tête.

— Très bien.

Il se leva, retirant lentement sa masse du sofa.

Gerrard déplia ses longs membres avec la grâce facile des jeunes et il tendit la main.

— Très bien, alors. Je vais m'occuper de l'acte, faire signer le billet et je vous le retournerai sur-le-champ.

Il serra la main de Crowley, puis de Swales, puis il les raccompagna à la porte. Quand ils l'atteignirent, Crowley marqua une pause. Gabriel et la comtesse changèrent de position, étirant le cou pour les garder dans leur mire.

— Donc, quand devrions-nous nous attendre à recevoir le billet ?

Gerrard se fendit d'un sourire, l'ineptie incarnée dans toute sa stupidité.

— Oh, quelques semaines devraient faire l'affaire.

— Des semaines !

Le visage de Crowley s'assombrit de nouveau.

Gerrard le regarda en cillant.

— Eh bien, oui ; je ne l'ai pas dit ? Le vieux notaire du paternel vit dans le Derbyshire.

Lorsque Crowley continua de lui jeter un regard noir, les sourcils de Gerrard s'arquèrent, son expression dégénérant en celle d'un enfant craignant qu'on lui refuse une gâterie promise.

— Pourquoi ? Il n'y a pas d'urgence, non ?

Crowley étudia le visage de Gerrard, puis, très graduellement, il recula.

— Comme je l'ai dit, la compagnie est sur le point de commencer la prochaine phase de ses opérations. Une fois que nous atteindrons ce stade, nous n'accepterons plus de billets à ordre. Si vous voulez votre part des profits, vous devrez faire signer ce billet et nous le retourner ; vous pouvez l'envoyer chez Thurlow et Brown de Lincoln's Inn.

— Cependant, si nous ne le recevons pas bientôt, intervint Swales, vous raterez votre chance.

— Oh, pas de risque que cela se produise ! Je vais faire signer ma sœur et l'expédier demain. Si je l'envoie par coursier, il sera de retour le temps de le dire, n'est-ce pas ?

— Assurez-vous de cela, c'est tout.

Sur un dernier regard intimidant, Crowley ouvrit la porte. Swales le suivit dans le corridor. Gerrard s'arrêta sur le seuil.

— Bien, merci et au revoir.

L'adieu grogné de Crowley leur parvint dans un grondement, noyant la réponse de Swales.

Gerrard resta dans la porte à les regarder partir, son sourire idiot toujours en place, puis il recula, il ferma la porte et il laissa tomber son masque.

Gabriel ferma les mains sur les épaules de la comtesse. Elle s'affaissa contre lui – pendant un moment de pur bonheur, de l'épaule jusqu'à la hanche, elle le caressa –, puis elle se reprit et elle se redressa avec raideur. Souriant dans le noir, Gabriel lui pressa les épaules, puis il la libéra. La laissant derrière la porte, il sortit voir Gerrard.

Il mit un doigt sur ses lèvres lorsque Gerrard se tourna vers lui. Gerrard garda obligeamment le silence. Ils patientèrent tous les deux, puis Gabriel fit signe à Gerrard d'ouvrir la porte et de regarder dehors. Gerrard s'exécuta, puis il recula et ferma la porte.

— Ils sont partis.

Gabriel hocha la tête, scrutant le visage de Gerrard.

— Bien joué.

Gerrard sourit.

— C'était la performance la plus longue que j'ai jamais donnée, mais il n'a pas semblé s'en douter.

— Je suis certain que non. Si c'était le cas, il aurait été loin de se montrer aussi accommodant.

Se rendant au bonheur-du-jour près des fenêtres, Gabriel prit une feuille de papier et une plume.

— Maintenant, pour le dernier acte. Nous avons besoin d'écrire tout ce que nous avons entendu, puis de signer et de dater le compte rendu.

Gerrard tira une chaise. Ensemble, ils relatèrent la conversation, notant les noms, les lieux et les montants. Grâce à sa mémoire visuelle aiguisée, Gerrard fut capable de résumer la conversation, vérifiant les souvenirs de Gabriel et ajoutant de petites informations. Une heure s'était écoulée avant qu'ils fussent satisfaits. Gabriel s'écarta du bonheur-du-jour.

— Cela nous donne beaucoup de choses à examiner, à vérifier ; plus qu'il n'en faut pour prouver qu'il s'agit d'une fraude.

Il jeta un coup d'œil à Gerrard, juste au moment où celui-ci bâillait.

— Maintenant, il est temps pour vous de rentrer à la maison.

Gerrard lui sourit largement et se leva.

— Un travail fatigant que celui d'acteur ; de plus, je pars en voiture à Brighton avec des amis demain, alors je ferais mieux d'aller dormir.

Gabriel suivit Gerrard à la porte. Gerrard s'arrêta près du sofa.

— Tenez : vous feriez mieux de prendre ceci aussi.

— En effet, dit Gabriel en acceptant le billet à ordre roulé. C'est une preuve absolue que cette réunion a eu lieu.

Atteignant la porte, Gerrard regarda en arrière.

— Venez-vous ?

Rangeant le billet et leur compte rendu de la réunion dans la poche intérieure de son manteau, Gabriel secoua la tête.

— Pas encore. Nous ne devrions pas être vus ensemble. Partez devant, je m'en irai plus tard. Duggan vous attend, n'est-ce pas ?

Duggan était le valet de Vane.

Gerrard acquiesça d'un signe de tête.

— Il va me reconduire dans Curzon Street. Tenez-moi informé.

Sur un salut militaire, il passa la porte en la refermant sans bruit derrière lui.

Gabriel contempla la porte fermée, puis il s'y rendit et mit le verrou. Il survola la pièce du regard, puis il marcha lentement jusqu'à la lampe à côté du foyer pour baisser fortement la lumière, puis il fit de même avec sa jumelle, enveloppant la pièce d'ombres. Satisfait, il se dirigea vers la chambre à coucher, pour l'épilogue de la performance de la soirée.

CHAPITRE 8

La comtesse attendait ; non plus derrière la porte, mais assise au bout du lit. Une ombre sombre, elle se leva quand il s'approcha.

— Pensez-vous réellement qu'il y a des concessions minières dans ces endroits : Kafia, Fangak et Lodwar ?

— Je serais grandement étonné s'il y avait quoi que ce soit. Des villes ou des villages, peut-être, mais pas d'exploitation minière. Nous allons vérifier.

Il ne pouvait pas voir davantage que la silhouette plus dense qu'elle présentait dans l'obscurité ; la chambre déjà sombre s'était obscurcie encore plus avec la réduction de la lumière dans le salon. Il devait donc se fier à ses sens – ils lui disaient qu'elle était encore absorbée par les révélations de Crowley.

— Il nous a fourni assez de faits ; pas seulement des noms et des lieux, mais aussi des chiffres et des projections. J'ai tout noté. Pour que les billets à ordre de la compagnie soient déclarés invalides, nous devons prouver que certaines de ces affirmations – pas toutes – sont fausses.

— Tout de même – il entendit le doute dans sa voix –, il ne sera pas facile de prouver ce qui se passe réellement au plus profond de l'Afrique. Avez-vous reconnu certains des lieux qu'il a mentionnés ?

— Non, mais il doit exister une personne à Londres qui le peut.

— Il a aussi déclaré qu'ils étaient sur le point de commencer la prochaine phase du développement ; sûrement, c'est sa façon de dire qu'ils ont l'intention d'exécuter les billets à ordre sous peu.

— Il n'est pas encore rendu à cette étape. À moins que quelque chose ne déclenche la réclamation, il attendra de voir combien de gentlemen crédules venus des comtés pour la saison mondaine il pourra attirer dans son filet.

Un silence s'ensuivit. L'anxiété qui rongeait la comtesse l'atteignait clairement.

— C'est une victoire importante d'avoir obtenu autant de détails de sa part.

— Oh, en effet ! s'exclama-t-elle en levant la tête. Monsieur Debbington a été tout à fait splendide.

— Et qu'en est-il de l'éminence grise dans les coulisses ?

Il sut avec précision quand elle s'en aperçut ; quand elle comprit qu'elle était seule avec lui dans une chambre à coucher extrêmement sombre avec un très grand lit à moins de quinze centimètres. Sa colonne vertébrale se redressa, son menton se releva un peu plus ; une légère tension s'empara d'elle.

— Vous vous êtes montré très… créatif.

Il glissa un bras autour de sa taille.

— J'ai l'intention d'être encore beaucoup plus créatif.

Il l'attira à lui. Après avoir très légèrement résisté, elle le laissa faire, s'installant sein contre torse, hanche contre hanche, cuisse contre cuisse comme si c'était sa place.

— Vous avez très bien réussi.

Son ton était légèrement essoufflé.

Les lèvres de Gabriel se courbèrent.

— J'ai été brillant.

Il trouva le bord de son voile. Lentement, il le souleva. Jusqu'en haut. Elle retint son souffle en levant une main, la tenant tout près… mais elle le laissa faire. La pièce était si sombre qu'il ne pouvait certainement pas distinguer ses traits. Puis, il pencha la tête et posa les lèvres sur les lèvres qui l'attendaient.

Elles attendaient, elles désiraient, elles étaient prêtes à payer son prix – il savait qu'elle ignorait complètement à quel point il trouvait précieuses et enivrantes son absence de ruse, sa franche générosité, la façon dont elle cédait sa bouche lorsqu'il le demandait, la manière dont elle s'affaissait contre lui, sur lui. La façon dont elle se donnait sans restriction.

Son don de soi avait du pouvoir. Comme auparavant, ce pouvoir s'empara de lui, le captura et le tint sous son charme. Il devait la posséder davantage, la connaître davantage. Ses doigts trouvèrent les attaches de sa cape ; une minute plus tard, elle glissait de ses épaules et formait une flaque à leurs pieds. Une broche courbée sur le dessus de sa tête retenait son voile ; il glissa une main sous le voile au-delà de sa gorge et il tomba sur la masse lourde de sa chevelure, enroulée sur sa nuque. Douce comme de la soie, elle caressait le revers de ses doigts ; sans direction consciente, ils fouillèrent. Les épingles de la comtesse tombèrent au sol en crépitant ; sa chevelure se déversa dans ses mains, autant celle sur sa gorge que celle sur sa taille. Ses cheveux étaient longs et tellement doux ; il attrapa des mèches entre ses doigts et il joua avec elles, captivé par leur texture.

Il sentit le trouble dans la respiration de sa compagne. Après avoir formé un poing autour de ses cheveux, il lui tira la tête en arrière, exposant sa gorge. Aveugle dans l'obscurité dense, il laissa ses lèvres glisser des siennes pour suivre la ligne souple et trouver le point où son pouls battait violemment. Il le lécha, puis il téta – sa respiration s'interrompit encore momentanément. Les doigts de la comtesse s'étaient écartés dans la chevelure de Gabriel ; ils se déployèrent sur son crâne quand il changea ses mains de position et qu'il les referma sur ses seins.

Déjà fermes, ils gonflèrent et emplirent ses paumes, une chair enflammée mendiant son attention. Se redressant en prenant une rapide inspiration, il reprit ses lèvres. Elle l'embrassa en retour – avidement, goulûment, aussi affamée que lui. Quand il fit tourner ses pouces autour de ses mamelons déjà ruchés, elle haleta. Sans réfléchir, il la fit reculer jusqu'à ce qu'elle soit appuyée sur le mur. Mentalement, il tenta de libérer son esprit du miasme de désir sexuel qui l'embrouillait. Il venait juste de l'éloigner du lit, un geste manifestement stupide. Maintenant, il allait devoir l'y faire revenir.

Plus tard.

Emprisonnant ses lèvres avec les siennes, il la cloua au mur et lança ses doigts sur ses lacets. Il ne pouvait pas réfléchir – il n'avait pas planifié, même s'il avait essayé. Ces temps-ci, il s'engageait rarement dans l'acte de séduction sans une certaine idée de ce qui fonctionnerait le mieux, des possibilités les plus sûrement réalisables, des desseins contenant les plus grandes promesses de réalisation, particulièrement quand il s'agissait d'une femme qu'il était déterminé à posséder. En pensant à la manière dont il posséderait la comtesse, il n'avait pas été en mesure de dépasser le stade de son besoin de la toucher, de la connaître.

Un besoin étonnamment simple pour un amant expérimenté tel que lui et étonnamment irrésistible.

Il détacha ses lacets et desserra sa robe en l'espace d'une minute passionnée. Se servant de son poids pour l'immobiliser, il leva la main et délogea les mains de la comtesse de ses cheveux. Tirant ses mains et ses bras vers le bas, il se plongea dans leur baiser – elle l'attira profondément, puis elle fit des ravages dans ses sens. Pendant un instant bien arrêté, il perdit totalement sa volonté et il se contenta d'exister, totalement captivé ; puis la chaude pression de ses seins contre son torse lui rappela son besoin urgent.

Il devait la toucher, la caresser – la sentir sous ses mains. Si elle ne lui permettait pas de la voir, il allait devoir apprendre à la connaître au toucher, en la tenant contre lui, peau nue contre peau nue, leur chaleur emmêlée. Sans voile, sans cape et sans aucune barrière entre eux.

Il avait besoin de la connaître intimement.

Libérant ses mains, il tendit les siennes vers ses épaules et il tira rapidement sa robe vers le sol, repoussant les manches le long de ses bras, libérant agilement ses seins. Il sentit son hésitation, le tremblement d'incertitude qui la secoua ; capturant ses lèvres, son attention dans un baiser brûlant, il laissa sa robe en plis autour de ses hanches et il prit ses seins en coupe dans ses mains, lesquels étaient à présent couverts uniquement par la soie fine de sa chemise.

Son hésitation s'évapora. Elle saisit son visage à deux mains et elle l'embrassa avec tout autant d'urgence que lui. À travers la soie, sa peau la brûlait ; les renflements matures couronnés de mamelons durs comme des cailloux appelaient Gabriel. Sa chemise était attachée par une rangée de minuscules boutons. Il pilla sa bouche pendant qu'il les dégageait rapidement. Il souffrait déjà, raide de désir ; mais plus que tout, il voulait savourer chaque moment, chaque révélation. Chaque petit bout d'elle pendant qu'il la découvrait.

Ses seins étaient un délice. Fermes et pleins, généreux, chauds et lourds, ils remplissaient ses mains. Repoussant les pans ouverts de sa chemise plus largement, il pétrit et il entendit gémir la comtesse. Le son évocateur propulsa une autre vague de sang inutile dans son bas-ventre. Arrachant ses lèvres aux siennes, il baissa vivement la tête, déposant de petits baisers, bouche ouverte, sur sa gorge, sa clavicule, sur l'endroit où sa chair formait de petits monts dans ses mains.

Puis, il se régala.

Elle gémit, elle haleta et elle soupira même son nom pendant qu'il goûtait, qu'il léchait et tétait. Il lui faisait certainement une marque ; bien qu'il ne pût pas voir, cette pensée provoqua un pur sentiment de possessivité qui lui traversa le corps. Il attira un sommet profondément dans sa bouche ; elle cria. Ses genoux cédèrent sous elle. Il se pencha sur elle, la retenant debout, son érection dure sur son bas-ventre, ses testicules nichés entre ses cuisses.

Sa douceur coula sur lui quand elle lui glissa les bras autour des épaules et s'y agrippa ; son parfum, aussi évocateur que le péché, les enveloppa.

Il leva la tête et trouva de nouveau ses lèvres, enflées et chaudes et remplies de désir. Elle l'attira à l'intérieur de sa bouche, sa langue s'entremêlant avec la sienne, audacieusement provocante. Il fit glisser ses mains sur ses hanches, puis plus loin, suivant les lignes douces de ses flancs. Ses mamelons, durs et fermes, étaient des pointes de flamme jumelles entourées de ses seins en feu, écrasés contre son torse alors qu'il la poussait contre le mur. Ses hanches s'inclinèrent vers les siennes.

Il ne réfléchissait pas quand il attrapa les plis de sa robe à deux mains et les éloigna de ses hanches. Ses sens n'enregistrèrent pas le bruissement sifflant quand il changea de position et que la soie ondula vers le sol. Ses sens ne fonctionnaient plus.

Elle était comme de la soie chaude et souple, vivante, envoûtée, entièrement à lui. Ses membres, pour ainsi dire nus, se déplaçaient avec sensualité contre lui, non pour le repousser, mais pour l'envelopper plus agréablement. S'il avait un jour rêvé d'une houri, alors elle était ici ; dans ses bras, nubile, presque nue, prête à satisfaire chacun de ses besoins, prête à le tuer de plaisir. Il était incapable de reprendre son souffle, mentalement ou physiquement ; le désir se ferma comme un poing autour de son ventre et débrancha son cerveau. Ses mains plongèrent sous la lisière de sa chemise pour se fermer avec possessivité sur les sphères de son derrière.

Son baiser n'en devint que plus chaud, plus doux, plus enivrant.

Elle goûtait comme un élixir des dieux. Elle se souleva, resserrant les bras autour de ses épaules. Les jambes de Gabriel étaient auparavant à l'extérieur des siennes, l'emprisonnant ; maintenant, il la soutenait et elle changea de position lorsqu'il pressa une longue cuisse entre les siennes. Elle murmura, un son incohérent perdu sur leurs lèvres. Il la reposa au sol ; elle se tint en équilibre sur ses orteils, se tenant plus haut grâce à sa prise sur lui, clouée sur place par son torse. Remuant, il lâcha son derrière affriolant et glissa ses deux mains en avant, caressant le léger creux là où la hanche et la cuisse se rejoignaient avant de continuer sur le devant de ses cuisses nues. Avec les pouces, il trouva le pli en haut de chaque cuisse ; pressant légèrement, il glissa lentement les pouces vers l'intérieur.

La respiration de la comtesse se fit irrégulière, leur baiser devint désespéré alors que ses pouces s'emmêlaient dans ses boucles soyeuses. Il joua, il alluma, il se fit tourmenter, puis, pillant sa bouche avec expertise, il remonta une main, ses doigts s'écartant sur la peau délicate de son ventre, le caressant, puis le pétrissant d'une manière évocatrice. Presque du même souffle, il laissa les doigts de son autre main s'égarer vers le bas, pressant doucement vers l'intérieur, fouillant à travers sa douce chaleur pour la trouver.

S'il n'avait pas été en train de l'embrasser, il sentit qu'elle aurait haleté. Elle était glissante, gonflée et tellement chaude. Ses seins se tendirent sur son torse ; il la maintint en équilibre et explora doucement, puis il caressa, il apaisa, seulement pour prendre davantage de libertés.

L'intimité était nouvelle pour elle – il en était certain au fond de lui. Son défunt mari devait être un lourdaud. Néanmoins, elle s'épanouissait agréablement pour lui ; son nectar lui brûla les doigts quand il décrivit un cercle autour de son entrée avant de revenir pour caresser le petit bout de chair à présent ferme et palpitant de désir.

Elle frissonna, ses doigts s'enfonçant davantage dans le haut des bras de Gabriel alors qu'elle arquait sa tête vers le ciel. Il lui permit d'interrompre le baiser et de prendre une bouffée d'air inégale, puis il tendit la main délibérément plus loin et il décrivit encore un cercle autour de sa porte…

Elle frissonna. Il demandait et elle le comprenait – après une infime hésitation, elle plia un genou, glissant son mollet svelte autour de la jambe de son partenaire. S'ouvrant pour lui.

La seule chose dont il réussit à se souvenir après cela était qu'on ne lui avait jamais donné du plaisir de cette façon auparavant. Il la pénétra donc lentement, la laissant sentir chaque minuscule avancée pendant qu'il glissait un doigt dans son fourreau. Elle était brûlante ; il ne fut pas étonné de découvrir aussi que son passage était étroit. Son expérience de l'intimité semblait minuscule. Elle serra fermement autour de son doigt, sa respiration tremblant dans l'oreille de Gabriel. Il tourna la tête, il trouva ses lèvres et il l'apaisa avec un long et lent baiser. Quand il retira son doigt, les hanches de la comtesse s'inclinèrent instinctivement, son corps le suppliant de lui en donner plus. Il l'obligea, s'accrochant aux rênes de ses envies irrésistibles qui hurlaient pour la posséder, pressées et affamées. Il était un amant trop expérimenté pour ne pas savoir ce qui était le mieux pour elle ; les lèvres sur les siennes, la rassurant, la distrayant et l'incitant tour à tour, il se fit un devoir de lui montrer ce qui pouvait exister.

Et quand les doigts de la comtesse s'enfoncèrent encore et qu'elle interrompit leur baiser quand son corps éclata d'un bonheur pur, il se sentit comme un conquérant, victorieux, triomphant, avec les bénéfices de sa conquête dans ses bras. Sa passion libérée le submergea par vagues, une poussée après l'autre de chaleur et de plaisir féroce. Le doux gémissement qui s'échappa d'elle, un soupir de plénitude teinté d'un désir résiduel, le souffle de ses respirations saccadées contre sa joue, les violents battements de son cœur pressé près du sien, l'odeur musquée qui s'éleva de l'endroit où ses doigts la remplissaient, tout cela se combinait avec son parfum et le rendait fou – le poussait à continuer.

Elle était prête, si merveilleusement grande et il était désespéré.

Ce fut le travail de quelques secondes pour libérer son membre distendu, relever la jambe qu'elle avait repliée autour de son genou et la remonter sur sa hanche. Pour retirer ses doigts de sa moiteur chaude et poser la tête de son érection devant son entrée. Agrippant les hanches de la comtesse, il prit ses lèvres et plongea dans sa bouche et dans sa chaleur.

Elle cria.

Le son, emprisonné entre leurs lèvres, résonna dans la tête de Gabriel. Puis, elle se raidit comme un étau autour de lui.

Il haleta, interrompant leur baiser, luttant farouchement pour garder la maîtrise de lui-même. C'était impossible – et pourtant c'était vrai.

Cela avait été le cas. Le choc le secoua assez fort pour qu'il reprenne au moins un peu ses esprits. Après une seconde de tension pendant laquelle il vacilla au bord de la folie, il réussit à bloquer le physique assez longtemps pour demander :

— Comment ?

Il avait à peine assez d'air dans les poumons pour former le mot, mais son visage étant si près du sien, elle l'entendit.

— Je…

Sa voix trembla ; elle était, il semblait, aussi choquée que lui, même si cela n'était pas pour la même raison. Cela, il pouvait le comprendre. Si c'était sa première fois… il était enfoui en elle jusqu'au bout de son membre. Elle prit une grosse bouffée d'air. Ses mots lui parvinrent dans un murmure tremblotant près de son oreille.

— J'étais une enfant lorsque je me suis mariée. Mon mari… il était beaucoup plus âgé. Et malade. Il n'était pas capable de…

Elle desserra sa prise sur son bras pour gesticuler. Le mouvement l'amena à changer de position sur lui – elle retint son souffle sur un halètement saccadé.

— Chut. Doucement.

Il trouva ses lèvres et l'apaisa avec un baiser pendant qu'il s'efforçait d'assimiler ses propos. Une mariée-enfant laissée vierge par son mari vieillissant ? Il n'y avait aucun doute, cela s'était produit, bien que cela ne lui fût jamais arrivé avant. Son innocence inattendue, cependant, soulevait une question des plus pertinentes. Avait-elle su qu'il allait…

Il lui fallut toute sa force et les dernières miettes de sa volonté pour s'obliger à lui demander :

— Voulez-vous que j'arrête ?

C'était loin d'être formulé avec élégance, mais c'était tout ce qu'il pouvait faire avec elle serrée autour de lui, le rêve le plus intime, le plus chaud et le plus mouillé qu'il avait jamais fait.

Sa réponse mit du temps à venir. Il serrait les dents, chaque muscle tendu devant son besoin pressant de la posséder. Avec le peu de raison qui lui restait, il lutta pour ignorer la chaleur du corps sensuel dans ses bras, de la pression qui fluctuait constamment contre son torse alors qu'elle respirait rapidement, de manière irrégulière. Il était tellement conscient de la respiration de la comtesse qu'il sut quand elle prit sa décision et inspira profondément pour la lui transmettre.

Il se prépara à l'accepter – et il pria.

Elle secoua la tête.

— Non.

Il expira.

— Dieu merci.

— Que…

Il l'embrassa profondément, d'une manière rassurante, puis il leva la tête.

— Ne réfléchissez pas, faites simplement ce que je vous dis.

Il hésita, souhaitant pour la centième fois être en mesure de voir ; puis, il ajouta :

— La sensation sera bientôt beaucoup plus agréable.

Il pouvait seulement deviner ce qu'elle ressentait – il ne se rappelait pas la dernière vierge qu'il avait possédée. Cependant, elle était encore très tendue ; chaque muscle sous sa taille était fortement contracté. Elle n'était certainement pas confortable ; peut-être même souffrait-elle.

Se retirer d'elle et aller au lit aurait été l'option la plus simple. Malheureusement, tendue comme elle l'était, se retirer d'elle lui causerait probablement plus de douleur. Le lit était toutefois incontournable.

— Levez votre autre jambe ; enroulez-la autour de ma taille. Je vais vous tenir.

Devant son hésitation, il effleura ses lèvres des siennes.

— Faites-moi confiance. Je vais vous porter jusqu'au lit.

Elle prit une inspiration et elle leva son autre jambe, bougeant avec beaucoup plus d'assurance quand elle sentit ses mains changer de position pour soutenir son poids. En serrant les jambes autour de lui, en glissant ses bras autour de ses épaules pour conserver son équilibre, elle se souleva un peu, s'écartant doucement de lui.

Il lui agrippa les hanches.

— C'est assez.

Se refusant sévèrement de céder à son envie de plonger de nouveau en elle, il tourna et la transporta sur le mètre qui les séparait du lit. Avec précaution, il la déposa en plaçant ses hanches près du bord. Comme il s'y était attendu, elle se détendit un peu quand elle découvrit le lit sous elle. Juste assez pour qu'il sorte juste un peu plus d'elle quand il se redressa, pas entièrement, mais suffisamment pour se pencher sur elle, son poids soutenu par ses propres bras tendus.

Gardant les hanches immobiles, il trouva son visage et il repoussa délicatement les mèches de cheveux doux et fins qui étaient tombées sur sa joue. Son voile était toujours en place, toujours repoussé vers les côtés – il le laissa tel quel. Elle le retirerait un jour pour lui, quand elle serait prête et lui ferait assez confiance pour lui révéler son nom. Ce soir, elle lui faisait confiance avec son corps – pour ce soir, cela suffisait.

Encadrant sa mâchoire, il se pencha en avant pour l'embrasser. Pendant un moment, elle resta passive, puis elle réagit. Quand elle l'embrassa à son tour librement, il banda ses hanches et poussa en elle, la remplissant, l'étirant encore plus qu'avant. Elle inspira et se raidit pour se détendre ensuite. Il recula et replongea, puis il répéta le mouvement, son geste calme et régulier. Il respecta un rythme lent jusqu'à ce que les muscles de la comtesse se détendent et que ses jambes soient lâches autour de ses hanches, jusqu'à ce que ses mains soient molles et que ses doigts suivent ses manches, son corps ouvert et accueillant commençant à se réveiller, commençant à se soulever et à pousser avec lui. Légèrement triomphant, il se retira.

— Ne bougez pas. Attendez.

Puis, il se redressa complètement. Tendant la main autour d'elle, il tâtonna pour trouver ses chaussures, puis il les retira. En suivant la trace de ses longues jambes vers le haut, il tomba sur ses jarretelles, il les ôta, ainsi que ses bas. Sa chemise n'était qu'un léger film de soie fine – il décida de l'ignorer pour l'instant. Retirant son manteau d'un coup d'épaule, il entendit le craquement du billet à ordre et de leurs listes ; il jeta son manteau dans la direction où il avait vu une chaise. Son gilet et sa chemise suivirent rapidement, puis il ôta ses chaussures avec ses pieds et il retira son pantalon. Les lampes dans le salon s'étaient éteintes ; l'obscurité était dense. Il ne pouvait pas la voir – seulement la toucher, l'entendre, la sentir. Et elle ne pouvait pas le voir.

— Que…

Il tendit les bras vers elle, faisant glisser ses mains sur ses flancs, en remontant sur ses côtes.

— Faites-moi confiance, c'est tout.

Il la rejoignit sur le lit, la faisant rouler et la soulevant en même temps, les faisant reculer tous les deux afin que leurs longues jambes ne pendent pas par-dessus le bord du lit.

Elle haleta quand il se leva au-dessus d'elle encore une fois, ses mains s'agrippant violemment à lui quand, les paumes à plat de chaque côté d'elle, il arc-bouta ses bras et se retint au-dessus d'elle. Coinçant ses hanches entre ses cuisses largement écartées, il poussa en avant et la remplit au maximum. Ensuite, il abaissa la tête, cherchant ses lèvres.

Les mains voletantes de la comtesse trouvèrent son visage, puis ses lèvres s'unirent aux siennes. Elle les lui offrit volontiers et amoureusement, ainsi que sa bouche. Il prit les deux pendant qu'il la berçait, se berçait en elle, jusqu'à ce qu'elle soit encore une fois confortable, acceptant le glissement doux de son membre dans son fourreau avec un enthousiasme gratifiant. Interrompant leur baiser, il se tint au-dessus d'elle et changea la teneur de leur union. Il conserva un rythme lent, mais il roula les hanches en la pénétrant, l'encourageant à ouvrir plus largement ses cuisses, à soulever ses genoux plus haut.

Ensuite, le bout des doigts de la comtesse toucha son torse avec hésitation, une autre de ses caresses de papillon. Il se mordit la lèvre et se concentra pour maintenir son rythme lent. Ses muscles frémirent et tressaillirent quand ses doigts suivirent délicatement la trace de son torse, de sa taille et de ses flancs. Réprimant un halètement, il poussa plus profondément en elle.

— Enroulez vos jambes autour de moi comme avant. Elle obéit instantanément, refermant ses jambes autour de ses hanches.

— Et maintenant ?

Elle ne pouvait pas voir son sourire.

— Maintenant, nous partons en voyage.

Et c'est ce qu'ils firent. Ensemble.

Il avait intentionnellement assombri la pièce pour apaiser la peur de la comtesse de se dévoiler à lui, de lui faire découvrir son identité. Ce faisant, il avait involontairement créé une situation sensuelle au-delà de son entendement. Faire l'amour dans le noir absolu augmentait les sensations tactiles et amplifiait les sons doux et intensément sensuels. C'était une expérience nouvelle et très différente que celle d'aimer une femme sans la voir.

Il était conscient de chaque centimètre carré qu'ils touchaient, conscient de la nature protectrice de sa chemise en soie, loin d'être aussi délicate que la peau en dessous. Il entendait chaque petit trouble dans sa respiration, chaque son doux qu'elle haletait, des prières incohérentes. Il connaissait son parfum, mais c'était une autre odeur qui enveloppait son cerveau, son odeur à elle, et à elle seule. Dans ses bras, dans l'obscurité, elle devenait la femme incarnée, en vérité, la houri comme il l'avait déjà qualifiée. Elle était l'essence même de la joie et de la folie ; elle était le défi ultime.

Ses sens étaient entièrement occupés par elle, centrés au maximum à l'endroit où ils s'unissaient complètement. Les sensations accrues lui firent tourner la tête.

Il n'avait jamais auparavant possédé une femme égale à elle. Il garda cela à l'esprit pendant qu'ils poursuivaient leur envolée à travers leur paysage sensuel, escaladant des sommets de plus en plus hauts. Elle était son égale – pas seulement physiquement, bien que cela soit déjà assez merveilleux ; elle s'accrochait, haletait, éclatait, puis elle revenait et continuait le voyage avec lui. Mais elle était là, avec lui, elle le poussait en avant, audacieuse et défiante, l'invitant joyeusement à plonger dans le tourbillon sensuel que son corps était devenu. Un tourbillon de don de soi.

Il exigeait et elle donnait : pas uniquement avec générosité, elle démontrait aussi un abandon sauvage qui eut raison de la maîtrise de soi de Gabriel. Il était incapable de se rassasier d'elle ; il buvait voracement, et pourtant, elle ne s'asséchait jamais.

Elle lui donna de la joie et du bonheur, et un plaisir inimaginable, et en donnant, elle reçut la pareille. Quand la fin arriva enfin et que leur voyage se termina dans une gloire à vous faire éclater l'âme, il était, pour la première fois de sa vie, complètement hors de ce monde.

Une pensée passa fugitivement dans son esprit : il avait été le premier à la posséder.

Une seconde plus tard, cette partie profondément enfouie en lui qu'il libérait rarement gronda une rectification : le *seul* à l'avoir possédée.

La tenant près de lui, la sentant se ramollir sous lui, il ferma les yeux et glissa dans un bonheur repu.

Elle se réveilla lentement, ses sens lui revenant graduellement, sa raison en déroute se rassemblant tant bien que mal. La première chose dont elle eut conscience fut qu'il y avait des larmes dans ses yeux. Ce n'était pas des larmes de regret, mais de joie – une joie si profonde, trop intense pour l'exprimer en mots ou en pensées.

C'était donc cela qu'il y avait entre une femme et un homme. La pensée fit surgir un plaisir étourdissant, suivit immédiatement par une vague de gratitude – envers lui, qui lui avait si bien enseigné.

Ses lèvres se relevèrent aux commissures. Elle avait entendu dire depuis des années qu'il était un expert dans ce domaine – elle pouvait maintenant confirmer ce fait. Il avait été doux et tendre, du moins une fois qu'il avait réalisé qu'elle était novice, mais plus tard… elle ne croyait pas qu'il se soit retenu.

Elle était contente – contente de l'expérience, contente que cela se fût produit. Particulièrement contente que ce fût arrivé avec lui. Cette dernière pensée lui fit froncer les sourcils.

Même si la pièce était dans le noir et l'avait été en tout temps, de sorte qu'il n'avait pas été plus qu'un fantôme l'embrassant, la caressant, elle avait toujours su que c'était lui.

Lui. Ses sens se centrèrent sur le corps lourd allongé sur elle, sur la lourdeur en elle, la remplissant, l'étirant…

La découverte la secoua et la réveilla complètement.

Sa pensée immédiate fut que ce n'était pas elle ; du moins, ce n'était pas la même femme qu'elle était normalement. Elle avait un homme nu entre les bras et ils étaient unis ; elle était physiquement changée à jamais. Et émotionnellement, elle ne pouvait pas oublier comment elle s'était tortillée sous lui, libertine et excitée. Elle était incontestablement modifiée – elle ne pourrait jamais redevenir celle qu'elle était auparavant.

Elle attendit que commencent les récriminations, les prophéties de malheur, les effusions hystériques. Rien ne vint. Au lieu de cela, elle resta en paix, pleine d'une douce chaleur qu'elle n'avait jamais connue, dont elle n'avait jamais imaginé l'existence. Et elle ne pouvait pas le regretter.

Ce n'était la faute de personne ; elle n'avait pas imaginé que cela pouvait se passer contre un mur, alors qu'ils étaient debout tous les deux. Ses pieds avaient été fermement plantés sur le sol. Sa tête, bien sûr, avait été totalement dans les nuages, sa raison emportée par une vague de désir pur.

Cette pensée lui rappela l'expérience – l'excitation bourgeonnante, le frisson chatoyant, la joie pure et naturelle.

Ceci, ici, avec lui, serait sa seule chance de vivre cette aventure, la véritable beauté d'être une femme, une femme unie à un homme. Elle ne faisait de mal à personne ; personne ne s'en souciait dans sa vie. Personne ne le saurait jamais. Elle avait été condamnée par les circonstances à mourir vieille fille ; quel mal pouvait-il y avoir à cela, son unique échantillon du bonheur glorieux ? Il devrait lui suffire pour le reste de ses jours.

Bien qu'il ait été en elle avant même qu'elle comprenne son intention, elle savait précisément ce qu'elle faisait quand elle lui avait dit de ne pas arrêter. Elle avait amplement d'expérience dans la prise de décisions ; elle savait ce qu'elle ressentait quand sa décision était la bonne. Comme ceci.

De la même manière qu'elle n'avait jamais regardé en arrière, elle n'avait jamais regretté de tourner le dos à Londres et à sa saison mondaine il y avait des années de cela, elle ne regretterait pas ce moment. Peu importaient les complications qui émergeraient, elle avait expérimenté et elle avait pris du plaisir – et elle avait désiré.

Un gloussement enfla en elle. Le réprimant sévèrement, elle essaya de changer de position, seulement pour découvrir que c'était impossible. Le mouvement centra encore une fois son attention sur ses sens, sur le corps dur de mâle la poussant dans le matelas. Il était lourd, et pourtant, étrangement, elle aimait assez la sensation de ses membres appesantis la pressant contre le matelas. Elle n'était pas inconfortable, tout à fait le contraire, en réalité, aussi bizarre que cela puisse paraître. Ses jambes s'étaient ramollies autour de la taille de Gabriel, mais elles étaient encore entremêlées aux siennes. Un de ses bras était drapé sur l'épaule de Gabriel ; son autre main était appuyée contre son flanc.

Lui. Elle n'arrivait pas à l'assimiler ; son esprit continuait à reculer devant cette pensée, à empêcher son image de se former. Dans l'obscurité, il était simplement un mâle magnifique, en qui elle avait une confiance si profonde que la pensée qu'il puisse la blesser physiquement ne lui était tout simplement pas venue. Elle s'était donnée à lui et il l'avait prise, il l'avait emportée dans ses bras et il lui avait fait découvrir des délices qu'elle pouvait encore à peine comprendre. Néanmoins, elle savait qui il était.

N'est-ce pas ?

Fronçant les sourcils, elle retira doucement sa main sur son flanc et, très délicatement, elle lui toucha l'épaule. Devant sa respiration qui continuait d'être profonde et régulière, elle laissa ses doigts vagabonder, suivant la ligne de son os large, des bandes de muscles lisses. En écartant les doigts, elle explora le côté de son torse, puis son dos, sentant la puissance dans les muscles d'acier sous la peau douce.

Elle l'avait vu torse nu des années plus tôt ; même à ce moment-là, il l'avait fascinée, bien qu'elle s'était dit qu'il s'agissait uniquement de curiosité.

Aujourd'hui, elle pouvait se faire plaisir ; laissant ses mains errer, elle se remplit les sens de lui.

Sa peau s'anima sur tout son corps. La soudaine poussée de sensations fit tressaillir sa respiration ; il était si chaud, si mâle, si frappant de réalité. Une vague de sentiments enivrants gonfla en elle et la submergea. La vague s'éleva et s'écrasa – et elle la secoua, l'arracha à ses amarres et la projeta dans la houle tumultueuse. Elle retint son souffle, tremblante, flottant avec impuissance sur une mer émotionnelle fouettée par les soudaines turbulences.

Rupert ?

Non – Gabriel.

La réalité résonna dans ses os. Il lui était profondément familier de tant de façons différentes, et pourtant, en vérité, il était un homme qu'elle venait seulement de rencontrer récemment. Elle pouvait sentir ses mains sur elle, la tenant encore, même dans son sommeil. Ces mains fortes et intelligentes l'avaient aimée, l'avaient caressée, lui avaient apporté une joie et un plaisir indicibles. Leur contact était brûlé dans sa mémoire, tout comme le vide douloureux qui l'avait emportée, la douleur que lui seul pouvait provoquer et apaiser.

Déplaçant sa tête, elle scruta son visage, mais l'obscurité eut raison d'elle. Tout ce qu'elle connaissait de son poids chaud, du contact de ses mains et du flot de sentiments qui montait et se déversait en elle, venait d'elle, la laissant tremblante intérieurement.

Elle mit une minute à reprendre son souffle, à se calmer, à revenir dans la réalité et à laisser le fantasme – et l'allégresse qui la laissait si vulnérable – s'évanouir.

Il serait horrifié s'il savait, s'il découvrait que c'était elle. Alors, pourquoi chaque fibre de son instinct lui criait-elle que ceci était parfait, si parfait, quand elle savait, logiquement, que tout cela était une erreur ?

Pendant qu'elle fixait l'obscurité, la confusion régnant sur son esprit, il remua.

Puis, il changea de position ; elle comprit qu'il se tournait vers elle, puis la pression sur sa poitrine diminua. Sa chaleur était encore près d'elle, le bas de son corps toujours lourdement pressé dans le lit. Il lui fallut un moment pour comprendre qu'il soutenait son poids avec ses coudes.

Elle se rappela son voile. Propulsée par une panique soudaine, elle s'apprêta à tendre la main… avant de réaliser qu'il était aussi aveugle qu'elle. L'obscurité était si dense que même si elle savait que le visage de Gabriel n'était qu'à quelques centimètres à peine du sien, elle ne pouvait pas le voir.

— Cela a été tout un voyage, comtesse.

Les mots rauques et traînants lui parvinrent lentement ; son souffle lui caressa la joue. Ses lèvres suivirent, cherchant et trouvant les siennes, puis se décidant pour un long baiser lent extrêmement profond. Quand il se décida à y mettre fin et à libérer ses lèvres, elle sentit que celles de Gabriel étaient courbées.

— Comment vous sentez-vous ?

Étirée. Encore remplie de lui.

— Vivante.

Comme c'était vrai. Sa peau se réchauffait encore. Comment était-ce possible ?

Comme s'il pouvait lire dans ses pensées, ses lèvres revinrent sur les siennes et il souriait encore plus sûrement. Un autre très long baiser la laissa près de l'explosion ; en y mettant fin, il murmura :

— Êtes-vous partante pour une autre aventure ?

Il pressa vers l'intérieur, et elle comprit qu'il l'était assurément. Ses hanches s'inclinèrent, l'invitant plus profondément ; elle conclut qu'elle devait l'être aussi. Elle resserra les bras autour de lui, l'incitant silencieusement à se rapprocher davantage. Il s'installa sur elle, posa ses lèvres sur les siennes et il s'enfonça profondément en elle – dans sa bouche, dans son corps.

Cette fois, il n'était pas pressé. Avant, il avait été limité, contenu ; cette fois, il la savoura, il se balança tout au fond d'elle en lui donnant aussi du plaisir. La chaleur en elle augmenta jusqu'à ce que ses os fondent. Elle se retira de leur baiser pour arracher une bouffée d'air. Les lèvres de Gabriel glissèrent sur sa gorge, puis, à la surprise de la comtesse, elle sentit qu'il changeait de position et reculait. Il se retira d'elle, la laissant tout à coup douloureusement vide. Glissant plus bas, il colla sa bouche sur un mamelon sans se presser.

La chaleur brûlante fut un choc ; elle haleta, puis se détendit, puis elle se raidit encore pendant qu'il s'amusait avec art. Le son qu'elle produisit quand il râpa son mamelon avec sa langue lui rappela celui d'une chatte ; quand il érafla le bouton torturé avec ses dents, elle faillit mourir.

— Doucement.

Le mot était un soupir apaisant soufflant sur sa peau chauffée alors qu'il tournait son attention sur son autre sein, sur le sommet négligé qui désirait déjà son contact. Quand il vint, elle s'arqua comme une marionnette dont les ficelles se trouvaient dans les mains de Gabriel. Son rire chaleureux la récompensa.

— Quel âge avez-vous ?

Ses lèvres s'égarèrent plus bas, effleurant son ventre.

— Hum… la fin de la vingtaine.

— Hum.

Il glissa plus bas, ses lèvres traçant une ligne chaude jusqu'à son nombril.

— Vous avez beaucoup de rattrapage à faire.

— Vraiment ?

Il tendit une main pour caresser ses seins ; l'autre glissa en bas et en arrière, caressant ses fesses et l'arrière de ses cuisses.

— Oh, oui.

Il paraissait très sûr de lui.

— Vous feriez aussi bien de commencer maintenant.

Elle ne discuta pas. Elle ressentait sa présence différemment, elle le découvrait à nouveau – et c'était une perspective fascinante. Ce séducteur tendrement passionné donnait une dimension entièrement nouvelle à ce mâle qu'elle n'avait, il semblait, jamais connu complètement. Elle ne l'avait jamais rencontré en tant qu'homme adulte sensuel – sous cet aspect, il était une créature attirante, enveloppé par l'obscurité, peut-être, mais si tentant.

Le monde s'éloigna en douce ; la réalité disparut pendant que ses mains produisaient leur magie.

— Que devrais-je faire ?

Il leva la tête de l'endroit où il remontait vers son estomac en grignotant sa peau tendue et tremblotante. Ses nerfs étaient affectés de la même manière.

— Contentez-vous de rester allongée.

Elle pouvait entendre une certaine autosatisfaction masculine dans sa voix.

— Allongez-vous, détendez-vous et laissez-vous emporter par le plaisir.

Elle n'avait pas de force, pas de motivation pour faire autrement, alors elle obéit. Si elle avait eu la moindre idée de ce qu'il avait en tête, elle aurait trouvé le courage de rassembler un peu de force. Mais, elle l'ignorait. Elle fit donc plaisir à ses sens et à elle-même avec le plaisir indescriptible de faire plaisir à Gabriel.

Le corps chaud, énergique s'arquant sous lui retenait l'attention de Gabriel plus entièrement, plus efficacement que toute autre femme auparavant ; que toute autre chose dans sa vie avant.

Rien n'avait jamais été si irrésistible. Il n'avait jamais expérimenté un abandon aussi total et extrême au moment présent, à la pratique du culte du plaisir partagé. Il y avait quelque chose de plus ici, quelque chose de plus profond, de plus puissant, de plus fascinant. Le connaisseur était enchanté ; l'homme était captivé.

Peu importe la nouvelle caresse ou le délice outrageux qu'il lui imposait, elle l'acceptait – avec enthousiasme et reconnaissance – et, en retour, elle l'enchanta avec son corps, elle lui offrit une invitation sans restriction et sans retenue à posséder, à explorer, à prendre du plaisir.

À fouiller, à sonder, à découvrir – à connaître. Complètement, absolument, sans barrières ni ruses. Elle ne lui cacha aucune partie d'elle-même, elle ne lui refusa aucune partie d'elle-même. Il n'avait qu'à tendre la main, à demander en silence pour être invité à prendre, à toucher, à rassasier sa faim d'elle.

Sa générosité n'était pas limitée au physique. Il ne sentait pas de réticence, pas de distance émotionnelle, pas de noyau de sentiments privés qu'elle lui cachait. Même pendant qu'il l'entraînait vers l'orgasme culminant, il pouvait sentir la vulnérabilité qu'elle ne tentait pas de dissimuler.

C'est cela qui le prit au piège, qui centra si totalement son attention. Il avait ouvert les portes de la sensualité pour elle ; en retour, elle avait ouvert une porte dont il n'avait pas imaginé l'existence, une porte dans un royaume d'intimité plus profonde, beaucoup plus explicite, plus dangereuse et plus excitante. Une innocente extrême, elle lui avait montré à quel point il pouvait y avoir beaucoup plus dans ce domaine – un domaine qu'il avait cru connaître de fond en comble.

Il n'avait jamais connu cela – cette passion dévorante. Elle était franche, honnête et courageuse dans sa générosité à vous en secouer l'âme. Sans condition, elle offrait la satiété ultime – quelque chose au fond de lui le secoua alors que, déterminé, il se tendit pour la réclamer.

Et cette satiété fut à lui, et ils furent emportés par la marée, ballottés par le plaisir glorieux. L'euphorie intense enfla, s'éleva et s'écrasa sur eux et il se noya dans le puits sans fond de sa générosité, dans l'extase ultime.

Sa dernière pensée avant de glisser sous la vague fut qu'elle était à lui. Ce soir – et pour toujours.

Il se réveilla au cœur de la nuit. Pendant un instant, il savoura l'immobilité fluide qui les tenait, puis il se dégagea à contrecœur, se relevant sur elle et démêlant leurs membres, puis se laissant tomber à côté d'elle et la prenant dans ses bras. Il aurait aimé rester allongé là à partager la satisfaction, les répercussions du plaisir encore chaud dans leurs veines, mais elle se réveilla aussi et devint nerveuse. Ce n'était pas causé par la fausse modestie, mais par l'angoisse.

— Je dois partir.

Une réticence qui égalait la sienne résonnait dans ses mots, teintait sa détermination. Cette dernière, toutefois, était forte.

Elle s'éloigna d'une poussée et il la laissa partir, secoué par la pointe de désir qui le poussait à la ramener à lui. Il n'avait jamais été possessif ; c'était, se disait-il, parce qu'il avait eu tellement de plaisir avec elle, que l'expérience de son corps était si nouvelle pour lui.

Il écouta pendant qu'elle se glissait hors du lit, la suivant au son pendant qu'elle contournait le lit et tâtonnait près du mur à la recherche de sa robe.

Se levant, il trouva son pantalon, l'enfila, puis se rendit dans le salon à pas feutrés. Il revint un instant plus tard, ayant rallumé les deux lampes. Elle portait sa robe et son voile était déjà baissé ; elle luttait pour renouer ses lacets.

— Attendez.

S'avançant, il la prit par la taille et il la fit pivoter.

— Laissez-moi faire.

Avec expertise, il les attacha, remarquant la légère tension qui s'était emparée d'elle à l'instant où il l'avait touchée. Il la laissa tirer sur ses bas dans la demi-pénombre et terminer rapidement de s'habiller. Quand il eut enfilé son manteau d'un coup d'épaule, elle était déjà complètement couverte par sa cape et son voile. Il ne fut pas étonné de la voir revenir précipitamment à la confidentialité, mais il était très las de ce voile.

Elle lui jeta un coup d'œil.

— Je vais sortir seule.

Les mots étaient légèrement essoufflés.

— Non.

S'avançant lentement, il s'arrêta à côté d'elle.

— Je vais vous raccompagner à votre carrosse.

Elle songea à argumenter ; il pouvait le sentir d'après sa posture. Cependant, elle acquiesça en inclinant un peu la tête. Pas d'une manière hautaine, mais avec prudence.

Sans un mot de plus, il l'escorta hors de la chambre, en bas de l'escalier et à travers le hall d'entrée. Le portier endormi les fit sortir en les regardant à peine, trop occupé à étouffer un bâillement.

Son carrosse noir l'attendait dans la rue. Il l'aida à monter, puis elle se retourna vers lui. Il sentit son regard scruter son visage, éclairé par un réverbère à proximité, puis elle lui fit un nouveau signe de tête.

— Merci.

Le mot doux effleura ses sens, le laissant très convaincu que ce n'était pas ses efforts concernant la compagnie qui lui valait son remerciement.

Elle s'installa dans l'obscurité du carrosse ; il ferma la portière et hocha la tête en direction du cocher.

— Allez-y.

Le cocher démarra dans un bruit de ferraille. Remplissant ses poumons d'une profonde et lente inspiration, il le regarda tourner le coin, puis il expira et prit la direction de sa maison. Le sentiment de réussite qui l'enveloppait était profond et intensément satisfaisant. Intensément gratifiant.

Tout – *tout* – allait très bien.

CHAPITRE 9

— Bon, mademoiselle, qu'est-ce qui vous arrive ?

Alathea revint brusquement sur terre. Réfléchie dans la glace de la coiffeuse devant elle, elle vit Nellie secouer les oreillers et aérer son lit.

Nellie attira son regard.

— Vous fixez cette glace depuis cinq minutes et ça, sans rien voir, je pense bien.

Alathea gesticula, repoussant ainsi la question, priant pour ne pas rougir, pour que son visage ne montre aucun signe de ses pensées. Dieu l'en garde.

— Cette réunion d'hier soir a dû être longue : il était encore une fois quatre heures lorsque vous êtes rentrée ce matin. Jacobs a dit que vous êtes restée là-bas pendant toutes ces heures.

Alathea prit sa brosse à cheveux.

— Nous devions discuter de ce que nous avions appris. – Donc, vous avez découvert quelque chose à propos de cette maudite compagnie, vous et monsieur Rupert ?

— En effet.

En posant sa brosse sur ses cheveux, Alathea obligea son esprit à revenir sur cet aspect de la nuit.

— Nous en avons appris suffisamment pour établir notre cas. Tout ce qu'il nous reste à faire à présent est de rassembler les bonnes preuves, et nous serons libres.

Plus facile à dire qu'à faire, sans doute ; mais elle était convaincue que la soirée précédente les avait mis sur la voie de la réussite. Malgré ses paroles prudentes à Gabriel, elle s'était sentie forte de leur premier véritable succès, de la première piste les menant à la victoire ultime.

Elle avait prudemment dissimulé son allégresse, consciente qu'il la sentirait et en tirerait profit.

Il avait profité de son avantage de toute façon.

Et elle aussi.

— Allez, laissez-moi faire, dit Nellie en retirant la brosse de sa prise lâche. Vous n'êtes bonne à rien ce matin ; ça, oui.

Alathea cligna des paupières.

— Je... réfléchissais, c'est tout.

— Hum.

Des faits. Des sensations, des émotions – des découvertes. Elle avait bien matière à réflexion.

Son esprit vagabonda tout au long de la journée en réfléchissant, en évaluant, en revivant les moments précieux, en fixant avec soin chacun de ses souvenirs, les emmagasinant pour les froides années qui l'attendaient. Encore et encore, elle était brusquement ramenée à la réalité – par Charlie s'informant sur l'un de leurs locataires, par Alice désirant son opinion sur une teinte particulière de ruban, par Jeremy se débattant avec un problème d'arithmétique.

Enfin, pendant ce moment de tranquillité de l'après-midi après le déjeuner, toutes les femmes de la famille s'étant retirées dans le petit salon pour une heure de calme avant la promenade en voiture dans le parc ou un thé d'après-midi, Augusta grimpa sur les cuisses d'Alathea et s'y installa à califourchon. Posant ses mains sur les joues d'Alathea, Augusta la fixa droit dans les yeux.

— Tu n'arrêtes pas de partir, de partir très loin.

Alathea regarda dans les grands yeux bruns d'Augusta. Augusta scruta les siens.

— Où est-ce que tu vas ?

Dans un autre monde, un univers d'obscurité, de sensations et de merveilles indescriptibles. Alathea sourit.

— Désolée, ma puce : j'ai beaucoup de choses en tête ces temps-ci.

Rose avait été déposée sans ménagement entre elles ; Alathea souleva la poupée et l'examina.

— Comment Rose trouve-t-elle Londres ?

La distraction fonctionna ; pas pour elle, mais pour Augusta. Quinze minutes plus tard, quand Augusta quitta ses genoux et partit jouer avec Rose dans un rond de lumière formé par le soleil, Alathea échangea un regard affectueux et, espérait-elle, bienveillant avec Serena, puis elle quitta la pièce.

Elle chercha refuge dans son cabinet de travail.

Les bras croisés, debout devant la fenêtre, elle s'obligea à se concentrer sur les plans de la compagnie, sur tout ce que Crowley avait révélé la veille. Malgré sa préoccupation à propos de ses sens, rien d'autre ne nécessitait sa réflexion. Cela s'était produit – elle avait profité de l'expérience et elle avait aimé cela, mais c'était tout ce qu'il y avait à en dire. Elle ne sauverait pas sa famille de la misère en s'attardant sur de telles questions – sur la substance des rêves. Sa seule autre inquiétude découlant de son interlude avec Gabriel était la difficulté qu'elle éprouverait à le revoir en Alathea Morwellan. Le connaître au sens biblique et savoir qu'il la connaissait de la même manière n'allaient pas lui rendre la vie plus facile.

Malgré sa mascarade, elle n'était pas une personne particulièrement mensongère ; elle ne s'était jamais imaginée devoir le tromper ainsi.

Si jamais il le découvrait…

En inspirant lentement, elle se tourna vers la fenêtre. La sensibilité n'était pas son point fort – le penchant qu'elle aurait pu avoir en ce sens avait été éradiqué onze ans plus tôt.

Avec détermination, elle se concentra sur la compagnie et sur Crowley. Il ne lui fallut que quelques minutes pour avouer qu'elle ne pouvait pas, peu importe à quel point elle le souhaitait, procéder sans Gabriel. Tout à fait mis à part le fait que le congédier serait probablement beaucoup plus difficile que faire appel à lui en premier lieu, elle ne voyait aucune manière de progresser sans lui.

Elle ne pouvait pas entrer par effraction dans le manoir de Douglas ni s'organiser pour qu'une autre personne s'en charge. Elle avait demandé à Jacobs de l'emmener en voiture dans les environs d'Egerton Gardens ; Folwell avait bavardé avec un balayeur de rue et il avait découvert laquelle des grandes résidences neuves appartenait à Douglas, mais y entrer par effraction était trop risqué. Même s'ils pouvaient y trouver certaines des preuves qu'il leur fallait, les chances que Crowley ou Swales découvrent que les registres avaient été fouillés et, comme le dirait Charlie, sentent la tempête qui approche étaient grandes. Et alors, ils demanderaient à encaisser les billets à ordre, et elle serait trop occupée à combattre les créanciers pour présenter quelque demande que ce soit devant la cour de justice.

Et elle n'aimait pas Crowley. La pensée de le rencontrer seule la nuit, coupée de tout secours formait l'essence de ses cauchemars. Il était mauvais.

Elle l'avait senti très nettement en l'observant pendant que lui-même observait Gerrard Debbington, en voyant la lueur de cruauté dans ses yeux. Gabriel avait dit que Crowley aimait se gausser devant ses victimes potentielles, mais c'était plus que cela. Il considérait les gens comme des proies. Il y avait de la méchanceté et de la véritable cruauté sous son vernis de légère civilité.

Elle voulait qu'il reste aussi loin de sa famille que possible.

Tout bien considéré – et elle voulait bien dire tout –, la seule voie raisonnable pour l'avenir était de découvrir les preuves nécessaires sans retard. Ensuite, Crowley ne serait plus une menace et la comtesse pourrait s'évanouir dans la brume.

— Fangak. Lodwar. Quelle était l'autre ?

Assise à son bureau, elle plaça une feuille de papier sur le buvard et tendit la main vers la plume.

— Kafia ; c'était ça.

Elle nota les noms puis elle se mit à lister tous les noms et les lieux que Crowley avait mentionnés et dont elle se souvenait.

— Mary ? Alice ?

Alathea jeta un coup d'œil dans la chambre à coucher de Mary, là où se retiraient souvent ses demi-sœurs quand elles étaient censées se reposer. Effectivement, elles se prélassaient toutes les deux dans le lit avec des expressions identiques d'ennui dégoûté. Elles levèrent la tête pour la regarder. Alathea se fendit d'un sourire.

— Je vais chez Hatchard. Serena a dit que vous pouviez venir, si vous le désiriez.

Mary se redressa subitement.

— Ils ont une bibliothèque où l'on peut emprunter des livres, non ?

Alicia roulait déjà hors du lit.

— Je viens.

Alathea les regarda se précipiter dans leurs chaussures, se débattre pour enfiler des spencers, attraper des bonnets avant de jeter des regards de pure forme à leurs reflets.

— Oui, on peut emprunter des livres, mais avant que vous n'alliiez à la recherche du plus récent livre de madame Radcliffe, je veux que vous m'aidiez à trouver certains bouquins.

— Sur quel sujet ? demanda Alice en la rejoignant devant la porte.

— Sur l'Afrique.

— C'était *ennuyeux.*

Sur un long bâillement, Jeremy s'enfonça plus profondément dans le siège du fiacre et il s'appuya contre l'épaule d'Alathea.

— J'aurais cru qu'ils auraient eu des connaissances sur l'extraction de l'or. Ils ne voulaient parler que de le fondre.

— Hum.

Alathea grimaça. Elle aussi avait cru que les hommes du Metallurgical Institute connaissaient l'exploitation minière. Malheureusement, il s'avérait que l'académie, dont elle avait aperçu l'affiche en marchant avec Mary et Alice, se concentrait uniquement sur la transformation des métaux et les ouvrages subséquents. Les bons messieurs en connaissaient encore moins qu'elle sur l'extraction de l'or dans l'Afrique centrale et orientale. Malgré ses lectures jusque tard dans la nuit, elle ne connaissait pratiquement rien du sujet.

Alathea regarda brièvement Augusta, blottie sur son autre flanc avec Rose appuyée sur ses cuisses. Au moins, Augusta était heureuse, pas du tout perturbée par l'exploitation minière de l'or.

— Comment va Rose ?

— Rose va bien.

Augusta regarda le visage de Rose, puis elle se tourna de nouveau vers la fenêtre.

— Elle voit un peu plus la ville – elle est pleine de monde et bruyante –, mais elle se sent en sécurité ici, avec toi et moi.

Alathea sourit en refermant la main sur les petits doigts enfouis avec confiance dans les siens.

— C'est bien. Rose grandit, elle sera bientôt une grande fille.

— Mais pas tout de suite.

Augusta regarda le visage d'Alathea.

— Penses-tu que mademoiselle Helm ira mieux lorsque nous rentrerons ?

Mademoiselle Helm avait attrapé un petit rhume de cerveau, ce qui expliquait la présence d'Augusta avec Alathea.

— Je suis certaine que mademoiselle Helm sera guérie demain, mais toi et Rose devez être très gentilles avec elle ce soir.

— Oh, nous le serons, affirma Augusta en tournant le visage de Rose vers elle. Nous serons particulièrement gentilles. Nous ne dirons même pas qu'elle doit nous lire une histoire avant d'aller dormir.

— Je viendrai te faire la lecture, ma puce.

— Mais tu dois aller à un bal.

Alathea caressa les cheveux d'Augusta.

— Je viendrai d'abord te faire la lecture ; je peux y aller plus tard dans le deuxième carrosse.

— Dites donc ! s'exclama Jeremy en se redressant brusquement pour regarder par la fenêtre. Regardez ça !

Alathea regarda ; il lui fallut un moment pour comprendre ce qu'elle regardait.

— C'est un monocycle – du moins, je le suppose.

Elle avait entendu parler de tels engins. Elle et Jeremy se penchèrent près de la fenêtre, Augusta pressée entre eux ; ils regardèrent tous le gentleman portant un chic manteau à carreaux se tenir en équilibre précaire sur une grande roue et se faufiler dans la circulation jusqu'à ce qu'il disparaisse à leurs yeux.

— Eh bien !

Les yeux brillants, Jeremy se cala de nouveau dans son siège.

Alathea regarda son visage.

— Non.

Son ton était catégorique ; le visage de Jeremy se décomposa.

— Mais Allie, penses-y.

— J'y pense ; je pense à ta mère.

— Je ne tomberais pas ; je serais extrêmement prudent.

Alathea rencontra son regard.

—Exactement comme tu as été extrêmement prudent quand je t'ai permis de conduire l'attelage ?

— J'ai seulement un peu penché dans la rivière ; et de toute façon, c'était la faute du vieux Dobbins.

Alathea se retint de parler. Le fiacre continua d'avancer, les ramenant dans le quartier huppé. Alors qu'il tournait sur Mount Street, elle regarda encore le visage de Jeremy. Il rêvait toujours à cet engin dangereux ; elle savait qu'il n'abandonnerait pas son rêve jusqu'à ce qu'il l'ait réalisé ou pire encore. Il était du genre aventurier qui devait absolument essayer les choses. C'était une envie irrésistible qu'elle comprenait.

— Les monocycles circulent depuis quelques années.

Sa réflexion incita Jeremy à pivoter, ses yeux s'illuminant. Elle rencontra son regard brillant.

— Je vais en parler avec ta mère. Il se peut que Folwell puisse en trouver un…

— Youpi !

— À *une* condition.

Jeremy cessa de sautiller sur son siège, mais ses yeux brillaient encore.

— Quelle condition ?

— Que tu promettes de ne pas t'en servir en ville, mais seulement une fois que nous serons de retour à Morwellan Park.

Là où les pelouses étaient épaisses et pouvaient amortir les chocs.

Jeremy ne réfléchit qu'un instant.

— D'accord. Je le promets.

Alathea hocha la tête alors que le fiacre s'arrêtait en oscillant devant la résidence Morwellan.

— Très bien. Je vais en discuter avec ta mère.

Personnifiant un ornement du mur au cours d'un bal de plus, Alathea réprima un bâillement. Elle cligna des paupières en s'efforçant de garder les yeux grands ouverts ; elle avait passé les deux nuits précédentes à lire jusqu'aux petites heures alors que le reste de la maisonnée était au lit. C'était le seul moment qu'elle avait eu pour parcourir les volumes qu'elle avait trouvés sur l'Afrique.

L'Afrique centrale et orientale, par contre, continuait de lui échapper. Le peu qu'elle avait pu trouver sur la région était largement hypothétique et excessivement avare de détails.

Une tête familière châtain doré rôdait en vue au-dessus de la foule. Le plus étrange des frissons la parcourut ; elle chercha immédiatement un abri. Il n'y avait pas un palmier ou une alcôve ombragée à proximité. D'ailleurs, ce ne serait peut-être pas sage. Se retrouver coincée avec lui dans l'ombre avait toutes les chances de lui embrouiller l'esprit.

Sous ses jupes, elle plia les genoux et s'affaissa juste assez pour ne plus être si facilement repérable à cause de sa taille. À travers les mouvements dans l'affreuse cohue, elle aperçut Gabriel pendant qu'il se promenait d'un pas félin dans la salle.

Pour une raison étrange, du moins en le voyant à distance, il donnait l'impression d'être un homme différent. Elle pouvait voir, apprécier des aspects de lui qu'elle n'avait pas réellement remarqués auparavant, comme la perfection de son élégance contenue et l'aura subtile de puissance maîtrisée qui enveloppait son grand corps. Et sa réserve, cette distance apparemment impossible à franchir qu'il maintenait entre lui et le monde.

Il s'ennuyait – il s'ennuyait ferme. Elle pouvait voir pourquoi Celia et les dames de la haute société désespéraient. Elles avaient raison de croire qu'il ne les voyait pas du tout ; d'après l'expression figée sur son visage, le calme de son regard, elle aurait parié Morwellan Park qu'il pensait davantage à l'Afrique centrale et orientale qu'à la salle de bal scintillante à Mayfair.

Une dame brava son détachement et posa une main sur sa manche. Il sourit avec un charme poli ; gracieusement, il leva la main de la femme et il s'inclina dessus. En se redressant, il échangea un mot léger, une répartie qui fit rire et espérer la femme… seulement pour être déçue lorsqu'il poursuivit sa route en douceur après cet échange superficiel.

Il était maître dans l'art de se glisser dans la foule, refusant d'être retenu, poliment ineffable, arrogamment sûr de lui et absolument impossible.

— Alathea ! Doux Jésus, ma chère ; quel étrange fétiche vous attire contre les murs ?

Se redressant brusquement, Alathea regarda autour d'elle – dans les yeux ébahis de Celia.

— Je… me reposais les jambes.

Celia lui accorda un regard intense et naturellement maternel, mais elle fut distraite en apercevant son aîné dans la foule.

— Le voilà ! Je lui ai fait promettre de venir – il n'a presque pas assisté aux bals de toute la saison – bien, seulement les événements familiaux. Comment diable s'attend-il à trouver une épouse ?

— Je ne pense pas que s'attacher une femme soit sa préoccupation première.

Celia bouda presque.

— Eh bien, il ferait mieux de commencer à s'y intéresser ; il ne rajeunit pas.

Alathea garda les lèvres scellées.

— Lady Hendricks laisse continuellement entendre que sa fille Emily pourrait convenir.

Une image de la belle demoiselle Hendricks surgit dans l'esprit d'Alathea. La jeune femme était gentille, modeste et extrêmement réservée.

— Ne pensez-vous pas qu'elle soit trop timide ?

— Bien sûr qu'elle est trop timide ! Rupert ne saurait pas quoi faire d'elle, et elle ne saurait certainement pas quoi faire de lui.

Alathea dissimula un sourire.

— Entretenez-vous vraiment l'espoir qu'une femme soit capable d'influencer Rupert ? C'est la personne la moins influençable de ma connaissance.

Celia soupira.

— Croyez-moi, ma chère, la femme parfaite pour lui pourrait faire beaucoup avec Rupert parce que, voyez-vous, il la laisserait faire.

— Lady Alathea !

Cillant, Alathea reporta son attention sur Mary et Alice s'avançant avec Heather et Eliza devant elle sur les pelouses. Ce n'étaient clairement pas elles qui avaient appelé. Regardant autour d'elle, elle découvrit deux beautés blondes se hâtant de la rattraper. Les deux tenaient d'élégants bonnets, leurs rubans flottant au vent ; une profusion de bouclettes dorées dansaient sur leurs épaules.

Reconnaissant les jumelles, Alathea s'arrêta. Elle leur avait été présentée à un bal, mais elles n'avaient pas eu l'occasion de bavarder longuement.

La rejoignant, les jumelles saluèrent leurs cousines d'un signe de la main, puis elles se tournèrent vers elle avec des sourires éclatants en se plaçant de chaque côté d'elle. Alathea eut la nette impression d'avoir été capturée.

— Nous nous demandions si nous pouvions vous parler, commença l'une.

Alathea sourit, se doutant astucieusement de ce qui l'attendait.

— Vous allez devoir avoir pitié de moi ; je ne me rappelle pas qui est qui.

— Je suis Amelia, confirma celle qui avait parlé.

— Et je suis Amanda, dit l'autre en donnant l'impression qu'il s'agissait d'une confession. Nous nous demandions si cela vous dérangerait de nous donner votre avis.

— À quel sujet ?

— Bien, vous connaissez Gabriel et Lucifer depuis que vous êtes enfant. Nous avons décidé que la seule manière de pouvoir leur échapper et de trouver nous-mêmes nos maris est qu'ils se marient d'abord. Alors, nous nous demandions si vous pouviez nous fournir quelques tuyaux.

— Des indices sur les personnes qui pourraient convenir…

— Ou bien des caractéristiques à éviter, comme celle d'avoir une cervelle d'oiseau.

— Bien que cela diminue grandement le nombre de candidates.

Alathea porta le regard sur un visage rayonnant après l'autre – elles paraissaient résolues, impatientes et totalement sérieuses. Elle réprima un gloussement.

— Vous voulez les voir se marier afin qu'ils ne soient plus en travers de votre route ?

— Afin qu'ils ne nous surveillent plus comme des joyaux de la couronne !

— Nous avons entendu dire, continua sombrement Amelia, que certains gentlemen ne s'approchent même pas de nous en raison des bagarres qui pourraient s'ensuivre.

— En fait, ils nous rayent de leur liste, dès le début, à cause de ces deux-là !

Amelia alla presque jusqu'à secouer le poing en l'air contre ses cousins absents.

— Comment diable pouvons-nous raisonnablement avoir accès à toutes les possibilités…

— Et nous assurer qu'ils nous aient bien évaluées aussi…

— Si nos chiens de garde sont toujours là à grogner…

— Et qu'ils grognent toujours plus fort devant les gentlemen les plus intéressants !

— Eh bien, poursuivit Amanda, vous savez comment sont les hommes. S'il y a le moindre obstacle, ils ne se donnent même pas la peine de faire un effort.

— Eh bien, ils n'ont pas besoin de le faire, non ? Il y a toujours tellement d'autres dames autour pour qui ils n'ont pas à faire le moindre effort.

— Donc, vous voyez, quand il est question de candidats convenables, nous devons nous débattre avec un désavantage injuste.

— Oh, mon Dieu, fit Alathea en s'efforçant de garder les lèvres droites. Vous savez, je ne pense vraiment pas que Gabriel et Lucifer aimeraient savoir que vous songez à eux comme à un désavantage injuste.

Elle se doutait qu'ils seraient blessés, que leur ego masculin serait abîmé.

Amanda donna un coup de pied dans l'herbe.

— Eh bien, nous n'envisageons pas de le leur dire, mais cela ne change rien au fait. Ils sont un désavantage.

— Et ils sont injustes aussi.

Alathea ne discuta pas – elle pensait la même chose. Ils faisaient preuve d'un entêtement injuste, refusant de voir qu'Amanda et Amelia possédaient un minimum de bon sens et, mis à part tout le reste, elles avaient tout à fait le droit de choisir leurs propres époux. La façon dont Gabriel et Lucifer l'avaient toujours traitée – en égale – formait un contraste frappant avec celle dont ils traitaient les jumelles. Bien qu'ils se soient toujours interposés entre elle et le danger, ils n'avaient pas tenté de l'empêcher de tomber sur ces dangers.

Levant la tête, elle s'assura que tout allait bien du côté des filles sous sa garde déambulant devant elle ; les quatre filles étaient plongées dans une discussion enthousiaste. Alathea jeta un coup d'œil aux jumelles – sur Amanda qui regardait l'herbe d'un œil mauvais en marchant, puis sur Amelia qui affichait un visage plus avenant, mais dont le menton était fixé de la même manière déterminée.

— Pourquoi pensez-vous que cela aiderait s'ils se mariaient ?

Amanda leva la tête.

— Eh bien, cela a été le cas pour les autres. Ils ne sont plus un problème.

— Il vous suffit de regarder pour le constater. Tenez, Devil était le pire, mais il est beaucoup plus facile à présent.

— Une fois qu'ils se marient, c'est comme si leur attention était centrée sur leur épouse.

— Et sur leur famille.

Alathea réfléchit à cela.

— Nous pensons que nous devrions nous intéresser d'abord à Gabriel.

— Simplement parce que c'est l'aîné, compléta Amelia en décochant un regard à Alathea. Pensez-vous que c'est la bonne tactique ?

Alathea contempla la vision de Gabriel tentant de maintenir sa garde répressive sur les jumelles en repoussant simultanément les dames qu'elles lui présentaient. Il n'aurait pas le temps de lui causer des problèmes.

— Je pense… que votre tante Celia pourrait vous fournir quelques noms.

Amanda s'égaya.

— C'est une idée.

— Il ne serait pas nécessaire, médita Alathea en développant cette image dans sa tête, de vous montrer exagérément subtiles. Les dames ne s'en soucieront pas tant qu'elles obtiennent un peu de temps à ses côtés, et il comprendra votre intention dès le début, il ne sera donc pas nécessaire d'être prudentes sur ce plan.

Amelia s'arrêta net.

— Il sera pris au piège.

Elle pivota pour regarder Alathea et Amanda en face,

les yeux brillants.

— Il ne pourra pas s'échapper…

— Sauf, conclut Amanda avec un grand plaisir, s'il nous laisse tranquilles.

La bibliothèque dans Bond Street était l'escale incontournable d'Alathea le lendemain matin. Malheureusement, leur section sur l'Afrique était quasi inexistante. Néanmoins, elle emprunta quatre livres ; vieux et plutôt usés, ils offraient peu de promesses. Jonglant avec eux sous son bras, elle mit le pied sur le trottoir. Le plus gros livre glissa – sa chaussure dérapa sur la dernière marche…

— Attention !

Des mains dures lui agrippèrent les bras et la redressèrent. Relevant brusquement la tête, Alathea regarda fixement devant elle – le visage de Lucifer. Elle ravala un soupir de soulagement et s'efforça de calmer son cœur battant. Pendant un moment, avec le soleil derrière lui, elle avait cru qu'il s'agissait de son frère.

— Ah…

— Allez : donnez-les-moi.

Évidemment, il ne lui donna pas le choix.

— Oh, oui !

Alathea prit une rapide inspiration.

— Montiez-vous à cheval ce matin ?

Il la regarda.

— Dans le parc ? Non. Pourquoi ?

Elle haussa les épaules.

— Je me le demandais, c'est tout… j'aimerais beaucoup faire une randonnée à cheval, mais c'est impossible ici ; on a seulement le droit de se promener à pied dans le parc.

— Si vous voulez monter à cheval – il coinça ses livres sous un bras et accorda son pas au sien –, vous allez devoir organiser une excursion à la campagne.

Alathea grimaça.

— Je ferais aussi bien d'attendre d'être de retour à la maison.

Son seul espoir était de continuer à le faire parler, de retenir son attention afin qu'il ne jette pas un coup d'œil sur les livres. L'Afrique était un sujet inhabituel, il était certainement bizarre qu'elle l'étudie en profondeur. Étant donné que Lucifer partageait la maison de Gabriel et qu'elle savait qu'ils échangeaient de menues informations et des observations… elle inspira.

— Cependant, la saison mondaine se poursuivra pendant des semaines et des semaines encore.

— En effet, et ces semaines croulent plus que jamais sous les bals.

Lucifer fronça les sourcils vers le trottoir.

— Et voilà maintenant que Gabriel menace de tout éviter sauf les événements familiaux obligatoires.

— Oh ? Pourquoi ?

— Les maudites jumelles sont passées à l'offensive.

— À l'offensive ? Que voulez-vous dire ?

— Hier soir, elles ont déferlé sur Gabriel à trois occasions avec une dame différente chaque fois et elles l'ont piégé.

Alathea aurait aimé voir cela.

— Ne pouvait-il pas s'échapper ?

— Pas facile quand une des jumelles est suspendue à son bras et refuse de le lâcher.

— Oh, mon Dieu.

— Oh, mon Dieu, en effet. Vous savez ce qui va se produire, n'est-ce pas ?

Elle lui jeta un regard interrogateur.

— Il va se laver les mains du sort de ces coquines.

— En vous laissant en position vulnérable.

Lucifer stoppa net.

— Doux Jésus.

Elle réussit à l'encourager à grommeler sans relâche à propos des jumelles jusqu'à son carrosse qui l'attendait. En déposant adroitement un baiser sur sa joue, elle reprit les livres sous son bras. Il la regarda avec les sourcils froncés.

— Pour quelle raison, ce baiser ?

— Parce que vous êtes fidèle à vous-même, simplement.

En sécurité dans le carrosse avec à côté d'elle les livres sur la banquette, elle lui offrit un merveilleux sourire. Il se racla la gorge, il referma la portière et il la salua en la regardant partir.

Elle souriait encore en passant le seuil de la résidence Morwellan ; elle salua gaiement Crisp d'un signe de tête alors qu'il lui tenait la porte ouverte. Empilant ses livres sur la table sous la glace, elle tendit la main pour retirer son bonnet.

— Te voilà, ma chérie.

Serena se tenait dans l'embrasure de la porte du salon. Posant son chapeau sur la pile de livres, Alathea traversa le vestibule.

— Avons-nous des invités ? murmura-t-elle.

— Non, non. Je voulais seulement te parler.

Serena recula dans le salon.

— Au sujet de ton père.

— Oh.

La suivant avant de refermer la porte, Alathea haussa les sourcils.

— Il est dans l'un de ses états, dit Serena en levant des mains impuissantes. Tu sais : il traverse une mauvaise passe, sans être malade.

— S'est-il passé quelque chose ?

— Pas aujourd'hui. Il était un peu silencieux lorsqu'il est rentré hier, mais il n'a rien dit. Tu sais qu'il serait normalement chez White's en ce moment, mais il est plutôt assis dans la bibliothèque.

Elles se regardèrent, l'inquiétude reflétée dans leurs visages. Puis, Alathea hocha la tête.

— Je vais aller lui parler.

Serena sourit.

— Merci ; il t'écoute toujours.

Alathea étreignit sa belle-mère.

— Il vous écoute toujours aussi, mais nous parlons de choses différentes.

Le sourire plus assuré, Serena lui rendit son étreinte.

— As-tu découvert quelque chose de nouveau à propos du billet à ordre ?

Alathea hocha la tête.

— Je pense que nous avons trouvé un moyen — un moyen légal – de faire déclarer le billet à ordre invalide, mais je ne veux pas encourager les espoirs pour l'instant.

— C'est probablement sage. Contente-toi de nous le dire lorsque nous serons dégagés de cette responsabilité.

Elles échangèrent des sourires rapides, puis Alathea prit la direction de la bibliothèque.

La porte s'ouvrit sans bruit ; elle se glissa à l'intérieur, remarquant que les rideaux étaient ouverts, la pièce gaie et non plongée dans la pénombre. Un bon signe.

Bien que son père n'ait pas l'habitude de succomber aux idées noires, elle savait qu'il se morigénait intérieurement à cause du maudit billet à ordre. Il avait fait bonne figure pour son bien à elle et pour celui de Serena, mais devait ressentir un profond sentiment d'échec ou bien s'accabler de reproches.

Installé dans son fauteuil favori, le comte regardait la pelouse de la cour arrière. Mary et Alice coupaient des roses, chaque fille aussi délicatement belle que les fleurs qu'elle déposait dans son panier. Derrière elle, Charlie enseignait à Jeremy les rudiments du cricket pendant qu'Augusta et mademoiselle Helm étaient assises sur une couverture au soleil en train de lire un livre. Le jardin était entouré de murs de pierre, visibles ici et là entre les arbres et les buissons touffus. La scène aurait pu dépeindre la vie d'une famille à la mode, mais ce n'était pas un produit de l'imagination d'une personne : c'était réel et il s'agissait de leur vie.

Une puissante certitude l'envahissant, Alathea toucha l'épaule de son père.

— Papa ?

Il était si absorbé qu'il n'avait pas eu conscience de sa présence. Il leva la tête, puis ses lèvres se courbèrent tristement.

— Bonjour, ma chérie.

S'emparant de sa main, il la pressa ; il continua à la tenir pendant qu'elle s'asseyait sur le bras de son fauteuil. Alathea appuya son épaule contre lui, réconfortée par la solidité sous son manteau.

— Qu'y a-t-il ?

Il soupira, un son profond et vaincu.

— J'espérais vraiment que tu aurais tort à propos de la compagnie – que la Société aurifère de l'Afrique centrale et orientale s'avérerait légitime. Que je n'avais pas encore une fois commis une erreur !

Il marqua une pause ; Alathea lui tint la main plus fermement et elle patienta.

— Mais toi et Wiggs aviez raison. Tout cela n'était qu'un faux refrain. Un homme rencontré chez White's hier me l'a dit. Il arrivait de ces régions – de l'Afrique centrale et orientale. Il connaissait la compagnie. Il l'a accusée d'être une fraude mise sur pied pour attirer des idiots à se départir de leur argent.

Il grimaça.

— Je pouvais difficilement être en désaccord avec lui.

— Vous n'auriez pas pu le savoir…

Alathea cligna des paupières.

— Cet homme, qui était-il ?

— Un marin, un capitaine quelque chose. Je n'ai pas entendu son nom de famille.

— À quoi ressemblait-il ?

En entendant la tension soudaine dans la voix de sa fille, le comte se tourna pour rencontrer son regard.

— Il était de taille moyenne, plutôt corpulent. Il avait des favoris sur les deux joues. Ses insignes le désignaient comme un homme de la mer, de rang supérieur ; il y a toujours une aura nautique autour de tels hommes.

Il scruta le visage d'Alathea.

— Pourquoi ? A-t-il de l'importance ?

Alathea retint son excitation.

— Il le pourrait. Wiggs et moi croyons qu'il y a un moyen légal de faire annuler le billet à ordre, mais nous devons en apprendre davantage sur les affaires de la compagnie. Un homme comme ce capitaine pourrait être très utile, expliqua-t-elle en agrippant la main de son père. Était-il avec une personne de votre connaissance ?

Son père secoua la tête.

— Non. Mais si c'est important, je pourrais poser des questions dans mon entourage.

— Faites-le, papa ; cela pourrait être très important. Et si vous tombez encore sur lui, promettez-moi de le ramener à la maison.

Les sourcils de son père tressautèrent, mais il hocha la tête.

— D'accord, dans ce cas. Je suppose que je ferais mieux d'aller chez White's et voir si je peux le retrouver.

— Oh, oui !

Alathea se releva d'un bond alors que lui-même se mettait debout.

— Cela pourrait énormément nous aider, papa. Merci ! Elle plongea sur lui et elle lui embrassa la joue L'attrapant avec un bras, il l'étreignit.

— Merci, ma chérie.

Il regarda son visage, puis il déposa un doux baiser sur son front.

— Ne pense jamais que je n'apprécie pas tout ce que tu as fait : je ne sais pas ce que j'ai fait pour te mériter. Je peux seulement être content que tu sois à moi.

Alathea cilla rapidement.

— Oh, papa !

Elle l'étreignit rapidement, puis elle s'écarta en jetant un coup d'œil par la fenêtre.

— Je dois amener Jeremy à ses cours sinon il passera la journée à jouer au cricket.

Toujours en clignant des paupières, elle se dépêcha de sortir.

CHAPITRE 10

Ce soir-là, au bal de lady Castlereagh, Alathea se retrouva assaillie par des gentlemen. Sans beaucoup d'aide de sa part, le nombre de célibataires d'âge mûr qui la considérait comme une partenaire de danse agréable avait constamment augmenté à mesure que la saison mondaine progressait. Malgré la conviction de Celia qu'Alathea se collait aux murs, elle était trop astucieuse pour le faire constamment. Le véritable anonymat signifiait ne rien faire pour se rendre remarquable ; donc, elle dansait et valsait obligeamment ; elle ne participait pas à chaque danse, mais à un nombre suffisant pour garantir que personne ne voit la nécessité de commenter son abstention.

En effet, elle aimait valser, bien que peu de gentlemen soient assez grands pour répondre à ses exigences. Néanmoins, malgré l'obstacle de sa taille inhabituelle, les rangs de ses admirateurs, comme Serena insistait pour les qualifier, s'étaient gonflés, elle ne savait comment, jusqu'à devenir légion.

Ce qui lui rendait l'existence excessivement compliquée quand, après deux danses, elle voulait s'éclipser pour mieux réfléchir à ses problèmes du moment. Le premier d'entre eux était présent, vêtu d'un noir teinté de brun sévère, ses mèches de cheveux dorées, son comportement d'une politesse ineffable.

Il était allé jusqu'à danser lui aussi les mêmes deux danses qu'elle, mais à présent il déambulait intentionnellement sans but dans la foule. S'il pouvait se passer de la nécessité de faire le beau et de converser, elle trouvait que ce n'était que justice pour elle de pouvoir faire de même.

— J'ai bien peur, mes bons messieurs – elle gratifia les gentlemen qui l'entouraient d'un sourire éclatant – qu'il me faille vous quitter pour l'instant. Une de mes demi-sœurs…

Sur un léger signe de la main, elle les amena à croire qu'elle avait été appelée de l'autre côté de la pièce. Comme se joindre à Mary et Alice signifiait braver un groupe de jeunes damoiselles, pas un des hommes ne lui offrit de l'accompagner.

Ils lui firent des révérences et la supplièrent de leur promettre son retour ; elle sourit et s'éloigna gracieusement.

La cohue était incroyable. Lady Castlereagh était l'une des plus importantes hôtesses – on ne pouvait pas refuser ses invitations. Cela, se doutait Alathea, expliquait la présence de la majorité des Cynster, y compris Gabriel.

Se servant de la foule à son avantage, elle se fraya un chemin jusqu'à une étroite niche occupée par un piédestal couronné d'un buste de Wellington.

Elle se réfugia d'un côté du piédestal, dissimulé à la vue d'au moins la moitié de la salle.

Heureusement, il étouffait également une partie du bruit – il lui était difficile d'entendre ses propres pensées. De l'autre côté de la pièce, elle vit Gabriel soulager Lucifer à contrecœur de son tour de garde des jumelles. Adoptant une position presque directement à l'opposé d'elle, Gabriel semblait méfiant.

Alathea se fendit d'un sourire. Elle scruta la foule à la recherche des jumelles. Même en suivant la direction du regard de Gabriel, elle ne pouvait pas les voir. Avec un soupir rempli d'attente, elle recula pour s'installer, presque contre le mur, mais pas tout à fait. Quiconque la voyait présumerait qu'elle attendait un gentleman ou le retour d'une de ses jeunes protégées.

Ainsi cachée, elle se mit à réfléchir sur la façon de dire à son chevalier sur son cheval blanc où chercher pour les secourir. Elle avait lancé son appel ; il était venu à son aide au galop – maintenant, elle était coincée avec lui et son idée de récompense. Continuer à traiter avec lui allait s'avérer difficile, mais elle ne pouvait pas continuer sans lui.

Trouver le capitaine, tomber sur lui par hasard dans la foule sur le plancher de danse était plus qu'improbable – son type s'en tenait aux clubs et non au parc ou aux divertissements mondains. Le capitaine était en réalité hors de sa portée. Elle n'osait pas placer tous ses espoirs sur la possibilité que son père surgisse un jour pour le déjeuner avec le capitaine dans son sillage.

Elle devait parler du capitaine à Gabriel et cela, dès que possible. Qui sait combien de temps le capitaine des mers resterait sur terre ? Il avait peut-être déjà levé l'ancre, mais elle refusait de d'envisager cette possibilité. Le destin ne pouvait pas être aussi cruel. Cependant, comment le dire à Gabriel en toute sécurité ?

Une lettre lui avait semblé possible jusqu'à ce qu'elle en rédige une. Même si elle avait inclus la description verbatim que son père lui avait faite du marin, la lettre manquait de vie et empestait la lâcheté. Elle ne pouvait même pas la signer autrement que par « la comtesse ». Au lieu de l'expédier, elle l'avait déchirée et elle avait repris sa réflexion.

Si elle ne voyait pas Gabriel face à face, elle n'aurait aucun moyen de voir sa réaction à sa nouvelle et elle ne pourrait pas le questionner sur ce qu'il avait appris – elle était convaincue qu'il n'était pas resté sans rien faire au cours des cinq jours depuis leur dernière rencontre.

À l'hôtel Burlington.

Le nom suffisait à provoquer une vague d'incertitude chez elle ; elle la bloqua immédiatement. Elle ne pouvait pas laisser ses émotions la diriger ni dicter ses actions. Qu'avait appris Gabriel ? Crowley avait-il fait autre chose ? Il lui fallait des réponses à ces questions ; elle pouvait seulement les obtenir si elle rencontrait Gabriel en personne, de cela, elle était totalement sûre. Cependant, l'idée d'être seule avec lui en privé dans l'obscurité la faisait frissonner – et non de crainte. Cela ne faisait qu'augmenter sa méfiance et douter de ses arguments. S'agissait-il simplement d'une manière de tout rationaliser ?

Debout dans l'ombre du piédestal, elle examina, elle disséqua et rassembla ses pensées – sans progresser le moins du monde. La situation l'agaçait ; son incapacité à se décider piquait sa colère.

Puis, il se déplaça. Elle avait continué à le surveiller du coin de l'œil. Alors qu'il remettait énergiquement les jumelles entre les mains de Lucifer, puis qu'il s'introduisait dans la foule, elle se redressa. Un étau se referma lentement sur ses poumons. Il n'y avait, se disait-elle, aucune raison pour qu'il vienne par ici, pas de raison pour lui de savoir où elle se trouvait.

Elle avait sous-estimé le pouvoir de sa coiffe.

Elle l'attirait comme un aimant. Il fendit la foule avec tellement d'efficacité qu'une fois qu'elle s'aperçut qu'elle était bien sa cible, elle n'eut pas le temps de battre en retraite. Il s'arrêta à côté d'elle. Piégée, elle leva le menton et fixa sur lui un regard mauvais.

— Ne vous avisez pas de dire un mot.

Ses yeux retinrent les siens pendant un moment lourd de sens ; elle frissonna intérieurement et se dit qu'il ne pouvait pas voir à travers son masque. Qu'il ne verrait jamais la femme qui s'était allongée nue entre ses bras dans la dame qui se tenait maintenant devant lui.

Ses lèvres formant un trait mince, Gabriel hocha brusquement la tête.

— À l'évidence, cela est inutile, bien que je ne voie pas pourquoi vous vous donnez cette peine : vos cheveux grisonneront bien assez vite.

Les yeux d'Alathea lancèrent des éclairs, mais au lieu de l'attaquer, elle sourit. Amèrement.

— Je suis tout à fait certaine que vous aurez des tas de cheveux gris, si vous persistez à agir comme un chien avec son os à l'égard de vos cousines.

— Vous ne connaissez rien à cette affaire, alors ne commencez pas.

— Je sais que les jumelles sont parfaitement capables de prendre soin d'elles-mêmes.

Il renifla avec dérision.

— Ce qui montre bien votre ignorance.

— J'aurais cru – son ton amena Gabriel à se raidir – que si une femme était capable d'amener un des Cynster sur une voie choisie par elle, capable de déceler la faille dans son armure, et d'intriguer et d'agir de manière à pousser son avantage et réussir, on la croirait capable de s'en sortir, même avec les séducteurs les plus notoires de la haute société.

Son regard glissa sur son visage.

— Pas vous ?

Gabriel sentit que ses yeux se plissaient ; sa colère éclata. Il aurait infiniment préféré l'impassibilité, mais avec elle, c'était toujours au-delà de sa capacité. Il la paralysa avec un regard étincelant.

— Vous leur avez dit.

Il n'avait pas besoin de son haussement de sourcils rusé pour lui dire que c'était la vérité.

— Elles m'ont parlé de leur problème : je me suis contentée de faire une observation.

— Vous êtes la cause de leur obsession actuelle pour me trouver une épouse convenable.

— Bon, bon – elle agita un doigt dans sa direction –, vous savez parfaitement bien que je ne peux pas être tenue responsable de cela. C'est vous qui n'êtes pas encore marié. Vous êtes celui qui a besoin d'une épouse. Les jumelles essaient seulement de se rendre utiles.

Ce qu'il marmonna en réponse était loin d'être poli ; Alathea se contenta de sourire.

— Elles essaient de se rendre utiles exactement comme vous essayez de les aider.

— C'est-à-dire ?

Elle le regarda droit dans les yeux.

— Malencontreusement.

Il cligna des paupières.

Comme il ne répondit pas immédiatement, elle détourna les yeux.

— Je me demandais comment vous alliez réagir dans la situation inverse.

— Vous saviez foutrement bien comment j'allais réagir, répondit-il en serrant les dents. Vous l'avez suggéré uniquement pour me tourmenter.

Les lèvres d'Alathea tressautèrent, très brièvement, mais assez pour faire monter en flèche la colère de Gabriel.

— Je sais que Lucifer a tenté d'expliquer la nécessité de notre surveillance des jumelles ; visiblement, il n'a pas réussi. Donc, une démonstration est peut-être de mise – il leva les yeux sur la coiffe couvrant ses cheveux doux – pour enfoncer ce fait dans votre tête apparemment dure.

Elle tourna brusquement la tête. Elle fronçait les sourcils. Il s'approcha d'elle, la pressant dans le recoin entre le piédestal et le mur de l'alcôve. Serrant une main sur le dessus du piédestal, il l'emprisonna dans le petit espace.

Une résolution mortelle dans les yeux, il croisa son regard et il fut étonné de les voir s'enflammer – étonné de voir jusqu'où elle avait reculé entre le piédestal et le mur.

Le regard d'Alathea tomba sur le torse de Gabriel seulement à quelques centimètres du sien, Alathea avala et arracha son regard pour le relever jusqu'à son visage. Elle lutta contre l'envie de presser une main sur sa poitrine dans un effort vain pour calmer son cœur bondissant. *Oh, mon Dieu !* Dans des situations semblables, elle aurait normalement fait claquer sa main sur le torse de Gabriel et elle l'aurait poussé – elle n'hésiterait pas, elle ne s'arrêterait pas pour réfléchir à une inconvenance possible. Et même si sa force ne pouvait pas le faire bouger, si elle poussait, il se déplacerait.

Elle n'osait toutefois pas le toucher.

Elle ne pouvait pas garantir ce que ses mains feraient si elle le touchait.

Juste ciel ! Que diable devait-elle faire ? Elle pouvait déjà voir la perplexité s'infiltrer dans les yeux de Gabriel.

Ses sens pris dans un tourbillon – il était beaucoup trop près ! – elle raidit sa colonne vertébrale, elle se redressa à sa pleine hauteur et elle fit une tentative passable de lever le nez sur lui.

— J'aimerais bien que vous réfléchissiez !

Le regard fixé sur le sien, c'est ce qu'elle fit – frénétiquement.

— Les protéger de véritables menaces – des menaces qui se matérialisent vraiment – est très bien, mais dans ce cas – elle gesticula en se servant de son mouvement pour le faire pencher vers l'arrière –, votre manière de rôder constamment autour d'elles limite leurs possibilités. Ce n'est pas juste.

— Juste ?

Il s'étrangla de rire. À son immense soulagement, il recula lentement en lâchant le piédestal et en se tournant pour jeter un coup d'œil sur l'endroit où elle imaginait que les jumelles devaient se trouver.

— Je ne vois pas ce que la justice vient faire là-dedans.

— Non ?

De nouveau capable de respirer, elle inspira lentement.

— Réfléchissez. Vous ne m'empêchiez jamais de… oh, chevaucher à bride abattue ou rien d'autre avec vous et Alasdair ; vous ne m'empêcheriez pas de le faire aujourd'hui.

— Vous montez comme une diablesse. Il n'y a aucun besoin de vous arrêter ; vous ne courriez pas de danger.

— Ah, mais s'il y avait quelque chose de dangereux sur ma route ; si, par exemple, j'avais sauté une barrière pour pénétrer dans un champ où il y avait un taureau enragé. Ne vous seriez-vous pas précipité pour me secourir ?

Le regard qu'il lui décocha était dégoûté – dégoûté qu'elle puisse même poser la question.

— Évidemment que je l'aurais fait.

Après un moment, il ajouta plus doucement :

— Vous savez que je le ferais.

Elle inclina la tête, une très étrange boule d'émotions dans le ventre ; lorsqu'ils étaient enfants, il avait toujours été le premier à s'interposer entre elle et le danger.

— Oui, c'est précisément ce que je veux dire à propos de la façon dont vous étouffez les jumelles.

Intentionnellement, elle retomba dans le silence. Elle sentit sa réticence ; elle émanait de lui par vagues. Il ne voulait pas entendre sa théorie, il ne voulait pas sonder la possibilité que lui, son frère et ses cousins pouvaient avoir tort, pouvaient réagir à l'excès. Car, s'il le faisait, il allait devoir mettre un frein à son côté protecteur de Cynster et cela, elle le savait, était très difficile à faire.

Enfin, il lui lança un regard loin d'être encourageant.

— Pourquoi est-ce étouffant ?

Elle détourna les yeux sur la mer de têtes.

— Parce que vous ne les laissez pas déployer leurs ailes. Au lieu de les laisser chevaucher en toute liberté en intervenant seulement si elles sont menacées, vous vous assurez qu'elles ne sont jamais menacées en premier lieu en les empêchant même de chevaucher.

Il ouvrit la bouche ; elle leva une main apaisante.

— Une méthode parfaitement correcte dans d'autres contextes, mais dans ce domaine, elle signifie bloquer toutes leurs chances d'apprendre à chevaucher par elles-mêmes, de leur enlever toutes leurs chances de réussir. Eh bien, regardez-les, dit-elle en gesticulant vers l'autre extrémité de la pièce.

Elle ne pouvait pas les voir, mais lui en était capable.

— Elles peuvent être entourées par dix gentlemen…

— Vingt.

— Peu importe combien !

Son ton sévère amena Gabriel à croiser son regard.

— Ne pouvez-vous pas voir que ce ne sont pas les bons hommes ?

Gabriel regarda la masse grouillante autour des jumelles et il essaya de se dire qu'il ne voyait pas cela du tout.

— Pouvez-vous sérieusement imaginer un de ces inoffensifs gentlemen marié à l'une des jumelles ? Ou est-il plus exact de dire que vous – vous tous – avez soigneusement évité d'imaginer les jumelles mariées en premier lieu ?

Elle était comme sa conscience lui murmurant à l'oreille. Comme sa conscience, il ne pouvait pas l'ignorer.

— Je vais y réfléchir, gronda-t-il sans vouloir croiser son regard.

Tout ce qu'il y verrait était la vérité, sa propre vérité réfléchie dans ses yeux.

Il inspira lentement, son torse se gonflant pour se défendre de l'étouffement habituel, l'étouffement qu'il ressentait toujours en sa présence. Dieu qu'elle le rendait mal à l'aise. Même en ce moment, alors qu'ils ne s'entredéchiraient pas, mais qu'ils entretenaient une discussion rationnelle, pour eux, il avait l'impression que son ventre était éraflé, comme si l'on avait fait traîner des griffes sur sa gorge et son torse, puis qu'elles s'étaient refermées sur son cœur, sur ses entrailles.

Elle aussi l'avait secoué. Encore une fois. Pourquoi diable l'avait-elle regardé ainsi – les yeux ronds remplis de cette émotion ! – quand il l'avait fait reculer contre le mur ? Le spectacle l'avait violemment remué ; même maintenant, sa peau picotait simplement parce qu'elle était près de lui.

Son impulsion, comme toujours, avait été de s'en prendre à elle verbalement, de la pousser à s'éloigner de lui, même si, lorsqu'elle se trouvait dans la même pièce, il se dirigeait vers elle d'une manière compulsive. Stupide. Il aurait aimé pouvoir se dire qu'il ne l'aimait pas, mais ce n'était pas le cas. Cela n'avait jamais été le cas. Gardant les yeux sur sa coiffe ridicule – cette vision allait assurément le provoquer –, il prit une autre inspiration en survolant du regard les invités à proximité, sur le point d'exécuter une révérence et de s'excuser…

Il plissa les yeux.

— Que diable…

La question marmonnée resta sans réponse alors que lord Coleburn, monsieur Henry Simpkins et lord Falworth, chacun souriant aimablement, s'avancèrent lentement jusqu'à eux.

— Vous voilà, ma chère dame.

Falworth offrit une élégante révérence à Alathea.

— Nous avons pensé que vous aviez peut-être besoin d'être secourue, déclara Henry Simpkins, son regard balayant Gabriel avant de se poser sur le visage d'Alathea. De la cohue, vous savez ?

— Elle est terrible, en effet, répondit gracieusement Alathea.

Elle attendit que Gabriel présente ses excuses et s'en aille ; au lieu, il resta planté comme un chêne à côté d'elle. Avec Wellington immédiatement sur sa gauche, elle ne pouvait pas s'échapper ; ses cavaliers potentiels furent obligés de se déployer en demi-cercle devant elle et Gabriel. Comme s'ils subissaient un procès. Poussant mentalement un soupir, elle le présenta, tout à fait certaine que les autres le connaissaient au moins de réputation.

Ce fait devint vite apparent. À force de remarques malicieuses lancées subtilement, Coleburn, Simpkins et Falworth firent clairement comprendre à Gabriel qu'il devrait trouver un meilleur divertissement ailleurs, selon eux. Alathea ne fut pas du tout étonnée lorsqu'il chassa leurs suggestions d'un haussement d'épaules, ayant visiblement l'air de lutter pour réprimer un bâillement. C'était probablement vrai. C'était certainement son cas à elle.

Si elle avait voulu se tenir près d'un mur à converser avec un groupe de gentlemen, Coleburn, Simpkins et Falworth n'auraient pas été son choix. Elle aurait mieux aimé discuter avec le diable en personne, actuellement à sa droite ; au moins, avec lui, elle ne courrait jamais le risque de vagabonder mentalement et de perdre le fil de la conversation.

Malgré le manque de stimulation, elle était nettement soulagée que Gabriel ne décide pas d'animer l'affaire en disséquant chirurgicalement Simpkins, qui semblait décidé à se placer en première ligne avec ses traits d'esprit étudiés et pas tout à fait désinvoltes.

Lady Castlereagh n'aimerait pas voir du sang sur le plancher de sa salle de bal.

— Et donc, madame Dalrymple a insisté pour que nous continuions notre chevauchée, mais le bœuf au bout du quatrième champ l'a obligée à se retirer. Eh bien – Falworth écarta les mains –, que pouvais-je faire ? Nous avons dû faire un nœud Brummel et chercher refuge dans une maison de ferme à proximité.

Les autres gentlemen semblaient légèrement intrigués par la description que faisait

Falworth de sa sortie avortée avec les Cottesmore. Tous, à l'exception de Gabriel, qui présentait une imitation remarquable d'une statue de marbre. Un sourire complètement insignifiant sur les lèvres, Alathea soupira mentalement et laissa les paroles de Falworth lui passer par-dessus la tête.

Au-delà de leur petit cercle, un grand gentleman, aussi grand que Gabriel, passa nonchalamment près d'eux. Son regard paresseux passa sur leur groupe, puis il s'immobilisa. L'homme s'arrêta en remarquant Gabriel, puis son regard revint sur Alathea.

Le gentleman sourit ; Alathea cligna presque des paupières. Le charme était ce qu'il était, mais il y avait ici quelque chose de plus. Ses lèvres se courbèrent en réaction avant même qu'elle réfléchisse. Le sourire du gentleman s'intensifia ; il inclina la tête. Les yeux sur son visage, il s'approcha avec le même pas félin décontracté sur des membres souples, qui caractérisait les Cynster et certains de leurs pairs, présuma Alathea.

La réaction de Gabriel fut immédiate et intense. Alathea eut à peine le temps de s'interroger sur la raison avant que l'explication s'incline devant elle.

— Chillingworth, ma chère. Je ne crois pas que nous nous sommes rencontrés.

Se redressant avec grâce, il jeta un bref regard à Gabriel.

— Cependant, je suis certain de pouvoir convaincre Cynster de nous présenter.

Gabriel laissa le silence s'éterniser à la limite de l'insulte avant de dire à contrecœur :

— Lady Alathea Morwellan ; Chillingworth, comte de.

En arquant un sourcil vers lui en guise d'avertissement, Alathea offrit sa main à Chillingworth.

— C'est un plaisir, milord. Aimez-vous les plaisirs offerts par Sa Seigneurie ?

Il y avait un quatuor à cordes s'activant quelque part et une salle très occupée où l'on pouvait jouer aux cartes.

— Pour être franc, j'ai trouvé la soirée légèrement ennuyeuse.

En libérant sa main, Chillingworth lui sourit.

— Un peu trop insipide à mon goût.

Alathea haussa un sourcil.

— Vraiment ?

— Hum. Je me considère chanceux de vous avoir repérée dans la foule.

Son regard était appréciateur, particulièrement en raison de la taille d'Alathea. Ses lèvres se courbèrent.

— Chanceux, vraiment.

Alathea réprima un gloussement ; à côté d'elle, Gabriel se raidit. Les yeux dansants, elle lança :

— Je suis occupée à organiser un bal pour ma belle-mère. Dites-moi, quels divertissements seraient mieux à même d'attirer des hommes tels que vous ?

Le regard que lui décocha Gabriel était véritablement sévère ; Alathea l'ignora. Tout comme Chillingworth.

— Votre présence m'attirerait beaucoup.

Elle rencontra son regard avec des yeux inexpressifs.

— Oui, mais à part cela ?

Il s'étouffa presque en essayant de ravaler son rire.

— Ah… à part cela ?

— Allons, Chillingworth. Je suis certain que si vous vous concentrez, vous vous rappellerez ce qui vous attire dans ces événements.

La voix paresseusement traînante de Gabriel fit dévier l'attention du comte.

Chillingworth haussa les sourcils. Appuyant un bras sur le dessus du piédestal, il plissa le front.

— Laissez-moi réfléchir.

Gabriel renifla doucement.

— Pas les foules.

Attirant le regard d'Alathea, Chillingworth poursuivit.

— Je ne comprends pas pourquoi le cachet de l'exclusivité n'est pas plus largement apprécié.

Le regard sur les invités se déplaçant et battant des pieds devant eux, obligeant les trois autres gentlemen, maintenant relégués dans le cercle extérieur, à céder constamment du terrain, puis à lutter pour se rapprocher, Gabriel se racla la gorge en guise d'acquiescement.

— Dieu seul sait pourquoi on s'imagine que se frotter littéralement les uns aux autres toute la soirée est agréable.

— C'est parce qu'aucune hôtesse n'a le courage d'éventer le bluff de la haute société, alors il ne nous reste plus qu'à souffrir.

Alathea balaya le groupe rassemblé d'un regard résigné.

— Au moins, marmonna Gabriel, nous pouvons raisonnablement bien voir. Cela doit être pire pour ceux qui ne le peuvent pas.

— J'en suis certaine, répondit Alathea. Mary, Alice et Serena semblent passer la moitié de leur temps à chercher leur chemin.

Chillingworth les avait observés, assimilant leur échange.

— Hum. Quant aux autres exigences, bien que les gentlemen dans mon genre – et comme Cynster ici – puissent avoir un faible pour les sonates et les mélodies en leur temps, avoir une série de violons grinçants installée dans un coin ne forme qu'une distraction déplacée.

— Une distraction ? demanda Alathea en lui jetant un regard. Cela vous distrait de quoi ?

La question directe fit ciller Chillingworth. Il coula un regard vers Gabriel. Les lèvres d'Alathea tressaillirent de plaisir.

— De vos entreprises habituelles ?

Chillingworth se redressa ; Gabriel se contenta de jeter un regard résigné à Alathea.

— Ne vous occupez pas d'elle, conseilla-t-il à Chillingworth. Bien que je doive peut-être vous prévenir que cela ne fait qu'empirer.

Alathea lui offrit un regard hautain.

— Vous ne pouvez pas parler.

Promenant son regard de l'un à l'autre, Chillingworth déclara :

— Vous vous connaissez.

Alathea agita la main dédaigneusement.

— Depuis la naissance : notre association a été décidée pour nous et non par nous.

Gabriel haussa les sourcils.

— Joliment dit.

L'expression perplexe dans les yeux de Chillingworth ne disparut pas complètement, mais il se réinstalla à côté d'Alathea.

— Où en étions-nous ?

— Les aménagements que vous préférez pour vos entreprises habituelles.

Alathea s'amusait ; Chillingworth, comme Gabriel, lui décocha un regard répressif.

— Très bien.

Chillingworth accepta le défi.

— Pas un horaire de danse qui prévoit seulement deux valses. À propos de cela, ma chère, je crois que l'orchestre est sur le point de se rendre utile et de nous gâter avec une valse.

Se redressant, il sourit, à la fois charmant et provocant.

— Puis-je vous inciter à braver le plancher avec moi ?

Alathea lui rendit son sourire, tout à fait prête à relever son défi, également prête à donner l'occasion à Gabriel de partir en douce. Ils étaient en compagnie l'un de l'autre sans s'être abaissés au sarcasme incisif depuis presque une demi-heure ; il était inutile de pousser leur chance plus avant.

Elle tendit la main.

— En fait, milord, j'en serais ravie.

Gabriel serra les dents, il retint sa respiration et il s'obligea à rester immobile. Dieu en était témoin, il ne désirait pas valser avec Alathea – cette seule idée envoyait une vague de chaleur sur sa peau qui lui démangeait comme une éruption cutanée.

Cependant… il ne voulait pas qu'elle valse avec Chillingworth. Ni avec personne d'autre ; mais Chillingworth était, typiquement, le pire choix qu'elle aurait pu faire parmi tous les gentlemen dans la pièce. Non qu'elle ait choisi tout à fait intentionnellement ; elle pouvait bien avoir vingt-neuf ans, elle possédait quand même une bonne veine de tendances friponnes, victime d'un effort d'audace réfléchie.

Il regarda pendant que Chillingworth la guidait sur le plancher, puis la prenait avec légèreté dans ses bras. Elle rit à un de ses mots d'esprit, et ils commencèrent à tourner ; pendant qu'ils tournoyaient vers le fond de la salle, Gabriel réprima un grognement. La voilà partie, tentant le destin avec les yeux grands ouverts.

En déplaçant son regard, il vit Lucifer, encore en train de surveiller, mais bavardant avec deux amis pendant que les jumelles dansaient. Gabriel les repéra, chacune dans les bras d'un gentleman convenablement inoffensif. Les paroles d'Alathea résonnèrent dans sa tête ; il s'interrogea mentalement. Il y réfléchirait. Son regard erra sur les autres danseurs avant de se poser de nouveau.

La valse était presque terminée avant qu'Alathea n'identifie l'étrange sensation qui l'affligeait. Elle n'était pas apparue quand Chillingworth l'avait prise dans ses bras au début, mais plus tard, alors qu'ils commençaient leur deuxième tour autour de la pièce.

Elle avait aimé la valse. Malgré ses prédilections, Chillingworth était charmant et plein d'esprit, un gentleman jusqu'au bout des ongles. Il ressemblait beaucoup à Lucifer et à ses cousins Cynster ; elle l'avait traité de la même façon dont elle les traitait – il avait réagi dans la même veine avec un air badin. Elle s'était détendue.

C'était là que cette autre sensation s'était fait ressentir, comme un regard intense fixé directement entre ses omoplates. Ce fut son intensité même qui lui fit enfin identifier sa source.

Quand Chillingworth la ramena galamment à l'endroit à côté du buste de Wellington, elle souriait et frémissait doucement.

Un regard au visage de Gabriel dans ses yeux noisette durs fit surgir sa colère. Elle avait réussi à percer son armure pour le piquer à propos des jumelles ; il la payait de retour en la surveillant, simplement pour la déranger. Se glissant dans l'espace à côté de lui, elle marmonna :

— N'avez-vous rien de mieux à faire ?

Il la regarda d'un air ahuri.

— Non.

Il était impossible de le déplacer, alors il resta ; à la fin de la soirée, elle était prête à commettre un meurtre. Cependant, dans le carrosse la ramenant à la maison, elle fut obligée de refouler son humeur noire et d'écouter d'une manière encourageante Mary et Alice papoter joyeusement pour raconter leurs faits et gestes. À sa grande satisfaction, les deux s'étaient bien intégrées et elles attiraient le bon type d'attention. Quand elles quittèrent le carrosse et montèrent l'escalier devant la porte d'entrée, Alathea échangea un regard spéculatif avec Serena. La campagne progressait bien.

Elle s'en sortait moins bien. Quand elle regagna sa chambre et que Nellie eut fermé la porte derrière elle, elle se sentait comme un volcan humain.

— Un de ces jours, informa-t-elle Nellie à travers des dents serrées, il tombera sur moi alors que j'ai une arme dangereuse entre les mains, et je finirai dans la Tour et tout sera de sa faute !

— La Tour ?

Nellie était complètement embrouillée.

— Emprisonnée pour l'avoir assassiné !

Alathea donna libre cours à sa colère.

— Tu aurais dû le voir ! Tu ne peux pas t'imaginer ! s'indigna-t-elle en faisant les cent pas devant l'âtre. Il était encore plus impossible que je l'aurais cru, même de lui. Simplement parce que je lui ai dit – et que je l'ai aussi convaincu – qu'il avait tort d'étouffer les jumelles, il a cessé de les étouffer pour m'étouffer moi à leur place !

— Vous étouffer ?

— Il m'a surveillée comme si j'étais sa sœur ! Il a essayé de menacer et de chasser tous les gentlemen amusants.

Elle pivota, ses jupes bruissant furieusement.

— Au moins, il n'a pas réussi avec Chillingworth, Dieu merci ! Toutefois, tout au long du dîner…

Les mots lui manquèrent ; elle jeta un regard acéré comme un couteau vers la porte.

— Je ne me suis jamais autant sentie comme un os avec un gros chien, les lèvres retroussées sur ses dents, debout au-dessus de moi. Et tu aurais dû voir sa performance à la deuxième valse ! J'avais déjà dansé la première avec Chillingworth et je ne voyais pas de raison de ne pas lui accorder aussi la deuxième – il est agréablement grand, ce qui est une vraie bénédiction pour une valse –, mais Gabriel s'est conduit comme un... un fichu archevêque ! On aurait dit qu'il n'avait jamais lui-même valsé avec une dame de sa vie !

Les bras croisés, elle continua à arpenter la pièce.

— Ce n'était pas comme s'il désirait lui-même valser avec moi, oh non ! Il n'a jamais valsé avec moi de sa vie ! Il voulait seulement se montrer difficile ! Et il est tellement difficile à contrer ! Je compatis sincèrement avec les jumelles et je ne peux qu'être contente si je lui ai replacé les idées à leur sujet, se renfrogna-t-elle. Sauf qu'il semble à présent centrer son attention sur moi.

Elle réfléchit à cela, puis elle haussa les sourcils.

— Vraisemblablement, il ne le faisait que pour ce soir, pour me rendre la monnaie de ma pièce. Peu importe, j'en ai plus qu'assez des manières arrogantes de monsieur Gabriel Cynster.

— Qui ?

Alathea se laissa choir sur le tabouret devant sa coiffeuse.

— Rupert. Gabriel est un surnom.

Nellie lui descendit les cheveux et commença à les brosser. Alathea laissa les tiraillements rythmiques la soulager. Son esprit revint au problème qui l'avait consumée plus tôt, le problème qu'elle avait largement oublié dans la colère engendrée par le comportement de Gabriel dans la salle de bal.

Alors qu'elle était Alathea Morwellan.

C'était déjà assez difficile. Le comportement de Gabriel quand elle était la comtesse semblait échapper encore plus à son contrôle.

— Cela dure depuis assez longtemps : j'ai besoin de prendre la tête des opérations.

— Vraiment ?

— Hum. C'est très bien pour lui de prendre les rênes, mais c'est clairement trop dangereux. C'est mon problème – il est mon chevalier –, c'est moi qui l'ai convoqué. Il va devoir apprendre à agir selon mes désirs et non l'inverse. Je vais devoir mettre ce point au clair.

Elle – la comtesse – allait devoir le revoir.

Alathea fronça les sourcils.

— Je dois lui parler du capitaine.

Ce qui s'était produit à l'hôtel Burlington ne se reproduirait pas. Cela n'avait été qu'un événement opportuniste, la combinaison d'un lieu, d'une occasion et de l'ivresse – et de sa faiblesse – qu'il avait sentis, constatés et saisis.

Elle l'avait laissé faire. Elle ne serait pas aussi faible cette fois, se jura-t-elle. Elle ne se laisserait pas si facilement charmer et amener au lit.

Non. Toutefois, il serait idiot de courir des risques.

— Je ne peux pas risquer une autre rencontre en plein jour.

— Pourquoi pas ? Il ne peut pas voir votre visage même au soleil si vous portez ce masque sous votre voile.

— Vrai. Cependant, il va regarder plus attentivement et l'on verra assez mon visage… Il pourrait deviner.

Il l'avait vu de près très fréquemment au cours des dernières semaines. Sa capacité d'observation était vive lorsqu'il se concentrait, et après leur dernière rencontre au Burlington, elle était très certaine qu'il se concentrerait sur la comtesse. Particulièrement si elle s'avérait décidée à le tenir poliment à distance.

Néanmoins, la distance, polie ou non, était impérative. – Je dois le revoir.

Fronçant les sourcils, elle pianota avec ses doigts sur la coiffeuse. Si elle pouvait organiser une rencontre dans un endroit où l'occasion était absente, afin qu'il n'ait aucune possibilité de saisir sa chance, elle serait en sécurité.

— Une lettre pour vous, milord… heu, monsieur.

Avec un geste grandiloquent, Chance déposa le plateau en argent qu'il avait pris l'habitude de porter dès que l'occasion se présentait sur la table du petit-déjeuner, à la droite de Gabriel.

— Merci, Chance.

Mettant sa tasse de café de côté, Gabriel prit la lourde feuille de papier parchemin blanc pliée et chercha son coupe-papier.

— Oh ; ah !

Chance sautilla et fouilla ses poches.

— Attendez, dit-il en brandissant un petit couteau rouillé. Je vais le faire.

— Non, Chance, ça va très bien comme ça. Je peux m'en charger, ajouta Gabriel en s'accrochant au billet.

— Très bien.

Raflant le plateau, Chance s'en alla.

Gabriel brisa le sceau avec l'ongle de son pouce. Ses lèvres formant un trait mince, il ouvrit le billet.

Il l'attendait depuis au moins quatre jours. Il était plus que mécontent que la comtesse ait mis autant de temps à le convoquer à une nouvelle rencontre. Le temps écoulé était comme une tache sur sa feuille de route, un reflet négatif de son talent. Au moins, le mot était enfin arrivé.

Il lut les premières lignes, puis il leva les yeux au plafond. Un *carrosse !*

Il soupira. Eh bien, elle était vierge auparavant, alors à quoi pouvait-il s'attendre ? Elle était manifestement novice en ce qui avait trait à l'organisation des rendez-vous galants entre amants.

CHAPITRE 11

C'était une nuit sans lune. Le vent murmurait et soupirait entre les arbres bordant l'allée carrossable devant Stanhope Gate. Attendant impatiemment dans l'ombre, Gabriel résista à l'envie de secouer la tête.

Minuit à Stanhope Gate, cela ne représentait qu'une amélioration marginale sur trois heures sous le porche de St-Georges.

La comtesse lisait trop de romans gothiques. Dans ce cas-ci, soit elle avait oublié que les grilles du parc étaient verrouillées au coucher du soleil, soit elle comptait sur lui pour exercer ses talents particuliers sur le cadenas qui attachait les grilles en fer forgé. C'est ce qu'il avait fait, en laissant les grilles grandes ouvertes. Ce n'était pas exceptionnel qu'une grille ouverte soit oubliée.

Au moins, il n'y avait pas de brouillard, seulement des couches d'ombre s'étalant sur les espaces verts, se déplaçant et dérivant avec le vent. Il y avait juste assez de lumière pour se repérer, pour distinguer les formes, mais pas leurs détails.

Au loin, une cloche retentit, la première note du chœur de minuit. Il écouta alors que les autres clochers se joignaient à elle, puis le compte fut fait et la dernière note mourut dans la nuit sombre. Le silence revint et s'installa.

Le cliquetis métallique d'une roue de carrosse fut le premier signe qu'il reçut que son attente se terminait. Il y avait de nombreux carrosses circulant autour de Mayfair, mais ils évoluaient assez loin pour qu'on les ignore. Le cliquetis régulier continua, ponctué par le claquement des sabots, puis le petit carrosse noir, ses lampes éteintes, roula entre les poteaux des grilles dans la pénombre du parc.

Gabriel sortit du bas-côté. Le cocher redirigea ses chevaux ; le carrosse ralentit, puis stoppa. Gabriel ouvrit la portière et monta dans l'obscurité encore plus dense que celle qui prévalait dans la chambre à coucher du Burlington.

Il s'assit et il sentit le cuir sous lui, ainsi qu'une présence chaude à ses côtés.

— Monsieur Cynster.

Gabriel se fendit d'un sourire dans le noir.

— Comtesse.

Elle haleta en se retrouvant sur ses genoux. Il ne fallut qu'un instant à Gabriel pour trouver son voile, puis il posa ses lèvres sur les siennes.

Ce fut un baiser brûlant – il s'en assura. Un baiser pour lui voler sa raison, pour faire virevolter ses sens. Un baiser pour allumer sa passion et la sienne.

Les lèvres de la comtesse s'adoucirent dès l'instant où les siennes se raffermirent ; elles s'écartèrent dès qu'il en dessina les contours. Elle fondit entre ses bras alors que lui devenait plus rigide ; il ne leva pas la tête avant qu'elle soit hébétée et étourdie, trop essoufflée pour prononcer les mots qui lui tournaient dans la tête sans pouvoir commencer à les former.

Il n'hésita qu'un moment, leurs souffles chauds se mêlant dans l'obscurité, le rythme de leur respiration déjà irrégulier. Il sentit le désir de sa compagne, il sentit les lèvres gonflées, entrouvertes et affamées à moins de deux centimètres des siennes.

En franchissant la distance, il scella le destin de la comtesse. Et le sien.

Cette fois, cependant, il était décidé à rester maître de la situation, à orchestrer leur jeu jusqu'à la toute fin. Il avait comploté et planifié et fantasmé. Après avoir imposé sa volonté débauchée et lui avoir fait vivre toute la gamme de sensations qu'un amant expérimenté pouvait provoquer, il parierait sa réputation chèrement gagnée qu'elle n'attendrait pas des jours avant de lui revenir.

Ses lèvres sur les siennes, il la débarrassa rapidement de sa cape et repoussa complètement son voile vers l'arrière. Interrompant leur baiser, il laissa le bout de ses doigts s'attarder sur la peau délicate de son front, sur l'arche de ses sourcils, sur l'étendue de ses joues. Sa mâchoire était ferme et finement découpée, sa gorge longue, svelte… élégante.

À la base de sa gorge, son pouls battait violemment. L'encolure dégagée de sa robe dévoilait les renflements supérieurs de ses seins ronds. Les doigts de Gabriel en suivirent la trace ; ses souvenirs se renforcèrent. Le besoin bourgeonna.

Le souffle de la comtesse trembla sous ses lèvres ; elle frissonna entre ses bras.

— Votre cocher. Quelles instructions lui avez-vous données ?

Elle prit une inspiration tremblante ; il sentit qu'elle s'efforçait de réfléchir.

— Je lui ai dit de rouler lentement autour de l'avenue… jusqu'à ce que nous terminions notre réunion.

— Parfait.

Levant la main, il donna un coup sec sur le toit du carrosse. Une seconde plus tard, le véhicule bondit en avant, puis il roula pesamment.

Elle se redressa.

— Je…

Sa respiration s'interrompit quand il abaissa le bras et referma sa main avec possessivité sur un sein. Il le pétrit et elle frissonna.

En incitant sa tête à se relever avec de petits coups, il reprit ses lèvres et se mit en devoir de jeter la raison de la comtesse aux orties.

Ce n'était pas difficile ; elle n'offrit pas vraiment de résistance. Elle semblait avoir un don naturel dans ce domaine, une femme profondément sensuelle, sa conscience s'abandonnant volontiers à l'instant, à la sensation physique, à l'excitation sexuelle, au plaisir indescriptible de donner et de prendre.

Au début, ce fut lui qui prit et elle qui donna, puis il se retint mentalement, réaffirmant sa volonté de maîtriser la situation en son for intérieur, puis il s'embarqua délibérément dans son scénario, son plan soigneusement établi pour l'attacher à lui avec des chaînes sensuelles.

Les lèvres sur les siennes, il tendit la main vers ses lacets.

La débarrasser de sa robe ne fut pas un grand exploit ; pas avec sa vaste expérience. Cependant, il réalisa son forfait lentement, savourant chaque centimètre de ses courbes à mesure qu'il les exposait, au grand plaisir frissonnant de la comtesse.

Non qu'elle ait froid. D'épais rideaux scellaient les fenêtres du carrosse. Avec leurs corps enflammés enfermés dans ce petit espace, elle ne courait pas le moindre risque de prendre froid malgré l'ensemble des plans de Gabriel. C'était aussi bien, car avec le poids chaud de la comtesse sur les cuisses et ses lèvres affamées sous les siennes, il n'était pas en état de les modifier. Ce soir, le destin était de son côté.

La soulevant, il fit doucement glisser la douce robe sur ses hanches, puis il la déposa sur la banquette, l'arrière de ses cuisses nues, exposé sous sa courte chemise, en contact direct avec son pantalon. Par l'entremise de leur baiser, il sentit l'augmentation de sa tension. Il se prépara à l'accroître un peu plus.

Approfondissant le baiser, il la maintint en équilibre avec un bras passé autour d'elle. Fermant une main sur sa cuisse nue, il fit descendre la robe en caressant ses longs membres, d'abord en bas d'une jambe, puis de l'autre. Dans un mouvement fluide, il prit la robe et la rejeta sur le siège à côté de lui et il lui attrapa un pied. Il lui retira sa chaussure, étonné de remarquer son poids. Pendant qu'il se débarrassait de l'autre, il réalisa que les talons étaient hauts. Effleurant sa jambe d'une main, il repéra sa jarretelle, quelques centimètres au-dessus de son genou.

Il joua avec la bande. La garder ? Ou bien l'enlever ? Il repensa à son plan. Les lèvres de la comtesse bougèrent sous les siennes ; elle s'efforçait de reprendre son souffle, de sortir la tête du brouillard de désir dans lequel il l'avait intentionnellement enveloppée. Il l'immobilisa avec un baiser ravageur et explorateur et il roula rapidement ses bas vers le bas avant de les lui retirer, les envoyant rejoindre la robe.

La laissant uniquement vêtue de sa chemise de soie.

Il l'attira à lui, plus profondément dans son étreinte ; en lui inclinant la tête vers l'arrière, il pilla sa bouche. Elle réagit ardemment, prise par l'entremêlement chaud de leurs langues, par la fusion de leurs lèvres. Les doigts agiles de Gabriel firent glisser les minuscules boutons fermant sa chemise, l'ouvrant jusqu'à son nombril. À l'instant où le dernier bouton sortit de sa boutonnière, il ferma le poing sur le vêtement fin ; interrompant le baiser, il releva la chemise et la fit passer par-dessus sa tête d'un seul mouvement.

— Oh !

Elle s'agrippa, non pas à la chemise, mais à son masque.

La main qui la tenait en équilibre à présent posée sur sa peau nue, il se fendit d'un sourire dans l'obscurité. Il rejeta la chemise, il tendit la main vers son visage, le touchant doucement, puis encadrant sa mâchoire.

— Votre voile est encore là.

Cela faisait partie de son plan de l'avoir entièrement nue à l'exception de ce fichu voile.

Les mains de la comtesse papillonnèrent ; les doigts de l'une lui touchèrent la main pendant qu'il attirait son visage plus près. Il toucha ses lèvres avec sa langue et elles s'écartèrent ; il plongea à l'intérieur, puis il se retira en commençant à grignoter, à titiller, à taquiner… jusqu'à ce qu'elle change de position sur ses cuisses, essayant de lui imposer ses propres demandes, incertaines de ce que ces demandes devraient être.

Il savait. En lui poussant les mains et les bras pardessus ses épaules, il l'attira sur lui. Il serra un mollet nu, savourant sa peau lisse, il releva le membre, levant cette jambe pardessus ses cuisses en la faisant tourner, puis il la lâcha, la laissant merveilleusement nue, à l'exception de son voile, assise à califourchon sur ses longues cuisses.

Oh, oui. Avant qu'elle ait le temps de réfléchir, il tendit les deux mains vers son visage, la tenant immobile pendant un baiser incendiaire, un baiser qui les laissa tous les deux haletants, la poitrine se levant et s'abaissant, le corps enflammé et pressé. Celui de la comtesse s'était ramolli ; le sien s'était durci. Leurs souffles pantelants s'entremêlèrent. Il glissa les doigts à l'arrière de son voile, découvrant les épingles qui retenaient sa chevelure. Pendant qu'elles tombaient en pluie sur le sol, leurs lèvres s'unirent de nouveau. La chaleur monta, se répandit, augmenta.

Sa chevelure cascada sur son dos, de longues mèches bouclant sur ses épaules. Il l'embrassa longuement et passionnément, puis il recula.

Elle tenta de se pencher davantage vers lui, de suivre ses lèvres avec les siennes, mais il ferma les mains sur ses épaules.

— Non.

Même s'il ne pouvait pas voir, s'il pouvait seulement ressentir avec ses sens complètement aiguisés, il savait qu'elle était hébétée, mais pas encore désespérée, sa raison en congé, mais ses sens encore conscients.

— Pas tout de suite.

Ils commençaient seulement.

— Restez assise sans bouger et concentrez-vous sur vos sensations.

Elle frissonna légèrement, mais elle obéit. Il ne s'était pas attendu à un argument – elle avait dépassé ce stade –, néanmoins il procéda lentement ; il n'avait pas l'intention de l'accabler – pas encore.

Courbant les mains sur ses épaules, il traça lentement avec ses doigts la longue étendue de ses bras, il passa ses coudes et ses avant-bras, ses poignets, puis il fit glisser ses doigts sur ses paumes, les faisant traîner sur les doigts de sa compagne. Le bout des doigts contre le bout de ses doigts, il lui écarta les bras sur les côtés, puis il les laissa tomber.

Elle était captivée ; il le savait quand il tendit encore les mains et toucha ses seins. Ils étaient déjà gonflés, leurs pointes durcies, mendiant son attention. Pendant de longs moments passionnés, il les toucha uniquement avec la pulpe de ses doigts, écoutant sa respiration devenir de plus en plus irrégulière. Ensuite, se penchant en avant, il prit un mont chaud dans sa main et sa pointe dans sa bouche.

Un cri mourut dans la gorge de la comtesse ; son corps s'arqua convulsivement. Il téta, une main se refermant sur un genou, l'autre levant sa chair vers ses lèvres. Quand le mamelon fut douloureux et palpitant, il changea ses mains de position et il tortura l'autre.

La tête de la comtesse retomba en arrière, sa chevelure formant un rideau léger, ses extrémités effleurant ses hanches, ses fesses nues et les genoux de Gabriel. Son échine s'inclina, chaque nerf tendu ; comme le maître qu'il était, il les laissa se raidir et se tendre jusqu'à ce qu'elle soit incapable de respirer, jusqu'à ce qu'elle tremble et soit aussi fragile que du verre filé, puis il lâcha son sein et se pencha en arrière.

Il sentit l'immense inspiration tremblante qu'elle prit. Laissant sa main sur son genou, davantage pour la rassurer que la tenir, il ne lui donna qu'un moment de répit, puis il releva la main. Sur ses côtes, suivant la trace de la peau délicate sur les os lisses, puis faisant traîner ses doigts sur sa taille. En libérant son genou, il ferma les deux mains sur sa taille, l'encerclant presque complètement. Écartant les doigts sur les muscles souples de son dos, il toucha, il effleura, il caressa.

Elle se détendit un peu ; ses lèvres se courbant en un sourire qu'elle ne pouvait pas voir, il laissa ses mains glisser pour lui caresser le derrière, puis il les fit doucement glisser sur ses flancs. Avant de les éloigner.

Pendant un instant, il la laissa ainsi positionnée sur ses genoux dans sa gloire nue. Ensuite, il tendit la main et il la toucha encore.

Il écarta la main sur son ventre ferme. Elle frissonna, mais sa colonne était tellement raide qu'elle oscilla légèrement seulement, puis elle se tendit encore plus quand il le pétrit délicatement. Elle retint son souffle sur un sanglot.

— Je…

— Ne parlez pas.

Il attendit, le temps d'un battement de cœur, puis il ajouta :

— Contentez-vous de ressentir.

Il attendit que ses sens se recentrent, puis il retira sa main. En lui serrant d'abord les genoux, il fit remonter ses mains, ses doigts glissant sur les longs muscles tendus de l'extérieur de ses cuisses, ses pouces râpant les surfaces intérieures tremblantes. En haut de ses cuisses, il fit courir ses pouces par-dessus et vers le haut, suivant les plis entre les cuisses et le tronc vers l'extérieur. Puis, il retira encore ses mains.

Ensuite, il tendit encore une main.

Et il la toucha entre ses cuisses largement ouvertes.

Sa respiration trembla ; elle frémit.

— Chut.

Il suivit la trace des plis enflés, exposés et ouverts pour lui. Il se doutait qu'elle n'avait pas compris cela, modestement couverte par l'obscurité.

Elle le découvrait maintenant ; elle tendit les bras – il sentit que ses doigts lui effleuraient la manche.

— Non. Laissez vos mains sur vos flancs.

Elle n'obéit pas immédiatement, mais pendant qu'il continuait à la caresser, le mouvement lent et régulier la rassura et elle laissa ses bras retomber.

Sa respiration était superficielle, suivant son cœur battant. Il ne voulait pas parler de nouveau, risquer de rompre le charme. Elle était chaude et mouillée ; il avait les doigts glissants grâce à sa rosée. Il trouva le petit bout dur dissimulé entre les plis et il décrivit un cercle autour de lui, mais il ne formait pas son objectif. Il attendit qu'elle soit plus calme, jusqu'à ce qu'elle soit stable au bord du précipice étroit, à un pas du sommet, puis il se focalisa sur sa cible.

Le long glissement de son doigt entrant en elle, la transperçant, la pénétrant inexorablement et remplissant sa douceur provoqua des spasmes chez elle. Chaque muscle se banda, si raide qu'elle en tremblait, chaque fragment de sa conscience focalisé, attendant le contact final qui la ferait exploser.

Il ne le lui prodigua pas ; le temps n'était pas encore venu. Les doigts enfouis dans son fourreau, il les garda immobiles, bloquant toute conscience de la chaleur enflammée qui l'agrippait, de la force souple de ses muscles intérieurs, du miel chaud qui lui humidifiait la main, de l'odeur évocatrice qui lui enveloppait le cerveau.

Ensuite, elle se stabilisa et le sommet s'était éloigné d'un pas. Il savait, mais il doutait qu'elle le sache. Il recommença à la caresser.

Combien de temps prolongea-t-il la torture, combien de fois l'amena-t-il presque au sommet avant de le déplacer, il l'ignorait, mais elle était déchaînée, sanglotant devant son besoin, ses doigts serrés sur ses bras, ses lèvres brûlant les siennes quand il s'enfonça enfin tout au fond et la laissa s'envoler.

Elle explosa entre ses bras.

Jurant contre l'obscurité qui l'empêchait de voir ce spectacle, de récolter les fruits de son expertise, il la colla sur lui, la laissant s'accrocher à lui, puis il la prit doucement dans ses bras et elle s'effondra complètement.

Il l'attira plus près, sentant les battements de son cœur, sentant qu'il battait violemment, puis qu'il ralentissait. Ensuite, elle remua.

— Je vous veux.

Les lèvres de Gabriel se retroussèrent dans sa chevelure.

— Je sais.

Sa respiration était comme un souffle doux sur son cou quand elle changea de position, tendit la main et le trouva.

— Comment ?

Elle referma le poing et il fut secoué.

— Ah…

Des doigts aussi rapides que ceux de Gabriel pendant qu'il défaisait les boutons à sa ceinture repoussèrent doucement sa chemise. De minces doigts plongèrent en avant, puis ils l'effleurèrent et le caressèrent…

Les mots étaient superflus. Il approcha les hanches de la comtesse en faisant glisser les siennes au bord de la banquette. Ils se rencontrèrent – ce fut elle qui se laissa tomber, un très long soupir éclatant dans sa gorge. Il réussit tout juste à réprimer un gémissement quand elle se ferma passionnément autour de lui. Après cela, il perdit contact avec le monde alors qu'elle devenait sa réalité, la femme chaude, mouillée et généreuse qu'il aimait dans l'obscurité.

Elle était tout ce qu'il désirait : mystérieuse, généreuse, intensément féminine. D'une certaine manière sensuelle, elle était le reflet de son âme. Elle lui emplit les sens jusqu'à ce qu'il ne se rappelle plus aucune autre femme, jusqu'à ce qu'il ne connaisse rien au-delà de sa chaleur affriolante et du besoin bestial qui le tenait.

Il s'enfonça en elle et elle l'enveloppa ; sur un encouragement de Gabriel, elle déplaça ses jambes, maladroite pendant un moment pendant qu'elle les repositionnait, les serrant autour de ses hanches. Quand elle s'enfonça totalement sur lui encore une fois, elle haleta. En serrant les hanches de sa compagne, il la changea de position, poussant vers le haut pendant qu'il l'abaissait. Elle sanglota, puis il trouva ses lèvres. Ils s'accrochèrent l'un à l'autre et ils s'aimèrent, ils donnèrent et ils prirent et ils donnèrent encore. Les chevaux continuaient d'avancer d'un pas lourd.

Le carrosse plongé dans la pénombre devint comme une caverne surchauffée, remplie de luxure, de désir et tellement plus. La faim, l'avidité, la joie et le délire tournoyaient, un kaléidoscope dans le noir.

Puis, elle s'envola très haut et il la suivit ; filant au-delà des étoiles. La fin les laissa en miettes, brisés et détruits avant de renaître dans les bras l'un de l'autre.

Le balancement doux du carrosse les ramena lentement sur terre ; ils restèrent néanmoins immobiles, laissant les longs moments douloureusement doux les submerger, ni l'un ni l'autre prêt à abandonner cette communion des âmes.

Ses lèvres sur la tempe de la comtesse dont les cheveux de soie étaient sur sa joue, Gabriel inspira lentement. Son torse se gonfla, déplaçant le poids chaud de la comtesse. Il ferma les bras autour d'elle ; il ne voulait pas la lâcher. Il ne voulait pas perdre la paix qu'elle lui avait apportée – elle et elle seule.

Il n'avait jamais atteint cet état, cette profondeur de sentiment. Au-delà de la sensation, au-delà du réel, une mer d'émotions innommables le léchait. Il voulait la nier, la chasser d'un haussement d'épaules. Elle l'effrayait. Cependant, c'était une drogue – il craignait d'en être déjà dépendant.

Elle remua encore une fois la première. Se redressant en position assise, elle soupira et rejeta ses cheveux en arrière.

— Je voulais vous dire…

Il eut la nette impression qu'elle avait eu l'intention de dire « avant que vous commenciez tout ceci » et, de plus, d'un ton sévère. Il était trop repu pour faire autre chose qu'un petit sourire satisfait dans le noir. Il était encore plongé en elle jusqu'au bout.

— Quoi ?

Tendant la main vers elle, il l'attira encore dans ses bras.

Elle accepta, puis elle se détendit ; malgré sa résolution, elle était encore hébétée.

— Mon beau-fils… il a surpris une conversation chez White's, entre un capitaine Je-ne-sais-quoi et un autre homme. Le capitaine ne prenait pas la Société aurifère de l'Afrique centrale et orientale au sérieux.

Il fronça les sourcils.

— Je pensais que votre beau-fils était trop jeune pour le White's.

— Oh, il l'est. Cela se passait dans l'escalier ; il marchait sur St-James Street.

— À qui le capitaine s'adressait-il ?

— Charles ne le savait pas.

— Hum.

Il lui était difficile de réfléchir avec le poids chaud de la comtesse blotti contre lui, avec son corps intimement serré autour de lui. Ce dernier fait, ainsi que la vigueur qui lui revenait, l'incita à dire :

— Un capitaine revenu récemment d'Afrique ne devrait pas être impossible à trouver. Les listes d'expédition, les autorités portuaires, la marine marchande. Il sera connu quelque part.

— Si nous avons un témoin comme lui, nous serons capables de présenter immédiatement une demande à la cour.

Mais alors, ils n'auraient plus de raison de se rencontrer, et il lui fallait encore découvrir son nom.

— Possible. Cela dépend de ce qu'il sait.

Tournant la tête, il la regarda en plissant les paupières, mais il ne pouvait toujours rien voir.

— Je vais vérifier cela.

— Avez-vous entendu autre chose ?

— J'ai des contacts à Whitehall qui sondent les autorités africaines à propos des prétentions minières de la compagnie et je cherche à en retrouver d'autres qui pourraient être au courant de la présence de la compagnie dans ces villes particulières.

En se relevant davantage sur le siège, il jeta un coup d'œil vers le ciel.

— Maintenant, dites à votre cocher de revenir lentement jusqu'à Brook Street.

Elle se rassit en serrant toujours son manteau et elle s'éclaircit la gorge.

— Jones ?

Le carrosse ralentit, puis s'arrêta.

— M'dame ?

— Brook Street, je vous prie ; vous savez où.

— Ouais, m'dame.

Tirant avantage de la tête relevée de la comtesse, Gabriel pressa ses lèvres sur sa gorge. Elle s'efforça de réprimer un gloussement, puis elle soupira.

Ensuite, son souffle se coinça dans sa gorge. Un moment plus tard, elle demanda, l'air légèrement hébété :

— Encore ?

— J'ai faim.

Elle aussi. Ils se dévorèrent mutuellement en vitesse, sans souci de prudence, déterminés, atteignant le pinacle éblouissant avant même que le carrosse quitte le parc.

Malheureusement, il n'était pas situé très loin de Brook Street. Enveloppant la comtesse dans sa cape, Gabriel la reposa sur la banquette à côté de lui. Il remit de l'ordre dans ses propres vêtements, puis il se pencha en avant pour déposer un long baiser sur ses lèvres gonflées.

Le carrosse s'arrêta ; il recula. Par-dessus son épaule, un réverbère jetait son feu à l'intérieur, éclairant le visage de la comtesse d'une étroite bande de lumière.

Elle était épuisée, ses yeux étaient fermés – il pouvait seulement voir le bord d'un croissant de cils sombres couché sur une joue pâle. La bande de lumière illuminait uniquement cette joue, le lobe d'oreille encadré par une mèche de doux cheveux bruns, le bord de sa mâchoire et le coin de ses lèvres.

Pas suffisant pour l'identifier.

Gabriel hésita. Puis il changea de position et son épaule bloqua la lumière.

— Faites de beaux rêves, ma chère.

Son « au revoir » murmuré était doux et sourd, l'adieu d'une amante. Descendant dans la rue, Gabriel regarda son carrosse s'éloigner ; il réussit tout juste à ne pas le rappeler. Il se tourna, il monta les marches et il fronça les sourcils en tendant la main pour prendre sa clé d'entrée.

Il avait déjà vu son visage. La ligne de sa mâchoire lui était familière.

Elle faisait partie de son cercle.

Qui ?

Entrant par lui-même, il alla ensuite au lit.

Sniff.

Alathea lutta pour soulever ses lourdes paupières et elle perdit la bataille.

Sniff.

Réprimant un soupir, elle essaya encore et réussit à voir à travers les fentes.

— Nellie ?

Sniff.

— Oui, milady, lui parvint la réponse d'un ton douloureux.

Sniff. Alathea se mit sur le dos avec difficulté et elle leva la tête. Et elle vit Nellie, le nez rouge et les yeux larmoyants en train de secouer sa cape pour elle. Alathea prit une lente inspiration.

— Nellie Macarthur ! Retourne directement au lit. Je ne veux pas te voir ni entendre parler de toi jusqu'à ce que tu ailles mieux.

Fixant sur sa vieille servante un regard sans équivoque, Alathea rassembla assez de force pour prononcer les mots « tu m'entends ? » d'un ton dûment intimidant.

Nellie renifla encore.

— Mais qui prendra soin de vous ? Vous devez assister à tous ces bals et ces fêtes, et votre belle-maman dit avec justesse que...

— La jeune servante fera mon affaire pour l'instant ; je ne suis pas totalement sans ressource.

— Mais...

— Coiffer mes cheveux dans un style plus simple pour quelques soirées sera un soulagement. Personne n'en pensera rien.

Alathea lui jeta un nouveau regard sévère.

— Maintenant, va-t'en ! Et ne t'avise pas de te promener en douce en bas : je vais parler à Figgs dès que je me lèverai.

— D'accord, grommela Nellie, mais Alathea pouvait voir par ses gestes léthargiques qu'elle n'allait vraiment pas bien.

— Je vais dire à Figgs de te préparer un peu de son bouillon.

Alathea regarda Nellie ouvrir la porte.

— Oh, et ne te donne pas la peine de m'envoyer la jeune servante. Je vais sonner pour l'appeler lorsque je serai prête.

Nellie sortit en se traînant les pieds avec un très léger hochement de tête.

Dès l'instant où la porte se referma, Alathea se laissa retomber sur ses oreillers, elle ferma les yeux et elle gémit. Avec chaleur.

Ses cuisses ne seraient plus jamais les mêmes.

CHAPITRE 12

— Allie ? Clignant des paupières, Alathea focalisa son regard. L'inquiétude dans les yeux, Alice la regardait pardessus la table du petit-déjeuner.

— Sors-tu dans le jardin avec nous ?

Mary, à côté d'Alice, semblait tout aussi inquiète. Alathea fit apparaître un sourire.

— Je suis dans la lune. Je vais aller chercher mon chapeau ; partez devant moi.

Elle se leva avec elles et se sépara d'elles dans le vestibule pour monter à sa chambre chercher son chapeau de jardinage.

Néanmoins, elle n'arriva au jardin qu'une demi-heure plus tard. Mary et Alice ne l'avaient pas attendue ; elles avaient commencé à désherber la longue plate-bande. Même si elles la regardèrent quand elle s'approcha et lui sourirent chaleureusement, il était évident qu'elles échangeaient des confidences, se murmurant des réflexions sur leurs espoirs et leurs rêves. En leur rendant leurs sourires, Alathea inspecta leurs efforts, puis elle regarda autour.

— Je vais entreprendre le parterre central.

Les laissant à leurs rêves, elle partit s'occuper des siens.

Le parterre central encerclait une petite fontaine, un lutin d'eau surpris en train de bondir pour se libérer en faisant tomber des gouttelettes dans une large vasque. Étalant son tapis en raphia près du parterre, rempli en ce moment de pensées, Alathea s'agenouilla, elle enfila ses gants en coton et elle se mit à l'ouvrage.

Autour d'elle, sa famille s'activait gaiement à leurs tâches matinales habituelles. Jeremy et Charlie apparurent au détour de la maison, tirant des branches mortes venant d'arbustes trop développés. Dans la demi-heure, le professeur particulier de Jeremy arriverait, et Charlie mettrait ses vêtements de ville pour aller passer la journée avec ses copains d'Eton. Mademoiselle Helm et Augusta, serrant une Rose toujours présente, sortirent et s'assirent sur le banc en fer forgé ; d'après ce que put entendre Alathea, elles étaient occupées par une leçon de botanique. Après environ une heure, elle, Mary et Alice se retireraient pour aller se laver, se changer et se préparer pour leur excursion du matin – la sortie qu'avait organisée Serena. À l'intérieur, Serena devait être en train de feuilleter des invitations, d'envoyer des mots et de planifier la meilleure façon pour eux d'éviter les obstacles pendant la saison mondaine. Alathea était satisfaite de lui confier les stratégies ; c'était déjà assez d'être obligé de désherber.

L'histoire qu'ils avaient concoctée pour dissimuler le fait qu'ils n'avaient pas les moyens d'engager un deuxième jardinier pour s'occuper des plates-bandes et des parterres de fleurs à leur résidence principale, Park, et pour le jardin de la maison londonienne était qu'Alathea aimait planter et jardiner et que Serena trouvait qu'il était aussi approprié pour ses filles de développer leurs connaissances dans l'art de créer des plates-bandes spectaculaires. Et, bien sûr, tous les gentlemen devraient avoir une certaine expertise de l'aménagement paysager. Heureusement, l'aménagement paysager et les plates-bandes étaient très en vogue, bien que les dames et les gentlemen ne faisaient habituellement que superviser de tels projets, une distinction subtile que le comte, Serena et Alathea omettaient de mentionner.

Alors qu'elle tendait la main vers un brin d'herbe pointant insolemment entre des groupes de pensées, Alathea soupira intérieurement. Elle aimerait bien mieux ne jamais revoir une mauvaise herbe, mais…

En tirant brusquement, elle déracina l'intrus et le lâcha sur la pelouse à côté d'elle. Écartant le feuillage des pensées, elle en chercha d'autres. Évidemment, dès que ses mains étaient occupées par une tâche bêtifiante, son esprit vagabondait…

Elle ne pouvait plus jamais le rencontrer en privé. Jamais. La comtesse allait devoir se retirer ; elle ne pouvait pas encore disparaître. Malgré le fait qu'elle avait pris un immense plaisir à la soirée précédente, elle ne pouvait plus risquer une telle réunion.

Dans un carrosse. Elle n'y croyait pas encore complètement. Si elle n'avait pas été là…

Y avait-il un seul endroit où il ne pouvait pas… n'oserait pas…

Quelques minutes plus tard, elle baissa les yeux.

Heureusement, personne ne le savait. Elle avait rassemblé suffisamment de force pour ordonner à Jacobs de rouler autour de Grosvenor Square pendant qu'elle remettait précipitamment sa chemise, ses bas, ses chaussures et sa robe. Elle avait dû laisser sa chevelure libre sur ses épaules. Dieu seul savait ce que Jacobs avait pensé des épingles qu'il avait sûrement découvertes maintenant sur le sol du carrosse. Dissimulée sous son voile et sa cape, elle avait échappé aux yeux de Crisp. À part Jacobs, qui avait été occupé par son attelage, seul Crisp était debout à son retour. Elle avait donné des ordres stricts pour que Nellie elle-même n'attende pas son retour au risque de grandement la mécontenter. Elle avait ordonné la même chose la nuit où elle s'était rendue au Burlington ; elle pouvait seulement remercier sa bonne étoile de l'avoir fait.

Donc, personne n'était au courant de sa tombée en disgrâce. Ses lèvres se retroussèrent brusquement. Personnellement, cela lui avait donné davantage l'impression d'une élévation. Certainement une révélation, une introduction dans le royaume de l'exaltation terrestre. Elle n'était pas portée à se vautrer dans les regrets inutiles – la veille, elle avait vécu, elle était passée à deux doigts de la mort et elle avait exulté, et elle ne pouvait que s'en réjouir.

Même maintenant, elle n'était pas libérée du sortilège persistant. Elle ne s'était pas imaginé que des activités théoriquement limitées au lit conjugal pouvaient entraîner une interaction pareille : un voyage dans une autre dimension de perception où le monde disparaissait et où les émotions régnaient. Elle avait eu son premier aperçu de cet état joyeux pendant leur nuit au Burlington. Hier soir, ils avaient voyagé plus loin, à travers des paysages de plaisirs inexprimables.

Et c'était eux et pas seulement elle. Il avait été là, avec elle – était-ce à cause de son inexpérience ou bien avait-il été aussi ébahi qu'elle par ce bonheur glorieux ? Peu importait ; ils avaient tout partagé – le voyage, la découverte, l'assouvissement écrasant, suivis de leur plongeon dans ce puits de paix profonde.

Cela avait été la plus merveilleuse nuit de sa vie.

Ses lèvres tressautèrent. Elle devait se demander ce qu'il croyait faire en la tenant nue sur ses genoux. Elle supposait que cela faisait partie d'une stratégie – il planifiait constamment. Elle se doutait fortement qu'il avait voulu qu'elle se sente en son pouvoir. Il lui fallait sourire. Il ne pouvait pas savoir qu'elle était restée assise là, nue devant lui, et qu'elle s'était glorifiée du pouvoir qu'elle avait sur lui.

Car il s'agissait bien de pouvoir : ces moments ténébreux et illicites en avaient été remplis, mais chaque brin de pouvoir qu'il avait eu sur elle avait été égalé de son côté.

Elle l'avait étonné en déclarant qu'elle le voulait. D'autres dames n'auraient pas été aussi audacieuses. Cependant, il ne s'était pas montré réticent le moins du monde – oh, non. Si elle ne l'avait pas pris, il l'aurait fait.

De chauds souvenirs la submergèrent, la transpercèrent – agenouillée sous le soleil, elle partit à la dérive. Un gloussement conspirateur d'Alice la ramena à la réalité ; elle cilla – et elle vit le plant de pensées qu'elle tenait à la main, ses racines pendantes.

Accompagnée d'un juron marmonné, Alathea le replongea dans le trou duquel elle l'avait tiré et elle tassa rapidement la terre. Ensuite, elle vérifia son tas de « mauvaises herbes ». Deux autres plants de pensées furent vite remis en terre. Elle pouvait seulement espérer qu'ils n'étaient pas morts, qu'ils ne laisseraient pas un trou dans sa plate-bande.

Soupirant en son for intérieur, elle s'assit sur ses talons, ignorant les élancements de douleur dans ses cuisses. Elle devait cesser de penser à la soirée précédente. Elle devait trouver comment elle allait procéder, après cette nuit-là. Il semblait qu'elle ne serait en sécurité que dans une rue bondée en plein jour et qu'elle devrait en plus porter un masque sous son voile.

Il lui serait facile de communiquer avec lui par lettre, mais elle ne voyait pas comment il pourrait lui répondre. Et elle le connaissait trop bien pour tenter de prendre l'avantage ; si elle coupait tout contact, il partirait à sa recherche. Pas en tentant de découvrir son identité, mais en tentant de la découvrir elle.

Il serait très déterminé, très focalisé ; dans un tel état, il serait impossible à arrêter.

Et où cela la mènerait-il ?

Elle n'aimait pas y penser.

Non. Folwell la tiendrait informée des déplacements de Gabriel. Elle lui enverrait, si nécessaire, des billets jusqu'à ce qu'ils découvrent autre chose, puis elle le rencontrerait dans Grosvenor Square.

Cela l'amena à la question des actions qu'elle pouvait prendre pour faire progresser leurs investigations. Un vague souvenir des journaux intimes de lady Hester Stanhope la fit se retourner pour scruter la longue plate-bande.

Se levant, elle épousseta ses gants, puis elle les retira. En se promenant lentement le long de la plate-bande, elle mit beaucoup d'efforts à montrer qu'elle évaluait le progrès réalisé, puis elle hocha la tête.

— Nous en avons assez fait pour aujourd'hui.

Elle croisa les yeux brillants de Mary et d'Alice.

— Je veux revisiter Hookhams. Aimeriez-vous m'accompagner ?

— Oh, oui !

— Maintenant ?

Alathea se tourna vers la maison.

— Juste une visite rapide ; je suis certaine que cela ne dérangera pas votre maman.

Elle trouva ce qu'elle cherchait dans la biographie d'un explorateur – une authentique carte géographique de l'Afrique centrale et orientale indiquant plus que les villes importantes. La carte lui dit que Fangak, Lodwar et Kingi – Kafia Kingi, pour être précis – étaient vraiment des villes, bien que petites.

Se calant dans la chaise derrière le bureau dans son cabinet de travail, Alathea médita sur sa découverte. Était-ce bon ? Ou bien était-ce décourageant ?

Autour d'elle, la maison était paisible et calme. La lampe sur son bureau jetait sa lumière sur le livre ouvert. Dans l'âtre, les braises brillaient, réchauffant la nuit. Elle avait volé chaque instant possible dans la journée pour se plonger dans la pile de biographies et de journaux intimes qu'elle avait empruntés chez Hookhams. Enfin, elle avait découvert quelque chose – quelque chose de réel.

L'information était bonne, décida-t-elle – du moins, elle leur donnait quelque chose à vérifier. Sûrement, ils trouveraient quelqu'un d'autre que le mystérieux capitaine qui connaissait la région, maintenant qu'elle savait de quelle région il s'agissait.

Dans l'escalier, l'horloge de parquet sonna l'heure. Trois heures ; le début d'une nouvelle journée. Réprimant un bâillement, Alathea ferma le volume et se leva. Il était vraiment temps d'aller au lit.

Le lendemain, elle passa l'après-midi dans les salles vénérées de la Royal Society.

— Malheureusement, l'informa le secrétaire en la regardant à travers un pince-nez au verre épais, il n'y a pas de conférences à l'horaire en ce moment sur l'Afrique centrale et orientale.

— Oh. La Société peut-elle recommander un expert sur la région que je pourrais consulter ?

L'homme plissa les lèvres, il la dévisagea, puis il hocha la tête.

— Si vous voulez bien vous asseoir, je vais vérifier les registres.

Se retirant sur un banc de bois le long du mur, Alathea patienta quinze minutes, seulement pour voir l'homme revenir en secouant la tête et l'air plutôt irrité.

— Nous n'avons pas, l'informa-t-il, d'experts listés pour l'Afrique orientale. Trois pourraient parler avec autorité sur l'Afrique de l'ouest, mais pas sur l'Afrique orientale.

Alathea le remercia et partit. Marquant une pause dans l'escalier, elle réfléchit, puis elle se dirigea vers son carrosse.

— Où pouvons-nous trouver les fabricants de cartes géographiques en ville, Jacobs ?

Le long de Strand était la réponse. Elle s'informa auprès de trois établissements différents et elle reçut chaque fois la même réponse. Pour leurs cartes sur l'Afrique centrale et orientale, ils se fiaient aux notes des explorateurs. Oui, leurs cartes actuelles de la région contenaient très peu de détails, mais ils attendaient des confirmations.

— Cela ne conviendrait pas, mademoiselle, l'informa un gentleman d'une rectitude rigide, de publier une carte sur laquelle nous indiquerions des villes dont nous ne connaissons pas l'existence avec certitude.

— Oui, je vois.

Alathea se tourna pour partir, puis elle pivota de nouveau vers l'homme.

— Ces explorateurs qui ont rédigé les notes pour lesquelles vous attendez des confirmations ; se trouvent-ils à Londres ?

— Malheureusement, non, mademoiselle. En ce moment, ils sont tous en Afrique. En train d'explorer.

Il n'y avait rien d'autre à faire que sourire et partir. Vaincue.

Alathea revint dans Mount Street en se sentant inhabituellement lasse.

— Merci, Crisp.

Elle tendit son bonnet au majordome.

— Je pense que je vais aller m'asseoir un peu dans la bibliothèque.

— Bien, mademoiselle. Désirez-vous du thé ?

— S'il vous plaît.

Le thé arriva, mais il ne fit pas grand-chose pour soulager le sentiment d'impuissance qui la freinait. Chaque fois qu'elle pensait être sur le point de découvrir un fait solide et confirmant sa preuve, celui-ci s'évaporait. Ses espoirs montaient en flèche, seulement pour être anéantis ensuite. Entre-temps, les jours passaient. Le jour où Crowley réclamerait la réalisation de ses billets à ordre approchait inexorablement.

La ruine la lorgnait à travers les yeux de Crowley.

Alathea soupira. Déposant sa tasse vide, elle s'aplatit dans le fauteuil à oreilles et ferma les yeux. Peut-être, si elle se reposait quelques minutes...

— Dors-tu ?

Voyant que cela avait été le cas, Alathea cligna des paupières sur de grands yeux ronds, puis elle sourit – un sourire spontané de joie sincère – au petit visage d'Augusta.

— Hello, ma petite poupée en sucre. Où étais-tu aujourd'hui ?

Prenant la question comme l'invitation qu'elle était, Augusta grimpa sur les genoux d'Alathea et s'installa afin de pouvoir voir le visage de sa demi-sœur. Coinçant Rose entre elles, elle commença à distraire Alathea avec un récit détaillé de sa journée. Alathea écouta, intervenant ici et là avec une question, émettant des commentaires compréhensifs ou compatissants au besoin.

— Donc, tu vois, conclut Augusta en serrant Rose contre son cœur et en se blottissant plus près d'Alathea, sa tête pressée contre sa poitrine, la journée a été terriblement occupée.

Alathea gloussa ; levant une main, elle lissa la chevelure d'Augusta. Avec les petits bras, le petit corps collé si près du sien, elle sentit un tiraillement émotionnel ; Augusta était la fille qu'elle aurait aimé avoir. Elle bannit immédiatement cette pensée ; à l'évidence, elle était trop fatiguée. Il y avait eu trop d'investigations.

Trop de réunions.

Ensuite, Augusta se tortilla et elle se redressa en position assise.

— Hummmm, fit-elle en reniflant la gorge d'Alathea. Tu sens vraiment bon aujourd'hui.

Le sourire d'Alathea en réaction se figea sur son visage quand elle prit conscience de la signification de la remarque d'Augusta. Elle portait le parfum de la comtesse.

Doux Jésus ! Elle ferma les yeux. Que serait-il arrivé si elle était tombée sur Gabriel ? Elle était en ville et, plus tôt, pas très loin de St-James, de ses antres habituels. En inspirant, elle ouvrit les yeux.

— Accompagne-moi, ma puce. Je dois aller en haut me laver avant le dîner.

Avant qu'une autre personne remarque qu'elle n'était pas tout à fait la même femme qu'elle avait été.

* * *

Deux soirs plus tard, Alathea était assise avec Jeremy dans la salle de classe, Augusta sur ses genoux, un atlas détaillé venant de chez Hookhams ouvert sur la table, quand la jeune domestique apparut, essoufflée, à la porte.

— Si vous voulez bien, lady Alathea, dit-elle d'une voix sifflante, il est temps de vous habiller, milady.

Remarquant la manière dont la jeune fille se tordait les mains et incapable de comprendre pourquoi, Alathea regarda l'horloge sur le manteau de la cheminée.

Puis, elle comprit son agitation.

— En effet.

Soulevant Augusta et la déposant sur le siège avec un baiser affectueux, Alathea rencontra le regard de Jeremy.

— Nous continuerons cela demain.

Trop heureux d'échapper aux menottes de la géographie africaine, Jeremy se fendit d'un sourire et se tourna vers Augusta.

— Viens, Gussie. Nous pouvons jouer à chat avant le dîner.

— Je ne suis pas Gussie.

Le ton d'objection d'Augusta n'augurait rien de bon pour la paix de la soirée.

— Jeremy…

De la porte, Alathea fixa sur lui un regard matriarcal.

— Oh, très bien. Augusta, alors. En tout cas, veux-tu jouer ou non ?

Les laissant dans une harmonie raisonnable, Alathea se hâta de retourner dans sa chambre. Quand elle l'atteignit, elle était encore plus agitée que la jeune servante. Ils devaient dîner avec les Arbuthnot, puis assister au bal que donnaient leurs vieux amis pour présenter officiellement leur petite-fille à la haute société. C'était un événement majeur ; toutes les hôtesses importantes seraient présentes. Être en retard à un tel dîner sans une excuse de catégorie cataclysmique ferait sombrer une personne au-delà du point des reproches.

Cependant, la jeune servante, qui jusqu'ici l'avait aidée uniquement pour des bals sans dîner avant, n'avait pas compris que cela demandait de se préparer plus tôt. Pas avant d'avoir remarqué Serena, Mary et Alice occupées à s'habiller.

Oh, mon Dieu ! Alathea calma la panique qui la saisissait, et son regard balaya la pièce sans trouver de trace de chemise ou de bas, encore moins d'une robe, de gants, d'un réticule…

Nellie préparait toujours tout, mais avec la jeune servante, elle devait préciser chaque article qu'elle désirait.

Pendant un instant, Alathea songea à inventer un horrible mal de tête, mais cela laisserait la vieille lady Arbuthnot avec un nombre impair d'invités à table. Réprimant un soupir, elle fit signe à la servante d'avancer.

— Vite. Aide-moi avec ces lacets.

Au moins, son eau chaude était prête et l'attendait. Pendant qu'elle retirait sa robe et se lavait rapidement, elle donna une suite régulière d'ordres pour tous les articles dont elle avait besoin pour paraître présentable. Du coin de l'œil, elle surveilla la petite domestique, s'assurant que chaque article était correct avant de demander le suivant.

S'habiller en hâte était l'un de ses pires cauchemars – elle détestait être pressée, particulièrement pour un événement aussi important où elle pouvait s'attendre à être détaillée du regard par les yeux les plus perçants de la haute société.

Épongeant délicatement son visage avec une serviette, Alathea secoua la tête.

— Non, pas ceux-là. Mes chaussons de danse. Ceux qui n'ont pas de talons.

Se précipitant vers le lit, elle retira sa chemise en lin, puis elle se glissa dans la fraîcheur agréable de la soie. Au moins, avec la mode actuelle, elle n'avait pas à s'empêtrer de jupons. Lançant sa robe de crêpe de soie ambre par-dessus sa tête, elle tira dessus et la disposa avant de pivoter vivement et de laisser la servante attacher les lacets. Dès que le dernier fut noué, elle se hâta de rejoindre sa coiffeuse, elle se laissa choir sur le tabouret et elle plongea les mains dans ses cheveux.

Les épingles volèrent.

— Vite, nous allons devoir les tresser.

Le temps manquait pour un style plus sophistiqué. Ce ne fut que lorsque la servante atteignit la fin de la longue tresse qu'Alathea se rendit compte qu'elle avait besoin de deux tresses pour réaliser une couronne.

— Oh.

Pendant un moment, elle se contenta de fixer le vide, puis elle chassa la servante d'une main et attrapa la tresse.

— Tiens, si nous faisons ainsi, cela devrait être acceptable.

Déroulant la moitié de l'épaisse tresse, elle la rassembla sur sa nuque, puis elle se servit de la longue extrémité pour former un cercle et l'attacher. Enfonçant les épingles à droite et à gauche, en haut et en bas, elle attacha frénétiquement ce qui pouvait passer pour un chignon tressé.

— Voilà !

En remuant la tête, elle confirma que la masse était bien ancrée, puis elle libéra rapidement quelques mèches autour de son visage pour former un cadre plus doux. Après une rapide vérification supplémentaire, elle hocha la tête.

— Maintenant…

Ouvrant un tiroir de sa coiffeuse, elle fourragea dans ses coiffes. Dégageant un filet fin lourdement incrusté de perles dorées, elle grimaça.

— Cela devra faire l'affaire.

Le déposant sur sa chevelure de sorte que le bord inférieur courbe autour du chignon tressé, elle l'épingla en place.

Derrière sa porte, les voix de Mary et d'Alice résonnèrent, puis leurs pas rapides se hâtèrent vers l'escalier. Alathea étouffa son envie de regarder l'horloge – elle n'en avait pas le temps.

— Les bijoux. Oh.

En ouvrant brusquement sa boîte à bijoux, elle cilla. Sa main plana au-dessus du contenu, soigneusement disposé.

— J'ai pris la liberté de ranger, mademoiselle. Nellie a dit que je devais épousseter et ranger chaque jour.

Après un regard stupéfait au visage rempli d'espoir de la servante, Alathea reporta les yeux sur sa boîte.

— Oui, eh bien. Ça va.

Sauf que maintenant, elle ne savait pas du tout où se trouvaient ses boucles d'oreilles en perles et encore moins le pendentif assorti. Enfonçant ses doigts pointés dans les piles, éparpillant et désorganisant en chemin, Alathea déterra les boucles d'oreilles. Se levant, elle se pencha plus près de la glace et les ajusta rapidement.

— Allie ? Es-tu prête ?

— Ouvre la porte, ordonna Alathea à la servante. Dès que la porte s'ouvrit en grand, elle cria :

— J'arrive !

Et elle recommença à fouiller dans sa boîte à bijoux.

Dans un coin, elle remarqua le flacon en verre vénitien qui contenait le parfum de la comtesse. Après sa récente erreur, elle décida de ne plus courir de risques – le flacon formait la paire avec un jumeau. L'autre bouteille contenait son parfum habituel ; elle avait laissé celle-là sur sa coiffeuse. Ses doigts explorateurs touchèrent enfin la chaîne en or qu'elle cherchait ; tirant pour libérer le pendentif d'or et de perles, elle tint la chaîne autour de son cou.

— Vite.

Les doigts de la jeune servante étaient assurés ; le fermoir cliqua en place alors que Mary entrait précipitamment dans la chambre.

— Le carrosse arrive ! Maman dit que nous devons partir maintenant !

— J'arrive.

Attrapant le flacon sur sa table, Alathea s'en aspergea généreusement, puis elle pivota brusquement.

— Oh, non ! Pas ce réticule, le petit doré !

La servante plongea dans son armoire ; des châles et des réticules volèrent dans tous les sens.

— Celui-ci ?

Attrapant son châle sur le lit, Alathea se dirigea vers la porte.

— Oui !

En agitant le réticule, la servante la pourchassa dans le couloir. Disposant son châle sur ses coudes, Alathea s'empara du réticule, elle vérifia qu'il contenait un mouchoir et des épingles, puis elle allongea le pas, elle descendit deux marches à la fois et courut à travers le vestibule carrelé avant de sortir par la porte que Crisp tenait grande ouverte, et de descendre les marches bruyamment et de plonger dans le carrosse.

Folwell referma la portière derrière elle et le carrosse bondit en avant.

La foule dans la salle de bal de lady Arbuthnot était insupportablement dense. Étant arrivé aussi tard qu'il pouvait l'oser, Gabriel s'arma intérieurement de courage, puis il quitta les marches et entra. Ne pouvant appuyer les épaules contre un mur – il n'y avait plus un mur de libre –, il circula parmi la foule, gardant un œil vigilant sur ceux qui souhaitaient le voir, décidé qu'il était à les repérer en premier et à les éviter. En haut de sa liste de gens à éviter se trouvaient des dames comme Agatha Herries. Il ne l'aperçut pas assez vite ; elle se plaça directement sur sa route. Sans autre choix, il s'arrêta devant elle. Elle leva un sourire malicieux vers lui et posa une main sur sa manche.

— Gabriel, mon chou.

Il hocha la tête.

— Agatha.

Son ton était extrêmement dissuasif. Malgré cela, le sourire de lady Herries s'intensifia. Le calcul brillait dans ses yeux.

— Je me demandais si, peut-être, nous pouvions trouver un endroit tranquille.

— Pourquoi ?

Elle l'observa, puis elle laissa ses paupières voiler ses yeux et elle lui caressa doucement le bras.

— Seulement pour une petite proposition que j'aimerais vous faire. Une affaire personnelle.

— Vous pouvez m'en parler ici. Dans ce vacarme, il est peu probable que quelqu'un vous entende.

L'idée ne lui convenait pas, mais elle le connaissait trop bien pour insister.

— Très bien.

Elle jeta un regard autour d'elle, puis elle leva les yeux sur lui.

— Il semble que vous soyez destiné à choisir une épouse bientôt. Je voulais m'assurer que vous connaissiez bien toutes vos options.

— Vraiment ?

— Ma fille, Clara. Je suppose que vous vous souvenez d'elle. Elle a été bien élevée pour devenir une épouse accommodante et bien que notre domaine et notre lignée ne se mesurent peut-être pas à ceux des Cynster, il y aurait, bien sûr, des compensations.

Le ronronnement dans sa voix, la lueur lascive dans ses yeux, ne laissait aucun doute sur ce que ces « compensations » pouvaient être.

Gabriel la regarda froidement, puis il laissa son masque glisser pour lui laisser voir son mépris et son dégoût. Lady Herries blêmit et recula d'un pas – puis, elle dut s'excuser auprès de la femme qu'elle avait heurtée. Quand elle reporta son regard sur Gabriel, son expression était impassible une fois de plus.

— Vous avez été mal informée. Je ne cherche pas une épouse en ce moment, ajouta-t-il en inclinant la tête. Si vous voulez bien m'excuser.

Contournant lady Herries, Gabriel poursuivit son chemin en cherchant non pas une femme, mais une veuve. Quand il la trouverait, après lui avoir tordu le cou et administré quelques autres tortures physiques, il se déciderait à l'épouser.

D'abord, il devait la trouver.

Elle devait être ici. Presque tout le monde qui comptait s'y trouvait. Elle faisait partie de son cercle – de cela, il n'en doutait pas ; alors, où était-elle ?

Derrière sa façade d'élégance distante, il se sentait vraiment d'humeur sombre. Il avait été certain de recevoir l'une des convocations de la comtesse le soir suivant leur promenade à minuit. Mais non.

Il avait passé toute la soirée avec Chance qui faisait des allers et retours au salon comme un diable à ressort, se demandant pourquoi il était resté chez lui.

Contenant son impatience – difficilement, après cet interlude de minuit et la tempête d'émotions qu'elle avait déchaînée – il avait patienté chez lui le soir suivant sans plus de succès. Maintenant, il avait faim – il était affamé ; il ne mourait pas seulement d'envie d'elle, mais aussi de savoir qu'elle lui appartenait, de savoir où elle se trouvait, de savoir qu'il pouvait mettre la main sur elle quand il le désirait. Il était tendu, serré comme un ressort par un besoin de posséder plus grand qu'il n'avait jamais expérimenté auparavant au cours de toute sa carrière de séducteur. Il devait découvrir qui elle était, où elle vivait, où elle se trouvait.

Son exemplaire de *Burke's Peerage* avait commencé à exercer sur lui un attrait hypnotique. Il s'était surpris à contempler le volume relié en cuir à de nombreuses occasions. Mais il avait promis… donnée sa parole… la parole d'un Cynster.

La veille, seul encore une fois, il avait passé la nuit entière à essayer d'imaginer une façon de contourner cette promesse. Sa tante Helena saurait qui est la comtesse – elle savait toujours qui était le fils de qui, qui était décédé récemment, qui avait épousé une jeune femme. Malheureusement, Helena informerait immédiatement sa mère de sa requête et cela, il pouvait s'en passer. Il avait joué pendant des heures avec l'idée de se mettre à la merci de Honoria et de lui demander son assistance. Elle la lui accorderait, mais cela aurait un prix ; rien n'était plus sûr. L'actuelle duchesse de St-Ives n'était pas du genre à laisser passer un avantage qui ne se représenterait plus jamais. C'était une mesure de son désespoir qu'il songe même à le lui demander. En fin de compte, il avait conclu que sa promesse – la promesse que la comtesse avait formulée avec autant d'expertise – le liait trop sûrement et ne lui laissait aucune marge de manœuvre. Ramené à ses propres moyens, il était venu ici ce soir dans l'unique but de la retrouver.

Elle – sa houri – la femme qui avait capturé son âme.

Levant la tête, il jeta un regard circulaire dans la pièce. La seule caractéristique qu'elle ne pouvait pas dissimuler était sa taille. Il y avait un certain nombre de grandes femmes présentes, mais il les connaissait toutes – aucune n'était sa comtesse insaisissable. Alathea, remarqua-t-il, était en ce moment sur le plancher de danse, avec Chillingworth comme cavalier. Il détourna le regard. Au moins, la danse était un cotillon et non une valse.

— Te voilà. Enfin !

Lucifer s'efforça de se libérer de la foule. Gabriel haussa un sourcil interrogateur. Son frère le dévisagea.

— Eh bien, les jumelles, évidemment !

Gabriel regarda autour de lui et il repéra ses blondes cousines sur le plancher de danse.

— Elles dansent.

— Je sais cela, déclara Lucifer à travers ses dents. Toutefois, il est plus que temps que tu prennes ton tour de garde.

Gabriel observa les jumelles encore une seconde, puis il reporta son regard sur Lucifer.

— C'est fini. Elles n'ont pas besoin d'être surveillées. Tant que nous sommes là si elles ont besoin de nous.

La mâchoire de Lucifer se décrocha.

— Quoi ? Tu ne peux pas être sérieux.

— Parfaitement. Elles en sont à la moitié de leur deuxième saison. Elles connaissent les ficelles. Ce ne sont pas des idiotes.

— Je le sais ; Dieu en est témoin, elles ont l'esprit vif. Mais ce sont des femmes.

— Je l'avais remarqué. J'ai aussi remarqué qu'elles n'apprécient pas nos efforts.

Gabriel marqua une pause, puis il ajouta :

— Et elles pourraient avoir un motif raisonnable de nous accuser d'ingérence excessive dans leurs vies.

— Alathea t'a parlé, n'est-ce pas ?

— Elle t'a parlé aussi.

— Eh bien, oui…

Lucifer se tourna et regarda les jumelles. Après une minute, il demanda :

— Penses-tu vraiment que ce soit sans danger ?

Gabriel contempla les deux têtes brillantes tournoyant sur le plancher de danse.

— Sans danger ou non, je pense que nous devons le faire.

Après un moment, il jeta un coup d'œil à Lucifer.

— Je ne sais pas pour toi, mais j'ai d'autres chats à fouetter.

— Vraiment ?

Un des sourcils noirs de Lucifer tressauta.

— Et moi qui pensais que ton humeur extrêmement tendue était due à une abstinence imposée et une trop grande familiarité avec ton propre foyer.

— Ne commence pas, dit Gabriel pratiquement en grondant.

Sa façade excessivement mince menaçait de craquer. Lucifer reprit son sérieux.

— Qui est-elle ?

Avec un grondement ferme, Gabriel pivota brusquement, s'éloignant dans la foule, laissant Lucifer avec les sourcils levés au ciel et une véritable inquiétude dans les yeux.

Qui qu'elle soit, elle devait être ici quelque part. S'accrochant à cette conviction, Gabriel commença par un coin de la salle.

Alathea revenait par le plus long chemin de la salle de repos où elle s'était retirée pour échapper à ses cavaliers de plus en plus insistants quand elle tomba sur Gabriel dans la foule. Comme il fallait constamment se faufiler dans la masse pour réussir à avancer, malgré le fait d'être grands tous les deux, ni l'un ni l'autre ne furent avertis de l'approche de l'autre.

Soudainement, ils étaient face à face – et très près.

Ils sursautèrent et ils se raidirent, Gabriel à cause de sa réaction habituelle envers elle, laquelle fut instantanément dissimulée. Alathea le vit et pria pour qu'il croie que sa propre réaction était simplement de la surprise et non le choc à faire trembler la terre que cela avait été. Sa respiration s'était interrompue ; ses yeux s'étaient brusquement arrondis. Elle les garda fixés sur les siens. Ils étaient tellement près, elle pouvait sentir sa force à travers chaque pore de sa peau, elle pouvait presque sentir la chaleur troublante de ce grand corps contre le sien. Intimement enroulé autour du sien, profondément enfoui en elle. Elle oscilla légèrement vers lui, puis elle se ressaisit. Que le ciel lui vienne en aide ! Est-ce que cela serait toujours ainsi à partir de maintenant ?

Les yeux de Gabriel se plissèrent. Prenant lentement une inspiration désespérée, elle redressa l'échine et leva la tête. Le regard de Gabriel se leva sur le filet perlé dans ses cheveux ; elle releva le menton encore plus haut et s'accrocha à sa morgue habituelle.

— Il peut bien être doré, mais…

La colère vint à sa rescousse.

— Ce n'est pas de mauvais goût. Si vous osez dire que ce l'est…

Elle soutint son regard pendant un instant de plus – assez longtemps pour réaliser qu'elle devait s'éloigner de lui.

— Je n'ai rien à vous dire ; je doute que vous ayez quoi que ce soit de poli à me dire. J'ai mieux à faire que de rester ici à croiser le fer avec vous.

— Vraiment ?

Cela fut accompagné d'un haussement exaspérant de sourcil.

— Vraiment, et je ne souhaite pas entendre votre opinion sur qui que ce soit d'autre non plus.

— Parce que cela pourrait être vrai ?

— Peu importe leur véracité, pour moi, vos opinions n'ont aucune importance.

Sur ce, elle tenta de le contourner, mais la foule était si compacte qu'elle ne pouvait pas passer à moins qu'il ne lui cède le passage.

Il ne le fit pas immédiatement. Il parcourut son visage du regard, le scrutant – elle pria que ce soit sans voir. Puis, il inclina la tête et changea de position.

— Vous irez, comme toujours, vers le diable à votre propre façon.

Elle le gratifia d'un regard de majestueuse indifférence, puis elle s'avança. Son sein frôla son bras, une cuisse toucha la sienne. Le frisson qui la secoua fit presque ployer ses jambes sous elle. Les poumons contractés, elle garda le dos rigide et continua à aller de l'avant et à s'éloigner. Elle n'osait pas regarder en arrière.

Secouant intérieurement la tête, Gabriel attendit que les muscles qui s'étaient tendus à son contact se détendent. Ils s'étaient peu touchés au fil des ans, mais son effet sur lui n'avait pas diminué. Alors que sa poitrine se calmait, il prit une immense inspiration…

Elle était proche.

Instantanément, il scruta la foule environnante. Pas une femme en vue n'était assez grande, mais il ne pouvait pas confondre ce parfum. C'était l'essence de la comtesse, l'odeur qui enveloppait ses rêves. Il inspira encore. Le parfum était encore très présent, mais il se dissipait. Elle avait été très… proche…

Ses muscles se durcirent comme la pierre. Lentement, il se tourna et fixa le dos svelte de la femme exceptionnellement grande qui se tenait, juste un moment plus tôt, très près de lui. C'était impossible.

Pendant un moment bien défini, son esprit rejeta catégoriquement ce que ses sens lui criaient. Puis, la réalité s'infiltra.

Alathea sentit le regard de Gabriel dans son dos, comme un couteau planté entre ses omoplates. Ses poumons cessèrent de fonctionner ; la panique lui serrant le ventre, elle jeta un coup d'œil derrière elle.

Il se faufilait dans la foule dans son sillage. Ses yeux croisèrent les siens, leur expression bestiale. Pendant un instant, le spectacle la paralysa. Puis, elle pivota vivement et tenta d'aller plus vite, de se glisser dans la foule et de s'échapper.

La foule ne fit que devenir plus dense. Lady Hendricks l'appela et agita la main – Alathea dut s'arrêter, sourire, unir ses doigts aux siens brièvement. Puis, elle repartit, le souffle court, esquivant les gens, se faufilant, cherchant désespérément une voie plus facile à emprunter dans la cohue…

Des doigts durs se refermèrent sur son coude.

Elle se figea. Dès l'instant où son cerveau paniqué recommença à s'activer, il pencha la tête et il murmura :

— Ne vous donnez pas cette peine.

Ses lèvres effleurèrent son oreille. Réprimant un frisson, elle se raidit. Il se tenait à côté de son épaule droite, tenant son coude comme dans un étau ; même sans son avertissement, elle savait que cette prise était impossible à déloger. Et il était furieux. Il avait dépassé le stade de la fureur. La colère qui émanait de lui la brûla. Qu'est-ce qui l'avait trahie ?

— Par ici.

Il avait regardé par-dessus la mer de têtes ; maintenant, il la guidait vers un des côtés de la salle.

Elle obligea ses pieds à avancer. Elle ne pouvait pas causer une scène, pas ici. Dans son humeur actuelle, il était capable de tout, même de la soulever et de la jeter par-dessus son épaule et de partir d'un pas lourd avec elle. Sa colère, une fois provoquée, était une force dont il fallait tenir compte ; la défier maintenant serait imprudent. Pendant qu'ils progressaient vers un mur, elle s'efforçait de maîtriser sa raison, ses arguments, ses dénégations, s'armant de courage pour ce qui l'attendait.

Elle ne vit pas la porte jusqu'à ce qu'ils soient devant elle ; il l'ouvrit et la fit entrer dans une galerie sans éclairage et heureusement inoccupée. Il ne s'arrêta pas avant qu'ils soient au bout où une longue fenêtre, les tentures grandes ouvertes, laissait se déverser le clair de lune dans la pièce étroite.

La plaçant directement dans le rayon argenté, il pivota pour la regarder en face.

Il balaya son visage du regard, il dévora ses traits comme s'il ne les avait jamais vus avant. Son visage était ciselé, plus dur que la pierre, chaque ligne acérée. Les lèvres pressées, la mâchoire contractée, ses lourdes paupières trop basses pour qu'elle voie ses yeux, il l'étudia. Son regard s'attarda sur sa mâchoire, puis il leva les paupières et il la regarda dans les yeux. Pendant un long moment, il soutint son regard, le brun noisette affrontant le brun noisette. Tendue au-delà du supportable, les nerfs crispés, elle se demanda ce qu'il pouvait y voir.

— C'était vous.

Bien que teinté d'émerveillement, son ton ne tolérait aucun argument. Elle haussa les sourcils.

— De quoi diable parlez-vous ?

Les sourcils de Gabriel se haussèrent, mais son expression ne vacilla pas.

— Vous le démentez ? Certainement, vous pouvez faire mieux que cela ?

— J'imagine que si je connaissais l'idée mal conçue que vous avez formulée dans votre cerveau enfiévré, je pourrais réagir plus précisément, mais comme ce n'est pas le cas, le démenti m'apparaît comme le choix le plus sûr.

Elle détourna les yeux, craignant trop, si elle continuait à soutenir son regard, de voir dans le brun noisette de ses yeux qu'il la connaissait – qu'il la connaissait physiquement. Dans ce cas, elle s'en souviendrait aussi et elle serait envahie par la vulnérabilité – et il attaquerait.

Le contact de ses longs doigts se courbant autour de son visage la mit presque à genoux. Sa poigne se raffermit ; intentionnellement, il lui tourna la tête jusqu'à ce que leurs yeux se croisent encore.

— Oh, vous savez ; il est inutile de le nier.

Les paroles de Gabriel étaient sèches ; la fureur grondait en dessous. Il hésita avant d'ajouter :

— Votre parfum vous a trahie.

Son parfum ?

La jeune servante. Qui rangeait. Vidant sa boîte à bijoux sur la coiffeuse. Replaçant ensuite son contenu à l'intérieur. Deux flacons identiques, un à l'intérieur, l'autre à l'extérieur.

Son visage s'était vidé de toute expression ; ses lèvres commencèrent à former un « oh ». Alathea se reprit et lui jeta un regard noir.

— Qu'est-ce qu'il a, mon parfum ?

Il sourit, mais pas d'amusement.

— Trop tard.

— Sottise !

Elle leva le menton pour le libérer de ses doigts.

— C'est seulement un mélange particulier ; j'imagine que de nombreuses dames l'utilisent.

— Peut-être, mais aucune aussi grande que vous. Aussi… accomplie.

Quand elle se contenta de hausser un sourcil las, il s'expliqua.

— Si capable de crocheter des serrures.

Alathea fronça les sourcils.

— Dois-je comprendre que vous cherchez une femme – une grande femme – qui porte le même parfum que moi et qui peut crocheter des serrures ?

— Non, vous devez comprendre que je l'ai trouvée.

La certitude qui résonnait dans sa voix lui fit lever la tête – il emprisonna son regard. Il plissa les yeux, puis son regard tomba sur ses lèvres. Une attirance insidieuse, hypnotique les enflamma…

Il s'approcha d'un pas. Le souffle d'Alathea se coinça dans sa gorge. Ses yeux s'arrondissant, son regard fixé sur son visage dur, elle frissonna…

La porte de la salle de bal s'ouvrit ; d'autres invités entrèrent tranquillement.

Gabriel regarda autour de lui.

Alathea inspira.

— Vous êtes complètement et totalement dans l'erreur.

La tête de Gabriel revint brusquement vers elle, mais elle l'avait déjà contourné. Elle passa silencieusement devant les autres invités avec un majestueux signe de tête. La tête haute, dans un mouvement glissant à un pas de la course, elle s'enfuit en retournant dans la salle de bal.

CHAPITRE 13

Une valse commençait. La folle échappée d'Alathea la propulsa presque parmi les danseurs. Elle vacilla au bord du plancher de danse…

Un bras dur la recueillit, se glissant autour de sa taille, la balançant vers l'avant, puis la stabilisant avec expertise. Elle ravala un cri, puis elle s'efforça de reprendre son souffle – et de rétablir son équilibre et sa raison en déroute, seulement pour perdre les trois quand Gabriel serra son bras autour d'elle, l'emprisonnant de la poitrine à la cuisse contre lui.

Une main fermement tenue dans la sienne, il la fit pivoter vers le fond de la pièce.

Le corps d'Alathea s'anima immédiatement. Ses seins gonflèrent. Elle s'efforça de se tenir avec raideur, mais son corps se moulait au sien, leurs cuisses s'effleurant d'une manière évocatrice à chaque tour. Leurs hanches oscillaient ensemble ; les souvenirs se développaient.

En quelques secondes, elle se ramollit. Elle refusa de croiser ses yeux ; trop occupée à lutter pour dissimuler que sa raison partait en vrilles, pour affirmer sa détermination, pour trouver un moyen de continuer. Il ne lui restait que son sang-froid ; désespérément, elle s'y accrocha.

Il la tenait très près de lui. Alors que son cerveau continuait de tourner, comme son corps continuait de s'enflammer avec chaque tour, elle fixa son regard pardessus son épaule et elle siffla :

— Vous m'enlacez de trop près.

Gabriel regarda son visage, si douloureusement familier, et pourtant… l'avait-il déjà véritablement regardé ? Sa colère était réveillée et se déchaînait, ses émotions se manifestant violemment ; il ignorait complètement ce qu'il pensait ou ressentait. Il pouvait à peine croire à la vérité qu'il tenait entre ses bras. Sa prise sur ses impulsions était mince alors qu'il laissait son regard errer sur les longues lignes sveltes de sa gorge, l'étendue crémeuse de peau au-dessus de son décolleté, les renflements arrondis, à présent fermes, chauds et contractés pressés sur son torse.

— Je vous ai enlacée de plus près, si vous vous rappelez.

L'écho rauque et éraillé de ses mots les émut tous les deux ; elle lui décocha un regard choqué, à couper le souffle, scandalisé, puis elle détourna la tête.

Elle ne dit rien de plus ; ses pieds suivaient les siens, son corps se mouvant avec le sien, si bien ajusté, si complètement en accord qu'ils auraient pu valser pendant des heures sans y réfléchir. Gabriel profita de ces instants pour ramener un peu d'ordre dans le chaos régnant dans son esprit. Il fronça les sourcils quand il remarqua la différence de sa taille, puis il se souvint des chaussures à talons hauts qu'il avait laissées tomber dans le carrosse trois soirs plus tôt. Jetant un rapide coup d'œil au sol alors qu'ils tournoyaient pour prendre le virage suivant, il confirma son hypothèse.

— Normalement, vous ne portez jamais de talons.

Ses seins se gonflèrent alors qu'elle prenait une inspiration tendue.

— De quoi parlez-vous ? Vous êtes encore plus incohérent que ce pauvre Skiffy Skeffington !

Sa maîtrise sur sa colère céda.

— Vraiment ? Dans ce cas, je suppose qu'il est inutile de vous demander combien de temps vous pensiez continuer cette mascarade ou m'informer de son objectif. Vous pouvez comprendre, par contre, que ce dernier point me met sérieusement à l'épreuve.

Il parlait à travers des dents serrées, sa voix comme de l'acier affûté. Il laissa son regard balayer le visage d'Alathea ; il ne vit que du rouge.

— Pensez-vous pouvoir me piéger dans le mariage ? Est-ce de cela qu'il s'agit ? Certainement pas…

Il resserra sa prise quand elle tenta de libérer sa main jusqu'à ce qu'il lui écrase les doigts.

— Vous saviez que je ferais de votre vie un enfer, alors : pourquoi ? Était-ce un défi ?

Déjà raide, elle devint rigide. Il jeta un coup d'œil sur son visage contracté.

— Cela me semble plus près de la cible.

Il leva les yeux alors qu'ils tournaient en rond, puis il rit sans joie.

— Dieu, quand j'y pense ! Lincoln's Inn Fields, Bond Street, Bruton Street.

Il marqua une pause, puis il lui demanda :

— Dites-moi, dans Bruton Street, vous êtes-vous enfuie chez la couturière parce que vous ne pouviez pas retenir votre rire ?

Elle réagit – sa main, écrasée dans la sienne, sursauta, les délicats tendons dans son cou se raidirent –, mais elle garda le regard fixé par-dessus son épaule et ses lèvres pressées avec entêtement.

— Pourquoi l'avez-vous fait ?

Elle ne lui offrit aucune réponse.

— Comme le chat vous a mangé la langue, laissez-moi voir si je peux deviner… Vous avez raté votre chance avec votre propre saison mondaine, mais étant donné que vous deviez venir à Londres pour offrir leur tour à Mary et à Alice, vous avez pensé égayer votre séjour en tentant votre chance avec moi. Grâce à ma chère maman, je suis certain que vous êtes au courant de ma réputation.

Son ton la fouettait.

— Est-ce ce que vous avez pensé ? Que me mettre à genoux dans le rôle de la mystérieuse comtesse était exactement ce qu'il vous fallait pour animer votre séjour ?

Blême, avec un visage de marbre, elle refusait de le regarder, de croiser ses yeux, elle refusait de lui assurer qu'il avait tout faux, qu'elle ne le trahirait jamais de cette façon.

Trahi, c'était ainsi qu'il se sentait – pas seulement par elle, mais par son alter ego aussi. Peu importe son dévouement, peu importe sa patience et son talent, peu importe à quel point il en était venu à la vénérer profondément, la comtesse ne lui aurait jamais révélé son identité. Quant à ses rêves…

L'amertume monta, puis augmenta encore plus. Elle avait frappé bien plus profondément que de simples rêves. Elle l'avait frappé directement dans son âme, exactement comme elle l'avait toujours fait ; elle lui avait retiré son armure, elle avait trouvé son point le plus vulnérable et elle l'avait exposé. Il n'avait même pas su posséder une telle faiblesse jusqu'à ce qu'elle la découvre. Il ne pouvait que la maudire pour cela – elle était la toute dernière femme sur terre à qui il accepterait volontiers de révéler toute forme de vulnérabilité.

Cependant, même cela n'était pas le pire. La blessure la plus vitale, celle qui le faisait saigner à l'intérieur était que, malgré sa profonde connaissance de lui, elle ne lui avait pas fait confiance.

Cela, entre tout, était ce qui faisait le plus mal.

— Je me suis toujours demandé quand vous vous lasseriez de votre vie à la campagne. Dites-moi, à présent que je vous ai ouvert les yeux sur les plaisirs que l'on peut expérimenter dans la capitale, songez-vous à…

Il n'entendit même pas ses propres paroles alors que, point par point, il mettait en pièces le caractère d'Alathea. Plusieurs considéraient que sa langue était trop acérée pour leur propre sécurité ; il s'en servit comme un scalpel pour la couper, pour la faire saigner aussi. Tout comme elle savait où le frapper, il connaissait tous ses points les plus sensibles. Comme sa taille, comme le fait qu'elle se croyait ordinaire. Et trop vieille. Il toucha chaque point vulnérable, se réjouissant sauvagement quand elle se raidissait, quand sa mâchoire se contractait.

Il avait sauvé une minuscule partie de sa fierté quand la musique ralentit, et le brouillard rouge qui lui avait enveloppé l'esprit et la vision se leva suffisamment pour qu'il voie les larmes dans les yeux d'Alathea.

La musique s'arrêta. Ils s'immobilisèrent. Elle se tenait silencieuse et immobile dans ses bras, le visage ferme, néanmoins tout son être vibrait sous l'émotion réprimée.

Elle rencontra son regard sans faillir. Derrière l'éclat des larmes, il vit sa propre fureur et sa peine reflétées vers lui, encore et encore.

— Vous n'avez pas la plus petite idée de ce dont vous parlez.

Chaque mot était distinct, prononcé avec soin, souligné par l'émotion. Avant qu'il puisse réagir, elle se libéra avec rudesse de ses bras, elle reprit son souffle, elle pivota et elle s'en alla. Le laissant seul au centre du plancher de danse.

Encore furieux. Encore blessé.

Encore en érection.

Alathea s'assit à la table du petit-déjeuner le lendemain matin dans un état de panique abrutie. Elle savait que la hache allait tomber bientôt, mais elle était incapable de trouver la force de s'enfuir. Elle se sentait physiquement épuisée ; elle avait à peine fermé l'œil de la nuit. Maintenir une impression de calme extérieur était impératif, néanmoins, elle réussit tout juste à sourire à sa famille et à faire semblant de grignoter un toast.

Son estomac lui semblait vide, mais elle ne pouvait pas manger. Elle pouvait seulement réussir à siroter faiblement son thé. Sa tête semblait assez bien se porter, mais elle était en même temps étrangement vide, comme si bloquer les paroles blessantes de Gabriel avait aussi bloqué ses propres pensées.

Elle savait qu'elle ne pouvait pas réfléchir – elle avait essayé pendant des heures la nuit précédente, mais chaque tentative avait fini en larme. Elle ne pouvait pas penser à ce qui s'était passé, encore moins à ce qui pourrait arriver.

Prenant son toast, elle laissa le joyeux bavardage de sa famille la submerger et elle tira un peu de réconfort de sa chaleur.

Puis, Crisp s'arrêta à côté d'elle et s'éclaircit la gorge.

— Monsieur Cynster est ici, milady, et il souhaite s'entretenir avec vous.

Alathea leva la tête. *Ici !* Non – il n'oserait pas.

— De quel…

Elle s'arrêta et s'éclaircit la gorge.

— Quel monsieur Cynster, Crisp ?

— Monsieur Rupert, mademoiselle.

Il oserait.

Serena agita une main potelée.

— Demandez-lui s'il a déjà pris son petit-déjeuner, Crisp.

— Non ! C'est-à-dire, je suis sûre qu'il l'a fait.

Se levant, Alathea déposa sa serviette près de son assiette.

— Je suis certaine qu'il ne pense pas au jambon et aux saucisses.

— Bien, si tu es sûre…

Serena fronça les sourcils.

— Cependant, cela me semble une heure étrange pour venir voir les gens.

Alathea attira son regard.

— Il s'agit seulement d'une petite affaire dont nous devons discuter ensemble.

— Oh.

Serena articula en silence et elle se tourna immédiatement vers sa famille.

Se glissant hors du salon du petit-déjeuner, Alathea se fit la réflexion que ses dernières paroles n'étaient pas trompeuses. Tout ce dont Rupert – Gabriel – avait envie de parler s'était produit en raison de leur « petite affaire ». Cela n'allait pas rendre plus facile l'entrevue à venir.

Crisp avait fait entrer Gabriel dans le salon secondaire, une pièce calme surplombant les jardins à l'arrière. Les jours ensoleillés, les filles aimaient se regrouper ici, mais aujourd'hui, avec les nuages qui se rapprochaient et la bruine qui menaçait, il serait tranquille et privé, un havre.

Il était peu probable qu'ils soient dérangés.

Alathea réfléchit à cela et grimaça. Elle avait congédié Crisp et elle était venue seule. La main sur la poignée de porte, elle prit une inspiration, elle rassembla sa force vacillante et refusa de penser à ce qu'elle allait affronter de l'autre côté de la porte.

Calme en apparence, elle tourna la poignée et entra.

Il tourna instantanément la tête ; leurs regards s'affrontèrent. Il se tenait près des fenêtres ouvrant sur l'extérieur. Il la regarda sans ciller, puis il dit à voix basse :

— Fermez la porte. Verrouillez-la.

Elle hésita.

— Nous n'avons pas besoin d'être interrompus.

Elle hésita un moment de plus avant de se tourner, puis elle ferma la porte et elle enclencha le verrou. Se retrouvant encore une fois en face de lui, elle leva la tête, elle redressa l'échine et elle serra les mains devant elle. Il continua à l'étudier avec un visage indéchiffrable.

— Venez ici.

Alathea réfléchit, mais elle sentit l'attrait, l'envie irrésistible. La menace. Elle obligea ses pieds à la porter en avant.

Ce fut la chose la plus difficile qu'elle avait faite de sa vie – traverser le vaste salon sous son regard. Elle garda la tête haute, le dos rigide, mais quand elle arriva à côté de lui et que la lumière tomba directement sur son propre visage, elle tremblait intérieurement, ses réserves de force et de détermination sérieusement affaiblies. Quand elle s'arrêta à côté de lui et rencontra son regard dur, elle réalisa que c'était précisément ce qu'il avait voulu. Il scruta son visage, le regard perçant, pénétrant, les traits durs comme ceux d'un guerrier.

— Maintenant, dit-il, que diable se passe-t-il ?

Une colère à peine retenue vibrait dans ses mots. Arrachant son regard au sien, elle fixa la pelouse et les arbres qui l'entouraient.

— Vous êtes au courant de presque tout.

Elle prit une inspiration pour gagner du temps, pour reprendre la maîtrise d'elle-même.

— Tout ce que je vous ai dit lorsque j'étais la comtesse est vrai, sauf…

— Que votre prétendu mari décédé est en fait votre père, que le jeune Charles est Charlie, Maria est Mary, Alicia est Alice et Seraphina est Serena. Cela, je l'avais deviné.

— Bien, alors. C'est tout, ajouta-t-elle en haussant les épaules.

Devant son silence, elle risqua un regard rapide dans sa direction. Il attendait – il attira son regard et le retint.

Un moment s'écoula.

— Essayez encore.

Sa colère atteignit clairement Alathea. Il n'y aurait pas d'échappatoire.

— Que voulez-vous savoir ?

Si elle pouvait s'accrocher à la simplicité, au côté pragmatique, elle aurait peut-être une chance de survivre à son inquisition.

— Le comté est-il aussi aux abois financièrement que vous l'avez décrit ?

— Oui.

— Pourquoi avez-vous créé la comtesse ?

Simplicité. Côté pragmatique. Elle reporta son regard sur la vue dehors.

— Si je vous avais écrit ou rendu visite avec mon histoire du billet à ordre suspect sans vous parler de la situation financière désespérée de la famille, auriez-vous entrepris vous-même l'investigation ou bien l'auriez-vous confiée à Montague ?

— Si vous m'aviez raconté toute l'histoire…

— Mettez-vous à ma place. Auriez-vous raconté toute l'histoire ? Dit à quel point nous étions proches de la ruine ? Encore aujourd'hui.

Après un moment, il hocha légèrement la tête.

— Très bien, j'accepte que vous ayez évité de me révéler cela. Toutefois, la comtesse ?

Elle leva le menton.

— Cela a fonctionné.

Il patienta, mais elle était trop habituée au silence, à garder le silence avec lui pour que le stratagème fonctionne. Sa compréhension résonna dans le ton de Gabriel.

— Je comprends que Serena et votre père ne sont pas au courant de votre mascarade.

— Non.

— Qui le sait ?

— Personne ; eh bien, seulement les serviteurs de haut rang.

— Votre cocher… était-ce Jacobs ?

Elle hocha la tête.

— Qui, parmi les autres ?

— Nellie. Figgs. Mademoiselle Helm. Connor. Crisp, évidemment. Et Folwell.

Elle marqua une pause, puis elle hocha la tête.

— C'est tout.

Il jura dans sa barbe.

— Tout ?

Elle fronça brusquement les sourcils vers lui.

— Ils me sont dévoués. Il est inutile de penser qu'il ressortira quelque chose de tout cela. Ils font toujours exactement ce que je leur dis.

Il la regarda, puis un sourcil tressauta en se relevant plus haut.

— Oh ?

Sa voix était devenue un murmure. Lui faisant signe de se taire, il traversa la pièce jusqu'à la porte, puis il tourna le verrou et ouvrit la porte dans un seul mouvement, dévoilant Nellie, Crisp, Figgs, mademoiselle Helm…

Alathea se contenta de les dévisager. Puis, elle se raidit et leur jeta un regard noir.

— Partez !

— Bien, milady.

Nellie jeta un regard méfiant sur Gabriel.

— Nous nous demandions seulement…

— Je vais parfaitement bien. Maintenant, partez !

Ils partirent en traînant les pieds. Gabriel ferma la porte, il la verrouilla de nouveau, puis il retourna à la fenêtre.

— D'accord. Autant pour votre mascarade.

Il s'arrêta à côté d'elle ; épaule contre épaule, ils regardèrent dehors les arbres enveloppés dans une ombre terne.

— Vous pouvez maintenant me dire pourquoi vous avez pris la responsabilité de sauver votre famille.

— Eh bien…

Alathea s'interrompit, voyant le piège.

— Cela semblait ce qu'il y avait de plus logique à faire.

— Vraiment ? Voyons voir. Une servante a découvert le billet à ordre que votre père a signé, mais qu'il a réussi on ne sait comment à oublier et ensuite vous, votre père et Serena mettez vos idées ensemble, et ils ont décidé et accepté de vous laisser poursuivre l'affaire seule ; une affaire qui pourrait détruire leur vie. Est-ce ainsi que les choses se sont déroulées ?

Elle regarda les arbres avec un visage de marbre.

— Non.

— Alors ?

Le mot resta suspendu dans l'air, insistant, persistant…

— Je m'occupe habituellement de toutes les affaires financières.

— Pourquoi ?

Elle hésita.

— Papa… n'est pas très doué avec l'argent. Vous savez comment… eh bien, à quel point il est gentil. Il ne sait vraiment pas comment faire ; pas du tout.

Elle rencontra son regard.

— Ma mère a géré le domaine jusqu'à sa mort. Ma grand-mère l'a géré avant elle.

Il fronça les sourcils. Après un moment, il lui demanda :

— Et donc, c'est maintenant vous qui gérez toutes les affaires du domaine ?

— Oui.

Ses yeux devinrent deux fentes.

— Depuis quand ?

Quand elle regarda de nouveau les arbres et ne répondit pas, il s'inséra entre elle et la fenêtre, les laissant tous les deux nez à nez. Ses yeux plongèrent dans les siens.

— Quand votre père vous a-t-il cédé son autorité ?

Encore, elle garda le silence. Il scruta ses yeux.

— Préféreriez-vous que je le lui demande ?

S'il s'était agi de n'importe quel autre homme, elle l'aurait pris au mot et démasqué sa stratégie.

— Il y a des années.

— Il y a onze ans ?

Elle ne répondit pas.

— C'était ça, n'est-ce pas ? C'était la raison de votre départ de la ville. Pas la varicelle – je n'ai jamais cru à cela –, mais l'argent. Votre père a amené le comté à un point où il ne réalisait plus de profits ; je ne sais comment, vous l'avez découvert et vous avez pris les rênes. Vous avez coupé court à votre première saison mondaine avant qu'elle commence et vous êtes rentrée à la maison.

Il marqua une pause.

— Est-ce bien ce qui s'est passé ?

Le visage fermé, elle déplaça son regard, fixant un point au-dessus de l'épaule de Gabriel.

— Racontez-moi les détails. Je veux savoir.

Il ne serait pas tranquille tant qu'il ne saurait pas. Elle prit une inspiration tendue.

— Wiggs est venu à la maison, un après-midi. Il avait l'air... désespéré. Papa l'a rencontré dans la bibliothèque. J'y suis allée pour voir si papa voulait qu'on leur apporte du thé. La porte de la bibliothèque était entrouverte. J'ai entendu Wiggs argumenter avec papa, lui expliquer à quel point le domaine était endetté et que la dépense pour m'offrir ma saison mondaine allait littéralement nous ruiner. Papa ne comprenait pas. Il n'arrêtait pas de dire avec insistance que tout irait bien, que loin de nous ruiner, ma saison serait le salut du comté.

— Il comptait sur vous pour faire un bon mariage ?

— Oui. Bêtement.

— Cela aurait pu fonctionner.

Elle secoua la tête.

— Vous n'avez pas réfléchi. Je n'aurais eu aucune dot – tout à fait le contraire. N'importe quel prétendant qui réussissait aurait dû sauver le comté et les dettes étaient monumentales. Je n'avais rien pour me recommander à part ma lignée.

— Il y a bien des hommes qui seraient en désaccord. Elle lui jeta un coup d'œil, puis elle regarda de nouveau les arbres.

— Vous oubliez ; c'était il y a onze ans. Vous rappelez-vous de quoi j'avais l'air à dix-huit ans ? J'étais terriblement mince, même dégingandée. Il n'y avait absolument aucune chance pour que je réussisse à attirer le genre d'union requise pour sauver ma famille.

Devant son silence subséquent, il l'incita à continuer.

— Alors ?

— Quand Wiggs est parti, désespéré, je suis entrée et j'ai parlé à papa. J'ai passé la nuit à examiner les registres du domaine qu'avait apportés Wiggs.

Elle marqua une pause, avant d'ajouter :

— Le lendemain matin, nous avons fait nos malles et nous avons quitté Londres.

— Vous protégez votre famille – vous les sauvez de la ruine – depuis ce moment-là ?

— Oui.

— Même si cela vous a coûté votre vie ; la vie que vous auriez dû avoir.

— Ne soyez pas mélodramatique.

— Moi ?

Il rit durement.

— C'est l'hôpital qui se moque de la charité. Mais si le chapeau fait…

Il attira son regard.

— Et il vous fait.

Il se leva directement devant elle, le regard fixé sur son visage.

— Vous saviez ce que cela signifierait dès le début, il y a onze ans. Si vous aviez fait la sourde oreille à la détresse de votre famille et vécu votre saison mondaine en entier, il est plus que probable que vous auriez fait un beau mariage – pas assez, je vous l'accorde, pour sauver le comté, mais suffisamment pour vous sauver vous-même. Vous auriez eu un foyer, un titre, un rang – une chance d'avoir votre propre famille. Toutes les choses auxquelles votre éducation vous avait amenée à attendre. Votre propre avenir était à portée de main. Vous le saviez, néanmoins vous avez choisi de revenir à la campagne et de lutter pour faire renaître la fortune familiale, même si cela signifiait que vous alliez devenir une vieille fille. Après votre saison avortée, votre famille ne pouvait pas vous permettre de revenir – elle ne pouvait pas laisser quiconque deviner votre situation. Elle n'avait certainement pas les moyens de vous offrir une dot respectable, un point en soi trop révélateur, mais vous saviez comment les choses se passeraient. Donc, tout est retombé sur vos épaules. Vous avez sacrifié votre vie – toute votre existence – pour votre famille.

Il semblait en colère. Alathea raffermit son menton.

— Vous en faites trop de cas.

Il soutint son regard sans pitié.

— Vraiment ?

Elle ne pouvait pas éviter ses yeux, la compréhension éclairant ses profondeurs noisette. Le sacrifice des années la submergea, la solitude, la douleur née en solitaire dans les profondeurs de la campagne. Le deuil d'une vie qu'elle n'avait jamais eu la chance de vivre. Prenant lentement une inspiration trop superficielle, elle lutta pour garder un regard calme. Quand elle fut certaine que sa voix était maîtrisée, elle dit :

— Je vous interdis de me prendre en pitié.

Son front dansa de cette façon qui appartenait intrinsèquement à l'homme.

— Cela ne m'était pas venu à l'esprit. Je suis certain que vous avez pris seule cette décision ; vous avez entrepris de faire exactement ce que vous avez fait. Je ne vois rien à plaindre là-dedans.

Le commentaire sec donna à sa sensibilité, à sa vulnérabilité, le bouclier dont elle avait besoin. Après un moment, elle détourna les yeux.

— Donc, maintenant, vous savez tout.

Gabriel étudia son visage et souhaita que cela fût vrai. Au cours des heures depuis qu'il avait découvert la vérité, il avait été ébranlé, bouleversé, secoué jusqu'à l'âme par une tempête d'émotions. La colère, la fureur brute, une peine désespérée, la fierté assouvie ; elles étaient faciles à reconnaître. D'autres passions, plus sombres, plus turbulentes, beaucoup plus difficiles à définir avaient fait gonfler le tumulte jusqu'à devenir une marée incontrôlable qui l'avait battu et déchiré.

Maintenant, après-coup, il se sentait non pas vide, mais libéré, comme si le temple intérieur qu'il avait érigé pour son âme avait été démoli par le torrent, balayé de ses fondations et ses briques éparpillées par la marée subséquente. Aujourd'hui, il affrontait la tâche de rebâtir sa maison intérieure. Il pouvait choisir une structure plus simple, une qui serait libre d'affectation, de fausse gloire, de l'ennui dont il s'était tellement fatigué au cours des derniers mois. Les briques qu'il choisirait pour façonner son avenir lui revenaient, mais le fait qu'il ait un choix à faire était dû à Alathea.

Elle seule pouvait avoir entraîné un séisme semblable.

Sa vie à partir de maintenant dépendait de ce qu'il ferait à présent, du geste qu'il choisirait de poser. Il était venu ici, sa colère encore bouillonnante, ayant pleinement l'intention de lui sonner les cloches. À présent qu'il avait appris toute l'histoire et qu'il comprenait enfin ce qu'elle faisait depuis le début, sa colère s'était transformée en quelque chose de tout à fait différent, quelque chose d'intensément protecteur.

— Quelle est la situation actuelle des finances du comté ?

Elle lui décocha un regard, puis elle offrit un chiffre à contrecœur.

— C'est le fond de sécurité. Le revenu des fermes s'ajoute à cela.

— Quel est le montant par année ?

Petit à petit, il lui arracha les détails, assez pour confirmer que même son propre génie, pas même la touche de Devil en gestion, l'expérience de Vane et de Richard, ni même le pouvoir de Catriona auraient pu faire davantage pour tirer les Morwellan d'affaire.

« J'aurais aimé que vous soyez venu me voir plus tôt – il y a toutes ces années. »

Ainsi parlait son cœur ; il était plus avisé que de prononcer les mots.

— Donc, on ne peut rien faire de plus. Votre famille est autant en sécurité qu'elle peut l'être dans les circonstances présentes.

Il ignora son regard offusqué.

— Qu'en est-il de votre homme d'affaires ; Wiggs ? Est-il fiable ?

— Je l'ai toujours pensé.

Avec raideur, elle ajouta :

— N'eût été son intervention auprès des banques, nous aurions coulé depuis longtemps.

Cela devait être vrai.

— Que pense-t-il de votre mascarade, ou bien vous ne le lui avez pas dit ?

Elle ne rencontra pas son regard.

— Il était très soulagé lorsque je lui ai dit vous avoir consulté.

— Donc, il ignore que vous m'avez consulté sous déguisement.

Il surprit le regard qu'elle lui décocha.

— Je dois savoir : je vais forcément rencontrer l'homme un jour pour cette affaire.

Elle cilla, stupéfaite ; au début, il ne comprit pas, puis il saisit.

Sa mâchoire se contracta. Il avait envie de l'étrangler.

— Je ne vais pas m'en laver les mains et vous laisser vous occuper seule de cette affaire.

Son soulagement était évident, même si, sentant sa réaction, elle tenta de le cacher. L'expression dans ses yeux alors qu'ils scrutaient ceux de Gabriel exprimait clairement qu'elle ne comprenait pas sa réaction. Lui non plus – pas entièrement. Cela faisait partie de la longue liste cruciale de choses qu'il ne savait pas encore, tout comme ce qu'il ressentait pour elle. Même maintenant, debout à moins d'un mètre d'elle, il ne savait pas du tout ce qu'étaient ses véritables sentiments. Il n'avait pas l'intention de la toucher – pas encore. Il ne pouvait pas encore songer à s'occuper de la force qui se déchaînerait, il le savait, quand il la toucherait la prochaine fois, quand il la prendrait encore dans ses bras. Le temps viendrait, mais pas encore, pas avant qu'il est remis son cerveau dans la bonne direction et aligné ses sens sur cette nouvelle réalité. La réalité où il pouvait se tenir si près d'elle et ne rien ressentir au-delà de sa chaleur, de sa chaleur sensuelle, féminine et grandement tentante. Aucun nerf trop tendu et tressaillant, aucun picotement inconfortable ne le dérangeaient. Leur affliction vieille de deux décennies était morte hier soir quand il l'avait violemment attirée dans ses bras et qu'il l'avait fait valser dans la salle de bal de lady Arbuthnot.

Bien qu'il n'ait pas encore une prise ferme sur ses sentiments, il savait encore moins ce qu'elle ressentait de son côté.

Un certain indice de ce qui lui traversait l'esprit avait dû paraître dans ses yeux. Les yeux d'Alathea s'arrondirent ; une certaine incertitude y surgit.

Il soutint son regard sans pitié ; il ne tenta pas de dissimuler ses pensées. Elle s'était donnée à lui, bien que sous un déguisement. Elle allait devoir se débrouiller avec la conséquence.

— À quoi pensez-vous ?

Intentionnellement, il haussa un sourcil.

Elle rougit. Ses yeux s'arrondirent encore plus, fouillant frénétiquement ceux de Gabriel.

— Je suggère, dit-il avec des mots articulés et précis, qu'étant donné la gravité de la menace posée par la Société aurifère de l'Afrique centrale et orientale, que nous mettions de côté toute discussion supplémentaire sur les ramifications de votre mascarade jusqu'à ce que nous nous soyons occupés avec succès de la compagnie.

Il pouvait presque voir ses poils hérissés se lisser. Un moment plus tard, elle hocha la tête.

— D'accord, acquiesça-t-elle en se détournant. Même s'il n'y aura pas de ramifications.

Il leva brusquement la main et il lui enserra le poignet. Elle se figea. Les yeux qui rencontrèrent ceux de Gabriel quand il tourna la tête étaient ronds.

— Ne faites pas semblant.

Après un moment, il poursuivit d'un ton moins percutant :

— J'ai dit que nous remettons notre discussion sur cette affaire et non que nous allions l'ignorer.

— Il n'y a rien à ignorer.

La voix d'Alathea était essoufflée ; elle leva son autre main sur sa poitrine.

Une émotion violente monta en lui, menaçant de l'emporter. La mâchoire serrée, il la retint, mais il la laissa imprégner ses yeux.

— Ne me tentez pas.

Les mots, menaçants et murmurés, vibrèrent avec un pouvoir qu'Alathea pouvait sentir ; ce pouvoir l'agrippa, la secoua, puis la retint, mais avec légèreté. Si elle essayait de lutter, la prise se resserrerait, s'emparerait d'elle et la clouerait sur place. Pour l'instant, il se contentait de la tenir. Prenant lentement une inspiration tremblante, elle s'obligea à détourner les yeux. Elle était incommensurablement reconnaissante quand, un instant plus tard, ses doigts glissèrent de sur son poignet.

— Avez-vous appris quelque chose depuis la dernière fois où nous avons discuté de l'affaire ?

La question lui fournit quelque chose à quoi se raccrocher, une occasion de réagir raisonnablement.

— Wiggs.

Inspirant encore, elle leva la tête.

— Je lui ai demandé de s'informer sur la procédure légale nécessaire pour faire invalider le billet à ordre. Il m'a envoyé un message hier disant qu'il avait rendez-vous avec les juges de la cour de chancellerie demain matin pour discuter des possibilités.

— Bien. Autre chose ?

Elle devint plus calme.

— J'ai passé du temps à étudier des cartes géographiques de la région pour chercher les endroits mentionnés par Crowley.

— Les cartes détaillées de cette région sont difficiles à trouver.

— Vrai, mais j'en ai finalement découvert une dans une biographie qui montre les trois villes mentionnées par Crowley – Fangak, Lodwar et Kafia. Elles sont petites, mais elles sont là.

— Que disait le biographe à leur sujet ?

Elle hésita.

— Je ne sais pas. Je n'ai pas lu le texte.

Il soupira à travers des dents serrées.

— Je le ferai ! Je l'ai trouvé il y a deux jours seulement. De toute façon, qu'avez-vous fait ? Avez-vous localisé le capitaine ?

— Non, répondit Gabriel en fronçant les sourcils. Ce n'est pas si simple. Il n'est assurément pas avec une des compagnies maritimes importantes. Il y en a plusieurs vingtaines d'autres à vérifier, alors nous vérifions. J'ai fouiné autour de chez White's, mais personne ne se souvient de lui. En passant, qui l'a vu – Charlie ?

— Non, papa. Toutefois, il ne se souvient de rien à part ce que je vous ai rapporté. Et je lui ai fait promettre de ramener le capitaine à la maison la prochaine fois qu'il le verra.

— Hum. J'ai des gens qui font des recherches, mais il se peut que le capitaine ne soit plus à Londres. La plupart des marins de haut rang descendent à terre, puis ils partent voir leur famille, souvent hors de Londres, ne revenant qu'un jour ou deux avant leur départ prévu en mer.

— Donc, il se pourrait que nous ne revoyions plus jamais le capitaine.

— Pas si nous attendons simplement de le voir. Je fouille d'autres possibilités.

Il jeta un coup d'œil à l'horloge sur le manteau de la cheminée.

— En parlant de cela, je suis attendu ailleurs.

Il rencontra le regard d'Alathea.

— Sommes-nous d'accord pour mettre toutes nos informations en commun afin que nous puissions régler cette affaire aussi rapidement que possible ?

Alathea hocha la tête.

— Bien.

Il soutint son regard un instant, puis il leva la main. Le souffle d'Alathea resta en suspens ; perdue dans les profondeurs noisette de ses yeux, elle frissonna intérieurement pendant que ses doigts suivaient la ligne de sa mâchoire, puis la prenait en coupe. La pulpe de son pouce effleura lentement ses lèvres. Elle sentit que ses propres yeux s'illuminaient, puis que ses lèvres s'adoucissaient. Sa raison partit en vrilles.

— Et ensuite, déclara-t-il, nous réglerons le reste.

Elle fut tentée d'arquer un sourcil ; la prudence intervint et l'en empêcha. Quand elle se contenta de soutenir son regard, il hocha la tête.

— Je viendrai vous voir demain.

Elle n'avait jamais eu peur de Gabriel ; après une soigneuse réflexion, Alathea conclut que c'était toujours le cas. Ce n'était pas la peur qui tendit ses nerfs quand elle l'aperçut en train de se promener dans le parc ; c'était l'attente, mais de quoi, elle n'en était pas sûre.

Avec Mary, Alice, Heather et Eliza, elle se promenait depuis vingt minutes. Lord Esher et son ami, monsieur Carstairs, des Finchley-Carstairs, de jeunes gentlemen aux titres impeccables, s'étaient joints au groupe, Sa Seigneurie pour bavarder avec Mary, alors que monsieur Carstairs s'entretenait vaillamment avec les autres, bien que son regard vagabonde fréquemment vers le visage d'Alice.

Déambulant en arrière, Alathea avait observé les amours naissantes d'un œil approbateur jusqu'à ce qu'elle voie Gabriel s'approcher. Après cela, elle ne vit rien à part lui, d'une élégance sévère dans sa queue-de-pie, son pantalon en peau de daim et ses bottes de Hesse, la brise ébouriffant ses mèches châtaines. D'un air nonchalant, il salua les sœurs d'Alathea et avec sa familiarité fraternelle, il évalua les jeunes hommes soudainement tendus et il marqua son approbation d'un signe de tête. Ensuite, son regard glissa vers elle. Désertant le groupe plus jeune, il avança lentement à côté d'elle. Alathea serra les deux mains sur la poignée de son ombrelle et pria pour qu'il n'en réclame pas une. Les yeux de Gabriel rencontrèrent les siens, puis son front tressauta.

— Je ne mords pas, murmura-t-il en s'arrêtant à côté d'elle. Du moins, corrigea-t-il d'une voix plus grave, pas en public.

Elle fut balayée par sa sensibilité à sa présence ; elle sentit le rouge lui monter aux joues. Il contempla le spectacle, son front dansa de nouveau, puis il se tourna et il étudia le groupe avançant loin devant eux.

— Je suppose que nous ferions mieux de les garder en vue.

— En effet.

Alathea avança ; il accorda son pas au sien.

— Avez-vous déjà eu des nouvelles de Wiggs ?

— Non ; son rendez-vous était prévu pour onze heures.

Il était tout juste midi passé.

— Serez-vous au bal des Clare ce soir ?

— Oui.

— Bien, je vous verrai là-bas.

Alathea hocha la tête. C'était l'un des avantages que la comtesse ait été démasquée ; ils pouvaient maintenant se rencontrer facilement pour échanger des informations.

— J'ai lu le livre de cet explorateur, du moins les parties pertinentes.

Alors qu'elle jonglait avec son ombrelle et fouillait dans son réticule, elle sentit le regard de Gabriel sur son visage.

— Avez-vous travaillé tard dans la nuit ?

Elle lui jeta un bref regard. Elle n'avait pas besoin de lui pour savoir qu'elle avait des cernes sous les yeux.

— Quand aurais-je le temps autrement de lire ?

L'acidité de sa réponse n'eut aucun effet visible.

— Cela n'aidera pas que vous vous épuisiez. Qu'est-ce que c'est ?

Il prit la feuille qu'elle lui tendait.

— C'est la description que l'explorateur a faite des trois villes.

Il lut attentivement pendant qu'ils se promenaient ; ses sourcils se haussèrent progressivement.

— Comme c'est intéressant. Quand cet explorateur se trouvait-il dans ces régions ?

— Au début de l'année dernière seulement. Le livre vient d'être publié.

Alathea se pencha plus près, scrutant la feuille. Elle tapota un paragraphe.

— Selon mon souvenir, Crowley a dit que la compagnie avait acheté un gros édifice à Fangak d'une certaine agence française pour loger les travailleurs participant à la construction des mines de la compagnie. Selon cet explorateur, Fangak est un regroupement de fragiles huttes en bois loin de la civilisation.

— Crowley a aussi dit que Lodwar était située sur une route principale. Au lieu, il apparaît que c'est une minuscule communauté à mi-chemin en haut d'un flanc de montagne escarpée « très éloignée du sentier battu ».

Alathea jeta un coup d'œil à son visage.

— C'est une preuve, non ?

Il la regarda, puis il hocha la tête. Pliant la feuille, il la glissa dans sa poche.

— Cependant, il nous faudra plus.

Il regarda le groupe devant eux.

— Comment cela se passe-t-il ?

— C'est prometteur. Esher se montre plus décidé de jour en jour, alors que Carstairs…

Inclinant la tête, Alathea contempla le jeune gentleman.

— Je pense qu'il tente de rassembler son courage pour sauter, mais qu'il a de la difficulté à croire que cela lui est vraiment arrivé.

Gabriel grogna.

— Pauvre bougre.

Alathea fit semblant de ne pas avoir entendu.

Ils continuèrent à se promener en suivant les autres, puis Gabriel s'arrêta.

— Je vais vous laisser ici.

Alathea se tourna vers lui, seulement pour sentir ses doigts se refermer autour des siens. Il leva sa main et la contempla, les minces doigts emprisonnés dans les siens. Ensuite, il leva le regard dans ses yeux.

Elle ne pouvait plus respirer, ne pouvait plus réfléchir. Il était près d'elle ; en raison de sa taille, l'ombrelle d'Alathea leur fournissait de l'ombre à tous les deux, créant une illusion d'intimité au milieu du parc. Ils n'avaient jamais échangé les plaisanteries habituelles, se touchant les mains, se faisant la révérence, mais aujourd'hui il lui tenait la main et elle faisait de même ; elle se demanda ce qu'il avait l'intention de faire.

Les lèvres de Gabriel se tordirent, à la fois ironiques et moqueuses.

— Je vous verrai ce soir.

Il pressa brièvement sa main, puis il la libéra. Sur un hochement de tête, il la quitta.

Alathea resta immobile en respirant régulièrement et elle le regarda partir à grandes enjambées. Une partie d'elle remarqua qu'il l'avait quittée juste avant que leur promenade nonchalante les amène en vue de l'allée carrossable, actuellement bordée des carrosses des matrones de la haute société, y compris celui de sa mère et de sa tante. L'autre partie de son cerveau était absorbée par la question brûlante de ce qu'il croyait faire, de la tactique qu'il avait l'intention d'adopter avec elle.

La situation entre eux avait changé, pourtant il la voulait encore, même s'il savait à présent qui elle était. Il avait toujours l'intention de la prendre, de poursuivre leur liaison illicite ; aussi étonnante que soit cette pensée, cela était évident.

Très peu d'autres choses étaient claires.

Avec la mise au jour de la comtesse, toute ingérence sur leur interaction était passée du côté de Gabriel. Elle était entièrement en son pouvoir, un pouvoir qu'il brandirait, si on le provoquait, elle le savait. Le petit groupe qu'elle surveillait s'arrêtait. Redressant son ombrelle, elle s'avança dans leur sillage.

Ce qu'il avait en tête, elle ne le devinait pas du tout, non plus qu'elle ne pouvait être sûre de ses motivations. Étant donné leurs rencontres dans Bond Street et Bruton Street, sans parler du reste, il pourrait bien souhaiter la punir. Sa conduite actuelle pourrait être une façade, adoptée pour faciliter leur échange pendant qu'ils continuaient à s'occuper de la compagnie. Il avait bien assez d'honneur pour mettre de côté ses propres sentiments jusqu'à ce qu'ils aient réglé la menace. Ensuite, il pourrait songer au châtiment.

Heureusement, il gardait rarement rancune. Quand leurs investigations seraient terminées, il était possible, même probable, que son intérêt pour elle se soit déjà évaporé, qu'il se soit lassé d'elle et qu'il ait reporté ses vues sur sa prochaine conquête.

L'inquiétude dans les yeux, Alathea grimpa la pente menant à l'allée carrossable et se demanda pourquoi la perspective qu'il commence à se lasser d'elle et abandonne par conséquent toute idée de châtiment ne lui apportait pas un sentiment de soulagement.

CHAPITRE 14

Le bal de lady Clare était encore l'une de ces bousculades continuelles. La saison mondaine battait son plein, et tout le monde devait être vu à tous les événements importants. Rejoignant enfin Alathea, Gabriel jeta un regard malveillant sur la foule qui se bousculait.

— Dément, marmotta-t-il.

Lord Montgomery, retenant actuellement l'attention d'Alathea, crut que la raillerie s'adressait à lui. Il se hérissa. Souriant avec sérénité, Alathea fit semblant de n'avoir rien entendu.

— Votre mère et votre sœur sont-elles venues en ville cette année ?

Devant cet intérêt sans équivoque, la susceptibilité de Sa Seigneurie se calma. Avec un regard dédaigneux pour Gabriel, il répondit d'un ton chantant :

— En effet, en effet ! Naturellement, elles se font du souci pour l'avenir du domaine. Tenez…

Récemment affligée par la conviction qu'elle était exactement la femme qu'il lui fallait, Sa Seigneurie continua de radoter. Alathea laissa son sourire glisser sur les autres visages enthousiastes, mais elle ne s'attarda pas assez longtemps pour encourager qui que ce soit à intervenir avec sa propre histoire. La fin de son balayage l'amena à regarder Gabriel ; il retint son regard, l'agacement présent au fond de ses yeux noisette. Il hésita, puis, au grand étonnement d'Alathea, il tendit le bras et il prit la main qu'elle ne lui avait pas offerte. Il la retint, attendant avec une patience étudiée que le monologue de lord Montgomery se conclue, puis il exécuta une révérence. Alors qu'il se redressait, Alathea, déstabilisée et confuse, vit l'inquiétude teinter l'expression de Gabriel.

— Ma chère, vous êtes plutôt pâle.

Ma chère ? Elle faillit écarquiller les yeux.

Gabriel ancra la main d'Alathea sur sa manche, l'attirant à l'intérieur de son orbite protectrice.

— Peut-être qu'une promenade dehors… avant que vous ne vous évanouissiez à cause du manque d'air.

Elle ne s'était jamais évanouie de sa vie. Son regard piégé dans le sien, Alathea agita faiblement une main devant son visage.

— C'est vrai qu'il fait plutôt chaud ici.

Le front de Gabriel tressauta ; un coin de ses lèvres eut la même réaction.

— Les portes donnant sur la terrasse sont ouvertes…

La suggestion fut accueillie par de nombreuses offres de les accompagner ; obéissant aux doigts qui pressaient les siens, Alathea sourit faiblement.

— Le bruit…

Elle gesticula mollement.

— Quelques moments de calme absolu aideraient, et ensuite je serai en mesure de vous revenir.

Ils durent se contenter de cela. Gabriel l'entraîna hors du cercle et la guida vers le fond de la salle. Alathea espérait qu'il donnait l'impression de l'éloigner avec un soin fraternel – pour son propre bien –, mais les froncements de sourcils spéculatifs couronnant de trop nombreux yeux lui donnèrent fortement envie de lui assener une claque. Ensuite, il inciterait les amateurs de scandales à les observer avidement, et Dieu seul savait ce qu'ils verraient.

Ils atteignirent la terrasse dallée le long de laquelle un certain nombre de couples déambulaient. Elle tenta de retirer doucement sa main de la manche de Gabriel pour mettre une plus grande distance entre eux. Les doigts de son compagnon se resserrèrent.

— Vous allez faire parler les gens, siffla-t-elle alors qu'elle consentait à continuer à avancer gracieusement à son côté.

— Pas plus qu'ils ne parlent déjà de vous et des prétendants intéressés par vos charmes. Pourquoi diable vous entourez-vous de ces hommes ?

— Je vous assure que ce n'est pas par choix !

Après un moment, elle continua :

— Je soupçonne Serena de s'activer en mon nom, malgré le fait que j'ai fait clairement comprendre qu'il s'agissait de la saison de Mary et d'Alice et que je ne vois pas d'intérêt à attirer un époux pour moi. Bien – elle gesticula pour désigner sa coiffe tressée –, comment puis-je indiquer cela plus clairement ? Ne la voient-ils pas ?

Regardant la coiffe avec un violent dégoût, Gabriel retint les mots « probablement pas ». Ses coiffes l'offensaient au plus haut point. Il y avait, maintenant qu'il y songeait, une façon sûre de se débarrasser d'elles une fois pour toutes. Contemplant la perspective de ne plus jamais revoir une coiffe couvrir sa chevelure, il la guida vers l'extrémité sombre de la terrasse, déserte en ce moment.

— Wiggs a-t-il fait rapport de sa rencontre avec le juge ?

Atteignant la balustrade au bout des dalles, ils survolèrent du regard les épais buissons au-delà de la barrière de pierre, puis ils se tournèrent et s'appuyèrent contre le mur, hanche contre hanche, épaule contre épaule, dans une position confortable étrangement agréable.

— Oui. Il semble que nous puissions demander un jugement déclarant le billet à ordre invalide en présentant une requête directement au juge, sans que la preuve ou les délibérations soient entendues en cour devant public.

— Bien. Cela rendra les choses plus faciles.

— Le juge a dit que la vitesse à laquelle une telle décision est rendue dépend de la qualité de notre preuve. Plus la preuve est détaillée et complète, plus le jugement sera rapide. Si le cas était nettement tranché, une décision pourrait être formalisée en quelques jours.

Gabriel hocha la tête.

— Lorsque nous serons prêts, je préviendrai Devil. Il s'assurera que le cas reçoit une attention immédiate.

Le grand sourire brusquement apparu sur le visage d'Alathea attira son regard.

— Quoi ?

Elle lui jeta un coup d'œil.

— Votre façon de procéder, c'est tout.

Elle agita la main.

— Juste comme ça ; on ajoute un duc dans l'équation.

Il haussa les épaules.

— Si l'on a un duc à ajouter…

Son sourire s'évanouissant, Alathea lui demanda :

— Vos gens ont-ils appris quelque chose d'autre ?

— Aucune grande révélation, mais Montague fait des progrès avec tous ces chiffres et ces projections lâchées par Crowley. Inutile de dire que ces données ne s'additionnent pas. Mes contacts à Whitehall continuent de vérifier les déclarations qu'il a faites à propos des différents départements du gouvernement étranger et des fonctionnaires, et les permissions que la compagnie a déjà reçues selon lui. Plus il y a de faits erronés, plus les prétentions de la compagnie se révèlent fausses sur de nombreux fronts, plus il nous sera facile de convaincre la cour.

— Mais un témoin – un témoin oculaire en l'occurrence – serait la preuve décisive. Avez-vous entendu autre chose au sujet du capitaine ?

— Oui et non. Surtout non. Il existe tellement de compagnies maritimes et parmi elles, il y en a trop où je n'ai aucun contact à interroger discrètement. Nous ne pouvons pas risquer une recherche trop manifeste, même pas pour trouver le capitaine. Crowley est trop puissant. Il pourrait avoir des contacts qui lui feraient rapport de toutes demandes inhabituelles au sein de l'ensemble des compagnies maritimes faisant des affaires dans la région à laquelle il s'intéresse actuellement.

— Est-il aussi puissant ?

— Oui. Ne le sous-estimez pas. Il n'a peut-être pas fréquenté une école reconnue, mais il sait comment jouer de ses relations avec efficacité. À preuve : Archie Douglas.

Après un moment, Gabriel déclara :

— Quoi que nous fassions, nous ne devons jamais oublier Crowley.

Ces mots perturbèrent Alathea. Fronçant les sourcils, elle les chassa.

— Sûrement, il doit exister un registre des bateaux et des capitaines, non ?

— Oui ; il est tenu par les autorités portuaires. Il y a deux registres que nous devons regarder – le registre d'enregistrement qui liste tous les bateaux entrant dans le Pool of London ainsi que leurs capitaines, et le registre principal des navires qui indique pour quelle compagnie maritime navigue un bateau en particulier. Malheureusement, il y a eu un scandale impliquant l'ancien officier du port. Par conséquent, son successeur est extrêmement résistant à l'idée de permettre à quiconque d'avoir accès soit au registre de contrôle, soit au registre principal.

— Extrêmement résistant, dites-vous ?

— À part un ordre de l'amirauté ou de l'Agence du revenu, il n'existe aucune façon de consulter ces volumes.

— Hum.

Gabriel jeta un regard à Alathea.

— Ne songez même pas à y entrer par effraction.

Elle reporta son attention sur lui.

— Pourquoi ? Vous avez déjà eu cette idée ?

— Oui.

Ses lèvres se tordirent. Il regarda en arrière le long de la terrasse, puis il se redressa.

— Le bureau est occupé vingt-quatre heures par jours, tous les jours. Il est impossible en ce moment de fouiller dans le registre d'enregistrement et le registre principal.

Suivant son regard jusqu'à Lucifer, avançant lentement vers eux dans les ombres, Alathea murmura :

— Rien n'est impossible lorsque l'on a douze ans.

Gabriel lui décocha un regard alors que Lucifer, les sourcils haussés vers le ciel, se joignait à eux.

— Que faites-vous dehors tous les deux ?

« Qu'en penses-tu ? » était la réplique qui brûlait les lèvres de Gabriel. Il n'avait pas encore eu le temps d'amener leur interaction vers l'objectif qu'il poursuivait.

Alathea le désigna d'un geste de la main.

— Il vérifie quelque chose pour moi. Un investissement.

Tournant la tête, Gabriel la regarda ; son regard à elle était fixé sur le visage de Lucifer et elle l'ignora. Lucifer le regardait.

— Je pense que les jumelles l'ont remarqué. Elles pétillent, pleines d'effervescence en échangeant des regards insistants. Dieu seul sait ce qu'elles feront lorsqu'elles comprendront que c'est vrai.

— Quand elles comprendront que quoi est vrai ? demanda Alathea.

Lucifer tourna son regard sombre vers elle.

— Quand elles comprendront qu'il ne les surveille plus.

— C'est vrai ?

Alathea regarda Gabriel. Il avait développé un intérêt dévorant pour ses ongles manucurés.

Le maudit homme l'avait écouté. Il l'avait écouté et il lui avait permis d'influencer sa direction. Elle se sentait légèrement étourdie.

— Il ne le fait plus. Et, en ce moment, je ne le fais pas non plus.

Agressivement désapprobateur, Lucifer fit passer son regard sur elle, puis sur Gabriel avant de revenir à Alathea.

— J'espère seulement que tu sais ce que tu fais. Ce vaurien de Carsworth renifle autour de leurs jupes.

Gabriel leva la tête.

— S'est-il approché de l'une ou l'autre ?

La question était légère, mais la note sous-jacente exprimait tout le contraire.

— Eh bien, non, admit Lucifer.

— L'une ou l'autre des jumelles l'a-t-elle encouragé ? intervint Alathea.

Lucifer prit un air buté.

— Non. Il a intercepté Amelia ; sans l'approcher ouvertement, en tombant simplement sur elle par hasard dans la foule.

— Et ?

Sa réticence était palpable, mais il finit par céder.

— Elle a fait un numéro à la tante Helena. Elle l'a détaillé du regard, de bas en haut, puis elle a levé le nez en l'air et elle a continué son chemin gracieusement et sans un mot.

— Eh bien, voilà !

Se redressant, Alathea glissa un bras sous le sien.

— Elles ont été très bien formées. Elles sont parfaitement capables de s'en sortir, si seulement vous leur en laissez la chance.

— Hum !

Lucifer lui permit de le faire pivoter et de remonter la terrasse. Bras dessus, bras dessous, ils retournèrent vers les portes ouvertes laissant déverser la lumière et le bruit sur les dalles. Même si elle ne lui accorda pas un regard, Alathea était intensément consciente de Gabriel avançant d'un pas félin très près sur son flanc.

— Carsworth est un ver ; ce n'est pas une véritable menace.

Par-dessus la tête d'Alathea, Lucifer échangea un regard avec Gabriel.

— Mais que se passera-t-il lorsqu'elles tenteront ce coup avec une personne qui possède un peu plus – il gesticula – de savoir-faire !

Gabriel haussa les épaules.

— Ainsi, elles apprendront.

— Apprendre quoi ? demanda Alathea alors qu'ils se glissaient de nouveau dans la salle de bal.

— Apprendre ce qui se passerait si une dame essayait une telle ruse avec, disons, l'un de nous, répondit Lucifer. Alathea haussa un sourcil en direction de Gabriel.

Il la contempla, puis il jeta un coup d'œil à Lucifer. Confirmant que l'attention de son frère s'était égarée, il ramena son regard sur elle et le plongea dans ses yeux.

— Essayez, et vous verrez.

Il y avait quelque chose dans ses yeux qui lui rappelait énergiquement un tigre ; le ronronnement dans sa voix soulignait le lien. Se rappelant ce qui s'était produit la dernière fois qu'elle avait essayé, le nez en l'air, de passer devant lui, Alathea se raidit l'échine et leva la tête.

— Les jumelles s'en sortiront parfaitement bien.

Lucifer, balayant la foule du regard, lâcha un autre « hum ».

— Bien, si tu refuses de les surveiller, je ferais aussi bien de mettre mon temps à profit d'une meilleure façon.

Un sourcil noir s'arquant, il jeta un coup d'œil à Gabriel, puis, avec un hochement de tête élégant pour Alathea, il se fraya un chemin dans la foule.

La cohue avait empiré. Alathea sentit les doigts de Gabriel se refermer sur les siens, puis sa main fut de retour sur sa manche alors qu'il la guidait hors du flux et reflux des gens devant les portes. La direction qu'il prit était à l'opposé de l'endroit où ils avaient abandonné les cavaliers d'Alathea.

— Pouvez-vous voir Mary et Alice ?

Pourquoi elle se sentait si essoufflée, cela dépassait son entendement.

— Non.

Ses lèvres se trouvaient près de son oreille ; son souffle était une caresse chaude.

— Cependant, comme les jumelles, elles s'en sortiront.

Elle aussi, se jura-t-elle, alors qu'il leur dénichait un mètre carré d'espace libre où ils pouvaient rester debout en tout confort. Bien qu'ils soient entourés, ils auraient tout aussi bien pu être seuls à voir l'absence d'attention que leurs voisins leur accordaient, trop pris par leurs propres conversations.

— Maintenant, dites-moi : que voulez-vous dire par avoir douze ans ?

Gabriel emprisonna son regard quand elle leva les yeux vers lui.

— Au cas où cela vous aurait échappé, ni vous ni moi n'avons cet âge.

La signification de cette remarque dans ses yeux était très différente du sujet de leur discussion. Alathea calma son esprit nerveux.

— Je ne parlais pas de nous.

— Bien.

Le subtil adoucissement de ses lèvres provoquait des effets bien étranges sur ses nerfs. Lentement, elle inspira.

— Ce que je voulais dire…

— Ma chère lady Alathea.

Alathea pivota pour voir le comte de Chillingworth émerger de la foule. Il exécuta pour elle une révérence écourtée par nécessité.

— C'est un tel réconfort de découvrir un délice divin dans cette cohue de tous les diables.

Il décocha un regard évaluateur en direction de Gabriel. – Il est tellement agréable de savoir que sa soirée ne sera pas une totale perte de temps.

Gabriel ne réagit pas.

Ignorant la menace émergente près de son coude, Alathea sourit et offrit sa main à Chillingworth.

— Je crois que les musiciens engagés par Sa Seigneurie sont tout à fait exceptionnels.

— Si seulement l'on pouvait les entendre, répondit Chillingworth. Vos sœurs prennent-elles plaisir à leur saison mondaine ?

— Vraiment. Notre bal se tiendra la semaine prochaine ; oserons-nous espérer votre présence ?

— Aucune autre hôtesse, jura Chillingworth, n'aura le moindre espoir de m'attirer ailleurs.

Son regard gris vagabonda sur le visage d'Alathea, puis il se posa sur ses yeux.

— Dites-moi, avez-vous vu la plus récente production de l'Opera House ?

— Eh bien, non. J'avais entendu dire…

Alathea s'interrompit alors que la mer d'invités oscillait brusquement, puis se fendait. Pendant que le vacarme des voix diminuait, les accords d'ouverture d'une valse filtrèrent jusqu'à eux.

— Ah.

Chillingworth se tourna vers elle.

— Je me demandais, ma chère, si vous me feriez l'honneur…

— J'ai bien peur, cher garçon, que cette valse soit pour moi.

La voix traînante de Gabriel ne réussissait pas à dissimuler le tranchant de ses mots. Chillingworth leva la tête ; par-dessus celle d'Alathea, des yeux gris affrontèrent un regard noisette. Se tournant, Alathea fixa le visage de Gabriel en remarquant le côté dur que la détermination mortelle donnait à ses traits. Abandonnant le regard de Chillingworth, il rencontra le sien.

— Y allons-nous ?

Il désigna le plancher de danse qui se dégageait rapidement, puis son bras bougea sous les doigts d'Alathea et sa main se referma sur la sienne. Son regard passa brièvement à Chillingworth.

— Sa Seigneurie va nous excuser.

Étourdie, légèrement stupéfaite par ce qu'elle avait aperçu dans ses yeux aux lourdes paupières, Alathea offrit un sourire contrit à Chillingworth. Le comte s'inclina avec grâce. Sans plus de cérémonie, Gabriel l'entraîna en avant. Une seconde plus tard, elle était dans ses bras, tournoyant sur le plancher.

Il lui fallut un tour complet avant de reprendre son souffle. Il la serrait de trop près encore une fois, mais elle n'avait pas l'intention de perdre le peu de souffle qu'elle avait pour protester.

— Je suppose qu'il est vain de vous faire remarquer que cette valse n'était pas, en fait, la vôtre.

Il rencontra son regard.

— Tout à fait inutile.

L'expression dans ses yeux lui coupa le souffle. Elle fit appel à sa colère vacillante pour se protéger.

— Vraiment ? Donc, chaque fois que vous avez envie de danser, je dois m'attendre…

— Vous avez mal compris. À partir d'aujourd'hui, toutes vos valses m'appartiennent.

— Toutes ?

— Jusqu'à la dernière.

Il la fit tournoyer avec expertise vers le fond de la salle ; alors qu'ils rejoignaient la longue file revenant vers l'entrée de la pièce, il poursuivit :

— Vous pouvez danser n'importe quelle autre danse avec qui vous voulez, mais vous valserez uniquement avec moi.

Toute tentation d'argumenter, de protester s'évapora.

« Ne me tentez pas. »

Il l'avait prévenue une fois – les mots se trouvaient encore au fond de ses yeux. Ils résonnaient dans la tête d'Alathea. Quand elle réussit enfin à recommencer à respirer, elle regarda par-dessus l'épaule de Gabriel et essaya de retrouver sa raison et de se concentrer sur les motifs de son partenaire. Seulement pour succomber à ses propres sens, au mouvement séducteur et oscillant de leurs corps, leurs longs membres s'entremêlant, glissant, se séparant, puis se retrouvant.

Il valsait comme il faisait tous les gestes – sans effort, avec art, avec une grâce inhérente qui ne faisait que mettre l'accent sur le pouvoir contenu derrière chaque mouvement. Il la tenait avec aisance, sa force palpable, l'enveloppant, la guidant, la protégeant.

Elle avait valsé avec d'autres hommes, mais aucun n'était de taille avec son autorité sans égale, basée comme elle l'était sur sa connaissance physique et sensuelle d'Alathea. Il savait qu'elle ne pouvait pas résister, que lorsqu'elle était dans ses bras, elle était impuissante. Que son cœur battait irrégulièrement, que sa peau chauffait, qu'elle irait où il la guiderait. Il l'avait piégé dans sa toile, piège qu'elle avait contribué à créer, une toile de passion, d'envie, de désir assouvi par une récompense sensuelle. Elle était à lui et il le savait. Ce qu'il avait l'intention de faire de cette connaissance, de faire avec elle restait un mystère troublant.

La musique s'arrêta et ils ralentirent, puis stoppèrent. Elle étudia son visage, les lignes dures implacables, indéchiffrables, et elle soupira en son for intérieur.

— Je devrais aller retrouver Serena.

La libérant, il posa sa main sur sa manche et il la guida d'une manière protectrice à travers la foule.

Le soir suivant, Alathea quitta encore une fois sa chambre à coucher ventre à terre. Se dirigeant vers son cabinet de travail, elle ouvrit la porte à la volée et se précipita vers son bureau. S'asseyant, elle tira sur une feuille de papier, la déposa sur le buvard en ouvrant l'encrier d'une chiquenaude.

— Vous vouliez me voir, milady ?

— Oui, Folwell.

Alathea ne leva pas la tête. Trempant sa plume dans l'encre, elle écrivit sans relâche.

— Je veux que vous livriez ce mot dans Brook Street.

— À monsieur Cynster, milady ?

— Oui.

— Maintenant, milady ?

— Dès que vous serez sur le chemin du retour après nous avoir conduits chez Almacks.

Une minute s'écoula avec pour seul son dans la pièce celui du grattement de la plume. Puis, Alathea épongea sa missive, la plia et écrivit le nom de Gabriel sur l'endroit. Elle lâcha la plume et se leva. Agitant le billet, elle traversa la pièce pour rejoindre Folwell.

— Il n'y aura pas de réponse.

Folwell glissa le billet dans la poche de son manteau.

— Je vais le laisser en revenant de King Street.

Alathea hocha la tête. Lèvres pressées, elle se rendit à grands pas dans le vestibule principal où l'attendaient Serena, Mary et Alice.

Une minute plus tard, elle était dans le carrosse, roulant sur les pavés jusqu'aux portails sacrés des pièces tristes des dames patronnesses. Almacks ! Elle n'avait pas aimé l'endroit la première fois qu'elle l'avait vu alors qu'elle était une jeune fille dégingandée de dix-huit ans.

Elle doutait sincèrement de prendre du plaisir à sa soirée, mais… sa belle-mère tendrement aimante s'était montrée têtue.

Elle s'était attendue à rester à la maison ce soir-là et à organiser un rendez-vous discret pour discuter de ses nouvelles urgentes avec Gabriel. Au lieu de cela, au cours du dîner, Serena avait annoncé qu'Emily Cowper avait mentionné tout spécialement qu'elle espérait voir Alathea ce soir, l'ayant ratée au parc cet après-midi-là. Moment où elle était partie en excursion pour voir ce qu'un enfant de douze ans pouvait arracher aux autorités portuaires autrement imprenables.

Le succès de Jeremy lui avait fait tourner la tête. Elle voulait désespérément voir Gabriel. Elle avait rassemblé tous ses arguments contre Almacks et passé une demi-heure après le dîner à les exposer, mais Serena était restée sur sa position. Cela se produisait si rarement qu'elle avait été obligée d'acquiescer, ce qui lui avait laissé peu de temps pour s'habiller. Heureusement, Nellie était pleinement remise ; malgré la précipitation, ses cheveux étaient coiffés avec élégance, ses gants, son réticule et son châle étaient les bons accessoires pour sa robe de soie vert pâle.

Non qu'elle s'en souciât. Étant donné que Gabriel ne serait pas là, sa soirée serait une totale perte de temps. Tout de même, demain matin ne ferait, logistiquement parlant, aucune différence avec ce soir.

Cette conclusion résonnait dans son cerveau le lendemain matin – d'un air moqueur. Se remettant précipitamment debout, époussetant la terre sur ses gants de jardinage en coton et les retirant vite, elle se dit que ce qu'il pensait n'avait pas d'importance, non plus que l'étendue de ce qu'il voyait.

Elle leva la tête au moment où il la rejoignait.

— Je ne vous attendais pas avant onze heures.

Le front de Gabriel tressauta alors qu'il prenait calmement possession de l'une des mains d'Alathea.

— Vous avez dit le plus tôt possible.

Un long doigt caressa sa paume. Alathea essaya de se raidir.

— Je pensais que le plus tôt possible voulait dire près de midi pour vous.

— Vraiment ? Pourquoi ? Je ne suis pas sorti hier soir, vous vous en souvenez ?

— Ah non ?

— Non.

Après un moment, il continua.

— Je n'avais envie d'aller nulle part.

Le regard d'Alathea se fixa sur le sien et elle se sentit prise de vertiges d'une manière inexpliquée. Il ne pouvait pas vraiment vouloir dire… Est-ce qu'il flirtait avec elle ? Brusquement, elle s'éclaircit la gorge et agita vaguement la main en direction de ses demi-sœurs.

— Nous aimons passer un peu de temps dans le jardin tous les matins. L'exercice.

— Vraiment ?

Son regard perspicace balaya le jardin. Il répondit aux joyeuses salutations de Mary et d'Alice avec un sourire décontracté et au « Hé ho ! » familier de Charlie avec un salut de la main. Jeremy, aidant Charlie à trimballer une branche au fond du jardin, dodelina de la tête. Gabriel se fendit d'un sourire, son regard passant à mademoiselle Helm, qui rougit lorsqu'il lui fit une révérence. À côté de la petite gouvernante, Augusta était assise, Rose serrée dans ses bras, son regard aux yeux ronds rivé sur Gabriel.

— Je ne me souviens pas avoir vu Jeremy depuis qu'il était bébé, murmura-t-il. Et je ne crois pas avoir un jour rencontré votre plus jeune sœur. Comment s'appelle-t-elle ?

— Augusta. Elle a six ans.

— Six ans ?

Il reporta son regard sur elle.

— Quand vous aviez six ans, vous m'avez transmis la varicelle.

— J'avais espéré que vous l'aviez oublié. Vous l'avez promptement transmise à Lucifer.

— Tous les trois, nous étions toujours vraiment doués pour partager.

Un moment s'écoula, puis il dit :

— En parlant de cela…

Elle agita la main vers la maison.

— Si vous voulez…

— Inutile d'interrompre vos activités, dit-il en baissant les yeux. La pelouse est sèche.

Sur ce, il s'assit à côté du tapis d'Alathea, sa main encore dans la sienne. Levant la tête vers elle, il tira.

— Vous pouvez m'apprendre votre nouvelle ici.

Alathea réussit tout juste à ne pas lui jeter un regard mauvais. Elle se baissa avec une grâce acceptable, s'installant une fois encore sur les genoux, tirant sur ses gants pour les enfiler.

— Vous savez que je déteste le jardinage.

Les sourcils de Gabriel s'arquèrent ; du coin de l'œil, elle pouvait voir qu'il se le rappelait.

— Oui, c'est vrai. Comme c'est dévoué de votre part de tenir compagnie à vos sœurs.

Un moment passa, puis il demanda :

— Est-ce la raison pour laquelle vous le faites ?

— Oui. Non.

Les yeux sur les pensées, Alathea pouvait sentir ses joues brûler. En inspirant, elle se rappela à elle-même qu'il en savait déjà plus qu'assez pour deviner la vérité.

— Elles pensent que j'adore jardiner, et Serena insiste pour dire qu'elles devraient comprendre les bases sur les plates-bandes et les parterres de fleurs en commençant par le travail de terrain, pour ainsi dire.

Elle sentit que son regard balayait son visage, puis il regarda les pelouses.

— Je vois. Et Charlie et Jeremy sont les spécialistes de l'émondage ?

— En quelque sorte.

Il garda le silence un moment, une longue jambe allongée, l'autre pliée, un bras drapé autour de son genou relevé. Puis, il se tourna de nouveau vers elle.

— Donc, qu'avez-vous appris ?

Alathea tira sur une gerbe d'herbes.

— J'ai appris qu'avoir douze ans peut ouvrir le registre des autorités portuaires.

Le regard de Gabriel alla vers Jeremy.

— C'est vrai ?

— J'ai amené Jeremy en excursion pour apprendre comment les navires sont gérés à leur entrée et à leur sortie du Pool of London. Le capitaine du port s'est montré extrêmement accommodant ; il a lui-même un garçon. Évidemment, être le fils et la fille d'un comte a aidé.

— Je l'imagine. Cependant, tout ce que nous avions était une description du capitaine. Comment diable avez-vous réussi à en découvrir davantage avec discrétion ? Je comprends que c'est le cas.

— En effet ! J'ai préparé Jeremy ; il a une excellente mémoire. J'ai décrit le capitaine comme papa l'avait vu et je lui ai expliqué ce que nous avions besoin de découvrir. Nous avons décidé que notre meilleure stratégie consistait à nous informer sur le registre d'enregistrement et le registre principal et à demander ensuite à quoi ils seraient les plus utiles. Cela nous a permis de suggérer qu'ils pouvaient servir à découvrir quelles compagnies maritimes transportaient des marchandises dans différentes parties du monde. À ce stade, je me suis commodément rappelé un ami à nous d'une manière vague ; un monsieur Higgenbotham qui…

— Attendez ! Qui est Higgenbotham ? Existe-t-il ?

— Non, répondit Alathea en fronçant les sourcils. Il fait seulement partie de notre histoire.

Elle tira sur une autre mauvaise herbe.

— Où en étais-je ? Oh, oui ; ce monsieur Higgenbotham était passé chez nous avec un ami à lui, un capitaine dont le navire avait récemment accosté en

Afrique centrale et orientale. Cela, bien sûr, était le signal pour que Jeremy mette le capitaine du port au défi de voir si son registre d'enregistrement et son registre principal pouvaient nous dire pour qui le capitaine naviguait.

— Et le capitaine du port s'est exécuté volontiers ?

— Évidemment ! Les hommes aiment toujours faire la démonstration de leurs habiletés devant un public admiratif, particulièrement s'il est composé d'une femme et d'un gamin. Cela lui a pris vingt minutes – il y avait de nombreux navires à contre-vérifier –, mais nous pensons que le capitaine doit être un certain Aloysius Struthers qui navigue pour Bentinck et Cie. Leurs bureaux sont situés dans East Smithfield Street. Le capitaine du port a reconnu la description et il est certain que Struthers est notre homme.

Gabriel résista à l'envie de secouer la tête.

— Stupéfiant.

— Jeremy, décréta Alathea en lâchant une autre mauvaise herbe sur sa pile, a simplement été magnifique. Même si vous aviez été le capitaine du port, vous auriez volontiers fouillé le registre d'enregistrement pour lui. Il a joué son jeu à la perfection.

Gabriel haussa un sourcil.

— À l'évidence, il vous ressemble ; il a dû hériter des mêmes tendances de comédien.

Il patienta, mais Alathea ignora ostensiblement le commentaire, tendant plutôt la main vers une autre mauvaise herbe. Après un moment, elle demanda :

— Donc, que faisons-nous ensuite ?

Gabriel regarda par-dessus les pelouses jusqu'à l'endroit où ses demi-sœurs se débattaient avec une épaisse branche.

— Je vais rendre visite à Bentinck et Cie, cet après-midi. Alathea le regarda en fronçant les sourcils.

— Je croyais que vous aviez dit qu'une enquête directe était trop dangereuse ?

Complétant son survol du jardin, Gabriel reporta son regard sur le visage d'Alathea.

— Vous ne pensez sûrement pas être la seule à pouvoir endosser un déguisement ?

Les lèvres d'Alathea tressautèrent de plaisir.

— Que serez-vous ? Un marchand de Hull cherchant un navire rapide pour transporter sa blanchaille en Afrique ?

— Hull ? Doux Jésus, non. Je serai un importateur d'artefacts en bois cherchant une compagnie de transport fiable pour ma marchandise, achetée à travers l'Afrique et ramenée au port de Ste-Katherine.

— Et ?

— Et j'aurai reçu une recommandation pour Struthers et la compagnie pour laquelle il navigue, mais étant un client extrêmement difficile, je vais insister pour m'entretenir directement avec Struthers avant de prendre ma décision. Cela devrait encourager la compagnie à me dire comment joindre Struthers avec toutes les dépêches possibles.

Alathea hocha la tête d'un signe approbateur.

— Très bien. Nous allons faire de vous un bon comédien.

Elle leva la tête, s'attendant à une répartie légère : il l'observait, son regard noisette calme et vif. Il la retint prisonnière, scrutant, supputant... les bruits des autres, leur bavardage, leur rire, les appels joyeux des oiseaux et le grondement distant des roues des carrosses s'évanouirent, les laissant seuls sur l'herbe sous le soleil.

Puis, son regard se déplaça, tombant sur les lèvres d'Alathea, descendant brièvement plus bas avant de revenir sur ses yeux.

— Le truc, murmura-t-il d'une voix très basse, n'est pas d'endosser le rôle, mais de savoir quand la charade se termine et où commence la réalité.

Dans ses yeux, si semblables à ceux d'Alathea, il y avait les souvenirs vifs de ce qu'ils avaient partagé – les triomphes d'enfance, les aventures de jeunesse, leur récente intimité. Au fond de ces yeux, Alathea existait en toute simplicité. Tendant la main, il attrapa une mèche folle des cheveux d'Alathea reposant sur sa joue. La domptant, il la coinça derrière son oreille. Alors qu'il retirait sa main, il lui caressa le pavillon de l'oreille avec le dos de ses doigts, puis il dessina avec légèreté la ligne de sa mâchoire.

Sa main retomba.

Leurs regards se fixèrent l'un sur l'autre, puis Alathea prit une inspiration tremblante et baissa la tête. Il détourna les yeux

— Je vais voir ce que je peux apprendre.

Rassemblant ses longs membres, il se leva. Alathea garda les yeux sur ses pensées.

— Je vous informerai si je réussis.

Elle inclina une fois la tête.

— Oui. Faites.

Sans un « au revoir », il partit, saluant les autres d'un signe de la main, s'arrêtant pour échanger un mot de politesse avec mademoiselle Helm. Alathea hésita, puis elle céda à son envie de tourner la tête et de le regarder pendant qu'il s'éloignait à grands pas.

Douze heures plus tard, Alathea se tenait sur un côté de la salle de musique bondée de lady Hendricks, captivée par la composition parfaitement interprétée par le quatuor à cordes le plus couru de la capitale. La première partie de la performance tirait à sa fin quand de longs doigts se courbèrent autour de son poignet, puis glissèrent pour s'entremêler aux siens.

Elle tourna brusquement la tête. Ses yeux s'arrondirent.

— Que diable faites-vous ici ?

Gabriel la regarda, un pli naissant au fond de ses yeux.

— Je voulais vous voir.

Il s'installa doucement à côté d'elle ; elle fut obligée de lui faire de la place. La dernière chose qu'elle voulait était d'attirer plus de regards dans leur direction.

— Comment saviez-vous que je me trouvais ici ? Ils murmuraient tous les deux.

— Folwell m'a dit où vous vous rendiez.

— Fol… Oh.

Elle attira son regard.

— Vous êtes au courant pour Folwell.

— Hum. A-t-il mentionné mon nouvel homme ?

— Chance ?

Gabriel hocha la tête.

— Il est volubile, en ma présence ou non. Je savais que Folwell hantait ma cuisine depuis le début. Je n'avais pas, par contre, relié sa présence à vous. Je pensais qu'il était là pour voir Dodswell. Je suis plus avisé aujourd'hui, mais Folwell a son utilité.

Avec un petit reniflement, Alathea reporta son regard sur les musiciens.

— Je ne peux pas croire que lady Hendricks vous a envoyé un carton d'invitation pour cet événement ; même elle ne pourrait pas être aussi naïvement optimiste.

— Elle ne l'a pas fait.

Gabriel s'installa plus près d'elle.

— Je me suis contenté de venir, sûr qu'elle ne me montrerait pas la porte.

Il étudia le profil d'Alathea, le voyant s'adoucir quand la musique reprit son attention. La ligne de sa mâchoire le fascinait, cette fusion subtile de force féminine et de vulnérabilité. C'est toujours ainsi qu'elle lui était apparue – autant une partenaire qu'une personne à protéger. Il avait reconnu cette qualité chez la comtesse ; il l'avait connu toute sa vie chez Alathea.

Suivant son regard jusqu'aux musiciens, il attendit qu'ils concluent leur pièce sur un crescendo enjoué avant de murmurer :

— Le capitaine n'est pas joignable en ce moment.

L'explosion d'applaudissements détourna l'attention de la foule, de sorte qu'il fut le seul à voir sa déception. Elle imprégna ses yeux autant que son expression. Il avança devant elle, levant sa main pour la poser sur sa manche.

— Venez à la fenêtre, nous pourrons y parler plus librement.

Les étroites fenêtres étaient ouvertes sur un balcon, à peine un rebord. Une brise fraîche soufflait sur les tentures vaporeuses. Les écartant, ils se tinrent sur le seuil, face à face, loin d'être en privé, mais suffisamment éloignés des autres invités pour parler sans être entendus.

Alathea s'appuya contre le cadre de la fenêtre.

— Qu'avez-vous appris ?

— Aloysius Struthers est notre homme : les clercs de la compagnie maritime ont confirmé sa description. Ils ont également affirmé qu'il s'agit d'un genre d'expert de l'Afrique orientale, car il navigue sur ses côtes depuis plus d'une décennie. Malheureusement, le capitaine rend actuellement visite à des amis ; la compagnie ignore totalement à quel endroit. Il n'a pas de famille et pas de résidence permanente dans ce pays. Cependant, il fait un saut chez eux de temps à autre pour vérifier qu'il n'y a pas de changement dans son horaire de navigation. Il est prévu qu'il reprenne la mer dans un mois. J'ai laissé un message qui est sûr de l'amener dans Brook Street dès l'instant où il le lira, mais il ne le recevra peut-être pas avant une semaine ou plus.

Alathea grimaça.

Gabriel hésita, puis il poursuivit.

— Il y a aussi la possibilité qu'il puisse ne pas vouloir nous aider. Les clercs ont dépeint le portrait d'un vieux gentleman irascible se souciant davantage de ses navires et de l'Afrique que de toute autre chose. J'en comprends qu'il n'a pas de temps pour ceux qui ne sont pas marins.

— Avons-nous suffisamment de preuves pour préparer un dossier sans son témoignage ?

Gabriel marqua une pause, puis il dit :

— Les chiffres de Montague suggèrent fortement une fraude délibérée, mais ils ne sont pas concluants. Un bon avocat pourrait argumenter et les écarter. Ce que nous avons de plus sur les trois villes – Fangak, Lodwar et Kingi – repose sur des rapports d'explorateurs qui ne sont pas eux-mêmes libres d'attester les détails. Quant à l'information sur les autorités africaines, mes contacts à Whitehall ont beaucoup de difficulté à obtenir des réponses claires, ce qui est en soi grandement suspect. Pour tout investisseur sérieux, ce que nous avons suffirait amplement à émettre un jugement sur la combine de Crowley. Pour une cour de justice, il nous faut davantage.

— Comme quoi ?

— Je vais continuer à faire pression sur Whitehall. Sans une preuve plus définitive, présenter une requête à ce stade ne serait pas sage.

— Essentiellement, nous avons besoin du capitaine.

— Oui, mais en ce moment, nous ne pouvons rien faire de plus de ce côté-là.

— Et même si nous le trouvons, il pourrait ne pas nous aider.

Gabriel ne répondit pas. Un moment plus tard, les musiciens posèrent leurs archets sur leurs cordes. Ils se tournèrent tous les deux vers l'estrade pendant que la foule se réinstallait pour la pièce suivante. Mélodieuse, elle remplit la pièce avec un air d'une douceur envoûtante.

Alathea observa les musiciens, se laissant emporter par leur art, apaisant temporairement ses craintes. Gabriel la regarda. La courte pièce prit fin ; des applaudissements s'élevèrent dans la salle. Alathea y contribua, puis elle soupira et se tourna vers Gabriel.

— J'avais oublié que vous aimiez la musique.

L'expression d'Alathea se fit narquoise.

— Selon moi, c'est l'un des rares charmes de la capitale : pouvoir entendre les musiciens les plus talentueux.

Gabriel se contenta de hocher la tête. Son regard la dépassa et il s'aiguisa brusquement.

— Nom d'un chien ! Cette harpie va vraiment me jeter sa fille à la tête.

Regardant autour d'elle, Alathea vit leur hôtesse fondre sur eux, un sourire épanoui sur le visage, sa fille blême et clairement réticente dans son sillage.

— Bien, vous êtes ici, en fin de compte. Elle considère probablement cela comme un encouragement.

Le son qu'émit Gabriel était moqueur.

Alathea arqua un sourcil vers lui.

— Dois-je vous abandonner à votre destin ?

— Ne vous en avisez pas. Cette pauvre fille perd toujours sa langue en ma présence. Dieu seul sait pourquoi. Converser avec elle est pire que se faire arracher une dent.

Alathea sourit quand elle se tourna pour accueillir lady Hendricks. Gabriel s'appropria la main d'Alathea et la posa sur sa manche, refusant ainsi à Sa Seigneurie l'occasion de l'amener avec elle en le laissant seul avec sa fille.

Lady Hendricks accepta la situation avec un regard intrigué, se contentant de s'extasier sur sa présence avant de se retirer, laissant sa fille avec eux. Alathea, qui connaissait mademoiselle Hendricks, prit en pitié les parties concernées et s'assura de maintenir la conversation, ne s'écartant jamais des sujets les plus anodins.

Après un regard d'avertissement d'Alathea, Gabriel se comporta bien, consentant à bavarder avec un charme débonnaire. Quand les musiciens revinrent sur l'estrade et que, sous la direction de Gabriel, ils se séparèrent de mademoiselle Hendricks, la jeune fille souriait. Avançant avec grâce dans la pièce au bras de Gabriel, Alathea était certaine que lady Hendricks serait assez contente pour oublier sa perplexité précédente.

— Esher et Carstairs sont assis avec vos sœurs.

Gabriel lui décocha un regard alors qu'ils sortaient de la salle de musique.

— Comment cela progresse-t-il ?

— Très bien.

S'arrêtant dans le vestibule, Alathea retira sa main de son bras et se tourna pour regarder dans la pièce.

— Dans moins de deux semaines, je pense.

Puis, elle regarda brièvement Gabriel, son expression se faisant sérieuse.

— Avez-vous… entendu des choses au sujet de l'un ou de l'autre ?

— Non, répondit-il en scrutant son visage. J'ai déjà vérifié : ils sont exactement ce qu'ils paraissent être. Les deux sont suffisamment riches pour se marier à leur choix et dans les deux cas, les familles respectives devraient se montrer plus que satisfaites qu'ils épousent les filles d'un comte.

— Dieu merci. Je commençais à me demander si tout cela était trop beau pour être vrai. Je ne m'étais jamais imaginé qu'elles feraient toutes les deux des débuts si faciles.

Elle reporta son regard sur ses sœurs.

— Cette saison s'est avérée beaucoup plus heureuse que nous nous attendions tous.

Le regard sur son visage, sur la ligne délicate de sa mâchoire, Gabriel hocha lentement la tête. Il hésita, puis il lui toucha le bras.

— Au revoir.

Passant devant elle, il sortit de la maison.

Il la retrouva dans le parc le lendemain après-midi, une vision élancée en vert pâle. Le tissu fin de sa robe épousait ses hanches, oscillant d'une manière évocatrice alors qu'elle marchait dans le sillage de ses sœurs et, malheureusement, devant lui. Esher et Carstairs étaient présents une fois de plus ; Gabriel se résigna à parler aux deux jeunes hommes au cours des prochains jours au sujet de leurs intentions. Une petite entrevue subtile ne pouvait pas nuire.

Son regard se fixa sur Alathea. Allongeant le pas, il referma la distance entre eux. Elle pivota vivement quand il la rattrapa. La surprise et une sensibilité à sa présence enflammèrent ses yeux, puis elle reprit ses esprits et elle inclina la tête gracieusement.

— Avez-vous eu des nouvelles ?

Prenant sa main, un geste qui semblait normal à présent, même approprié, Gabriel l'ancra sur sa manche et il l'attira pour qu'elle marche à côté de lui.

— Non. Rien de nouveau.

— Oh.

Il sentit son regard interrogateur. Elle voulait savoir ce qui l'avait amené ici.

— J'ai pensé que vous seriez intéressée par les détails que Montague a rassemblés.

La distraction fut utile ; non seulement elle suivit son compte rendu, mais elle posa quelques questions astucieuses sur les coûts projetés par la compagnie. Il hocha la tête.

— Je vais demander à Montague de vérifier…

— Alathea ! Quelle agréable surprise !

L'exclamation les stoppa net tous les deux ; absorbés par leur discussion, ils n'avaient pas regardé autour d'eux. Gabriel marmonna un juron quand son regard tomba sur la comtesse de Lewes, s'approchant avec son frère, lord Montgomery.

Alathea sourit.

— Cecile ! Comme c'est bon de vous voir.

Réprimant un froncement de sourcils, Gabriel échangea un bref signe d'intelligence avec Montgomery. Ils attendirent tous les deux avec une patience feinte pendant que les dames échangeaient des salutations beaucoup plus détaillées. D'après les mentions faites par la comtesse, Gabriel comprit qu'elle et Alathea étaient des contemporaines ; elles se connaissaient depuis la saison mondaine avortée d'Alathea, onze ans auparavant. À voir l'expression satisfaite de Montgomery, Gabriel présuma que Sa Seigneurie imaginait que la relation avec sa sœur le plaçait sur un pied plus intime et personnel avec Alathea.

— Et monsieur Cynster !

La comtesse tourna vers lui un sourcil espiègle.

— Madame.

Gabriel accepta la main qu'elle lui offrait, il s'inclina avec décontraction et il la libéra. Les doigts d'Alathea glissèrent de sa manche.

Sans regarder, il rattrapa sa main, l'enfermant dans la sienne. Elle s'immobilisa. Il pouvait presque l'entendre se demander pour qui il se prenait.

— Peut-être, poursuivit la comtesse, ignorant le jeu de scène secondaire, pourrions-nous nous promener ensemble ?

Alathea sourit.

— En effet : pourquoi pas ?

Gabriel pinça les doigts de sa compagne, puis il fit tout un spectacle de lui glisser la main au creux de son coude. Elle lui décocha un regard acéré, puis elle se tourna vers lord Montgomery.

— Votre mère se porte-t-elle bien ?

Se sentant distinctement peu sociable, Gabriel se tourna vers la comtesse.

— Comment va Helmsley ces jours-ci ?

La comtesse rougit et évita sa question malicieuse. Elle le paya de retour en décrivant ses enfants et leurs maladies, un sujet sûr de faire fuir n'importe quel gentleman sain d'esprit.

Gabriel serra mentalement les dents et refusa de céder. Pendant qu'ils se promenaient, il remarqua qu'Alathea gardait les yeux fixés sur lord Montgomery, n'accordant aucune attention aux détails sanglants à propos des trois enfants de la comtesse. La connaissant bien, sachant qu'elle avait participé de près aux soins de sa fratrie, il trouva d'abord cela étrange. Puis, ils atteignirent le lac Serpentine et il jeta un coup d'œil à son visage.

Elle le gardait détourné de lui ; il ne pouvait pas voir ses yeux. Il pouvait voir la raideur sous-jacente dans ses traits. D'un geste naturel, il se tourna vers la comtesse.

— Envisagez-vous d'assister au gala de lady Richmond ?

La brusquerie de la question amena la comtesse à marquer une pause, mais elle adopta le nouveau sujet avec empressement. Avec une question ici et là, il garda la comtesse captivée par le tourbillon social, très loin du sujet de ses enfants.

Sa sollicitude centrée sur Alathea, il sentit l'apaisement graduel de sa tension. En effet, elle avait beaucoup donné pour sauver sa belle-famille, beaucoup plus qu'elle était prête à le laisser voir à qui que ce soit.

— Dites donc ! Alathea !

— Ma chère dame !

— Comtesse, veuillez me présenter, je vous prie.

Une bande de cinq gentlemen, y compris lord Coleburn, monsieur Simpkins et lord Falworth, tombèrent sur eux par-derrière ; si Gabriel avait été capable de les voir, ils n'auraient pas réussi leur coup, mais à présent, lui et Alathea étaient piégés.

Alathea sentit son irritation grandissante. Elle lui décocha un regard ; il contemplait lord Falworth d'un air impassible et avec une lueur dangereuse dans les yeux.

— Ne pensez-vous pas, lady Alathea ?

— Oh, oui.

Se rappelant la question de Falworth, elle rectifia rapidement :

— Mais seulement en compagnie d'amis intimes.

S'occuper de ses prétendants potentiels tout en sachant que Gabriel songeait à annihiler l'un d'eux ou le groupe entier, faisait des ravages sur ses nerfs normalement inattaquables. Son soulagement fut très sincère quand il ferma la main sur la sienne, toujours enfouie dans son coude et qu'il s'arrêta.

— J'ai bien peur, dit-il en ronronnant, de son air le plus poli, que nous devions conduire les sœurs de lady Alathea et les miennes jusqu'aux carrosses de nos mères. Vous allez devoir nous excuser.

Cette dernière phrase fut prononcée avec suffisamment d'autorité sous-jacente pour convaincre même lord Montgomery que faire sa révérence et des adieux extravagants était ce qu'il y avait de plus courageux à faire.

Gabriel l'éloigna sans pitié. Il attira le regard de sa sœur Heather et d'un geste fraternel, il redirigea le groupe à présent loin devant eux sur le chemin du retour vers l'avenue.

Côte à côte, avançant aisément, leurs longues jambes bien assorties, ils fermaient la marche. Alathea soupira de soulagement.

Gabriel lui jeta un regard noir.

— Vous pourriez essayer de les décourager.

— Je ne les ai pas encouragés en premier lieu !

Ils continuèrent à marcher en silence. Alors qu'ils approchaient du point où les carrosses de Serena et de Celia apparaîtraient, Alathea ralentit, s'attendant à ce que Gabriel lui présente ses excuses et la quitte. Il resserra sa prise sur sa main et il l'entraîna en avant.

Elle le regarda avec étonnement. Il lui jeta un regard agacé.

— Je ne les escorte pas.

Son hochement de tête désignait les quatre filles, Esher et Carstairs devant eux.

— Je vous escorte.

— Je n'ai pas besoin d'être escortée.

— Laissez-moi en juger.

Avec un air de sombre détermination, ce fut tout ce qu'il daigna lui dire. Alathea était trop surprise qu'il risque d'alerter sa mère à quelque chose de particulier entre eux pour former une argumentation, puis ils arrivèrent en vue des carrosses.

Avec un soupir intérieur, elle suivit son rythme.

— Cela ne rendra pas les choses plus faciles, vous savez.

Elle crut qu'il n'allait pas répliquer, mais juste avant qu'ils n'atteignent le carrosse de la mère de Gabriel, où Serena et Celia étaient assises, il murmura :

— Nous avons abandonné la « facilité » derrière nous il y a longtemps.

Puis, ils arrivèrent au carrosse, rejoignant les filles, ainsi qu'Esher et Carstairs. Par-dessus les têtes, Gabriel reçut un regard de Celia ; Alathea, les observant de près, put l'interpréter facilement – Celia voulait savoir pourquoi il était là. Gabriel répondit à son regard avec impassibilité en haussant légèrement les épaules, donnant à penser à Celia qu'il était simplement tombé sur elles par hasard. Rien de particulier à cela. Sa performance fut si naturelle que, si elle ne le connaissait pas mieux, Alathea aurait pu le croire aussi. Gabriel hocha la tête et Celia sourit, le chassant d'un signe de la main.

Il se tourna vers Alathea – leurs regards se rencontrèrent. Dans les plis de sa robe, leurs doigts s'effleurèrent. Sur un bref hochement de tête, il pivota et s'éloigna à grandes enjambées.

Alathea le regarda partir, un pli interrogateur au fond des yeux, une question de plus en plus insistante lui tournant dans la tête.

CHAPITRE 15

Cette question reçut sa réponse deux soirs plus tard. Le gala de la duchesse de Richmond était l'un des moments forts de la saison. La résidence des Richmond donnant sur le fleuve était grande ouverte ; quiconque était quelqu'un y assistait. Alathea arriva relativement tôt avec Serena, Mary et Alice. Leur père, sorti dîner avec des amis, viendrait faire un tour plus tard. Laissant Serena sur une chaise avec lady Arbuthnot et Celia Cynster, Alathea rôda aux alentours jusqu'à ce que le cercle autour de Mary et d'Alice soit établi, Esher et Carstairs au premier plan, puis elle se dirigea vers un recoin tranquille près du mur.

Sa tentative de modestie fut déjouée par lord Falworth, qui la repéra dans la foule. Quelques secondes plus tard, sa « cour » se referma autour d'elle.

Au soulagement d'Alathea, pas même cinq minutes s'écoulèrent avant que Chillingworth se joigne à eux. Après avoir échangé les plaisanteries habituelles, le comte s'installa à côté d'elle, écartant Falworth qui recula en faisant la tête. Aussi imposant que Gabriel, Chillingworth avait un effet similaire sur ses admirateurs ; mis au défi, ils s'employaient à converser intelligemment.

Quand vint le temps pour l'orchestre de jouer la première danse, Alathea se sentait extrêmement bienveillante envers le comte, volontiers prête à lui accorder sa main pour l'occasion. Cependant, il ne la sollicita pas, cédant calmement sa place alors que lord Montgomery implorait cet honneur. Sans prétexte sous la main, Alathea fut obligée d'accéder à la fervente demande de Sa Seigneurie, mais comme la danse était un cotillon, ses déclarations pompeuses lui furent épargnées.

Quand, à la fin de la danse, lord Montgomery revint dans son cercle, elle fut quelque peu étonnée de découvrir Chillingworth attendant patiemment. Sa gratitude s'épanouit de nouveau alors que sous sa direction, la conversation resta légère et générale. Puis, les musiciens jouèrent les notes d'une valse et elle comprit pourquoi le comte attendait.

L'expression dans ses yeux quand il s'inclina devant elle était intensément flatteuse.

— Si vous vouliez bien me faire cet honneur, ma chère ?

Alathea hésita, un autre imposant gentleman très clairement visible dans son esprit. Elle leva la tête et elle le surprit à l'observer, attendant de voir ce qu'elle allait faire, prêt à intervenir et à réclamer sa main si elle n'obéissait pas à son ordre. Son intention l'atteignit clairement alors que son cercle d'admirateurs, l'ayant remarqué, s'écarta comme la mer Rouge.

Écrasant une poussée de rébellion, acceptant qu'elle n'osât pas tourmenter Gabriel dans son humeur actuelle, elle regarda Chillingworth.

— J'ai bien peur, milord, d'avoir déjà promis cette danse. À monsieur Cynster.

Cette dernière précision était redondante ; le regard de Chillingworth s'était fixé sur le visage de Gabriel. Un défi primal éclata entre eux, puis Chillingworth s'inclina.

— Une déception pour moi, ma chère ; mais temporaire. Il y aura de nombreuses autres valses ce soir.

Encore plus que ces dernières paroles, son ton signalait son intention. Avec une grâce égale à celle de Chillingworth, Gabriel exécuta une révérence et tendit la main. Alathea posa ses doigts dans les siens, consciente jusqu'au bout des orteils de la force retenue de sa poigne. Il l'attira à lui, se tournant quand elle le rejoignit, la coupant avec efficacité de sa cour. Le plancher de danse n'était qu'à un pas, après quoi elle tournoya dans ses bras.

Alathea s'interrogea en son for intérieur. Elle était consciente que l'issue de la petite scène avait plu à Gabriel. Cependant, elle n'avait pas aimé cela.

— Vous attirez trop l'attention sur nous.

— Dans les circonstances, c'est inévitable.

— Alors, changez les circonstances.

— Comment ?

— Votre insistance à ce que je ne valse qu'avec vous est ridicule. Cela va entraîner des commentaires. C'est une chose difficile à expliquer sur la base d'une relation de longue date entre nous.

— Vous voulez que je vous laisse valser avec d'autres hommes.

— Oui.

— Non.

Il la fit tournoyer un tour complet. Alathea serra les dents. Pourquoi s'imaginait-il avoir le droit de dicter de telles choses ? À cause des heures qu'elle avait passées avec lui dans le noir. Elle repoussa en vrac les souvenirs.

— Il n'est pas sage d'attirer l'attention des commères jacasseuses. Les gens commencent à se poser des questions.

— Et alors ? Ils ne se demandent rien qui aura un effet négatif sur vous.

Oui, c'était le cas – s'il continuait à agir ainsi, toute la haute société croirait bientôt que lui et elle allaient se marier, mais cela n'allait pas se produire. Quand ils en auraient fini avec Crowley et sa compagnie, l'attirance de Gabriel pour elle aura déjà disparu, et il partira faire le siège de sa prochaine conquête. Susciter des attentes destinées à ne jamais se réaliser était le genre d'espoirs sûrs d'alimenter les potins enfiévrés. Elle était trop vieille – beaucoup trop vieille – pour le mariage.

Alathea bouillonna pendant tout le reste de la valse, sa colère n'étant pas apaisée par les regards brefs lancés de leur côté ou par la façon constante qu'avait Gabriel – et tout à fait intentionnelle, elle en était certaine – d'irriter ses sens. À la fin de la danse, elle était prête à être raccompagnée dans la sécurité de sa cour. Lui, apparut-il, avait d'autres idées. Les salles de réception ouvraient l'une sur l'autre ; à son bras, il la fit parader à travers elles. Seule la cohue de plus en plus grande les empêcha d'être le point de mire de trop nombreux yeux.

— Où allons-nous ?

— Dans un endroit moins bondé.

Elle pouvait difficilement discuter de la sagesse de cette idée ; grande comme elle l'était, elle se sentait oppressée. Le petit salon où il l'amena avait des palmiers et des statues divisant l'espace. Par conséquent, il offrait fièrement des endroits où l'on pouvait converser, non en privé, mais protégés des autres. Gabriel la guida vers un recoin créé par un trio de palmiers en pot et une arche ornementale.

Un valet de pied passa avec un plateau. Gabriel prit deux coupes de champagne.

— Tenez ; il va faire de plus en plus chaud.

Acceptant la coupe, Alathea but en se détendant alors que les bulles pétillaient dans sa gorge. Elle jeta un regard circulaire dans la pièce, puis elle sentit que Gabriel se raidissait. Quand elle se tourna, son regard entra en collision avec celui de Chillingworth qui les rejoignait dans leur retraite.

— Je peux me féliciter de vous avoir trouvée, ma chère.

Gabriel grogna avec dérision.

— Vous nous avez suivis.

— En fait, non.

Chillingworth attrapa une coupe quand le valet de pied rôda à portée de main. Il but, le regard sur le visage d'Alathea.

— J'ai supposé, après ce petit spectacle dans la salle de bal, que Cynster se retirerait dans un endroit plus propice à son objectif.

— Une stratégie qui vous est entièrement familière. Chillingworth regarda Gabriel.

— Ce point m'intrigue. Vous êtes, après tout, un ami de la famille. Votre manœuvre actuelle en est une à laquelle je ne me serais jamais attendu.

— C'est parce que vous ignorez complètement quelle est ma manœuvre actuelle.

Chillingworth sourit d'un air railleur.

— Oh non, cher garçon, je vous assure que je suis loin d'être dépourvu à ce point d'imagination.

— Peut-être, répondit Gabriel, ses mots soulignés par un ton tranchant comme l'acier acéré, serait-il plus prudent pour vous que ce soit le cas.

— Quoi ? Et vous laissez le champ libre ?

— C'est loin d'être la première fois où vous êtes possédé et devez admettre la défaite.

Chillingworth grogna.

Promenant son regard de l'un à l'autre, Alathea se sentait prise de vertiges. Malgré sa taille, ils parlaient pardessus sa tête, se disputant pour elle comme si elle n'était pas là.

— Il serait plus indiqué si, fit remarquer Chillingworth, étant donné les circonstances, vous cessiez votre numéro actuel et vous écartiez de mon chemin.

— De quel numéro s'agit-il ?

— Celui du chien qui ne peut pas manger le chou.

— *Excusez-moi !*

Les yeux lançant des éclairs, Alathea fit d'abord taire Gabriel, qui avait ouvert la bouche pour rétorquer, sans aucun doute en égalant l'impolitesse, puis elle termina par Chillingworth.

— Vous me pardonnerez si je trouve cet échange loin d'être gratifiant.

Ils la regardèrent tous les deux. Elle doutait que l'un ou l'autre rougisse facilement, mais une légère coloration ornait leurs joues. La nature grossière de leurs remarques était inhabituelle chez les deux, loin de leurs attitudes normalement infailliblement élégantes.

— Je suis ulcérée.

Promenant son regard de l'un à l'autre, elle les obligeait à garder le silence.

— Il semble que vous pensiez que je suis non seulement dénuée d'imagination, mais sourde en plus ! Pour votre gouverne, je suis parfaitement consciente de vos deux « numéros » ; permettez-moi de dire que je n'approuve ni l'un ni l'autre. Comme toute dame de mon âge et de mon expérience, je serai juge de mes actions ; je n'ai aucune intention de céder à votre séduction exercée. Ce que, par contre, je trouve *impardonnable* est votre propension à poursuivre avec détermination vos propres buts, oublieux du fait que vos galanteries entraînent sur moi une attention indésirable et déplacée !

Elle termina avec un regard noir pour Chillingworth. Il eut la grâce de paraître contrit.

— Mes excuses, ma chère.

Alathea émit un petit bruit de gorge, elle hocha la tête et elle se tourna vers Gabriel. Il la regarda le temps de deux battements de cœur, puis ses doigts se refermèrent sur son coude. Il tendit sa coupe à Chillingworth, puis il prit celle d'Alathea et lui confia celle-là aussi.

— Si vous voulez bien nous excuser, il y a quelques détails pertinents qu'il nous faut clarifier.

— Je vous en prie, répondit Chillingworth. Une fois que vous aurez éclairci la nature inexistante de votre prétention, je serai capable de préciser ma position.

Il exécuta une révérence à l'intention d'Alathea. Gabriel fronça les sourcils.

— Croyez-moi, dans ce cas, vous n'en avez pas.

Avant que Chillingworth puisse répliquer, avant même qu'Alathea puisse voir comment il réagissait, Gabriel l'entraîna en avant. Alathea fulmina, mais elle ne tenta pas de se libérer ; une menotte d'acier aurait été plus facile à briser que la poigne de Gabriel sur son bras. Il la fit marcher à travers la pièce jusqu'à un endroit où une porte était entrouverte, donnant accès à un couloir.

— Où allons-nous maintenant ? demanda-t-elle alors qu'ils passaient la porte.

— Dans un endroit privé. Je veux vous parler.

— Vraiment ? J'ai quelques mots à vous dire, moi aussi.

Il la mena en haut d'une volée de marches, puis au fond d'une aile calme. La porte au bout était ouverte ; un petit salon se trouvait derrière, les rideaux tirés pour la nuit. Un feu brûlait dans l'âtre. Trois candélabres jetaient une lumière dorée sur le satin et le bois poli. La pièce était vide. Retirant sa main de son bras, Alathea passa le seuil avec grâce. Il la suivit. Rejoignant le foyer, elle pivota pour le regarder en face et elle entendit le verrou se mettre en place.

— Cette situation ridicule doit prendre fin, affirma-t-elle en fixant sur lui un regard furieux. La comtesse n'est plus. Elle a disparu dans la brume pour ne jamais revenir.

— Vous, par contre, êtes ici.

— Oui, moi. Alathea, celle qui vous connaît depuis toujours. Je ne suis pas une délicieuse courtisane pour qui vous ressentez de véritable intérêt de séduction. Vous êtes agacé parce que vous croyiez que je l'étais lorsque j'étais la comtesse ; vous êtes plus avisé aujourd'hui. Et vous savez parfaitement bien qu'une fois que vous aurez surmonté votre agacement, vous vous lancerez à la poursuite d'une autre dame, une femme qui convient davantage à vos goûts.

Il était resté près de la porte ; tête penchée, il la contemplait.

— Donc, mon intérêt pour vous est alimenté par l'agacement ?

— Cela et la perversité. Une réaction envers Chillingworth et les autres. C'est comme si, ayant renoncé à votre surveillance idiote des jumelles, vous aviez reporté votre attention sur moi !

— Et qu'y a-t-il de mal à cela ?

— Votre façon de me protéger est obsessive ! Si vous vouliez seulement vous arrêter pour réfléchir, vous comprendriez son inutilité. J'ai encore moins besoin d'être protégée que les jumelles. Pire, rôder autour de moi est extrêmement peu judicieux. Cela attire l'attention sur nous – vous savez ce que les gens en déduiront. Avant que vous compreniez votre position, la haute société se sera imaginé l'existence de quelque chose qui n'existe pas.

Un moment s'écoula, puis il demanda :

— Ce quelque chose qui n'existe pas ; cette illusion que verra la haute société, selon vous. Qu'est-ce, précisément ?

Alathea expira ostensiblement. De l'autre côté de la pièce, elle rencontra son regard.

— Tout le monde s'imaginera que nous avons une entente, que dans un futur proche, ils liront une annonce de fiançailles dans *The Gazette.* Comme Chillingworth l'a si sagement déclaré, il est largement connu que nos familles sont intimes, que vous et moi nous connaissons depuis des années. Personne n'imaginera une relation illicite ; ils s'imagineront que nous allons nous marier. Quand on accordera foi à cette idée, ça va chauffer.

Il commença à marcher vers elle.

— Hum. Et c'est ce qui vous obnubile ?

— Je n'ai absolument aucun désir de passer le reste de la saison mondaine à expliquer aux intéressés pourquoi nous ne sommes pas sur le point de nous marier.

— Je peux garantir que cela ne se produira pas.

Elle se hérissa devant son ton condescendant

— Vraiment ? Et comment pouvez-vous en être sûr ?

— Parce que nous allons nous marier.

Gabriel s'arrêta directement devant elle. Une minute entière s'écoula pendant qu'elle le dévisageait, sans voix.

— Q-quoi ?

— J'avais accepté de remettre la discussion sur ce sujet jusqu'à ce que nous ayons réglé le cas de la compagnie cela, par contre, ne se passera clairement pas ainsi. Donc, aussi bien s'y mettre maintenant. En ce qui me concerne, nous allons nous marier et le plus tôt sera le mieux.

— Mais vous n'avez jamais eu l'idée de m'épouser. Et pas non plus quand nous nous sommes parlé après le bal de lady Arbuthnot.

— Heureusement, vous n'avez jamais appris à lire dans mes pensées. J'ai décidé de vous épouser quand je vous ai connue sous les traits de la comtesse. Le matin suivant le bal de lady Arbuthnot, je m'adaptais encore à l'ahurissante découverte que c'était vous que j'avais décidé de prendre pour femme. Comme vous pouvez l'imaginer, cela a été tout un choc.

— Mais… vous avez dû changer d'avis. Vous ne voulez pas m'épouser.

— Non seulement je veux vous épouser, mais je vais vous épouser, un fait qui rend mon attitude envers vous et les autres gentlemen parfaitement compréhensible. Je me montre peut-être protecteur jusqu'à l'obsession, mais seulement envers ceux que je sens le besoin de protéger jusqu'à l'obsession, comme la dame qui deviendra ma femme. Il n'y a donc aucune fausse illusion à voir pour la haute société : la seule conclusion à laquelle conclura la société est la vérité.

— Telle que vous la considérez.

— Comme elle sera.

Il s'approcha plus près ; une sensibilité à sa présence physique embrasa les yeux d'Alathea. Elle leva le menton ; il emprisonna son regard.

— Ceci est réel. Je ne vais pas m'en lasser ni me désintéresser pour reporter mon attention ailleurs. Le mariage avec moi forme votre avenir immédiat et irrévocable. Si vous ne l'aviez pas réalisé, vous aurez besoin de temps pour vous y ajuster, mais n'imaginez pas qu'il y aura une autre fin.

— Mais…

Elle secoua la tête d'un air hébété.

— Je ne suis pas la comtesse. C'était la comtesse qui vous fascinait – une dame de mystère et d'illusion. Je ne vous fascine pas – vous connaissez tout ce qu'il y a à savoir sur moi…

Il l'embrassa, il colla ses lèvres sur les siennes, puis il referma ses bras autour d'elle. C'était facile à faire, vu sa taille. Sa résistance ne dura que le temps d'un battement de cœur, puis elle s'évapora comme la brume ; elle s'affaissa contre lui, ses lèvres s'écartèrent sous la demande de son compagnon, sa bouche devenant une offrande qu'il réclama.

Alathea s'accrocha à sa raison. Elle céda tout le reste sans lutter, sachant que toute bataille était futile, mais elle garda toute sa tête. Autour d'elle, le monde tourna ; ses sens se manifestèrent violemment. Il l'avait choquée avec sa déclaration, mais elle se surprit elle-même encore davantage.

Elle le voulait. Sa faim était trop forte, elle était trop aiguisée dans sa nouveauté brute pour qu'elle l'ignore ou la confonde. Les bras serrés autour d'elle étaient une cage bienvenue, le corps dur pressé sur le sien était l'essence du délice rêvé. Il pilla sa bouche, sans pitié, implacable, sans douceur. Elle l'accueillit en elle, l'attira plus loin, pour donner et pour prendre et pour redonner.

Il prit et exulta à le faire. Elle le savait. Elle sentit la poussée de passion, la sienne et celle de Gabriel et elle se réjouit de son pouvoir. La vague enivrante s'accrut pour devenir un vortex de chaleur, tourbillonnant autour d'eux, les flammes les léchant, les touchant, mais ne les consumant pas encore. Ensuite, à la surprise d'Alathea, le monde se stabilisa.

Il leva la tête.

Elle sentit qu'il inspirait, son torse se gonflant contre ses seins. Il lui fallut un effort pour lever les paupières suffisamment pour voir son visage. Dur. Chaque ligne portant la trace du désir, elle ne lui donna aucun indice sur la direction qu'il allait prendre. Les yeux de Gabriel, lueur dorée sous des paupières aussi lourdes que les siennes, étaient fixés sur ses cheveux.

Ses bras se levèrent. Une main s'ouvrit sur son dos, la retenant contre lui. L'autre se leva…

Jusqu'à sa chevelure.

— Que…

Elle sentit le coup brusque ; la satisfaction luisit dans les yeux de son compagnon. Jetant un coup d'œil sur le côté, elle vit sa coiffe dans sa main.

— Ne vous avisez pas de la jeter dans le feu !

Son regard revint se poser sur son visage.

— Non ?

Puis, il haussa les épaules et il jeta la coiffe sur le sol.

— Comme vous voulez.

Sa main revint vers ses cheveux, fouillant dans la douce masse, cherchant et cueillant. Des épingles tombèrent en tintant autour de la cheminée.

— Que faites-vous ?

Elle tenta de se tortiller, mais il la tenait trop fermement. Puis, sa chevelure tomba librement.

— Vous semblez avoir développé un avis nettement erroné sur ce qui me fascine. Discuter avec vous a toujours été une telle perte de salive que je vais plutôt vous faire une démonstration.

— Une démonstration ?

— Hum.

Il pointa les doigts de sa main libre à travers ses cheveux, les écartant, les passant à travers les longues tresses en les relevant pour les regarder glisser en bas alors que ses doigts s'en libéraient.

— Vous n'avez jamais vraiment compris pourquoi je détestais vos coiffes, n'est-ce pas ?

Captivée par la possessivité imprégnant ses traits rudes, Alathea ne répondit pas. Il joua avec la masse soyeuse, puis il en rassembla la moitié dans son poing et il lui inclina la tête légèrement en arrière.

Son regard se fixa sur ses yeux.

— Quoi d'autre ? Ah, oui. Vos yeux. Avez-vous la moindre idée de ce que cela fait de les regarder ? Pas en surface seulement ; de plonger dans vos yeux. Chaque fois que je le fais, j'ai l'impression d'être tombé dans un étang magique et de m'y perdre. Certainement de perdre tous mes sens.

Son regard s'abaissa.

— Et il y a vos lèvres.

Il les prit dans un baiser rapide et douloureusement incomplet.

— Mais nous savons pourquoi je les aime.

Le bras autour d'elle se relâcha, sa main glissa en quittant son dos. Il la tenait encore par les cheveux.

— Cependant, je crois que vous ignorez complètement ceci.

De longs doigts frôlèrent sa mâchoire, en suivant sa trace du menton jusqu'à l'oreille. Puis, il prit son visage en coupe, la maintenant en place pendant qu'il penchait la tête et suivait la même ligne avec ses lèvres. Alathea frissonna.

— C'est exact. *Vulnérable.*

Le mot lui caressa l'oreille.

— Pas faible, mais assurément vulnérable. Qu'il ne tient qu'à moi de prendre.

Les paupières d'Alathea tombèrent quand ses lèvres effleurèrent la peau sensible sous son oreille, puis glissèrent plus bas, entraînant la chaleur sur la longueur de sa gorge. Son esprit lui dit de le corriger ; elle ne lui appartenait pas. Au lieu, quand il se mit à lécher le point sensible à la base de sa gorge, elle se balança contre lui. Ses jambes faiblirent. Elle s'agrippa aux revers de son manteau alors que sa raison partait en vrilles.

Il lâcha ses cheveux. Ses lèvres revinrent se poser sur les siennes, et la faim d'Alathea ressurgit. Il l'égala, la nourrit, il excita son désir, puis il s'en délecta profondément ; il prit, il s'empara, il réclama. Distraite, elle n'avait pas la moindre idée que les doigts de Gabriel s'étaient activés jusqu'à ce qu'il ferme ses mains autour des siennes et les entraîne tous les deux vers le sol, puis, interrompant leur baiser, qu'il fasse glisser sa robe sur ses épaules.

Les bretelles en ruban de sa chemise suivirent également. Ses seins, gonflés, les pointes rosées, furent dans ses mains avant qu'Alathea lève les paupières et bien avant qu'elle inspire.

Il lui avait déjà caressé les seins avant, mais seulement dans l'obscurité ; elle n'avait pas pu voir ses mains les prendre en coupe, les caresser. Elle n'avait pas été capable de voir son visage, de voir le désir gravé sur ses traits, de voir le feu de sa passion brûler dans ses yeux.

Ses mains se refermèrent avec possessivité.

— Vous êtes belle, murmura-t-il. Il n'y a pas d'autre mot. Aucun pouvant vous rendre justice.

Il pencha la tête ; Alathea ferma les yeux et s'efforça de s'accrocher à sa raison pendant qu'il se régalait. Avec les lèvres, la langue et les dents, il la vénéra, lui prodiguant un plaisir après l'autre jusqu'à ce qu'elle halète.

Le son guttural qu'il émit résonna de satisfaction masculine, puis il revint pour répéter sa torture.

Son contact était exquis ; impuissante, elle s'arqua entre ses bras, offrant, implorant en restant néanmoins consciente de chaque nuance dans chaque geste, de la signification investissant chacune de ses caresses. Bien que le vortex de leur passion tournoie autour d'eux, ils se trouvaient encore dans l'œil immobile du cyclone.

Gabriel le savait. Jamais avant il n'avait atteint un niveau aussi élevé d'excitation tout en gardant une maîtrise de soi aussi absolue. Avec aucune autre femme. La femme dans ses bras était spéciale, mais il le savait depuis le début. Toute sa vie, même s'il ne l'avait pas compris.

Levant la tête, retirant ses lèvres des douces rondeurs de ses seins, il l'étudia. Glissant ses mains sur son dos, il fit doucement descendre sa robe et sa chemise encore plus bas. Elles se rassemblèrent autour de ses hanches. Les yeux ronds, une main sur l'épaule de Gabriel pour se stabiliser, elle rencontra son regard, la compréhension stupéfaite brillant dans ses yeux.

Les lèvres de Gabriel se recourbèrent. Il leva les mains sur l'arrière de ses épaules, puis il les abaissa lentement avec légèreté, traçant les longues lignes de son dos, les muscles souples de chaque côté de sa colonne vertébrale.

— J'aime le fait que vous soyez aussi grande. Votre présence est imposante, mais vous êtes si svelte.

Il écarta les mains, couvrant toute l'étendue de sa cage thoracique.

— Je fais deux fois votre taille.

Il ferma les mains autour de sa taille étroite. Un désir possessif explosa ; il savait qu'il luisait dans ses yeux.

— Grande et pourtant féminine. Mon idéal.

Son ton rauque la secoua. Elle prit une inspiration tremblante…

Il cueillit d'un baiser les paroles qu'elle avait pensé exprimer avec ses lèvres. Minutieusement. Puis, il repoussa sa robe et sa chemise en bas de ses hanches. Elles tombèrent dans un bruissement sur ses jambes pour finir en flaque sur le plancher.

— Gabri…

Il l'interrompit d'un autre baiser. Des courbes pulpeuses lui emplirent les mains ; il ne s'intéressait plus à la communication verbale. Approfondissant leur baiser, il l'attira durement contre lui, ses doigts jouant, la pétrissant, la découvrant comme la première fois. Il connaissait les sensations de son corps, le contraste de fermeté féminine et de douceur, néanmoins, ses sens semblaient affamés, ressentir le besoin urgent d'en avoir plus, d'en découvrir encore davantage sur elle.

La fascination était un mot trop faible pour englober son obsession.

Quant aux jambes d'Alathea…

— Ne bougez pas.

Fermant les mains autour de ses hanches, il tomba à genoux. Il entendit son inspiration brusque et il pressa un baiser sur sa taille, puis il descendit lentement plus bas pour lécher son nombril. Les mains d'Alathea étaient tombées sur les épaules de Gabriel, ses doigts étaient agités. Alors qu'il explorait d'une manière évocatrice la petite fente, les doigts d'Alathea se glissèrent dans ses cheveux.

Il rendit hommage à ses jambes, faisant glisser ses mains dessus, puis remontant les longs et gracieux membres. Elle trembla, ses muscles se raidissant. Quand il pencha la tête et enfouit son nez dans son ventre ferme, elle haleta.

— *Gabriel ?*

Le mot était un murmure douloureux, chargé d'une prière. Alathea pouvait à peine croire qu'il émanait d'elle. Son corps était chaud, sa peau rougie, sa raison confuse, pourtant, elle sentait vivement chaque toucher, chaque caresse. Le désir palpitait dans l'air, la passion le réchauffait ; cette fois, il n'y avait pas l'obscurité pour envelopper ses sens, pas de voile pour dissimuler la réalité.

Elle se tenait nue devant lui, retenue par la pensée que sa nudité le captivait. Sa tête sur son estomac était un poids chaud ; la caresse de ses mains l'apaisait et l'excitait en même temps. Ses cheveux, des mèches soyeuses glissant sur sa peau frémissante quand il tournait la tête, lui semblaient tellement appropriés.

Sa seule réaction à sa supplique fut un baiser chaud, mouillé et bouche ouverte, déposé sur son ventre tremblant juste au-dessus des bouclettes à sa base. Elle frissonna et elle s'accrocha au crâne de son compagnon. Il déplaça une main sur son derrière, soutenant son équilibre précaire pendant que les doigts de son autre main montaient et descendaient lentement sur les faces intérieures sensibles de ses cuisses.

Il se déplaça légèrement plus bas.

Elle s'attendait à ce qu'il touche la chair sensible entre ses cuisses. Elle attendit, ses nerfs se tendant. Puis, il le fit et elle faillit en mourir. Le coup de sa langue chaude et mouillée, l'exploration subtile, la fit presque tomber à genoux. Son exclamation était incohérente.

— Chut.

Il la rattrapa, la stabilisa. Agrippant l'un des genoux de sa compagne, il le souleva par-dessus son épaule à lui. Elle dut changer de position pour conserver son équilibre, courbant une jambe sur le large dos de Gabriel, ses doigts serrés sur son crâne. La position était plus sûre, mais inévitablement plus intime. Sa langue, brûlante, la caressa encore.

— Je vais vous goûter.

Ces mots marmonnés formèrent le seul avertissement qu'elle reçut avant qu'il s'exécute. Il goûta, il explora, il caressa, il lécha – qu'elle accepte ou non cette intimité était hors de propos. Il se contenta de prendre et elle donna.

Les nerfs d'Alathea bondirent, devinrent plus sensibles, atrocement sensibles ; ses muscles se raidirent, se contractèrent. Sa raison partit en vrilles, néanmoins, une certaine partie d'elle restait efficace, assez détachée pour cataloguer sa démonstration, assez saine d'esprit pour se demander si c'était ainsi qu'il avait prévu les choses.

Sa sensibilité même était excitante ; elle pouvait voir et sentir au-delà du plan sensuel. L'air devant elle était frais, le feu derrière elle était chaud. Et l'homme agenouillé devant elle était un dieu de pur plaisir. Il l'écorcha avec le plaisir, il la fouetta avec et il le lui prodigua jusqu'à ce qu'elle sanglote, jusqu'à ce que son corps ne devienne rien d'autre qu'un vaisseau de désir surchauffé.

Elle le sut dès l'instant où sa langue et ses lèvres la quittèrent, elle sentit la puissance brute quand il se releva d'une poussée. Ses mains se refermèrent avec force autour de ses cuisses et il la souleva.

Puis, il la remplit.

Son long membre épais et solide poussa à l'intérieur, il perça le léger resserrement, puis il remonta à l'intérieur, poussa profondément. Avec un halètement et un sanglot, elle se ferma autour de lui, l'emprisonnant dans son fourreau, le retenant en place. Les doigts de Gabriel se plièrent ; elle sentit son torse se tendre. Fermant les jambes autour de ses hanches, enroulant les bras autour de ses épaules, elle se pressa contre lui, elle lui attrapa la tête entre les mains et elle trouva ses lèvres avec les siennes.

Le baiser fut une véritable fusion, venant autant d'elle que de lui ; leurs corps bougeaient en harmonie, dans un rythme lent et évocateur aussi instinctif que leur respiration. Il la souleva ; elle glissa sensuellement vers le bas. Elle s'accrocha, puis elle le libéra ; il se retira, puis il revint.

Cette capitulation intime aurait dû lui faire éprouver de la honte, elle qui était nue entre ses bras, ses membres dénudés enroulés autour de sa silhouette entièrement vêtue. Il n'avait que libéré son membre des limites de son pantalon. Chaque minuscule mouvement râpait sa peau sensible avec le tissu de ses élégants vêtements de soirée.

C'est ainsi qu'il l'avait planifié – à aucun stade elle n'entretint l'idée contraire. Il avait dit qu'il ferait la démonstration de sa fascination ; alors qu'il se réjouissait dans la chaleur glissante de son corps, en soutirant chaque moment précieux, tenant le vortex à distance, elle savait au fond d'elle qu'il ne jouait pas un rôle.

Elle n'avait pas besoin qu'il interrompe le baiser, le torse s'activant, les yeux fermés, la concentration gravée sur chaque ligne de son visage pour en être convaincue. Elle n'avait pas besoin de sentir la réaction de son propre corps, ondulant contre le sien, sur lui, pour savoir qu'il y croyait.

Elle n'avait pas besoin qu'il soulève ses lourdes paupières, qu'il la cloue sur place avec un regard brillant et qu'il lui dise ces mots :

— Vous pensez que je vous connais, mais ce n'est pas le cas ; je ne connais pas la femme que vous êtes devenue. Je ne sais pas la sensation que j'éprouverai lorsque je ferai courir mes mains dans votre chevelure lorsqu'elle est chaude après le sommeil ou ce que ce sera de me glisser en vous alors que vous vous réveillez le matin. Je ne sais pas ce que je ressentirai en m'endormant avec vous dans les bras, de me réveiller avec votre souffle sur ma joue. De vous avoir nue entre mes bras en plein jour, de vous étreindre lorsque vous serez enceinte de mon enfant. Il y a des tas de choses que j'ignore sur vous. Je vais passer ma vie avec vous et je ne découvrirai quand même pas tout ce que je veux savoir. Je me fous du nom que vous utilisez ; vous êtes quand même la même femme. La femme qui me fascine.

Elle le fit taire avec ses lèvres, mais ni elle ni lui n'avaient la force de prolonger le baiser. Ils s'accrochaient à leur raison du bout des ongles. Elle mit sa tête sur son épaule, elle enfouit son nez dans son cou, elle déposa un baiser essoufflé sur sa peau chaude.

Les lèvres de Gabriel lui rendirent son plaisir, puis il la mordilla.

— Vous aimez cela, n'est-ce pas ?

Sa voix était brisée, tendue ; il émit un rire rauque.

— Vous serez mortelle pour moi de plus d'une manière.

Elle resserra intentionnellement son corps autour de lui, une chose qui lui donnait du plaisir, elle l'avait remarqué. Il laissa retomber sa tête en arrière et il gémit. Puis, il attrapa les bouts traînants de sa chevelure et il lui tira la tête en arrière afin de pouvoir voir ses yeux.

— Vous voyez ? C'est pour cela que vous êtes faite ; vous donner à moi.

Elle garda les lèvres fermées. Elle avait peur qu'il n'ait raison. Avec un petit coup de tête, elle libéra sa chevelure de sa prise. Le mouvement brusque modifia sa posture. Elle s'affaissa encore plus profondément sur lui et elle serra encore plus par réflexe.

Il inspira brusquement, puis ses lèvres se posèrent sur elle, pressées et exigeantes. Il n'avait plus la maîtrise de lui-même. Le vortex se referma sur eux ; les flammes rugirent.

La passion les emporta, les souleva très haut sur une houle de besoin pur avant de les faire exploser. La libération fut si profonde qu'aucun des deux ne réalisa qu'ils s'étaient affalés sur le plancher. La seule réalité que leur sens permettait était la certitude d'être ensemble et de ne faire qu'un.

— Vous m'avez appelé Gabriel.

Affalée sur son torse, encore illuminée par les suites de l'amour, Alathea pouvait à peine réfléchir.

— Je vous appelle Gabriel dans ma tête depuis des semaines.

— Bien, c'est moi, la personne que je suis.

Étendu de tout son long sur le sofa où il avait transporté Alathea, sa main s'attarda dans les cheveux de sa compagne.

— Je ne suis pas votre compagnon de jeu d'enfance. Je suis votre amant et je serai votre mari. Je réclame ce rôle.

Sa main se ferma sur sa nuque, puis elle la caressa avec légèreté.

— Tout comme mon nom n'a pas vraiment d'importance, le nom que vous vous donnez ne change rien. Vous êtes la femme que je veux et vous me voulez. Vous êtes à moi ; vous l'avez toujours été et vous le serez toujours.

La garantie profonde de ses mots frappa Alathea au cœur ; elle remua…

— Non, restez immobile. Vous n'avez pas froid.

Sa peau était encore rougie. Le corps sous le sien émettait de la chaleur. Elle n'avait pas froid – elle était molle, incapable de rassembler la force de réaffirmer son contrôle et de changer de direction. Elle n'était même pas sûre de le désirer.

Ils s'étaient déjà, se rappelait-elle, allongés ensemble sur le dos pour regarder les étoiles un certain soir d'été. Ils ne s'étaient pas touchés ; par contre, la tension entre eux avait été si lourde qu'elle avait presque provoqué une pluie d'étincelles. Cette tension avait complètement disparu. Ce qui les entourait à présent était un puits d'une paix profonde et durable. Une satiété plus profonde qu'elle aurait pu l'ima-giner possible lapait l'air autour d'eux ; Gabriel semblait satisfait de se reposer dans son étreinte, partageant le calme.

Elle pouvait entendre son cœur battre sous son oreille, à un rythme lent et régulier.

— Pourquoi êtes-vous ici ?

Il posa la question tranquillement ; déconcertée, elle répondit.

— Vous m'avez amenée ici.

— Et vous êtes venue. Maintenant, vous êtes allongée dans mes bras, entièrement nue ; vous m'avez accepté de plein gré, vous vous êtes donnée à moi de plein gré, uniquement parce que je vous voulais.

Elle se sentait beaucoup plus à sa merci maintenant qu'avant. Comment pouvait-il être au courant de la confusion et de l'incertitude planant dans son esprit ? Mais il semblait le savoir.

— Vous êtes douée pour cela : donner. Et ce que vous avez à donner, je le veux.

Sa main lui caressa doucement les cheveux.

— Vous êtes une femme sensuelle, un pur-sang au lit, et je me fous absolument de l'âge que vous avez. Vous n'avez pas d'expérience et vous me faites quand même tourner la tête.

Elle ferma les yeux.

— Ne faites pas cela.

— Ne pas faire quoi ? Exprimer la vérité ? Pourquoi, alors que nous la connaissons tous les deux ?

Sa main se déplaça vers le bas, lui caressant le dos, puis il referma les bras autour d'elle.

— Vous aimez donner, et je suis le seul homme à qui vous vous donnerez à jamais.

Elle ne voulait pas l'entendre parce qu'elle ne pouvait pas le nier, et cela lui accordait un pouvoir beaucoup trop grand sur elle. Elle s'efforça de se rasseoir.

— Nous devons partir.

— Pas encore.

Il la retint facilement et il enfouit son nez dans son oreille. Puis, ses lèvres lui touchèrent la peau et s'y attardèrent.

— Juste une fois encore…

CHAPITRE 16

Le lendemain matin, Alathea était assise sous la pergola installée d'un côté du jardin arrière et elle regardait Gabriel traverser la pelouse en venant vers elle. Un soleil vif striait des mèches rousses et dorées dans sa chevelure ; elle s'en remémora la sensation sous ses paumes.

Les yeux plissés pour se protéger de l'éclat de la lumière, elle le regarda échanger des salutations avec Mary et Alice, qui désherbaient le parterre autour de la fontaine. Elle s'était justifiée pour ne pas participer au jardinage en disant qu'elle n'était pas dans son assiette. C'était la vérité ; elle avait à peine fermé l'œil de la nuit.

Si elle avait eu besoin d'une preuve catégorique que Gabriel avait correctement interprété ses émotions, la deuxième partie de leur rencontre dans le salon de lady Richmond l'avait fournie. Même maintenant, des heures après le fait, le simple souvenir des suggestions qu'il lui avait murmurées à l'oreille, de ce qu'elle avait volontiers accepté de faire et de lui laisser faire provoquait une montée de couleur sur ses joues. Il avait voulu et elle avait voulu donner. Hier soir, il lui avait enseigné le meilleur de ce qu'il y avait à donner.

Elle n'était pas assez hypocrite pour prétendre qu'elle n'avait pas eu de plaisir ou que le bonheur béat qu'elle avait éprouvé à lui donner, chaque fois, de toutes les façons, ne lui procurait pas la plus douce et la plus profonde des joies qu'elle n'avait jamais connues.

En le satisfaisant, elle trouvait l'accomplissement.

Il n'y avait pas d'autre mot, pas un qui s'approchait de la description de l'étendue et de la profondeur de ce qu'elle ressentait. Il l'avait qualifiée de « généreuse », elle devait accepter qu'il ait raison. Ce qu'elle n'acceptait pas – ne pouvait pas accepter – était son extrapolation.

Il était fasciné par elle. Cela n'avait pas été feint. Lui, entre tous les hommes, goûterait l'ironie de découvrir qu'elle – la femme qu'il connaissait depuis le berceau – était si passionnante physiquement. Et malgré ce qu'il avait dit, son âge avait bel et bien de l'importance, mais pas de la manière dont elle aurait pour la haute société. Parce qu'elle était plus âgée et en ce qui concernait Gabriel, plus sûre d'elle-même que toute autre femme qu'il avait déjà séduite, elle présentait un plus grand défi, elle était plus exigeante pour ses talents. Cela, aussi, il le goûterait.

Sa fascination était réelle. La fascination, par contre, ne menait pas au mariage.

Alors qu'il abandonnait les filles et, les membres souples et assurés, il se dirigeait à grands pas vers elle,

Alathea s'imprégna d'une calme certitude. Il était un praticien exceptionnel des arts sensuels ; il savait comment se servir de ses talents pour faire pression sur elle, pour obscurcir sa raison. Cependant, elle le connaissait trop bien – beaucoup trop bien – pour avaler cette histoire voulant que la fascination soit derrière sa détermination à l'épouser. Elle avait trop bonne opinion de lui – elle avait trop d'affection pour lui – pour accepter faiblement ses plans.

Il atteignit la pergola et emprunta les marches. Baissant vivement la tête sous le jasmin pendant qui couvrait la petite structure, il pénétra sous les ombres fraîches. Se redressant, il rencontra son regard. Il s'immobilisa.

— Quoi ?

Alathea lui fit signe de s'asseoir sur le sofa à côté d'elle.

Elle avait dépêché une note dans Brook Street lui demandant de venir lui rendre visite. Elle patienta pendant qu'il s'installait ; le sofa en rotin était petit – ils se retrouvèrent une épaule contre l'autre. Il se cala dans le sofa, étirant un bras le long du dossier pour faire un peu de place. Elle inspira et prit résolument le taureau par les cornes.

— Il n'y a absolument aucune raison pour nous de nous marier. *Non !*

Elle interrompit sa réplique immédiate.

— Laissez-moi finir.

Il s'était raidi ; son expression se durcit, mais il garda le silence.

Alathea regarda par-dessus la pelouse jusqu'à l'endroit où ses demi-sœurs et ses demi-frères bavardaient gaiement.

— Nous sommes les seuls au courant pour la comtesse. Nous sommes les seuls à savoir que nous avons été intimes. J'ai vingt-neuf ans. Comme j'essaie de le rappeler à tout le monde, j'ai mis de côté toute idée de mariage. Je l'ai fait il y a onze ans. Je suis acceptée en tant que vieille fille : malgré vos récentes attentions, on ne s'attend pas à me voir me marier. Sauf si notre liaison venait à être connue, ce qui ne se produira pas, car nous sommes trop prudents et trop conscients de ce que nous devons à nos familles et à nous-mêmes pour ébruiter le fait partout, il n'y a aucun besoin pour nous de nous marier.

— Est-ce tout ?

— Non.

Elle tourna la tête et rencontra carrément son regard.

— Peu importe ce qui selon vous est la bonne chose à faire, je ne vous épouserai pas. Vous n'avez aucune raison de faire ce sacrifice.

Il l'observa.

— Pourquoi, demanda-t-il enfin, pensez-vous que je veux vous épouser ?

Les lèvres d'Alathea se tordirent. Elle gesticula en direction de sa fratrie, merveilleusement inconsciente des nuages planant sur l'avenir de la famille.

— Vous voulez m'épouser en raison de la même qualité sur laquelle j'ai compté quand, dans le rôle de la comtesse, je vous ai demandé votre aide. Je savais que si j'expliquais le danger pour eux, vous nous aideriez. Je vous l'ai déjà dit : vous êtes un protecteur obsessif.

Il était son chevalier monté sur un cheval blanc ; son côté protecteur était son point fort et l'un de ses instincts les plus basiques.

Il avait suivi son regard jusqu'aux filles.

— Vous pensez que je veux vous épouser pour vous protéger. En raison du même esprit de chevalerie.

Elle avait tenté d'éviter ce mot ; il semblait tellement mélodramatique, même si c'était la vérité toute nue. En soupirant, elle le regarda en face.

— Je voulais vous piéger pour vous obliger à nous aider ; je n'ai jamais eu l'intention de vous tendre un piège pour vous épouser.

Gabriel scruta ses yeux, des flaques noisette de pure sincérité. La vulnérabilité qui le hantait depuis qu'il avait découvert l'identité de la comtesse s'évapora.

Elle ne le savait pas. Elle n'avait pas la moindre idée qu'il la vénérait, que sa fascination était une obsession, écrasante et totale. Il avait oublié sa naïveté, que malgré son âge, bien qu'il la connaisse depuis toujours, dans certains domaines, elle était innocente. Elle ignorait qu'elle était très différente de toutes celles qui étaient passées avant.

Il reporta son regard sur Mary et Alice tout en se dépêchant mentalement de se réorienter.

— Au risque de détruire vos illusions, ce n'est pas la raison pour laquelle je veux vous épouser.

— Pourquoi, alors ?

Il rencontra son regard.

— Vous pouvez difficilement ne pas avoir conscience que je vous désire physiquement.

La couleur ombra ses joues trop pâles. Elle remua la tête.

— Le désir, au sein de notre cercle, ne requiert pas le mariage.

Elle détourna la tête, le laissant étudier la ligne de sa mâchoire des plus révélatrices. La force et la vulnérabilité – elle était un mélange des deux.

Sa réaction à cette vision fut immédiate, mais elle ne constituait plus une surprise – il savait à présent à quel point ses sentiments pour elle étaient primitifs. Hier soir, quand elle faisait des histoires à propos de ses cheveux, essayant de les modeler dans un certain style qui pourrait être acceptable, il avait éprouvé la violente envie de tirer dessus pour qu'ils retombent de nouveau librement et de l'entraîner au pas à travers la maison, devant tous les invités de lady Richmond, particulièrement devant Chillingworth, afin que tous sachent qu'elle était à lui.

À lui.

La puissante vague de possessivité lui était douloureusement familière. C'était la même émotion qu'elle avait toujours provoquée chez lui, la source de tension affreuse qui le tenaillait chaque fois qu'elle était proche. L'émotion s'était clarifiée, cristallisée. En retirant le voile de la comtesse, d'autres voiles s'étaient déchirés aussi ; il pouvait voir maintenant ce qu'était réellement son impulsion primitive – le désir instinctif de saisir sa femelle. *Posséder et protéger* était la devise de la famille ; c'était loin d'être étonnant qu'il ressente cette impulsion si vivement.

Cependant, que pouvait-il lui révéler sans danger ?

— Depuis combien de temps nous connaissons-nous ?

— Depuis toujours, toute notre vie.

— Il y a des semaines de cela, vous avez dit à Chillingworth que notre relation avait été décidée pour nous. J'ai acquiescé. Vous en souvenez-vous ?

— Oui.

— Le plus lointain souvenir que j'ai de vous, vous deviez avoir deux ans. Je devais en avoir trois. Installés dans nos berceaux respectifs, nos parents nous ont dit que nous étions amis. J'avais douze ans lorsque cela est devenu difficile de vous traiter en sœur. Je n'ai jamais compris pourquoi ; tout ce que je savais, c'est que quelque chose clochait. Vous le saviez aussi.

Son « oui » fut un murmure ; ils repensaient tous les deux à ces années.

— Vous souvenez-vous de cette fois où nous sommes sortis en douce de la grange du vieux Collinridge par la fenêtre du fond et que votre tenue d'équitation s'est coincée sur un clou ? Lucifer était déjà en selle, retenant les chevaux – j'ai dû vous prendre par les hanches et vous soulever afin que vous puissiez décrocher le tissu.

Il marqua une pause ; une seconde plus tard, elle frissonna en réaction.

— Exactement. À cette époque, c'était un mélange du ciel et de l'enfer. Je ne comprenais pas pourquoi je gravitais jusqu'à vous, pourquoi je voulais toujours être près de vous, parce que chaque fois que j'étais proche, je me sentais… violent. Dément. Comme si je voulais m'emparer de vous et vous secouer.

Le rire d'Alathea fut tremblant.

— Je n'ai jamais été convaincue que vous ne le feriez pas.

— Je n'ai jamais osé. J'avais trop peur que poser les mains sur vous – vous toucher d'une quelconque façon – me rende fou, que je me comporte comme un aliéné. Cette unique danse que nous avions partagée avait déjà été assez difficile.

Ils regardèrent tous les deux les pelouses sans les voir, puis il poursuivit.

— Ce que j'essaie de vous faire comprendre est que je me sentais… possessif à votre égard depuis très longtemps. J'ignorais ce qu'était ce sentiment jusqu'au lendemain après notre nuit au Burlington, mais ce n'est pas une émotion qui a récemment bourgeonné. Elle est présente entre nous, prenant de l'ampleur depuis plus de vingt ans. Si nos parents ne nous avaient pas installés dans une relation fraternelle, cette émotion aurait depuis longtemps trouvé sa résolution dans le mariage. Dans les faits, votre mascarade nous a ouvert les yeux et nous a offert la chance de remanier le scénario de notre relation pour qu'il s'accorde à son destin.

Il lui jeta un coup d'œil ; elle regardait encore obstiné-

ment le jardin.

— Je suis attiré par vous davantage que sexuellement – vous êtes la femme que je veux pour épouse.

Elle pencha la tête.

— Combien de femmes avez-vous connues ?

Il fronça les sourcils.

— Je ne sais pas. Je n'ai pas compté.

Elle le regarda, un sourcil levé au ciel, l'incrédulité dans les yeux.

Il serra les dents.

— D'accord. J'ai bien compté au début, mais j'ai abandonné il y a longtemps.

— Quel nombre avez-vous atteint avant de cesser de calculer ?

— Cela n'a aucune importance. Qu'essayez-vous de prouver ?

— Simplement que vous semblez aimer les femmes, mais que jusqu'à présent, cet amour ne vous a pas incité à prendre la route de l'église. Pourquoi aujourd'hui ? Pourquoi moi ?

Il vit le piège, mais il était prêt à faire tourner les questions à son avantage.

— La question du moment est simple – il est temps.

Les mots fatidiques résonnèrent dans sa tête. « Ton tour viendra. »

— Je le savais au mariage de Demon. J'ignorais simplement avec quelle femme. Vous savez comme maman est devenue agitée – autant il me peine de l'admettre, elle a raison. Il est temps pour moi de me marier, de fonder un foyer, de penser à la prochaine génération. Quant au « pourquoi moi », comme vous semblez déterminée à le penser, parce que vous êtes une amie de la famille et parce que nous avons été intimes, je pense que je vous ai perdue et que je dois réparer.

Son ton de plus en plus saccadé amena Alathea à jeter un coup d'œil de son côté ; il emprisonna son regard.

— Ce que je dis est que vous êtes la femme que je veux pour épouse. Seulement cela ; je n'ai besoin d'aucune autre raison.

Il marqua une pause, puis il continua.

— Vous avez peut-être remarqué que je ne souffre plus lorsque vous êtes près de moi. Je peux m'asseoir à côté de vous, plus ou moins à l'aise, sans plus me sentir piégé au point de devenir fou, parce que je sais à présent que je peux vous prendre dans mes bras et vous embrasser, qu'à un moment donné dans un avenir pas trop lointain, vous vous allongerez de nouveau sous moi.

Il laissa sa voix baisser d'un ton.

— Cependant, si vous êtes assez idiote pour essayer de combattre ceci – tout ce qu'il y a entre nous, si vous tentez de me refuser et de sourire plutôt à Chillingworth ou à tout autre homme, alors je peux vous garantir que ce qu'il y a eu entre nous depuis des années ne sera rien en comparaison de ce qu'il y aura alors.

Elle soutint posément son regard.

— Est-ce une menace ?

— Non. C'est une promesse.

Elle le considéra du regard, puis elle ouvrit la bouche…

Il posa un doigt sur ses lèvres.

— Je vous suis profondément attaché, vous le savez. Aujourd'hui, je ne suis plus aveuglé et retenu par des idées préconçues, je peux l'admettre. Je vous désire sexuellement, mais ce n'est que la moitié de l'affaire. Je vous veux parce que je ne peux imaginer aucune autre femme avec qui je préférerais partager ma vie. Nous nous convenons. Nous formerions des partenaires de vie heureux. Nous n'avons jamais été des amis, pas vraiment, mais la difficulté entre nous disparue, c'est une autre relation à notre portée.

Les yeux d'Alathea scrutèrent les siens – elle rassemblait ses arguments, résistant encore obstinément de toutes ses forces.

Libérant ses lèvres, il dessina le contour de sa mâchoire, puis il laissa sa main retomber sur le dossier du sofa.

— Thea, peu importe vos efforts pour le réfuter, vous savez ce qu'il y a entre nous. C'était peut-être dissimulé et voilé toutes ces années, mais aujourd'hui que nous avons retiré le déguisement, vous pouvez voir ce que c'est aussi bien que moi. Il soutint son regard. C'est une passion ardente et immortelle, et pas seulement de mon côté, mais du vôtre également.

Alathea détourna la tête. Elle ne savait pas quoi faire. Ce n'était pas seulement sa tête qui tournait. Ses paroles avaient évoqué un grand nombre d'émotions, des besoins enterrés depuis si longtemps et des rêves à peine admis.

Cependant... se redressant, elle déclara :

— Vous me dites que vos émotions sont réveillées.

— Oui.

— Que ce qu'il y a entre nous exige le mariage en tant que statut approprié, que c'est sa conséquence nécessaire.

— Oui.

Quand elle regarda fixement au loin sans rien ajouter de plus, il insista :

— Eh bien ?

— Je ne suis pas certaine de vous croire.

Se tournant face à lui, elle se hâta de lui expliquer.

— Pas à propos de ce qu'il y a entre nous autant que la raison pour laquelle vous croyez devoir m'épouser.

Elle scruta son visage, puis s'armant mentalement de courage, elle parla franchement.

— Nous nous connaissons bien en effet, très bien. Vous prétendez que vos sentiments nous ont toujours infestés parce que le désir frustré qu'il y a entre nous est un désir physique, et j'accepte que ce soit probablement le cas. Vous dites que vos émotions sont réveillées, et j'accepte cela aussi. Cependant, voici ce que j'ignore : quelle est l'émotion la plus importante ?

Un pli se forma au fond des yeux de Gabriel.

— L'émotion qui pousse un homme à se marier.

— C'est cela que je crains. L'émotion qui vous pousse, vous presse, vous incite à m'épouser est l'émotion dominante chez vous. Vous voulez me protéger. Vous avez décidé que la bonne façon de continuer à l'avenir passe par un pasteur, et vous réussissez toujours une fois que vous vous êtes fixé un but. Malheureusement, dans ce cas-ci, atteindre votre but exige ma collaboration, de sorte que j'ai bien peur que votre série de succès soit sur le point d'être rompue.

— Vous pensez que j'ai tout inventé.

— Non, je pense que vous étiez en grande partie sincère, mais je ne crois pas que vos conclusions concordent avec les faits. Je pense que vous esquivez le problème. Et si vous voulez savoir si je vous crois capable de mentir dans la poursuite de ce que vous voyez comme votre but ultime, alors oui, je pense que vous mentiriez effrontément.

Des yeux, elle le défia de le nier.

Lèvres pressées, il soutint son regard d'une manière intimidante, mais il ne nia pas.

Elle hocha la tête.

— Exactement. Nous ne nous connaissons que trop bien. En créant la comtesse, je savais précisément quoi dire, comment tirer les bonnes ficelles pour vous amener à faire ce que je désirais. Je ne suis pas à ce point suffisante pour imaginer que vous n'êtes pas assez brillant pour faire exactement comme moi. Vous avez décidé que nous devrions nous marier, alors vous ferez tout ce qu'il faut pour que ce mariage se réalise.

Il la regarda calmement. Elle s'était attendue à une réaction immédiate, possiblement agressive. Son évaluation silencieuse la mettait sur les nerfs. Elle ne pouvait pas lire ses pensées dans ses yeux. Puis, il se redressa sur son siège. Le bras le long du dossier glissa autour d'elle ; son autre main se leva pour encadrer son visage. Une fraction de seconde plus tard, elle fut légèrement étreinte.

— Vous avez raison.

Elle cilla. Était-ce un sourire ironique qu'elle décelait dans ses yeux ?

— À quel propos ?

Le regard de Gabriel s'abaissa sur ses lèvres.

— Que je ferai tout ce qu'il faut pour que ce mariage se réalise !

Alathea jura mentalement. Elle n'avait pas voulu que cette phrase devienne un défi.

— Je…

— Dites-moi, murmura-t-il, acceptez-vous que ce qu'il y a entre nous soit une « passion ardente et immortelle » ?

Elle dut lutter pour inspirer.

— Ardente, peut-être, mais pas immortelle. Avec le temps, elle s'évanouira.

— Vous avez tort.

Il se pencha plus près et il effleura ses lèvres des siennes. Le contact était trop léger pour satisfaire ; tout ce qu'il fit fut de réveiller sa faim à elle aussi.

Le souffle de Gabriel était chaud sur ses lèvres palpitantes.

— L'ardeur qui vous a envahie hier soir quand je vous ai pénétrée…

Ses lèvres touchèrent encore une fois les siennes, un deuxième baiser douloureusement incomplet.

— La passion qui vous a poussée à vous ouvrir à moi, à m'offrir n'importe quel cadeau sensuel que je demandais. Pensez-vous que cela disparaîtra ?

Jamais. Alathea oscilla. Ses paupières étaient tellement lourdes, elle pouvait seulement voir les lèvres de Gabriel avancer plus près. Ses propres mains, sur les revers du manteau de son compagnon, auraient dû la retenir ; au contraire, ses doigts se courbèrent, l'attirant plus près d'elle. Sa raison se noyait dans une mer de désir sensuel. Dans l'instant précédent le moment où ses lèvres achevèrent sa conquête, elle réussit à murmurer :

— Oui.

Leurs lèvres se touchèrent, se fixèrent. Un instant plus tard, elle s'abandonna avec un soupir, lui offrant sa bouche, s'emballant devant la possession lente et sans précipitation. Il toucha chaque centimètre, puis il évoqua intentionnellement le souvenir de leur union.

La passion enivrante et le désir ardent la tenaient fermement en leur pouvoir quand il recula et murmura contre ses lèvres.

— Menteuse.

— Bonjour.

Alathea leva la tête et réussit tout juste à ne pas ouvrir grand la bouche.

— Que faites-vous ici ?

C'était son cabinet de travail, son domaine privé et personnel où les autres ne s'aventuraient que sur invitation. La pièce où elle s'était retirée, ostensiblement pour s'occuper des comptes familiaux, en réalité pour chercher une voie sûre, sécuritaire et sensée dans son monde qui bougeait brusquement.

Depuis leur interlude sous la pergola, elle n'était plus sûre de ce qui était réel et ce qui n'était qu'illusions fantaisistes. Alors qu'elle regardait Gabriel fermer la porte, elle se résigna à ne pas réaliser de progrès sur ce front, alors qu'il était dans la même petite pièce qu'elle.

— Il m'est apparu – il survola la pièce du regard en avançant vers elle – qu'avec la saison à son zénith, nous pouvons nous attendre à ce que Crowley réclame ses billets à ordre dans deux semaines environ.

Atteignant le bureau, il rencontra son regard.

— Il est temps pour nous de commencer à composer notre requête à la cour.

— Deux semaines seulement ?

— Il n'attendra pas la toute fin. Il est plus probable qu'il se rapproche de ses pigeons au plus fort du tourbillon mondain, quand la haute société offre le maximum de distraction. Je suggère, dit-il en abaissant ses longs membres dans le fauteuil en face du bureau, que vous convoquiez Wiggs. Nous aurons besoin de ses idées. J'ai apporté les chiffres de Montague.

Alathea le contempla, cet homme totalement à l'aise dans son fauteuil. Il lui sourit d'un air charmeur, son expression soigneusement neutre. Avec un calme affreux, elle se leva et tira sur la cordelette pour appeler les domestiques. Quand Crisp répondit, elle lui demanda d'envoyer chercher Wiggs. Crisp exécuta une révérence et partit ; elle se retourna pour découvrir Gabriel qui regardait les registres sur son bureau.

— Que faites-vous ?

— Les comptes de la maison.

Un sourire passa légèrement sur ses lèvres.

— Ah. Ne me laissez pas vous déranger.

Alathea jura que ce serait le cas, une chose beaucoup plus facile à dire qu'à faire. Plume en main, elle s'obligea à calculer une colonne après l'autre. Malgré ses intentions, les chiffres montraient une tendance pénible à s'effacer devant ses yeux. Tendus au maximum, ses nerfs tressaillaient. Elle se mordit la lèvre, elle serra les doigts plus fort sur sa plume et elle fronça les sourcils en direction des entrées soignées.

— Avez-vous besoin d'aide ?

— Non.

Elle compléta trois autres colonnes, puis elle leva les yeux avec précaution. Il l'observait, une expression dans les yeux qu'elle ne reconnaissait pas.

— Quoi ?

Il soutint son regard, puis il haussa lentement un sourcil.

Elle rougit.

— Allez-vous-en ! Allez vous asseoir dans le salon.

Il se fendit d'un sourire.

— Je suis à mon aise ici, et le paysage est à mon goût.

Alathea lui jeta un regard noir.

Le cliquetis du loquet les fit se retourner. La tête brillante d'Augusta apparut au détour de la porte.

— Puis-je entrer ?

Le visage d'Alathea s'épanouit.

— Oui, ma poupée. Mais où est mademoiselle Helm ?

— Elle assiste maman avec les marque-places pour le dîner.

Après avoir refermé la porte, Augusta s'avança, étudiant Gabriel avec le regard franc de la jeunesse.

— Tu te rappelles monsieur Cynster. Sa maman et son papa vivent au manoir Quiverstone.

Gabriel resta là, un lion paresseux, détendu dans son fauteuil, puis il tendit la main.

— C'est une grande poupée.

Augusta réfléchit, puis elle tourna Rose et la leva en l'air.

— Je parie que vous ne pouvez pas deviner son nom.

Gabriel regarda la poupée ; l'appuyant sur un de ses genoux, il l'étudia.

— Avant, elle s'appelait Rose.

— C'est encore son nom !

Augusta suivit Rose, grimpant sur les cuisses de Gabriel. Pendant qu'il l'installait confortablement, il leva la tête – et il croisa le regard ahuri d'Alathea. Il se fendit d'un sourire et baissa les yeux sur Augusta.

— Ta sœur t'a-t-elle déjà parlé de la fois où Rose est restée coincée dans le gros pommier au fond du verger ?

Alathea les regarda et écouta, stupéfaite qu'il se souvienne de si nombreux détails et qu'Augusta, si souvent timide, ait si facilement accepté Gabriel. Il est vrai qu'il avait trois sœurs cadettes ; il pouvait sûrement rédiger la thèse finale sur la manière de subjuguer les petites filles.

Saisissant cette occasion, elle termina rapidement les comptes, puis elle ouvrit un autre registre et entreprit de vérifier les reçus. L'activité n'utilisait qu'une petite partie de son cerveau ; le reste était aux prises avec le problème de Gabriel et ce qu'elle pouvait et devait faire à son sujet. Le son de sa voix grave, grondant sourdement pendant qu'il charmait Augusta, était familier et étrangement réconfortant.

Deux jours s'étaient écoulés depuis la dernière fois où elle avait été dans ses bras avec ses lèvres sur les siennes. Ils s'étaient rencontrés ce même soir à un bal ; bien qu'il ait réclamé deux valses, il n'avait rien exigé de plus. Il avait surgi le lendemain matin pour une promenade dans le parc à ses côtés. Elle avait été prête à contrer tout geste possessif de sa part, toute manœuvre pour prouver son droit sur elle. Il n'en avait pas eu. Malheureusement, la compréhension dans son regard la prévenait qu'il savait comment elle se sentait, comment elle allait réagir ; il se contentait d'attendre son heure jusqu'à ce que le champ de bataille soit plus approprié à son objectif.

Il ne restait pas le moindre doute sur cet objectif. Le mariage. L'idée – non du mariage, mais d'un mariage avec lui – la troublait profondément. Le simple fait d'y penser maintenant la troublait d'une manière qu'elle n'avait jamais expérimentée auparavant. L'intimité – et toutes les émotions qui l'entouraient – avait complètement bouleversé son paysage. Néanmoins, s'il lui avait permis de s'évanouir dans la nature comme elle l'avait prévu, de disparaître de sa vie, bien qu'elle aurait pu regretter la brièveté de leur association, elle serait, elle en était convaincue, demeurée stable intérieurement.

Par ailleurs, sa raison virevoltait, elle avait souvent un vide dans l'estomac causé par un mélange perturbant d'incertitude et d'excitation. Ce qu'elle ressentait pour lui aujourd'hui, elle ne pouvait pas le nommer – elle avait peur de le qualifier et même d'y réfléchir en premier lieu, pas alors qu'elle devait se refuser à lui.

Il avait décidé de l'épouser parce qu'il la désirait et parce qu'il voulait qu'elle devienne sa femme. La raison derrière ce besoin, il avait refusé de la clarifier ; elle était certaine qu'il était poussé par une envie irrésistible de la protéger.

La perspective qu'il l'épouse avec comme véritable but sa protection la glaçait. Il serait gentil, attentionné, généreux – un ami, même –, mais à mesure que le temps s'écoulerait, il cesserait d'être uniquement à elle. Il cesserait d'être son amant. Ils s'éloigneraient l'un de l'autre…

Avec un petit sursaut, elle revint au présent, à son cabinet de travail et au registre ouvert devant elle, au grondement de la voix de Gabriel et au bavardage flûté d'Augusta. Prenant une bonne inspiration, elle retint son souffle et elle mit de l'ordre dans sa pile de reçus.

Elle n'allait pas épouser Gabriel – elle ne pouvait pas le laisser se sacrifier ni faire elle-même ce sacrifice. Le détourner de son objectif ne serait peut-être pas facile, mais l'épouser ne serait pas correct, ni pour lui ni pour elle.

En cochant le dernier de ses reçus, elle ouvrit un tiroir et les déposa dans une boîte, puis elle referma le tiroir ainsi que son registre. Le claquement des pages amena Gabriel et Augusta à lever la tête. Alathea sourit.

— Je dois maintenant parler affaires avec monsieur Cynster, ma poupée.

Glissant en bas des cuisses de Gabriel, Augusta lui offrit un sourire confiant.

— Il a dit que je pouvais l'appeler Gabriel. C'est son nom.

— En effet.

Se levant de son bureau et le contournant, Alathea étreignit Augusta, puis elle la déposa sur ses pieds.

— Va, maintenant : mademoiselle Helm devrait avoir bientôt fini.

S'esquivant rapidement autour des jupes d'Alathea, Augusta salua Gabriel de la main et chantonna « au revoir », puis elle passa joyeusement la porte en sautillant.

Alors qu'elle se fermait derrière elle, Alathea sentit de longs doigts s'entremêler aux siens. Elle se retourna pour découvrir que Gabriel lui examinait la main, à présent entrelacée à la sienne.

— Quelle « affaire » souhaitez-vous discuter avec moi ?

Il leva la tête, une invitation dans les yeux.

Une partie de l'esprit d'Alathea la poussait à retirer vivement sa main, à s'éloigner vite de son orbite. L'autre partie se réjouissait de la chaleur qui l'envahissait alors qu'il lui caressait la paume avec ses doigts. Alathea étudia l'appel ensommeillé et langoureux dans ses yeux et elle ne fut pas du tout déçue. Elle regarda l'horloge sur le mur.

— Wiggs ne sera pas ici avant vingt minutes encore, mais nous pouvons commencer à rédiger un projet sans lui.

Reportant son regard sur Gabriel, elle haussa un sourcil et elle décolla doucement sa main. Il grimaça, mais il la laissa partir.

— D'accord. Mais vous pouvez écrire.

Il se leva quand elle reprit sa place derrière son bureau. – Nous pouvons commencer en notant les fausses déclarations que nous avons identifiées.

Non étonnée de se retrouver dans le rôle de sa secrétaire, Alathea déposa une feuille de papier sur le buvard.

Ils énumérèrent les calculs de Montague dérivés des chiffres fournis par Crowley à Gerrard, les comparant à ceux que Crowley avait avancés. Gabriel les énonça et elle les transcrivit, additionnant et corrigeant au fur et à mesure qu'ils progressaient. Il marchait de long en large derrière elle, entre le bureau et la fenêtre, s'arrêtant de temps à autre pour lire par-dessus son épaule.

Quand ils en eurent terminé avec les découvertes de Montague, Gabriel s'arrêta à côté d'elle pour lire la liste. Sa main se ferma sur son épaule, près de son cou, sur la peau laissée nue par sa robe d'été.

Sa main se nicha là, ses doigts forts doux sur sa peau.

— Que fait-on ensuite, selon vous ?

Son sang-froid volant en éclat, incapable de respirer, Alathea entendit les mots anodins et elle comprit avec une poussée de chaleur ressemblant affreusement à la mortification qu'il n'avait pas eu l'intention de la perturber.

Il l'avait simplement touchée comme un ami intime et personnel aurait pu le faire, sans intention sexuelle.

C'était elle qui avait des intentions sexuelles en tête.

Avant qu'elle puisse reprendre ses esprits, il lui releva légèrement le visage. Il l'étudia ; elle se dépêcha frénétiquement de trouver une expression pour masquer la vérité. Puis, son regard devint plus intense et elle sut qu'il était trop tard. Les doigts sur sa gorge se déplacèrent encore, cette fois délibérément.

Une sensibilité sensuelle brûla dans les yeux d'Alathea. Gabriel la vit. Ses lèvres se courbèrent.

— Peut-être – il se pencha au-dessus d'elle – devrions-nous essayer ceci.

Les lèvres d'Alathea s'entrouvrirent sous les siennes ; sa main se leva pour lui enserrer la nuque pendant qu'il lui tenait le visage immobile. Elle donna sa bouche librement comme elle le faisait toujours ; il s'en empara et s'en délecta et la fit sienne.

Elle était un délice dans sa douce impuissance, son incapacité totale à dissimuler sa réaction, l'envie féminine qui se tapissait sous l'assurance de ses années. Elle entremêla sa langue avec la sienne ; ses doigts s'agrippèrent à son épaule.

Faisant d'abord glisser sa main sur son visage, il l'abaissa jusqu'à son sein en prenant en coupe la rondeur ferme, puis cherchant sa pointe. La main d'Alathea suivit la sienne, toujours en coupe sur elle, sentant qu'il la pétrissait et lui donnait du plaisir. Dans un seul mouvement rapide, il retira sa main de sous la sienne et inversa leur position, sa main enveloppant désormais celle de sa compagne, pressant sa paume sur la peau chauffée de son sein, lui guidant les doigts sur son mamelon ruché et les pressant fortement.

Elle haleta, vacilla…

Ils entendirent tous les deux le craquement d'une latte du plancher devant la porte un instant avant qu'elle s'ouvre. Charlie regarda à l'intérieur.

— Bonjour !

Il fit un signe d'intelligence à Gabriel, se prélassant contre le cadre de la fenêtre, puis il reporta son regard sur Alathea.

— Je vais dans Bond Street : maman a suggéré de te demander si nous avons besoin de quelque chose pour demain soir.

Son pouls battant à toute vitesse, Alathea secoua la tête, priant avec ferveur que Charlie ne puisse pas voir la rougeur lui chauffant la peau, puisqu'elle faisait dos à la fenêtre.

— Non, rien.

Leur bal se tiendrait le lendemain soir, présentant officiellement Mary et Alice à la haute société.

— Tout semble sous bonne main.

— Très bien ! Je m'en vais, alors.

Sur un signe de la main, Charlie partit, refermant la porte derrière lui.

Prenant une respiration extrêmement nécessaire, Alathea tourna la tête et rencontra le regard de Gabriel. Elle fronça les yeux en le regardant d'un œil torve.

— N'y pensez plus !

Se retournant vivement vers son bureau, elle prit sa plume.

— Mis à part tout le reste, il n'y a pas de verrou sur la porte.

Elle entendit son rire étouffé, mais elle refusa de jeter un coup d'œil de son côté.

— Je pense qu'ensuite, dit-elle en enfonçant la pointe dans l'encrier, nous devrions écrire ce que nous avons appris sur Fangak, Lodwar et l'autre endroit, peu importe ce que c'est.

Il soupira d'un air théâtral.

— Kingi.

Malgré ses espoirs voulant que tout soit bien en main, le lendemain matin vit surgir un tas de petites courses dont il fallait absolument s'occuper. Laissant Serena aux commandes, avec Crisp et Figgs dans leur élément, Alathea entassa Mary et Alice dans le petit carrosse et elle s'échappa.

— C'est une maison de fous !

En face de la fenêtre, Alice regarda derrière à l'endroit où le tapis rouge était secoué et balayé.

— S'ils le sortent maintenant, il ne sera pas beau à voir ce soir.

— Crisp y veillera.

Alathea se cala contre les coussins rebondis et elle ferma les yeux. Elle était debout depuis l'aube et elle avait déjà rencontré les traiteurs et la fleuriste. Toutes les composantes importantes pour la soirée se mettaient heureusement en place. Ouvrant les yeux, elle lut attentivement la liste qu'elle serrait dans une main.

— Les gants en premier, puis les bas et les rubans pour finir.

Le carrosse les ramena à la maison une heure et demie plus tard. Mary et Alice pétillaient d'excitation ; Alathea les regarda, la joie dans le cœur. Peu importe à quel point cette journée allait être fatigante, ce soir apporterait sa propre récompense.

Alors qu'elles viraient dans Mount Street, elle jeta un coup d'œil par la fenêtre – et elle vit la tête de Jeremy presque alignée sur la sienne.

— Que…

Avançant brusquement, elle fixa son frère cadet, puis elle se pencha par la fenêtre pour le voir qui riait aux éclats, battant l'air de ses bras, assis sur un monocycle propulsé à plein régime sur les pavés par Charlie et Gabriel.

Elle retint un cri.

Alathea descendit du véhicule plus lentement, puis elle se redressa et attendit que les mécréants arrivent devant elle. Ils le firent avec une précipitation disgracieuse ; pendant un instant, elle les regarda, horrifiée, s'attendant à ce que son pire cauchemar devienne réalité alors que, immobilisé net, l'instable engin dérapa, faisant pencher Jeremy sur le siège haut…

Tendant la main en avant, Gabriel l'attrapa et l'éloigna du danger avant de le déposer sur ses pieds pendant que Charlie redressait soigneusement le monocycle. Charlie et Gabriel offrirent à Alathea de grands sourires – Jeremy fit de son mieux pour passer inaperçu.

Alathea fixa son regard sur lui.

— Je crois que j'avais ta promesse de ne pas monter cet engin en ville, en aucune circonstance ?

Les yeux baissés, Jeremy se tortilla.

Gabriel poussa un soupir.

— C'est ma faute.

Alathea le regarda.

— Votre faute ?

— Je suis arrivé juste au moment où votre valet de pied en acceptait la livraison et j'ai offert de leur enseigner comment on s'en servait.

— Vous l'avez monté ?

Le regard qu'il pencha vers elle était dédaigneusement supérieur.

— Évidemment. C'est facile. Aimeriez-vous que je vous en fasse la démonstration ?

Elle faillit accepter. La perspective de le voir perché en équilibre instable sur l'engin périlleux, comme toujours outrageusement élégant, à se promener dans la rue chic était presque trop bonne pour la refuser. Cependant…

— Non, répondit-elle en reportant son regard sur Jeremy. Ce n'est pas cela l'important.

— Ah, mais au contraire, parce que dès que je fus rendu au coin, j'ai installé Jeremy d'office sur le siège et je lui ai dit de tenir bon. Il ne m'est pas venu à l'idée que l'engin avait été acheté pour lui, mais qu'on lui avait interdit de l'utiliser.

Alathea surprit le rapide regard en l'air que lui jeta Jeremy. Elle pressa les lèvres ensemble, puis elle s'expliqua.

— L'argument dont je me suis servie pour obtenir l'assentiment de Serena pour acheter le monocycle était que Jeremy le monterait uniquement dans les jardins de Park. Il a tendance à se briser les os ; jusqu'à ce jour, nous avons survécu à trois fractures du bras et à une jambe brisée. Une clavicule en trois morceaux ne serait jamais accueillie avec plaisir, mais encore moins *aujourd'hui.*

Jeremy jeta un nouveau coup d'œil supérieur ; Alathea attira son regard.

— Tu as énormément de chance que ce soit moi qui aie emmené Mary et Alice dans les boutiques et non ta mère : elle se serait évanouie si elle avait vu ta performance.

Jeremy remua les pieds, mais ses yeux pétillaient. Un petit sourire jouait sur ses lèvres, attendant de s'épanouir.

— Toutefois, elle ne l'a pas vue, mais toi si. N'était-ce pas formidable ?

Son sourire apparu.

Alathea se tordit les lèvres dans un effort pour retenir son propre sourire.

— Potentiellement formidable : tu aurais avantage à t'exercer un peu, mais ne t'avise plus de le monter encore ici.

— Et sur la pelouse arrière ? demanda Charlie. Elle est épaisse : il ne pourrait rien se casser s'il tombait dessus.

— Elle a une belle pente aussi, intervint Gabriel. Et je promets que je ne le laisserai pas faire un écart dans les rhododendrons.

Confrontée à trois visages mâles variant en âge de douze à trente ans, mais affichant la même expression du petit garçon qui plaide sa cause, Alathea lança ses bras en l'air.

— Très bien, je vais aller préparer Serena.

Elle attira le regard de Gabriel en se tournant vers l'escalier.

— Au moins, je ne vous aurai pas dans mes pattes.

Son large sourire aurait fait la fierté de son homonyme.

Les laissant rouler le monocycle vers le portail menant à l'arrière, Alathea passa le seuil et pénétra dans un univers chaotique. Elle chercha d'abord Serena et la rassura sur la sécurité de Jeremy, brodant sur la promesse de Gabriel sans y réfléchir dès qu'elle constata que Serena était heureuse de lui accorder sa confiance.

Au cours de l'heure suivante, elle fut pleinement occupée avec les demandes des traiteurs, de la fleuriste et encore plus importantes, celles du marchand de tissus. Son idée novatrice de décorer l'immense salle de bal avec des lés de mousseline bleu céruléen, qui pouvait ensuite être offerts aux domestiques féminines ici et à Park, avait été réalisée avec style par le jeune marchand de tissus enthousiaste – la salle de bal blanche avec ses dorures ressemblait à une vision du paradis.

— Parfait.

Sur un bref hochement de tête, elle se détourna du spectacle.

— Veuillez envoyer votre facture rapidement, monsieur Bobbins ; nous ne serons plus en ville que pour quelques semaines encore.

Monsieur Bobbins exécuta une révérence, l'assurant d'une manière incohérente que sa facture serait présentée sans délai.

Alathea vérifia les réserves de saumon et de crevettes avec Figgs, puis elle et Crisp descendirent dans la cave. Quand ils eurent terminé de choisir les vins pour le grand dîner précédant le bal, midi avait déjà sonné. Se retirant dans son cabinet de travail, sans autre intention que de reprendre son souffle et de vérifier ses listes pour la question la plus pressante à régler ensuite, Alathea découvrit qu'elle était irrésistiblement attirée par la fenêtre.

Sur la pelouse derrière la maison, Jeremy, Charlie et Gabriel étaient totalement absorbés par le nouveau jouet. Gabriel avait retiré son manteau ; en équipe avec Charlie, il encourageait Jeremy pendant le difficile processus visant à établir son équilibre sur l'engin périlleux. Alathea les observa, agréablement étonnée par la patience dont faisait preuve Gabriel.

Personne ne savait mieux qu'elle qu'il était naturellement impatient, néanmoins, avec Jeremy, il montrait du tact et un encouragement calme, exactement ce qu'il fallait à son frère. Sous le regard de Gabriel, il s'épanouissait. Avant de se détourner, Alathea le vit descendre sans pédaler sur la pelouse, réussissant à détourner le monocycle des épais buissons.

Alors qu'elle quittait son cabinet de travail et plongeait de nouveau dans la mêlée, elle se dit que, bien qu'il ait la mèche courte, le second prénom de Gabriel pourrait être « persévérance », un fait qu'elle aurait intérêt à se rappeler. Une demi-heure plus tard, il la découvrit supervisant le positionnement des tréteaux dans le salon converti en salle à manger. Balayant la scène du regard, il haussa les sourcils.

— Combien de cartons d'invitation avez-vous envoyés ?

— Cinq cents, répondit distraitement Alathea. Dieu seul sait comment nous allons nous en sortir s'ils arrivent tous en même temps.

Gabriel étudia son visage, puis il lui prit calmement le bras. Ignorant sa résistance et son froncement de sourcils distrait, il la tira vers un côté de la pièce.

— Où est la requête ?

Elle le dévisagea.

— La requête ? Vous ne pouvez pas avoir l'intention de travailler là-dessus maintenant ?

— Je peux y travailler. Je sais écrire, vous savez.

Le pli sur son front suggérait qu'elle n'en était pas convaincue ; il ignora cela aussi.

— Je vais l'emporter à la maison et continuer à structurer nos arguments.

Il jeta un coup d'œil aux valets de pied et aux servantes s'activant frénétiquement autour d'eux.

— C'est trop bruyant ici.

Elle ne semblait pas contente, mais elle accepta d'un signe de tête.

— Elle est dans le tiroir du haut de mon bureau.

— Je vais la prendre.

Gabriel s'apprêta à partir, puis il s'arrêta. Ignorant les nombreuses personnes autour d'eux, il lui prit le menton.

— Ne vous épuisez pas. Je vous verrai au dîner.

Avant qu'elle puisse réagir, il baissa la tête, il l'embrassa rapidement et il partit.

— Lady Alathea, est-ce ici que vous désirez que l'on installe cette table ?

— Pardon ? Oh… oui, je le suppose…

Souriant largement mentalement, Gabriel prit la direction du rez-de-chaussée.

CHAPITRE 17

Le grand dîner précédant le bal d'entrée dans le monde était, dans la société, encore plus important que le bal en soi. Le comte, Serena et Alathea s'étaient mis d'accord pour que ce dîner soit l'événement le plus brillant, quoi qu'il en coûtât, un bal qui servirait à rappeler les Morwellan aux figures de proue de la haute société rassemblée.

Alathea avait personnellement supervisé chaque détail depuis la liste des invités dressée par Serena et le papier à lettres blanc et épais sur lequel les invitations avaient été rédigées jusqu'au cristal brillant, à l'argenterie, au service à vaisselle Meissen et au damas blanc éclatant. Les plats des douze services avaient été soigneusement choisis pour se compléter les uns les autres dans un défilé de délices culinaires. Le vin était exceptionnel. Pas un des cinquante invités installés autour de la longue table n'entretiendrait le moindre soupçon sur les économies normalement réalisées dans la résidence Morwellan.

Depuis sa place au centre de la table, Alathea regarda le sixième service arriver. Tout se passait bien, et le brouhaha prévalait de tous les côtés – les conversations, les rires, le cliquetis constant de la porcelaine et de l'argenterie constituaient une preuve rassurante. Son père, présidant l'événement au bout de la table, avait l'air magnifique ; Serena, resplendissante en soie bleu foncé à l'autre bout, était son égale. En face d'Alathea, séparées par des invités, Mary et Alice conversaient avec un charme naturel. Charlie était assis plus loin le long de la table à sa droite. Les trois étaient habillés à la perfection, des parangons des attentes d'élégance de la haute société. Dans sa robe de soie ambre, une coiffe perlée perchée sur sa chevelure arrangée, Alathea contribuait aussi à leur apparence vestimentaire.

Son cœur s'égaya quand elle regarda autour d'elle. Ils avaient réussi : ils étaient venus à Londres et, malgré les difficultés, ils avaient réclamé leur place de droit dans la société. Comme pour illustrer leur succès, Sally Jersey attira son regard et sourit avant de hocher de la tête. Assise plus loin, la princesse Esterhazy lui avait déjà majestueusement signalé son approbation. Ce ne fut que lorsqu'elle suivit le regard de Sally Jersey vers Serena qu'il vint à l'esprit d'Alathea de se demander sur quoi les deux patronnesses la complimentaient. Leur appréciation du dîner et de la compagnie, elles la transmirent bien sûr à Serena. Donc, qu'avait-elle fait pour s'attirer leur approbation ?

Elle se tourna vers Gabriel, assis à sa gauche. Elle avait été tellement absorbée par le dîner lui-même qu'elle n'avait pas enregistré son apparition à côté d'elle pour l'escorter jusqu'à la salle à manger comme un fait étrange. Elle s'était habituée à le voir à proximité, à poser sa main sur son bras et à le laisser la guider à travers les foules. Ce fut lorsqu'elle croisa le regard interrogateur de Lucifer au milieu du quatrième service qu'elle comprit. Un coup d'œil au visage de Celia, à son air intrigué, confirma que leur penchant soudain pour leur compagnie mutuelle n'était pas passé inaperçu.

Le doute que l'aisance entre eux n'avait pas échappé aux regards des autres l'assaillit soudain. Avant d'avoir l'occasion de formuler la question « avez-vous planifié ceci ? » d'une manière susceptible d'obtenir une réponse, Gabriel la regarda et vit le pli au fond de ses yeux.

— Détendez-vous. Tout va bien.

Il désigna le plat de viande sauvage.

— C'est excellent : qu'y a-t-il dans la sauce ?

Alathea regarda le plat.

— Des raisins muscats et du sirop de grenade.

Il était inutile de se disputer pour en arriver à découvrir comment il avait réussi à s'asseoir à côté d'elle. Il était là. Elle ferait aussi bien d'en tirer avantage.

— Comment avance la requête ?

Il haussa les épaules sans se compromettre.

— Nous avons fait un bon début.

— Mais pas suffisant pour être certains d'obtenir un jugement favorable.

Ses lèvres se tordirent, mais il ne répondit pas.

Alathea alla de l'avant, sa voix à peine plus qu'un murmure alors qu'elle contemplait le plat devant elle.

— Tout ce que nous avons peut se contester. Il n'y a rien de clair et net, pas de fausseté absolue et évidente. Toutes nos prétentions reposent sur la parole des autres, d'autres à qui nous ne pouvons pas faire appel pour vérifier les faits. Sans un témoin authentique – sans le capitaine Struthers –, tout ce que Crowley a à faire est de nier nos déclarations. Le fardeau de la preuve est sur nos épaules.

Elle se servit des fèves dans une sauce blanche et passa le plateau.

— Nous devons trouver le capitaine, n'est-ce pas ?

Gabriel lui jeta un coup d'œil.

— Le cas serait assuré avec lui. Sans lui, ce sera difficile.

— Il doit y avoir autre chose que nous puissions faire. Elle sentit de nouveau son regard sur elle.

— Nous allons le trouver.

Sous la table, sa main se ferma sur la sienne. Son pouce lui caressa la paume.

— Ce soir, cependant, profitez de votre succès. Laissez le capitaine et Crowley attendre à demain.

Incapable de croiser son regard, elle hocha la tête et pria pour qu'on ne voie pas qu'elle avait rougi. La main de Gabriel enveloppée autour de la sienne avait évoqué le souvenir sensuel de son corps enveloppant le sien, la caressant… Lorsque sa main la quitta, elle releva la tête avec détermination et prit une inspiration calmante en regardant le long de la table plutôt que lui.

— Puis-je considérer qu'Esher et Carstairs sont vraiment sérieux ?

Alathea reporta son attention sur Mary. À côté d'elle, lord Esher était calme et faisait preuve d'une attention assidue envers Mary qui l'appréciait avec charme. Un scénario semblable se jouait vers l'autre bout de la table, où monsieur Carstairs était installé à côté d'Alice.

— Nous le croyons. Leurs parents étaient à l'évidence contents d'être invités ce soir.

Sur une inclinaison de la tête, Alathea désigna lady Esher et madame Carstairs ; leurs maris étaient plus loin à table.

Gabriel suivit son regard, puis il le reporta encore plus loin.

— Esher a une jolie petite propriété dans le Hampshire. Il réussit bien et il soigne sa terre. C'est un type aimable avec le sens de l'humour, mais sensé et stable. D'après tout ce que j'ai pu rassembler sur lui, il est en position de se faire plaisir : je doute qu'il conteste l'absence de dot de Mary.

— Elle a une dot.

— Vraiment ?

Il hésita, puis il demanda combien. Alathea l'informa calmement.

— Juste assez pour que même les plus critiques ne lèvent pas un sourcil. Vous avez cherché tous les points faibles.

Elle dodelina de la tête.

— Bien, si Esher a peu de chances de se soucier de l'argent, il est encore moins probable que Carstairs y songe. Bien qu'Esher soit issu d'une vieille famille riche, bien établie, Carstairs a de l'argent de famille et des fonds nouveaux. Ils se sont rencontrés à Eton et sont de solides amis depuis, ce qui convient admirablement à Mary et à Alice.

— Elles sont très proches.

— Le domaine de Carstairs est situé juste au sud de Bath, une distance facile à parcourir pour venir en visite à Morwellan Park. Son grand-père maternel avait des intérêts dans le transport dont Carstairs a hérité. Il se taille la réputation d'avoir un intérêt prudent dans le bon type de projets. Il a de l'ambition dans ce domaine et il ne compte pas devenir un partenaire silencieux.

L'approbation dans sa voix était claire ; Alathea lui décocha un regard.

— Un contact intéressant pour vous, peut-être ?

Gabriel rencontra son regard.

— Possible.

— Comment avez-vous découvert tout cela – à propos de Carstairs et d'Esher ?

— J'ai posé des questions dans mon entourage. Discrètement. Je ne pensais pas que votre père aurait les bons contacts pour découvrir cela pour vous.

— Il ne les a pas.

Alathea hésita, puis elle inclina légèrement la tête.

— Merci.

Elle détourna les yeux le long de la table, survolant ostensiblement les invités du regard, en réalité laissant sa gratitude gonfler, puis disparaître. Le vaurien à côté d'elle – lui qui la connaissait que trop bien – n'avait pas besoin d'encouragement. Elle tenta de ne pas s'attarder sur le fait que sa vie était tellement plus facile avec lui à ses côtés, lui fournissant les assurances dont elle avait besoin, mais qu'elle ne pouvait pas obtenir par elle-même. Avoir son épaule sur laquelle s'appuyer était une proposition beaucoup trop séduisante.

Son regard vagabond rejoignit Lucifer, buvant son vin, les yeux sur elle et Gabriel. Son air était calmement évaluateur.

Souriant sereinement, Alathea laissa son regard continuer à errer, seulement pour croiser d'autres regards contemplatifs. Il lui fallut quelques minutes pour comprendre pourquoi Gabriel et elle soulevaient les questions avec autant d'insistance dans de si nombreux esprits. C'était dans leur manière de converser ensemble.

Ils étaient tellement à l'unisson du ton de voix de l'autre, de chaque nuance du répertoire de l'autre, qu'ils avaient rarement besoin de se regarder pour être certains du sens des paroles de l'autre. Ils se parlaient comme deux personnes qui se connaissaient bien, comme deux personnes qui, dans le langage de la haute société, partageaient une compréhension depuis longtemps établie.

Ils discutaient comme des amants de longue date.

Le dernier plat était en cours d'être desservi lorsqu'elle se retourna de nouveau vers Gabriel. Tous les invités se retiraient directement dans la salle de bal. Il était déjà debout ; il lui offrit le bras. Elle posa sa main sur sa manche et elle le laissa l'aider à se lever – dès qu'elle fut sur pied, il s'empara de sa main, il la plaça au creux de son bras en posant sa propre main dessus avec possessivité et il la guida pour rejoindre la file sortant de la salle à manger.

Le message qu'il envoyait aux observateurs intéressés tout autour d'eux était clair comme de l'eau de roche. Bien qu'il puisse être assez diabolique lorsqu'il le désirait, elle était convaincue qu'en ce moment, il ne s'évertuait pas à se donner en spectacle. Son comportement était simplement un prolongement instinctif des sentiments qu'il ressentait actuellement pour elle. Il surprit son regard sur lui et il haussa un sourcil.

— Quoi ?

Elle regarda dans ses yeux noisette, puis, ses lèvres se courbant, elle secoua la tête et détourna les yeux.

— Oubliez ça.

Elle n'avait aucune chance de l'amener à changer et, au fond d'elle, elle savait que leur nouvelle intimité lui manquerait le cas échéant.

La salle de bal fit sensation. Debout dans la rangée de personnes qui recevaient les invités, Alathea répondit à de nombreuses questions sur le décor inhabituel tout en aidant Mary et Alice à accueillir les douairières les plus intimidantes. Malheureusement, un bon nombre des vieilles dures à cuire, une fois leur attention détournée de Mary et d'Alice, étaient très volontiers prêtes à la fixer sur elle.

— Absolument criminel, déclara lady Osbaldestone en scrutant sa silhouette habillée de soie à travers sa lorgnette. Du gâchis, fille, du gâchis !

Un doigt osseux lui donna de petits coups dans les côtes.

— Dieu seul sait pourquoi vous vous êtes cachée ainsi, mais il est plus que temps qu'un séducteur vienne vous secouer les puces.

D'autres adoptèrent une tactique différente.

— Alors, ma chère, consacrez-vous beaucoup de temps aux œuvres de charité ?

Lady Harcourt, d'âge similaire à Alathea, sourit hypocritement.

— Cela doit être si agréable de vivre une existence tranquille.

Alathea répondit à de telles demandes avec un sourire serein et une assurance calme. Dès que la vague d'arrivées diminua, Gabriel apparut et, avec l'encouragement de Serena, il la sortit de la file.

— Mais Mary et Alice…

— Serena est avec elles. Je veux que vous rencontriez quelqu'un.

— Qui ?

Sa grand-tante Clara était une charmante vieille dame, bien que légèrement confuse. Elle tapota la main d'Alathea.

— Vos sœurs sont adorables, ma chère, mais nous devrons d'abord vous voir vous marier.

— Exactement ce que je ne cesse de lui répéter, intervint Gabriel.

Par-dessus la tête de Clara, Alathea plissa les paupières dans sa direction.

— Vraiment, oui, dit Clara et elle lui tapota encore la main. Nous allons devoir vous trouver un bon gentleman ; peut-être ce gentil Chillingworth.

L'expression sur le visage de Gabriel était impayable ; Alathea réussit tout juste à ne pas rire.

— Je ne pense pas, dit-elle en souriant à Clara.

— Non ? Bien, alors, voyons voir. Qui d'autre ?

Devil s'avança lentement avant que Clara puisse contempler de nouvelles options. Elle libéra Alathea pour s'accrocher à la manche du duc.

— Honoria est-elle ici ?

Devil se fendit d'un sourire.

— Elle est de l'autre côté de la pièce ; je vais vous amener à elle si vous le souhaitez.

— Oh, oui, c'est si gentil.

Serrant son châle dans une main et Devil de l'autre, Clara sourit en guise d'au revoir et elle continua sa route.

— Voici les Carmichael.

Gabriel dirigea le regard d'Alathea sur un couple dont le domaine à la campagne avoisinait celui de Morwellan Park et du Manoir. Ils mirent le cap sur eux.

Au cours des vingt minutes suivantes, ils se déplacèrent dans la foule de plus en plus dense, s'arrêtant ici et là pour bavarder, toujours sous la direction de Gabriel. Ce ne fut que lorsqu'elle repéra lord Montgomery, puis lord Falworth dans la mer de têtes qu'Alathea réalisa ce qu'il faisait.

Comme ils se déplaçaient constamment en passant d'une conversation à l'autre, sa cour n'avait pas l'occasion de se regrouper autour d'elle.

Alathea ravala une protestation – elle aimait mieux avancer dans la foule au bras de Gabriel qu'être entourée par sa cour. Feindre d'ignorer ses manœuvres très autoritaires était vraiment la voie la plus sensée.

Puis, les musiciens commencèrent à jouer et la foule s'écarta comme par magie, dégageant un grand espace. Comme Mary et Alice avaient toutes les deux reçu la permission de s'adonner à la valse depuis longtemps, ce fut la première danse. Impatiente de voir si son espoir qu'Esher servirait de partenaire à Mary et Carstairs à Alice se réaliserait,

Alathea accompagna Gabriel avec enthousiasme au bord de la piste.

De fait, Mary et Esher entrèrent les premiers dans la danse, Mary rougissant d'un air ravi, son sourire suffisant à faire sa déclaration, alors qu'Esher était l'image même de la fierté. Alathea eut un sourire larmoyant alors qu'ils passaient devant elle en valsant, puis elle regarda à l'entrée de la salle. Alice était déjà dans les bras protecteurs de Carstairs – chacun était perdu dans le regard de l'autre, inconscients de la foule les observant.

Alathea soupira. Avec ses sœurs, elle avait joué sa manche et elle avait gagné – elles auraient l'avenir qu'elle avait voulu pour elles et qu'elles méritaient si manifestement. Elles seraient heureuses et aimées…

Alice et Carstairs valsèrent devant elle.

L'instant suivant, Alathea, elle aussi, était sur la piste, tournoyant dans les bras de Gabriel. Ses yeux s'arrondirent brusquement. Il n'y avait pas encore d'autres couples sur le plancher de danse.

— Que…

Gabriel haussa un sourcil.

— C'est ma danse, je crois ?

Elle aurait adoré lui dire ce qu'elle pensait de son arrogance, mais sous les yeux curieux de la moitié de la haute société, elle ne pouvait que coller un sourire sur ses lèvres et le laisser l'emporter dans le tourbillon. Par contre, elle lui jeta bien un regard mauvais.

Il se contenta de sourire, la serrant de plus près pendant que les autres couples entraient dans la ronde dans leur sillage. Il se pencha plus près d'elle alors qu'ils prenaient un virage.

— Ne me tentez pas.

Les mots murmurés lui caressèrent l'oreille ; Alathea frissonna.

— Je devrais m'offusquer.

— Mais vous ne le ferez pas. Vous savez que je suis incapable de m'en empêcher.

Elle limita sa réponse à un petit reniflement ; prolonger une telle conversation n'aiderait en rien sa sérénité. L'observation tenace qu'elle aimait valser avec lui, aimait la sensation de sa main brûlante à travers la soie sur son dos, aimait le sentiment d'être prisonnière de sa force, aimait tournoyer sans effort autour de la salle était déjà assez troublante.

Que son plaisir dans la vie dépende de plus en plus de lui était une pensée qu'elle souhaitait ne jamais avoir exprimée.

Après la danse, ils serpentèrent encore une fois dans la foule, bavardant avec des connaissances. Ils quittaient un groupe lorsque Gerrard Debbington héla Gabriel. Ce dernier s'arrêta ; faisant un pas d'un côté, puis de l'autre, Gerrard les rejoignit enfin.

Il sourit vaguement à Alathea.

Elle lui sourit joyeusement, oubliant complètement qu'elle ne l'avait pas rencontré lors de la réception des invités.

— Bonsoir.

Gabriel lui pinça les doigts et il les présenta. Alathea continua à sourire comme si elle avait l'habitude de discuter avec des gentlemen qu'elle n'avait jamais rencontrés. Gerrard, heureusement, était trop bien élevé pour relever le commentaire. Il regarda Gabriel.

— Si je pouvais vous dire un mot… il y a une chose que vous devriez savoir.

Gabriel indiqua Alathea.

— Thea est au courant de mes intérêts ; elle sait pour Crowley. Vous pouvez parler librement.

— Oh.

Le sourire de Gerrard dissimula son étonnement.

— Dans ce cas… je quittais Tattersalls hier quand je me suis littéralement cogné sur Crowley. Il était avec un gentleman du nom de lord Douglas, au dire de Vane. Malheureusement, Vane et Patience étaient juste derrière moi et Patience a parlé. D'après ce qu'elle me disait, il était évident qu'il s'agissait de ma sœur.

Il grimaça.

— Seule une sœur dit une chose pareille. Comme elle était au bras de Vane, il ne fallait pas beaucoup de cervelle pour deviner le lien. Vane a dit que je devais vous en informer et vous demander ce que vous en pensiez.

— Je pense, dit Gabriel, que nous devrions discuter des possibilités avec Vane.

Il regarda par-dessus la mer de têtes.

— Où est-il ?

— Au fond à gauche, dit Gerrard en s'étirant le cou. Près du mur. Patience était avec lui.

Alathea repéra le plumet mauve que Patience Cynster portait dans ses cheveux.

— Là, près de la deuxième glace.

Ils partirent dans cette direction, mais en se faufilant dans la foule, Gerrard prit de l'avance. Gabriel attira Alathea plus près de lui.

— Je dois parler à Vane à ce sujet ; Gerrard pourrait courir un danger.

Alathea le regarda brièvement, l'inquiétude dans les yeux.

— Venant de Crowley ?

— Oui. J'ai besoin que vous distrayiez Patience pendant que je m'entretiens avec Vane.

— Pourquoi ne pouvons-nous pas discuter de l'affaire devant Patience ? Gerrard est son frère après tout.

— C'est la raison. Et au cas où cela vous aurait échappé, Patience attend un enfant, de sorte que Vane ne voudra certainement pas l'inquiéter avec une menace pesant sur Gerrard dont nous allons nous assurer qu'elle ne se concrétise jamais.

— Donc, vous voulez que je l'occupe ? Pour contribuer délibérément à la garder dans le noir à propos d'une chose qu'elle est parfaitement en droit de connaître…

Alathea s'interrompit, une autre idée prenant le dessus sur tous les droits de sœur de Patience.

— Dites-moi : s'il y avait une menace pour Charlie ou Jeremy, m'en informeriez-vous ou bien vous assureriez-vous que je n'en entende jamais parler ?

La manière dont les lèvres de Gabriel formèrent un trait mince suffit à lui fournir la réponse. Elle le regarda en plissant les yeux.

— Les hommes ! Pourquoi diable vous imaginez-vous…

— Dites-moi seulement ceci : voulez-vous que l'on arrête Crowley ?

Alathea cilla.

— Oui.

— Et à qui avez-vous demandé de l'arrêter ?

— À vous.

— Je me rappelle vaguement avoir stipulé que vous deviez obéir à mes ordres.

— Oui, mais…

— Thea, cessez d'argumenter. Il faut que je parle à Vane et je ne veux pas bouleverser Patience inutilement.

Présenté ainsi…

Elle lui jeta un regard sévère.

— Oh, très bien. Mais je n'approuve pas.

Ils se libérèrent de la foule et progressèrent vers Vane et Patience. Avec un sourire assuré, Alathea attira Patience à l'écart ; Gabriel dissimula son sourire quand il l'entendit interroger Patience sur sa condition. Le sujet parfait, le prétexte parfait pour exclure les hommes de leur conciliabule.

Les mâles en question formèrent rapidement leur propre petit comité.

— Qu'en penses-tu ? demanda Vane.

— Dans l'ensemble, trop dangereux. Crowley aura arraché l'information à Archie Douglas avant même le premier round.

Gabriel regarda Vane.

— J'imagine qu'Archie était suffisamment sain d'esprit pour te reconnaître ?

— Absolument, il était remarquablement à jeun, mais alors, il n'était pas encore midi.

Gabriel regarda Gerrard.

— Il n'y a rien d'autre à faire alors : nous devons vous retirer de la circulation.

Gerrard haussa les épaules.

— Je pourrais retourner à la maison dans le Derbyshire pendant un moment.

— Non, c'est trop loin. Vous devez rester à proximité de Londres et des cours de justice. Nous aurons besoin de vous comme témoin pour corroborer les détails de la proposition de la compagnie aux investisseurs.

— Comment crois-tu que Crowley réagira ? demanda Vane.

— Je pense, répondit Gabriel, qu'il prendra le temps d'évaluer la situation. Il joue à cela depuis trop longtemps pour agir sur un coup de tête. Et il est très près de réclamer l'exécution de ses billets à ordre. Je pense qu'il déduira que Gerrard m'a consulté après la rencontre – qu'il n'y a aucune raison pour lui de soupçonner que j'étais au courant de quoi que ce soit avant la réunion. En effet, si Gerrard m'avait mentionné les combines de Crowley avant une rencontre, je lui aurais conseillé de ne pas le voir en premier lieu. Donc, il s'imaginera que j'ai été consulté après coup et que je lui ai déconseillé cet investissement. Il n'a plus entendu parler de Gerrard et maintenant il sait pourquoi. Il est trop près de mettre la main sur une petite fortune, il hésitera beaucoup à créer des vagues inutiles. Je ne pense pas qu'il partira tout de suite à la recherche de Gerrard, mais je pense qu'il le fera, et avec une soif de vengeance, dès l'instant où il entendra parler de la requête présentée contre sa compagnie.

— À quel point représente-t-il un danger ?

Gabriel rencontra le regard de Vane.

— Il tuera sans un remords.

Les sourcils de Vane se haussèrent. Gabriel continua.

— L'information que j'ai reçue suggère qu'il a englouti jusqu'à son dernier centime dans cette aventure ; si les billets à ordre de la compagnie lui font défaut, il sera ruiné. Et il aura en prime des créanciers très peu recommandables et furieux après lui. Je classerais Crowley comme plus dangereux qu'un rat enragé pris au piège.

— Hum.

Le regard de Vane alla vers sa femme, bavardant avec animation avec Alathea à un mètre d'eux.

— Je suis inquiet pour Patience. Elle semble plutôt pâle, ne penses-tu pas ?

Gabriel contempla les belles joues rosies de santé de Patience.

— Vraiment patraque.

— Un court séjour dans le Kent serait exactement ce qu'il lui faudrait pour la remettre sur pied. L'air frais, le soleil…

— Des tas de travailleurs dans vos champs entourant le manoir. Exactement ce que le médecin a ordonné.

Gabriel pivota vers Gerrard, qui avait écouté en silence.

— Évidemment, en tant que frère dévoué, vous accompagnerez votre sœur à la campagne.

Gerrard se fendit d'un sourire.

— Si vous le dites ; je peux dessiner là-bas aussi bien qu'ici.

Vane désigna Patience et Alathea de la main.

— Allons-nous annoncer la nouvelle ?

Dix minutes plus tard, Gabriel et Alathea s'insinuèrent une fois de plus dans la foule. Alathea sourit.

— C'était très attentionné de la part de Vane de s'inquiéter autant au sujet de Patience. Même si c'est inutile. Elle va parfaitement bien.

— Oui, eh bien, les maris doivent faire ce que les maris doivent faire, particulièrement si ce sont des Cynster.

Gabriel lui décocha un regard.

— Avez-vous appris quelque chose d'utile ?

— Nous parlions de la grossesse.

— Je sais.

Alathea avança d'un pas supplémentaire, elle se figea, puis elle se tourna brusquement vers lui.

— Qu'est-ce que vous… ? Vous ne pensez pas… ?

Il ouvrit largement les yeux.

— Pas quoi ?

Les musiciens reprirent du service. Glissant un bras autour de sa taille, il l'attira à lui, dans ses bras, sur la piste.

Fixant un point directement au-dessus de l'épaule de Gabriel, Alathea prit une inspiration tendue. Ignorant le rouge lui brûlant les joues, elle déclara catégoriquement :

— Je ne suis pas enceinte.

Le profond soupir de son partenaire frôla les bouclettes autour de son oreille.

— Ah, eh bien, on peut vivre d'espoir.

Il déplaça sa main dans son dos pour y dessiner des cercles apaisants. Alathea se mordit la lèvre pour réprimer l'envie soudaine de lâcher la vérité : elle ignorait si elle était enceinte ou non. Elle n'allait pas, vraiment pas discuter de telles choses avec lui. Particulièrement pas avec lui.

— Vous serez enceinte de mon enfant un jour ; vous le savez, n'est-ce pas ?

Elle ferma les yeux – elle tenta de fermer ses oreilles aux mots, mais ils n'arrêtaient pas de s'y infiltrer et de se faufiler directement dans son cerveau, dans son cœur, dans son âme vide et folle d'envie.

— Vous adorez les enfants ; vous voulez vos propres enfants. Je vais vous en donner autant que vous le désirez.

Ils tournèrent en rond, ni l'un ni l'autre attentif à la danse, se mouvant au rythme d'une mélodie entendue à un autre niveau.

— Vous voulez avoir mon enfant, je le veux aussi. Cela se produira un jour, Thea, faites-moi confiance, cela se réalisera.

Elle frissonna. À son immense soulagement, il n'ajouta rien de plus, mais il la guida simplement sur le plancher de danse. Au moment où la musique prit fin et qu'il la libéra, elle avait déjà repris pied mentalement. Par contre, elle ne croisa pas ses yeux, mais elle jeta un regard circulaire dans la salle.

— Je devrais aller prendre des nouvelles auprès de Serena…

— Tout va bien ; elle m'a dit de vous empêcher de vous inquiéter.

Cette remarque amena Alathea à scruter son visage.

— Elle n'a pas dit cela.

— Bien sûr. Et vous savez qu'un gentleman devrait tout faire en son pouvoir pour satisfaire son hôtesse.

Sa réplique lapidaire fut interrompue par lord et lady Collinridge, leurs voisins propriétaires de la vieille grange avec l'étroite fenêtre arrière, qui plongeaient sur eux. Les Collinridge les connaissaient depuis l'enfance, mais ils n'avaient pas rencontré Gabriel depuis des années ; avec un charmant sourire, Alathea fit de son mieux pour encourager lady Collinridge à accaparer son persécuteur.

En fin de compte, Gabriel inventa une convocation de sa mère pour s'enfuir en l'amenant avec lui.

— Jézabel, murmura-t-il alors qu'ils se frayaient un chemin dans la cohue à présent aussi désagréable – aussi bienvenue – que dans tous les bals de la saison. Vous vous êtes amusée.

— Vous le méritiez, répliqua Alathea.

Un resserrement soudain des corps autour d'eux les immobilisa temporairement, Gabriel positionné derrière sa compagne.

— Hum, et à quoi d'autre ai-je droit ?

Alathea ravala un halètement quand une large main se glissa sur sa hanche pour suivre un circuit paresseux et très habitué sur son derrière recouvert de soie.

Fermant la main, Gabriel baissa la tête et lui murmura à l'oreille :

— Vous aimeriez peut-être vous retirer dans votre cabinet de travail ; après tout, j'ai l'ordre de votre belle-mère de faire de mon mieux pour vous distraire.

Alathea ne put résister à l'envie de relever légèrement la tête et de croiser ses yeux. Sous leurs lourdes paupières, ils brillaient comme un feu doré. Il n'y avait absolument aucun doute sur ses pensées.

Son regard tomba sur ses lèvres. La tentation pouvait-elle être plus puissante que cela ?

La cohue autour d'eux se calma et elle réussit à respirer.

— Il n'y a pas de verrou sur la porte du cabinet de travail, vous vous en souvenez ?

Elle avait parlé avant de réfléchir – ses joues s'enflam-mèrent. Le petit rire malicieux qu'il émit lui fit penser à un boucanier sur le point de s'emparer d'elle, mais sa main quitta ses fesses – sa chair fiévreuse – en se fermant brièvement, affectueusement sur sa hanche avant de la lâcher. Le flot de gens reprit son mouvement et ils continuèrent d'avancer.

Presque tout de suite, ils rencontrèrent lady Albermarle, une parente lointaine des Cynster ; ils s'arrêtèrent pour bavarder. Après elle, ils passèrent à lady Horatia Cynster.

— Je ne sais pas du tout, répondit-elle à la question de Gabriel, si Demon et Felicity reviendront en ville avant la fin de la saison mondaine. Ils s'amusent énormément sur tous les fronts. Aux dernières nouvelles, ils se trouvaient à Cheltenham.

Ils bavardèrent agréablement pendant quelques minutes, puis ils repartirent encore une fois. Quand la dame suivante avec qui ils s'arrêtèrent pour parler s'avéra une autre parente Cynster, Alathea dut s'interroger. C'était vrai qu'il y avait beaucoup de Cynster et encore plus de parents à eux. Néanmoins…

Alors qu'ils avançaient lentement, elle attira le regard de Gabriel.

— Vous n'êtes pas, par hasard, en train de me présenter à votre famille ?

— Bien sûr que non ; ils vous connaissent déjà. Et les autres, on vous les a présentés lors de la réception des invités.

Alathea soupira d'exaspération. L'expression dans ses yeux, la position de sa mâchoire, la prévenait que toute protestation était vaine – son but était fixé. Les rênes se trouvaient entre ses mains en ce moment et il les conduisait le plus rapidement possible vers le mariage. Elle secoua la tête.

— Vous êtes impossible !

Les lèvres de Gabriel tressautèrent.

— Non. *Vous* êtes impossible. Je ne suis qu'inébranlable.

Elle tenta de réprimer un gloussement, en vain.

— Lady Alathea !

Lord Falworth se fraya un chemin dans la foule pour s'incliner devant elle.

— Chère dame, je vous ai cherchée avec beaucoup d'obstination, je vous assure, dit-il en décochant un regard sévère à Gabriel. Cependant, maintenant que je vous ai trouvée, je crois qu'un cotillon est sur le point de commencer. Si vous vouliez bien me faire cet honneur ?

Alathea sourit. Malgré toutes ses tendances précieuses, Falworth était un gentleman avenant, mais un partenaire peu exceptionnel.

— Vraiment, monsieur, c'est moi qui suis honorée.

Il était peut-être temps de mettre un peu de distance entre elle et son prétendu gardien.

— Si vous voulez bien m'excuser, monsieur Cynster ?

Sur un bref hochement de tête pour Gabriel, elle posa la main sur la manche de Falworth et elle le laissa la guider à l'endroit où les groupes se formaient.

Dès que la danse commença, ses pensées revinrent à Gabriel, Falworth oublié. Aucun autre homme ne pouvait rivaliser avec le fléau qu'était pour elle Gabriel. Il n'y avait pas – et fort probablement, il n'y avait jamais eu – d'autre homme pour elle, l'homme avec qui de toute sa vie, elle avait été la plus intime. Et aujourd'hui, il voulait l'épouser. Il avait de l'affection pour elle, mais pas d'une façon qu'elle pouvait accepter comme base sûre pour un mariage. Ce qu'elle devait faire – comment elle devait prendre la situation en main et les ramener tous les deux sur une voie sûre –, elle l'ignorait complètement. Chaque jour qui passait augmentait l'envie pressante de lui céder, de s'abandonner et de devenir sa femme.

Son seul rempart contre cela était simple, mais solide. La peur. Une peur impossible à conquérir et inextinguible d'une douleur si grande, si profonde qu'elle ne serait jamais capable d'y survivre. Une douleur qu'elle sentait d'instinct plutôt que d'expérience, qu'elle pouvait imaginer, mais n'avait jamais ressentie. Le genre de douleur qu'aucune personne saine d'esprit n'invitait ou permettait de la menacer.

Cela, au moins, elle se savait : elle avait trop peur pour consentir un jour à leur mariage si tout ce qu'il ressentait pour elle, à part un désir éphémère, était une légère affection et un devoir de protéger.

Alors qu'elle tournait en rond et oscillait à travers les figures du cotillon, elle réfléchit à cette vérité et le fait que cela signifiait qu'elle ne pourrait jamais porter son enfant.

Elle n'aurait jamais, jamais d'enfants à elle.

Cependant, cela avait été décidé onze ans plus tôt. Le destin n'avait pas encore révoqué son décret.

D'un côté de la piste de danse, Gabriel observait Alathea tournoyer gracieusement. Elle réfléchissait à quelque chose, à autre chose que le cotillon – il y avait une distance dans son regard, un calme renfermé dans son expression qui signifiait qu'elle était ailleurs. Il était certain qu'elle pensait à lui. Il voulait qu'elle pense à lui, mais… il se doutait fortement que la direction de ses pensées en ce moment ne suivait pas celle qu'il désirait. Son instinct le poussait à faire pression sur elle, à s'emparer d'elle par n'importe quel moyen. Une autre émotion – une émotion plus forte – le prévenait que la décision appartenait à Alathea. Et il savait à quel point elle était facile à influencer.

Actuellement, sa campagne était embourbée dans les circonstances, et sa proie lui échappait.

Chaque fois qu'il pensait l'avoir en main, elle s'éloignait, les yeux noisette arrondis, légèrement perplexes et non convaincus.

Loin d'être assez convaincus pour l'épouser.

Ce fait lui donnait l'impression d'être en cage et pas du tout civilisé, chaque fois qu'elle quittait ses parages. Il n'y avait pas de mur commode contre lequel il pouvait s'appuyer et la surveiller, de sorte qu'il rôdait au bord de l'aire dégagée, peu disposé à être détourné de sa tâche par une des dames déterminées à attirer son regard. Il réussit à éviter toutes les femmes envahissantes, mais il ne put éviter Chillingworth. Le comte se dressa directement sur sa route.

Leurs regards s'affrontèrent. D'un commun accord, ils pivotèrent afin de se tenir côte à côte, observant la piste de danse.

— Je suis surpris, commença Chillingworth d'une voix traînante, que vous ne vous soyez pas fatigué de ce jeu.

— De quel jeu s'agit-il ?

— Celui du chevalier protecteur, empêchant le reste d'entre nous de s'approcher.

Le regard de Chillingworth balaya son visage.

— Étant un ami aussi intime de la famille, je peux comprendre pourquoi vous vous sentez contraint par cette idée, mais ne pensez-vous pas que vous poussez votre rôle un peu trop loin ?

— Ce que je me demande, c'est pourquoi vous vous en souciez autant ?

Alors même qu'il posait la question, Gabriel sentit un picotement glacé sur sa nuque.

— J'aurais cru que cela était évident, cher garçon.

Chillingworth gesticula vers les danseurs en faisant attention de ne pas désigner Alathea tout spécialement.

— Elle est une proposition attirante, particulièrement pour une personne dans ma position.

Chaque mot accentuait le frisson courant maintenant régulièrement dans les veines de Gabriel. Une personne non informée pourrait imaginer que Chillingworth songeait à séduire Alathea parce qu'il était libre amoureusement en ce moment. Gabriel était plus avisé. Le comte était de leur rang, de la même strate sociale que le clan Cynster ; il était leur contemporain à tous les niveaux. Il respectait le même code tacite que Gabriel lui-même avait honoré toute sa vie adulte. Les dames de bonne famille et d'un bon caractère n'étaient pas du jeu.

Alathea était sans contredit les deux. La séduire n'était pas dans l'idée de Chillingworth.

L'air impassible, Gabriel regarda du côté des danseurs, ses yeux se fixant sur le visage d'Alathea.

— Elle n'est pas pour vous.

— Vraiment ?

Le défi résonnait dans la voix de Chillingworth.

— Je comprends que cela pourrait être une surprise, particulièrement pour un Cynster, mais la dame elle-même en sera juge, en fin de compte.

— Non.

Gabriel prononça le mot doucement, néanmoins il contenait suffisamment de force latente pour que Chillingworth se raidisse. Et attende.

Gabriel vit le danger clairement. Chillingworth avait l'âge de Devil, mais il n'était pas encore marié. Il avait besoin d'un héritier et pour cela, il lui fallait une femme. Il pouvait apprécier le goût de Chillingworth dans son attirance pour Alathea ; il n'était pas, par contre, d'humeur à l'approuver.

Alathea l'aimait, mais il ignorait si elle le savait ou si elle l'acceptait. Elle était obstinée et volontaire, habituée à tracer sa propre voie. Elle possédait aussi cette veine de témérité réfléchie qu'il avait toujours trouvée inquiétante. Il ne pouvait jamais prédire ce que cela l'amènerait à faire. Elle trouvait difficile d'accepter l'idée du mariage avec lui. Si Chillingworth lui demandait sa main, pourrait-elle accepter pour dénouer l'impasse que lui-même avait créée ?

Malgré son amour pour lui – ou peut-être même à cause de lui – pourrait-elle penser le libérer de ses liens chevaleresques dont elle l'imaginait prisonnier en épousant plutôt Chillingworth ?

Par-dessus la tête des autres danseurs, Gabriel contempla Alathea et il sut qu'il ne pouvait pas courir ce risque. Elle avait de l'amitié pour Chillingworth. Le comte pouvait se montrer charmant lorsqu'il le souhaitait et, après tout, c'était un gentleman du même moule que lui. Et Alathea était la fille d'un comte. C'était un heureux match à tous les niveaux.

Sauf pour une chose.

Se tournant vers Chillingworth, Gabriel rencontra son regard.

— Si vous imaginez rectifier l'absence d'un héritier par une alliance avec les Morwellan, je suggère que vous y réfléchissiez encore.

Chillingworth se raidit ; l'expression dans ses yeux suggérait qu'il pouvait à peine en croire ses oreilles.

— Et pourquoi cela ? demanda-t-il d'un ton dur, son agressivité bien mal dissimulée.

— Parce que, dit Gabriel, vous mourriez avant même d'avoir posé un doigt sur la dame en question, ce qui pourrait rendre la conception d'un héritier légèrement problématique.

Chillingworth le dévisagea, puis il détourna la tête, reprenant sa posture inoffensive précédente.

— Je ne peux pas vraiment croire, murmura-t-il, que vous avez dit cela.

— J'en pensais chaque mot.

— Je sais.

Les lèvres de Chillingworth tressautèrent.

— Comme c'est éclairant.

— Tant que vous gardez cela à l'esprit.

Chillingworth regarda l'endroit où, la danse terminée, Alathea se promenait au bras de Falworth. Lui et Gabriel s'avancèrent pour l'intercepter.

— Je vais y réfléchir, répliqua Chillingworth.

Alathea n'arrivait pas à croire comme il était facile pour Gabriel de la repérer dans la foule ; elle et lord Falworth venaient à peine de commencer à se promener quand il surgit. Par conséquent, elle fut particulièrement ravie de voir Chillingworth avec lui.

— Monsieur le comte.

Elle offrit sa main à Chillingworth et sourit avec une réelle appréciation pendant qu'il se penchait dessus.

— J'espère que vous remarquez que j'ai pris vos commentaires à cœur. Je ne pouvais rien faire pour le nombre d'invités, mais il y a de nombreuses valses prévues ce soir.

Chillingworth soupira.

— Quel genre de torture est-ce que cela, ma chère ? Je présume que, comme d'habitude, vous n'avez aucune valse qui ne soit pas réservée.

Alathea ne rata pas son regard en biais jeté à Gabriel. – Malheureusement, non.

— Cependant, continua Chillingworth, à moins que mes oreilles me fassent défaut, on commence une contredanse. Puis-je vous supplier d'avoir l'honneur de votre compagnie ?

Alathea sourit.

— J'en serais enchantée.

La danse en était une qui les amenait à former un couple tout du long. Chillingworth conversa agréablement sur des sujets généraux. Alathea répondit avec légèreté, sans réfléchir, ses pensées comme toujours glissant vers Gabriel. Elle l'avait perdu de vue quand la danse avait commencé ; il n'était plus là où ils l'avaient quitté. Elle se demanda où il était et ce qu'il faisait.

À la fin de la danse, elle posa sa main sur la manche de Chillingworth. Il la guida hors de la piste, directement vers Gabriel, qui attendait à l'opposé de l'endroit où ils s'étaient séparés plus tôt.

Alathea résista à l'envie de lever les yeux au ciel. Retirant sa main du bras de Chillingworth, elle se positionna entre eux, prête à enfoncer les coudes dans leurs côtes s'ils enfreignaient ses normes en matière de conversation.

Quelque peu surprise, elle constata qu'ils s'en abstinrent. Chillingworth semblait prudent, alerte. Gabriel était comme d'habitude arrogant, la réalité mise à nue étant donné qu'il n'y avait que Chillingworth avec eux, un homme qu'il considérait comme son égal. Puis, Amanda, escortée par lord Rankin, se joignit à eux. Une minute plus tard, Amelia arriva gracieusement au bras de lord Arkdale. Elle irradiait de plaisir.

— C'est un bal si merveilleux, lady Alathea. Je m'amuse énormément.

La friponne battit de ses longs cils en direction de Rankin qui, sans s'en rendre compte, rayonna.

— C'est la cohue ; une cohue positive, intervint Amelia. Il y a tant de monde ici.

Elle sourit à lord Arkdale.

— Tenez, je n'avais jamais eu l'occasion de bavarder avec Freddie ici avant.

— J'espère, l'interrompit Alathea en devançant Gabriel, que vous êtes assez sage pour tirer pleinement avantage de toutes les possibilités offertes.

— Oh, en effet, l'assura Amanda. Nos carnets de danse sont pleins. Nous avons dansé chaque danse avec un gentleman différent.

— Et passé chaque pause avec encore des gentlemen différents, ajouta Amelia.

Les deux filles atténuèrent la nouvelle de leur inconstance délibérée avec un sourire ravissant pour leurs compagnons. Ni l'un ni l'autre des deux hommes ne savait s'il devait s'enorgueillir ou non.

— En passant, Gabriel, nous n'avons pas vu Lucifer.

Amanda fixa ses yeux bleus angéliques sur le visage de son cousin.

— Est-il ici ?

— Il l'était.

— Il a dû découvrir quelque chose de terriblement intéressant. Ou quelqu'un, annonça ingénument Amelia.

— J'ai vu lady Scarsdale et madame Sweeney aussi. Elle portait du vermillon, une teinte affreuse. Je ne pense pas que Lucifer soit avec elle, et vous ?

— Peut-être est-il avec lady Todd. Je sais qu'elle est présente…

Les jumelles continuèrent à conjecturer candidement sur l'obsession du moment de Lucifer. Leurs compagnons étaient totalement déroutés. Gabriel ne l'était pas, mais il n'était pas non plus prêt à faire dévier leur attention ailleurs.

Alathea se mordit la lèvre et elle laissa les jumelles jouir de leur vengeance.

Sous le couvert du bavardage animé des filles, Chillingworth toucha le bras d'Alathea. Se tournant, elle rencontra une expression légèrement chagrinée dans les yeux du comte.

— J'ai bien peur de devoir vous abandonner, ma chère, et vous laisser prisonnière de cette bande de Cynster.

Alathea sourit.

— C'est un groupe tapageur, mais les jumelles, voyez-vous, célèbrent une victoire familiale.

Pendant un instant, les yeux de Chillingworth retinrent les siens, puis son regard passa brièvement à Gabriel, échangeant en ce moment des piques avec Amanda. Chillingworth regarda Alathea d'un air interrogateur.

— Cynster aussi, croyez-vous ?

Alathea ne savait pas quoi penser – et encore moins quoi répondre.

Chillingworth la soulagea de son problème en lui offrant une révérence.

— Votre serviteur, ma chère. Si vous avez un jour besoin d'aide, sachez que vous n'avez qu'à demander.

Puis, il la salua d'un hochement de tête élégant et s'écarta, disparaissant dans la foule. Intriguée, Alathea le regarda partir, puis elle reporta son attention sur Gabriel et les jumelles.

La danse suivante était une valse.

Sans même demander la permission, Gabriel, son humeur cruellement mise à l'épreuve par les jumelles, ferma la main sur celle d'Alathea et l'attira sur la piste. Son bras s'enroula autour d'elle, la retenant près de lui. Leurs regards se rencontrèrent.

Elle sourit largement, mais elle ne dit pas un mot. Elle se détendit, se laissant guider par lui sans effort conscient. Survolant la salle du regard pendant qu'ils tournoyaient, elle ne décela pas le moindre signe d'un problème ; leur bal battait son plein, et tout allait bien.

Elle était sur le point de se concentrer de nouveau sur le visage de Gabriel quand lady Osbaldestone surgit brièvement dans son champ de vision. L'expression joyeuse dans les vieux yeux de Sa Seigneurie rappela à Alathea l'approbation de lady Jersey, de la princesse Esterhazy et des autres. Combien d'autres avaient leurs yeux ouverts et leurs esprits critiques alertés ce soir ?

— C'est dangereux, vous et moi, dit-elle en regardant Gabriel. Nous allons finir comme une belle gâterie pour les amateurs de scandales.

— Sottises. Qui s'est montré désapprobateur ?

Personne. Alathea pressa les lèvres ensemble. Après un moment, elle dit :

— Je suis trop vieille. Toute la haute société s'attend à ce que vous vous mariez ; on n'approuvera pas que vous m'épousiez.

— Pourquoi pas ? Ce n'est pas comme si vous étiez sénile, pour l'amour du ciel.

— J'ai vingt-neuf ans.

— Et alors ? Si cela ne m'inquiète pas et vous savez très bien que c'est le cas, pourquoi quelqu'un d'autre devrait-il s'en soucier ?

— Les célibataires de trente ans n'ont pas l'habitude d'épouser des vieilles filles de vingt-neuf ans.

— Probablement parce que la plupart des vieilles filles de vingt-neuf ans le sont pour une bonne raison.

Gabriel attira son regard.

— Vous l'êtes pour un motif entièrement différent, une raison qui n'est plus valable. Vous avez fait votre devoir : vous avez remis votre famille sur pied. Vous avez gardé le fort jusqu'à ce que Charlie puisse prendre la relève et vous l'avez formé pour cela, ajouta-t-il en baissant la voix. Maintenant, il est temps de lâcher prise et de vivre la vie que vous auriez dû mener. Avec moi.

Alathea garda le silence, n'étant pas certaine de pouvoir faire confiance à sa voix.

Il poursuivit.

— Je n'ai pas décelé la moindre trace de désapprobation, tout à fait le contraire. Les hôtesses plus âgées connaissaient toutes votre mère ; elles sont enchantées à l'idée que vous vous mariiez enfin. Tout comme les autres membres de la haute société, elles n'ont jamais compris pourquoi vous ne vous étiez pas mariée. Pour elles, l'idée que vous m'épousiez est grandement romantique.

Alathea réussit à émettre un petit bruit dédaigneux. Après une minute, elle risqua un coup d'œil vers le haut.

Le regard de Gabriel était gentiment impitoyable.

— Elles applaudiront l'annonce lorsque vous consentirez à me la laisser faire. Elles ne se tiennent pas en travers de notre chemin.

Elle seule le faisait. Alathea détourna les yeux. Il ne devait, semblait-il, pas y avoir de soutien sur aucun front. Elle nageait à contre-courant.

Dans la salle de cartes à proximité, Devil Cynster, duc de St-Ives, rejoignit d'un pas paresseux le comte de Chillingworth, qui se tenait debout à côté d'un mur en regardant une main de piquet.

— Stupéfiant. Je ne pensais jamais vous voir restreindre vos ardeurs.

Devil jeta un regard insistant vers la salle de bal.

— Je trouve difficile à croire qu'il n'y a aucune possibilité dans cette salle. Si vous ne cherchez pas rapidement, vous en serez pour vos frais ce soir. Moi, au moins, j'ai un lit chaud vers lequel me hâter en rentrant.

Chillingworth parut amusé.

— Et qu'est-ce qui vous fait penser que cela n'est pas mon cas ? La seule différence entre vous et moi, cher garçon, est que votre lit sera le même demain soir, alors que le mien a au moins une chance d'être différent.

— D'un autre côté, il y a des avantages aux normes constamment élevées.

— En ce moment, je vais me contenter de variété. Cela mis à part, à quoi dois-je ce plaisir douteux ?

— Je m'informe seulement sur votre intérêt du moment.

— Pour vous assurer que nous ne tirons pas sur la même cible ? Visez l'autre.

Devil installa ses épaules contre le mur.

— C'est purement altruiste de ma part.

Chillingworth dissimula un sourire.

— Altruiste ? Dites-moi, est-ce moi que vous désirez garder entier ou un autre parent plus proche ?

Devil étudia la foule dans la salle de bal à travers l'arche directement devant eux.

— Disons simplement que je n'ai aucun désir de voir un malentendu assombrir une relation autrement agréable entre votre famille et la mienne.

Chillingworth ne dit rien pendant plusieurs minutes, fixant lui aussi les corps qui se bousculaient dans la salle de bal. Puis, il changea de position.

— Si je disais que je n'ai nullement l'intention de perturber l'harmonie actuelle régnant entre nos deux maisons, m'accorderiez-vous une faveur ?

— Laquelle ?

— Ne le dites pas à Gabriel.

Devil tourna la tête.

— Pourquoi ?

Ses lèvres tressautant devant l'ironie, Chillingworth s'éloigna du mur d'une poussée.

— Parce que c'est divertissant de le regarder mordre à l'hameçon et, murmura-t-il juste assez fort pour que Devil l'entende pendant qu'il s'éloignait, je considère qu'il s'agit d'une consolation adéquate.

CHAPITRE 18

Leur bal avait eu lieu lundi soir. Alathea ne reposa pas les yeux sur Gabriel avant le mercredi. Déambulant dans le parc derrière leurs sœurs à tous les deux, escortées de près par lord Esher et monsieur Carstairs, elle était profondément plongée dans une réflexion sur Crowley et la Société aurifère de l'Afrique centrale et orientale quand elle s'entendit interpeller. Levant la tête, elle vit le groupe devant elle se retourner. Heather Cynster pointait un carrosse à proximité – là où son frère retenait un équipage de chevaux bais agités, piaffant impatiemment. Alors qu'elle allongeait le pas, Alathea eut la nette impression que les chevaux reflétaient simplement l'état de leur maître.

— Bonjour.

Relevant légèrement la tête, elle regarda son visage à quelques distances au-dessus d'elle en raison de son phaéton au perchoir haut. Le carrosse retint l'attention des filles et de leurs galants, la laissant s'occuper de son conducteur.

Il lui fit signe.

— Montez. Je vais vous emmener faire un tour dans l'avenue.

Elle sourit.

— Non, merci.

Il la dévisagea.

Les autres les avaient entendus.

— Vas-y, Allie ! Ça te plaira.

— Nous serons bien en sécurité.

— Ce ne sera que pour quelques minutes.

— Carstairs et moi nous engageons à surveiller vos protégées à votre place, lady Alathea.

Alathea garda le regard fixé sur le visage de Gabriel.

— Quand avez-vous promené une dame dans le parc pour la dernière fois ?

Il l'observa un moment supplémentaire, puis ses lèvres formèrent un mince trait.

— Tiens-les, Biggs.

Son valet sauta de sa place en arrière et il courut à la tête des chevaux. Gabriel attacha les rênes et bondit au sol.

Sans un mot, il lui prit le bras et il fit signe aux autres de continuer leur chemin. Absorbées par leurs propres préoccupations, les filles étaient heureuses de lui obéir. D'un commun accord, elle et Gabriel attendirent que le groupe soit assez loin devant, puis ils avancèrent dans leur sillage.

— Il n'y a aucune raison pour que vous ne me laissiez pas vous emmener en promenade autour du parc.

Elle lui jeta un regard désapprobateur.

— Je n'ai pas l'intention de vous laisser vous déclarer d'une manière aussi publique. Je ne me laisserai pas fléchir par de telles manœuvres.

— C'est idiot de votre part. Comment le saviez-vous, de toute façon ?

— Votre mère a toujours un tas de choses à raconter sur vos faits et gestes ; les vôtres, ceux de Lucifer et de vos autres cousins. Le fait qu'aucun de vous ne promène de dames dans le parc – des dames autres que vos épouses – est bien connu de tous, si je comprends bien.

Gabriel avait compté là-dessus.

— Que dites-vous de Gretna Green ? Nous pourrions y être dans deux jours.

— En ce moment, j'ai des affaires à régler ici. Dès que ces affaires seront derrière moi, j'ai l'intention de me retirer de nouveau à la campagne.

— Ne pariez pas les perles de votre mère là-dessus.

— Hum ! En tout cas, qu'avez-vous appris ? J'imagine que vous avez reçu mon billet hier ?

— Je l'ai reçu, mais seulement ce matin. Hier soir, j'étais occupé à soutirer des informations à certains dignitaires africains.

— Qu'ont-ils dit ?

— Ils en ont révélé assez pour confirmer officieusement que quatre des prétentions de Crowley, au moins, voulant qu'il ait reçu des approbations et des permissions gouvernementales sont fausses. Je m'active à transformer ce qui est officieux en officiel, mais aucune bureaucratie ne fonctionnent rapidement. Nous n'aurons pas de soutien officiel pour notre requête avant de la présenter.

— Et quand cela sera-t-il ?

— Je déconseillerais d'attendre plus longtemps que mardi prochain.

— Si tôt ?

— Nous ne pouvons pas courir le risque de voir Crowley réclamer l'exécution de ses billets à ordre et je parierais mes chevaux qu'il le fera en fin de semaine prochaine.

Gabriel regarda brièvement Alathea, puis il reprit la parole.

— La requête est presque prête. Le clerc de Wiggs devrait l'avoir terminée – jusqu'au point où nous l'avons amenée – d'ici demain. Wiggs me l'apportera. Si nous n'avons plus rien à ajouter, avec votre permission, je vais demander à mon avocat de prendre rendez-vous pour mardi matin avec l'un des juges de la cour de chancellerie pour soumettre notre cas. Nous n'osons pas attendre davantage : combattre une action d'arrière-garde une fois que le billet à ordre est exécuté et l'appel de fonds réalisé nous placera dans une position bien plus défavorable légalement.

Alathea grimaça.

— Si c'est ainsi que les choses doivent se passer…

— Je vais prévenir Devil, et Vane aussi. Il ramènera Gerrard en ville lorsque sa présence sera requise.

Le regard sur son visage, sur son profil, Gabriel ouvrit la bouche pour dire : « Thea, c'est un gros risque », mais il s'en abstint. Si lui s'était arrêté pour réfléchir à tous les dangers et aux alternatives, elle l'avait fait elle aussi. Il n'y avait pas de danger pour elle – il l'épouserait en un instant et il les sauverait tous les deux, elle et sa famille, de la misère –, elle le savait sans qu'il le déclare. Cependant, quand était-il de Morwellan Park et du titre, de la lignée ininterrompue de Morwellan à travers les générations ? Et de la fierté de sa famille ? C'était cela qu'elle s'était fait un devoir de protéger depuis le début, et ce n'était pas une chose que l'on pouvait sauver sans tout risquer.

Ses motifs n'avaient pas besoin d'être expliqués à un Cynster. Tout ce qu'il pouvait faire était de se tenir à ses côtés et de ne ménager aucun effort pour lui assurer la victoire.

Et, possiblement, de lui fournir une distraction.

— En fait, la raison pour laquelle je suis venu à vous n'était pas pour vous informer de cela. J'ai des billets pour la représentation de vendredi du *Barbier de Séville.* J'ai pensé que vous et votre famille pourriez aimer y assister.

Alathea le dévisagea.

— Vendredi est le dernier soir – cela doit être un spectacle gala.

— C'est ce que j'ai compris.

La production avait fait sensation dans la haute société. La direction avait décrété que la représentation finale serait un événement gala pour remercier la distribution et les mécènes.

— Mais… les billets du gala ont été vendus en quelques heures après l'annonce de leur émission la semaine dernière. Comment diable avez-vous réussi à obtenir des billets pour nous tous ?

— Ne vous souciez pas de la façon dont j'ai obtenu ces fichus billets ! Viendrez-vous ?

— Pour ma part, évidemment que je viendrai ! Quant aux autres, vous pouvez le leur demander vous-même.

Alathea agita la main vers l'endroit où le groupe était rassemblé autour de la calèche des Morwellan. Gabriel fut content de voir que ses sœurs avaient déjà fait leurs adieux et se dirigeaient vers le landau de sa mère, arrêté sur le bas-côté un peu plus loin. Celia le vit et elle le salua de la main, mais elle ne l'appela pas à elle. Elle ne montra pas non plus d'étonnement à le voir se promener encore avec Alathea. Ces faits affirmaient que Celia, du moins, comprenait ses intentions et les approuvait ; Gabriel savait qu'il pouvait compter sur elle pour le soutenir au besoin.

Rejoignant les autres devant le carrosse des Morwellan, il présenta son invitation avec aisance en y incluant tout spécialement Esher et Carstairs. Alathea lui jeta un regard interrogateur, mais elle ne dit rien. C'était inutile – tout le monde était impatient d'assister à la représentation gala du *Barbier de Séville.*

Quand elle arriva avec les autres à l'Opera House le vendredi soir, Alathea découvrit que Gabriel avait non seulement réussi à se procurer des billets, mais qu'en plus les places se trouvaient dans une des deux loges privées les plus courues surplombant la scène. Il les rencontra dans le hall d'entrée. Puis, Alathea accrochée à un bras et Serena à l'autre, Gabriel guida ses invités en haut des marches et le long du premier étage recouvert d'un épais tapis, jusqu'à la porte ornée de dorures de la loge suspendue à la gauche de la scène.

Des yeux pivotèrent lorsqu'ils s'installèrent, les occupants chics des loges moins bien situées s'étirant le cou pour voir qui avait réussi à obtenir l'emplacement de choix pour cet événement, pour la soirée la plus célébrée de la saison. Les murmures abondaient quand, tête haute, l'air calme, Alathea s'assit majestueusement dans l'une des chaises du premier rang de la loge. Serena s'installa à côté d'elle, se tournant pour murmurer ses remerciements à Gabriel alors qu'il prenait place sur la chaise derrière et voisine de celle d'Alathea.

Alathea lui aurait avec joie assené une claque sur l'oreille, mais pas en public. En fait, tout ce qu'elle pouvait faire était de sourire et de répondre aux hochements de tête affables des matrones de la haute société. Mary et Alice, les yeux ronds, occupèrent les autres sièges de la première rangée à côté de Serena. Esher et Carstairs s'installèrent derrière elles. Sa Seigneurie se pencha en avant et engagea la conversation avec Serena. Alathea se tourna vers Gabriel avec l'intention de l'informer qu'elle lui chaufferait les oreilles plus tard, seulement pour le découvrir penché vers elle, un pli d'inquiétude dans les yeux.

— Mes excuses. Je n'avais pas calculé que nous attirerions l'attention à ce point.

Alathea grimaça, le disculpant d'intention préméditée. Elle se retint de l'informer que c'était le degré d'attention que lui, un Cynster, devait attendre en se déclarant.

— Je comprends, murmura-t-elle en jetant un bref regard à Serena pour s'assurer qu'elle était occupée, que vous n'avez pas eu de nouvelles du capitaine.

— Non.

Son regard se leva sur le front d'Alathea. L'inquiétude dans ses yeux augmenta.

— Cessez de vous inquiéter. D'une manière ou d'une autre, nous réglerons tout cela.

Chassant avec détermination tout signe extérieur de son état, Alathea soupira.

— J'ai fait tout ce que j'ai pu au préalable juste au cas…

Elle gesticula avec impuissance.

— J'ai payé tous les comptes du bal – les traiteurs, les couturières, les chapelières – même les musiciens. Ils pensaient tous que j'étais devenue folle en exigeant qu'ils soumettent leurs factures immédiatement.

— Je l'imagine. Si vous les avez payés immédiatement, la famille Morwellan sera la seule de la haute société à terminer la saison mondaine avec une ardoise vide.

— J'ai pensé que cela vaudrait mieux ; c'est plus éthique, d'une certaine manière. J'aimerais mieux que nos créanciers honnêtes soient payés avant que Crowley, avec ses combines, ne réclame tout ce que nous avons.

Les doigts de Gabriel se fermèrent sur sa main. Elle n'eut que le temps de s'armer de courage contre la sensation de ses lèvres lui caressant le dos des doigts.

— Détendez-vous. Oubliez la Société aurifère de l'Afrique centrale et orientale. Oubliez Crowley, du moins pour ce soir.

D'un hochement de tête, il indiqua la scène ; le rideau se levait sous les applaudissements croissants.

— Je vous ai emmenée ici ce soir, et le seul remerciement que je désire est de vous voir vous divertir. Donc, cessez de vous faire du souci et amusez-vous.

Lui retournant la main, il effleura de ses lèvres l'intérieur de son poignet, puis il la libéra. Alathea se tourna en face de la scène alors que l'on diminuait l'éclairage des lampes et elle fit comme on lui demandait.

Ce ne fut pas difficile ; la production était un tour de force*, les chanteurs étaient magnifiques et les décors et l'orchestre insurpassés. Elle était tombée amoureuse des productions musicales au cours des quelques courtes semaines depuis son arrivée à Londres. Depuis, elle se sentait en manque ; les efforts des théâtres provinciaux ne pouvaient se comparer aux événements supérieurement extravagants de Londres.

En raison des scènes additionnelles et des arias spéciales qui seraient présentées au cours du gala, il ne devait y avoir qu'un court entracte après le deuxième acte. Quand le rideau tomba dans un bruissement et que les lampes brillèrent de nouveau, Alathea soupira de contentement et regarda Gabriel derrière elle. Il haussa un sourcil, puis il remua son grand corps.

— Il est temps d'aller se dégourdir les jambes.

Alathea lui permit de l'aider à se lever. Elle se tourna vers Serena.

Sa belle-mère ouvrit son éventail d'une chiquenaude et elle l'agita devant son visage.

---

*. N.d.T. : En français dans le texte original.

— Je vais me reposer ici ; vous pouvez aller vous promener dans les couloirs, mais revenez à temps pour le prochain acte.

Elle leur sourit à tous, Esher avec Mary à son bras, et Carstairs à côté d'Alice. Gabriel fit signe aux autres de passer devant, puis lui et Alathea sortirent de la loge dans une mer d'humains qui défilaient. Il n'y avait rien à faire que parader avec tous les autres.

— Ne pensez pas à surveiller les autres, lui conseilla Gabriel, mais dites-moi, se sont-ils déjà déclarés ?

— Les deux ont demandé à rencontrer papa mercredi prochain, répondit Alathea en souriant. Je comprends qu'ils préparent très sérieusement une présentation conjointe pour gagner son consentement. Personne n'a le cœur de leur dire que c'est inutile. Ce sont des amours, tous les deux, chacun à sa façon.

— Laissez-les faire. Après tout, le mariage est une affaire sérieuse et non une chose dans laquelle un gentleman devrait s'engager sans y avoir dûment réfléchi.

— Vraiment ? Alors, puis-je suggérer…

— Non. Vous ne pouvez pas. Vingt-neuf ans à vous connaître suffisent amplement comme réflexion.

Un valet de pied en costume Beefeater surgit devant eux, brandissant avec de grands gestes un plateau de verres ; ils en prirent chacun un et le burent. La comtesse Lieven les héla dans la cohue ; quand ils l'eurent enfin rejointe et après avoir souffert ses observations, la cloche rappelant le public à leurs sièges retentit.

Dix minutes plus tard, ils regagnèrent leur loge et se laissèrent choir sur leurs chaises alors que le rideau se levait. Un silence plein d'attente tomba sur le public. Gabriel tourna sa chaise en angle afin de voir le visage d'Alathea, illuminé par la lumière venant de la scène. Puis, il s'installa pour regarder – pas la représentation, mais les expressions animant les traits de sa compagne, ses signes de joie, de peine, de ravissement évoqués par l'histoire qui se déroulait. Les artistes tenaient la haute société sous leur charme, mais pour lui, il n'y avait qu'Alathea.

La deuxième partie du programme excéda les attentes soulevées par la première ; à la fin, le public se leva, applaudissant avec enthousiasme, des fleurs pleuvant sur les solistes pendant qu'ils tiraient leur révérence.

Enfin, ce fut fini et le rideau tomba pour la dernière fois. Gabriel regarda alors qu'Alathea poussait un profond soupir et se tournait vers lui, un sourire dans le regard, les lèvres relevées, toute inquiétude temporairement bannie.

Une assez belle récompense pour lui.

Les autres s'exclamaient, discutant des moments forts variés. Inclinant légèrement la tête, Alathea l'étudia. Son sourire s'intensifia.

— Vous n'avez pas besoin de faire semblant d'avoir été attentif.

— L'un des nombreux avantages de se connaître aussi bien : il est inutile d'user de faux-fuyants.

Elle scruta son visage.

— Pourquoi avez-vous fait cela – pourquoi vous être donné toute cette peine et avoir cédé à ce caprice qui s'avérera, j'en suis sûre, une dépense incroyablement onéreuse ?

Il lui rendit posément son regard.

— Vous aimez la musique.

C'était aussi simple que cela – il lui laissa lire cette vérité dans ses yeux. Puis, elle frissonna. Il tendit la main vers le châle qu'elle avait laissé sur sa chaise et il le leva devant elle. Elle hésita, puis elle pivota afin qu'il puisse le draper sur ses épaules. Lâchant la soie délicate, il ferma les mains sur ses épaules ; se penchant plus près, il lui murmura :

— Comme pour d'autres plaisirs, ma récompense est votre ravissement.

Le regard qu'elle lui décocha était interdit, son air en était un qu'il ne pouvait pas interpréter. Il n'en eut toutefois pas l'occasion dans le court laps de temps qu'il fallut pour l'escorter en bas de l'escalier privé jusqu'aux carrosses qui patientaient.

Alors qu'il l'assistait d'une main à monter dans le même carrosse noir où il avait aidé la comtesse à prendre place des semaines plus tôt, elle lui pressa la main. Ensuite, elle baissa vivement la tête et elle entra dans le véhicule. Il ferma la portière et il recula quand Folwell fit claquer les rênes.

Alathea se cala dans le carrosse, fronçant les sourcils à présent que les ombres lui offraient la liberté de le faire.

À côté d'elle, Alice bavardait avec animation avec Tony Carstairs assis en face d'elle. Elle les laissa disséquer la représentation ; elle se souciait bien davantage d'une autre représentation.

Une représentation qui pouvait ne pas être un numéro, commençait-elle à penser.

S'il y avait la moindre possibilité que cela soit le cas…

Il était temps d'affronter sa peur et l'émotion qui l'engendrait. Les deux étaient nouvelles pour elle. Elle avait cédé à la première, tout en prétendant que la dernière n'exis-tait pas. Elle ne pouvait plus continuer ainsi.

Elle demeura absorbée par ses pensées tout au long du retour jusqu'à Mount Street, répondant distraitement lorsqu'elle dit adieu à Esher et Carstairs, de concert avec ses demi-sœurs et sa belle-mère, dans le vestibule. Elle grimpa l'escalier, elle murmura bonne nuit à tous, puis elle s'abandonna aux soins de Nellie, tout en analysant chacune de leurs rencontres, essayant de voir au-delà de son armure de guerrier. Enfin seule, elle attacha un châle sur sa chemise de nuit et se pelotonna sur la banquette rembourrée sous sa fenêtre.

La résidence Morwellan avait plus de cinquante ans, elle était bâtie sur des fondations d'une maison beaucoup plus vieille encore. Les Morwellan possédaient le site depuis des siècles. Combien de temps encore ils évolueraient ici, cela dépendait des dieux. Sa propre vie, cependant, était entre ses propres mains. Elle fixa les vieux arbres au bout du jardin arrière, puis elle poussa un profond soupir, elle croisa les bras sur le rebord en pierre de la fenêtre et elle posa le menton sur ses poignets.

Quand était-elle tombée amoureuse de lui ? Était-ce alors qu'elle avait onze ans ? L'avait-il senti – était-ce ce qui l'avait d'abord rendu nerveux en sa présence ? Ou bien cela s'était-il produit plus tard ? L'amour s'était-il épanoui à son insu quelque part au cours de son adolescence ? Était-ce plutôt un béguin de fillette qui s'était lentement développé en quelque chose de plus profond ?

Des questions auxquelles elle ne pouvait pas répondre maintenant. Tout ce qu'elle savait était qu'à un moment donné, cela s'était produit. En vérité, ce n'était pas un sentiment nouveau, mais un sentiment nouvellement découvert, une vulnérabilité qu'elle ignorait posséder jusqu'à ce que le destin et les circonstances la dévoilent.

C'était déjà assez grave, mais elle devait encore en affronter davantage. Elle l'aimait, mais son amour ne s'était pas encore pleinement épanoui. C'était encore un bouton, bourgeonnant depuis peu après un long hiver, et il devait encore s'ouvrir. Il lui fallait encore expérimenter la pleine expression de son amour, l'éventail global de son besoin. Cependant, elle pouvait sentir sa force ; le pouvoir enflant dans le bouton ; s'il était libéré, il balaierait sa volonté qui s'y opposait – elle deviendrait la force dominante dans sa vie.

Ce fait ne faisait qu'ajouter à sa peur.

Les deux fils de son inquiétude – sa famille et son amour – se dirigeaient vers une résolution simultanée. Quoiqu'il transpire à la cour de chancellerie, lui, elle le savait, serait prêt à l'emmener en deux temps trois mouvements vers la sécurité que le résultat soit la victoire ou la défaite. Si c'était une victoire, il insisterait pour qu'elle lui cède ; si c'était la défaite, il n'attendrait aucune permission pour simplement la réclamer en tant que sienne. De son point de vue, tout était simple ; du sien, c'était tout sauf cela.

Sa peur, au moins, elle la comprenait maintenant qu'elle avait reconnu l'étrange idée qu'elle l'aimait. Un avantage d'avoir vingt-neuf ans était qu'elle se connaissait bien. L'aimer comme elle savait qu'elle le ferait si elle donnait libre cours à cet amour la laisserait complètement engagée, totalement empêtrée dans leur relation.

Elle n'était pas capable de faire les choses à moitié – quand elle donnait, elle donnait totalement. Si elle donnait son cœur, il serait à lui, tout à lui et pour toujours. Elle ne l'avait pas encore fait, elle ne lui avait pas confié son amour et sa vie. Si elle acceptait de devenir sa femme, elle ferait précisément cela. Toutefois, que se passerait-il si lui ne l'aimait pas ?

La douleur qu'elle craignait découlait de cela. Elle avait affronté la déception, le malheur et la solitude, la menace de la servitude, de la pauvreté et de voir ses êtres chers en guenilles. Elle avait trouvé la force quand elle en avait eu besoin, néanmoins, elle savait dans son cœur que la douleur créée par sa gentillesse la tuerait.

Cependant, s'il ne l'aimait pas de la même manière qu'elle l'aimait, son amour était du genre à la détruire de l'intérieur. Elle ne pouvait pas le contenir, se contenter de le garder en elle s'il n'y avait personne à qui l'offrir, à qui le prodiguer. Elle avait attendu trop longtemps pour que le bouton s'épanouisse – il fleurirait maintenant dans toute sa gloire ou il se fanerait et mourrait. Il n'y avait pas d'autre avenue. Et s'il mourait, elle mourrait aussi, dans tous les aspects importants.

Il valait mieux que le bouton gonflé gèle de nouveau et qu'il ne fleurisse jamais.

Elle avait été convaincue qu'il ne l'aimait pas. Pas une minute n'avait-elle cru que le destin était assez serviable pour s'organiser pour qu'il tombe follement amoureux d'elle. La vie n'avait jamais été si bonne. Il avait de l'affection pour elle, oui, exactement comme il en avait toujours eu, à sa manière réservée et rationnelle, où chaque émotion était gentiment logique.

Elle était agacée à son endroit à cause de cela. Comment osait-il être si logique quand elle se sentait aussi émotive ? Néanmoins, cette différence avait semblé confirmer que l'amour, comme elle était en train de le découvrir, n'était pas ce qu'il ressentait pour elle. Il éprouvait actuellement du désir sexuel pour elle, il voulait prendre soin d'elle, la protéger, l'épouser, mais il ne l'aimait pas. Elle avait tenu bon devant sa proposition, totalement certaine de l'avoir bien interprétée. Jusqu'à ce soir.

Cela n'était pas dû à l'extravagance de la loge ou même le fait qu'il n'appréciait pas la musique, comme elle le savait bien. Le moment où sa certitude avait été ébranlée sur ses bases était arrivé lorsqu'il lui avait murmuré « comme pour les autres plaisirs, ma récompense est votre ravissement ».

C'était son ton de voix qui l'avait frappée, si habituée qu'elle l'était à chacune de ses nuances, à chaque inflexion qu'il utilisait. Il avait prononcé ces mots comme si c'était son âme qui s'exprimait et non seulement son esprit. Les mots avaient trouvé un écho en elle, comme si, à ce moment-là, le cœur s'adressait au cœur.

Avait-elle eu tort ? L'aimait-il ? Pouvait-il l'aimer ?

La question était : comment le savoir ?

Levant la tête, elle regarda les étoiles, la lune qui décroissait lentement vers l'ouest. L'interroger directement était hors de question. Si elle n'était pas prête à avouer son amour pour lui à voix haute, en mots, alors elle pouvait difficilement s'attendre à ce qu'il le fasse. Elle se sentait trop vulnérable pour faire un tel aveu ; elle lui attribuait assez de sensibilité pour ressentir la même chose. Quant à s'attendre à ce qu'il mette un genou à terre et lui ouvre son cœur…

Ses lèvres se courbant vers le ciel, elle déplia les jambes et se leva. Reprenant son sérieux, elle se rendit jusqu'à son lit. Elle se glissa entre les draps, sans aucun plan brillant pour inciter la confidence de Gabriel lui tournant dans la tête, néanmoins, à cela, elle était déterminée. S'il y avait la moindre chance que le destin lui sourit enfin et envoie l'amour les toucher tous les deux, elle ne pouvait pas vivre sans le savoir.

Le lendemain matin se leva sous un ciel lourd et gris, la lumière terne, tout cela en harmonie avec son humeur. Jouant avec son toast, consciente de la nature feutrée des conversations autour de la table du petit-déjeuner, Alathea lutta pour chasser le sentiment de fatigue, conséquences des événements récents.

Le triomphe de leur récent bal avait été éclipsé par l'inquiétude persistante sur la perspective imminente de leur cas incomplet échouant à convaincre la cour de la chancellerie à déclarer frauduleuse la Société aurifère de l'Afrique centrale et orientale. La magie spéciale de sa soirée à l'opéra, avec sa suggestion séduisante que, peut-être, possiblement,

Gabriel aussi dissimulait la véritable nature de ses sentiments, s'était dispersée dans la lumière froide du matin. Malgré de nombreuses heures agitées, elle avait été incapable d'établir un plan sûr de lui faire baisser son bouclier, cette barrière avec laquelle il protégeait son cœur depuis aussi longtemps qu'elle le connaissait.

Elle ne pouvait pas, malgré leur intimité, voir dans son âme.

Elle n'était pas mieux – elle avait toujours fait attention à protéger ses sentiments les plus intimes. Elle non plus n'avait pas l'intention de baisser sa garde et le laisser voir dans son âme. Malheureusement, cela lui semblait la seule approche ayant une quelconque chance de succès, mais le risque…

Poussant un soupir en son for intérieur, elle tendit la main vers la théière. Il devait y avoir quelque chose qu'elle pouvait faire, une action positive qu'elle pouvait prendre pour se débarrasser de son humeur sombre, sinon pour démêler les complexités de son ennemi juré devenu son amant et son mari potentiel, tout en poursuivant leurs investigations. Il devait y avoir quelque chose qu'ils n'avaient pas encore fait, un lieu qu'ils n'avaient pas encore fouillé. Une pierre pas encore retournée…

Elle regarda Charlie.

— Avez-vous visité le musée, toi et Jeremy ?

— Non, répondit Charlie en haussant les épaules. Nous avions bien l'intention de le faire pendant que nous étions ici, mais…

Jeremy s'égaya.

— Pouvons-nous y aller aujourd'hui ? La pelouse arrière est trop mouillée pour y faire rouler le monocycle. Alathea jeta un coup d'œil à Mary et à Alice.

— Pourquoi n'y allons-nous pas ensemble ? Nous ne sommes pas sortis en groupe depuis des semaines, et il ne se passe rien d'autre aujourd'hui.

Un petit tiraillement sur sa manche fit se retourner Alathea. Augusta leva la tête vers elle, ses yeux bruns grands ouverts.

— Moi aussi ?

Alathea sourit ; la grisaille recula.

— En effet, ma poupée. Toi aussi.

Une heure plus tard, Alathea se tenait debout dans l'une des salles caverneuses du musée, baissant les yeux sur une prétendue carte géographique de l'Afrique centrale et orientale sur une grande table et protégée par une boîte en verre. Lodwar était indiquée, mais ni Fangak ni Kingi, pas même sous le nom de Kafia Kingi, n'étaient montrées. Pire, Lodwar semblait être située sur les rives d'une immense rivière – une rivière que l'explorateur dont elle avait récemment étudié les recherches avait apparemment ratée.

Alathea soupira.

Elle ne s'était pas souciée du musée avant, se disant que le clerc de la Royal Society aurait mentionné toute exposition si cela avait été utile. En désespoir de cause, par contre, elle avait été prête à tenter un coup des plus hasardeux. En s'informant auprès du gardien à l'entrée principale et en apprenant que le musée présentait bien une exposition comprenant une bonne carte géographique, son cœur avait bondi. Peut-être…

Elle avait laissé les autres se promener : Charlie et Jeremy parmi les expositions militaires, puis Mary,

Alice et Augusta parmi les poteries anciennes. Elle-même s'était glissée dans cette salle – seulement pour voir ses espoirs de nouveau anéantis. À part la carte, il n'y avait qu'une exposition d'artéfacts indigènes et quelques aquarelles de la nature sauvage que l'on retrouvait apparemment en Afrique centrale et orientale.

Son cœur était lourd comme du plomb. Elle avait soulevé même cette pierre, mais comme pour toutes les autres, il n'y avait aucun secours pour elle en dessous. Avec un dernier regard dégoûté pour cette dernière carte inutile, elle s'écarta d'un pas…

Elle fonça sur un gentleman.

— Oh !

En retombant en arrière, elle serra son châle qui glissait.

Le gentleman s'inclina maladroitement.

— Je vous demande pardon, ma chère. J'étais tellement furieux contre ces trucs trompeurs que je ne regardais pas là où je aurais dû.

Son geste englobait toute l'exposition sur l'Afrique centrale et orientale.

— Au contraire, c'est moi qui n'ai pas regardé.

Alathea assimila les sourcils broussailleux surplombant des traits burinés par le temps jusqu'à devenir brun noisette. Des favoris grisonnants les encadraient. Ses yeux étaient d'un bleu délavé, son manteau démodé et son haut-de-chausses en velours côtelé n'étaient plus un spectacle commun en ville. La posture qu'il adoptait était elle aussi inhabituelle, les mains serrées derrière le dos, les pieds écartés et les jambes arquées.

Se retournant brusquement vers l'exposition, Alathea agita la main vers la carte géographique.

— Est-elle incorrecte, alors ?

Sa réponse moqueuse fusa.

— Des sornettes ! L'ensemble. Cela ne ressemble en rien à la réalité, j'en donne ma parole.

— Vous y êtes allé ?

— Entre mes voyages en mer, quand je dois patienter des mois à cause d'une inondation ou de la famine ou d'escarmouches entre les tribus, un vieux prospecteur et moi partons en montagne. Tenez, nous avons traversé le continent dans son ensemble un certain nombre de fois.

Le mouvement balayant de sa main engloba la région où se situaient les intérêts de la Société aurifère de l'Afrique centrale et orientale.

— Des terres en friches poussiéreuses, voilà ce que c'est. Cette rivière indiquée ici n'est rien de plus qu'un filet d'eau et seulement pendant la saison des pluies.

— Vous naviguez ? Sur un navire ?

Alathea retint son souffle.

— Ouais.

L'homme retira lentement le chapeau qu'il avait sous le bras et l'inclina dans une révérence digne d'une époque révolue.

— Capitaine Aloysius Struthers, pour vous servir, m'dame. Capitaine du *Dunslaw* naviguant pour la Bentinck et Cie.

Alathea expira, elle prit une autre inspiration et elle tendit la main.

— Capitaine, vous ne savez pas à quel point je suis heureuse de faire votre connaissance.

Struthers parut étonné, mais il lui prit instinctivement la main. Alathea s'accrocha à la sienne sans pudeur. Elle jeta un rapide coup d'œil autour.

— Si nous pouvions nous asseoir sur ce banc, j'aimerais vous expliquer pourquoi. Mon intérêt est causé par la Société aurifère de l'Afrique centrale et orientale.

Le changement d'expression de Struthers fut instantané.

— Cette canaille de Crowley…

Il s'interrompit.

— Mes excuses, m'dame ; mais quand je songe aux dommages que ce chacal a faits, mon sang bouillonne.

— Vraiment ? Alors, vous pourriez être intéressé d'apprendre qu'un ami et moi avons des plans pour réduire sa dernière combine à néant.

Retirant doucement sa main, Struthers offrit son bras à Alathea.

— J'aimerais diablement entendre toute personne prête à mettre des bâtons dans les roues de ce brigand. Cependant, comment une dame telle que vous est-elle mêlée à une affaire avec un type comme lui ?

Cela prit un certain temps à expliquer. Alathea hésita, mais, en fin de compte, elle dévoila son identité. Si elle voulait l'aide de Struthers, ce n'était que justice d'être franche avec lui. Elle décrivit la combine de Crowley, puis elle détailla toutes les fausses prétentions qu'ils avaient découvertes. À son soulagement, Struthers comprit la situation rapidement. Son expression se durcit.

— Ouais, c'est bien son jeu, pour sûr. Une sangsue, c'est ce qu'il est. Il a floué les colons à gauche et à droite dans toute la région. Et ce qu'il a fait avec les tribus locales… Je ne vous salirai pas les oreilles avec le récit de ses infamies, milady, mais si jamais il y avait eu une canaille qui devrait se retrouver en enfer depuis longtemps, c'est bien Ranald Crowley.

— Eh bien, oui, il me faut être d'accord.

Alathea repoussa l'idée d'un adversaire trempant dans des agissements infâmes.

— Notre problème, cependant, est que nous n'avons pas de preuve absolue pour réfuter les prétentions de Crowley. Toute notre preuve est *présumée* d'après ce que nous avons appris d'autres gens. Nous avons désespérément besoin d'une personne qui peut se présenter devant le juge et corroborer ce que nous avons découvert – un témoin oculaire, en fait.

Struthers se redressa.

— Le capitaine Aloysius Struthers est votre homme, milady. Et je ferai mieux que seulement vous donner mon aval. Je sais où me procurer des cartes géographiques – des cartes signées, remarquez bien. Et si je m'informe autour de moi avec discrétion, je suis certain que je peux en apprendre davantage sur les propriétés revendiquées par Crowley. Elles me disent quelque chose, pour sûr. Je ne suis pas catégorique, mais je pense qu'une vieille connaissance détient les droits miniers dans ces régions. Je peux poser la question assez facilement. Vous voudrez autant de clous dans votre main que possible lorsque le temps viendra de sceller une fois pour toutes le cercueil de Crowley.

Alathea ne discuta pas. La réaction du capitaine envers Crowley, l'expression lugubre dans ses yeux chaque fois qu'il le mentionnait l'effrayait bien davantage que son précédent aperçu du vilain.

Struthers hocha la tête avec détermination.

— Ce sera un honneur pour moi de faire tomber cette canaille. Maintenant.

Vivement, il se tourna vers Alathea.

— Comment vais-je vous contacter, une fois que j'aurai rassemblé mes preuves ?

— L'audience aura lieu mardi matin…

Alathea fouilla dans son réticule et trouva un crayon.

— Dans la chambre des juges de la cour de la chancellerie.

Le seul papier qu'elle avait avec elle était le billet d'entrée du musée ; le verso était vierge. Elle le déchira en deux.

— Si vous devez communiquer avec moi avant cela, voici mes coordonnées.

Elle écrivit son nom et son adresse. Il était inutile de fournir l'adresse de Gabriel ; non seulement le capitaine n'avait pas rencontré son protecteur, mais son chevalier avait l'habitude de galoper partout en ville. En ce moment, il menait une furieuse offensive pour arracher un genre de reconnaissance officielle du statut de la Société aurifère de l'Afrique centrale et orientale des représentants des autorités africaines à Londres. Il n'entretenait pas beaucoup d'espérance ; elle non plus. Le capitaine était leur plus bel espoir – leur sauveur, en fait. S'il avait besoin de contacter quelqu'un, mieux valait que ce soit elle ; ils n'avaient pas les moyens de le perdre maintenant. Elle lui tendit le bout de papier.

— Maintenant, où résidez-vous ?

Il lui fournit l'adresse d'une pension à Clerkenwell.

— Je trouve un endroit différent chaque fois que je demeure à Londres. Je reste rarement longtemps.

Alathea nota l'adresse, puis elle rangea le papier dans son réticule.

— Vous ne repartirez pas en mer avant mardi, n'est-ce pas ?

— C'est peu probable, murmura Struthers en lisant son adresse.

Puis, il glissa le papier dans la poche de son manteau.

— Bien, alors. Je ferais mieux de m'y mettre.

Ils se levèrent tous les deux.

— N'ayez crainte, milady. Aloysius Struthers ne vous laissera pas tomber.

Sur cela, il fit claquer son chapeau sur sa tête. Avec un hochement de tête sombrement déterminé, il partit à grandes enjambées.

Alathea le regarda s'en aller. Une vague de soulagement la submergea. Étourdie, elle se laissa choir sur le banc. Cinq minutes plus tard, Mary, Alice et Augusta l'y trouvèrent assise là, souriante.

— Oui, répondit-elle à leur question. Nous pouvons, en effet, rentrer à la maison.

Elle envoya une convocation dans Brook Street dès l'instant où ils revinrent chez eux ; Gabriel arriva alors qu'ils quittaient la table du déjeuner. Lui accordant à peine le temps de saluer le reste de sa famille, Alathea le traîna dehors dans le pavillon.

Comme s'ils étaient en harmonie avec son humeur, les nuages s'étaient envolés. Les autres membres de la famille les suivirent sous le soleil, s'éparpillant sur la pelouse pour se détendre et jouer, mais personne ne tenta de les suivre dans l'ombre privée du pavillon.

— Je suppose, dit Gabriel en la suivant en haut de l'escalier, que vous êtes sur le point de me révéler la nature de votre « découverte fantastique » ?

— Le capitaine Aloysius Struthers !

Alathea pivota vivement et se laissa tomber sur le sofa.

— Je l'ai trouvé.

— Où ?

Joyeusement, elle lui relata leur rencontre.

— Au musée. Et non seulement il a accepté de témoigner de la fausseté des prétentions de Crowley, mais en plus il a dit qu'il pouvait mettre la main sur des cartes géographiques vérifiées et aussi sur des détails des baux pour les mines pertinentes, précisa-t-elle en gesticulant avec grandiloquence. Il nous sera encore plus utile que nous l'avions espéré.

Gabriel fronça les sourcils. Étonnée, elle lui demanda :

— Qu'y a-t-il ?

Il grimaça.

— Je serais satisfait que le capitaine se contente de paraître devant le juge ; avec son témoignage pour soutenir notre cas, nous n'aurons besoin de rien d'autre.

— Quelques faits supplémentaires dans notre manche ne pourront pas nuire.

— Hum. Struthers a-t-il dit où il résidera ?

Alathea tira une feuille pliée de sa poche.

— J'ai copié son adresse pour vous. Irez-vous le voir ?

Gabriel lut l'adresse ; il prit un air sombre.

— Oui. S'il avait l'intention de demeurer dans le Surrey, je ne m'en serais pas donné la peine, mais, dans ce cas-ci, je pense qu'il serait sage de lui rendre une visite.

— Pourquoi ?

— Pour le prévenir. S'il va fouiner un peu partout en posant des questions sur des cartes géographiques et sur des baux pour des mines, il court le risque d'éveiller l'attention de Crowley. Nous approchons peut-être de la dernière heure, mais Ranald Crowley n'est pas un adversaire à qui j'aimerais tourner le dos.

— Non, en effet ; mais le capitaine semble bien le connaître.

— Néanmoins, je vais m'entretenir avec le capitaine. Cela ne fera pas de mal de souligner la nécessité du secret.

Glissant la note dans sa poche, Gabriel regarda Alathea, puis il se tourna et s'assit à côté d'elle.

— Ce qui m'amène à insister sur un autre point.

Se poussant pour lui faire de la place, elle le regarda d'un air interrogateur.

— Ne vous rendez seule nulle part. Pas avant que nous ayons reçu notre réponse – et puis non, pas même à ce moment-là. Pas avant que nous sachions que Crowley a quitté Londres.

— Et je pensais que c'était moi qui faisais des drames.

Serrant la mâchoire, il lui prit la main.

— Je suis sérieux. Crowley n'est pas un quelconque bandit anglais – il ne respecte aucune loi, sauf celle de la jungle. À la minute où il sera mis au courant de nos plans et jusqu'à ce qu'il retourne à la jungle ou bien dans un autre endroit sauvage, vous ne serez pas en sûreté.

Il emprisonna son regard.

— Promettez-moi que vous n'irez nulle part seule et que, même lorsque vous serez accompagnée, vous limiterez vos sorties à des événements purement sociaux. Aucune visite dans des musées ni à la Tour – plus aucune recherche. Nous avons tout ce qu'il faut pour vaincre Crowley aujourd'hui. Vous n'avez aucune raison de vous mettre en situation de danger.

Un éclat de rire les fit se retourner tous les deux vers l'endroit où Charlie et Jeremy étaient debout sur la pelouse, taquinant Mary et Alice assises sur une couverture.

— Ils sont suffisamment en sécurité. Tant que vous resterez tous au sein de la haute société, vous serez en sûreté ; ce n'est pas une arène où Crowley peut se mouvoir sans attirer immédiatement l'attention.

Regardant Alathea, Gabriel lui pressa la main.

— Promettez-moi que vous serez prudente.

Alathea le regarda dans les yeux. Elle y vit l'urgence et une douceur inhabituelle dans la profondeur noisette.

— Je serai prudente, mais…

— Pas de « mais », *pas* de « si ».

En un clin d'œil, toute douceur avait disparu de son visage. Son chevalier protecteur lui jeta un regard mauvais.

— *Promettez.*

Un ordre, et non une demande. Alathea lui jeta elle aussi un regard noir.

— Je serai prudente. Je ne ferai rien de stupide. Cela devra vous contenter. Je n'ai jamais été sous vos ordres.

Son expression, la dureté de pierre de son regard, accorda du crédit à son grondement sourd.

— Vous marchez sur des œufs.

Oui, mais qu'y avait-il dessous ? Voulant désespérément le découvrir une fois pour toutes, Alathea lui rendit son regard hautain.

— Je suis ma propre maîtresse, je ne vous appartiens pas.

Des yeux noisette plongèrent dans d'autres yeux noisette. Un long moment s'écoula, puis il détourna la tête. Son expression se durcit pendant qu'il contemplait Jeremy et Alice, Augusta et Mary.

— Laissez-moi vous dire ce qui se passera une fois que nous aurons obtenu notre jugement contre la Société aurifère de l'Afrique centrale et orientale. D'abord, nous allons nous marier. Pas d'une manière furtive, mais ici, au cœur de la haute société. Dans l'église St-Georges, un beau matin de juin. Après cela, nous diviserons notre vie entre Londres et le Somerset – la saison mondaine à Londres, plus différents voyages requis par les affaires, mais nous passerons la majorité de l'année au manoir Quiverstone. Mis à part tout le reste, de là, vous et moi pourrons surveiller Morwellan Park et donner un coup de main à Charlie s'il en a besoin. Et vous serez présente pour voir Jeremy et Augusta grandir. Nous pourrons parrainer Augusta pour son entrée dans le monde, et lorsque vous serez à Londres, vous pourrez reprendre le temps perdu avec Mary et Esher, et Alice et Carstairs.

Entre-temps, vous pourrez apprendre à connaître les locataires du manoir que vous ne connaissez pas déjà et aider maman avec les mille et une choses qu'elle fait pour le domaine, afin que vous soyez prête à prendre la relève lorsqu'elle décidera de tirer sa révérence. Et il y a Heather, Eliza et Angelica qui, comme vous le savez bien, seront enchantées de vous appeler « sœur ». Vous pourriez essayer de leur apprendre à ne pas glousser – Dieu sait que maman n'a pas encore réussi.

L'aile est devra aussi être décorée à neuf. Je n'ai jamais fait autre chose qu'ordonner que l'on nettoie les vieux meubles. Je ne connais même pas l'état de la moitié d'entre eux, bien que mon lit là-bas soit assez solide.

Alathea ravala son « assez solide pour quoi ? » La réponse ne fut pas longue à venir.

— Et si tout cela ne suffit pas à vous amuser, j'ai un certain nombre de distractions prévues pour vous ; au moins trois fils et un certain nombre de filles.

Tournant la tête, il rencontra son regard.

— Les vôtres et les miens. Les nôtres. Notre avenir.

Elle soutint posément son regard et elle pria pour qu'il ne voie pas à quel point cela lui tiraillait le cœur.

— Imaginez cela, nous, assis sous le vieux chêne dans le sud du jardin, regardant jouer nos enfants. Entendant les voix perçantes, les rires, les cris. Les prenant pour les consoler, pour les réconforter ou peut-être simplement pour les étreindre.

Il scruta ses yeux, ses yeux à lui aussi durs que des agates.

— Vous avez toujours aimé les enfants, vous vous étiez toujours attendue à avoir votre propre tribu. Cela a toujours été votre rêve, votre destin. Vous l'avez abandonné pour votre famille, mais à présent le destin vous le rend.

Il balaya son visage du regard, puis, comme s'il était satisfait de ce qu'il voyait, il se cala dans son siège et il tourna les yeux sur le jardin.

— Je vous connais trop bien pour croire que vous tourneriez le dos à ce rêve une deuxième fois.

Sa confiance titilla la colère d'Alathea, mais elle chassa la tentation de donner libre cours à la fureur. Ses paroles – ses *déclarations* – auraient dû lui donner froid dans le dos ; il n'y avait pas eu de douceur aimante dans ses mots. Il n'était qu'un guerrier – logique, pratique – son chevalier protecteur l'emportant vers un nouveau commencement, pour lequel elle devrait être dûment reconnaissante, avant d'accepter tous ses décrets.

Cela aurait suffi à la faire rire, mais elle s'en abstint. S'il s'était montré charmant en présentant ses arguments avec la touche douce et légère dont elle le savait capable, son cœur aurait coulé sans laisser de trace. C'était ainsi qu'il se comportait dans des affaires qui ne le touchaient pas profondément. Au contraire, il lui avait montré son côté guerrier, habillé d'une armure en granit impénétrable et imprenable. Elle devait se demander ce qu'il protégeait. Levant le menton, elle fixa son regard sur son profil.

— Et qu'en est-il de nous ? Vous et moi. Nous deux ensemble. Comment nous imaginez-vous ?

La question toucha un point sensible. Son rapide froncement de sourcils, une infime tension de ses muscles autrement rigidement maîtrisés le lui révéla.

— Je nous vois au lit, gronda-t-il, et dans quelques autres endroits aussi. Voulez-vous connaître les détails ?

— Non. J'ai assez d'imagination pour me les fournir moi-même.

— Bien, alors.

Mais, son ton s'était radouci, comme si en réfléchissant à sa question, il avait vu plus qu'il ne s'y attendait.

— J'imagine que nous irons nous promener à cheval comme avant, chaque jour. Vous avez toujours aimé chevaucher ; montez-vous encore souvent ?

Après un instant d'hésitation, elle dit :

— Nous avons vendu les chevaux il y a des années.

Il hocha la tête.

— Donc, nous monterons tous les jours. Et, je viens de penser, vous pourrez m'aider avec les comptes du domaine, ce qui nous laissera plus de temps pour chevaucher. Et investir : examiner les nouvelles, éliminer les mauvaises rumeurs, les vérifier avec Montague et mes autres contacts. Je gère tous les fonds Cynster. Vous avez joué à bon escient avec la trésorerie Morwellan, telle qu'elle était, mais je joue un jeu plus agressif.

— Je ne suis pas particulièrement douée pour l'agressivité.

— Vous pourrez vous intéresser davantage au côté défensif, alors – les obligations et le capital, précisa-t-il en gesticulant en grand. C'est ainsi que je nous imagine.

Alathea patienta un moment, puis elle dit doucement :

— Vous savez parfaitement bien que ce n'était pas ce que je voulais dire. Je voulais savoir ce que vous voyiez *entre* nous.

Il tourna brusquement la tête et il la regarda d'un air renfrogné.

— Thea, cessez de résister. Nous serons bientôt mariés. Tout ce que j'ai dit se réalisera – vous le savez.

— Je ne sais rien du tout. Pourquoi vous imaginez-vous que je me plierai à vos ordres ?

Il hésita, puis son regard plissé se fixa sur le sien. Ensuite, il dit :

— Vous accepterez parce que vous m'aimez.

Alathea sentit ses lèvres s'entrouvrir et sa mâchoire se décrocher. Horrifiée, elle scruta ses yeux. La compréhension qu'elle y vit l'horrifia encore plus. Comment pouvait-il savoir ? Elle referma ses lèvres d'un coup et elle le dévisagea d'un regard activement noir.

— Je serai juge de mes sentiments pour vous.

— Direz-vous que ce n'est pas le cas ?

Son ton contenait un avertissement.

— Je dis que je ne me suis pas encore décidée.

Avec un petit reniflement dégoûté, il détourna la tête.

— Essayez-en une autre.

Même s'il avait marmonné, Alathea l'avait entendu.

— Vous ne savez pas si je vous aime, vous ne pouvez pas le savoir !

Il la regarda droit dans les yeux.

— Je le sais.

— Comment ?

Après un moment, il regarda ailleurs ; cette fois, ses yeux se fixèrent sur le jasmin, fleurissant à profusion au-dessus du pavillon, remplissant les arches, ses fleurs blanches odorantes oscillant sous la brise. Attrapant une grappe, il la cassa. Baissant les yeux, il la retourna dans ses mains, ses longs doigts caressant les fleurs douces comme du velours.

— À combien d'hommes avez-vous accordé la permission de vous faire l'amour ?

Alathea se raidit.

— Vous savez parfaitement bien…

— Exactement.

Il hocha la tête, les yeux sur le jasmin.

— Seulement moi. Vous ne savez pas…

Alathea patienta ; après un long moment, il prit une inspiration et il rencontra son regard.

— Je sais que vous m'aimez à cause de la façon dont vous vous êtes donnée à moi. En raison de votre manière d'être lorsque vous êtes dans mes bras.

— Bien !

Elle lutta contre une envie de fanfaronner.

— Comme vous êtes le seul amant que j'ai connu jusqu'à présent…

— Dites-moi – ses mots tranchants l'interrompirent –, pouvez-vous vous imaginer telle que vous êtes avec moi si ce n'est pas moi qui suis avec vous, mais un autre homme ?

Elle le dévisagea. Elle ne pouvait pas commencer à se former une image mentale ; l'idée lui était totalement étrangère.

Si étrangère qu'elle comprit soudain qu'elle avait perdu son objectif de vue.

— Vous évitez ma question.

Ce fut un tour de force pour elle d'éloigner son esprit des voies sur lesquelles il l'entraînait, de contempler à la place le fait que s'il savait qu'elle l'aimait, il serait encore plus enclin par esprit de chevalerie à l'épouser sans égard aux autres motifs. Cette réalisation suscita une nouvelle vague d'émotions, d'espoir et de frustration en parts égales. L'espoir que la raison d'être de son bouclier protecteur était qu'il avait un cœur aussi vulnérable que le sien ; la frustration d'avoir à le convaincre de baisser sa garde assez longtemps pour qu'elle en soit certaine.

Elle avait envie de serrer les poings, de fermer ses yeux très fort, de taper du pied et d'*exiger* qu'il lui dise la vérité. Au lieu de cela, elle fixa ses yeux sur lui et prononça très soigneusement les mots suivants :

— Je ne vous épouserai pas jusqu'à ce que vous me disiez pourquoi vous voulez vous marier avec moi et que vous mettiez votre main sur votre cœur pour jurer que vous m'avez révélé toutes vos raisons – *jusqu'à la dernière.*

Ceux qui le considéraient comme l'essence même du gentleman civilisé n'auraient jamais reconnu le guerrier rudement primitif qu'elle affrontait maintenant. Heureusement, elle l'avait assez souvent rencontré pour ne pas trembler.

— *Pourquoi ?*

L'atmosphère elle-même vibra entre eux sous cet unique mot, si imprégné de passions retenues – la colère, la frustration et le désir à peine refréné.

Alathea ne cilla pas.

— Parce que j'ai besoin de le savoir.

Il soutint son regard si longtemps qu'elle commença à se sentir étourdie, puis il arracha son regard au sien et il se leva abruptement.

Il regarda au-delà des jardins, puis il baissa les yeux vers elle. Son expression était neutre. D'une chiquenaude, il lança la brindille de jasmin sur les cuisses d'Alathea.

— Ne pensez-vous pas que nous avons perdu suffisamment d'années ?

Son regard monta, il effleura le sien, puis il se tourna et il descendit les marches.

Alathea resta assise dans le pavillon à rejouer mentalement leurs échanges, se demandant si elle dirait quelque chose différemment, si elle ferait les choses autrement ou si elle réussirait à accomplir plus si l'occasion lui en était donnée.

Au bout d'une heure, elle leva le jasmin et elle en inspira le parfum entêtant. Elle se concentra sur la brindille, puis, avec une grimace d'autodérision, elle l'enfouit dans son corsage.

Pour la chance.

Elle avait joué avec le destin pour ses sœurs et elle avait gagné. Elle venait juste de jouer pour son propre avenir – lui avait-elle dit qu'elle n'était pas agressive ? Elle avait tout risqué sur un dernier coup de dé.

Elle le referait sans hésiter.

Avec un soupir, elle se leva et se dirigea vers la maison.

CHAPITRE 19

Dimanche soir. Gabriel entra chez lui avec sa clé. Alors qu'il refermait la porte, Chance se matérialisa au fond du vestibule.

Gabriel lui tendit son chapeau et sa canne.

— Y a-t-il du brandy dans le salon ?

— Oui, monsieur.

Gabriel le congédia d'un signe de la main.

— Je n'aurai plus besoin de toi ce soir.

La main sur la poignée de porte du salon, il s'arrêta.

— Encore une chose : Folwell a-t-il apporté son rapport ?

— Ouais, monsieur ; il est sur le manteau de la cheminée.

— Bien.

Entrant dans le salon, Gabriel ferma la porte et se dirigea droit vers le buffet. Il se versa deux doigts de brandy, puis, verre en main, il prit la missive de Folwell sur le manteau de la cheminée et il s'affala dans son fauteuil à oreilles préféré. Il but une longue gorgée, le regard sur la feuille pliée, puis, déposant son verre et le mot sur une petite table, il pressa ses mains sur ses yeux.

Dieu qu'il était fatigué. Au cours de la dernière semaine, à part le temps qu'il avait passé avec Alathea et quelques heures de sommeil agité, il avait consacré chaque minute éveillée à essayer de secouer un tas de fonctionnaires et d'assistants d'ambassadeurs étrangers afin qu'ils lui fournissent des déclarations officielles – des déclarations ayant une valeur légale – en vain. Ce n'était pas que ces hommes ne souhaitaient pas lui être utiles ; c'était seulement la façon de faire habituelle des autorités gouvernementales partout dans le monde. Tout devait être vérifié une fois, deux fois, trois fois et ensuite être approuvé par une autre personne. Le temps, semblait-il, était mesuré à une échelle différente à Whitehall tout comme dans les régions étrangères.

Soupirant profondément, Gabriel étira ses jambes et il appuya la tête sur le dossier, les yeux fermés. Ce n'était pas son échec sur le front étranger qui l'inquiétait.

Il avait rendu visite au capitaine Aloysius Struthers dans l'après-midi. Même après cette courte entrevue, il était clair qu'il était le sauveur qu'Alathea avait imaginé. Son témoignage, même en l'absence de tout autre fait à part ceux qu'ils avaient déjà glanés, inciterait le plus réticent des juges à rendre une décision favorable et rapide. Le problème était que le capitaine s'était embarqué dans une croisade toutes voiles dehors. Il avait déjà communiqué avec des connaissances à la recherche de cartes géographiques et de baux pour des mines.

Gabriel n'était pas du tout convaincu qu'il s'agissait là du moyen pour passer la corde au cou de Crowley. La discrétion aurait été plus sage.

Il avait passé une demi-heure à presser Struthers à la prudence, mais l'homme n'avait pas voulu l'écouter. Il était déterminé à faire tomber Crowley. En fin de compte, Gabriel l'avait accepté et il était parti, essayant d'ignorer le pressentiment de danger qui résonnait en lui comme un clairon.

Tant que Struthers paraissait devant la cour de la chancellerie mardi matin, tout irait bien. Jusque-là, par contre, l'enquête et ses nerfs oscilleraient sur le fil du rasoir. Un mauvais pas…

Ouvrant les yeux, il se redressa, il tendit la main vers son verre et il but d'un air grave. Il ne pouvait rien faire de plus ce soir pour renforcer la cause Morwellan. Il était plus que temps, cependant, de s'occuper de l'autre affaire en cours.

Il était lâche.

Un fait difficile à affronter pour un Cynster, mais l'affronter, il le fallait. *Elle* ne lui avait donné aucun choix.

Il n'avait pas revu Alathea depuis leur rencontre dans le pavillon l'après-midi précédent. En effet, il ne voulait *pas* la voir, pas avant d'avoir décidé quoi faire, comment répondre à son ultimatum. Elle lui donnait l'impression d'être si… primitif, si dépouillé de toutes ses attitudes élégantes, de la patine de son charme social. Avec elle, il se sentait comme un homme des cavernes, un homme qui avait soudainement découvert qu'il était au-delà de la capacité de son club de fournir le paradis sur terre. Il avait dépeint les détails de leur vie future dans l'intention de l'inciter à admettre que cette vie était hautement désirable, de lui montrer comment leurs existences pouvaient s'entremêler facilement. Au lieu de cela, il s'était lui-même ouvert les yeux sur sa propre envie *désespérée* d'avoir tout ce qu'il avait décrit.

Il n'avait pas réfléchi aux détails avant – il avait su qu'il la désirait comme épouse, et cela avait suffi. Toutefois, maintenant qu'il avait évoqué de telles visions dans toute leur gloire, elles le hantaient.

Et elle piquait et incitait sa couardise.

Allait-il risquer cet avenir – ce futur merveilleux qui devrait leur appartenir – simplement parce qu'il n'était pas capable de trouver les mots pour lui dire ce qu'elle voulait savoir ? Parce que la seule pensée de ce qu'elle représentait réellement à ses yeux lui serrait la gorge et lui coupait la langue ?

Cependant, il n'existait *pas* de mot pour englober tout ce qu'elle était pour lui, alors comment diable *pouvait*-il le lui dire ?

Il avala une bonne gorgée de brandy et il ressassa ce fait. Mais, il devait le lui dire et très vite. La patience n'avait jamais été sa qualité première – une patience qui exigeait une abstinence connexe était totalement étrangère à son caractère. Il avait supporté plus d'une semaine sans elle ; sa réserve de patience était étirée jusqu'à sa limite. Il n'allait certainement pas laisser l'affaire judiciaire suivre son cours et prendre le risque qu'Alathea lui glisse entre les mains pour retourner à la campagne. Si elle le faisait, il lui faudrait courir après elle ; songez seulement comme *cela* serait révélateur pour la haute société qui était à présent des plus intéressées.

Non – il devait parler avant mardi matin. Dieu seul savait comment les choses se termineraient après cela, avec ou sans Struthers. Et si, par un épouvantable tour du destin, les choses tournaient mal et que la décision était rendue contre eux… s'il attendait jusque-là pour rassembler son courage et parler, il lui faudrait peut-être une éternité pour la convaincre qu'il ne faisait pas cela dans l'unique but de l'amener sous sa protection. Il deviendrait probablement fou avant de réussir. Mieux valait frapper maintenant, alors que leur dossier était solide, afin qu'elle ait moins de justification à relier au motif de son instinct obsessif, il fallait en convenir. Il ne regrettait pas cet instinct – il ne songerait pas à s'en excuser –, mais il pouvait voir que dans ce cas-ci, il allait se placer en travers de son chemin.

Donc – comment lui dire ce qu'elle insistait pour savoir avant mardi matin ?

Il ne se voyait pas commettre son forfait par l'entremise d'une visite matinale officielle et essayer de lui parler au parc serait dément. Tendant la main vers le mot de Folwell, il lut la liste des rendez-vous d'Alathea. Comme il l'avait supposé, leur prochaine rencontre inévitable aurait lieu au bal des Marlborough le lendemain soir.

Ils se rejoindraient à la cour de la chancellerie le matin suivant.

Gabriel grimaça. Comment, entre le moment de leur parution devant la cour et aujourd'hui, le destin s'attendait-il à ce qu'il révèle son jeu, encore plus qu'il mette son cœur à nu ?

— Faites monter Nellie pour moi, Crisp. Je ferais aussi bien de me préparer.

— En effet, lady Alathea. Je crois que Nellie se trouve avec Figgs. Je vais la prévenir immédiatement.

Crisp passa la porte en feutre vert destinée aux domestiques.

Alathea monta l'escalier, ignorant avec entêtement ses émotions constamment hésitantes. D'un côté, elle se sentait presque hystériquement soulagée, remontée presque jusqu'à en devenir frivole parce que l'épée qui était suspendue au-dessus de l'avenir de sa famille depuis des mois était pratiquement éliminée avec efficacité. Le témoignage du capitaine l'emporterait sur Ranald Crowley. Elle devait par moments se concentrer pour ne pas afficher un sourire niais.

Elle avait mentionné à son père et à Serena que les affaires prenaient un bon tour. Une petite bizarrerie superstitieuse l'avait retenue de leur assurer que la famille était enfin en sûreté. Elle le ferait plus tard au cours de la semaine, dès l'instant où le juge rendrait sa décision.

Cependant, ils étaient bien hors de danger. Elle le savait dans son cœur.

Son cœur, malheureusement, était occupé ailleurs et pas du tout enclin à partager sa joie imminente. Dans une affaire qui en était venue, à sa grande surprise, à signifier plus pour elle que sa propre famille, son cœur était troublé. Mal à l'aise. Inassouvi.

Atteignant le haut de l'escalier, elle lâcha ses jupes et soupira.

Quel coup préparait-il ?

Elle ne l'avait pas vu et elle n'avait pas entendu parler de lui depuis qu'il l'avait laissée dans le pavillon avec ses mots « ne pensez-vous pas que nous avons perdu suffisamment d'années » lui résonnant dans les oreilles. Et maintenant quoi ? S'imaginait-il qu'elle faiblirait et qu'elle se contenterait d'acquiescer ?

— Ha !

Pressant les lèvres ensemble, elle avança en silence dans l'aile et ouvrit la porte de sa chambre à la volée. Les pas de Nellie se précipitaient derrière les siens.

— Je veux la robe ivoire et or, celle que je conservais pour une occasion spéciale.

— Oooh !

Nellie fila jusqu'au placard.

— Quelle est cette occasion, donc ?

Alathea s'assit devant sa coiffeuse ; dans la glace, elle contempla la lueur radicale dans ses yeux.

— Je n'ai pas encore décidé.

Elle n'allait pas faire cela – faiblir et céder. Elle allait se montrer tenace, entêtée – elle était totalement déterminée. Pour autant qu'elle puisse en juger, c'était elle qui avait pris tous les risques jusqu'ici – en demandant qu'il jure de ses motifs, en se montrant aussi naïvement transparente. Il était temps qu'il collabore et lui dise toute la vérité.

Un petit coup à la porte annonça l'eau de son bain. Pendant que Nellie supervisait les préparations, Alathea détacha ses cheveux et les brossa, puis elle les enroula en un simple chignon. Nellie vint chercher ses sels de bain habituels ; elle grommela à travers des dents serrées sur des épingles à cheveux.

— Non, pas ceux-là. Les sachets français.

Les sourcils de Nellie se haussèrent, mais elle se hâta vers le tiroir où le cadeau d'anniversaire coûteux de Serena était caché. Un moment plus tard, une bonne odeur rappelant le parfum de la comtesse enveloppa la chambre.

Le visage de Nellie était illuminé de joie ; sans plus de directive, elle rassembla tout ce qui était requis pour qu'Alathea soit au sommet de sa beauté – plus séduisante que jamais.

C'est presque une heure plus tard qu'elles eurent terminé. Alors qu'elle plaçait sa coiffe dorée sur sa chevelure, Alathea étudia son reflet, essayant de se voir à travers les yeux de Gabriel. Ses cheveux reluisaient, ses yeux étaient arrondis et brillants. Son teint – une chose dont elle tenait rarement compte – était sans défaut. Les années avaient effacé toute trace d'enfance de son visage et de sa silhouette, les laissant affinés, façonnés. Elle posa légèrement les doigts sur ses lèvres, puis elle sourit. Rapidement, elle survola du regard l'étendue de ses épaules et de ses seins dévoilés par la robe exquise, un vêtement que Serena l'avait obligée à se procurer plus tôt dans la saison.

Envoyant des remerciements sincères vers sa belle-mère, Alathea se leva. La robe bruissa quand la soie rigide tomba en ligne droite, la broderie dorée du décolleté et de la lisière scintilla. Reculant, elle pivota et elle examina sa silhouette, la façon dont la robe lui caressait les hanches. La détermination brilla dans ses yeux.

En ce qui la concernait, la prochaine initiative appartenait à Gabriel, particulièrement parce qu'il s'était montré obligeant au point de faire sa déclaration pour elle. Avoir été naïvement transparente était déjà assez grave – se voir expliquer sa propre transparence était infiniment pire.

Elle n'allait pas bouger d'un poil. Il allait devoir la convaincre, totalement, complètement, sans la moindre trace de doute…

— Tenez !

Nellie se détourna de la porte où un petit coup l'avait appelée.

— Regardez ce qui vient d'arriver.

Alertée par l'émerveillement dans la voix de Nellie, Alathea regarda de son côté.

Tenant respectueusement une boîte blanche et ornée de dorures, Nellie regardait avec joie son contenu. Puis, elle tourna un visage rayonnant vers Alathea.

— C'est pour vous, et il y a un mot !

Le cœur d'Alathea bondit ; ses poumons cessèrent toute activité. Elle se laissa choir sur le tabouret de sa coiffeuse. Pendant que Nellie s'approchait avec la boîte, Alathea comprit la raison de son air impressionné. La boîte n'était pas blanche, elle était en verre bordée de soie blanche. Il n'y avait pas de dorure non plus – les décorations dans les coins, la penture et le loquet étaient en or pur.

Alors que Nellie la lui remettait entre les mains, Alathea ne pouvait pas imaginer quelque chose de plus exquis. Que diable contenait-elle ?

Elle n'eut pas besoin de l'ouvrir pour le découvrir. Le couvercle n'était pas recouvert de soie. À travers, elle vit un simple petit bouquet. Simple, oui ; dans tous ses autres aspects, le bouquet était assorti à la boîte. Un groupe de cinq fleurs blanches d'un type qu'elle n'avait jamais vu avant était attaché par un ruban en filigrane d'or. Le bouquet était niché dans la soie blanche en cachant presque entièrement la note dessous. Les pétales des fleurs étaient luxuriants, épais, veloutés et le vert de leurs tiges formait un contraste frappant.

C'était le bouquet d'entrée dans le monde le plus élaboré, le plus coûteux, le plus extravagant qu'elle n'avait jamais vu.

Pivotant sur son tabouret, elle déposa la boîte sur sa coiffeuse et elle souleva le couvercle. Un vent parfumé s'éleva jusqu'à elle, sensuel et lourd. Une fois qu'elle l'eut inhalé, il ne la quitta plus. Glissant avec précaution les doigts sous les fleurs, elle souleva le bouquet et le déposa à côté. Puis, elle sortit le billet. Respirant à peine, elle l'ouvrit.

Le message était simple – une unique phrase écrite de sa main audacieuse et agressive.

Vous avez mon cœur – ne le brisez pas.

Elle lut les mots trois fois et elle ne réussit quand même pas à en détacher les yeux. Puis, sa vision se brouilla ; elle cilla, elle avala. Sa main commença à trembler. Repliant vite le billet, elle le déposa.

Et elle se concentra sur sa prochaine respiration.

— Oh, mon Dieu, réussit-elle enfin à dire et même ces mots furent tremblants.

Clignant frénétiquement des paupières, elle fixa le bouquet.

— Oh, juste *ciel*. Que diable dois-je faire ?

— Bien, vous allez le porter, bien sûr. Très joli, je dois dire.

— Non, Nellie, tu ne comprends pas.

Alathea posa ses mains sur ses propres joues.

— Oh, comme cela lui *ressemble* de compliquer tout !

— Lui, qui ? Maître Rupert ?

— Oui. Gabriel. C'est ainsi qu'on l'appelle maintenant.

Nellie renifla.

— Bien, je ne vois pas pourquoi vous ne pouvez pas porter ses fleurs, même s'il utilise un autre nom.

Alathea ravala un rire hystérique.

— Ce n'est pas son *nom* Nellie, c'est *moi.* Je ne peux pas porter un bouquet de jeune fille qui fait ses débuts.

Il le savait, évidemment. Elle n'avait jamais fait ses débuts, elle n'avait jamais reçu un bouquet pour son entrée dans le monde, elle n'avait jamais eu l'occasion d'en porter un.

Elle avait envie de pleurer de bonheur.

— Maudit soit cet homme ! Que dois-je faire ?

Elle ne s'était jamais sentie aussi nerveuse de sa vie. Elle voulait porter les fleurs, elle voulait les prendre et se précipiter dehors comme une jeune fille enthousiaste et se hâter au bal juste pour lui montrer – à son amant – qu'elle comprenait. Mais…

— Les amateurs de scandales nous observent déjà.

Si elle portait le bouquet, ils seraient le sujet des on-dit de la soirée. Possiblement de toute la saison mondaine.

— Je pourrais les porter comme un corsage.

Elle essaya, inclinant les fleurs d'un côté, puis de l'autre, à sa gauche, à sa droite, au centre de son décolleté.

Elle soupira.

— Non. Cela n'ira pas.

Une fleur ne suffisait pas sur la broderie dorée, mais trois, le nombre requis pour équilibrer le bouquet, c'était trop, cela faisait une trop grosse masse. Beaucoup trop visible. Mis à part tout le reste, le bouquet serait constamment dans son champ de vision – affronter Gabriel par-dessus, passer la soirée à ses côtés avec ses fleurs entre eux de manière aussi flagrante serait impossible. Elle ne garderait jamais son sang-froid.

— Je ne peux pas.

Atterrée, elle contempla les belles fleurs – elle admira le cadeau que lui avait offert son guerrier en témoignage de son amour. Elle voulait désespérément les porter, mais elle n'osait pas.

— Va chercher un vase, Nellie.

Avec un raclement de gorge désapprobateur, Nellie s'en alla.

Alathea prit délicatement le bouquet dans ses mains et elle se laissa imprégner par son sens. Puis, elle entendit les voix de Mary et d'Alice ; cillant, reniflant, elle reposa avec douceur le bouquet dans sa boîte et elle la plaça d'un côté de sa coiffeuse. Comme dans un rêve, elle termina sa toilette, attachant les perles de sa mère autour de sa gorge, mettant les boucles d'oreilles assorties, s'aspergeant généreusement du parfum de la comtesse.

— Allie ? Es-tu prête ?

— Oui. J'arrive !

Sa raison en déroute, elle se leva. Les yeux sur le bouquet, tendrement rangé dans sa boîte délicate, elle inspira, elle expira, puis elle prit son réticule et elle se retourna.

— Dépêche-toi ! Le fiacre est là !

— J'arrive.

Atteignant le seuil, Alathea s'attarda. La main sur la porte, elle regarda en arrière la boîte délicate dont il s'était servi pour lui envoyer son cœur.

Son regard se leva sur la glace au-delà, sur son propre reflet.

Un moment plus tard, elle cilla. Quittant la porte, elle revint dans la pièce.

S'arrêtant devant sa coiffeuse, elle prit le billet de Gabriel. Elle relut son message, puis elle regarda de nouveau son reflet. Ses lèvres se tordirent, puis se relevèrent dans les coins. Rangeant le mot dans sa boîte à bijoux, elle leva les mains sur sa coiffe.

Il lui fallut un moment pour retirer délicatement les épingles. Alathea ignora le chœur d'appels montant dans le couloir. Cette fois, sa famille pouvait attendre.

Mettant sa coiffe de côté, elle détacha rapidement le bouquet. Elle enroula le ruban autour du chignon serré en haut de sa tête et elle le noua avec un simple nœud, laissant les bouts s'entremêler avec les boucles environnantes. Les doigts tremblants, elle sépara trois fleurs luxuriantes de l'arrangement. Quand elle eut terminé de faufiler les tiges dans son épaisse chevelure et de les attacher avec des épingles, elle souriait, son cœur explosait, son visage reflétait sa joie.

Nellie entra en hâte et elle stoppa net.

— Oh, mon Dieu *!* Eh bien ! C'est mieux !

— Mets les autres dans l'eau. Je dois me dépêcher. Pivotant vivement, Alathea pressa le bras de Nellie, puis, essoufflée, elle courut à la porte.

Les sourcils relevés, Nellie la regarda partir, puis, un large sourire ornant son visage, elle se rendit d'un pas affairé jusqu'à la coiffeuse. Elle déposa les deux fleurs restantes dans le vase, puis elle le transporta avec précaution jusqu'à la table de nuit. Nellie s'essuya les mains et retourna à la coiffeuse pour ranger les peignes et la brosse d'Alathea. Elle était sur le point de s'éloigner quand le billet plié pointant hors de la boîte à bijoux d'Alathea attira son regard.

Nellie jeta un bref coup d'œil sur la porte, puis elle souleva le couvercle de la boîte à bijoux et elle en sortit le mot. Elle le déplia, elle le lut, puis elle le replia et le remit à sa place. Et elle gloussa de joie.

— Vous ferez l'affaire, jeune homme. Vous ferez l'affaire.

Gabriel vit ses fleurs dans la chevelure d'Alathea à l'instant où elle apparut sous l'arcade ouvrant sur la salle de bal de lady Marlborough. Le spectacle le cloua sur place ; la joie, le soulagement et quelque chose de plus primitif enserra ses poumons. Marquant une pause avec sa famille en haut de l'escalier, Alathea regarda en bas, vers la salle de bal, mais elle ne le vit pas immédiatement. Le regard de Gabriel ne la quitta pas pendant qu'elle descendait lentement la vaste étendue, une main effleurant la balustrade pendant qu'elle scrutait la foule.

Puis, elle l'aperçut.

Il inspira et il commença à avancer vers elle. Ses yeux ne quittèrent pas son visage pendant qu'il refermait la distance entre eux ; il ne se souvint pas de ceux qu'il dépassa pendant qu'il fendit la masse. Il atteignit le poteau central avant elle.

Alors qu'elle descendait les dernières marches, son regard se fixa sur le sien, puis elle marqua une pause sur la toute dernière marche, plus haute que lui, avant de descendre au sol et d'incliner la tête d'un côté afin qu'il puisse examiner les fleurs.

— Je ne pouvais pas les porter, vous le comprenez, n'est-ce pas ?

Il fut submergé d'un sentiment de victoire, une vague roulante qui le fit presque tomber à genoux.

— Votre alternative est inspirée.

Il lui prit la main ; sans se soucier de qui pouvait les observer, il la porta à ses lèvres. Ses yeux retinrent les siens. – Ma dame.

Une force magique les retint sous son emprise, le brun noisette se noyant dans le brun noisette, si près qu'ils pouvaient sentir l'autre respirer, sentir leurs battements de cœur réciproques. Ni l'un ni l'autre n'arrivait à sourire.

— Et il était temps aussi ; mais *allez*, bougez ! Il y a une place sur une méridienne là-bas que je veux arracher.

Alathea sursauta et pivota brusquement. Gabriel leva les yeux directement dans les yeux noirs de lady Osbaldestone. Elle se fendit d'un sourire malicieux et elle lui enfonça un doigt dans le bras.

— Ne me laisse pas t'empêcher de te précipiter dans le piège à souris du pasteur, mais je t'en *prie*, ôte-toi de mon chemin !

Ils s'exécutèrent ; lady Osbaldestone les dépassa et pénétra d'un pas bruyant dans la foule. Gabriel se tourna alors qu'Alathea lui prenait le bras.

— Nous ferions mieux de faire comme elle dit.

Posant sa main par-dessus la sienne, il la guida droit dans la foule déjà dense.

— Nous étions en retard, murmura Alathea. Seulement de quelques minutes, mais cela nous a renvoyés très loin dans la file des carrosses…

— Je commençais à me demander s'il était arrivé quelque chose…

Oui, il s'était passé quelque chose. Alathea croisa ses yeux ; ils lui souriaient doucement, montrant de la magnanimité dans la victoire. Elle détourna la tête.

— Vous savez, je ne me serais jamais attendue à des fleurs de votre part.

Elle ne dit rien de plus ; les muscles sous sa main se contractèrent lentement.

— Il y avait un *billet* avec les fleurs…

Alathea tourna des yeux rieurs vers lui.

— Je sais. Je l'ai lu.

Il l'obligea à s'arrêter, ses yeux scrutant les siens.

— Tant que vous le *comprenez*.

Sa voix contenait de l'agressivité, de l'incertitude et un fort courant sous-jacent de vulnérabilité. Alathea laissa sa propre expression s'adoucir, elle baissa sa garde assez longtemps pour qu'il contemple son cœur dans ses yeux.

— Bien *sûr* que je l'ai compris.

Il plongea son regard profondément dans le sien, puis il relâcha le souffle qu'il avait retenu.

— Ne l'oubliez surtout pas. Même si vous n'entendez ou ne voyez plus jamais ces mots, ils seront toujours vrais. Ne l'oubliez pas.

— Je ne l'oublierai pas. Jamais.

La foule bruyante autour d'eux s'était évanouie. Pendant un moment, ils restèrent dans ce monde où ils étaient seuls à exister, puis Alathea sourit doucement, elle lui pressa le bras et elle les ramena tous les deux dans le présent. Elle jeta un regard circulaire dans la pièce.

— Vous auriez pu choisir une soirée plus propice à votre déclaration.

Gabriel soupira et ils commencèrent à avancer d'un pas paresseux.

— La cour que nous nous sommes faite – que dis-je, nos *vies* communes ont été jusqu'ici dictées par les circonstances. J'ai hâte de me libérer de ces menottes et de prendre nos rênes en main.

— Vraiment ?

Majestueusement, Alathea échangea des hochements de tête avec lady Cowper.

— Puis-je suggérer que vous vous résigniez à partager ces rênes ?

Gabriel lui décocha un regard ; son sourcil tressauta.

— Je vais y réfléchir.

Ils se promenèrent dans la masse, sans rencontrer aucun membre de leurs familles respectives.

— C'est ridicule, déclara Alathea alors que les corps pressés les obligeaient à faire halte. Dieu merci, il ne reste que quelques semaines.

— En parlant du temps qui passe, Struthers vous a-t-il contactée ?

Se rendant à l'inévitable, Gabriel la sortit de la foule qui défilait pour l'amener dans une zone où ils pourraient se tenir debout et converser dans un confort raisonnable.

— Non. Pourquoi ? Je pensais que vous alliez le voir.

— Je l'ai fait. Je lui ai donné mon adresse et le moyen de me contacter s'il avait besoin de mon assistance, mais il ne l'a pas fait.

— Bien.

Alathea haussa les épaules et regarda autour d'elle.

— Vraisemblablement, cela signifie que tout va bien et que nous le verrons demain en cour.

Elle sourit et tendit la main.

— Bonsoir, lord Falworth.

Falworth accepta sa main et se pencha dessus.

Gabriel jura en son for intérieur. En quelques minutes, toute la cour d'Alathea s'était rassemblée. Les hommes avaient dû la localiser grâce à lui, qui était assez grand pour être repéré et suivi dans la foule qui se bousculait. Lord Montgomery déclamait sa prose ; Falworth et les autres attendaient de s'emparer de la conversation pour la faire tourner dans leur propre direction. Un sourire impersonnel aux lèvres, Alathea prétendait suivre la discussion, hochant la tête et murmurant aux moments opportuns.

La première valse, puis elle serait de nouveau à lui. Malheureusement, lady Marlborough était d'une génération plus ancienne ; elle avait prévu un grand nombre de cotillons et même un quadrille au milieu d'un tas de contredanse. Il allait devoir patienter un moment pour sa valse.

Entre-temps…

— Ma chère lady Alathea, je vous implore avec le plus grand sérieux de m'accorder la faveur de cette danse.

Montgomery s'inclina bien bas. Monsieur Simpkins contempla Sa Seigneurie avec une aversion évidente.

— Lady Alathea, vous n'avez qu'un mot à dire. Je serais honoré de vous servir de partenaire.

La révérence de Simpkins fut abrégée au point de la brusquerie.

Alathea leur sourit sereinement, son regard tombant enfin sur Gabriel.

— J'ai bien peur, messieurs, dit-elle en se retournant vers sa cour, qu'en général, je ne danse pas ce soir.

Ils perçurent tous la restriction. Ils avaient vu ce regard rapide et partagé. À présent, ils se posaient des questions. Furieusement.

— Hum.

Lord Montgomery s'efforça de ne pas tourner un œil mauvais sur Gabriel.

— Puis-je vous demander…

Alathea agita la main en direction de la foule.

— C'est beaucoup trop épuisant même d'imaginer devoir se battre pour se frayer un chemin jusqu'au plancher de danse.

Encore une fois, elle les gratifia d'un sourire serein.

— Je préfère profiter de votre conversation et – son regard glissa jusqu'au visage de Gabriel – économiser mon énergie pour les valses.

L'expression indéchiffrable, Gabriel soutint son regard, puis il haussa arrogamment un sourcil. Si sa cour n'avait pas encore compris le message, le moment, lourd d'une sensualité flagrante, devait leur avoir ouvert les yeux. Le guerrier en lui rugit en signe de victoire ; il hésita, puis il inclina légèrement la tête et il arracha son regard au sien. Alors que son moi primitif jubilait devant son geste, cela n'aidait en rien son sang-froid, usant de plus en plus son mince vernis qui, en ce qui la concernait, était tout ce qui dissimulait ses véritables sentiments au monde.

Maintenant qu'elle avait pratiquement déclaré publiquement qu'elle lui appartenait, son côté possessif pouvait se détendre, victorieux, sûrement ? Malheureusement, il se sentait tout sauf détendu. Alathea rétablit la conversation avec Falworth, ignorant royalement les regards pas trop convaincus sur les visages de Montgomery et de Simpkins. Gabriel tenta de rester nonchalamment à côté d'elle et de ne pas penser à ce qu'il aimerait mieux faire.

Les deux tentatives se révélèrent impossibles. Elle avait eu raison. La résidence Marlborough remplie jusqu'au plafond n'était pas un bon lieu pour ce qu'il aurait préféré faire avec elle, lui faire à elle. Trouver un salon vide ce soir serait impossible. Y avait-il une autre façon pour eux de voler une heure ou deux en privé ? Les conversations environnantes babillant dans ses oreilles, il réfléchit à toutes les options, rejetant chacune avec regret. Il jeta un regard en biais à Alathea. Dès l'instant où elle et sa famille seraient libérées de la menace de Crowley, il allait devoir la kidnapper, pendant quelques heures au moins. Assez longtemps pour apaiser la bête en lui.

Réfléchir à la manière dont il allait soulager les besoins vociférants ne fit rien pour les calmer.

Serrant les dents, il s'arracha à ces pensées et il détourna son esprit ailleurs. Struthers. Il avait envoyé Chance rendre visite au vieux loup de mer à midi, lui offrant ses services de toutes les manières utiles.

Le capitaine avait, comme l'on s'y attendait un peu, renvoyé Chance avec un refus bourru, mais poli. Chance avait obéi aux ordres et il avait surveillé la maison de chambres décrépite dans Clerkenwell Road. Le capitaine avait quitté les lieux en fin d'après-midi et il avait pris la direction de la ville, puis il s'était rendu sur les docks. Chance l'avait fidèlement suivi, mais le capitaine avait dû sentir qu'il était filé. Il était entré dans une taverne avant de disparaître. Chance avait fouillé les trois ruelles donnant accès à la taverne, mais il avait été incapable de trouver le capitaine. Vaincu, il était rentré dans Brook Street pour faire son rapport.

Si le capitaine était assez fine mouche pour semer Chance, alors il pouvait se débrouiller seul. Vraisemblablement. Le pressentiment de danger qui avait frappé Gabriel au cours de sa première rencontre avec le capitaine continuait de le ronger.

Changeant de position, il jeta un coup d'œil à Alathea. Au moins, elle était en sûreté. À l'abri de Crowley. Elle n'était pas totalement en sécurité – pas selon ses termes à elle – avec lui, Gabriel. Ils avaient presque une décennie à rattraper et plus d'un événement à célébrer. Son regard se leva sur sa chevelure, sur le cadeau qu'il lui avait offert qui avait enfin accompli ce qu'il avait cherché à faire depuis de si nombreuses années. Il s'était débarrassé de ces fichues coiffes. Jamais plus elle n'en porterait une – il s'était assuré qu'elle n'y songe plus jamais.

Tout cela ajoutait à sa nervosité, à l'impatience qu'il pouvait sentir monter comme la marée, une pression croissante qu'il était impuissant à libérer, pas ici, pas maintenant. Sa respiration était de plus en plus tendue, et il recentra son attention sur le visage d'Alathea, brusquement conscient qu'il était presque au bout de sa laisse fortement tendue. Il jeta un regard sur les gentlemen les entourant ; aucun ne constituait une menace pour Alathea autant que lui-même.

Se redressant, il se rapprocha, extrêmement conscient du parfum provocateur de la comtesse s'élevant doucement de sa chair tendre. La pensée de savoir comme cette odeur se dégagerait beaucoup plus fortement de sa peau chauffée par la passion lui fit serrer le poing.

Risquer une scène à ce stade était absurde. Il valait mieux pour lui qu'il éloigne ses instincts possessifs et autres qui s'exprimaient à quelques distances de là.

Un soudain éclat de rire d'un groupe à proximité amena la cour d'Alathea à regarder derrière elle. Il saisit l'occasion, touchant l'arrière du bras d'Alathea, ses doigts légers sur la peau douce et nue au-dessus de son gant. Une vive sensibilité le transperça – et elle aussi. C'était présent dans ses yeux ronds quand elle leva la tête.

— Oui ?

Le mot fut prononcé à bout de souffle ; elle était aussi étourdie que lui.

— Je ferais mieux de circuler. Je reviendrai pour la première valse.

Le regard d'Alathea tomba sur ses lèvres. Ils étaient si proches, ils pouvaient sentir le souffle de l'autre. Elle s'humecta les lèvres.

— Peut-être, murmura-t-elle, cela est-il… sage.

Elle leva son regard sur ses yeux. Gabriel hocha la tête.

Il réussit à s'éloigner sans poser ses lèvres sur les siennes.

Alathea le regarda partir, puis, avec un soupir en son for intérieur, elle reporta son attention sur sa cour alors que, le boucan à côté diminuant, les hommes se retournaient vers elle. Elle était soulagée que Gabriel se soit éloigné ; elle avait senti sa tension retenue. Le fait qu'elle sache à présent ce qui l'avait provoquée – ce qu'elle était réellement – ne rendait pas le fait d'en être la cause moins dérangeante. Néanmoins, elle aurait de beaucoup préféré se débarrasser de sa cour, s'échapper à son bras et faire tout ce qui était en son pouvoir pour l'apaiser.

Conservant son sourire impersonnel en place, elle encouragea sa cour à la divertir. Son cœur, par contre, n'y était pas. Quand un valet de pied se fraya un chemin jusqu'à elle, un billet plié sur un plateau, cet organe indiscipliné bondit. Sa première pensée fut que son guerrier avait découvert une cachette et qu'il l'appelait à lui.

La vérité se révéla plus troublante.

Chère lady Alathea,

Je me suis procuré l'information que je cherchais et plus encore. J'ai assez de preuves pour discréditer la combine de Crowley, mais j'ai été convoqué sur mon navire et je dois lever l'ancre et partir avec la marée du matin. Vous devez venir immédiatement – je dois vous expliquer en personne certains détails sur les cartes géographiques et les documents, et il sera essentiel pour votre cause que je signe une déposition devant témoins et vous laisse le tout entre les mains.

Je vous supplie de ne pas tarder – je dois lever l'ancre dès que la marée remonte. Courage, chère dame – la fin est proche. Tous les documents nécessaires seront sous peu entre vos mains, et vous serez en mesure d'envoyer Crowley rejoindre le diable.

J'ai pris la liberté d'envoyer un carrosse pour vous escorter. Vous pouvez faire implicitement confiance aux hommes – ils savent où vous conduire. Cependant, vous devez venir immédiatement, sinon tout pourrait être perdu !

Votre respectueux serviteur,
Aloysius Struthers, capitaine

Alathea leva la tête. Les membres de sa cour bavardaient entre eux, lui accordant un moment d'intimité pour lire son billet. Elle se tourna vers le valet de pied.

— Y a-t-il un carrosse qui attend ?

— Oui, milady. Un carrosse et un certain nombre… d'hommes.

« Ce sont probablement des marins. »

Alathea hocha la tête.

— Veuillez dire à ces hommes que je viens les rejoindre immédiatement.

Le valet de pied était trop bien formé pour montrer une quelconque réaction. Il s'inclina devant elle et il se retira pour obéir à son ordre. Alathea toucha le bras de Falworth et sourit à lord Montgomery, à lord Coleburn et à monsieur Simpkins.

— J'ai bien peur, gentlemen, de devoir vous quitter. Un appel urgent d'une parente souffrante.

Ils murmurèrent avec sympathie ; elle doutait qu'ils la croient. Alathea inclina légèrement la tête pour les saluer et elle les quitta. Fendant la foule, elle leva la tête pour scruter la masse de gens. Elle ne voyait pas Gabriel.

— Zut !

Marmonnant, elle commença à parcourir la salle. Il était continuellement dans ses jupes depuis des semaines. Maintenant, alors qu'elle avait besoin de lui, il n'était nulle part en vue. La foule était si dense, elle ne pouvait pas avoir la certitude que leurs chemins se croiseraient. Elle vit Celia, Serena et les jumelles, mais leur cousin était impossible à trouver. Pas plus que Lucifer. Descendant jusqu'en bas de l'escalier de la salle de bal, Alathea jeta un regard exaspéré autour d'elle, mais elle ne vit personne – même pas un des autres Cynster – qui aurait pu lui être utile.

— Milady ?

Le valet de pied se matérialisa près de son coude.

— Les hommes insistent beaucoup pour que vous partiez tout de suite.

— Oui, très bien.

Sur un dernier regard dégoûté sur la pièce bondée, Alathea releva ses jupes, elle pivota – et elle repéra Chillingworth discutant avec un groupe d'invités au bord des marches.

— Un moment.

Elle abandonna le valet de pied et plongea dans la foule. Avec un rire et une révérence, Chillingworth se détourna de ses amis alors qu'elle s'approchait. Il la vit instantanément.

Il s'apprêta à sourire, puis il assimila son expression. Il scruta ses yeux.

— Qu'est-ce qui ne va pas ?

Alathea s'empara de la main qu'il lui tendait et elle y pressa le billet qu'elle tenait.

— Je vous en prie – assurez-vous que ceci se rend à Gabriel. C'est important. Je dois partir.

— Où allez-vous ?

Chillingworth ferma la main sur le billet et sur les doigts d'Alathea. Il jeta un coup d'œil au valet de pied sur les marches alors qu'un domestique en livrée se hâtait de descendre murmurer quelque chose dans l'oreille du premier.

Alathea suivit son regard.

— Je dois partir avec quelqu'un ; c'est un message. Gabriel comprendra.

Avec une habileté peaufinée par des années de fréquentation des Cynster, elle se libéra d'une torsion de la poigne de Chillingworth.

— Assurez-vous seulement de le lui remettre dès que possible.

Le premier valet de pied s'était frayé un chemin jusqu'à elle.

— Milady, les marins deviennent nerveux.

— Des *marins !*

Chillingworth lui saisit le bras.

Alathea s'esquiva. Dépassant le valet de pied, elle se hâta en bas des marches.

— Je n'ai pas le temps d'expliquer.

Elle lança ses paroles derrière son épaule vers Chillingworth, suivant aussi vite qu'il le pouvait dans son sillage.

— Apportez seulement le billet à Gabriel.

Atteignant les marches moins bondées, elle leva ses jupes et se dépêcha.

— Alathea ! *Arrêtez !*

Elle n'obéit pas. Elle continua à monter l'escalier avec acharnement, puis elle passa en hâte l'arcade et sortit de la maison.

Arrivant au bas des marches, Chillingworth fixa son dos. Un afflux d'invités fondit en bas, de sorte qu'il lui fut impossible de la suivre. D'autres invités qui l'avaient entendu crier lui jetèrent des regards curieux. Ses lèvres formant une ligne sombre, il les ignora.

— Sacré nom de Dieu !

Il regarda le billet écrasé dans son poing, puis il se tourna et survola la foule du regard.

— Bien fait pour ce fichu Cynster.

Il trouva Gabriel dans la salle de cartes, les épaules appuyées contre un mur, observant distraitement une partie de whist.

— Ceci – Chillingworth poussa le billet vers lui – est pour vous.

— Oh ?

Gabriel se redressa. Le léger pressentiment qui le chatouillait se transforma en coup de poing violent. Il prit le billet.

— De qui ?

— Je ne sais pas. Alathea Morwellan m'a chargé de veiller à ce qu'il vous parvienne, mais je doute qu'il émane d'elle. Elle a quitté la résidence.

Gabriel était occupé à lire le billet ; arrivant à la fin, il jura. Il regarda Chillingworth.

— Elle est partie ?

Chillingworth hocha la tête.

— Eh oui, j'ai bien essayé de l'arrêter, mais vous ne l'avez pas très bien formée. Elle ne réagit pas aux ordres de la voix.

L'attention de Gabriel était sur le billet.

— Elle ne réagit à aucun ordre. Nom de Dieu ! Cela n'augure rien de bon.

Son expression se durcit. Il hésita, puis il remit le billet à Chillingworth.

— Quelle interprétation en faites-vous ?

Chillingworth lut le mot, puis il grimaça.

— Il lui a effectivement dit de « venir immédiatement » trois fois. Ce n'est pas bon.

— Mon impression, précisément.

Reprenant le billet, Gabriel le fourra dans sa poche et passa devant Chillingworth.

— Maintenant, tout ce qu'il me reste à faire est de découvrir où diable elle est allée.

— Des marins.

Chillingworth suivit Gabriel dans son sillage.

— Le valet de pied a dit que les hommes qui l'attendaient étaient des marins.

— Les docks. Merveilleux.

Ils approchaient des marches quand Chillingworth, toujours derrière Gabriel, dit :

— Je vous accompagne ; nous pouvons prendre mon carrosse.

Gabriel lui jeta un regard par-dessus son épaule.

— Je ne me sentirai pas tellement reconnaissant, vous savez.

— Mon seul intérêt dans cette affaire, répondit Chillingworth alors qu'ils grimpaient rapidement les marches, est de ramener cette maudite femme afin qu'elle puisse vous tourmenter pour le reste de votre vie.

Atteignant le haut des marches, ils se frayèrent un chemin dans la galerie, puis ils descendirent l'escalier principal et traversèrent le vestibule à grands pas. Ils passèrent silencieusement la porte principale, épaule contre épaule…

Regardant par-dessus la sienne, en bas des marches vers l'avant-cour, Charlie Morwellan entra en collision avec eux sur le seuil. Il recula.

— Désolé.

Il s'apprêta à faire une révérence quand il reconnut Gabriel.

— Dites donc, savez-vous où est allée Alathea ? demanda-t-il en regardant vers la route menant à la ville. Je ne comprends pas pourquoi elle devait partir avec un groupe d'hommes rudes…

Gabriel l'attrapa par les épaules.

— Où sont-ils allés ? En avez-vous la moindre idée ?

Charlie le regarda en cillant.

— Au Pool of London, le quai d'exécution, en fait.

Gabriel le lâcha.

— Vous en êtes sûr ?

Charlie hocha la tête.

— Je prenais un peu l'air – c'est terriblement étouffant là-dedans – et j'ai entrepris une conversation avec le marin près du carrosse.

Il parlait à deux dos qui s'éloignaient ; Charlie commença à descendre les marches dans leur sillage.

— Eh, où allez-vous ?

— Nous suivons votre sœur.

Gabriel jeta un bref coup d'œil à Chillingworth.

— Quel carrosse ?

— Le petit.

Chillingworth avançait à grandes enjambées, scrutant les rangées de carrosses le long de la route.

— J'aurais dû le savoir, marmotta Gabriel.

— En effet, vous auriez pu, rétorqua Chillingworth. Moi, au moins, j'avais des plans pour ce soir.

Gabriel aussi avait eu des plans, mais…

— Le voilà !

En compagnie d'une vingtaine d'autres cochers, celui de Chillingworth avait laissé le carrosse anonyme de son maître aux soins de deux de leurs collègues pendant que les autres s'étaient retirés dans une taverne proche.

— Je peux voler et ramener vot' gars en un clin d'œil, patron, offrit l'un des observateurs.

— Non : nous n'avons pas le temps. Dis à Billings de rentrer à la maison par ses propres moyens.

— Ouais, m'sieur.

Le carrosse était coincé entre deux autres ; il fallut les efforts combinés de Gabriel, Charlie et deux autres cochers pour dégager assez d'espace pour que Chillingworth sorte doucement le sien. Il patienta seulement le temps que Gabriel s'élance sur le siège à côté de lui et que Charlie bondisse à l'arrière avant de mettre ses chevaux noirs au boulot.

— Billings va avoir une attaque.

Chillingworth regarda brièvement Gabriel.

— Mais oublions cela. Que se passe-t-il ?

Gabriel le leur raconta, omettant seulement la gravité extrême du danger financier que courraient les Morwellan.

— Donc, elle croit aller rencontrer le capitaine ?

— Oui, mais tout cela est trop parfait. Pourquoi ce soir, la soirée précédant le dépôt de la requête ?

J'ai parlé avec sa compagnie maritime vendredi passé seulement, et l'on ne s'attendait pas à ce que le capitaine parte si vite en mer. Struthers lui-même ne s'attendait pas à prendre le large avant des semaines.

— Ce type, Crowley. De quel calibre est-il ?

— Dangereux, dénué de principes, un rat d'égout qui s'est engraissé. Un rat à qui l'on ne connaît aucun scrupule.

Chillingworth jeta un coup d'œil à Gabriel, assimilant la position de ses traits, l'expression dure comme la pierre projetée en relief sévère par la lumière des réverbères.

— Je vois.

Sa propre expression se durcissant, Chillingworth reporta les yeux sur ses chevaux.

— Alathea s'en tirera bien, les rassura Charlie. Inutile de s'inquiéter pour elle. Elle est de taille contre n'importe quelle fripouille.

Une confiance indestructible résonnait dans sa voix ; Gabriel et Chillingworth échangèrent un regard, mais ni l'un ni l'autre ne firent de tentative pour expliquer que Crowley n'était pas une simple fripouille.

C'était un bandit.

— Le Pool of London, médita Chillingworth en tendant la main vers son fouet. Les navires peuvent partir directement de là.

D'un coup de poignet, il pressa ses chevaux à avancer, leurs sabots claquant sur le Strand.

CHAPITRE 20

Le carrosse transportant Alathea oscillait et se balançait alors qu'il roulait en grondant sur le quai. S'agrippant au cadre de la fenêtre, elle regarda dehors et vit un monde d'ombres sombres, de masses qui s'approchaient en dansant au bruit de la marée. Des cordes craquaient, du bois gémissait. Le doux ressac de l'eau noire sur les pylônes du quai était aussi inexorable qu'un battement de cœur.

Le propre cœur d'Alathea battait un tantinet plus vite, son anticipation étant élevée, mais dans ce décor, elle était tempérée par la prudence et une peur primitive. Elle chassa cette dernière en la considérant comme un produit de sa trop vive imagination. Pendant des siècles, des pirates condamnés avaient été pendus sur le quai de l'Exécution, mais si les fantômes marchaient, ils ne hanteraient sûrement pas un lieu si imprégné de justice, non ? C'était certainement de bon augure que le capitaine l'ait convoquée sur ce site au milieu des quais miteux de Londres. Elle aussi cherchait la justice.

Le carrosse s'arrêta brusquement. Elle regarda dehors, mais tout ce qu'elle put voir fut la densité noire du flanc d'un bateau.

La portière du carrosse s'ouvrit. Une tête enveloppée d'un foulard de marin se dessina dans la nuit.

— Si vous voulez bien me donner vot' main, m'dame, j'vais vous aider à monter la passerelle.

Bien qu'indéniablement rudes, les marins s'étaient montrés aussi courtois qu'ils en étaient capables ; Alathea abandonna sa main et permit au marin de l'aider à descendre du carrosse.

— Merci.

Elle se redressa, se sentant comme un phare dans l'obscurité de la nuit, sa robe de soie ivoire scintillant sous le clair de lune. Elle ne portait pas de cape ni de châle au bal ; la nuit à Mayfair était douce. Ici, une légère brise s'élevait sur l'eau, faisant l'effet de doigts frais sur ses épaules nues.

Ignorant son frisson soudain, elle accepta le bras offert par le marin.

Le quai sous ses pieds était d'une solidité rassurante, les larges planches accueillant des cordes, des poulies et des boîtes en bois éparpillées. Elle apprécia le bras musclé du marin alors qu'elle enjambait les obstacles variés. Il la guida vers une passerelle ; elle s'agrippa à la corde pendant qu'ils montaient, traversant le gouffre foncé au-dessus de l'eau agitée entre le quai et la coque.

Elle gagna le pont, contente qu'il ne se soulève pas et ne s'incline pas autant qu'elle l'avait craint.

Le mouvement était si léger qu'elle pouvait facilement maintenir son équilibre. Rassurée, elle regarda autour d'elle. Le marin mena la marche vers une trappe. Alors qu'il se penchait pour en soulever le couvercle, Alathea s'interrogea mentalement. Quand le capitaine avait dit qu'il transportait des marchandises depuis l'Afrique, elle s'était imaginé un navire beaucoup plus gros. Ce bateau était plus grand qu'un yacht, néanmoins…

Le bruit sourd du couvercle de la trappe la fit se retourner. Le marin gesticula en direction de l'ouverture, éclairée par une lampe installée quelque part en dessous.

— Si vous voulez seulement descendre l'échelle, m'dame…

Il baissa la tête d'un air contrit.

Alathea sourit.

— Je vais y arriver.

Rassemblant ses jupes dans une main, elle serra le côté de la trappe et chercha avec son pied le premier barreau. Déposant avec précaution son pied chaussé, elle descendit sur les barreaux de bois usés. Une corde formait une rampe ; une fois qu'elle l'eut agrippée, le reste se passa bien. Alors qu'elle descendait, un corridor s'ouvrit devant elle. Il courait sur toute la longueur du bateau, avec des portes des deux côtés échelonnées sur sa longueur. La porte au fond était à moitié ouverte ; la lumière d'une lampe brillait à l'intérieur.

Quand elle mit le pied sur le pont inférieur et qu'elle laissa retomber ses jupes, Alathea se demanda pourquoi le capitaine ne sortait pas pour l'accueillir.

La trappe se referma avec un bruit métallique.

Alathea leva les yeux. Un épais verrou en fer glissa lourdement à travers la trappe, la verrouillant en place. Elle pivota vivement, serrant la corde de l'échelle…

Son regard se fixa sur le visage de Crowley.

À travers les barreaux ouverts de l'échelle, il l'observait, ses yeux noirs et sans fond scrutant son visage, la regardant, attendant…

Les poumons d'Alathea cessèrent toute activité. Il l'observait pour voir sa peur. Attendant de jubiler. Se démenant mentalement, sa raison lui faisant presque défaut dans sa panique, elle se redressa, elle serra les mains devant elle et elle leva le menton.

— Qui êtes-vous ?

Elle était contente de son ton de voix – majestueux, prêt à devenir méprisant. Crowley ne réagit pas immédiatement. Une légère trace de surprise brilla dans ses yeux ; il hésita, puis il sortit d'un pas délibéré de derrière l'échelle.

— Bonsoir, milady.

Alathea fut frappée d'une envie écrasante de le repousser derrière l'échelle. Elle avait l'habitude des hommes grands et imposants. Gabriel, tout comme Lucifer, était aussi grand que Crowley et peut-être plus. Cependant, ni eux ni aucun homme de la connaissance d'Alathea n'affichaient le poids de Crowley. Sa masse. Il était énorme – fort comme un taureau – et pas une once de son corps ne ressemblait à de la graisse. Dure et méchante, sa présence à proximité menaçait de l'étouffer. Cela lui demanda un effort de se hérisser au lieu de fuir. Elle haussa un sourcil.

— Nous connaissons-nous ?

Son ton de voix exprimait clairement qu'il n'y avait aucune possibilité que ce soit le cas.

Son trouble grandissant, elle vit les lèvres épaisses de Crowley se relever.

— Ne jouons pas, ma chère ; du moins à ce genre de jeu.

— Un jeu ? interrogea Alathea en levant le nez sur lui. Je ne sais pas du tout ce que vous voulez dire.

Il tendit la main, pas rapidement, mais sans prévenir ; elle ne pouvait rien faire – il n'y avait pas de place – pour éviter les doigts épais qui se refermèrent sur son poignet. Le regard sur le sien, Alathea refusa de laisser paraître sa panique croissante. Son menton se contracta.

— Je n'ai pas la moindre idée de ce dont vous parlez. Elle vérifia sa poigne. Elle était impossible à desserrer – et il ne faisait même pas d'efforts.

— Je parle, continua-t-il, ignorant sa futile tentative de se libérer, de l'intérêt que vous avez démontré pour la Société aurifère de l'Afrique centrale et orientale.

Il ramena son regard pleinement sur les yeux d'Alathea.

— Une de mes combines audacieuses.

— Je suis une dame de qualité. Je ne m'intéresse nullement à quelques « combines audacieuses » que ce soit. Encore moins à l'une des vôtres.

— C'est ce qu'on aurait pu croire, acquiesça calmement Crowley. J'ai été très étonné d'apprendre le contraire. Struthers, évidemment, a essayé de le nier, mais…

En resserrant sa prise sur le poignet d'Alathea, il leva son bras, l'obligeant à le regarder en face.

— St-Struthers ?

Alathea le dévisagea.

— Hum.

Le regard de Crowley se fixa sur ses seins.

— Le capitaine et moi avons eu une discussion des plus satisfaisantes.

Son regard s'abaissa lentement, la détaillant insolemment.

— Il était impossible pour Struthers d'expliquer pourquoi un papier portant votre nom et vos coordonnées écrits à l'évidence de la main d'une dame était rangé avec autant de soin avec ses cartes géographiques et les copies de ses maudits baux.

Reportant son regard sur son visage, Crowley sourit d'une manière déplaisante.

— Swales s'est souvenu du nom. Après cela, il n'a pas été difficile de trouver la solution. Vous autres Morwellan avez décidé d'essayer de vous sortir de l'obligation d'honorer le billet à ordre signé par votre père.

Le visage de Crowley se durcit. Ses doigts se resserrant sur le poignet d'Alathea, il la secoua.

— Honte à vous !

La colère d'Alathea explosa.

— Honte à nous ! Je ne crois vraiment pas que ce concept s'applique lorsqu'il s'agit de dépouiller un tricheur de ses gains mal acquis.

— C'est le cas lorsque je suis le tricheur.

La mâchoire de Crowley se contracta d'une façon pugnace.

— Je sais comment me défendre et en ce qui me concerne, la richesse de votre père est devenue mienne dès l'instant où il a signé ce billet.

Il la secoua encore, juste assez pour qu'elle sente sa force et constate que la sienne était piètre pour l'affronter.

— L'honneur familial – bah ! Vous pouvez oublier toutes vos inquiétudes à ce sujet. Vous aurez bien assez de soucis avec ce que j'ai prévu pour vous.

La méchanceté pure dans son grondement la frappa ; Alathea combattit sa propre peur. Un éclair fugitif avait dû briller dans ses yeux – son comportement se modifia en un instant, le changement lui-même si rapide qu'il en était effrayant.

— Oh oh ! C'est ainsi, n'est-ce pas ?

Les yeux brillants, il la poussa contre le mur.

— Eh bien, alors, laissez-moi vous dire ce que j'ai planifié.

Il se pencha plus près ; Alathea lutta pour ne pas détourner la tête, elle s'obligea à croiser son regard noir sans tressaillir. Il respirait avec difficulté, beaucoup trop vite, même compte tenu de sa masse. Elle entretenait le doute désagréable qu'il était le genre d'homme que la peur des autres excitait.

— Premièrement, dit-il en articulant chaque mot, ses yeux fixés sur les siens, je vais me servir de vous. Pas seulement une fois, mais autant de fois que je le désire, de toutes les façons qui me plairont.

Il baissa les yeux sur ses seins, sur les rondeurs ivoire mises en valeur de manière si attirante par sa robe luxueuse. Alathea eut la chair de poule.

— Oh, oui. J'ai toujours eu envie de goûter à une véritable dame, une femme de qualité jusqu'à la moelle. L'aînée d'un comte fera joliment l'affaire. Après, bien sûr, même si vous survivez, je devrai vous étrangler.

« Vous êtes fou. »

Alathea ravala ces mots. La voix de Crowley s'était faite plus grave et plus lente, légèrement indistincte. Il continua à contempler ses seins. Elle fit un effort pour ne pas respirer profondément, mais son pouls battait à toute vitesse, sa bouche était sèche et ses poumons fonctionnaient avec difficulté.

— Remarquez bien – son ton indiquait qu'il réfléchissait à voix haute –, je suppose que je pourrais vous vendre à des marchands d'esclaves, si vous survivez. Vous iriez chercher un bon prix le long des côtes de la Barbarie. Ils ne voient pas beaucoup de femmes blanches aussi grandes que vous, mais…

Le mot sortit de sa bouche, sa tête s'inclinant pendant qu'il contemplait cette idée.

— Si je voulais obtenir un bon prix, je devrais prendre soin de ne pas trop gâcher la marchandise évidemment. C'est loin d'être amusant. Et je ne serais jamais certain à cent pour cent que la menace aurait disparu. Non.

Secouant la tête, il leva les yeux vers les siens. Ils étaient sans expression, insondables, totalement dénués d'émotion. Alathea ne pouvait plus respirer. Le visage comme un masque malveillant, Crowley recula, la tirant brusquement loin du mur.

— Je vais me débarrasser de vous une fois que je serai contenté. Ainsi, je n'aurai pas besoin de faire preuve de la moindre prudence en vous prenant.

Changeant brusquement de direction, il poussa son visage vers le sien.

— Une punition adéquate pour vous être mêlée de ce qui ne vous regarde pas.

Avec un regard lubrique et un rire qui résonna avec démence, il commença à avancer dans le corridor, la traînant derrière lui.

— Une punition adéquate, vraiment. Vous pourrez rejoindre votre ami Struthers à la marée du matin.

Alathea enfonça ses talons dans le sol.

— Struthers ?

Lançant tout son poids contre la traction de Crowley, elle réussit à le faire s'arrêter net.

— Vous avez tué le capitaine Struthers ?

Crowley la fusilla du regard.

— Vous pensez que je le laisserais partir avec toutes les informations qu'il possédait ?

Il s'étrangla de rire et il la tira en avant.

— Le capitaine a affronté sa dernière marée.

— Il détenait des informations qui vous menaçaient, alors vous l'avez assassiné, tout simplement ?

— Il s'est mis en travers de mon chemin. Les gens disparaissent. Comme lui. Comme vous.

Alathea égratigna la main serrée autour de son poignet.

— Vous êtes dément ! Je ne peux pas simplement disparaître. Les gens le remarqueront. On posera des questions.

Il rejeta la tête en arrière et il rit. Le mal concentré dans ce bruit ébranla Alathea comme rien d'autre ne l'avait fait. Ce rire cessa abruptement ; la tête de Crowley se retourna d'un coup. Son regard noir la cloua sur place. Incapable de se retenir, elle se recroquevilla contre le mur du corridor.

— Oui.

Le mot était brutal. Crowley le fit rouler sur sa langue et il sourit.

— Les gens le remarqueront, en effet. On posera en effet des questions. Mais pas, ma beauté, les questions que vous imaginez.

Il s'approcha d'un pas, la coinçant contre le lambris, la jubilation qu'elle avait d'abord remarquée chez lui étant plus prononcée maintenant.

— J'ai moi-même procédé à quelques vérifications.

Sa voix avait diminué d'intensité. Levant une main, il s'apprêta à lui caresser la joue. Alathea écarta brusquement la tête.

Une seconde plus tard, la main de Crowley se referma comme un étau sur sa mâchoire. Ses doigts la pinçant cruellement, il l'obligea à tourner le visage vers lui.

— Peut-être, dit-il d'une voix rauque, son regard tombant sur ses lèvres, vais-je vous garder en vie assez longtemps pour que vous puissiez voir ce qui arrivera à votre précieuse famille, et qui tout le monde blâmera.

Il marqua une pause. Sa proximité en soi donnait la nausée à Alathea. Elle tenta de ne pas respirer trop profondément, de ne pas inspirer son odeur. Sa masse imposante se referma sur elle. La tête d'Alathea se mit à tourner. Les lèvres de Crowley formèrent un sourire.

— Votre disparition coïncidera avec la réclamation du billet à ordre. Je peux vous garantir que votre famille se débattra presque immédiatement avec les huissiers de justice. Elle sera dans la tourmente.

Personne ne saura où vous êtes ni quoi penser de votre disparition. Votre famille sera chassée de sa maison en guenilles, et vous ne serez introuvable.

Sa jubilation augmenta.

— J'ai entendu dire qu'il y avait des offres dans l'air pour vos sœurs. Ces offres disparaîtront. Qui sait ?

Il s'approcha encore, son regard se fixant sur le sien ; elle sentit la dureté des lambris contre sa colonne vertébrale.

— Si je prends plaisir à vous briser, je pourrais envoyer quelques « gentlemen » de ma connaissance faire une offre pour vos sœurs. Pour les trois.

La colère d'Alathea éclata.

— Espèce de canaille !

Avec la pleine force de son bras, elle le frappa. Crowley jura et fit un bond en arrière, tirant le bras d'Alathea vers le haut et la déséquilibrant. Alathea hurla. Il fit claquer une main sur sa bouche et elle lui donna un coup de pied.

Elle se blessa ; cette douleur ne fit que la rendre plus furieuse et lui donna de la force. Jurant méchamment, Crowley lâcha son bras et il l'attrapa par la taille. Elle lui donna des coups dans les côtes. Il jongla avec elle, puis il serra ses bras costauds autour d'elle, l'emprisonnant de dos sur son torse. La soulevant à moitié, il la fit avancer dans le corridor.

Vers la porte ouverte au fond.

Alathea gigota et se tortilla. En vain. L'homme était fort comme un bœuf. Elle rejeta avec force ses jambes en arrière, mais cela fut encore pire qu'inutile. Inspirant avec frénésie une bouffée d'air, elle repensa aux jours où elle luttait avec deux jeunes coqs qui avaient toujours été plus grands qu'elle.

Avalant une nouvelle bouffée d'air, elle s'étira et tendit le bras en arrière. Elle attrapa les oreilles de Crowley et elle tira aussi fort qu'elle le put.

Il hurla et rejeta violemment sa tête en arrière. Les ongles d'Alathea lui marquèrent les joues.

— Espèce de vache !

Sa voix érafla l'oreille d'Alathea.

— Vous allez payer. Pour chaque égratignure sans exception.

Elle ne pouvait que se réjouir qu'étant aussi large qu'il l'était, le corridor était trop étroit pour qu'il puisse facilement la frapper. Pour ce faire, il allait devoir courir le risque de la lâcher.

Jurant abondamment, il la portait et il la poussait à moitié devant lui. Alathea luttait et se contorsionnait furieusement, mais elle ne réussissait qu'à le ralentir. Sa force était écrasante, étouffante ; l'idée d'être piégée sous lui la submergeait d'une panique à l'état pur.

À deux mètres de la porte ouverte, Crowley s'arrêta. Avant qu'elle comprenne son intention, il ouvrit à la volée une autre porte dissimulée dans le lambris et il commença à la pousser dans l'ouverture.

Alathea vit le lit fixé contre le mur.

Elle s'accrocha au cadre de porte et redoubla d'efforts pour lui résister, mais centimètre par centimètre, Crowley l'obligea à avancer. Puis, il frappa violemment les doigts d'Alathea accrochés au cadre de porte. Avec un cri, elle le lâcha et il la poussa par-dessus le seuil.

Des pas résonnèrent au-dessus de leur tête. Ils se figèrent et levèrent les yeux.

Alathea inspira et cria de toutes ses forces.

Crowley jura. Il la poussa dans la chambre.

Elle trébucha sur ses jupes et elle tomba, mais elle se releva immédiatement.

— *Gabriel !*

Crowley lui claqua la porte au nez.

S'élançant contre le panneau, Alathea entendit le grattement d'une clé et le verrou se mit en place. Elle s'accroupit et elle mit l'œil sur le trou de la serrure.

Et elle vit le lambris sur le mur opposé du corridor.

— Dieu merci !

Crowley avait emporté la clé. Elle tendit la main vers une épingle à cheveux.

À l'extérieur de la porte, Crowley regardait fixement l'échelle. Des pas se déplaçaient sur le pont supérieur, vérifiant une trappe après l'autre.

— *Gabriel ?*

Un rictus de sourire retroussa les lèvres de Crowley, puis il rit, il pivota et il marcha à grandes enjambées vers la cabine ouverte.

Gabriel trouva la trappe principale. Il tira sur le lourd verrou et il l'entendit grincer. Jurant dans sa barbe, il le tira complètement en arrière. Chillingworth apparut et il l'aida à soulever le couvercle de la trappe, la ramenant doucement en arrière. Ils regardèrent en bas dans un rond de corridor éclairé par une lampe, ainsi que les barreaux de l'échelle menant en bas.

Regardant Chillingworth, Gabriel se secoua les mains, puis il indiqua qu'il descendait. Son visage lui semblait dénué d'expression. Il n'avait aucune difficulté à ne pas paraître nerveux. Son sang était glacé, ses veines froides. Il n'avait jamais connu une peur semblable – un poing froid se contractant autour de son cœur. Il connaissait Alathea depuis toujours, mais il venait seulement de la trouver. Il ne pouvait pas la perdre maintenant, alors qu'il venait tout juste de mordre la poussière et d'ouvrir son cœur – alors qu'elle-même était prête à lui donner le sien. Non – il repoussa cette idée. C'était impensable.

Ils n'allaient pas se perdre mutuellement.

Il saisit le bord de la trappe et s'élança dans le trou. Localisant les barreaux, il descendit rapidement. Il était tellement grand, il atteignit le plancher avant que le corridor se dévoile totalement à ses yeux. Mettant le pied sur le pont inférieur, il regarda directement sa longueur vide – ses yeux allant droit sur la gueule du pistolet que Crowley lui pointait sur le cœur.

Gabriel entendit la détente cliqueter. Il plongea au sol.

Le mur du corridor explosa vers l'extérieur. Une porte s'ouvrit à la volée, bloquant le coup de Crowley. Alathea surgit dans le corridor. Le panneau de la porte se brisa en éclats à côté de son épaule. Elle se baissa instinctivement. L'impact du coup retentit et résonna, le son rebondissant d'une manière assourdissante dans le corridor.

— *Baissez-vous !* rugit Gabriel.

Alathea le regarda, puis elle porta son regard vers la porte. Ils entendirent tous les deux jurer Crowley, ils entendirent ses pas résonnants qui s'approchaient. Alathea se recroquevilla contre le mur du corridor.

Crowley ferma violemment la porte. Il ne regardait pas Alathea, mais Gabriel, se relevant, une promesse mortelle dans les yeux.

Crowley se tourna et courut vers la cabine principale.

— *Attendez !*

Alathea entendit le rugissement de Gabriel, mais elle ne regarda même pas en arrière alors qu'elle se lançait derrière Crowley. Il aurait besoin de recharger son arme. Gabriel n'était pas armé. Elle pouvait au moins ralentir Crowley.

Elle se précipita dans la cabine, s'attendant à voir Crowley à côté du bureau ou du lit, rechargeant frénétiquement son pistolet. Au lieu, elle le vit lancer l'arme à travers la pièce pendant qu'il dépassait le bureau à grands pas. Rejoignant le mur, il s'empara de la garde d'un des deux sabres jumeaux suspendus dans des fourreaux entrecroisés entre deux hublots.

Le sabre quitta son fourreau dans un sifflement mortel.

Alathea n'attendit pas – elle se lança sur Crowley, faisant confiance à son sexe pour assurer sa sécurité. Il ne lui vint jamais à l'esprit que Crowley pourrait se servir de son sabre contre elle.

Cela vint à l'idée de Gabriel ; il passa le seuil juste à temps pour la voir batailler avec Crowley, brandissant à présent un sabre de cavalerie. Un coup et il pouvait la pourfendre – Gabriel subit une nouvelle fois la mort. Il aurait dû se sentir soulagé quand Crowley repoussa Alathea, très semblable à un taureau chassant un moucheron. Abasourdie et ébranlée, mais en grande partie indemne, Alathea alla s'écraser durement contre le mur.

Gabriel vit tout cela en un instant – dans l'instant avant que la rage aveugle prenne possession de ses sens. Après cela, il ne vit que Crowley.

Crowley distribua son poids également, prenant le sabre à deux mains, sa posture en soi déclarant qu'il ne s'en était jamais servi pour se battre.

Gabriel sourit d'un air féroce. Crowley changea de position. Tendant la main, Gabriel repoussa une petite table hors de son chemin – elle s'écrasa contre le mur. Ses yeux ne quittèrent pas le visage de Crowley. Lentement, il tourna autour de lui.

C'était à Crowley de faire le premier mouvement ; c'était lui qui était armé. Malgré son air pugnace, sa hargne sans bornes, l'incertitude trembla dans ses yeux. Gabriel la vit. Il exécuta une feinte sur sa gauche. Crowley leva le sabre et fendit l'air…

Gabriel était très loin de l'endroit où le sabre siffla. De l'autre côté de Crowley, il fit un pas à l'intérieur de sa garde, sa main gauche se fermant autour des poignets de Crowley sur la poignée du sabre, son poing droit s'écrasant dans la mâchoire de l'homme. Crowley grogna. Il tenta d'attaquer Gabriel ; la prise de ce dernier sur ses poignets l'en empêcha, mais la prise à deux poings de Crowley empêchait aussi Gabriel d'empoigner la garde.

Crowley banda ses muscles pour repousser Gabriel. Gabriel le lâcha et s'éloigna en pivotant. Crowley fendit l'air encore et encore, suivant Gabriel pendant qu'il tournait en rond. Chaque coup déséquilibrait Crowley. Gabriel esquissa une nouvelle feinte ; encore une fois, Crowley tomba dans le panneau.

Agrippant la garde du sabre et les poings de Crowley avec elle, Gabriel amena à bon port une gauche sur la mâchoire de Crowley. Celui-ci rugit et se défendit.

Arrachant la poignée du sabre de la main contraignante de Gabriel, il fendit l'air et trouva sa cible.

Ignorant la morsure brûlante du sabre le long de son bras gauche, Gabriel se lança sur Crowley qui serrait les mains sur le pommeau du sabre. Crowley était en déséquilibre ; Gabriel l'obligea à reculer sur le bureau, pressant le sabre de plus en plus près de son visage.

Les yeux fixés sur la lame s'approchant inexorablement, Crowley serra les dents, il rassembla ses forces et il poussa Gabriel et la lame d'un côté. Prêt à bouger, Gabriel revint dans l'action. Le sabre vola dans les airs, tombant ensuite sur le plancher dans un bruit métallique.

Crowley se cabra – et il rencontra un coup solide dans le ventre. Il hurla et pivota, s'apprêtant à suivre Gabriel, son but clair étant de lutter avec lui.

Gabriel n'avait nullement l'intention de donner à Crowley la satisfaction de lui briser les côtes. L'homme était un malabar, le genre qui avait appris sa science dans les bagarres de taverne. Étant donné sa taille et son manque d'agilité, il se fiait à ses muscles pour gagner. Dans n'importe quel combat de lutte, Crowley triompherait facilement. Une rixe, par contre, était une tout autre paire de manches, un jeu dans lequel Gabriel excellait.

Il fit pleuvoir un coup après l'autre, se concentrant sur le visage et le ventre de Crowley. Celui-ci ne posa pas un seul doigt sur lui. Crowley hurla et ragea, chancelant sous chaque coup. Gabriel centra son action pour le ramollir, pour le faire enrager encore plus. Pour finalement le battre jusqu'à ce qu'il tombe au sol. Cependant, le crâne de l'homme paraissait dur comme la pierre ; le frapper jusqu'à ce qu'il perde connaissance n'allait pas s'accomplir avec un coup chanceux.

Acculée au mur, Alathea regardait, le cœur dans la gorge, le souffle suspendu. Même à ses yeux non entraînés, le combat était une lutte entre des réflexes d'acier gouvernant une force peaufinée et raffinée opposés à des muscles et une croyance aveugle dans le pouvoir du poids. Gabriel l'emportait clairement, même s'il courait davantage de risques maintenant en se rapprochant, complètement à portée de main de Crowley, de l'endroit où il pouvait assener ses coups avec plus de force. Un des poings balancés par Crowley le toucha alors qu'il se retirait, faisant voler sa tête en arrière. Au soulagement d'Alathea, Gabriel ne sembla pas le sentir, lui rendant son coup avec un autre qui toucha son but avec un craquement écœurant.

Crowley ne pouvait certainement pas continuer bien longtemps.

Crowley avait dû en venir à la même conclusion. Le coup brutal arriva de nulle part. Gabriel le vit, mais il n'eut que le temps de pivoter. Il le toucha derrière la cuisse gauche. Crowley pivota maladroitement. Gabriel perdit pied et tomba.

Alathea étouffa un cri.

La tête de Gabriel heurta le bord du bureau avec un bruit sourd. Il s'affala au sol et resta immobile.

Son gros torse se soulevant et s'abaissant, Crowley se tint au-dessus de lui, les poings serrés, clignant des paupières sur ses yeux noirs porcins, les deux couverts de bleus et à demi fermés. Puis, il fit briller ses dents dans un sourire méchant. Il regarda autour de lui, puis il plongea vers le sabre, le ramassant en chemin, soulevant la lame pendant qu'il adoptait une position à côté des jambes tordues de Gabriel. Crowley écarta ses pieds pendant qu'il installait ses mains autour de la garde du sabre.

Gabriel gémit. Ses yeux étaient fermés, ses épaules étaient aplaties sur le plancher, sa colonne tordue. Il leva légèrement la tête, s'efforçant de se lever sur ses coudes, fronçant les sourcils, cillant d'un air hébété, secouant la tête comme pour s'éclaircir les idées.

L'expression de jubilation de Crowley imprégnait tout son visage. Ses yeux scintillèrent. Il sourit alors qu'il soulevait lentement le sabre.

Alathea s'avança lentement le long du mur, incapable de respirer, à peine capable de réfléchir dans le déluge d'émotions qui la submergeait. Toutefois, la peur et la fureur étaient les plus fortes ; elle savait ce qu'elle devait faire. Serrant les dents, elle passa derrière Crowley, avançant silencieusement plus loin le long du mur.

Crowley s'étira vers le ciel, levant le sabre loin au-dessus de sa tête, se raidissant pour le coup vers le bas…

Alathea franchit les derniers centimètres d'un bond, elle attrapa le deuxième sabre et elle le tira violemment hors de sa gaine. Le sifflement rageur remplit la pièce.

La tête de Crowley se tourna brusquement. Vacillant, il prit un moment pour rétablir son équilibre. Il commença à déplacer sa masse, à réaligner son sabre, se tournant pour assener un coup à Alathea…

Le poids du sabre volant hors de son fourreau éloigna Alathea de Crowley. Avec un halètement, elle tira sur la lourde épée et elle l'envoya décrire un arc vers Crowley…

Les épaules et le torse pivotant encore, Crowley leva son sabre ; Gabriel reprit enfin ses esprits – et ce qu'il vit fit cesser les battements de son cœur. Après s'être relevé avec difficulté, Gabriel donna un coup de pied à Crowley, l'attrapant très haut sur la cuisse.

Crowley trébucha. Il chancela de côté, impuissant, vers Alathea, dans l'arc du sabre qu'elle balançait violemment.

Propulsé par son poids, le sabre apparut, s'enfonçant dans le flanc de Crowley. Alathea haleta et lâcha la garde. Le sabre resta là, sa pointe luisante dérangeant à peine le devant du manteau de Crowley, la garde tremblant dans son dos.

Le visage de Crowley perdit toute couleur ; le choc recouvrit toute autre expression. Il rétablit son équilibre, ses deux pieds formant un carré, l'autre sabre tenu serré entre ses poings. Lentement, il regarda en bas, puis, tout aussi lentement, il tourna la tête et regarda par-dessus son épaule le sabre ressortant dans son dos. Son expression indiquait qu'il ne comprenait pas…

Il remua les pieds, se tournant vers Alathea, tenant encore l'autre sabre…

Avec des pas précipités, Chillingworth apparut dans le cadre de porte. Il jeta un regard, il leva le bras et il tira sur Crowley.

Les yeux ronds, Alathea n'émit aucun son quand Crowley eut un mouvement de sursaut. La balle avait trouvé son but dans le côté gauche de son immense torse. Lentement, il tourna la tête pour fixer un regard incompréhensif sur Chillingworth. Puis, ses traits se vidèrent de toute expression, ses yeux se fermèrent et il tomba en avant.

Gabriel ramena ses jambes pour les libérer et il s'efforça de se lever. Encore étourdi, la tête sonnée, il appuya les épaules sur le côté du bureau.

Chillingworth entra dans la pièce, fronçant les sourcils quand il aperçut le sabre pointant hors du dos de Crowley.

— Oh. Vous vous en étiez déjà occupé.

Puis, il regarda Gabriel, il revint à Crowley, et ensuite à Gabriel, plissant encore plus le front.

— Comment diable avez-vous réussi cela ?

Gabriel regarda le visage blanc d'Alathea.

— Ce fut un effort conjoint.

Chillingworth suivit son regard jusqu'à Alathea, toujours pressée contre le mur, son regard hébété fixé sur le corps de Crowley.

Des pas s'approchèrent ; Charlie regarda à l'intérieur.

— J'ai entendu un coup de feu.

Ses yeux s'arrondissant, il pencha la tête pour regarder au-delà de Chillingworth.

— Dites donc, est-il mort ?

Gabriel réprima un rire dément.

— Bien mort.

Son expression sombre étant due seulement indirectement à la douleur dans sa tête, il étudia Alathea, puis il lui demanda doucement :

— Est-ce que ça va ?

Elle cilla, puis elle leva la tête et le regarda.

— Évidemment que ça va.

Son regard voyagea sur lui. Une violente inquiétude brilla dans ses yeux. Ramassant ses jupes, elle sauta par-dessus le corps de Crowley.

— Doux Jésus, l'ordure vous a blessé ! Allez, laissez-moi voir.

Gabriel avait oublié la coupure sur son bras. Il regarda maintenant et il découvrit que son manteau était taché, du sang se déversant de nouveau à cause d'Alathea qui le sondait. Accroupie à côté de lui, elle déplaçait délicatement le tissu entaillé en essayant d'y voir…

— Pouvez-vous vous lever ?

Elle le regarda dans les yeux, puis elle grimaça.

— Non, bien sûr que vous ne le pouvez pas. Allez.

Elle fit signe à Chillingworth de s'approcher pendant qu'elle faisait glisser en la remuant une épaule sous la sienne.

— Aidez-moi à le mettre debout.

Fronçant les sourcils, Chillingworth lui apporta son aide.

— Faites seulement attention à cette fichue robe.

Remis sur ses pieds, Gabriel s'installa contre le bureau. Alathea s'approcha davantage, repoussant les cheveux que Gabriel avait dans les yeux pour mieux les scruter.

— Est-ce que ça va ?

Exaspéré, Gabriel ouvrit la bouche pour l'informer sèchement qu'il faudrait plus qu'un coup sévère sur la tête et une coupure superficielle sur le bras pour le mettre hors combat. Puis, il aperçut brièvement l'expression figée sur le visage de Charlie et il changea cela pour un « bien sûr que non ». Il désigna le sang s'assombrissant sur sa manche.

— Voyez si vous êtes capable d'arrêter le saignement. Faites seulement attention à ne pas endommager votre robe.

Cette robe était un fantasme qu'il avait pleinement l'intention de lui retirer lentement, un centimètre de plaisir après l'autre.

— Crowley doit avoir du linge de maison rangé quelque part ici.

Alathea regarda son frère.

— Charlie, cherche-le.

Quand Charlie revint, Alathea avait déjà retiré avec précaution le manteau de Gabriel et exposé la plaie. C'était une coupure superficielle, mais large, soulevant des centimètres de peau, mais loin d'être assez creuse pour être dangereuse. Par contre, elle saignait abondamment.

— Tiens.

Charlie remit à Alathea une pile de chemises propres. Il jeta un coup d'œil à Crowley.

— Il n'en aura plus besoin.

Alathea n'accorda pas un seul regard à Crowley en ramassant une chemise qu'elle commença à déchirer. Se redressant pour examiner le corps, Chillingworth le contourna. Il regarda la blessure de Gabriel et il s'immobilisa.

Alathea se dirigea d'un pas affairé jusqu'au buffet à la recherche d'eau ou de vin. Chillingworth la regarda partir, puis il jeta un regard dégoûté à Gabriel.

Qui le rencontra avec un regard neutre, sinon provocateur.

Chillingworth leva les yeux au ciel. Alathea revint avec un bol d'eau dans les mains. Chillingworth balaya la pièce des yeux.

— Pendant que l'on vous redonne des forces, Charlie et moi pourrions fouiller.

— Bonne idée, acquiesça Gabriel.

— Alors, que cherchons-nous ?

Chillingworth contourna le bureau.

— Les billets à ordre ?

Alathea cessa de tamponner la plaie.

— Seraient-ils ici ? demanda-t-elle en regardant Gabriel.

Il hocha la tête.

— Je le pense. Vraisemblablement, la raison de la présence de Crowley ici ce soir plutôt qu'à Egerton Gardens est qu'il s'est inquiété de sa situation lorsqu'il a été mis au courant de nos investigations.

Son expression devint plus sombre quand il regarda Alathea.

— Je suppose que les activités de Struthers ont soulevé trop de poussière. Crowley en a-t-il parlé ?

Les yeux d'Alathea perdirent leur éclat.

— Il a tué le capitaine. C'est lui qui l'a dit.

Chillingworth jeta un regard noir au cadavre de Crowley.

— À l'évidence destiné aux Enfers.

Gabriel attrapa le poignet d'Alathea.

— Êtes-vous certaine que le capitaine est mort ? Crowley n'a pas dit cela uniquement pour vous faire peur ?

Alathea secoua tristement la tête.

— Je pense qu'il a déjà jeté son corps dans le fleuve.

Gabriel lui caressa l'intérieur du poignet, puis il la lâcha. Chillingworth grimaça.

— Nous ne pouvons rien faire maintenant pour le capitaine. Le bandit a déjà eu ce qu'il méritait. La meilleure façon de venger la mort du capitaine est de nous assurer que les combines de Crowley meurent avec lui.

Il ouvrit un tiroir du bureau.

— Vous êtes sûr que ces billets à ordre seront ici ?

Gabriel regarda autour de lui.

— Je m'y attends. Ce n'est pas un bateau de compagnie maritime ; il s'agit d'un corsaire et petit en plus, construit pour la vitesse – pour fuir. Mon hypothèse est que Crowley a déménagé ses opérations ici pour partir en l'espace d'un instant. Alathea et Struthers éliminés, il projetait de réclamer immédiatement les billets à ordre et de quitter l'Angleterre dès qu'il aurait mis la main sur l'argent.

Alathea commença à lui bander le bras.

— Crowley a bien dit qu'il réclamerait les billets à ordre immédiatement.

Chillingworth continua à fouiller le bureau. Charlie partit de son côté, disant qu'il allait fouiller les autres pièces. Juste au moment où Alathea attachait le bandage, Charlie réapparut, traînant un petit coffre de marin. Il brandit un document.

— Je pense que c'est ce que nous cherchons.

Ce l'était – une épaisse pile de billets à ordre remplissait le coffre. Alathea tenait celui que Charlie avait apporté et elle commença à trembler. Gabriel glissa un bras autour de sa taille, l'attirant plus près jusqu'à ce qu'elle repose contre lui.

— Apportez-le à la maison, montrez-le à votre père, puis brûlez-le.

Alathea le regarda, puis elle hocha la tête. Pliant le billet, elle le tendit à Charlie avec l'ordre formel de ne pas le perdre.

Charlie le fourra dans sa poche, puis il recommença à lire les noms sur la poignée de billets à ordre qu'il avait sortis du coffre.

Chillingworth faisait la même chose.

— Il s'attaquait surtout à de petits poissons. D'après les adresses, certains d'entre eux doivent être des commerçants.

Il pointa une autre pile qu'il avait mise de côté.

— Ce sont des pairs, mais la plupart ne sont pas le genre à investir dans ce genre de combine habituellement. Et les montants promis ! Il aurait rendu la moitié de l'Angleterre insolvable.

Gabriel hocha la tête.

— Cupide et sans scrupule. Cela devrait être son épitaphe.

Chillingworth reforma la pile de billets à ordre.

— Alors. Qu'allons-nous faire ? Les brûler ?

Alathea fronçait les sourcils.

— Non. Si nous faisons cela, alors les gens mêlés à cette affaire ne sauront jamais qu'ils sont libérés de toute obligation. Ils pourraient prendre des décisions en présumant qu'ils sont endettés envers Crowley alors que la dette ne sera jamais réclamée.

— Les adresses sont-elles inscrites sur les billets ? demanda Gabriel.

— C'est ce que je constate, répondit Charlie.

Chillingworth hocha la tête.

— Peut-être…

Gabriel fixa un point au loin.

— Trouvez quelque chose pour les emballer. Je vais les apporter à Montague. Il connaîtra le meilleur moyen de les rendre à leurs propriétaires, soi-disant correctement et légalement annulés.

— Notre requête, si elle réussit, annulera les billets.

Alathea regarda Gabriel. Il secoua la tête.

— Nous ne la présenterons pas. Nous ne ferons rien qui pourrait nous lier à Crowley.

— Non, en effet.

Chillingworth jeta un regard au cadavre sur le plancher.

— Alors, que faisons-nous de lui ? Nous le laissons ici, tout simplement ?

— Pourquoi pas ? Il a bien assez d'ennemis. Il a sans doute donné des ordres à son équipage de rester loin du bateau ce soir.

— Tous, sauf le garde, intervint Charlie. Cependant, il ne vous a même jamais vu.

Gabriel hocha la tête.

— Deux des marins – ceux qui ont livré le mot – sauront qu'Alathea a été attirée ici par la ruse, mais personne ne saura rien de plus. Aucune femme ne pourrait avoir vaincu Crowley. Quand ses hommes reviendront au bateau, ils le découvriront ici, seul, et bel et bien mort. Ils supposeront qu'Alathea est partie et qu'ensuite une personne a tué Crowley.

— Je doute sincèrement que quiconque porte son deuil.

— Mis à part, peut-être, Archie Douglas, bien que même cela soit incertain.

— Crowley le tenait probablement entre ses griffes lui aussi.

— Très probable.

Gabriel réfléchit, puis il poursuivit.

— Mon hypothèse est que sans Crowley, et sans ces billets, la Société aurifère de l'Afrique centrale et orientale cessera simplement d'exister. Elle n'a pas de capital et Swales, d'après tout ce que j'ai glané, n'est pas le genre à diriger ce type d'entreprise seul.

Chillingworth réfléchit aussi, puis il hocha la tête.

— Cela fera l'affaire. Nous allons simplement le laisser ici, prendre les billets à ordre et demander à Montague de les rendre à leurs propriétaires.

Ils enveloppèrent soigneusement les billets dans une couverture, et Charlie les transporta hors du bateau.

Alathea assista Gabriel. Chillingworth était leur homme de guet. Quand il rejoignit les autres dans les ombres près de son carrosse, il hocha la tête.

— C'est libre.

Alathea soupira de soulagement.

— Aidez-moi à faire monter Gabriel à l'intérieur.

Chillingworth la dévisagea, puis, ouvrant la portière du carrosse, il jeta un regard aux yeux plissés vers Gabriel.

— Je suppose, demanda-t-il d'une voix innocente, que je devrais rouler directement jusque chez lui ?

— Évidemment !

Alathea se précipita dans le carrosse, puis elle se tourna et tendit la main pour aider Gabriel à entrer.

— Je dois soigner adéquatement cette coupure dès que possible.

Gabriel décocha un sourire malicieux à Chillingworth, puis il pencha la tête et monta dans le carrosse. Chillingworth fit claquer la portière.

— Qui sait, dit-il assez fort pour se faire entendre d'Alathea, la blessure aura peut-être même besoin de points de suture.

Sur ce, il grimpa sur le siège du conducteur, il prit les rênes que tenait Charlie et il lança le carrosse sur la route de retour vers Londres.

CHAPITRE 21

Chillingworth fit descendre Gabriel et Alathea dans Brook Street.

— Je rentrerai directement à la maison, cria Alathea à Charlie alors qu'elle montait les marches à côté de Gabriel, sa poigne ferme sur son bras pour bien le soutenir. J'ignore combien de temps cela prendra. Dis à ta mère qu'il est inutile de m'attendre.

Gabriel se fendit d'un sourire alors qu'il tendait la main pour prendre la clé de sa porte d'entrée. Il pouvait imaginer exactement l'air sur le visage de Chillingworth. Chillingworth avait offert un peu sèchement de reconduire Charlie à la résidence Marlborough. Cela lui donnait probablement droit à une nouvelle dose de gratitude Cynster. Étant donné qu'ils ne pouvaient pas savoir à quel degré précisément Crowley avait été rendu invalide avant que Chillingworth fasse feu sur lui, ce soir avait vu les réserves du comte vraiment beaucoup augmenter.

Charlie cria un mot pour indiquer qu'il avait compris. Les chevaux de Chillingworth piaffèrent, puis le carrosse partit dans un bruit de ferraille. Glissant sa clé dans la serrure, Gabriel la tourna. Jetant un coup d'œil à Alathea, il donna une torsion à la poignée et il ouvrit la porte.

Cette maison serait, après tout, son foyer sous peu. Il ne faisait que brûler légèrement les étapes. Cependant, il n'était pas assez idiot pour la prendre dans ses bras et la porter pour lui faire passer le seuil.

Il la laissa le guider à l'intérieur en faisant des histoires comme une mère poule.

Chance apparut au fond du vestibule. Il était en manches de chemise, clairement pris de court en voyant son maître rentrer si tôt. Quand il vit la personne qui accompagnait son maître, il écarquilla les yeux et il commença lentement à reculer...

Alathea l'aperçut et lui fit signe d'approcher.

— Vous êtes Chance, j'imagine ?

— Hum.

Chance baissa la tête, s'approchant peu à peu avec méfiance.

— C'est moi, m'am.

Alathea lui jeta un regard vif, puis elle hocha la tête.

— Oui, eh bien, votre maître a été blessé. Je veux que l'on apporte un bol d'eau tiède – pas trop chaude – directement dans sa chambre avec quelques linges et bandages propres. Et un peu de baume aussi ; je suppose que vous en avez ?

En même temps, elle avait fait avancer Gabriel dans le vestibule en le traînant derrière elle.

— Hum.

Reculant devant son avancée, Chance regarda Gabriel avec impuissance.

— Voici lady Alathea, Chance.

Chance exécuta une révérence.

— Enchanté de faire votre connaissance, m'am.

Alathea le chassa d'un geste de la main.

— Oui. Je veux ces articles et j'aurai besoin de votre aide en haut momentanément.

Quand Chance la dévisagea d'un air ahuri, elle se pencha en avant et elle le regarda droit dans les yeux.

— *Maintenant.* Tout de suite. Le plus tôt sera le mieux.

Chance bondit en arrière en trébuchant presque sur ses propres pieds.

— Oh ! D'accord. J'y vais, m'am.

Il fila par la porte des domestiques.

Alathea le regarda partir, puis elle secoua la tête et elle tira Gabriel vers les marches.

— Vos excentricités ne cessent de m'étonner.

Elle se mit en devoir de le propulser en haut des marches. Elle n'aurait pas pu le faire s'il ne l'avait pas voulu – voulu avec force –, malgré le fait qu'il détestait être l'objet des soins de n'importe quelle femme. Les histoires qu'elle faisait autour de lui, il était prêt à le supporter étant donné qu'elle n'avait pas encore fait sa déclaration officielle – une acceptation claire et sans équivoque du cœur de son compagnon.

Il voulait l'entendre, mais c'était une éternelle entêtée ; l'encourager à laisser ses sentiments se manifester violemment, comme en ce moment, ferait en sorte qu'il lui serait d'autant plus difficile de reculer, de regimber devant l'obstacle final. Donc, il grimpa humblement les marches, attendant son heure, lui laissant croire qu'il était faible. Il se sentait bien un peu étourdi, soulagé que tout soit terminé, que Crowley soit mort pour ne plus jamais assombrir leur horizon, et il était impatient, ragaillardi par l'anticipation comme un jeune blanc-bec devant la réalisation qu'elle était à lui.

Tout ce qu'il lui fallait maintenant était entendre Alathea l'admettre.

— Ici.

Il s'arrêta à côté de sa porte et il s'appuya contre le cadre, la laissant tourner la poignée et ouvrir la porte en grand.

Sans la moindre hésitation, elle le pressa d'entrer, le guidant vers le large lit.

Elle le poussa à s'asseoir sur un côté. Ses doigts allant au bandage improvisé, elle plissa les yeux en direction de la porte.

— Où est cet homme ?

— Il sera ici dans un moment.

Gabriel se leva pour retirer lentement son manteau. Elle le fit pour lui et le repoussa promptement sur le lit, puis elle s'activa à délacer ses manchettes.

Gabriel se tordit les lèvres pour masquer son grand sourire. Jusqu'où irait-elle s'il la laissait faire ?

— Souffrez-vous ?

Redressant rapidement ses lèvres, il secoua la tête.

— Non.

Il scruta le visage de sa compagne, il se noya dans ses yeux, dans l'inquiétude qui les imprégnait, dans l'amour qui lui donnait naissance.

— Non.

Il tendit le bras et il posa une main sur les siennes.

— Thea, je vais bien.

Fronçant les sourcils, elle chassa sa main d'une secousse et elle fit claquer une paume sur son front.

— J'espère que vous n'aurez pas de fièvre.

Gabriel respira lentement.

— Thea…

Chance arriva en se hâtant, tenant un bol d'eau en équilibre sur ses poignets, une serviette drapée sur un bras, des linges en équilibre dessus et un pot de baume serré dans son autre main.

— Est-ce tout ce que vous vouliez, m'am ?

Alathea hocha la tête d'un air approbateur.

— En effet. Approchez simplement cette table plus près. Et la lampe aussi.

— Oooh ! Beaucoup de sang ici.

Chance déplaça la table. Il jeta un coup d'œil à Alathea.

— Vous voudrez peut-être un peu de brandy, m'am ?

Pour nettoyer la plaie ?

— Une excellente idée ! s'exclama-t-elle en levant la tête. Y en a-t-il ici ?

Son regard tomba sur la carafe sur la commode.

Gabriel se raidit.

— Non ! C'est…

— Parfait ! s'exclama Alathea avec enthousiasme. Apportez-le ici.

— Thea…

Horrifié, Gabriel regarda Chance filer à la commode et rapporter la carafe remplie d'un brandy français magnifiquement vieilli.

— Je n'ai vraiment pas besoin…

— Taisez-vous, je vous prie.

Alathea fixa son regard sur lui, scrutant un œil, puis l'autre.

— Je ne cesse de craindre que vous vous mettiez à délirer d'un moment à l'autre. S'il vous plaît, laissez-nous simplement arranger cela, Chance et moi. Ensuite, vous pourrez vous reposer. D'accord ?

Il la regarda droit dans les yeux – elle était parfaitement sérieuse. Gabriel se mordit la langue, il jeta un coup d'œil à Chance, puis il hocha la tête.

Au cours des quinze minutes suivantes, il endura leurs soins combinés. Il avait oublié que Chance avait une raison de lui rendre sa gentillesse. Assis en silence sur son lit, il fut étouffé par la gentillesse, l'inquiétude, l'amour. C'était agréable, même s'il avait l'impression d'être un imposteur.

Avec l'assistance de Chance, Alathea lui retira sa chemise, puis elle soigna délicatement la plaie, apparemment sans être troublée par la vue de son torse nu. Gabriel mourrait d'envie de changer cela, mais… Chance était encore dans la pièce. Alathea désinfecta amoureusement la longue coupure, puis elle la lava.

Il garda les yeux fixés sur sa chevelure. Malgré tout ce qu'elle avait subi, les trois fleurs étaient encore fermement en place, sa déclaration reconnue. Il n'avait aucune intention de les retirer, pas délibérément en tout cas. Pas avant que leur promesse ne soit transformée en mots. De multiples fois.

Pendant qu'elle s'activait à soigner son bras, il se mit à répéter dans sa tête tout ce qui allait suivre et à chercher le meilleur moyen de lui arracher les mots qu'il voulait entendre sans déranger ces fleurs.

Laissant son bras sécher, elle se redressa et s'approcha d'un pas, la chaleur de ses seins à quelques centimètres à peine de son visage. Il essaya de ne pas respirer pendant qu'elle examinait la bosse sur sa tête.

— Elle a la taille d'un œuf de cane, déclara-t-elle, adéquatement horrifiée.

Gabriel ferma les yeux pendant qu'elle la sondait et il essaya de ne pas gémir. Le linge frais qu'elle posa sur la bosse aida, soulageant la douleur sourde dans sa tête. Il n'existait qu'un seul remède pour la douleur dans son bas-ventre. Quand elle revint enfin à son bras pour le bander, Gabriel attira le regard de Chance. Il ne fallut qu'un moment à Chance pour comprendre son message. Quand ce fut fait, il eut l'air choqué, mais devant le regard mauvais de Gabriel, il se hâta de rassembler les linges, les serviettes et le bol et il sortit discrètement par la porte.

Le cliquetis du loquet coïncida avec la petite tape de bénédiction d'Alathea sur le nœud qu'elle avait attaché dans le bandage autour de son bras.

— Voilà.

Elle leva les yeux sur son visage.

— Maintenant, vous pouvez vous reposer.

— Pas encore.

Gabriel referma ses mains autour de sa taille et il l'attira alors qu'il tombait sur le dos dans le lit. Son cri de surprise fut étouffé quand il roula, les déplaçant plus loin sur l'étendue rembourrée, l'emprisonnant simultanément sous lui.

— Faites attention à votre bras !

— Mon bras se porte parfaitement bien.

Elle s'immobilisa sous lui.

— Que voulez-vous dire par « bien » ?

— Précisément cela. J'ai essayé de vous le dire. Ce n'est qu'une coupure superficielle ; il est peu probable que j'en meure.

Elle lui jeta un regard noir.

— Je pensais qu'elle était grave.

— Je sais.

Penchant la tête, il lui mordilla les lèvres.

— Cela est devenu bien évident.

Il vola par-dessus elle ; la sensation de sa longue silhouette souple se raidissant sous lui provoqua une vague de possessivité primitive chez lui. Une possessivité teintée par le désir, par le besoin et par une autre émotion presque trop vitale pour la contenir.

Fronçant toujours les sourcils, elle raidit les bras contre son torse nu.

— Cela doit faire mal. Vous devez avoir mal à la tête.

— Elle me fait mal, mais ce n'est pas mon crâne qui vibre.

Il changea de position d'un geste provocateur, poussant ses hanches contre les siennes.

Les yeux d'Alathea s'arrondirent légèrement alors qu'elle se déplaçait sous lui pour enfouir son érection au sommet de ses cuisses. Confirmant ainsi son état. Le regard qu'elle lui décocha était l'essence même de la résignation féminine – de celle d'une épouse.

— Les hommes !

Avec une vigueur renouvelée, elle le repoussa et elle s'efforça de s'asseoir.

— Êtes-vous tous les mêmes ?

— Tous les Cynster, certainement.

Gabriel roula sur le côté, la regardant d'un air perplexe alors qu'elle tendait les mains vers ses propres lacets. Elle recommençait – adoptant une tactique qu'il n'avait pas prévue. Il lui fallut un moment pour comprendre la raison, puis il décida de suivre son exemple. Il tendit aussi la main vers les lacets de sa compagne.

— Allez, laissez-moi faire.

Il avait fantasmé sur le moment où il lui retirerait lentement sa robe blanche et dorée ; dans son rêve, il pouvait facilement la voir comme un genre de prêtresse, une païenne créée pour être vénérée. Alors qu'il faisait doucement descendre la robe sur ses épaules, il la vénéra, ses lèvres oignant chaque centimètre de peau soyeuse dévoilée. Elle frissonna. Se relevant vivement à côté d'elle, il s'emplit une main avec un sein, la chair douce se raffermissant à son contact, se réchauffant pendant qu'il le pétrissait. Son autre main se leva pour prendre sa tête en coupe, ses longs doigts cherchant les épingles qui ancraient le chignon serré en faisant attention à ne pas déloger les trois fleurs blanches décorant le haut de son crâne – la preuve de l'adoration qu'il éprouvait pour elle. Sa chevelure tomba librement ; les doigts de Gabriel se resserrèrent autour de son mamelon. Avec un gémissement, elle laissa sa tête retomber en arrière, lui offrant ses lèvres. Il les prit, il s'empara de sa bouche voracement, avidement, conscient qu'il n'y avait plus aucune nécessité de se retenir. Elle était avec lui. Le même besoin les poussait tous les deux ; un fervent désir d'étreindre, de posséder, de rassurer leurs âmes et leur dire qu'ils avaient survécu à la menace et qu'ils étaient sains et saufs.

Pour se mettre l'eau à la bouche avec un premier échantillon de leur avenir, de la liberté de s'aimer qu'ils venaient de gagner. Les plans de Gabriel dégénérèrent en une effervescence téméraire de mains qui exploraient, de gémissements essoufflés et incohérents, de douces caresses et de baisers passionnés, de doigts pressés et de chairs tremblantes. Ils se déshabillèrent mutuellement jusqu'au dernier bout de tissu, satisfaits uniquement lorsqu'ils furent allongés peau contre peau, leurs longs membres entremêlés dans un cocon à l'intérieur du chaos des couverures. Il l'amena contre lui, se déplaçant au-dessus d'elle, l'enveloppant. D'un coup, il s'enveloppa lui-même de sa chaleur.

Elle haleta et l'accueillit en elle, son corps s'arquant, se tendant, se détendant, puis fondant autour de lui. Son abandon était implicite. Gabriel tint fermement leurs rênes. Ce soir, il voulait de l'explicite. Il la chevaucha donc lentement, se joignant à elle dans des coups de reins longs, lents et roulants, fusionnant leurs corps comme ils le feraient pour leurs vies – profondément, complètement. Quand il voulut se lever au-dessus d'elle, elle s'accrocha à lui, le retenant en elle. Il acquiesça et resta là, leurs corps en contact de la poitrine jusqu'aux genoux. Elle ondula sous lui, toute en soie et en velours luxueux, un spectacle glorieux de besoin féminin.

Il la remplit encore et encore, jusqu'à ce qu'elle halète et s'accroche à lui.

Il s'immobilisa, savourant son sublime orgasme, se délectant de son soupir repu. Il attendit qu'elle se ramollisse complètement sous lui. Puis, il recommença à bouger.

Encore lentement, toujours sans se presser. Il avait toute la nuit et il le savait. Pas même ceci – la splendeur de son offrande – allait le distraire ce soir.

Il lui fallut une minute ou deux avant de remuer, avant que son corps ne cherche instinctivement le rythme régulier de son partenaire et l'imite. Ses paupières se soulevèrent, juste assez pour qu'elle le regarde. Elle se toucha les lèvres avec la langue ; il plongea plus profondément en elle et elle s'arqua.

Une étincelle de surprise brilla dans les yeux d'Alathea.

Un instant plus tard, il sentit les mains d'Alathea traîner sur lui, explorant délicatement les lignes de son dos aux muscles mouvant, jusqu'en bas pour caresser ses flancs qui vibraient sous les pulsations.

Elle attira son regard.

— Quoi ?

Son grand sourire était en partie une grimace ouverte sur des dents serrées. Elle était chaude et douce et si invitante sous lui.

— Je veux l'entendre de votre bouche.

Les mots étaient prononcés à voix basse et rauque, mais suffisamment articulés. Elle ne demanda pas ce qu'il voulait entendre.

Sous lui, sous l'attaque régulière et constante, elle remua.

— Je dois rentrer à la maison.

Il secoua la tête.

— Pas avant que vous n'ayez prononcé les mots. Je vais vous garder ici, nue et passionnée, et en état de manque, jusqu'à ce que vous admettiez m'aimer.

— En manque ? Ce n'est pas moi…

Il stoppa les mots avec ses lèvres. Quand il les eut effacés de sa langue et de son esprit, il recula, se soulevant sur ses bras arc-boutés pour plonger plus profondément dans sa chaleur glissante. Elle haleta, elle souffla, elle retint un gémissement. Elle se tortilla juste un peu.

— Vous… vous savez que c'est le cas.

— Oui. Je le sais. Même si je ne le savais pas avant, je le saurais certainement maintenant, après votre performance de ce soir. Maintenant, même Charlie et Chillingworth le savent.

Son état fit en sorte qu'elle fut lente à réagir. Elle le dévisagea, elle cilla, puis elle demanda faiblement :

— Quoi ? Pourquoi penseraient-ils que…

Il ne pouvait pas sourire, bien qu'il le veuille. C'était déjà assez ardu de trouver la force de répondre.

— Vous avez à moitié tué un homme pour me sauver ce soir et au cours des deux dernières heures, vous vous êtes inquiétée et vous avez fulminé contre ce qui n'était pas beaucoup plus qu'une égratignure aux yeux de tous les autres. Vous avez presque rendu Chillingworth bilieux.

Alathea aurait aimé pouvoir faire apparaître un regard mauvais, mais son corps était la proie de la plus agréable des chaleurs, ses sens étaient bien davantage tournés vers la splendeur qui se développait entre eux. Son esprit s'accrochait à sa raison par un fil.

— J'ignorais que ce n'était qu'une égratignure. J'ai été menée par le bout du nez…

— Vous avez été menée par l'amour.

Il baissa la tête et il trouva ses lèvres pour un baiser lourd de promesses sensuelles.

— Pourquoi ne l'admettez-vous pas, tout simplement ?

Parce que ce n'était que ce soir qu'elle avait pleinement compris ce que leur amour conjoint signifiait. La joie partagée, contrée par la peur de la perte – le soudain désespoir quand Gabriel – autant dire sa propre vie – avait failli être tué devant elle.

L'amour était bien plus que ce qu'elle avait imaginé. Aimer aussi profondément était une chose effrayante.

Levant la tête, elle effleura la ligne de sa mâchoire avec ses lèvres.

— Si c'est tellement évident…

Il leva la tête hors de sa portée.

— Évident, cela l'est peut-être. Je veux quand même l'entendre de votre bouche.

Il la remplissait avec des coups de reins longs, lents et paresseux, assez pour qu'elle reste totalement excitée, mais pas assez pour la satisfaire. La colère d'Alathea, malheureusement, était complètement intégrée par son désir.

— Pourquoi ?

Elle s'arqua, cherchant désespérément à l'attirer encore plus profondément en elle.

— Parce que jusqu'à ce que vous le fassiez, je ne suis pas absolument certain que vous le savez.

Elle ouvrit pleinement les yeux et elle regarda dans les siens. Sous ses lourdes paupières, elle ne décelait pas la moindre lueur d'humour. Il était sérieux. Malgré tout, malgré la façon dont son cœur souffrait quand elle le regardait.

— Bien sûr que je vous aime.

L'expression de son visage – les traits gravés par la passion, mais avec son air assez décidé – ne changea pas.

— Bien. Alors, vous allez m'épouser.

Il n'y avait pas de question dans ces mots. Alathea soupira, s'efforçant de ne pas rire. Il n'aimerait pas cela. Les rênes se trouvaient entre ses mains, et il se dirigeait à bride abattue vers l'église. Il n'aima même pas son soupir.

Il s'immobilisa en elle, baissant des yeux presque sévères vers elle.

— Vous ne quittez pas cette pièce jusqu'à ce que vous acceptiez. Je me fiche de devoir vous garder ici pendant des semaines.

Malgré ses meilleurs efforts, le sourire d'Alathea apparut, même si elle savait que la menace n'était pas vide de sens. Il le ferait si elle le poussait à le faire.

C'était un Cynster amoureux.

Permettant à son sourire de s'intensifier, elle leva la main et elle repoussa une mèche de cheveux lui pendant sur le front.

— D'accord. Je vous aime et je vais vous épouser. Voilà ; y a-t-il autre chose que je doive dire pour vous faire bouger plus vite ?

Elle ne fit qu'entrevoir son sourire victorieux alors qu'il se penchait pour l'embrasser, mais elle le vit. Elle le fit payer pour sa suffisance en exigeant plus et encore plus de son expertise. Elle faillit les rendre fous de désir tous les deux.

Cela en valait toutefois la peine.

Plus tard, quand ils furent allongés entre les draps, sans dormir, mais trop profondément repus pour bouger, Alathea posa la tête sur l'épaule de Gabriel et contempla paresseusement une vie remplie d'une telle paix. Car, c'était la paix qui l'envahissait, le sentiment inexprimable d'avoir trouvé son véritable foyer, sa vraie place – son véritable amour.

Que l'amour de Gabriel l'entoure, tout comme son amour pour lui, elle n'en doutait pas le moindrement. Seul un amour profondément partagé pouvait combler son cœur à ce point, de sorte qu'elle ne pouvait pas imaginer une joie plus gratifiante que celle d'être allongée nue dans les bras nus de son amant, avec son souffle comme un vent doux dans son oreille, son bras lourd autour de sa taille, sa main écartée avec possessivité sur son derrière.

Ils étaient si semblables. Ils allaient devoir avancer lentement dans leur avenir, les yeux ouverts en faisant attention à ne pas se marcher mutuellement sur les pieds. Il y aurait des ajustements à faire des deux côtés – c'était implicite dans leurs caractères. Néanmoins, alors que le futur les appelait, s'élevant comme un soleil nouveau dans leur horizon, elle était trop bien, trop rassasiée sensuellement pour s'en préoccuper déjà.

Elle était bien, oui, et c'était une découverte. Que même maintenant, pleinement consciente de la force latente dans le corps sous le sien, dans les bras musclés qui pourtant l'étreignaient avec autant de douceur, dans les membres veinés d'acier qui se pressaient le long de son corps, même maintenant, elle était apaisée et détendue. Consciente des poils rêches sous sa joue, exquisément consciente des membres recouverts de poils fins entremêlés aux siens. Consciente jusqu'au fond de son âme de la chaleur en elle, du membre ferme incliné contre sa cuisse. Toute cette réalité la laissait profondément satisfaite.

Profondément heureuse.

Béate.

Elle ferma les yeux et elle savoura son plaisir.

Il finit par remuer, ses bras se resserrant autour d'elle, la tension se réinstallant dans ses membres. Il l'étreignit, puis il pressa ses lèvres sur sa tempe.

— Je ne vous laisserai jamais oublier ce que vous avez dit.

Alathea sourit. Était-elle étonnée ?

Il la secoua un peu.

— Donc. Quand nous marions-nous ?

Apparemment, ils étaient arrivés à l'église.

Ouvrant les yeux, elle tourna obligeamment son esprit vers les mariages.

— Bien, il y a Mary et Esher, et Alice et Carstairs aussi. Il vaudrait peut-être mieux faire un mariage triple.

Son grognement lui répondit non.

— Elles peuvent bien être vos demi-sœurs, mais elles sont gentilles, innocentes et pleines des habituelles idées romantiques. Elles mettront des mois à se décider sur les détails. Je n'ai absolument aucune intention d'attendre leurs décisions. Vous et moi allons nous marier d'abord.

Il resserra sa prise sur elle.

— Dès que possible.

Alathea se fendit d'un sourire.

— Oui, mon maître.

Son ton moqueur lui valut un doigt dans les côtes. Elle sursauta et se tortilla ; il inspira une bouffée d'air. Il la calma, son contact transformé en caresse, lui éventant distraitement la hanche.

— J'ai déjà parlé à votre père.

Alathea cligna des paupières.

— C'est vrai ? Quand ?

— Hier. Je l'ai vu chez White's. J'avais déjà organisé la livraison de vos fleurs.

Sa main continua ses lentes caresses, l'apaisant, la calmant subtilement.

Alathea contempla leur avenir, l'avenir vers lequel il l'avait si adroitement amenée.

— Je vais leur manquer. Pas seulement à la famille, mais à toute la maisonnée : Crisp, Figgs et les autres.

Les caresses lentes continuèrent.

— Nous serons à proximité, seulement à quelques kilomètres de distance. Vous pourrez veiller sur eux jusqu'à ce que Charlie se marie.

— Je suppose…

Après un moment, elle ajouta :

— Nellie viendra avec moi, bien sûr, et Folwell. Et Figgs est après tout la sœur de votre gouvernante.

— La sœur de Tweety ?

— Hum. Donc, je vais certainement entendre parler de problèmes éventuels.

— Nous entendrons parler de tous les problèmes. Je voudrai moi aussi être au courant.

Elle leva la tête pour regarder son visage.

— C'est vrai ?

Il emprisonna son regard.

— Tout ce qui se passe dans votre vie à partir de maintenant, je veux le partager.

Elle étudia ses yeux, elle lut ses sentiments à propos des années passées, elle vit la question qui l'accompagnerait toujours – aurait-il pu les sauver onze ans plus tôt s'il avait su, s'il s'était ouvert les yeux et s'il l'avait véritablement regardée ?

Elle leva la main sur sa joue.

— Je ne pense pas qu'il se produira quoi que ce soit de grave, alors que nous veillerons tous les deux.

S'étirant vers le ciel, ondulant sans pudeur au creux de son étreinte, elle pressa ses lèvres sur les siennes. Il la souleva et il l'installa sur lui, le ventre contre son estomac bien découpé, puis il remplit sa bouche de caresses qui la remuèrent de la tête aux pieds. Effleurant son front de ses lèvres, il murmura :

— J'ai fantasmé pendant des semaines en imaginant la comtesse se dévoiler à moi.

Ses paumes frôlèrent son dos nu pour finir par prendre ses fesses en coupe, indiquant très clairement à quel point il avait voulu que la comtesse soit franche avec lui.

— Êtes-vous déçu ?

Ses mains se fermèrent avec possessivité. Il la changea de position, puis il balança ses hanches, son érection écartant les bouclettes de sa compagne, s'imprimant dans son ventre. Alathea retint son souffle.

Il rigola.

— Les révélations que j'ai endurées étaient de loin mieux que n'importe quel fantasme.

Elle leva la tête ; il emprisonna son regard.

— Je vous aime.

Les mots étaient simples et clairs. Il scruta ses yeux, puis ses lèvres se détendirent.

— Et vous m'aimez. Pour ce qui est des révélations, celles-là sont difficiles à battre.

Alathea enfouit sa tête dans le creux de son épaule afin qu'il ne puisse pas voir ses yeux quand les mots s'infiltrèrent en elle, dans son cœur. Après un moment, elle soupira.

— Je ne peux pas encore tout à fait croire que nos ennuis sont terminés, que Crowley est mort. Nous n'avons plus à nous inquiéter de lui ; je n'ai plus à m'inquiéter pour les finances de ma famille.

Brusquement, elle se raidit et elle s'apprêta à s'asseoir ; Gabriel l'en empêcha. Elle leva la tête.

— Les billets à ordre ! Charlie a le nôtre, mais tous les autres… nous les avons laissés dans le carrosse de Chillingworth.

Gabriel recommença à la caresser.

— Il va me les envoyer. Arrêtez de vous faire du souci. Cessez de vous inquiéter. Vous vous inquiétez depuis onze ans. Vous n'avez plus besoin de vous inquiéter de rien maintenant.

Alathea reprit sa place entre ses bras.

— Cela ne viendra pas facilement, vous savez.

— Je suis certain de pouvoir trouver un certain nombre de sujets captivants pour vous distraire.

— Mais vous gérez votre propre domaine ; je n'aurai pas vraiment grand-chose à faire en ce qui a trait au travail de bureau.

— Vous pouvez aider. Nous serons des partenaires.

— Des partenaires ?

L'idée était assez étrange pour qu'elle lève la tête et regarde son visage. Il continua à caresser son dos nu.

— Hum.

Elle plissa le front.

— Je suppose…

Se tournant de l'autre côté, elle s'installa confortablement, enroulant ses bras autour de la main qu'il avait écartée sur sa taille.

— Je m'occuperai des comptes de la maison, bien sûr. Ou bien est-ce votre mère qui s'en charge ?

— Non, je vous en prie, vous pouvez vous y intéresser.

— Et, si vous voulez, je peux m'occuper de la comptabilité du domaine. Ou bien est-ce votre père qui s'en charge ?

— Papa m'a remis le domaine du manoir entre les mains il y a deux ans. Ni lui ni maman ne sont plus mêlés à cela.

— Oh, s'exclama Alathea en gigotant. Donc, il n'y a que nous deux alors ?

— Hum. Nous pouvons diviser les tâches comme nous le voulons.

Elle prit une inspiration. Elle retint son souffle.

— J'aimerais continuer à gérer activement mes propres investissements. Comme je l'ai fait avec les fonds de ma famille.

Gabriel haussa les épaules.

— Je ne vois pas pourquoi il en serait autrement.

— Vraiment ?

Elle tenta de lever les yeux sur lui, mais il la tenait fermement.

— Je pensais que vous désapprouveriez cela.

— Pourquoi ? D'après tout ce que j'ai vu, vous êtes douée. Je désapprouverais si vous ne l'étiez pas. Cependant, si nous devons devenir des partenaires en général, il n'y a pas de raisons pour nous de ne pas être de véritables partenaires dans cette sphère d'activité aussi.

Alathea se détendit. Après un moment, elle murmura :

— Qui sait ? Nous allons peut-être même devenir des amis.

Gabriel ferma les bras sur elle.

— Qui sait ? Même cela. C'était une pensée bizarrement attrayante. J'aimerais cela, je crois.

Un autre moment s'écoula, puis elle murmura :

— Moi aussi.

Ses lèvres se recourbant, Gabriel resserra un bras autour d'elle, écartant son autre main sur la courbe douce de son ventre.

— Étant donné nos circonstances actuelles, je suggère de nous concentrer sur l'aspect le plus pertinent – le plus immédiat – de notre partenariat.

Elle inspira brusquement quand il glissa ses doigts plus loin, les entremêlant dans les boucles frisées pour atteindre la douceur qu'elles protégeaient. Avec un doigt large, il la caressa. Elle frissonna.

— Je pense vraiment que vous devez être plus attentive à ceci.

Avec un grand sourire, il roula et il la souleva par-dessus lui. Elle tendit les mains vers lui et elle le trouva. Ce fut à son tour de gémir.

— Convainquez-moi.

Les mots étaient un défi – précisément du genre à ravir son âme de Cynster, elle le savait. Il s'élança pour y répondre, de tout son cœur et de toute son âme.

Quand elle en vint à se tortiller sous lui, chaude et prête et pleine de désir, il la remplit en un seul coup. Arc-bouté au-dessus d'elle, il observa son visage quand, les yeux fermés, la tête rejetée en arrière, elle s'arqua et l'accueillit en elle.

Les fleurs qu'il lui avait offertes brillaient encore dans le brun riche de sa chevelure. Il se retira et plongea encore lentement, juste pour la voir l'accepter, pour voir les fleurs trembler, puis il adopta un rythme régulier et agréable, la berçant sans relâche, empruntant la route la plus longue qu'il connaissait vers le paradis.

Elle haleta, elle s'accrocha, mais un sourire subtil jouait sur ses lèvres. Il pencha la tête et il lapa un mamelon ruché, puis il le mordilla.

— Quand Jeremy et Augusta auront grandi, je peux vous assurer que si vous avez été attentive à cet aspect de notre partenariat, vous aurez déjà votre propre tribu sur qui veiller après eux.

Ses paupières se soulevèrent un tout petit peu ; elle semblait soupeser ses paroles.

— Une tribu ?

Elle semblait intriguée.

— Notre propre tribu, haleta-t-il alors qu'elle se resserrait autour de lui.

Alathea sourit en grand. Levant le bras, elle courba la main sur son cou et elle leva ses lèvres vers les siennes.

— Tant que c'est une assurance invulnérable.

Le rire qui débuta dans le torse de Gabriel explosa dans sa gorge, puis il se déversa sur elle. Ils tremblèrent et ils s'accrochèrent l'un à l'autre, gais comme des enfants. Puis, le rire disparut abruptement ; quelque chose de beaucoup plus fort tourbillonna violemment autour d'eux, à travers eux, puis se referma sur eux et les emporta ailleurs que dans ce monde.

Enfin, ils s'installèrent pour dormir, la ville silencieuse autour d'eux, l'avenir réglé, le cœur en paix.

Alathea se glissa dans les bras en attente de Gabriel et elle les sentit se refermer sur elle. Peu importe l'avenir, ils le créeraient ensemble, ils le géreraient ensemble, ils le vivraient ensemble. C'était un avenir tellement meilleur que ce qu'elle avait imaginé pour elle auparavant.

Elle glissa ses bras autour de lui, elle l'étreignit une fois, puis elle se détendit, satisfaite dans son étreinte.

Le lendemain matin, Lucifer se tenait sur les marches de l'entrée de la maison de Brook Street et il regardait le départ de la dame qui – elle-même un peu étonnée – avait passé la nuit à réchauffer son lit. Et lui. Levant la main en guise d'au revoir alors que son carrosse s'éloignait dans un grondement, il se tourna vers l'intérieur en laissant voir son sourire triomphant. Elle s'était révélée tout un défi, mais il avait persévéré et, comme d'habitude, il avait vaincu.

Le succès s'était avéré extrêmement agréable.

Rejouant ses doux souvenirs, il se dirigea vers la salle à manger. Un petit-déjeuner était juste ce qu'il lui fallait. Grâce à Chance, la porte était entrouverte. Lucifer la poussa en grand ; elle pivota sans bruit. Sur un spectacle sûr de lui glacer le sang dans les veines.

Gabriel était assis à sa place habituelle à la tête de la table, buvant son café. À sa droite était installée Alathea Morwellan, fixant rêveusement le vide droit devant elle, une tasse de thé dans une main, un toast refroidissant dans l'autre.

Elle était radieuse. Et un peu rouge. Comme si…

Abasourdi, Lucifer regarda de nouveau Gabriel. Son frère semblait beaucoup trop bien nourri pour quelqu'un sur le point d'aller au lit.

L'effroyable conclusion planant dans sa tête devint plus lourde, se matérialisant de plus en plus. Gabriel sentit le courant d'air venant de la porte et il leva la tête. Il rencontra le regard stupéfait de Lucifer avec un air clairement indifférent, levant un sourcil interrogateur tout en désignant Alathea de la main.

— Viens souhaiter la bienvenue à ta future belle-sœur.

Lucifer colla un sourire sur son visage et il passa le seuil.

— Félicitations.

Alathea, remarqua-t-il, avait l'air encore légèrement étourdie, mais alors, il connaissait son frère.

— Bienvenue dans la famille.

Se penchant, il lui fit une bise fraternelle. Il ne put s'empêcher de marmonner en se redressant.

— Êtes-vous certains de ne pas être devenus fous, tous les deux ?

Ce fut Alathea qui le fit reculer en fronçant les yeux vers lui.

— Nous n'avons jamais été ceux qui devenaient fous, selon mon souvenir.

Lucifer abandonna cette tactique, de concert avec tout espoir de comprendre un jour. Il émit tous les sons appropriés, il prononça tous les bons mots pendant qu'il pataugeait en essayant de trouver une logique à tout cela.

Alathea et Gabriel ?

Il savait qu'il n'était pas le seul à ne jamais y avoir pensé. Comme quoi on n'est jamais sûr de rien.

— Le mariage aura lieu dès que nous pourrons l'organiser, l'informa Gabriel, certainement avant que nous ou les Morwellan ou même, de fait, les autres membres de la haute société ne désertions la capitale.

— Hum, répondit Lucifer.

— Tu seras là, n'est-ce pas ?

Devant le regard appuyé d'Alathea, Lucifer réussit à sourire.

— Évidemment.

Il serait présent pour voir son frère, le dernier de ses confrères encore libres, à se passer la corde autour du cou. Après cela, il partirait.

Il allait disparaître.

Londres – en fait, la haute société dans son sens le plus large – était beaucoup trop dangereux pour le dernier membre célibataire du clan Cynster.

La saison mondaine se termina comme elle le faisait toujours, par une vague de mariages huppés, mais cette année, un d'entre eux ressortit du lot, devenant sans aucun doute « le mariage de la saison ». L'histoire de lady Alathea Morwellan, qui avait tourné le dos à ses propres perspectives d'avenir pour aider sa famille à la campagne pour revenir onze ans plus tard, dompter le membre le plus réservé et distant du clan Cynster, enflamma l'imagination romantique de la haute société.

L'église St-Georges près de Hanover Square était bondée le jour où lady Alathea prononça ses vœux. La foule à l'extérieur de l'église était tout aussi dense, les gens qui n'avaient pas été invités aux festivités trouvant une raison de passer à ce moment-là. Tout le monde s'étira le cou pour apercevoir la mariée, majestueusement rayonnante en ivoire et or avec trois fleurs peu communes ancrant son long voile. Quand elle apparut en haut des marches de l'église au bras de son époux fier, flanquée par une troupe d'imposants mâles Cynster et une bande de belles épouses Cynster, la foule poussa un soupir collectif.

C'était exactement le genre d'histoire d'amour de contes de fées qui ravissait la haute société et toute la population de Londres.

À quinze heures, bien après que la foule se fut retirée pour savourer tout ce qu'elle avait vu, pour en relater les détails et embellir leurs souvenirs, Gabriel exprimait encore sa gratitude envers le ciel parce qu'ils avaient réussi à se dégager du groupe de gens voulant leur offrir leurs vœux de bonheur devant l'église et se retirer dans Mount Street pour le déjeuner nuptial. Debout devant une fenêtre dans le salon de la résidence Morwellan, il jeta un regard de reconnaissance à travers les fins rideaux. Il y avait une petite foule pour les regarder partir, mais elle était gérable.

— Presque libre ?

Gabriel se tourna alors que Demon s'approchait de lui. Son cousin avait l'air scandaleusement satisfait de lui-même ; Gabriel se dit que Demon était marié depuis trop peu de temps pour que son expression prenne l'air de profond contentement qu'affichait habituellement Devil, et Vane à présent. Richard était plus difficile à déchiffrer, mais la lueur dans ses yeux quand ils se posaient sur Catriona était tout aussi révélatrice. Gabriel connut l'espoir vain qu'il ne serait pas lui-même aussi facile à interpréter.

— Presque.

Il se retourna vers la fenêtre.

— Ajoute les invités à l'intérieur et c'est encore un bon nombre de personnes, mais avec de la chance, nous pourrons nous éloigner dans un laps de temps raisonnable.

— Où allez-vous ? Ou bien est-ce un secret ?

— Seulement pour Alathea.

Brièvement, Gabriel décrivit ses plans d'emmener Alathea faire un tour rapide des comtés, de visiter des villes comme Liverpool et Sheffield qu'elle n'avait jamais vues, mais qui figuraient en bonne place dans les transactions d'affaires de Gabriel.

— Nous terminerons notre voyage en nous rendant directement à Somersham pour la fête estivale que nos mères ont prévue.

— Rate cela et ce sera au péril de ta vie ; ou pire encore.

Gabriel se fendit d'un sourire.

— À l'évidence, Richard ne court aucun risque.

Il hocha la tête vers la tête noire de son cousin, penché sur les mèches flamboyantes de sa femme.

— Sur aucun front, acquiesça Demon. Il dit qu'ils reprendront la route vers le nord dès le lendemain des célébrations. Il ne voit pas du tout d'un bon œil que Catriona voyage dans l'état où elle sera à ce moment-là.

— Je suis sûr que Catriona aura tout prévu avec précision. Même dans le cas contraire, elle se contentera de donner un ordre, et les affaires se placeront selon ses désirs – cela vient du fait d'être la dame du Val.

— Hum. Tout de même, je peux comprendre les sentiments de Richard.

Gabriel jeta un coup d'œil à Demon, se demandant si cela signifiait...

Avant qu'il puisse formuler une question convenable, Alathea apparut.

Elle entra gracieusement dans la pièce et son cœur s'arrêta. Elle s'était changée pour enfiler une robe de voyage de soie moirée couleur de mûre, le haut col relevé formant un cadre pour sa chevelure, riche et brillante sous le soleil de l'après-midi. Les perles de sa mère étaient enroulées autour de sa gorge, les boucles d'oreilles assorties à ses oreilles. Elle ne portait pas d'autre parure, consentant à la condamnation de Gabriel de tout objet couvrant le spectacle glorieux de ses cheveux. Pas d'autres décorations que des trois fleurs blanches fixées en bouquet tombant sur un sein, un ruban en filigrane d'or enroulé en boucle autour d'elles.

Il s'agissait des fleurs de son voile, les fleurs qu'il lui avait envoyées ce même matin, avec un autre mot encore plus simple que le dernier.

Je vous aime.

C'était tout ce qu'il avait voulu lui dire, mais il savait comme seul un Cynster le pouvait qu'il chercherait des façons de le lui dire pour le reste de son existence.

Elle balaya la pièce du regard, elle le vit et elle sourit immédiatement. Ses beaux yeux brillants, elle avança en silence jusqu'à lui.

Gabriel haussa un sourcil quand elle glissa sa main sur son bras.

— Prête ?

Elle plissa le nez.

— Nous devons accorder quelques minutes de plus à Augusta et à Jeremy.

Même cette nouvelle ne réussit pas à diminuer l'anticipation de Gabriel ; il connaissait assez bien sa femme pour savoir que les plus jeunes Morwellan n'auraient pas dépassé la limite. Tout ce qu'il voulait faire était de partir pour l'avoir à lui seul.

Flick, la jeune épouse de Demon, les rejoignit dans un bruissement de jupe bleue, le visage animé, les yeux éclairés par une lumière intérieure – une lumière intérieure comprit soudainement Gabriel, à présent qu'il s'était habitué à la voir dans les yeux d'Alathea, que toutes les épouses Cynster partageaient.

Intéressant.

— Venez !

Flick s'empara du bras de Demon.

— Il est presque temps pour eux de partir.

— Pourquoi êtes-vous si enflammée ? demanda Demon. Ce n'est pas comme si vous aviez besoin d'attraper le bouquet.

— Je veux voir qui le fera.

Flick tira. Les marches se remplirent.

Demon céda un peu, reportant son regard sur Gabriel.

— Où est Lucifer ?

Son sourire malicieux refaisant surface.

— J'avais pensé lui offrir un petit conseil.

Gabriel survola la foule du regard, puis il haussa un sourcil vers Demon.

— Je le soupçonne d'avoir déjà pris la fuite.

Demon grogna.

— Idiot !

Il arqua un sourcil vers Gabriel.

— As-tu envie de parier que cela ne lui apportera rien de bon ?

Gabriel secoua la tête.

— Certaines choses sont destinées à se produire.

Demon approuva le commentaire avec un sourire rapide et un hochement de tête, puis il céda à l'impatience de Flick.

Gabriel tourna son regard vers Alathea et il sourit avec simplicité. Après un moment, elle leva la tête vers lui.

— Prête ? demanda-t-il.

Elle soutint son regard.

— Oui.

— Enfin.

Il couvrit sa main de la sienne, là où elle était posée sur sa manche.

Ils sortirent de la pièce, puis de la maison et ils prirent le chemin qu'ils suivraient pour le reste de leur vie.

Achevé d'imprimer en Espagne
par BlackPrint CPI Ibérica S.L.
Sant Andreu de la Barca (08740)
Dépôt légal : mai 2018